明文 中國 正史 大系

原文譯註

正史 三國志(六)
정 사 삼 국 지

(吳書 2)

西晉 陳 壽 著

(南朝)宋 裴松之 註

陳起煥 譯註

明文堂

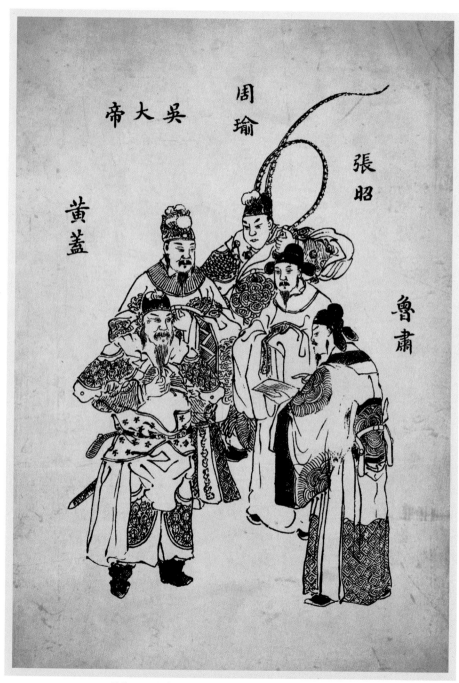

繡像 三國志演義(수상 삼국지연의) – 上海 鴻文書局 印行

국립중앙도서관 소장

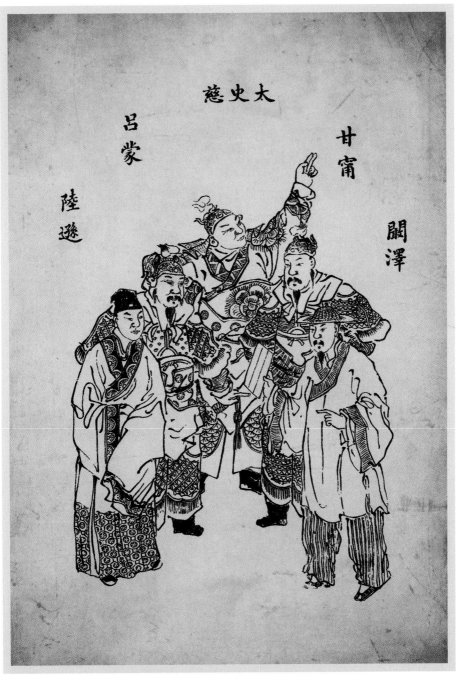

慈史太

呂蒙

陸遜

甘甯

闞澤

繡像 三國志演義(수상 삼국지연의) - 上海 鴻文書局 印行
국립중앙도서관 소장

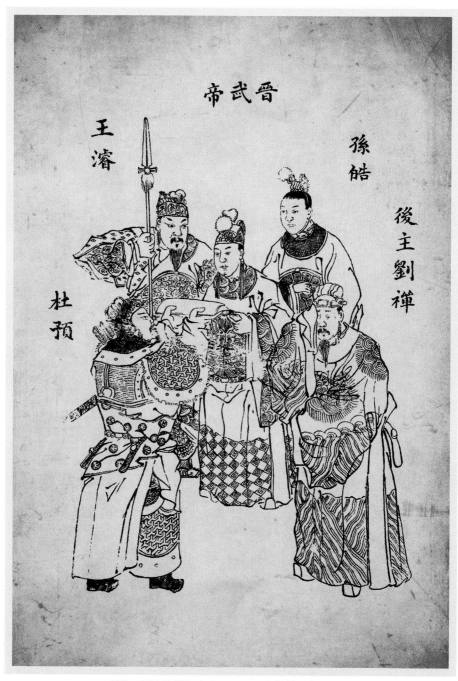

繡像 三國志演義(수상 삼국지연의) – 上海 鴻文書局 印行
국립중앙도서관 소장

原文譯註

正史 三國志(六)
정 사 삼 국 지

(吳書 2)

西晉 陳 壽 著
(南朝)宋 裴松之 註
陳起煥 譯註

明文堂

[차례]

《三國志 吳書》
삼 국 지 오 서

(六)

57권 〈虞陸張駱陸吾朱傳〉(吳書 12)
(우,육,장,낙,육,오,주전)

❶ 虞翻

│原文│

　虞翻字仲翔, 會稽餘姚人也. 太守王朗命爲功曹. 孫策征會稽, 翻時遭父喪, 衰経詣府門, 朗欲就之, 翻乃脫衰入見, 勸朗避策. 朗不能用, 拒戰敗績, 亡走浮海.

　翻追隨營護, 到東部候官, 候官長閉城不受, 翻往說之, 然後見納. 朗謂翻曰, "卿有老母, 可以還矣." 翻旣歸, 策覆命爲功曹, 待以交友之禮, 身詣翻第.

|국역|

　虞翻(우번)[1]의 字는 仲翔(중상)으로, 會稽郡 餘姚縣(여요현) 사람이다. 회계태수인 王朗(왕랑)이 우번을 功曹(공조)에 임명했다.

　孫策이 會稽郡을 정벌할 때, 우번은 그때 부친상을 당해 상복을 입은 채 태수부에 나왔는데, 왕랑이 손책에게 가려고 하자, 우번은 상복을 벗고 들어가 손책을 알현한 다음에, 왕랑에게 손책을 상대하지 말라고 권유하였다. 왕랑은 우번의 말을 듣지 않고, 손책에 대항하였지만 패전하여 도주한 뒤 섬으로 들어가려했다.

　우번은 왕랑을 따라가 도와주며 東部의 候官縣(후관현)에 이르렀는데 후관 縣長이 성문을 닫고 받아주지 않자, 우번이 들어가 설득하자 왕랑을 入城하게 했다. 왕랑은 우번에게 말했다. "당신은 노모가 계시니 돌아가야 합니다."

　우번이 회계군으로 돌아오자, 손책은 우번을 다시 공조에 임명하고 交友의 예로 대우하였으며, 우번의 집을 직접 방문도 하였다.

|原文|

　策好馳騁遊獵, 翻諫曰, "明府用烏集之衆, 驅散附之士, 皆得其死力, 雖漢高帝不及也. 至於輕出微行, 從官不暇嚴, 吏卒常苦之. 夫君人者不重則不威, 故白龍魚服, 困於豫且, 白蛇自放, 劉季害之, 願少留意."

....

1　虞翻(우번, 164－233년, 字 仲翔) － 會稽 餘姚(今 浙江省 동부 寧波市 관할 餘姚市.) 사람. 東吳의 경학자, 騎都尉 역임.

策曰, "君言是也, 然時有所思, 端坐悒悒, 有裨諶草創之計, 是以行耳."

翻出爲富春長. 策薨, 諸長吏並欲出赴喪, 翻曰, "恐鄰縣山民或有姦變, 遠委城郭, 必致不虞." 因留制服行喪. 諸縣皆效之, 咸以安寧. 後翻州擧茂才, 漢召爲侍御使, 曹公爲司空辟, 皆不就.

| 국역 |

손책은 말을 타고 사냥을 즐겼는데 虞翻(우번)이 간언하였다.

"明府께서 오합지중을 모으고 흩어지려는 용사를 독려하여 사력을 다하게 하는 능력은 아마 漢 高帝도 따라오지 못할 것입니다. 그러나 가벼운 차림으로 은밀히 외출하시니 수행원이 미처 다 챙길 수가 없어 늘 고생을 하고 있습니다. 대체로 人君의 처신이 신중하지 않으면 위엄이 없나니, 白龍이 물고기로 변신하면 漁夫한테도 시달림을 받아야 하고[2] 白蛇(백사, 白帝의 아들)가 멋대로 외출했다가 劉季(유씨 둘째 아들, 劉邦, 漢 高祖)에게 죽음을 당하였으니, 유념하시기 바랍니다."

이에 손책이 말했다.

"당신 말이 맞습니다. 그렇지만 가끔은 생각할 바가 있고 얌전하게 앉아 번민하는 것보다는 鄭나라 裨諶(비침)[3]처럼 야외에서 계책

....
2 원문 '困於豫且' - 豫且(예차)는 宋나라의 어부, 《莊子 外物篇》에는 餘且(여차). 용이 변신했다지만 어부에게는 그냥 물고기일 것이다.
3 裨諶(비침) - 춘추시대 鄭나라 대부. 중요한 의논이 있으면 교외에 나가서 중지를 모아 잘 해결했다고 한다. 《左傳 襄公》31년 條 참고.

을 수립하는 것이 좋아 그러는 것입니다."

우번은 富春 縣長이 되었다. 손책이 죽었을 때, 모든 관리들이 장례에 참여하려고 하자, 우번이 말했다.

"이웃 현의 山越 사람들이 혹시 간악한 변란을 일으킬 수도 있는데 성곽에서 멀리 나가 있다면 틀림없이 돌발 사태가 있을 것이다."

그래서 모두 상복을 입는 것으로 문상을 대신하였다. 이후 여러 현에서도 이를 본받아 시행하여 평온할 수 있었다. 뒷날 우번은 揚州에서 茂才(무재)로 천거되었고, 漢 조정에서는 侍御使(시어사)를 제수했고, 司空인 曹操가 우번을 불렀지만 모두 응하지 않았다.

| 原文 |

翻與少府孔融書, 幷示以所著《易注》. 融答書曰,

「聞延陵之理樂, 覩吾子之治《易》, 乃知東南之美者, 非徒會稽之竹箭也. 又觀象雲物, 察應寒溫, 原其禍福, 與神合契, 可謂探賾窮通者也.」

會稽東部都尉張紘又與融書曰,

「虞仲翔前頗爲論者所侵, 美寶爲質, 雕摩益光, 不足以損.」

| 국역 |

虞翻(우번)은 少府인 孔融(공융)[4]에게 편지를 보내 자신의 저서인

---

4 孔融(공융, 153 - 208, 字 文擧) - 공자의 20代孫인 공융은 7兄弟 중 6째였는데 나

《易注》를 보여 주었다. 이에 공융이 답서를 보냈다.

「제가 알기로, (春秋 吳의) 延陵季子(연릉계자, 季札)가 음악에 정통했다지만, 당신의 《易》연구를 보았다면, 단지 會稽(회계)의 학문뿐만 아니라 당신이 동남방의(吳) 걸출한 인물임을 알았을 것입니다. 뿐만 아니라 天象과 雲氣를 관찰하고 寒暑(한서)의 변화를 탐구하여, 그런 현상이 인간 禍福(화복)의 근원이 되며 神明과 符合(부합)함을 추구하여 밝혔으니, 가히 精微(정미)하고 奧妙(오묘)한 저술임을 알 수 있습니다.」

會稽郡의 東部都尉인 張紘(장굉)도 공융에게 서신을 보냈다.

「虞仲翔(우중상, 虞翻)이 전에 衆人의 배척을 받았지만, 寶玉 같은 바탕을 연마할수록 더욱 광채를 발휘하니, 사소한 비난이 본질을 훼손하지는 못할 것입니다.」

| 原文 |

孫權以爲騎都尉. 翻數犯顏諫爭, 權不能悅. 又性不協俗,

이 4세에 형제들과 함께 배(梨)를 먹는데 먼저 가장 작은 배를 집었다. 어른이 까닭을 묻자, "나는 어리니까 응당 작은 것을 먹어야 한다."고 대답하였다(孔融讓梨). 《三字經》에도 '融四歲, 能讓梨' 라는 구절이 있다. 본래 천성이 호학하여 읽어야 할 책을 모두 섭렵하였다. 38세에 北海相을 역임하여 '孔北海'로 불린다. 獻帝는 許縣에 도읍했고, 공융은 조정에 들어가 少府로 승진했다. 詩人으로도 유명하여 '建安七子'의 한 사람. 건안 13년(서기 208), 조조는 50만 대군을 동원해 東吳 원정에 나선다. 이때 태중대부 孔融은 이번 원정이 부당하다고 반대했고, 결국 廷尉(정위)에게 끌려가 죽음을 당한다. 《後漢書》70권, 〈鄭孔荀列傳〉에 입전.

多見謗毀, 坐徙丹楊涇縣. 呂蒙圖取關羽, 稱疾還建業, 以翻
兼知醫術, 請以自隨, 亦欲因此令翻得釋也. 後蒙擧軍西上,
南郡太守麋芳開城出降.

蒙未據郡城而作樂沙上. 翻謂蒙曰, "今區區一心者麋將軍
也, 城中之人豈可盡信, 何不急入城持其管籥乎?"

蒙卽從之. 時城中有伏計, 賴翻謀不行. 關羽旣敗, 權使翻
筮之, 得'兌'下'坎'上, 〈節〉, 五爻變之〈臨〉, 翻曰, "不出二
日, 必當斷頭." 果如翻言. 權曰, "卿不及伏羲, 可與東方朔
爲比矣."

| 국역 |

孫權은 虞飜(우번)을 騎都尉에 임명했다. 우번은 손권의 체면을
무시하며 바른 말을 하여 손권이 좋아하지 않았다. 우번은 세속에
따르지 않아 많은 비방을 받아 결국 丹楊郡 涇縣(경현)으로 강제 이
주되었다.

呂蒙(여몽)이 關羽를 격파하려고 거짓으로 병을 빙자하여 건업으
로 돌아갈 때, 우번이 의술을 잘 안다고 데리고 가겠다 하여 우번을
풀려나게 하였다. 뒷날 여몽이 서쪽으로 진출하여 주둔하자 (蜀漢
의) 南郡 태수인 麋芳(미방)은 성문을 열고 투항하였다.

여몽이 아직 南郡 城을 점령하지는 않았을 때, 여몽은 백사장에
서 잔치를 벌였다. 이에 우번이 여몽에게 말했다.

"지금 진심으로 투항한 사람은 미방 한 사람 뿐이고 성 안의 백성

을 믿을 수가 없는데, 왜 빨리 입성하여 성문을 장악하지 않습니까?"[5]

여몽은 즉각 그 말에 따랐다. 그때 성 안에서는 숨겨진 계략이 있었지만 결국 우번 때문에 실행되지 못했다.

關羽가 생포될 무렵, 손권은 우번에게 점을 치게 하였는데, 우번은 점괘로 水澤節(수택절, ䷻, 上卦 '坎(水)', 下卦는 澤) 괘를 얻었고, 五爻(다섯 번째 爻)의 陽爻(양효 —)를 陰爻(음효 --)로 바꾼〈臨〉卦(地澤臨, ䷒)를 얻고서 우번이 말했다.

"2일을 넘기지 않고 틀림없이 (관우의) 머리를 자를 것입니다."

모든 것이 우번의 말과 같았다. 이에 손권이 말했다.

"卿은 伏羲(복희)만은 못해도, 東方朔(동방삭)[6]과 비슷하다."

魏將于禁爲羽所獲, 繫在城中, 權至釋之, 請與相見. 他日, 權乘馬出, 引禁幷行, 翻呵禁曰, "爾降虜, 何敢與吾君齊馬首乎!" 欲抗鞭擊禁, 權呵止之.

後權於樓船會群臣飮, 禁聞樂流涕, 翻又曰, "汝欲以僞求免邪?" 權帳悵然不平.

---

5 원문의 管籥(관약)은 자물통의 열쇠. 왜 성문을 점유, 방어하지 않느냐는 뜻.

6 東方朔(동방삭, 前 154 - 93년) - 東方은 복성. 字 曼倩(만천), 平原郡 출신. 前漢 辭賦 作家.《史記 滑稽列傳》에 수록.《漢書》65권,〈東方朔傳〉에 입전.

魏將 于禁(우금)은 관우에게 생포된 뒤에 (荊州) 성 안에 갇혀 있었는데, 손권이 입성하여 풀어준 뒤에 불러 만나보았다. 다른 날, 손권이 말을 타고 행차하면서 우금을 불러 나란히 가자, 우번이 우금에게 "너는 투항한 포로인데, 어찌 감히 우리 主君과 말머리를 나란히 할 수 있는가!"라면서 채찍을 들어 우금을 매질하려고 하자, 손권이 우번을 꾸짖어 못하게 했다.

뒷날 손권은 樓船(누선)에서 群臣과 연회를 즐겼는데, 우금이 음악을 듣고 눈물을 흘리자 우번이 또 말했다.

"너는 거짓 눈물을 사면을 받으려 하는가?"

이에 손권도 탄식하며 우번을 나무랐다.

|原文|

權旣爲吳王, 歡宴之末, 自起行酒, 翻伏地陽醉, 不持. 權去, 翻起坐. 權於是大怒, 手劍欲擊之, 侍坐者莫不惶遽, 惟大司農劉基起抱權諫曰, "大王以三爵之後殺善士, 雖翻有罪, 天下孰知之? 且大王以能容賢畜衆, 故海內望風, 今一朝棄之, 可乎?"

權曰, "曹孟德尙殺孔文擧, 孤於虞翻何有哉!"

基曰, "孟德輕害士人, 天下非之. 大王躬行德義, 欲與堯, 舜比隆, 何得自喩於彼乎?"

翻由是得免. 權因敕左右, 自今酒後言殺, 皆不得殺.

|국역|

　　손권이 吳王이 된 이후, 축하 연회의 끝 무렵에 손권이 일어나 자리를 돌면서 신하들에게 술을 권했는데(行酒), 虞飜(우번)은 바닥에 엎드려 거짓으로 술에 취한 척하며 받지 않았다. 손권이 지나가자 우번은 일어나 앉았다. 이에 손권은 대노하면서 칼을 뽑아들고 우번을 죽이려 하자 측근 신하 누구도 말릴 경황이 없었지만, 오직 大司農인 劉基(유기)[7]가 일어나 손권을 붙잡고 저지하며 말했다.

　　"大王께서 술을 세 잔 이상 마신 뒤에 善士를 죽인다면, 설령 우번이 죄를 지었어도 천하에 누구가 그런 사실을 알겠습니까? 대왕께서는 賢士를 포용하고 백성을 양육하여 천하가 대왕을 우러러보는데, 지금 하루아침에 백성의 여망을 버려서야 되겠습니까?"

　　손권이 말했다.

　　"曹孟德(曹操)도 孔文擧(孔融)를 죽였거늘, 내가 우번을 죽인다 하여 무엇이 문제리오!"

　　유기도 말했다.

　　"조조는 경솔하게 士人을 죽인다고 천하가 비난하였습니다. 대왕께서는 仁德과 대의를 실천하시어 堯나 舜에 비교가 되거늘, 어찌 스스로 조조와 비교하십니까?"

　　우번은 이로써 겨우 살아났다. 손권은 이후 측근에게 말하여, 술

---

7 劉基(유기, 185?~233년?, 字 敬輿) − 揚州刺史 劉繇(유요)의 아들, 대사농 역임. 손권의 절대적 신임을 받았다. 유기의 女兒 劉氏는 魯王 孫霸(손패)의 아내.《吳書》4권,〈劉繇太史慈士爕傳〉劉繇傳에 부전.

을 마신 뒤에 죽이라는 명령은 죽일 수 없다고 하였다.

|原文|

翻常乘船行, 與麋芳相逢, 芳船上人多欲令翻自避, 先驅
曰, "避將軍船!" 翻厲聲曰, "失忠與信, 何以事君? 傾人二城,
而稱將軍, 可乎?"

芳闔戶不應而遽避之. 後翻乘車行, 又經芳營門, 吏閉門,
車不得過. 翻復怒曰, "當閉反開. 當開反閉. 豈得事宜邪?"

芳聞之, 有慚色. 翻性疏直, 數有酒失. 權與張昭論及神仙,
翻指昭曰, "彼皆死人, 而語神仙, 世豈有仙人也!"

權積怒非一, 遂徙翻交州. 雖處罪放, 而講學不倦, 門徒常
數百人. 又爲《老子》,《論語》,《國語》訓注, 皆傳於世.

|국역|

虞翻(우번)은 자주 배를 타고 다녔는데, 麋芳(미방)[8]과 마주치자, 미
방의 船夫들은 대부분 우번이 피하기를 바라면서 앞에 탄 사람이 "장
군의 배를 피하시오."라고 말했다. 그러자 우번이 크게 소리쳤다.

----

8 麋芳(미방)의 字는 子方(자방)이니, 東海郡 사람이며 南郡 태수였다. 麋芳(미방)
은 麋竺(미축)의 동생. 미축은 자기 여동생(麋夫人)과 함께 많은 재물을 유비에
게 지원하였고, 유비의 절대적 신임을 받고 있었다. 그 동생 미방은 유비에 비
협조적이었고 관우에게 적대적이었다. 결국 위기에 처한 관우를 돕지 않고 東
吳에 투항하였다.

"충의나 신의도 버리고 어찌 事君하는가? 2개의 성을 뒤엎은 사람을 보고 장군이라 할 수 있는가?"

미방은 船室 문을 닫고 대응하지 않고 서둘러 피했다. 뒷날 우번이 수레를 타고 가는데, 미방 군영의 軍門 앞을 지나가려 하자 관리가 문을 닫아 수레가 갈 수 없었다. 이에 우번이 화가 나서 소리를 질렀다.

"닫아야 할 성문을 열어 항복하더니, 열어야 할 문을 닫는다. 이런 이치가 어디 있는가?"

미방은 듣고서 부끄러웠다. 우번의 성질은 소탈 솔직했고 술에 취한 실수가 많았다.

孫權과 張昭(장소)가 신선을 담론하고 있었는데, 우번이 장소를 향하여 "그런 자들은 다 죽은 사람인데도 신선이라 말하니, 세상이 신선이 어디 있겠는가!"

孫權이 화를 참은 일이 한두 번이 아니었기에 결국 우번을 交州로 쫓아버렸다. 비록 쫓겨온 우번이지만 講學을 게을리하지 않아 문도가 늘 수백 명이나 되었다. 또 《老子》, 《論語》, 《國語》의 뜻을 주석했는데 모두가 전해오고 있다.

| 原文 |

初, 山陰丁覽, 太末徐陵, 或在縣史之中, 或衆所未識, 翻一見之, 便與友善, 終咸顯名. 在南十餘年, 年七十卒. 歸葬舊墓, 妻子得還.

翻有十一子. 第四子氾最知名, 永安初, 從選曹朗爲散騎中常侍, 後爲監軍使者, 討扶嚴, 病卒. 氾弟忠, 宜都太守. 聳, 越騎校尉, 累遷廷尉, 湘東,河間太守. 昺, 廷尉尙書, 濟陰太守.

| 국역 |

그전에, 山陰縣의 丁覽(정람, 字 孝連), (會稽郡) 太末縣의 徐陵(서릉)은 縣吏로 근무했는데, 사람들이 능력을 인정하지 않았지만 虞飜(우번)은 한 번 만나본 사람을 평생 친우로 가까이 지냈는데, 그들은 모두 유명하였다.

우번은 交州에 10여 년을 살다가 70세에 죽었다. 고향에서 장례했고 처자도 돌아왔다.

우번은 11명의 아들을 두었다. 四子인 虞氾(우사)가 가장 알려졌는데, (孫休, 景帝) 永安 초에(서기 258), 選曹朗에서 散騎中常侍가되었고, 나중에 監軍使者가 되어 扶嚴(부엄)을 토벌하였으며 병사했다. 우사의 동생 虞忠(우충)은 宜都太守였다. 虞聳(우용)은 越騎校尉이었는데, 여러 번 승진하여 廷尉가 되었고 湘東, 河間 태수를 역임했다. 虞昺(우병)은 廷尉尙書와 濟陰 태수를 역임했다.

❷ 陸績

| 原文 |

陸績字公紀, 吳郡吳人也. 父康, 漢末爲廬江太守. 績年六

歲, 於九江見袁術. 術出橘, 績懷三枚, 去, 拜辭墮地, 術謂曰,
"陸郞作賓客而懷橘乎?" 績跪答曰, "欲歸遺母." 術大奇之.

孫策在吳, 張昭,張紘,秦松爲上賓, 共論四海未泰, 須當用
武治而平之, 績年少末坐, 遙大聲言曰, "昔管夷吾相齊桓公,
九合諸候, 一匡天下, 不用兵車. 孔子曰, '遠人不服, 則修文
德以來之.' 今論者不務道德懷取之術, 而惟尙武, 績雖童蒙,
竊所未安也."

昭等異焉.

| 국역 |

陸績(육적)[9]의 字는 公紀(공기)로, 吳郡 吳縣 사람이다. 부친 陸康
(육강, 字 季寧)은 漢末에 廬江(여강) 태수였다.

육적이 6세 때, 九江郡에서 袁術을 배알하였다 원술이 橘(귤)을
주었는데, 육적이 그중 3개를 품에 넣었다가 떠나면서 인사를 할 때

----

9 陸績(육적, 188～219년, 字 公紀) － 吳郡 吳縣(今 江蘇省 蘇州市) 출신. 孫權 휘하
의 관리, 鬱林太守, 偏將軍 역임. '二十四孝' 중 懷橘遺親(귤을 가져다가 어머니
께 드리다) 고사의 주인공. 陸績은 체구가 웅장했고 博學 多才한 사람으로 觀星,
曆法, 算數, 易占에도 뛰어났으나 다리에 병이 있어 마음대로 활동하지 못했다.
陸遜은 육적의 堂姪이나 육손이 나이가 많았다. ※ 참고로, 〈二十四孝〉의 행적
과 그 주인공은 아래와 같다. 孝感動天(虞舜), 親嘗湯藥(漢文帝), 齧指痛心(曾
參), 單衣順母(閔損, 孔子 제자), 爲親負米(仲由, 孔子弟子. 子路), 鹿乳奉親(郯
子), 戲彩娛親(老萊子), 賣身葬父(董永), 爲母埋兒(郭巨), 湧泉躍鯉(姜詩), 拾椹
供親(蔡順), 刻木事親(丁蘭), 懷橘遺親(陸績), 行傭供母(江革), 扇枕溫衾(黃香),
聞雷泣墓(王裒), 恣蚊飽血(吳猛), 臥冰求鯉(王祥), 扼虎救親(楊香), 哭竹生筍(孟
宗), 嘗糞憂心(庾黔婁), 乳姑不怠(唐夫人), 棄官尋母(朱壽昌), 滌親溺器(黃庭堅).

바닥에 떨어졌다. 원술이 "陸郎은 손님으로 와서 귤을 갖고 가려는 가?"라고 말했다. 이에 육적은 꿇어 앉아 "돌아가 어머니께 드리려 했습니다."라고 말했고, 원술은 크게 기특해 하였다.

孫策이 吳郡에 있을 때, 張昭(장소), 張紘(장굉), 秦松(진송)[10]이 上賓(상빈)이 되어 천하가 태평하지 않으니, 모름지기 武治로 천하를 평안케해야 한다며 함께 논의를 하고 있었는데, 젊은 육적은 말석에 앉아 있다가 멀리서 큰소리로 말했다.

"옛날 管夷吾(管仲)는 齊 桓公을 도와 모든 제후를 규합하여 천하를 바로 세웠어도 兵車를 쓰지 않았습니다. 孔子께서는 '遠人이 不服하면, 文德을 닦아 모두를 招致(초치)해야 한다.'고 말했습니다. 지금 이 자리에서 도덕으로 백성을 회유하는 정책을 논하지 않고 오로지 武만을 숭상하다니, 육적이 비록 어리고 무지하지만 타당하지 않다고 생각합니다."

장소 등은 육적을 특별한 사람이라고 생각하였다.

| 原文 |

績容貌雄壯, 博學多識, 星歷算數無不該覽. 虞翻舊齒名盛, 龐統荊州令士, 年亦差長, 皆與績友善. 孫權統事, 闢爲奏曹掾, 以直道見憚, 出爲鬱林太守, 加偏將軍, 給兵二千人.

績旣有躄疾, 又意在儒雅, 非其志也. 雖有軍事, 著述不廢,

10 秦松(진송, 생졸년 미상, 字 文表) – 孫策과 孫權의 신하.《吳書》8권,〈張嚴程闞薛〉중〈張紘傳〉에 이름이 보인다.

作《渾天圖》, 注《易》釋《玄》, 皆傳於世.

豫自知亡日, 乃爲辭曰,「有漢志士吳郡陸績, 幼敦《詩》,
《書》, 長玩《禮》,《易》受命南征, 遘疾遇厄, 遭命不幸, 嗚呼悲
隔!」

又曰,“從今已去, 六十年之外, 車同軌, 書同文, 恨不及見
也.”

年三十二卒. 長子宏, 會稽南部都尉, 次子叡, 長水校尉.

| 국역 |

陸績(육적)의 용모는 웅장하고 박학다식하였으며, 천문과 역법에
산술까지 읽지 않은 책이 없었다. 虞翻(우번)은 (육적보다) 나이가
많고 유명했으며, 龐統(방통)은 荊州(형주)에 유명한 명사로 역시 육
적보다 연상이었지만 육적과 친하게 교제하였다.

손권이 국정을 운영하며 육적을 불러 奏曹掾(주조연)에 임명하였
는데, 육적은 직언을 자주 올려 손권이 싫어하였고 지방관으로 나
가 鬱林(울림)[11] 태수가 되었고, 加官으로 偏將軍이 되어 장졸 2천 명
을 받아 지휘하였다.

육적은 다리가 병약하고(躄疾, 절뚝발이 벽), 유학에 뜻을 두고
있어 본래 원하는 바가 아니었다. 비록 軍事에 관한 직분이었지만,
저술을 쉬지 않아《渾天圖》를 지었으며,《易》을 주해한《玄》을 저술
하여 지금까지 전해진다.

⋯⋯⋯⋯⋯⋯
11 鬱林(울림) - 郡名. 郡治는 陰平縣, 今 廣西壯族自治區 중동부 貴港市.

자신의 죽을 날을 미리 아는 듯 글을 지어놓았는데,

「漢의 志士 吳郡 陸績이 있었으니, 어려서부터 《詩》와 《書》에 뜻을 두었고, 성인이 되어 《禮》와 《易》을 좋아하였으며, 왕명에 따라 남방을 원정하였으나 병약하고 액운이 있어 불행히 일찍 죽으니, 嗚呼라 슬프도다!」라고 하였다.

또, "나는 지금 죽지만 60년 뒤에는 수레의 폭이 같아지고 글자가 통일될 것인데, 나는 볼 수가 없어 한스럽다."라고 하였다. 육적은 32세에 죽었다. 長子인 陸宏(육굉)은 會稽郡 南部都尉이었고, 次子인 陸叡(육예)는 長水 校尉이었다.

❸ 張溫

|原文|

張溫字惠恕, 吳郡 吳縣人也. 父允, 以輕財重士, 名顯州郡, 爲孫權東曹掾, 卒.

溫少修節操, 容貌奇偉. 權聞之, 以問公卿曰, "溫當今與誰爲比?" 大司農劉基曰, "可與全琮爲輩." 太常顧雍曰, "基未詳其爲人也. 溫當今無輩."

權曰, "如是, 張允不死也." 徵到延見, 文辭占對, 觀者傾竦, 權改容加禮. 罷出, 張昭執其手曰, "老夫托意, 君宜明之." 拜議郎, 選曹尙書, 徙太子太傅, 甚見信重.

張溫(장온)[12]의 字는 惠恕(혜서)인데, 吳郡 吳縣 사람이다. 부친 張允(장윤)은 재물을 가벼이 여기고, 賢士를 중히 여겨 州郡에 이름이 알려졌고 孫權의 東曹掾(동조연)이었다가 죽었다.

장온은 어려서부터 지조가 확실했고 체구도 크고 위엄이 있었다. 孫權이 이를 알고서 여러 공경에게 "장온이 지금의 누구와 비슷한가?"라고 물었다. 이에 大司農인 劉基(유기)는 "아마 全琮(전종, 손권의 사위)과 비슷한 사람입니다."라고 대답하였다. 그러나 太常인 顧雍(고옹)은 "유기는 장온을 잘 모르고 있습니다. 지금은 장온과 비슷한 사람이 없습니다."라고 말했다.

손권은 "정말 그렇다면 張允(장윤)이 살아있다는 뜻이다."라고 말하였다. 장온이 부름을 받아 알현하며 文辭를 써서 응답하자, 옆에서 본 사람들은 모두 놀라며 부러워하였고 孫權도 낯빛을 바꿔 예를 표했다.

알현을 마치고 나오자, 張昭(장소)가 장온의 손을 잡고 "이 늙은 사람이 마음으로 의지하고 싶으니 君은 매사가 분명해야 하오."라고 말했다. 장온은 議郎을 제수 받고, 選曹尚書가 되었다가 太子太傅로 옮기면서 신임을 받았다.

---

12 張溫(장온, 193－230년, 字 惠恕) － 吳郡 吳縣(今 江蘇省 蘇州市) 사람. 蜀에 사신으로 가서 양국 우호에 기여. 蜀에서 명성이 높았다.

時年三十二, 以輔義中郞將使蜀. 權謂溫曰, "卿不宜遠出,
恐諸葛孔明不知吾所以與曹氏通意, 以故屈卿行. 若山越都
除, 便欲大搆於丕. 行人之義, 受命不受辭也."

溫對曰, "臣入無腹心之規, 出無專對之用, 懼無張老延譽
之功, 又無子産陳事之效. 然諸葛亮達見計數, 必知神慮屈申
之宜, 加受朝廷天覆之惠, 推亮之心, 必無疑貳."

溫至蜀, 詣闕拜章曰,

"昔高宗以諒闇昌殷祚於再興, 成王以幼沖隆周德於太平,
功冒溥天, 聲貫罔極. 今陸下以聰明之姿, 等契往古, 總百揆
於良佐, 參列精這炳耀, 邐迤望風, 莫不欣賴. 吳國勤任旅力,
清澄江滸, 願與有道平一宇內, 委心協規, 有如河水, 軍事凶
煩, 使役乏少, 是以忍鄙倍之羞, 使下臣溫通致情好. 陸下敦
崇禮義, 未便恥忽. 臣自入遠境, 及卽近郊, 頻蒙勞來, 恩詔
輒加, 以榮自懼, 悚怛若驚. 謹奉所齎函書一封."

蜀甚貴其才. 還, 頃之, 使入豫章部伍出兵, 事業未究.

張溫(장온)은 32세에 輔義中郞將이 되어 蜀에 사신으로 갔다(黃
武 3년, 서기 224년). 孫權이 장온에게 부탁하였다.

"卿이 먼 타국에 사신으로 가는 일이 좋을 것이 없겠지만, 혹 諸

葛孔明은 내가 조조와 통교하는 이유를 모를 것 같아 이번에 경을 보내는 것이요. 만약 내부적으로 山越族을 모두 진압한다면, 曹조(조비, 魏 文帝)와 크게 쟁패할 것이요. 사신의 大義는 임무를 받되 대응 방법은(辭) 받지 않는 것이요."[13]

이에 장온이 말했다.

"臣은 조정에 腹心의 대책을 건의한 것도 없고, 타국에 사신으로 대응한 경험도 없기에 張老(장로, 春秋 시기 晉國人)처럼 국위를 선양하지 못할까 걱정뿐이며, 또 鄭 子産(자산)처럼 政事의 치적을 올린 경험도 없습니다. 그러나 諸葛亮의 達見이나 計策으로 틀림없이 主君께서 魏에 屈申하는 대응을 알고 있을 것이며, 제갈량은 우리 조정에서 베푼 크신 은덕을 입은 만큼 그 마음을 헤아려 본다면 아마 우리에게 두 마음을 갖지는 않을 것입니다."

장온은 蜀에 도착해서 입궐하여 국서를 증정하며 말했다.

"옛날 (殷의) 高宗은 복상 기간에도 殷의 국운을 크게 흥륭케 했으며, (周의) 成王은 어린 나이였지만 周德을 융성케 하여 太平을 이룩하였으니, 이분들의 공적은 하늘만큼 넓고 높으며 명성은 끝이 없었습니다. 이제 폐하의 총명하신 자질은 先世 賢君과도 같으며, 정무를 총람하시면서 현량한 宰臣(재신)에 일임하시며, 日月星辰(일월성신)처럼 밝은 광채를 발휘하시는 멀고 가까운 모두가 蜀漢을 흠모하며 기꺼이 의지하려 않는 자가 없습니다. 吳國은 정사에 힘쓰고 무력을 키워 長江 일대를 깨끗하게 평정하였기에 蜀과 함께 正

....
13 孫權이 자신을 낮춰가며 魏에 稱臣한 외교적 의미를 잘 설명하되 현장에서 적절히 대응하라는 뜻.

道로 온 세상을 하나로 평온케 하고 서로 협력하여 長江과 같은 신의를 지킬 것이며, 군사적인 흉사나 전투가 일어나지 않고 비루한 부끄러움이 없기를 바라면서, 臣 溫(온)을 보내 우호의 뜻을 다지려 합니다. 폐하께서는 예의를 돈독히 숭상하시니 부끄러움이나 소홀하지 않게 저를 대해 주실 것을 기대합니다. 臣은 먼 곳에서 들어와 근교에 이르면서 여러 번 위로를 받았고, 자애로운 조서의 은덕을 입어 영광이면서도 두려우며 송구스러울 뿐입니다. 삼가 준비해온 국서 一封을 올립니다."

蜀에서는 장온의 才智를 높이 평가했다. 귀국한 뒤 얼마 안 있다가 豫章郡에 가서 부대를 편성하여 出兵하였는데, 蜀과 修好 업무가 잘 마무리는 되지 않았다.

|原文|

權旣陰銜溫稱美蜀政, 又嫌其聲名大盛, 衆庶炫惑, 恐終不爲己用, 思有以中傷之, 會曁艷事起, 遂因此發擧. 艷字子休, 亦吳郡人也, 溫引致之, 以爲選曹郎, 至尙書.

艷性狷厲, 好爲淸議, 見時郎署混濁淆雜, 多非其人, 欲臧否區別, 賢愚異貫. 彈射百僚, 覈選三署, 率皆貶高就下, 降損數等, 其守故者十未能一, 其居位貪鄙, 志節汚卑者, 皆以爲軍吏, 置營府以處之. 而怨憤之聲積, 浸潤之譖行矣. 競言艷及選曹郎徐彪, 專用私情, 愛憎不由公理. 艷,彪皆坐自殺.

溫宿與艷,彪同意, 數交書疏, 聞問往還, 卽罪溫. 權幽之有司, 下令曰,

「昔令召張溫, 虛己待之, 卽至顯授, 有過舊臣, 何圖凶醜, 專挾異心! 昔曁艷父兄, 附於惡逆, 寡人無忌, 故近而任之, 欲觀艷何如, 察其中間, 形態果見. 而溫與之結連死生, 艷所進退, 皆溫所爲頭角, 更相表裏, 共爲腹背, 非溫之黨, 卽就疵瑕, 爲之生論. 又前任溫董督三郡, 指撝吏客及殘餘兵, 時恐有事, 欲令速歸, 故授棨戟, 奬以威柄. 乃便到豫章, 表討宿惡, 寡人信受其言, 特以繞帳,帳下,解煩兵五千人付之. 後聞曹丕自出進,泗, 故豫敕溫有急便出. 而溫悉內諸將, 布於深山, 被命不至. 賴丕自退, 不然, 已往豈可深計. 又殷禮者, 本占候召, 而溫先後乞將到蜀, 扇揚異國, 爲之譚論. 又禮之還, 當親本職, 而令守尙書戶曹郞, 如此署置, 在溫而已. 又溫語賈原, 當薦卿作御史, 語蔣康, 當用卿代賈原, 專衒賈國恩, 爲己形勢. 揆其姦心, 無所不爲. 不忍暴於市朝, 今斥還本郡, 以給廝吏. 嗚呼溫也, 免罪爲幸!」

| 국역 |

그간 孫權은 張溫(장온)이 蜀의 政事를 칭찬할 일에 대하여 은밀한 반감과 미움을 갖고 있었고, 또 장온의 명성이 너무 성대하고 많은 백성들이 거기에 현혹되고 있다 하여 싫어하면서 끝내 자신에게

도움이 안 될 것이라고 예상하며 좀 꺾어야겠다는 생각을 갖고 있을 때, 마침 曁艷(기염)의 사건이 일어나자,[14] 이를 기회로 장온을 파직하였다.

기염의 字는 子休(자휴) 같은 吳郡 출신으로 장온이 천거하여 選曹郎이 되었고 尙書까지 승진하였다.

기염의 성격은 높고 큰 뜻을 품고 있으면서도 엄격하며 인물 평론을(淸議) 좋아하였는데, 당시 郎官들의 부서가 혼탁하고 난잡한데다가 비 적임자가 많기에 선악과 능력 여부, 賢愚(현우)에 따라 업무를 다시 배치해야 한다고 주장하였다. 그리하여 모든 관료의 능력과 품행을 조사 비판하고 三署[15]의 관원을 엄선한다며 승진시키고 또 폄직하였는데 심한 경우 3등급이나 강등되었고 제자리를 지킨 사람은 열에 하나였으며, 재직 중에 탐욕하고 비리가 있어 지조를 더럽힌 자는 모두 軍吏로 전직시켜 각 군영의 부서로 전직케 하였다. 그리하여 곳곳에서 원한과 분노가 쌓이고 보이지 않게 모함이나 비방이 횡행하였다. 결과적으로 기염과 選曹郎 徐彪(서표)는 사적 감정과 애증에 의거 처리하였으며 공정한 처리가 이뤄지지 않았다. 결국에 기염과 서표는 이 사건에 연루되어 자살하였다.

장온은 오랫동안 기염이나 서표와 뜻을 같이했고, 서신을 자주 왕래하였기에 장온도 같은 혐의로 처벌을 받게 되었다. 손권은 먼

----

14 黃武 3年(서기 224년)에 촉발된 이 사건은 東吳 정권 내부의 파벌싸움이고, 다시 14년 뒤에 일어난 呂壹(여일, ?-238년?)의 事件도 같은 성격을 띠고 일어난 정치적 알력이었다.

15 三署 − 光祿勳(광록훈) 소속의 부서 이름 五官, 左, 右署. 부서 책임자는 中郎將. 곧 오관중랑장, 좌 우중랑장, 각 郡國에서 효렴으로 천거되는 자는 일단 삼서의 낭관으로 임명되어 관직을 시작한다.

저 담당 관리에게 장온을 구속 수감케 한 다음에 명령하였다.

「그전에, 겸허한 마음으로 張溫(장온)을 등용했고, 장온에게 오래 근속한 관원보다도 높은 관직을 수여하였는데, 어찌 다른 마음을 품고 추악한 행위를 할 수 있겠는가! 그전에 暨艷(기염)의 부형은 흉악한 자의 편이었지만, 寡人(과인)은 아무런 꺼림도 없이 기염을 가까이 두었고 신임하면서 기염이 어떻게 처리하는가를 기대하면서 그간에 그 행위를 살펴보았더니, 결국 그 본심이 드러났다. 장온은 기염의 무리와 死生을 같이 하기로 했으며, 기염의 진퇴는 모두가 장온에 의하여 그 頭角(두각)이 드러났으며, 서로가 하나의 表裏(표리)가 되었고, 배와 등과(腹背) 같았으니, 장온의 일당이 아니라면 바로 흠집을(疵瑕, 瑕疵, 하자) 찾아내어 억지로 죄를 만들었다. 또 장온이 앞서 3개 郡의 군사를 감독하고, 그곳의 軍吏와 將卒을 지휘하게 하였는데, 혹시 무슨 사안이 발생할까 걱정하여 서둘러 歸任하게 시키면서 신임의 표시로 창(棨戟, 계극)을 하사하고 그 권위를 높여주었다. 이에 장온이 豫章郡에 부임하면서 겉으로는 宿惡(숙악)을 제거한다 하였기에 과인은 그의 말을 믿었고 특별히 지휘부의 휘장이나 여러 집기, 그리고 解煩兵(해번병, 特殊 兵力) 5천 명을 하사하였다. 그러나 나중에 曹丕(조비)가 淮水와 泗水(사수) 일대에 진격하려 한다는 정보가 있어 미리 장온에게 서둘러 출전토록 지시하였다. 그러나 장온은 모든 부장을 모아 深山 지역에 배치하였고, 조정의 명령은 전달되지도 않았다. 마침 조비가 스스로 퇴각했기 망정이지 아니면 어찌 그 사태를 극복했겠는가?

또 殷禮(은례)란 자는 본래 점을 잘 친다 하여 관직에 임명하였지

만, 장온은 여러 번 은례를 데리고 蜀에 다녀오면서, 촉국의 정사를
칭송하면서 이를 여러 사람에게 선전하였다. 또 은례가 귀국한 뒤
에 본래의 직분을 담당했어야 하나 (장온은) 尙書戶曹郎 직임을 대
행케 하였는데, 그러한 인사 조치는 장온이 주관하였다.

또 장온은 賈原(가원)에게 자기가 추천하여 御史(어사)가 되게 해
준다고 말하고서, 이를 蔣康(장강)에게는 가원이 후임이 될 것이라
말하는 등 제멋대로 나라의 인사권을 행사하여 자신의 후원 세력으
로 만들었다. 장온의 그 간악한 심사를 파악해보면 가히 無所不爲
(무소불위)라 할 수 있다. 차마 장온의 죄를 거리에서 밝힐 수 없기에
이번에 담당 豫章郡의 업무에서 배제하고 담당 관리에게 넘겨 처리
토록 하라. 오호라! 장온이여, 형벌을 사면한 것으로도 다행일 것이
다!」

|原文|

將軍駱統表理溫曰,

「伏惟殿下, 天生明德, 神啓聖心, 招髦秀於四方, 署俊乂於
宮朝. 多士旣受普篤之恩, 張溫又蒙最隆之施. 而溫自招罪
譴, 孤負榮遇, 念其如此, 誠可悲疚. 然臣周旋之間, 爲國觀
聽, 深知其狀, 故密陳其理.

溫實心無他情, 事無逆跡, 但年紀尙少, 鎭重尙淺, 而戴赫
烈之寵, 體卓偉之才, 亢臧否之譚, 效襃貶之議. 於是務勢者

妒者寵, 爭名者嫉其才, 玄默者非其譚, 瑕釁者諱其議, 此臣下所當詳辨, 明朝所當究察也.

昔賈誼, 至忠之臣也, 漢文, 大明之君也, 然而絳,灌一言, 賈誼遠退. 何者? 疾之者深, 譖之者巧也. 然而誤聞於天下, 失彰於後世, 故孔子曰, ‘爲君難, 爲臣不易也.’ 溫雖智非從橫, 武非虓武, 然其弘雅之素, 英秀之德, 文章之采, 論議之辯, 卓躒冠群, 煒曄曜世, 世人未有及之者也. 故論溫才則可惜, 言罪則可恕. 若忍威烈以赦盛德, 有賢才以敦大業, 固明朝之休光, 四方之麗觀也.

國家之於暨艷, 不內之忌族, 猶等之平民, 是故先見用於朱治, 次見舉於衆人, 中見任於明朝, 亦見交於溫也. 君臣之義, 義之最重, 朋友之交, 交之最輕者也. 國家不嫌於艷爲最重之義, 是以溫亦不嫌與艷爲最輕之交也. 時世寵之於上, 溫竊親之於下也.

夫宿惡之民, 放逸山險, 則爲勁寇, 將置平土, 則爲健兵, 故溫念在欲取宿惡, 以除勁寇之害, 而增健兵之銳也. 但自錯落, 功不副言. 然計其送兵, 以比許晏, 數之多少, 溫不減之. 用之強羸, 溫不下之. 至於遲速, 溫不後之, 故得及秋冬之月, 赴有警之期, 不敢忘恩而遺力也.

溫之到蜀, 共譽殷禮, 雖臣無境外之交, 亦有可原也. 境外之交, 謂無君命而私相從, 非國事而陰相聞者也. 若以命行,旣修君好, 因敍己情, 亦使臣之道也.

故孔子使鄰國, 則有私覿之禮. 季子聘諸夏, 亦有燕譚之義也. 古人有言, 欲知其君, 觀其所使, 見其下之明明, 知其上之赫赫. 溫若譽禮, 能使彼歎之, 誠所以昭我臣之多良, 明使之得其人, 顯國美於異境, 揚君命於他邦.

是以晉趙文子之盟於宋也, 稱隨會於屈建. 楚王孫圍之使于晉也, 譽左史於趙鞅. 亦向他國之輔, 而歎本邦之臣, 經傳美之以光國, 而不譏之以外交也. 王靖內不憂時, 外不趨事, 溫彈之不私, 推之不假, 於是與靖遂爲大怨, 此其盡節之明驗也. 靖兵衆之勢, 幹任之用, 皆勝於賈原,蔣康, 溫尙不容私以安於靖, 豈敢賣恩以協原,康邪? 又原在職不勤, 當事不堪, 溫數對以醜色, 彈以急聲. 若其誠欲賣恩作亂, 則亦不必貪原也.

凡此數者, 校之於事旣不合, 參之於衆亦不驗. 臣竊念人君雖有聖哲之姿, 非常之智, 然以一人之身, 御兆民之衆, 從層宮之內, 瞰四國之外, 昭群下之情, 求萬機之理, 猶未易周也, 固當聽察群下之言, 以廣聰明之烈.

今者人非溫旣殷勤, 臣是溫又契闊, 辭則俱巧, 意則俱至, 各自言欲爲國, 誰其言欲爲私, 倉卒之間, 猶難卽別. 然以殿下之聰睿, 察講論之曲直, 若潛神留思, 纖粗硏核, 情何嫌而不宣, 事何昧而不昭哉?

溫非親臣, 臣非愛溫者也, 昔之君子, 皆抑私忿, 以增君明.
彼獨行之於前, 臣恥廢之於後, 故遂發宿懷於今日, 納愚言於
聖聽, 實盡心於明朝, 非有念於溫身也.」

權終不納.

後六年, 溫病卒. 二弟祗,白, 亦有才名, 與溫俱廢.

| 국역 |

이에 장군인 駱統(낙통)[16]이 表文을 올려 張溫(장온)을 변호하였
다.

「臣이 생각으로, 殿下께서는 明德을 타고 나셨으며, 天神이 聖心
을 부여하셨기에 사방의 우수 인재를 불러 모으고 걸출한 능력자로
조정을 채우셨습니다. 많은 士人이 전하의 넓고도 돈독한 은덕을
입었으니, 張溫(장온) 역시 전하의 융성하신 시혜를 입었습니다. 그
렇지만 장온은 스스로 죄를 지어 성은을 져버렸으니, 이는 참으로
슬프고 통탄할 일입니다, 그러나 臣이 그동안 생활하며 보고 들은
바가 있어 그 상황을 잘 알기에 이번 일에 관하여 상세히 서술하고
자 합니다.

장온의 마음 본 바탕에 다른 뜻이 없고 그 행적에 전하의 뜻을 거
스른 자취도 없지만, 다만 아직도 젊은 나이에 중요한 국사를 담당
한 경험이 많지 않은데다가, 전하의 혁혁한 은총을 받으며 뛰어난
재능을 발휘하였고, 행실의 선악에 대한 극단적인 평가와 함께 褒

---

16 駱統(낙통, 193 – 228年, 字 公緒) – 會稽 烏傷(今 浙江 義烏) 출신. 偏將軍 역임.
《오서》12권에 입전.

貶(폄)에 관한 여러 의논을 겪었습니다. 그러다 보니 권력자는 장온에 대한 전하의 총애를 시기하고 명성을 다투는 자는 장온의 재능을 질시하였으며, 침묵을 지키려는 자는 장온의 담론을 비난하였고, 행실에 하자가 있는 자는 장온의 評議를 기피하려 하였으니, 이는 신하로서 상세히 변론할 일이었고 조정에서 응당 끝까지 살펴야 할 일이었습니다.

옛날 賈誼(가의)는 충성을 다하는 신하였고, 漢 文帝는 아주 賢君이었지만 絳侯(강후, 周勃 주발)와 灌嬰(관영)의 한 마디에[17] 가의는 멀리 배척당하였는데, 왜 그러 했겠습니까? 질시가 그만큼 심했고 참소 역시 교묘했으며, 나쁜 소문이 나라에 퍼졌고 過失이 후세에 알려졌기 때문입니다. 그렇기에 공자도 '주군 노릇도 어렵고 신하가 되기도 쉽지 않다.' 고 말했습니다.[18]

장온은 그 지혜가 (戰國時代) 從橫家(종횡가)만 못하고, 그 무예가 뛰어나지도 않았지만, 크고도 고아한 素心에 뛰어난 덕행, 문채 나는 문장, 우수한 변론은 群臣 중에서도 특별하였고 보통 세인들이 따라올 수 없는 그런 사람이었습니다. 그래서 장온의 재주로 따진

....

17 賈誼는 漢이 건국 20여 년에 천하가 안정되었으니 正朔(정삭)과 服色과 제도를 바꾸고 官名을 새로 제정하며 禮樂을 일으켜야 한다고 생각하여 儀法의 초안을 마련하고 상주하였다. 그러나 文帝는 아직 그럴만한 겨를이 없다고 미루었다. 文帝는 가의를 공경의 지위에 임명하려고 논의케 하였다. 絳侯 周勃(주발)과 灌嬰(관영)은 가의를 싫어하며 "洛陽 사람은 나이도 어린 초학자인데도 오직 권력을 잡고 싶어서 여러 일에 분란만 일으킨다."고 하였다. 문제도 가의를 멀리하면서 長沙王의 太傅로 임명하여 지방으로 전출시켰다.

18 원문의 '爲君難, 爲臣不易'-《論語 子路》定公問, "一言而可以興邦, 有諸?" 孔子對曰, "言不可以若是其幾也. 人之言曰, '爲君難, 爲臣不易.' 如知爲君之難也, 不幾乎一言而興邦乎?" ~.

다면 이번 조치가 아쉽고, 그의 죄의 경중을 말한다면 용서할 수도 있을 것입니다. 만약 전하께서 위엄을 좀 참으시고 성덕을 베풀어 용서하신다면, 賢才를 가까이 보유하여 대업을 성취하실 수 있고 明朝의 확실한 영광을 거두고 사방의 번영을 보실 수 있을 것입니다.

나라에서는 曁艷(기염)을 기피해야 할 사람이 아닌 보통 평민과 동등하게 보았기에 朱治(주치)가 찾아내 등용하였고, 여러 사람 중에서도 뽑혀 조정에 발탁되었으며 장온과 교제할 수도 있었습니다. 君臣의 대의는 의리 중 가장 중대하고, 붕우의 교제는 교제 중에서도 가장 가벼운 것입니다. 나라에서는 기염을 가장 중요한 대의를 지키는 사람으로 보았고, 장온 역시 기염과 교우로서 교제하였습니다. 당시에 기염에 대한 전하의 총애가 있었기에 정온은 교우로서 가까울 수 있었습니다.

오랫동안 악을 자행하는 무리들은 험한 산속에 숨어서 도적이 되었고, 평지에 사는 백성은 건장한 병졸이 될 수 있기에 장온은 宿惡(숙악)을 제거하고 도적의 폐해를 줄이고자 건장한 병력을 증강시켰습니다. 다만 자신의 실수로 공훈을 세우지는 못했습니다. 그러나 장온이 그의 군사를 산악지대에 배치하였던 것은 許晏(허안)과 비교할 때 숫자상으로 장온은 적지 않았습니다. 그 군사의 강약으로 볼 때도 장온은 약하지 않았습니다. 공격의 신속과 지연 면에서 장온은 정해진 기일에 늦지 않았으며 가을과 겨울, 비상이 발동되는 시기에 대처하였으니, 장온은 나라의 은혜를 잊거나 戰力을 아끼지도 않았습니다.

장온이 蜀에 가서 殷禮(은례)를 칭송한 것은, 臣(駱統)이 나라 밖외교의 경험은 없지만, 그 상황을 보면 용서할 수 있을 것입니다. 나라 밖의 외교는 어찌하라는 주군의 구체적 명령이 없다면 상황에따라 처리해야 하고, 國事가 아닌 개인적 능력으로도 평판이 날 수있습니다. 만약 명령을 봉행했고, 상대국 고관과 우호적 교류에서자신의 감정을 서술할 수 있는 것이 사신의 도리일 것입니다.

그래서 공자께서도 이웃나라에 사신으로 가서 사적인 방문의 예를 실천하였습니다. (春秋 吳나라의) 延陵季子(연릉계자)가 中原의여러 나라를 방문하면서 사적인 연회나 환담의 대의를 실천했습니다. 그래서 옛사람의 말에 주군을 알고 싶다면 그 사신을 보라고 하였던 것이니, 그 아랫사람이 현명했다면 그 주군의 빛나는 명성을알 수 있을 것입니다. 장온이 은례를 칭송한 것은 그 상대를 기쁘게했던 것이니, 이는 우리 측에 賢良한 신하가 많다는 것을 보여준 것입니다. 이는 장온이 사신으로 제 역할을 다 잘 수행한 것이며, 우리의 우수성을 다른 나라에 보여주었고 타국에 우리 주군의 명성을높인 것입니다.

이러하기에 晉나라의 趙文子(조문자)는 宋나라에 맹약을 체결하면서 隨會(수회)를 屈建(굴건)에게 칭찬하였습니다. 楚의 王孫圉(왕손어)가 晉(진)에 사신으로 가서는 左史를 趙鞅(조앙)에게 칭찬하였습니다. 이 또한 타국의 大臣을 칭찬한 것이지만, 본국의 朝臣들은찬탄케 한 사례로서, 경전에서는 나라를 빛낸 것이라 하여 높게 평가하였지, 사신의 사적인 교제라고 비난하지 않았습니다.

王靖(왕정)은 조정에서는 時政을 걱정하지 않았고, 밖에 나가서는 국사를 열심히 수행하지 않았기에 장온의 탄핵은 사적 비판이 아니었고 관용을 베푼 것도 아니었습니다. 王靖(왕정)이 장온에게 큰 원한을 가진 것은 장온이 그 지조를 다 지켰다는 명백한 증거가 될 것입니다. 王靖(왕정)은 많은 병력을 지휘했고 중요한 직책을 담당하였으니, 이런 점에서는 賈原(가원)이나 蔣康(장강)보다도 우수했습니다만, 장온은 오히려 사적인 감정으로 왕정에게 도움을 받으려 하지 않았는데, 어찌 주군의 은덕을 버리고 가원이나 장강에 협조했다 하겠습니까? 또 가원은 직무에 힘쓰지 않았고, 자신의 직무조차 감당하지 못하였기에 장온은 여러 번 엄격한 안색에 큰 소리로 지적도 하였습니다. 만약 장온이 진정 나라의 은혜를 저버리고 반란하려 했다면 가원을 질책할 필요도 없었을 것입니다.

이 몇 가지 예들을 그간 장온의 비난 사례와 비교한다면 일치하지 않고 여러 사람에게 물어도 증명할 수도 없습니다. 臣(駱統)의 혼자 생각으로 人君이 聖哲한 자질을 갖고 보통 사람의 지혜보다 뛰어났다 하여도 혼자서 수많은 백성을 다스리고 조정의 많은 신하의 업무를 조정하고, 천하 군현의 정사를 내려다보며 많은 신하의 감정을 살피고 萬機의 국사를 다 챙겨보는 것은 결코 쉽지 않기에 응당 아랫사람의 말을 살펴 총명의 지혜를 넓혀야 합니다.

지금 사람들의 장온에 대한 비난은 매우 절실하지만, 臣 駱統(낙통)은 장온이 매우 철저하게 업무를 처리했고, 언사가 매우 심오하며 뜻을 다 갖추었으며 나라를 위하는 일이었다고 생각하지만, 다른 사람들은 장온의 말이 사욕이라 하는데, 이를 갑자기 판별하기는 어려울 것입니다. 그러나 전하의 총명과 예지로 여러 사람 주장의 시비와 곡직을 살피시고 잠시 깊이 생각하시며 내용을 상세히 분석하신다면 어떤 진실이라도 다 밝혀질 것이며, 어떤 혐의가 어둠 속에 묻혀 밝게 드러나지 않겠습니다.

장온은 臣과 가까운 사람도 아니며, 臣도 장온을 좋아하지도 않았습니다. 옛날의 君子는 사적인 감정을 억제하며 주군의 명철한 판단을 도왔습니다. 옛 군자들은 獨行을 중시했지만 臣은 현실에서 그런 獨行조차 없어진 것을 부끄럽게 생각하기에, 그래서 지난 날 가슴에 품었던 생각들을 오늘 모두 말씀드렸습니다. 이는 조정에 대한 저의 충성을 다한 것이지 장온 그 사람을 위하는 뜻은 아닙니다.」

그러나 손권은 끝내 받아들이지 않았다.

그 6년 뒤에, 장온은 병사하였다. 장온의 두 동생인 張祗(장지)와 張白(장백) 역시 재능으로 이름이 있었지만 장온과 함께 폐출되었다.

❹ 駱統

|原文|

駱統字公緒, 會稽烏傷人也. 父俊, 官至陳相, 爲袁術所害. 統母改適, 爲華歆小妻, 統時八歲, 遂與親客歸會稽. 其母送之, 拜辭上車, 面而不顧, 其母泣涕於後. 御者曰, "夫人猶在也." 統曰, "不欲增母思, 故不顧耳."

事適母甚謹. 時饑荒, 鄉里及遠方客多有睏乏, 統爲之飮食衰少. 其姉仁愛有行, 寡歸無子, 見統甚哀之, 數問其故. 統曰, "士大夫糟糠不足, 我何心獨飽!" 姉曰, "誠如是, 何不告我, 而自苦若此?" 乃自以私粟與統, 又以告母, 母亦賢之, 遂使分施, 由是顯名.

| 국역 |

駱統(낙통)[19]의 字는 公緒(공서)로, 會稽郡 烏傷縣(오상현) 사람이다. 부친 駱俊(낙준)은 陳國 相을 역임했는데, 袁術에게 살해되었다. 낙통의 모친은 개가하여 華歆(화흠)[20]의 小妻가 되었는데, 그때 낙통은 8세였지만 부친 客人을 따라 (낙준의 본향인) 會稽郡으로 이주하였다. 그 모친이 낙통을 보내는데, 낙통은 떠난다는 인사를 하고 수레에 올라 앞만 바라보며 뒤돌아보지 않았고, 모친은 뒤쪽에서 울고 있었다. 수레를 모는 사람이 "어머니가 아직 서 있다."라고 말하자, 낙통은 "모친의 마음만 더 아프게 하지 않으려고 뒤돌아보지 않습니다."라고 말했다.

낙통은 適母(적모)[21]를 아주 근신하며 모셨다. 그때 흉년이 들어

----

19 駱統(낙통, 193 - 228年, 字 公緒) - 會稽 烏傷(今 浙江省 중부 金華市 義烏市) 출신. 偏將軍 역임. 駱은 낙타 낙. 성씨 唐代詩人 駱賓王(낙빈왕)이 유명하다. 《吳書》12권에 입전.

20 華歆(화흠, 157 - 232)은 管寧(관녕, 158 - 241)과 함께 공부한 벗이었다. 화흠은 《三國演義》에서는 伏皇后를 죽이는데 악역을 담당하였고, 권세에 추종하는 악인으로 묘사되었다. 화흠은 獻帝가 제위를 曹丕에게 禪讓하는 과정에서 중요 역할을 했고 魏의 司徒, 太尉를 역임했다. 《魏書》13권, 〈鍾繇華歆王朗傳〉에 입전.

21 適母(적모) - 여기 適母(嫡母)는 駱統 親父(駱俊)의 正妻. 낙통의 생모는 부친

鄕里 및 먼 외지에서 온 客人들이 모두 睏乏(곤핍)하였는데, 낙통은 그들을 생각하여 음식을 극도로 줄였다. 그때 낙통의 누나는 인자 자애롭고 행실이 곧았는데, 과부에 자식도 없어 낙통을 아주 불쌍히 여겨 보살피며 여러 번 까닭을 물었다. 이에 낙통이 말했다.

"사대부들도 糟糠(조강, 거친 음식)조차 부족한데, 내가 어찌 배불리 먹을 수 있겠습니까!"

이에 그 누나가 말했다.

"정말 그런 뜻이라면, 왜 나한테 말하지 않고 이렇게 고생을 하느냐?"

그리고는 자신의 곡식을 낙통에게 주고 모친에게 말했다. 낙통의 적모는 낙통을 현명하다 생각하여 재산을 나눠주었고, 이 때문에 낙통의 이름이 알려졌다.

| 原文 |

孫權以將軍領會稽太守, 統年二十, 試爲烏程相. 民戶過萬, 咸歎其惠理. 權嘉之, 召爲功曹, 行騎都尉, 妻以從兄輔女.

統志在補察, 苟所聞見, 夕不待旦. 常勸權以尊賢接士, 勤求損益, 饗賜之日, 可人人別進. 問其燥濕, 加以密意, 誘諭

....
　　의 少妾이었기에 남편이 죽자 자식도 버려두고 華歆의 소첩으로 갔고, 낙통은 부친의 객인과 함께 본 고향에 귀향하여 부친의 정처를 嫡母로 모셨다는 뜻이다.

使言, 察其志趣, 令皆感恩戴義, 懷欲報之心.

　權納用焉. 出爲建忠中郎將, 領武射吏三千人. 及<u>淩統</u>死,
復領其兵.

| 국역 |

　孫權(손권)이 장군으로서 會稽 태수를 겸할 때, 駱統(낙통)은 20세
였는데, 烏程 縣相으로 試用되었다. 烏程縣은 民戶가 1萬 戶가 넘었
는데, 낙통이 은덕으로 다스리자 많은 백성이 찬탄하였다. 孫權도
기뻐하며 낙통을 불러 회계군의 功曹에 임명했고 騎都尉를 대행케
하였으며, 사촌 형 孫輔(손보)의 딸을 아내로 주었다.

　낙통은 孫權의 부족을 보충하거나 성찰하는데 뜻을 두고 보거나
들은 것을 바로 그날 보고하였다. 그러면서 孫權에게 현인 우대와
士人 등용을 권유하고 時政의 득실을 알리려고 노력하였으며 많은
사람이 등용되거나 승진하도록 도왔다. 백성 생활의 불편한 점 유
무를 물었고, 친밀하게 대하여 백성이 할 말을 하도록 도왔고, 그들
뜻을 보살펴 주었기에 백성들은 德義에 감은하며 보은의 마음을 가
졌다.

　孫權은 낙통의 건의를 받아들였다. 낙통은 建忠中郎將이 되었고
무사와 弓士, 軍吏 등 3천 명을 거느렸다. 그 뒤 淩統(능통)이 죽자,
낙통은 그 군사를 통솔하였다.

| 原文 |

是時徵役繁數, 重以疫癘, 民戶損耗, 統上疏曰,

「臣聞君國者, 以據疆土爲彊富, 制威福爲尊貴, 曜德義爲
榮顯, 永世胤爲豐祚. 然財須民生, 彊賴民力, 威恃民勢, 福
由民殖, 德俟民茂, 義以民行, 六者旣備, 然後應天受祚, 保族
宜邦.《書》曰,‘衆非后無能胥以寧, 后非衆無以辟四方.’推
是言之, 則民以君安, 君以民濟, 不易之道也.

今彊敵未殄, 海內未乂, 三軍有無已之役, 江境有不釋之
備, 徵賦調數, 由來積紀. 加以殃疫死喪之災, 郡縣荒虛, 田
疇蕪曠, 聽聞屬城, 民戶浸寡, 又多殘老, 少有丁夫, 聞此之
日, 心若焚燎. 思尋所由, 小民無知, 旣有安土重遷之性. 且
又前後出爲兵者, 生則困苦無有溫飽, 死則委棄骸骨不反, 是
以尤用戀本畏遠, 同之於死.

每有徵發, 羸謹居家重累者先見輸送. 小有財貨, 傾居行
賂, 不顧窮盡. 輕剽者則迸入險阻, 黨就羣惡. 百姓虛竭, 嗷
然愁擾, 愁擾則不營業, 不營業則致窮困, 致窮困則不樂生,
故口腹急, 則姦心動而攜叛多也.

又聞民間, 非居處小能自供, 生産兒子, 多不起養. 屯田貧
兵, 亦多棄子. 天則生之, 而父母殺之, 旣懼干逆和氣, 感動
陰陽. 且惟殿下開基建國, 乃無窮之業也, 彊鄰大敵非造次所
滅, 疆場常守非期月之戍. 而兵民減耗, 後生不育, 非所以歷

遠年, 致成功也.

夫國之有民, 猶水之有舟, 停則以安, 擾則以危. 愚而不可欺, 弱而不可勝, 是以聖王重焉, 禍福由之, 故與民消息, 觀時制政. 方今長吏親民之職, 惟以辨具爲能, 取過目前之急, 少復以恩惠爲治, 副稱殿下天覆之仁, 勤恤之德者. 官民政俗, 日以彫弊, 漸以陵遲, 勢不可久.

夫治疾及其未篤, 除患貴其未深. 願殿下少以萬機餘閒, 留神思省, 補復荒虛, 深圖遠計, 育殘餘之民, 阜人財之用, 參曜三光, 等崇天地. 臣統之大願, 足以死而不朽矣.」

權感統言, 深加意焉.

| 국역 |

이 무렵, 부역 징발이 매우 잦고 많았으며 전염병의 유행으로 民戶가 크게 줄어들자, 駱統(낙통)이 상소하였다.

「臣이 알기로, 나라를 다스리는 자는 疆土(강토)를 근거로 富裕(부유)한 여가를 누리고, 위엄과 복록으로 존귀해지며, 德義로 빛내 영광을 누리고, 代를 영구히 계승하기를 최고의 福祚(복조)로 삼는다고 하였습니다. 그렇지만 재물은 백성이 만들어야 하고, 나라의 강성은 民力이며, 믿을 수 있는 것은 백성의 힘이며, 나라의 복은 백성이 늘어나야 하며, 군주의 덕이란 백성이 많아지는 것이며, 大義는 백성이 실천하는 것입니다. 이 6가지가 다 갖춰진 뒤에야 하늘의 뜻을 이어 나라를 보유할 수가 있습니다. 그래서 《尚書》에서는 '백성에게 군주가 없으면 무질서하여 평온할 수가 없고, 군주는 백성이 없으면 사방을 통치할 수가 없다.' 고 하였습니다. 이 말을 추론한다면 백성은 군주에 의지하여 안정되고, 군주는 백성에 의거하여 대업을 완성할 수 있으니, 이는 변함없는 도리입니다.

지금 강한 외적을 없애지 못했고 海內가 평온하지 못하기에 三軍의 軍役은 끝이 없고, 長江 일대에서는 武備를 아니 갖출 수 없어 징세와 부역은 이 때문에 계속 늘어나고 있습니다. 거기다가 백성이 죽어가는 질병의 만연으로 군현은 황폐해졌고 경작지는 황무지로 변했으며, 관할 현에서 들려오는 말에 민호가 계속 줄어들어 부상자와 노인은 많고 젊은 백성이 적다 하니, 이런 말을 듣는 저는 마음에 타들어 갈 뿐입니다. 그런 이유를 생각해 보면 백성들은 무지하여 다만 고향을 지키려 하고 타지로 옮기지 않으려 합니다. 또 출생하는 대로 병졸이 되어야 하는데, 병졸은 살아서는 고생만 하고 따듯하게 입거나 배부르게 먹지도 못하고 죽으면 몸이 없어지고 뼈도 돌아오지도 못하니, 백성은 더욱 본향만을 생각하고 멀리 나가는 것을 죽는 것처럼 생각하게 됩니다.

매번 징발하여 출발할 때면 빈곤하거나 밀린 부역이 많은 사람부터 출발하게 됩니다. 재물이라도 조금 있으면 재산을 기울여 뇌물을 쓰고 집안이 거덜나도 걱정하지 않습니다. 경솔하거나 성질이 나쁜 자는 험한 지역으로 도망쳐서 결국 무리를 지어 도둑질을 하거나 나쁜 짓을 합니다. 백성은 허약하고 재산이 없으니 굶주리거나 걱정에 사로잡혀 본업에 종사하지 않고, 일을 하지 않으니 더욱 가난해지고, 가난하니 살아갈 낙이 없으며, 우선 배가 고프니 간악한 마음이 작동하여 반역에 휩쓸리는 경우가 많습니다.

또 백성들의 말로는, 제 힘으로 살아갈 수 없는 자가 아이를 낳으면 양육하지 않는다고 합니다. 屯田하는 가난한 병졸도 자식을 버리는 경우가 많습니다. 하늘의 생명을 부모가 죽이는 것이니, 천지의 和氣를 거역하게 되어 음양이 뒤바뀔까 두렵기만 합니다.

또 전하께서 터전을 닦고 건국하시어 무궁한 대업을 개창하셨지만, 나라 이웃의 큰 적국을 쉽게 없앨 수가 없으며, 그렇다 하여 변방을 한 달만 경계하고 그만둘 수도 없습니다. 사졸과 농민이 계속 줄어들고 출산한 아이를 키우지 않는다면, 오랜 세월 나라를 이어갈 수가 없습니다.

나라에 백성이 있다는 것은, 곧 물이 배를 띄우는 것과 같아, 물이 조용하다면 배가 안전하지만 물이 요동치면 배는 위험합니다. 백성이 어리석지만 속일 수 없으며, 백성은 약한 존재이나 누를 수 없는 존재이기에 聖王은 백성을 존중하였고, 나라의 화복은 백성에서 시작되기에 백성의 성쇠에 따라 업무를 처리하고 시대 상황을 보아 정사를 펴나갔습니다.

지금 태수나 현령, 관리들은 백성과 직접 접촉하기에 능력 본위로 임명되어야 하고, 목전의 다급한 일을 우선 처리하고, 적지만 그래도 은혜를 베풀어 다스리며, 하늘이 만물을 덮어 감싸듯 전하의 인자한 뜻에 부응하며 백성을 부지런히 구휼하는 덕을 베풀어야 합니다. 관리의 정사와 백성의 습속이 날마다 나빠지고 점차 허물어지는 형세로는 나라의 안정이 오래갈 수가 없습니다.

대체로 질병의 치료는 병이 심해지기 전에 원인을 제거하는 것이

가장 좋습니다. 전하께서는 천하의 萬機을 처리하시는 중에 잠시라
도 이를 깊이 생각하시어 황폐해지는 나라를 보완하시고, 원대한
계획을 세우시어 남은 백성을 양육하시며 백성의 재산을 늘려 주시
고 일월성신과 함께 빛을 내시어 천지신령과 함께 공존하기를 바랄
뿐입니다. 이는 臣 駱統의 大願이며, 이 소원은 臣이 죽어도 썩지 않
을 것입니다.」

孫權은 낙통의 상소에 감동하며, 낙통을 더욱 중시하였다.

| 原文 |

以隨陸遜破蜀軍於宜都, 遷偏將軍. 黃武初, 曹仁攻濡須,
使別將常雕等襲中洲, 統與嚴圭共拒破之, 封新陽亭侯, 後爲
濡須督.

數陳便宜, 前後書數十上, 所言皆善, 文多故不悉載. 尤以
占募在民閒長惡敗俗, 生離叛之心, 急宜絶置, 權與相反覆,
終遂行之.

年三十六, 黃武七年卒.

| 국역 |

駱統(낙통)은 陸遜(육손)을 따라 蜀軍을 宜都郡(의도군)에서 격파
하였고 偏將軍이 되었다. (孫權) 黃武 초에, (魏) 曹仁이 濡須(유수)
를 공격하며, 別將인 常雕(상조) 등으로 하여금 강 가운데 섬을(中

洲) 공격하자, 낙통은 嚴圭(엄규)와 함께 방어하고 격파하여 新陽亭
侯에 봉해졌으며, 뒷날 濡須 都督이 되었다.

낙통은 개선할 일을 전후 수십 번 건의하였는데, 모든 건의가 훌
륭하지만 문장이 많아 수록하지 않았다. 특히 병졸 징병이 백성들
사이에 불법을 조장하고 습속을 파괴하고 이반하려는 마음을 조성
한다면서 시급하게 조치해야 한다고 하였는데, 여러 번 반복되자
손권은 마침내 실행하였다.

낙통은 36세인 黃武 7년(서기 228)에 죽었다.

❺ 陸瑁

|原文|

陸瑁字子璋, 丞相遜弟也. 少好學篤義. 陳國陳融,陳留濮陽
逸,沛郡蔣纂,廣陵袁迪等, 皆單貧有志, 就瑁游處, 瑁割少分
甘, 與同豐約. 及同郡徐原, 爰居會稽, 素不相識, 臨死遺書,
托以孤弱, 瑁爲起立墳墓, 收導其子, 又瑁從父績早亡, 二男
一女, 皆數歲以還, 瑁迎攝養, 至長乃別. 州郡辟擧, 皆不就.

|국역|

陸瑁(육모)[22]의 字는 子璋(자장)으로, 丞相 陸遜(육손)의 동생이다.

----

22 陸瑁(육모, ?-239년, 字 子璋) - 吳郡 吳縣(今 江蘇省 蘇州市) 출신. 東吳 丞相

젊어 호학했고 大義를 독실하게 실천하였다. 陳國[23]의 陳融(진융), 陳留郡의 濮陽逸(복양일, 濮陽은 복성), 沛郡(패군)의 蔣纂(장찬), 廣陵郡의 袁迪(원적, 迪은 나아갈 적) 등은 모두 가난하나 큰 뜻을 가진 사람들로 육모와 교유하였는데, 육모는 많지 않은 자신의 수입을 나눠가며 동고동락하였다.

같은 郡(吳郡)의 徐原(서원)이란 사람은 會稽郡에 머물고 있었고 평소 서로 아는 사람도 아니었지만, 임종 전에 서신을 보내 어린 자식을 부탁하자, 육모는 서원의 무덤을 써 주고 그 자식을 거둬 보살펴 주었다. 또 육모의 從父(伯叔父)인 陸績(육적, 懷橘遺親 했던 사람)의 2男1女의 어린아이를 데려다가 성인이 될 때까지 키워주었다. 州郡의 천거를 받았지만 부름에 응하지 않았다.

| 原文 |

時尙書曁艷盛明臧否, 差斷三署, 頗揚人暗昧之失, 以顯其讁. 瑁與書曰,

「夫聖人嘉善矜愚, 忘過記功, 以成美化. 加今王業始建, 將一大統, 此乃漢高棄瑕錄用之時也, 若令善惡異流, 貴汝穎月旦之評, 誠可以厲俗明敎, 然恐未易行也. 宜遠模仲尼之泛

陸遜의 아우. 孫인 陸曄(육엽) 등은 東晉의 저명한 士族의 領袖(영수).

23 豫州 관할 陳國의 治所 陳縣은, 今 河南省 중동부 周口市 淮陽縣. 兗州 관할 陳留郡(진류군)의 治所 陳留縣은, 今 河南省 동부의 開封市. 陳郡의 북쪽이 陳留郡과 연접했다.

愛, 中則郭泰之弘濟, 近有益於大道也.」

艷不能行, 卒以致敗.

| 국역 |

그때 尙書인 曁艷(기염)[24]은 관리들의 臧否(선악)을 분명히 구별하고 三署〔光祿勳(광록훈) 소속의 五官, 左, 右中郎將의 部署〕에서 임명을 엄격히 제한하면서, 관리들의 우매한 실수나 잘못은 저절로 드러나게 되었다. 이에 陸瑁(육모)가 기염에게 서신을 보냈다.

「대체로 성인은 선행을 장려하고 어리석은 사람도 불쌍히 여겼고, 過失을 잊어버리고 공적을 기록하여 훌륭한 교화를 성취하였습니다. 거기다가 지금은 나라를 새로 건설하여 장차 통일을 이루려하는데, 이는 漢 高祖가 인재의 瑕疵(하자, 단점)를 버리고 인재를 등용하던 때와 같습니다. 그런데 만약 善惡을 분명하게 구분하고, 汝南郡(여남군)이나 潁川郡(영천군) 사람들처럼 매월 한 번씩 하는 人物評(月旦之評)[25]을 소중하게 생각한다면, 풍속을 바로잡고 교화를 분명히 이루겠다지만 쉽게 성취하지 못할 것입니다. 응당 仲尼(孔子)[26]의 보통 사람을 널리 아껴준다는(泛愛衆)[27] 뜻을 실천한다면 郭

----

24 曁艷(기염)은 인명. 앞의 〈張溫傳〉 참고.

25 月旦之評 - 人物評. 月旦(월단)은 초하루, 汝南郡(여남군)이나 潁川郡(영천군), 곧 지금의 하남성 동부의 士人들은 한 달에 한 번씩 모여 관리나 지역 인재의 인물을 평론하였는데, 이것을 淸談의 시작으로 보았다.

26 仲尼(중니, 공자)는 孔子의 字. 위에 이복형이 있어 字에 仲(형제 서열 중 둘째라는 뜻)이 들어간다. 본명은 공구(孔丘)로 당시 魯(노)나라의 郰邑(추읍, 수 山東省 중부 濟寧市 관할 曲阜市)에서 몰락한 하급 무사의 아들로 태어났다. 공자의 어머니 顔氏는 尼丘山(이구산)에 기도를 해서 공자를 낳았으며, 공자의 부

泰(곽태)²⁸의 모든 사람을 구제한다는 뜻과 같아 大道를 실천하는데

泰(곽태)[28]의 모든 사람을 구제한다는 뜻과 같아 大道를 실천하는데
도움이 될 것입니다.」

그러나 기염은 이를 실천하지 못했고, 결국 패망(자살)하였다.

| 原文 |

嘉禾元年, 公車徵瑁, 拜議郎,選曹尙書. 孫權忿公孫淵之
巧詐反覆, 欲親征之, 瑁上疏諫曰,

「臣聞聖王之御遠夷, 羈縻而已, 不常保有, 故古者制地, 謂
之荒服, 言慌惚無常, 不可保也.

今淵東夷小醜, 屛在海隅, 雖托人面, 與禽獸無異. 國家所
爲不愛貨寶遠以加之者, 非嘉其德義也, 誠欲誘納愚弄, 以規

친 별세 후에는 魯 도성 내의 闕里(궐리)로 이사했고, 공자는 궐리에서 생활하
였다. 이 근처에 洙水(수수)와 泗水(사수)가 있다. 그래서 尼丘(이구)와 洙泗(수
사), 闕里(궐리)는 때로 공자의 代稱(대칭)으로도 쓰인다. 출생 연도에 여러 설
이 있지만, 지금은 일반적으로 기원전 551년 출생으로 통용되며, 기원전 479
년에 73세를 일기로 작고하였다.

27 泛愛衆 –《論語 學而》子曰, "弟子, 入則孝, 出則悌, 謹而信, 汎愛衆, 而親仁.
行有餘力, 則以學文."

28 郭泰(곽태, 128 – 169년, 字 林宗) – 太原郡 界休縣 사람이다. 가문은 내내 가난
했고 관직도 없었다. 인물을 잘 알아보고 유능한 사람을 찾아 격려하였다. 42
세 집에서 죽었는데, 사방의 士人 1천여 명이 장례에 모였다. 뜻을 같이 하는
사람들이 비석을 세웠고, 蔡邕(채옹)이 그 비문을 지었다. 곽림종이 士人을 격
려하거나 천거한 면면을 보면 그의 인품을 보는 것 같다. 뒷날 好事家들이 (곽
림종과 관련하여) 혹 보태거나 과장한 것이 많아서 황당하고 믿을 수가 없는
것이 많다.《후한서》68권,〈郭符許列傳〉에 입전.《後漢書》저자 范曄(범엽)의
부친 이름이 '泰'라서 '太'로 표기했다.《後漢書》에서는 泰山郡을 모두 '太山
郡'으로 표기한 것도 같은 이유이다.

其馬耳. 淵之驕黠, 恃遠負命, 此乃荒貊常態, 豈足深怪?

昔漢諸帝亦嘗銳意以事外夷, 馳使散貨, 充滿西域, 雖時有恭從, 然其使人見害, 財貨並沒, 不可勝數. 今陛下不忍悁悁之忿, 欲越巨海, 身踐其土, 群臣愚議, 竊謂不安. 何者? 北寇與國, 壤地連接, 苟有間隙, 應機而至.

夫所以越海求馬, 曲意於淵者, 爲赴目前之急, 除腹心之疾也. 而更棄本追末, 捐近治遠, 忿以改規, 激以動衆, 斯乃獧虜所願聞, 非大吳之至計也. 又兵家之術, 以功役相疲, 勞逸相待, 得失之間, 所覺輒多. 且沓渚去淵, 道里尙遠, 今到其岸, 兵勢三分, 使强者進取, 次當守船, 又次運糧, 行人雖多, 難得悉用. 加以單步負糧, 經遠深入, 賊地多馬, 邀截無常.

若淵狙詐, 與北未絶, 動衆之日, 脣齒相濟. 若實子然無所憑賴, 其畏怖遠迸, 或難卒滅. 使天誅稽於朔野, 山虜承間而起, 恐非萬安之長慮也.」

權未許.

| 국역 |

(孫權) 嘉禾(가화) 원년(서기 232), 公車令(공거령)이 陸瑁(육모)를 불러 議郎을 제수했고, 이어 육모는 選曹尙書가 되었다. 孫權은 (遼東 太守) 公孫淵(공손연)[29]의 거듭되는 거짓말에 분노하며, 직접 정

---

29 公孫淵(공손연, ?-238년, 字 文懿)은 公孫康의 조카, 公孫晃의 동생. 공손강을 내쫓고 요동태수가 되었다.

벌하려 하자, 육모가 이를 제지하는 상소를 올렸다.

「臣(신)이 알기로, 聖王(성왕)이 먼 곳의 이민족을 제어하는 데는 고삐를 매어 제지하는 정책을(羈縻)[30] 채용할 뿐이고, 이민족 땅을 보유하려 하지 않은 것은 고대의 제도이며, 그들 땅을 荒服(황복)이라 말한 것은 그들이 언제든지 반복하고 일정하지 않아 차지할 수 없다는 뜻이었습니다.

지금 공손연은 東夷(동이)의 小醜(소추)로 바닷가에 살면서, 비록 사람 얼굴이지만 금수와 다름이 없습니다. 나라에서 보화를 아끼지 않고 베풀어 주는 것은 그 덕행을 칭송하는 것이 아니라 그들 우매한 짓거리를 그냥 받아주면서 그들의 말(馬)을 얻으려는 뜻이었습니다. 공손연의 교만과 잔꾀와 멀리 떨어져 있으면 약속도 뒤집는 것은 荒服(황복)에 사는 貊族(맥족)의 상투적 수단인데, 그것들을 어찌 다 질책하겠습니까?

옛날 漢(한)의 제왕들은 주의를 기울여 이민족과 교류하면서 사신을 보내고 물자를 나눠주어 西域(서역)[31] 땅을 채워주었지만, 서역인은

---

30 羈縻(기미, 羈는 굴레 기. 縻는 고삐 미) – 가축에게 굴레를 씌우거나 고삐를 매어 제어하다. 이민족을 적당히 통제하여 중국에 저항하지 못하게 할 뿐 완전히 복속시켜 지배하지 않는다는 통치 방법. 보통 말하는 以夷制夷(이이제이)도 기미정책의 한 가지라 할 수 있다.

31 西域(서역)은 漢 武帝(무제) 때 처음 왕래하였는데, 본래 36국이었으나 점차 분열되어 50여 개 국가가 되었는데 흉노의 서쪽, 烏孫(오손)의 남쪽에 해당한다. 남북으로는 큰 산맥이 있고, 중앙에는 강이 있으며 동서 6천 리 남북으로 1천여 리가 된다. 동쪽으로 漢과 연접하였지만 玉門關(옥문관)과 陽關(양관)에서 막혔고, 서쪽으로는 蔥嶺(총령)으로 차단되었다. 西域의 域은 國과 상통한다. 漢代의 서역은 玉門關과 陽關 서쪽 지역으로 협의의 서역은 西域都護府(서역도호부)의 관할 지역이고, 廣義(광의)의 서역은 협의의 서역과 연관 있는 지역을 포함한다. 班固(반고)는 《史記 大宛列傳(대완열전)》의 내용은 《漢書 張騫李廣利傳(장건이광리전)》에 수록하고 〈漢書 西域傳〉은 班固가 새로 지었다.

복종할 때도 있었지만, 漢의 사자가 살해를 당하거나 재물을 빼앗긴 경우는 이루 다 셀 수도 없습니다. 지금 폐하께서는 분노를 참지 못하시고 큰 바다를 건너 직접 그 땅을 원정하시려 하지만, 모든 신하의 논의는 불안하다고 합니다. 왜 그러하겠습니까? 북쪽 도적 무리(魏)와 우리는 육지로 이어졌기에 만약 빈틈을 보였다가는 상황에 따라 침입할 수 있기 때문입니다.

그리고 바다를 건너 말(馬)을 구하려고 신의를 어기는 공손연과 거래하는 것은 마치 目前의 급한 일을 해결한다면서 배와 심장(腹心)의 병을 고치려는 것과 같습니다. 근본을 버리고 말엽을 따르는 것은 마치 가까운 것을 버려두고 먼데서 구하려는 것이며, 화가 난다고 규칙을 바꿔가며 군사를 동원하는 것은 교활한 도적들이(北虜, 魏) 듣고 싶은 소식이지, 우리의(大吳) 가장 좋은 策略이 아닙니다. 또 兵家의 전술은 공격하여 적을 지치게 하고, 고생하거나 편하게 쉬면서 상대를 기다리는 것은 득실(승패)에 크게 영향을 줄 것입니다. 또 沓渚(답저)란 곳은 공손연이 있는 곳에서도 상당히 먼 거리인데, 그곳 해안에 도착하여도 우리 병력을 셋으로 나눠 강한 병사는 공손연을 공격하고, 그 다음은 우리의 배를 지키고 또 군량도 운반해야 하니, 원정군이 아무리 많아도 전체를 공격에 쓸 수도 없습니다. 거기다가 각자 자기 군량을 갖고서 먼 길을 가서 깊숙이 공격한다면, 그들 무리는 말이 많아 방어나 공격이 일정치가 않을 것을 것입니다.

⋯⋯⋯⋯⋯⋯

상권에는 28국, 하권에 25국, 총 53국에 대하여 국명과 거리, 호구, 군사, 관제, 물산 등을 설명하였다.

만약 공손연이 거짓으로 투항한다 하여도, 북쪽 魏를 막지 못하면 우리가 대군을 동원하는 날, 저들(魏와 공손연)은 입술과 치아처럼 서로 협조할 것입니다. 만약, 실제로 공손연이 의지할 곳이 없다면 두려워서 멀리 도망할 것이니, 우리가 어떻게 없앨 방법도 없습니다. 하늘이 도와 북쪽 들판에서 공손연을 죽인다 하여도 그 틈을 타서 山越(산월)의 무리들이 일어날 것이니 공손연 원정은 萬安의 좋은 방책이 아닐 것입니다.」

그러나 손권은 육모의 상소를 받아들이지 않았다.

| 原文 |

瑁重上疏曰,

「夫兵革者, 固前代所以誅暴亂, 威四夷也, 然其役皆在姦雄已除, 天下無事, 從容廟堂之上, 以餘議議之耳. 至於中夏鼎沸, 九域槃互之時, 率須深根固本, 愛力惜費, 務自休養, 以待鄰敵之闕, 未有正於此時, 捨近治遠, 以疲軍旅者也.

昔尉佗叛逆, 僭號稱帝, 於時天下乂安, 百姓殷富, 帶甲之數, 糧食之積, 可謂多矣, 然漢文猶以遠征不易, 重興師旅, 告喻而已.

今兇桀未殄, 疆場猶警, 雖蚩尤, 鬼方之亂, 故當以緩急差之, 未宜以淵爲先. 願陛下抑威住計, 暫寧六師, 潛神嘿規, 以爲後圖, 天下幸甚.」

權再覽瑁書, 嘉其詞理端切, 遂不行.

初, 瑁同郡聞人敏見待國邑, 優於宗脩, 惟瑁以爲不然, 後
果如其言.

赤烏二年, 瑁卒. 子喜亦涉文籍, 好人倫, 孫皓時爲選曹尙
書.

| 국역 |

陸瑁(육모)가 거듭 상소하였다.

「전쟁이란, 고대에는 포악하거나 반란하는 자를 주살하거나 四
夷(사이)들에게 위엄을 과시하기 위한 수단이었지만, 그런 戰役(戰
鬪)은 姦雄을 제거한 뒤에 천하가 무사하면, 조용히 廟堂(묘당)에서
여유롭게 국정을 협의하였습니다. 中夏(中原)가 물 끓듯 전쟁에 빠
려 들어가 九域(구역, 九州)이 서로 얽혀 싸울 때도 모름지기 근본을
강화하고, 국력과 戰費를 아끼며 백성의 휴식과 배양에 힘쓰면서
이웃 상대국의 피폐를 기다렸지, 이러한 시기에 가까운 적을 버려
두고 遠方을 정벌하지 않은 것은 군사들이 너무 지치기 때문이었습
니다.

옛날 (漢 文帝 때, 南越의) 尉佗(위타, 본명 趙佗)[32]가 반역하며 참람

- - - - - - - - - - - - - - - -

32 南越의 尉佗(위타, ?-前 137년) - 본명은 趙佗(조타). 진시황 때 海南郡 龍川 현
령. 해남군 도위의 업무를 대행했기에 尉佗(위타)라 호칭. 秦 멸망 후 桂林郡
등 3郡을 평정하고, 그곳 왕이 되었다. 高祖는 위타에게 王印을 하사하고 南越
王에 봉하려고 육가를 사신으로 보냈다. 남월왕 위타는 呂后 때 南越 武帝라
자칭하며(서기 前 183년) 番禺(반우, 今 廣東省 廣州市)에 도읍했다. 漢 文帝는
위타의 고향 형제를 불러 귀하게 대접하며 陸賈를 보내 은덕으로 회유하자 위

하게도 칭제할 때, 천하는 평안하고 백성은 많고도 부유했으며, 군사와 군량이 모두 풍족하였지만, 漢 文帝는 오히려 원정이 쉽지 않고 다시 군대를 일으킬 수 없다 하여 사자를 보내 회유하였습니다.

지금 북쪽의 흉악한 자를 없애지 못하고 나라가 여전히 전쟁 중이니, 비록 蚩尤(치우)나 鬼方(귀방) 같은 반란이 있다 하더라도 상황의 緩急(완급)에 따라 차등을 두어야 하니, 공손연 정벌을 가장 중시할 수 없습니다. 원컨대, 폐하께서는 위엄을 억제하시고 계책을 마련하시되, 대군을 잠시라도 쉬게 하면서 깊이 사려하시고 상황을 살펴 뒷날을 도모하신다면 천하를 위해 다행일 것입니다.」

孫權은 육모의 상서를 다시 읽고, 그 문장이 좋고 뜻이 간절하여 공손연에 대한 원정을 중단하였다.

그전에 同郡의 聞人敏(문인민, 人名, 행적 미상)[33]이 國邑(都邑)에서 특별한 대우를 받으며, 宗脩(종수, ? 人名, 행적 미상)보다도 뛰어났다는 평가가 있었지만, 육모는 그렇지 않다고 생각하였는데, 뒷날 과연 육모의 말과 같았다.

(孫權) 赤烏 2년(서기 239)에 육모가 죽었다. 육모의 아들 陸喜(육희, 字 文仲)는 여러 文籍을(書籍) 섭렵했고 人物評論(人倫)을 좋아하였는데, 孫皓(손호, 末帝) 재위 기간에 選曹尙書였다.

....

타는 결국 稱臣하였다. 前 111년까지 존속.《漢書》95권,〈西南夷兩粤朝鮮傳〉에 立傳.

33 聞人은 複姓이다. 참고로 中國大陸의 10大 複姓은 歐陽(구양), 令狐(영호), 皇甫(황보), 上官, 司徒(사도), 諸葛(제갈), 司馬, 宇文(우문), 呼延(호연), 端木(단목)씨 등이고, 韓國의 複姓으로는 南宮, 諸葛, 司空, 鮮于(선우), 皇甫(황보), 西門, 獨孤(독고), 東方氏가 잘 알려졌다.

❻ 吾粲

|原文|

吾粲字孔休, 吳郡烏程人也. 孫河爲縣長, 粲爲小吏, 河深奇之. 河後爲將軍, 得自選長吏, 表粲爲曲阿丞, 遷爲長史, 治有名跡.

雖起孤微, 與同郡陸遜, 卜靜等比肩齊聲矣. 孫權爲車騎將軍, 召爲主簿, 出爲山陰令, 還爲參軍校尉.

黃武元年, 與呂範, 賀齊等俱以舟師拒魏將曹休於洞口. 值天大風, 諸船綆紲斷絶, 漂沒著岸, 爲魏軍所獲, 或覆沒沉溺, 其大船尙存者, 水中生人皆攀緣號呼, 他吏士恐船傾沒, 皆以戈矛撞擊不受. 粲與黃淵獨令船人以承取之, 左右以爲船重必敗. 粲曰, "船敗, 當俱死耳! 人窮, 奈何棄之." 粲, 淵所活者百餘人.

|구역|

吾粲(오찬)[34]의 字는 孔休(공휴)로, 吳郡 烏程縣(오정현) 사람이다. 孫河(손하)[35]가 縣長일 때, 오찬은 小吏였는데, 손하가 매우 기특하게 여겼다. 손하는 그 뒤에 장군이 되어 직접 관리를 선발 임용할 수 있게 되자, 표문을 올려 오찬을 曲阿 縣丞(현승, 副 현령)에 임명했고,

----

34 吾粲(오찬, ?-245년, 字 孔休) ─ 吳郡 烏程縣 출신. 今 浙江省 북단 湖州市.

35 孫河(손하, ?-204年, 字 伯海) ─ 吳郡 富春人. 孫堅의 族子. 東吳의 장군.

오찬은 長史가 되었는데 임지에서 치적이 좋았다.

오찬이 비록 한미한 출신이었지만 同郡의 陸遜(육손)이나 卜靜(복정)[36] 등과 나란한 명성이 있었다. 孫權이 車騎將軍이 되자, 오찬을 불러 主簿에 임명했는데, 나중에 (會稽郡) 山陰 현령이 되었다가 다시 參軍校尉가 되었다.

(孫權) 黃武 원년(서기 222), 呂範(여범), 賀齊(하제) 등과 水軍을 지휘하여 魏將 曹休(조휴)를 (九江郡) 洞口(동구)란 곳에서 방어했다. 마침 큰 폭풍이 불어 많은 배들의 밧줄이 끊어지거나 표류하여 북쪽으로 흘러가 魏軍에 사로잡히거나 전복되어 익사하였다. 남아 있는 큰 배에서는 물에 빠진 수군이 살려달라고 기어오르거나 소리쳐도 배가 뒤집힐 것을 염려하여 창으로 찔러 떨어트리거나 구해주지 않았다.

그러나 오찬과 黃淵(황연)은 船人에게 명하여 그들을 구원케 하였는데, 측근들은 배가 무거워 틀림없이 가라앉은 것이라 말했다. 그러자 오찬은 "배가 부서진다면 같이 죽으면 된다! 사람이 궁지에 몰렸는데 어찌 버릴 수 있겠는가!"라고 말했다. 오찬과 황연은 1백여 명의 목숨을 구했다.

| 原文 |

還, 遷會稽太守, 召處士謝譚爲功曹, 譚以疾不詣, 粲敎曰, "夫應龍以屈伸爲神, 鳳皇以嘉鳴爲貴, 何必陷形於天外, 潛

---

36 卜靜(복정, 字 玄風) - 吳郡 吳縣 사람. 孫吳의 大臣. 학자.

鱗於重淵者哉?"

粲募合人衆, 拜昭義中郎將, 與呂岱討平山越, 入爲屯騎校
尉,少府, 遷太子太傅. 遭二宮之變, 抗言執正, 明嫡庶之分,
欲使魯王霸出駐夏口, 遣楊竺不得令在都邑. 又數以消息語
陸遜, 遜時駐武昌, 連表諫爭. 由此爲霸,竺等所譖害, 下獄
誅.

| 국역 |

吾粲(오찬)은 돌아와 會稽 태수가 되었는데, 處士인 謝譚(사담)을
불러 功曹에 임용하려 했는데, 사담이 병을 핑계로 부임하지 않자
오찬이 일러 말했다.

"應龍은 屈伸(굴신)에 능하기에 신령하고, 鳳皇은 아름다운 울음
소리 때문에 고귀한 것이니, 어찌 하늘 밖에서 형체를 숨기거나 깊
은 연못 속에 잠겨만 있을 것입니까?"

오찬은 군사를 모았고 昭義中郎將이 되어, 呂岱(여대)와 함께 山
越人을 평정하였으며 조정에 들어와 屯騎校尉와 少府를 역임한 뒤
에 太子 太傅(태부)가 되었다. 오찬은 孫和(손화)와 孫霸(손패)의 변
란을 당하여(二宮之變, 二宮之爭)[37] 고집스레 正道를 지켰고, 嫡庶

----

37 二宮之爭 – 又稱 南魯黨爭(남로당쟁) – 東吳의 政治事件, 孫權 재위 기간, 대략
赤烏 5년(서기 242년)에 시작하여 赤烏 13년(서기 250년)에 끝이 났다. 太子
인 孫和(손화, 손권의 3子)와 魯王인 孫霸(손패, 손권의 4子)간에 태자 책봉을 둘
러싼 내분으로 조정 대신도 양편으로 갈라졌다. 결국 孫和가 태자에서 폐위되
고 孫霸(손패)는 賜死되었으며, 결국 제일 나이가 어린 손권의 아들 孫亮(손량)
이 태자로 책봉된다.

(적서)의 구분을 엄격히 해야 한다고 주장하여 魯王 孫霸(손패)로 하여금 夏口(하구)에 주둔케 하였으며, 楊竺(양축)을 방축하여 도성에 머물지 못하게 하였다.

또 여러 번 육손에게 소식을 전했는데, 그때 武昌에 있던 육손도 연이어 표문을 올려 간쟁하였다. 이 때문에 오찬은 손패와 양축의 참소를 받아 하옥되었다가 처형되었다.

❼ 朱據

|原文|

朱據字子範, 吳郡吳人也. 有姿貌膂力, 又能論難. 黃武初, 徵拜五官郎中, 補侍御史. 是時選曹尙書曁艷, 疾貪汚在位, 欲沙汰之. 據以爲天下未定, 宜以功覆過, 棄瑕取用, 擧淸厲濁, 足以沮勸, 若一時貶黜, 懼有後咎. 艷不聽, 卒敗.

權咨嗟將率, 發憤歎息, 追思呂蒙·張溫, 以爲據才兼文武, 可以繼之, 自是拜建義校尉, 領兵屯湖孰. 黃龍元年, 權遷都建業, 徵據尙公主, 拜左將軍, 封雲陽侯. 謙虛接士, 輕財好施, 祿賜雖豐而常不足用.

嘉禾中, 始鑄大錢, 一當五百. 後據部曲應受三萬緡, 工王遂詐而受之, 典校呂壹疑據實取, 考問主者, 死於杖下, 據哀其無辜, 厚棺斂之. 壹又表據吏爲據隱, 故厚其殯. 權數責問

據, 據無以自明, 藉草待罪. 數月, 典軍吏劉助覺, 言王遂所
取, 權大感寤, 曰, "朱據見枉, 況吏民乎?"

乃窮治壹罪, 賞助百萬.

| 국역 |

朱據(주거)[38]의 字는 子範(자범)으로, 吳郡 吳縣 사람이다. 멋진 용
모에 힘이 장사였고 또 담론을 잘했다. 黃武(서기 222 – 228) 초에,
조정의 부름을 받아 五官郎中이 되었다가 侍御史 직무를 담당했다.
이 무렵 選曹尙書인 曁艷(기염)은 재직 중인 탐관오리를 증오하여
그들을 모두 추방시키려 했는데, 그때 주거는 天下가 아직 안정되
지 않았으니 공훈으로 과오를 덮어줘야 하고, 하자를 무시하고 능
력을 취하며, 청렴한 자를 등용하여 혼탁한 자를 바로잡아주고 권
면해야 하며, 만약 단번에 모두 폄직하거나 퇴출시킨다면 오히려
후환이 걱정된다고 말했다. 그러나 기염은 따르지 않았고, 결국은
패망하였다.

손권은 당시 군사를 이끄는 장군의 능력을 걱정하여, 발분과 탄
식 속에 呂蒙(여몽)과 張溫(장온)을 추념하였는데, 朱據의 재능이 문
무를 겸전했기에 여몽과 장온의 뒤를 이을 수 있다고 생각하며 주
거를 建義校尉에 임명하여 湖孰(호숙)에 주둔한 군사를 거느리게 하
였다.

(孫權) 黃龍 원년(서기 229), 손권은 建業(건업)으로 천도하고, 주

----

38 朱據(주거, 194 – 250년, 字 子範) – 吳郡 吳縣(今 江蘇省 蘇州市) 출신. 東吳 官
員, 將領. 손권의 사위.

거를 불러 公主와 결혼시키고 左將軍을 제수하며, 雲陽侯에 책봉하였다. 주거는 겸허하게 아래 士人을 대하고 재물을 가벼이 여겨 베풀기를 좋아하였는데, 하사품이나 녹봉이 많았지만 용도에는 늘 부족하였다.

(손권) 嘉禾(가화) 연간에(서기 232 - 237), 처음으로 大錢을 주조하였는데 大錢 하나가 종래의 5백전에 해당하였다. 그 뒤 주거의 군영에서는 3만전 꿰미를 받아야 했지만, 鑄錢 기술자인 王遂(왕수)는 속여서 그 돈을 받아 가로챘는데, 典校인 呂壹(여일)은 주거가 실질적으로 수취했다고 의심하며 실무 담당자를 고문하여 곤장에 맞아 죽게 하였다.

이에 주거는 무고한 죽음을 애통하며 죽은 자의 장례를 후하게 치러주었다. 손권은 여러 번 주거를 문책하였는데, 주거는 자신을 변명할 방법이 없어 풀잎 자리를 깔고 대죄하였다.

그 몇 달 뒤 典軍吏인 劉助(유조)가 실상을 알아 王遂(왕수)가 사취한 것을 밝혀내었다. 손권은 크게 느낀 바가 있어 "朱據도 이처럼 억울한 일을 당하는데, 보통 관리나 백성은 어떻겠는가?"라고 말했다. 이에 바로 呂壹(여일)의 죄를 추궁하고 유조에게 백만 전을 상으로 내려주었다.

|原文|

　赤烏九年, 遷驃騎將軍. 遭二宮搆爭, 據擁護太子, 言則懇至, 義形於色, 守之以死, 遂左遷新都郡丞. 未到, 中書令孫

弘譖潤據, 因權寢疾, 弘爲詔書追賜死, 時的五十七.

孫亮時, 二子熊,摜各復領兵, 爲全公主所譖, 皆死. 永安中, 追錄前功, 以熊子宣襲爵雲陽侯, 尙公主. 孫皓時, 宣至驃騎將軍.

| 국역 |

(孫權) 赤烏 9年(서기 246), 驃騎將軍으로 승진하였다. 二宮의 다툼(태자 孫和와 魯王 孫霸)에서 朱據(주거)는 태자를 옹호하였는데, 그 언사가 간절하고 표정이 얼굴에 나타나며 죽음을 무릅쓰고 태자를 지켰으나, 결국 新都 郡丞으로 좌천되었다. 주거가 도착하기 전에 中書令인 孫弘(손홍)은 주거를 참소했는데, 손권은 병석에 있었지만, 손홍은 조서를 받아내서 주거를 賜死하였는데, 주거는 그때 57세였다.

孫亮(손량)이 재위 중에(서기 252 – 258년), 朱熊(주웅)과 朱摜(주손) 두 아들은 각각 군사를 거느렸지만, 全公主(전공주, 손권의 장녀, 孫魯班)의 참소에 의거 모두 죽음을 당했다.

(孫休의) 永安 연간에, (朱據의) 前功를 주가로 인정하여, 주웅의 아들 朱宣(주선)이 작위를 계승하여 雲陽侯가 되었고, 公主와 결혼하였다. (末帝인) 孫皓(손호) 재위 중에 주선은 驃騎將軍이 되었다.

| 原文 |

評曰, 虞翻古之狂直, 因難免乎末世, 然權不能容, 非曠宇

也. 陸續之於揚《玄》, 是仲尼之左丘明, 老聃之嚴周矣. 以瑚璉之器, 而作守南越, 不亦賊夫人歟!

張溫才藻俊茂, 而智防未備, 用致艱患. 駱統抗明大義, 辭切理至, 值權方閉不開. 陸瑁篤義規諫, 君子有稱焉. 吾粲,朱據遭罹屯蹇, 以正喪身, 悲夫!

|국역|

陳壽의 評論 : 虞翻(우번)의 古代의 狂簡(광간) 率直(솔직)한 逸士(일사)와 같았으나, 이어지는 난세를 벗어나기가 쉽지 않았지만 손권이 용납하지 못한 것은 손권의 도량이 좁았기 때문일 것이다. (귤을 품었던) 陸續(육적)이 揚雄(양웅)의 저서《太玄》을 풀이한 것은 仲尼(중니, 孔子의《春秋》)를 풀이한 左丘明(좌구명,《左傳》)과 같고, 老聃(노담, 老子,《道德經》)의 嚴周(엄주, 莊周, 莊子)와 같았다. 우번은 瑚璉(호련)의 祭器[39]와 같은 능력의 소유자인데도, 南越에 유배 아닌 유배를 보낸 것은 인재를 해친 것이다!

....

39 원문의 瑚璉之器 – 瑚璉(호련)은 종묘에서 제물을 올리는 귀중한 祭器. 본래 공자가 子貢(자공)의 능력을 빗대어 설명한 말이다.《論語 公冶長》子貢問曰, "賜也何如?" 子曰, "女, 器也." 曰, "何器也?" 曰, "瑚璉也." (子貢이 공자에게 배우면서 공자에게 물었다. "저는 어떤 사람입니까?(저의 수준은 어느 정도입니까?)" 공자는 "너는 그릇이다."라고 말했다. 그러자 자공은 "어디에 쓰는 그릇입니까?"라고 다시 물었다. 공자는 "너는 瑚璉(호련)과 같다."라고 말했다. 공자는 "君子不器"라고 말했다(《論語 爲政》). 이는 보편적이어야지 제한적이어서는 안 된다는 뜻으로 해석한다. 또 이는 자공이 아직 仁의 경지에 이르지 못했다는 공자의 평가를 표현한 대답일 것이다. 瑚璉(호련)은 종묘 제사에서 黍稷(서직, 기장)을 담는 아주 중요한 祭器인데 簠簋(보궤)와 같다. 그만큼 중요한 역할을 할 수 있다는, 자공의 능력을 인정한 말이다.

張溫(장온)은 才華가 뛰어나고 우수했지만 자신을 지킬 줄을 몰랐기에 환난을 불러왔다. 駱統(낙통)은 大義에 밝았으며 상소하는 언사가 간절하고 이치에 두루 통달하였지만, 손권의 막힌 고정관념을 깨치지는 못했다. 陸瑁(육모)는 돈독한 대의로 바르게 간쟁하였으니 군자의 칭송을 들을만했다. 吾粲(오찬)과 朱據(주거)는 좌절 속에 정도를 지키다가 사형을 당했으니 슬프도다!

58권 〈陸遜傳〉(吳書 13)
(육손전)

❶ 陸遜

| 原文 |

陸遜字伯言, 吳郡吳人也. 本名議, 世江東大族. 遜少孤,
隨從祖廬江太守康在官. 袁術與康有隙, 將攻康, 康遣遜及親
戚還吳. 遜年長於康子績數歲, 爲之綱紀門戶.

孫權爲將軍, 遜年二十一. 始仕幕府, 歷東西曹令史, 出爲
海昌屯田都尉, 並領縣事. 縣連年亢旱, 遜開倉穀以振貧民,
勸督農桑, 百姓蒙賴. 時吳,會稽,丹楊多有伏匿, 遜陳便宜,
乞與募焉. 會稽山賊大帥潘臨, 舊爲所在毒害, 歷年不禽. 遜
以手下召兵, 討治深險, 所向皆服, 部曲已有二千餘人. 鄱陽

賊帥尤突作亂, 復往討之, 拜定威校尉, 軍屯利浦.

┃국역┃

　陸遜(육손)[40]의 字는 伯言(백언)으로, 吳郡 吳縣 사람이다. 본명은 議(의)로 대대로 江東 땅의 大族이었다. 육손은 젊었을 때 부친을 여의었는데, 從祖인 陸康(육강)은 廬江太守로 재임 중이었다. 袁術(원술)이 육강과 틈이 벌어져 육강을 공격하게 되자, 육강은 손자들과 친척을 吳郡으로 돌려보냈다. 육손은 육강의 아들 陸績(육적, 懷橘遺親 했던 사람)보다 몇 살 위라서 육강 집안 일을 담당하였다.

　孫權이 장군이 되었을 때 육손은 21세였다. 손권의 막부에 출사하여 東, 西曹의 令史를 역임하였고, (吳郡) 海昌縣(해창현)의 屯田都尉가 되었으며 해창현을 다스렸다. 해창현 지역에 연속하여 큰 가뭄이 들자, 육손은 창곡의 곡식을 풀어 빈민을 구제하면서 농사와 길쌈을 장려하여 백성에 도움을 주었다.

　그때 吳郡, 會稽(회계), 丹楊郡 일대에는 숨어 사는 도망자들이 많았는데, 육손은 그들에게 도움을 주면서 그들을 군사로 편입하겠다고 건의하였다. 회계군 일대 산적의 우두머리인 潘臨(반림)은 이전부터 백성에게 큰 폐해를 입혔는데도 몇 년 동안 잡아내지 못했다. 육손이 직속 부하를 모집하여 험한 지역까지 토벌하자, 모두들 복

---

40 陸遜(육손, 183 – 245년, 字 伯言) – 본명은 陸議(육의). 吳郡 吳縣(今 江蘇省 蘇州市) 출신. 육손의 부친 陸駿(육준, 字 季才)은 九江郡 都尉를 역임했다. 육손은 三國 시대 吳의 저명한 장군. 대도독. 政治人. 東吳의 국정을 운영. 出將入相의 전형. 62세에 죽어 蘇州에 묻혔고, 追諡는 昭侯(소후). 周瑜, 魯肅, 呂蒙(여몽)과 四大 都督으로 합칭.

속하여 그 군사가 2천여 명이나 되었다. 鄱陽郡(파양군)의 도적 우두머리 尤突(우돌)이 소란을 피우자, 육손이 다시 토벌했는데, 육손은 定威校尉(정위교위)가 되어 利浦(이포)란 곳에 주둔하였다.

| 原文 |

權以兄策女配遜, 數訪世務. 遜建議曰,

"方今英雄棋跱, 豺狼規望, 克敵寧亂. 非衆不濟, 而山寇舊惡, 依阻深地. 夫腹心未平, 難以圖遠, 可大部伍, 取其精銳."

權納其策, 以爲帳下右部督. 會丹楊賊帥費棧受曹公印綬, 扇動山越, 爲作內應, 權遣遜討棧. 棧支黨多而往兵少, 遜乃益施牙幢, 分佈鼓角, 夜潛山谷間, 鼓譟而前, 應時破散. 遂部伍東三郡, 强者爲兵, 羸者補戶, 得精卒數萬人, 宿惡蕩除, 所過肅淸, 還屯蕪湖.

| 국역 |

손권은 형 손책의 딸을 육손과 결혼시켰고 당면한 정무에 관하여 자주 물었다. 육손이 손권에게 건의하였다.

"지금 영웅들이 일방을 차지하고 승냥이(豺狼, 시랑)처럼 엿보고 있으니 적을 이겨야 하고 반란은 평정해야 합니다. 군사가 아니라면 이런 일을 할 수 없는데, 山越(산월)⁴¹의 도적들은 오랫동안 해악

---

41 山越(산월)은 漢代에 지금의 江蘇省과 安徽省 남부 및 浙江省 서부 및 江西省

을 끼치며 험한 산속에 숨어 있습니다. 내부가 평안하지 않으면 외지를 토벌할 수 없으니, 군사를 늘리면서 정예병을 뽑아 운영해야 합니다."

손권은 그 건의를 받아들였고 육손을 직할 右部督에 임명하였다. 그 무렵 丹楊郡의 반적 우두머리인 費棧(비잔)은 조조의 印綬(인수)를 받은 뒤에 산월인을 扇動(선동)하며 魏에 내응하자, 손권은 육손을 보내 토벌케 하였다. 비잔의 잔당은 많고 토벌군은 숫자적으로 열세였기에, 육손은 곳곳에 牙幢(아당, 깃발)을 세우고 북을 마련하여 밤에 산 계곡으로 진입하여 갑자기 공격했고 짧은 시간에 격파하여 흩어버렸다. 그리하여 동부 3郡의 산월인을 재편하여 壯丁(장정)은 군사로 편입하고, 약자는 일반 백성으로 돌려 정예 병사 수만 명을 늘렸으며 오랜 적폐세력을 소탕 제거하여 가는 곳마다 평정한 뒤에 군사를 거느리고 (丹陽郡) 蕪湖縣(무호현, 今 安徽省 동남부 蕪湖市)에 주둔하였다.

|原文|

會稽太守淳于式表遜枉取民人, 愁擾所在. 遜後詣都, 言次, 稱式佳吏. 權曰, "式白君而君薦之, 何也?"

遜對曰, "式意欲養民, 是以白遜. 若遜復毁式以亂聖聽, 不

<hr />

과 福建省 북부의 산악 지대에 살던 무장세력의 통칭, 그들은 습속이 사나웠고 조정의 명령에 불복하였다. 東吳의 대장 周瑜(주유)나 黃蓋(황개) 등이 수차례 원정한 이후 諸葛恪(제갈각)이 嘉禾 3년(서기 234년)에 토벌까지 계속 정복하여 건장한 남자는 군사로 보충하며 회유하였다.

可長也."

權曰, "此誠長者之事, 顧人不能爲耳."

呂蒙稱疾詣建業, 遜往見之. 謂曰, "關羽接境, 如何遠下, 後不當可憂也?" 蒙曰, "誠如來言, 然我病篤."

遜曰, "羽矜其驍氣, 陵轢於人. 始有大功, 意驕志逸, 但務北進, 未嫌於我, 有相聞病, 必益無備. 今出其不意, 自可禽制. 下見至尊, 宜好爲計."

蒙曰, "羽素勇猛, 旣難爲敵, 且已據荊州, 恩信大行, 兼始有功, 膽勢益盛, 未易圖也."

蒙至都, 權問, "誰可代卿者?" 蒙對曰, "陸遜意思深長, 才堪負重, 觀其規慮, 終可大任. 而未有遠名, 非羽所忌, 無復是過. 若用之, 當令外自韜隱, 內察形便, 然後可克."

權乃召遜, 拜偏將軍右部督代蒙.

| 국역 |

會稽太守인 淳于式(순우식)은 表文을 올려 陸遜(육손)이 불법으로 백성을 군사에 편입시켜 임지에서 백성을 불안케 했다고 고발하였다. 육손이 뒷날 도읍에 올라가 손권과 이야기하면서 순우식을 훌륭한 관리라고 칭찬하였다. 이에 손권이 말했다.

"순우식은 경을 고발하였는데 그대는 왜 순우식을 천거하는가?"

이에 육손이 대답했다.

"순우식은 백성을 잘 살게 하려는 뜻이 있어 저를 고발하였습니다. 만약 제가 순우식을 훼방한다면, 이는 聖聽을 어지럽히는 것이니, 이런 기풍을 조성해서는 안 됩니다."

손권은 "이는 진실로 長者의 처신이니 보통 사람을 따라 할 수 없을 것이다."라고 말했다.

呂蒙(여몽, 178 – 219)이 병을 핑계로 建業에 돌아오자, 육손은 여몽을 찾아가 물었다.

"關羽와 접경하고 있으면서 무슨 일로 이리 멀리 내려 오셨는지, 뒷일을 걱정 안 해도 되겠습니까?"

이에 여몽은 "정말 경의 말과 같으나 나는 병이 심합니다."라고 말했다. 그러자 육손이 말했다.

"관우는 자신의 용맹에 긍지를 갖고서 다른 사람을 무시합니다. 본래 큰 공을 세우기도 했지만 그 뜻이 교만하고 방만하며 北進에만 마음을 쓰며 우리를 걱정하지도 않는데, 장군께서 병이 들었다는 사실을 알면 더욱 대비하지 않을 것입니다. 지금 그 예상을 깨고 출병하면 관우를 사로잡을 수 있습니다. 장군께서 도성에 가서서 至尊(孫權)을 뵙는 것이 좋을 것 같습니다."

그러자 여몽이 말했다.

"관우는 평소에 용맹하기에 상대하기 어려우며 또 형주를 차지하고서 백성에게 은덕과 신의를 크게 베풀었으며, 본래 큰 공을 세운 데다가 그 담력이나 軍勢가 날로 커지니 쉽게 도모할 수 없을 것이요."

여몽이 도성에 들어가자, 손권이 "경의 후임으로 누가 좋겠습니까?"라고 물었다. 이에 여몽이 대답하였다.

"陸遜은 생각이 깊고 재능이 있어 큰 책무를 감당할 수 있으며 그의 원대한 사려는 결국 대임을 완수할 것입니다. 그리고 멀리 밖에까지 이름이 알려지지 않아 관우가 꺼려하지도 않으며, 또 실제로 육손보다 더 나은 사람이 없습니다. 만약 육손을 등용한다면 응당 그 능력을 숨기고 은밀히 상황을 살핀 연후에 관우를 이길 수 있습니다."

손권은 바로 육손을 불러 偏將軍을 제수하고 右部都督으로 여몽의 후임에 임명하였다.

|原文|

遜至陸口, 書與羽曰,

「前承觀釁而動, 以律行師, 小擧大克, 一何巍巍! 敵國敗績, 利在同盟, 聞慶拊節, 想遂席捲, 共獎王綱. 近以不敏, 受任來西, 延慕光塵, 思廩良規.」

又曰,「于禁等見獲, 遐邇欣歎, 以爲將軍之勳足以長世, 雖昔晉文城濮之師, 淮陰拔趙之略, 蔑以尙茲. 聞徐晃等少騎駐旌, 窺望麾葆. 操猾虜也, 忿不思難, 恐潛增衆, 以逞其心. 雖云師老, 猶有驍悍. 且戰捷之後, 常苦輕敵, 古人杖術, 軍勝彌警, 願將軍廣爲方計, 以全獨克.

僕書生疏遲, 忝所不堪. 喜鄰威德, 樂自傾盡. 雖未合策, 猶可懷也. 儻明注仰, 有以察之.」

羽覽遜書, 有謙下自托之意, 意大安, 無復所嫌. 遜具啓形
狀, 陳其可禽之要. 權乃潛軍而上, 使遜與呂蒙爲前部, 至卽
克公安, 南郡. 遜徑進, 領宜都太守, 拜撫邊將軍, 封華亭侯.

備宜都太守樊友委郡走, 諸城長吏及蠻夷君長皆降. 遜請
金銀銅印, 以假授初附. 是歲建安二十四年十一月也.

| 국역 |

陸遜(육손)은 陸口(육구)[42]에 와서, 관우에게 서신을 보냈다.

「예전에 장군께서는 적의 빈틈을 보아 작전을 전개했고 규율로
군사를 지휘하며 소수의 군사로 대군을 이겼으니 참으로 훌륭하십
니다! 적국을 물리치고 동맹국에게 혜택을 베푸셨으니 장군의 승리
에 박수를 치며 좋아하였고, 장군께서 승리로 석권하시니, 이는 제
가 함께 이루고 싶습니다. 小將은 不敏하나 임무를 받아 이곳에 와
서 장군의 풍모를 흠모하며 큰 가르침을 받고자 합니다.」

또 다른 서신을 보냈다.

「于禁(우금) 등이 생포되자 원근의 모두가 감탄하였으니, 장군의
공적은 오래도록 영원할 것이며, 옛날 晉 文公(春秋 五霸의 한 사
람)이 거느렸던 城濮(성복)의 부대나, 淮陰侯(회음후, 韓信)가 趙를 정
벌한 책략도 장군의 방략에 비하면 아무것도 아닐 것입니다. 듣기
로는 (魏) 徐晃(서황) 등이 소수의 기병을 장군 근처에 맴돌게 하며
동태를 엿본다고 하였습니다. 조조는 아주 교활한 자로서, 대패한

---

42 陸口 - 今 湖北省 동남 咸寧市 관할 嘉魚縣의 지명. 陸水와 長江의 합류지점.
   일명 呂蒙城.

이후에도 더 큰 어려움을 생각하지 못하고 은밀히 군사를 증강하면서 야욕을 드러내고 있습니다. 조조의 군사가 쇠약해졌다지만 아직도 강한 일면이 있습니다. 그리고 전투에서 승리한 군사는 적을 경시하는 폐단이 있기에 옛 명장은 작전으로 승리를 거둔 다음에도 더욱 경계를 강화한다고 하였으니, 바라옵건대 장군께서도 이런 점을 널리 유념하시어 승리를 더욱 확실히 거두시길 바랍니다.

저는 書生이라서 소략하고 우둔하여 제 소임도 감당하지 못할 것 같습니다. 장군의 이룩한 크신 공적을 우러러 기꺼이 제 성의를 다 하겠습니다. 비록 장군의 방략을 따라가지는 못하지만 마음속으로 흠모하고 있습니다. 저의 성심을 알아주신다면 계속 따라 배우고 싶습니다.」

관우는 육손의 서신을 읽고 그저 겸손으로 자신을 부탁한다는 뜻으로 알고 염려하지 않고 육손을 경계하지도 않았다. 육손은 관우의 경계상황을 상세히 보고하면서 생포할 방략을 손권에게 보고하였다.

이에 손권은 은밀하게 군사를 거느리고 강을 따라 올라간 다음에 육손과 여몽을 선봉으로 삼고 공격케 하여 公安縣과 南郡을 점령하였다. 육손은 지름길로 진격했고 宜都(의도) 태수를 겸임했으며, 撫邊將軍(무변장군)을 제수 받고 華亭侯에 책봉되었다.

劉備가 임명한 宜都太守 樊友(번우)는 郡을 버리고 달아났으며, 여러 현과 官長이나 관리 또 만이들의 족장까지도 모두 투항하였다. 육손은 금, 은, 동으로 인수를 만들어 처음 귀부하는 족장들에게 수여했다. 이때가 건안 24년 11월(서기 219)이었다.

遜遣將軍李異,謝旌等將三千人, 攻蜀將詹晏,陳鳳. 異將水
軍, 旌將步兵, 斷絶險要, 即破晏等, 生降得鳳. 又攻房陵太
守鄧輔,南鄕太守郭睦, 大破之.

秭歸大姓文布,鄧凱等合夷兵數千人, 首尾西方. 遜復部旌討
破布,凱. 布,凱脫走, 蜀以爲將. 遜令人誘之, 布帥衆還降. 前後
斬獲招納, 凡數萬計. 權以遜爲右護軍,鎭西將軍, 進封婁侯.

時荊州士人新還, 仕進或未得所, 遜上疏曰,

「昔漢高受命, 招延英異, 光武中興, 群俊畢至, 苟可以熙隆
道敎者, 未必遠近. 今荊州始定, 人物未達, 臣愚惓惓, 乞普
加覆載抽拔之恩. 令並獲自進, 然後四海延頸, 思歸大化.」

權敬納其言.

陸遜(육손)은 將軍 李異(이이)와 謝旌(사정) 등을 보내 군사 3천을
거느리고, 蜀將인 詹晏(첨안)과 陳鳳(진봉)을 공격케 하였다. 이이는
水軍을 거느렸고, 사정은 보병을 거느리고 험한 요로를 단절한 뒤
에 바로 첨안 등을 격파하였고, 진봉을 산 채로 잡아 투항케 하였다.
또 房陵 태수인 鄧輔(등보)와 南鄕 태수 郭睦(곽목) 등을 대파하였다.

秭歸縣(자귀현)[43]의 大姓인 文布(문포)와 鄧凱(등개) 등은 만이의

---

43 建平郡 秭歸縣 - 今 湖北省 서남부 宜昌市 관할 秭歸縣. 楚 시인 屈原(굴원)의
고향.

병력 수천 명을 거느리고 西蜀과 상호 협력했었다. 육손은 다시 사정을 거느리고 출정하여 문포와 등개 등을 격파하자, 문포와 등개는 도망쳤고, 蜀에서는 이들을 다시 불러 장수에 임명하였다. 육손이 사람을 보내 그들을 유인하자, 문포는 부하를 이끌고 돌아와 투항하였다. 육손이 전후 여러 차례에 걸쳐 죽이거나 생포 또는 회유하여 투항시킨 자가 수만 명이었다. 손권은 육손을 右護軍에 鎭西將軍으로 임명했고 작위를 올려 婁侯(누후)에 봉했다.

그 무렵 荊州의 士人들이 육손에게 막 귀부하였는데, 그 士人들이 관리로 임용되거나 또는 임명되지 못한 사람도 있었다. 이에 육손이 상소하였다.

「옛날에 漢 高祖는 천명을 받은 뒤에 뛰어난 인재들을 널리 불러 모았고, 光武帝의 중흥 이후, 우수한 인재들이 모여들었습니다. 이러한 인재들이 사실 교화를 크게 일으킬 수 있는 자들이기에 출신지의 원근을 따지지 않고 임명하였습니다. 지금, 형주를 겨우 평정하였기에 인재들이 아직은 모여들지 않습니다만, 臣이 진심으로 원하는 것은 이들을 채용하는 특별한 은전을 베풀어 주는 것입니다. 그리하여 그런 인재들이 스스로 모여들면 천하의 모두가 귀부할 기회를 간절히 기다릴 것입니다.」

손권은 육손의 건의를 경건하게 수용하였다.

| 原文 |

黃武元年, 劉備率大衆來向西界, 權命遜爲大都督,假節,

督朱然,潘璋,宋謙,韓當,徐盛,鮮于丹,孫桓等五萬人拒之. 備從巫峽,建平連圍至夷陵界, 立數十屯, 以金錦爵賞誘動諸夷, 使將軍馮習爲大督, 張南爲前部, 輔匡,趙融,廖淳,傅肜等各爲別督, 先遣吳班將數千人於平地立營, 欲以挑戰.

諸將皆欲擊之, 遜曰, "此必有譎, 且觀之." 備知其計不可, 乃引伏兵八千, 從谷中出. 遜曰, "所以不聽諸君擊班者, 揣之必有巧故也."

遜上疏曰,「夷陵要害, 國之關限, 雖爲易得, 亦復易失. 失之非徒損一郡之地, 荊州可憂. 今日爭之, 當令必諧. 備干天常, 不守窟穴, 而敢自送. 臣雖不材, 憑奉威靈, 以順討逆, 破壞在近. 尋備前後行軍, 多敗少成. 推此論之, 不足爲戚. 臣初嫌之, 水陸俱進, 今反捨船就步, 處處結營, 察其佈置, 必無他變. 伏願至尊高枕, 不以爲念也.」

諸將並曰, "攻備當在初, 今乃令人五六百里, 相銜持經七八月, 其諸要害皆以固守, 擊之必無利矣."

遜曰, "備是猾虜, 更嘗事多, 其軍始集, 思慮精專, 未可干也. 今住已久, 不得我便, 兵疲意沮, 計不復生, 掎角此寇, 正在今日."

乃先攻一營, 不利. 諸將皆曰, "空殺兵耳." 遜曰, "吾已曉破之之術." 乃敕各持一把茅, 以火攻拔之. 一爾勢成, 通率諸軍同時俱攻, 斬張南,馮習及胡王沙摩柯等首, 破其四十餘營.

備將杜路,劉寧等窮逼請降. 備升馬鞍山, 陳兵自繞. 遜督促諸軍四面蹙之, 土崩瓦解, 死者萬數. 備因夜遁, 驛人自擔燒鐃鎧斷後, 僅得入白帝城. 其舟船器械, 水步軍資, 一時略盡, 屍骸漂流, 塞江而下. 備大慚恚, 曰, "吾乃爲遜所折辱, 豈非天邪!"

| 국역 |

(孫權) 黃武 원년(서기 222), 劉備가 대군을 거느리고 (東吳의) 서쪽 영토로 진공하자, 손권은 陸遜(육손)을 大都督에 임명하고 부절을 하사하였고, 朱然(주연), 潘璋(반장), 宋謙(송겸), 韓當(한당), 徐盛(서성), 鮮于丹(선우단), 孫桓(손환) 등을 감독하여 5만 군사로 방어케 하였다.

유비는 巫峽(무협)[44]과 建平(건평)에서 夷陵(이릉)[45] 지역까지 수십 곳에 屯營(둔영)을 세웠으며, 금은이나 비단, 작위와 상금 등으로 여러 만이들을 유인 포섭하였으며 將軍 馮習(풍습)을 大督으로, 張南(장남)을 前部로, 輔匡(보광), 趙融(조융), 廖淳(요순), 傅肜(부융) 등을 별군 도독으로 임명하였고, 우선 吳班(오반) 등을 시켜 수천 군사를 거느리고 평지에 군영을 설치한 뒤에 吳軍을 공격하게 시켰다.

----

44 巫峽(무협)은 重慶市와 湖北省 지역 長江 本流의 峽谷(협곡) 이름. 瞿塘峽(구당협), 西陵峽(서릉협)과 함께 長江 三峽(Sānxiá)라고 한다. 무협은 重慶市 巫山縣(무산현) 大寧 하구에서 동쪽으로 湖北省 巴東縣 官渡口에 이르는 全長 약 45km로 幽深(유심)하고 수려한 경치로 유명하다. 巫峽 남북 양안의 巫山 12봉의 경치가 장관인데 그중 神女峰이 가장 유명하다.

45 (南郡) 夷陵縣(이릉현) — 今 湖北省 서부 宜昌市 夷陵區.

육손의 여러 장수들이 촉군을 공격하려 하자, 육손은 "이는 틀림없이 거짓이니 곧 알게 될 것이다."라고 말했다. 유비는 東吳의 군사 유인 계책이 먹히지 않자 복병 8천을 거느리고 계곡에서 나왔다. 이에 육손은 "오반을 공격하겠다는 여러분의 뜻을 따르지 않은 것은 저들의 간교가 있을 것이라 생각했기 때문이다."라고 말했다. 그리고 육손이 상소했다.

「夷陵(이릉)은 要害處이며 나라의 관문으로 쉽게 얻을 수도 있지만 또 쉽게 잃을 수도 있습니다. 이릉을 잃을 경우 한낱 1개 郡을 잃는 것이 아니라 荊州(형주)를 걱정해야 합니다. 이번에 이곳을 두고 싸워 틀림없이 승리를 거둘 것입니다.

유비는 天常을 거역하여, 자기 소굴을 지키지 못하고 그냥 버리려고 합니다. 臣이 비록 능력이 없지만 그래도 지존의 신령하신 위엄을 받들어 순리로 逆理를 토벌할 것이니, 곧 격파할 것입니다. 그간 유비가 지나온 행군을 분석해 보면, 실패가 많고 성취한 바가 적습니다. 이를 추론한다면 걱정할 필요가 없습니다.

臣은 처음에 유비가 수로와 육로로 함께 진격할 줄 알았지만 지금 저들은 배를 버려두고 도보로 이동하며 곳곳에 군영을 설치하였는데 그 배치를 살펴볼 때 결코 이변이 없을 것입니다. 지존께서는 편히 누워 계시면서 전혀 걱정하지 마십시오.」

이때 여러 장수들이 육손에게 말했다.

"유비를 초기에 공격해야 했는데, 지금 저들에게 5, 6백 리 땅을 내 주고 서로 대치한 지 7, 8개월이 지났으며, 저들은 요해처를 굳게 지키고 있으니 지금 공격한다 하여도 큰 이득이 없을 것입니다."

이에 육손이 말했다.

"유비는 교활한 자이며 그간 여러 가지를 경험하였으며, 저들 군사가 처음 모여 공격할 때는 그 사려와 대책이 철저하여 공격할 수가 없었다. 이제 오랜 시일이 지나면서 우리의 이로운 여건을 차지한 것이 없어 군사는 지치고 의욕이 해이하여 다른 계책을 쓸 수도 없으니 저들 적을 유인 공격할 때가 되었다."

육손은 우선 유비의 군영 1곳을 공격하였지만 이기지 못했다. 그러자 여러 장수들은 "공연히 군사만 잃었습니다."라고 말했다. 그러자 육손이 말했다.

"나는 이제 적을 격파할 방법을 알게 되었다."

그리고서는 모든 군사에게 마른 풀을 한 묶음씩 갖고 가게 하여 火攻으로 공격하여 점령하였다. 일단 하나가 성공하게 되자 모든 군사들이 일시에 각 군영을 공격케 하여, 張南(장남)과 馮習(풍습) 및 胡王 沙摩柯(사마가) 등의 수급을 자르고 유비의 40여 군영을 완파하였다.

유비의 부장인 杜路(두로)와 劉寧(유영) 등은 달아날 곳이 없자 투항하였다 유비는 馬鞍山(마안산)에 진을 치고 군사를 배치하였다. 육손은 군사를 독려하여 사방에서 유비를 압박하자 유비의 군사는 土崩瓦解(토붕와해) 하면서 수만 명이 죽었다. 유비는 밤중에 도망쳤는데, 역참의 군사는 자신들이 보유하던 여러 기물을 소각하여 추격 병을 막게 하면서, 유비는 겨우 白帝城(백제성)[46]으로 피신하였

....
46 巴郡(巴東郡) 魚復縣은 章武 2년(서기 222), 劉備가 夷陵戰에서 패한 뒤 白帝城으로 물러나와 魚復縣을 永安縣으로 개명했다. 유비는 臨終 전에 白帝城 永安宮에서 丞相 諸葛亮를 불러 후사를 부탁했다.「劉備託孤」. 당시 백제성은 한

다. 유비 군사는 배와 여러 가지 기계나 장비, 수군과 보병의 장비도 한꺼번에 잃었으며 시신이 강물에 표류하며 강물이 막힐 지경이었다. 유비는 부끄럽고 또 화가 나서 말했다.

"내가 여기서 육손에게 굴욕을 당하니, 어찌 하늘 뜻이 아니겠는가!"

| 原文 |

初, 孫桓別討備前鋒於夷道, 爲備所圍, 求救於遜. 遜曰, "未可." 諸將曰, "孫安東公族, 見圍已困, 奈何不救?" 遜曰, "安東得士衆心, 城牢糧足, 無可憂也. 待吾計展, 欲不救安東, 安東自解."

及方略大施, 備果奔潰. 桓後見遜曰, "前實怨不見救, 定至今日, 乃知調度自有方耳."

當御備時, 諸將軍或是孫策時舊將, 或公室貴戚, 各自矜恃, 不相聽從. 遜案劍曰,

"劉備天下知名, 曹操所憚, 今在境界, 此强對也. 諸君並荷

....

쪽은 육지와 연결되고 삼면이 강물이었으나 지금은 산샤(三峽) 댐(水庫) 공사로 수면이 높아져서 완전한 섬이 되었다. 예로부터 李白, 杜甫, 白居易, 劉禹錫(유우석), 蘇軾(소식), 黃庭堅(황정견) 등이 이곳에 와서 명작을 남겼다. 李白의 「朝辭白帝彩雲間, 千里江陵一日還, 兩岸猿聲啼不住, 輕舟已過萬重山」(〈朝發白帝城〉)이 인구에 회자되며 백제성은 '詩城'이라는 멋진 이름으로 불린다. 지금도 거기에는 毛澤東과 周恩來가 직접 쓴 李白의 〈朝發白帝城〉 편액이 양쪽에 걸려 있다. 今 重慶市 동부 奉節縣.

國恩, 當相輯睦, 共剪此虜, 上報所受, 而不相順, 非所謂也.
僕雖書生, 受命主上. 國家所以屈諸君使相承望者, 以僕有尺
寸可稱, 能忍辱負重故也. 各在其事, 豈復得辭! 軍令有常,
不可犯矣."

及至破備, 計多出遜, 諸將乃服. 權聞之, 曰, "君何以初不
啓諸將違節度者邪?"

遜對曰, "受恩深重, 任過其才. 又此諸將或任腹心, 或堪爪
牙, 或是功臣, 皆國家所當與共克定大事者. 臣雖駑懦, 竊慕
相如, 寇恂相下之義, 以濟國事."

權大笑稱善, 加拜遜輔國將軍, 領荊州牧, 卽改封江陵侯.

| 구역 |

그전에, 孫桓(손환)이 별도로 유비의 선봉부대를 夷道(이릉)에서
공격했는데, 유비에게 포위되자 陸遜(육손)에게 구원을 요청하였다.
그러나 육손은 "구원할 수 없다"고 잘라 말했다. 그러자 여러 부장
들이 말했다.

"孫安東(孫桓)은 公族이며 포위되어 위태로운데 왜 구원하지 않
습니까?"

이에 육손이 말했다.

"安東은 장군으로 사졸의 신임을 받고 있으며 성곽이 튼튼하고
군량도 넉넉하니 걱정할 필요가 없다. 나의 계책대로 나가면 안동
을 돕지 않아도 안동은 저절로 해결할 수 있다."

육손의 작전이 성공하면서 유비 군사는 예상대로 궤멸되었다. 손환이 나중에 육손을 만나 말했다.

"앞서 구원해주지 않아 사실 원망도 했지만, 지금 이처럼 안정되니 장군의 결정이 옳았다고 생각합니다."

육손이 유비와 대치할 때 여러 부장 중에서는 孫策 때의 舊將도 있고, 또 公室의 貴戚(귀척) 등이 각자 긍지를 가지고 있어 육손의 명령을 따라주지 않았다. 이에 육손은 칼을 잡고 말했다.

"劉備는 온 천하에 이름이 알려졌고 曹操조차 꺼리는데, 지금 우리와 땅을 맞대고 있으니, 이는 우리의 강적이다. 여러분은 모두 나라의 큰 은덕을 받았으니 응당 서로 화목하고 협조하여 적을 함께 무찔러야 하거늘, 위에서 은덕을 받고, 아래로 서로 협조하지 않는다면 말이 안 된다. 내가 비록 書生이지만 主上의 명을 받았다. 나라에서 여러분이 나의 명을 따르도록 조치한 것은 나에게도 조그만 장점이 있고, 내가 모욕을 견디면서도 중책을 수행할 수 있다고 생각했기 때문이다. 각자 자신의 직분을 다한다면 무슨 말이 더 필요하겠나! 軍令은 변함없나니 결코 범해서는 안 된다."

유비의 대군을 격파하는 모든 계략은 거의 육손한테서 나왔기에 여러 장수는 심복했다. 손권이 이를 알고서 물었다.

"경은 처음에 명령에 불복하는 자를 왜 보고하지 않았는가?"

이에 육손이 대답했다.

"받은 은전은 많고 임무는 제 능력 밖이었습니다. 여러 장수 중에서 전하의 심복도 있고, 또 전하를 호위한 사람과 공신도 있어 모두가 나중에 함께 나라의 큰일을 해 나갈 사람입니다. 제가 비록 우둔하다지만 저 개인적으로는 虛心으로 나라를 위해 큰일을 한 (戰國 趙나라의) 藺相如(인상여)[47]나 (後漢의) 寇恂(구순)[48]을 따르고 싶었 습니다."

孫權는 크게 웃으며 육손을 칭찬하고 육손을 輔國將軍으로 올려 荊州牧을 겸임케 하며 즉각 江陵候로 고쳐 책봉하였다.

| 原文 |

又備旣住白帝, 徐盛,潘璋,宋謙等各競表言備必可禽, 乞復 攻之. 權以問遜, 遜與朱然,駱統以爲曹丕大合士衆, 外托助 國討備, 內實有姦心, 謹決計輒還. 無幾, 魏軍果出, 三方受 敵也.

備尋病亡, 子禪襲位,諸葛亮秉政, 與權連和. 時事所宜, 權 輒令遜語亮, 並刻權印, 以置遜所. 權每與禪,亮書, 常過示 遜, 輕重可否, 有所不安, 便令改定, 以印封行之.

....

47 藺相如(인상여, 約 前 315 - 約 前 260년) - 戰國 시대 趙國의 大臣, 上卿 역임. 完 璧歸趙(완벽귀조), 澠池之會(민지지회), 負荊請罪(부형청죄), 그리고 廉頗(염파) 와의 刎頸之交(문경지교)의 주인공.

48 寇恂(구순) - 寇 도둑 구. 성씨. 恂 정성 순. 광무제의 개국공신. 구순은 經學에 밝고 행실도 바르기에 조정에서 명성도 높았으며 녹봉을 받으면 벗이나 지인 또는 하급 관리에게 후하게 베풀었다. 구순은 늘 '나는 하급 관리에서 이렇게 까지 승진하였는데 어찌 나 홀로 누릴 수 있겠는가!'라고 말했다. 그때 사람들 이 長者로 여기며 재상의 그릇이라고 말했다. 《後漢書》16권, 〈鄧寇列傳〉에 입전.

그리고 劉備가 白帝城에 머무는 동안, 徐盛(서성)과 潘璋(반장), 宋
謙(송겸) 등은 각각 표문을 올려 유비를 사로잡을 수 있다면서 공격
을 허락해 달라고 요청하였다.

손권이 이를 陸遜(육손)에게 물었는데, 육손은 朱然(주연)이나 駱
統(낙통)과 함께 曹丕(조비, 文帝)가 군사를 크게 일으키며 겉으로는
吳를 도와 유비를 토벌한다지만 속셈으로는 간악한 마음이 있으니
방책이 결정되는 대로 군사를 (東吳쪽으로) 돌릴 것이라고 예상하
였다. 얼마 안 있어 魏軍은 남방 원정에 나섰고, 吳는 3방면에서 적
을 맞아 싸워야 했다.

유비는 곧 병으로 죽었고(서기 223년), 아들 劉禪(유선, 後主)이 제
위를 이었으며, 諸葛亮이 정권을 장악하였는데, 제갈량은 손권과
講和하였다.

손권은 당시 나라의 상황을 육손이 제갈량에게 설명하게 하였다.
그러면서 손권은 즉시 국새를 만들어 육손에게 넘겨주었다. 손권이
蜀漢의 劉禪(유선, 後主)이나 제갈량에게 보내는 國書는 늘 육손에게
보여 주었고 내용이나 可否에 미진한 부분이 있으면 바로 고치고
육손이 국새를 찍어 시행케 하였다.

七年, 權使鄱陽太守周魴譎魏大司馬曹休. 休果擧衆入皖,
乃召遜假黃鉞, 爲大都督, 逆休. 休旣覺知, 恥見欺誘, 自恃

兵馬精多, 遂交戰. 遜自爲中部, 令朱桓,全琮爲左右冀, 三道
俱近, 果衝休伏兵, 因驅走之, 追亡逐北, 逕至夾石, 斬獲萬
餘, 牛馬騾驢車乘萬輛, 軍資器械略盡. 休還, 疽發背死. 諸
軍振旅過武昌, 權令左右以御蓋覆遜, 入出殿門. 凡所賜遜,
皆御物上珍, 於時莫與爲比. 遣還西陵.

| 국역 |

(孫權 黃武) 7년(서기 228), 孫權은 鄱陽(파양) 태수 周魴(주방)을
시켜 魏 大司馬인 曹休(조휴)를 속이게 하였다. 조휴는 예상대로 대
규모 병력을 거느리고 皖城(환성)[49]에 들어왔는데, 孫權은 陸遜(육손)
을 불러 黃鉞을 내려주고 大都督으로 삼아 조휴를 맞아 싸우게 하
였다. 조휴는 속은 것을 알고서 속임수에 넘어간 것이 부끄러웠지
만 자신의 군사가 막강한 것을 믿고 결국 교전으로 이어졌다.

육손은 자신이 中軍을 거느리고 朱桓(주환)과 全琮(전종)을 좌, 우
익으로 삼아 세 갈래 길로 진격하였는데, 조휴의 복병과 충돌하자
적을 몰아붙여 북쪽으로 축출하였고, 곧바로 夾石(협석)이란 곳까지
가면서 1만여 명을 죽이거나 포로로 잡았으며, 우마나 나귀나 노새
수레 등 1만여 량과 여러 군수물자와 기계 등을 모두 차지하였다.
조휴는 패전하고 돌아가 등에 등창이 나서 죽었다.

모든 군사들이 개선하여 武昌(무창)에 들어오자, 손권은 측근에게
명령하여 황제의 수레 덮개를 육손에게 하사하였고, 수레를 타고

---

49 皖城(환성) - 廬江郡의 현명. 今 安徽省 서남부 皖河(환하) 상류 安慶市 관할
潛山縣(잠산현).

大殿의 궐문은 출입할 수 있도록 허락하였다. 육손에게 내리는 하사품은 御物 중에서도 최고 상품이었고 다른 사람과 비교가 되지 않는 좋은 것이었다. 육손은 西陵(서릉)⁵⁰으로 돌아왔다.

|原文|

黃龍元年, 拜上大將軍, 右都護. 是歲, 權東巡建業, 留太子, 皇子及尙書九官, 徵遜輔太子, 並掌荊州及豫章三郡事, 董督軍國. 時建昌侯慮於堂前作鬪鴨欄, 頗施小巧. 遜正色曰, "君侯宜勤覽經典以自新盆, 用此何爲?"

慮卽時毀徹之. 射聲校尉松於公子中最親, 戲兵不整, 遜對之髡其職吏. 南陽謝景善劉廙先刑後禮之論, 遜呵景曰, "禮之長於刑久矣, 廙以細辯而詭先聖之敎, 皆非也. 君今侍東宮, 宜遵仁義以彰德音, 若彼之談, 不須講也."

|국역|

(孫權) 黃龍 원년(서기 229), 陸遜(육손)은 上大將軍을 제수 받고, 右都護가 되었다. 이 해에, 손권은 동쪽으로 建業을 순행하고 太子를 남겨두었으며, 다른 皇子 및 尙書, 그리고 九官을 설치하고 육손을 불러 태자를 보필케 하며, 아울러 荊州 및 豫章郡 등 三郡의 정무

<hr>

50 (宜都郡) 西陵縣(서릉현) – 夷陵(이릉)을 개칭. 今 湖北省 서남부 宜昌市 夷陵區에 해당.

를 관장하고 軍國기무를 감독케 하였다.

　그때, 建昌侯인 孫慮(손려)는 내전 앞에 오리 싸움 우리를(鬪鴨欄, 투압란) 만들고 여러 가지 장식을 꾸몄다. 이에 육손이 정색으로 손려에게 말했다.

　"君侯는 經典을 열심히 독서하여 자신을 새롭게 바꿔야 하거늘 무엇 하려고 이런 것을 만들었습니까?"

　그러자 손려는 즉시 철거하였다. 射聲校尉인 孫松(손송)은 公子 중에서 손권의 귀여움을 받았는데, 병졸과 희롱하며 군기가 엄정하지 못하자, 육손은 그 담당 관리의 두발을 깎아버리는 형벌을 내렸다.

　南陽 사람 謝景(사경)은 劉廙(유이)의 先刑後禮(선형후례)의 논조를 찬양하였는데, 육손이 사경을 질책하며 말했다.

　"禮治가 형벌보다 좋다는 사실은 아주 오래 되었는데, 유이는 증명할 수도 없는 미미한 사례를 꾸며대며 先聖의 가르침을 궤변으로 돌리니 모두가 크게 잘못되었다. 그런데 자네는 동궁을 모시면서 응당 仁義를 준수하며 德音을 높이 강조하야 하는데 그런 담론이라면 말을 할 필요도 없을 것이다."

|原文|

　遜雖身在外, 乃心於國. 上疏陳時事曰,

　「臣以爲科法嚴峻, 下犯者多. 頃年以來, 將吏罹罪, 雖不愼可責, 然天下未一, 當圖近取, 小宜恩貸, 以安下情. 且世務日興, 良能爲先, 自非姦穢人身, 難忍之過, 乞復顯用, 展其力

效. 此乃聖王忘過記功, 以成王業. 昔漢高舍陳平之愆, 用其奇略, 終建勳祚, 功垂千載. 夫峻法嚴刑, 非帝王之隆業, 有罰無恕, 非懷遠弘規也.」

| 국역 |

陸遜(육손)은 늘 지방에서 일했지만 마음은 나라 걱정이었다. 時務에 관련하여 육손이 상소하였다.

「엄한 법률 적용에도 범법자는 여전히 많다고 臣은 생각합니다. 최근 몇 년 동안 형벌을 받은 將吏의 경우 그 잘못이나 실수에 대해서 형벌을 받아야 했지만, 천하는 여전히 통일되지 않았기에 적극적인 업무추진과 함께 작은 과오라면 은덕을 베풀어 백성의 마음을 안정시켜야 합니다. 국정의 업무는 날마다 많아지는 추세에서 능력을 우선해야 하며, 직접적인 사악한 범죄야 용서할 수 없지만, 그렇지 않다면 능력을 발휘할 기회를 주어야 합니다. 이는 聖王이 인재의 과오는 잊고 공적은 기억하여 왕업을 성취하는 것과 같습니다.

옛날 漢 高祖는 陳平(진평)[51]의 허물은 버리고 그의 기이한 책략을

---

51 陳平(진평, ?-前 178) - 진평은 키가 크고 잘생겼는데 사람들이 가끔 "가난한데 무엇을 먹고 저렇게 살이 쪘을까?"라고 하였다. 처음에 항우의 부하였다가 도망 나와 漢王을 섬겼다. 진평은 형수와 私通하였으며, 魏王을 섬겼으나 수용되지 않자 도망해서 楚에 갔다가 다시 漢에 왔으며 뇌물을 받아 챙겼다고 고발당하였다. 진평은 그런 과오가 있었음을 인정하며 "맨 몸으로 왔기에 돈을 받지 않으면 생활 밑천을 마련할 길이 없었습니다. 신의 계책이 정말 쓸만하다면 대왕께서 계책을 받아 주십시오. 쓸만한 것이 없다면 대왕께서 주신 돈이 그대로 있으니 봉해서 나라에 보내고, 저는 고향으로 돌아가겠습니다." 라고 말했다. 진평은 奇計로 劉邦을 도왔다. '反間計', '離間計'가 그의 특기이다.

채용했기에 끝내 큰 공을 성취했으며, 그 이름이 천 년이나 이어진 것입니다. 준엄한 법과 엄한 형벌(峻法嚴刑)만이 제왕의 과업이 아니오며, 형벌만 있고 용서가 없다면 모두를 포용할 수도 없습니다.」

| 原文 |

權欲遣偏師取夷州及朱崖, 皆以咨遜, 遜上疏曰,

「臣愚以爲四海未定, 當須民力, 以濟時務. 今兵興歷年, 見衆損減, 陛下憂勞聖慮. 忘寢與食, 將遠規夷州, 以定大事, 臣反覆思惟, 未見其利. 萬里襲取, 風波難測, 民易水土, 必致疾疫, 今驅見衆, 經涉不毛, 欲益更損, 欲利反害. 又珠崖絕險, 民猶禽獸, 得其民不足濟事, 無其兵不足虧衆.

今江東見衆, 自足圖事, 但當畜力而後動耳. 昔桓王創基, 兵不一旅, 而開大業. 陛下承運, 拓定江表. 臣聞治亂討逆, 須兵爲威, 農桑衣食, 民這本業, 而干戈未戢, 民有饑寒.

臣愚以爲宜育養士民, 寬其租賦, 衆克在和, 義以勸勇, 則河渭可平, 九有一統矣.」

權遂征夷州, 得不補失.

| 국역 |

孫權은 별동부대를 보내 夷州(이주)[52]와 (合浦郡) 朱崖縣(주애현)

52 손권은 黃龍 2년 봄 正月(서기 230), 將軍인 衛溫(위온)과 諸葛直(제갈직)에게

을 원정하려고 이를 陸遜(육손)에게 자문을 구했다. 이에 육손이 상소했다.

「臣의 愚見으로는 四海가 불안정하니 民力을 동원하더라도 우선 급한 일부터 해결해야 합니다. 지금 여러 해에 걸쳐 군사를 동원하여 백성이 크게 줄어드는 것을 폐하께서도 침식을 잊고 우려하고 계십니다. 지금 바다 건너 夷州(이주)를 정벌하려는 큰일을 결정해야 하는데, 臣이 거듭 생각해 보아도 이득을 예상할 수 없습니다. 만리 먼 곳을 공격하려면 우선 그 풍랑과 파도를 예상할 수가 없고, 백성은 水土가 바뀌면 질병이 당연히 발생할 것이며, 대군을 동원한 그 불모지에 대한 원정은 이익보다는 손해만 볼 것입니다. 또 珠崖縣(주애현)[53]은 육지와 단절된 험지로 그 백성은 禽獸(금수)와 같아 그들을 정복해도 시킬 일이 없고, 그들이 없어도 병력은 부족하지 않습니다.

지금 江東의 백성으로도 정벌에 풍족하나 다만 국력을 보충한 다음에 동원해야 합니다. 옛날 桓王(환왕, 孫策)께서 나라의 기틀을 다질 때 병력은 1개 부대(500명)도 안 되었지만 대업을 이룩하셨고, 폐하께서는 그 대업을 바탕으로 長江 남쪽을 평정하셨습니다. 臣이 알기로, 治亂이나 討逆(토역)은 군사의 武威를 바탕으로 하고, 農桑(농상)에 의한 衣食 해결은 백성의 본업이니, 전쟁이 그치지 않는다

甲士 1萬 명을 거느리고 바다에 나가 夷洲(이주)와 亶洲(단주)를 찾게 하였다. 夷洲(이주)는 일본국 오키나와(琉球群島)라는 주장이 거의 통용되나, 亶洲(단주)는 일본, 또는 필리핀, 심지어 아메리카 대륙이라는 주장도 있다.

53 漢代 朱崖郡, 신설과 폐지를 반복. 今 海南省(海南島)의 일부분. 郡治는, 今 海南省 북단 海口市 瓊山區에 해당.

면 백성은 굶주리고 추위에 떨게 됩니다.

臣의 우견으로는 우선 士民을 양육하기 위해 租賦(조부)를 경감하고 백성을 온화로 이끌며, 의리로 용맹을 권장한다면 河水나 渭水(위수) 일원도 평정하여 온 천하 九州를 통일할 수 있다고 생각합니다.」

孫權은 원정군을 夷州에 보냈지만, 이득이 손실을 보충하지 못했다.

| 原文 |

及公孫淵背盟, 權欲往征. 遜上疏曰,

「淵憑險恃固, 拘留大使, 名馬不獻, 實可仇忿. 蠻夷猾夏, 未染王化, 鳥竄荒裔, 拒逆王師, 至令陛下愛赫斯怒, 欲勞萬乘泛輕越海, 不慮其危而涉不測. 方今天下雲擾, 群雄虎爭, 英豪踴躍, 張聲大視.

陛下以神武之姿, 涎膺期運, 破操烏林, 敗備西陵, 禽羽荊州, 斯三虜者當世雄傑, 皆摧其鋒. 聖化所綏, 萬里草偃, 方蕩平華夏, 總一大猷. 今不忍小忿, 而發雷霆之怒, 違垂堂之戒, 輕萬乘之重, 此臣之所惑也.

臣聞志行萬里者, 不中道而輟足, 圖四海者, 匪懷細以害大. 強寇在境, 荒服未庭, 陛下乘桴遠征, 必致窺闚, 戚至而憂, 悔之無及. 若使大事時捷, 則淵不討自服, 今乃遠惜遼東衆之與馬, 奈何獨欲捐江東萬安之本業而不借乎? 乞息六師,以威大虜, 早定中夏, 垂耀將來.」

權用納焉.

| 국역 |

(遼東 태수) 公孫淵(공손연)이 맹약을 배신하여 孫權이 직접 원정하려 하자, 陸遜(육손)이 상소하였다.

「공손연은 험고한 지형을 믿고 大國의 사자를(吳使) 구류했으며, (약속한) 名馬을 헌상하지도 않아 우리의 원수가 되었으니 (폐하께서) 분노할 만합니다. 蠻夷(만이)들이 中原을 어지럽히고 교화를 거부하며 거친 땅에 새처럼 숨어 中原의 군사에 맞서기에, 지금 폐하께서 크게 분노하시어 만승 대국의 군사를 빠른 배에 실어 바다를 건너 원정하려 하시지만, 그 위험과 예상하지 못하는 난관을 고려하지 않을 수 없습니다. 지금 온 천하 형세가 구름처럼 변화하고, 群雄이 맹수처럼 싸우며 영웅호걸이 다투면서 서로 실력으로 경쟁하고 있습니다.

폐하께서는 타고난 神武에 天運의 지원을 받아 烏林(오림)에서 조조를 격파하였고, 西陵(夷陵 戰鬪)에서 유비를 꺾어버렸으며, 荊州에서는 관우를 사로잡았으니, 이들 3명은 모두 당대의 영웅이었으나 그 예봉을 꺾어버렸습니다. 폐하께서 성스러운 교화로 백성을 어루만지시니 일만 리 백성들이 풀처럼 누웠고, 華夏(中國, 中原)의 인재를 골고루 등용하시니, 천하가 모두 하나로 귀의하고 있습니다. 그러나 지금 작은 분노를 참지 못하시고 번개와 천둥같이 분노하시며, 조정 신하의 조심해야 한다는 의논을 거부하시면서 萬

乘天子의 尊威(존위)를 가벼이 하시니, 臣은 이를 이해할 수가 없습니다.

臣이 알기로, 1萬里 먼 길에 뜻을 둔 자는 중도에 그만둘 수 없으며, 천하를 평정하려는 뜻을 세웠다면 미세한 감정 때문에 큰 뜻을 해치지 않는다고 하였습니다. 지금 강적과 국경을 접하고 있으며 荒服(황복)의 만이는 아직 入貢(입공)하지 않고 있는데, 폐하께서 배를 타고 멀리 원정한다면 틀림없이 엿보는 자가 있어, 우려가 현실로 바뀌며 후회막급일 것입니다. 만약 천하가 통일되는 대업을 이루신다면 공손연은 토벌하지 않아도 저절로 굴복할 것인데, 지금 멀리 요동의 백성이나 軍馬를 아까워하시면서 江東의 萬安을 이룩할 본업을 어찌 걱정하지 않으십니까? 지금 大軍을 휴식하게 하여 강한 적에게 위협을 가하고 중원을 빨리 평정하여 후세까지 영광을 물려주어야 할 것입니다.」

손권은 육손의 상소를 받아들였다.

| 原文 |

嘉禾五年, 權北征, 使遜與諸葛瑾攻襄陽. 遜遣親人韓扁齎表奉報, 還. 遇敵於沔中, 鈔邏得扁. 瑾聞之甚懼. 書與遜云, 「大駕已旋, 賊得韓扁, 具知吾闊狹. 且水干, 宜當急去.」

遜未答, 方催人種葑豆, 與諸將奕棋射戲如常. 瑾曰, "伯言多智略, 其當有以."

自來見遜, 遜曰, "賊知大駕以旋, 無所復戚, 得專力於吾.

又已守要害之處, 兵將意動, 且當自定以安之, 施設變術, 然後出耳. 今便示退, 賊當謂吾怖, 仍來相蹙, 必敗之勢也."

乃密與瑾立計, 令瑾督舟船, 遜悉上兵馬, 以向襄陽城. 敵素憚遜, 遽還赴城. 瑾便引船出, 遜徐整部伍, 張拓聲勢, 步趨船, 敵不敢干. 軍到白圍, 託言住獵, 潛遣將軍周峻,張梁等擊江夏新市,安陸,石陽, 石陽市盛, 峻等奄至, 人皆捐物入城. 城門噎不得關, 敵乃自斫殺己民. 然後得闔. 斬首獲生, 凡千餘人.

其所生得, 皆加營護, 不令兵士干擾侵侮. 將家屬來者, 使就料視. 若亡其妻子者, 卽給衣糧, 厚加慰勞, 發遣令還, 或有感慕相攜而歸者. 鄰境懷之, 江夏功曹趙濯,弋陽備將裴生及夷王梅頤等, 並帥支黨來附遜. 遜傾財帛, 周贍經恤.

| 국역 |

(손권) 嘉禾 5년(서기 236), 손권은 북방을(魏) 원정하면서 陸遜(육손)과 諸葛瑾(제갈근)을 시켜 (荊州) 襄陽(양양)을 공격케 하였다. 육손은 신임하는 韓扁(한편)에게 보고하는 표문을 올리게 했는데, 한편은 돌아오다가 沔中(면중)에서 적군을 만나 그들 초병에게 잡혀갔다. 제갈근은 소식을 듣고 몹시 두려웠다. 그래서 육손에게 서신을 보내 「皇上은 이미 환궁하셨지만 한편이 적도에게 잡혔으니, 아마 우리 사정을 다 알 것입니다. 그리고 강물이 크게 줄었으니 응당 다른 곳으로 이동해야 합니다.」

육손은 회신을 보내지 않았고 병사를 시켜 순무(蒚, 순무 봉)와 콩(豆)을 심게 하고, 평상시처럼 부장들과 바둑을 두고 활쏘기 놀이를 하였다.

이에 제갈근은 "伯言(陸遜)은 지략이 풍부하니 틀림없이 대처할 것이다."라고 말하면서 직접 찾아와 육손을 만나자, 육손이 말했다.

"적도가 主君께서 환궁한 것을 알았으니 다른 걱정은 하지 않고 우리에게만 전력을 다 쏟을 것입니다. 그들은 이미 요충지를 막고 있으며, 우리 군사들은 동요할 수 있으니, 일단 우리를 안정시킨 뒤에 다양한 방책을 강구하여 출동해야 합니다. 지금 바로 우리 군사가 후퇴한다면, 우리가 겁먹었다는 것을 적에게 보여주는 것이니, 적이 우리를 공략한다면 필패할 것입니다."

그리고서는 제갈근과 여러 계책을 협의한 뒤에 제갈근은 수군을 감독케 하고, 육손은 모든 兵馬를 거느리고 襄陽城으로 진격하였다. 적은 평소에 육손을 두려워했기에 서둘러 형주 성 안으로 돌아갔다. 제갈근은 바로 수군을 인솔하였고, 육손은 부대를 서서히 정돈하여 군의 기세를 올리면서 보병과 수군이 나란히 진격하자 적은 감히 맞서지 못했다.

東吳의 대군은 白圍(백위)란 곳에 당도하여 사냥을 한다고 선전하면서, 한편으로는 은밀히 장군인 周峻(주준)과 張梁(장량) 등을 시켜 江夏郡의 新市(신시)와 安陸(안륙), 石陽(석양)을 공격케 하였는데, 石陽(석양)에 시장이 한창 열리고 있을 때 주준 등이 갑자기 공격하자 그 백성들은 물건을 버리고 성문으로 들어가려고 서둘렀다. 성문이 붐비면서 성문을 닫을 수가 없자 적군은 자기의 백성을 죽여서 못 들어오게 한 뒤에 성문을 닫았다. 東吳의 군사가 죽이거나 사로잡은 포로가 1천여 명이나 되었다.

　東吳에서는 생포된 백성을 우선 보호하면서 병사들이 물건을 빼앗거나 모욕하지 못하게 하였다. 자기 식구들을 데리러 온 사람들은 가족을 보살피게 하였다. 만약 처자를 잃은 사람이 있으면 의복과 식량을 내주고 후하게 위로한 다음에 돌아가게 하였는데, 감동하여 서로 가족을 이끌고 귀부하는 자도 있었다. 이렇게 국경지역 백성을 회유하자, 江夏郡의 功曹인 趙濯(조탁)과 弋陽郡(익양군)의 유비의 장수였던 裴生(배생) 및 만이의 우두머리인 王梅頤(왕매이) 등은 모두 그 일족을 거느리고 육손에게 내부하였다. 육손은 재물을 내어 그들의 구휼 비용을 충당하였다.

|原文|

　又魏江夏太守逯式兼領兵馬, 頗作邊害. 而與北舊將文聘子休宿不協. 遜聞其然, 卽假作答式書云,

　「得報懇惻, 知與休久結嫌隙, 勢不兩存, 欲來歸附, 輒以密呈來書表聞, 撰衆相迎. 宜潛速嚴, 更示定期.」

　以書置界上, 式兵得書以見式, 式惶懼, 遂自送妻子還洛. 由是吏士不復親附, 遂以免罷.

|국역|

　그리고 魏 江夏 太守 逯式(녹식, 조심하여 걸을 녹. 성씨)은 군사를 거느리고 변방을 자주 노략질하였다. 그런데 녹식은 魏의 舊將이던 文聘(문빙)의 아들 文休(문휴)와 불화했었다. 陸遜(육손)은 그런 사유를 알고 즉시 녹식에게 보내는 거짓 서신을 작성하였다.

「서신을 받고 보니 매우 간절하고 측은하였는데, 文休(문휴)와 오랫동안 사이가 안 좋은 것을 알게 되었고, 두 사람이 함께 존속할 수 없어 귀부하겠다는 뜻을 이해하며, 비밀리에 보내온 서신을 조정에 보고하였고, 용사를 선임하여 귀부할 수 있도록 준비하겠습니다. 서둘러 은밀히 준비한 다음에 정해진 기일을 다시 알려주기 바랍니다.」

그 편지를 양쪽 경계에 놓아두자, 녹식의 군사가 서신을 발견하여 녹식에게 전하자, 녹식은 두려워하면서 우선 처자식을 낙양으로 돌려보냈다. 그러자 관리와 장졸들은 녹식을 따르지 않았고 결국 녹식은 파면되었다.

|原文|

六年, 中郞將周祗乞於鄱陽召募, 事下問遜. 遜以爲此郡民易動難安, 不可與召, 恐致賊寇. 而祗固陳取之, 郡民吳遽等果作賊殺祗, 攻沒諸縣. 豫章, 廬陵宿惡民並應遽爲寇. 遜自聞, 輒討卽破, 遽等相率降, 遜料得精兵八千餘人, 三郡平.

時中書典校呂壹, 竊弄權柄, 擅作威福. 遜與太常潘濬同心憂之, 言至流涕. 後權誅壹, 深以自責, 語在〈權傳〉.

(孫權 嘉禾) 6년(서기 237), 中郞將 周祗(주지)가 鄱陽郡(파양군)에서 군사를 징발하겠다고 요청하자, 이를 육손에게 물었다. 육손은 그곳 군민은 쉽게 동요하기에 안정시키기는 어려우며, 군사를 징발하면 적의 침략이 있을 것이라 생각하였다. 그러나 주지는 다시 간곡하게 요청하였는데, 파양군민 吳遽(오거) 등은 예상대로 도적이 되어 주지를 살해하고, 이어 여러 縣을 공략하여 함락시켰다. 豫章郡과 廬陵郡의 오래된 악인들이 오거에게 내응하며 노략질을 하였다.

이에 육손은 소식을 듣고 즉시 토벌에 나서서 격파하자 오거 등은 무리를 이끌고 투항하였고, 육손은 그들 중 8천여 명을 선발하여 군사로 편성하자 3개 郡 지역은 평정되었다.

그때 조정의 中書典校인 呂壹(여일)[54]은 국가 권력을 농간하며 위세를 부리고 있었다. 육손과 太常인 潘濬(반준)은 한마음이 되어 이를 걱정하면서 눈물까지 흘렸다. 뒷날 손권은 여일을 주살하고서 심히 자책하였는데, 이는 〈吳主傳〉에 기록했다.

| 原文 |

時謝淵,謝厷等各陳便宜, 欲興利改作, 以事下遜. 遜議曰,
"國以民爲本, 彊由民力, 財由民出. 夫民殷國弱, 民瘠國强

----

54 呂壹(여일,?-238년?) – 東吳 孫權의 心腹, 中書典校郞, 중앙과 지방 주군의 문서 감찰, 일종의 특무 임무. 宰相인 顧雍과 左將軍 朱據(주거) 등도 여일의 고발을 당했다. 나중에 불법이 드러나 참수되었다.

者, 末之有也. 故爲國者, 得民則治, 失之則亂, 若不受利, 而
令盡用立效, 亦爲難也.

是以《詩》歎 '宜民宜人, 受祿於天.' 乞垂聖恩, 寧濟百姓,
數年之間, 國用少豐, 然後更圖."

| 국역 |

그때 謝淵(사연, 字 休德)과 謝厷(사굉, 팔뚝 굉) 등은 각자 時務 중
개선책을 제시하며 이익을 얻을 수 있도록 제도를 바꾸려 했는데,
孫權은 이를 육손에게 넘겼다. 이에 육손이 말했다.

"백성은 나라의 근본이며, 나라의 힘은 백성의 힘이며, 나라의 재
정은 백성에게서 나옵니다. 백성이 부유한데 나라가 약하거나 백성
이 병약한데 나라가 강한 경우는 없습니다. 그래서 나라를 다스리
는 자는 백성의 마음을 얻으면 나라를 잘 다스릴 수 있지만, 백성의
마음을 얻지 못하면 나라가 혼란해지며, 만약 백성에게 이롭지 않
은데 나라에 헌신하라 한다면 이 또한 어려운 일입니다. 그래서《詩
經》에서도 '백성과(民) 관리를(人)에게 이롭게 한다면 하늘에서 복
을 받는다.' [55]고 하였습니다. 주군께서는 성은을 베풀어 백성이 평
안히 살 수 있게 한다면 수년 이내에 나라의 재정은 점차 풍요로울
것이니 그런 후에 다시 뜻을 도모하십시오."

---

[55]《詩經 大雅 假樂》의 구절.

赤烏七年, 代顧雍丞相, 詔曰,

「朕以不德, 應其踐運, 王塗未一, 姦宄充路, 夙夜戰懼, 不追鑒寐. 惟君天資聰叡, 明德顯融, 統任上將, 匡國彌難. 夫有超世之功者, 必應光大之寵, 懷文武之者, 必荷社稷之重.

昔伊尹隆湯, 呂尙翼周, 內外之任, 君實兼之. 今以君爲丞相, 使使持節守太常傅常授印綬. 君其茂昭明德, 修乃懿績, 敬服王命, 綏靖四方. 於乎! 總司三事, 以訓群寮, 可不敬歟, 君其勖之! 其州牧都護領武昌事如故.」

(孫權) 赤烏 7년(서기 244), 陸遜은 顧雍(고옹)의 후임으로 승상이 되었다. 조서를 내렸다.

「朕은 不德하나 天명을 받아 帝位에 올랐지만, 왕도가 하나로 통일되지 못하고, 간악한 자들이 갈 길을 막고 있어 밤낮으로 전전긍긍하며, 잠시도 편안히 잠들 수가 없도다. 君은 天資가 총명하고 叡智(예지)도 뛰어나 上將의 대임을 수행하며, 나라를 바로 세우고 난관도 극복하였도다. 대체로 세대를 뛰어넘어 큰 공을 세우는 자는 빛나고 큰 은총을 누려야 하고, 문무의 재능을 겸비한 자는 사직을 보필할 막중한 책임을 지게 된다.

옛날 伊尹(이윤)은 湯王(탕왕)을 도와 융성케 하였고, 呂尙(여상, 太公望)은 周室을 도왔으니, 내외의 대임은 이제 君이 수행하여야 한다. 이제 君을 승상으로 삼으면서 太常의 代行인 傅常(부상)에게 부절을 내려 君에게 승상의 印綬(인수)를 하사한다. 君은 明德을 밝히고 훌륭한 치적을 이루도록 힘쓸 것이며, 王命을 공경하고 따르며 천하 사방을 평안케 할지어다.

於乎라! 三公의 직무를 총괄하고 모든 신료를 가르칠 것이며, 공경하지 않을 수 없을 것이니 君은 힘쓸지어다. 君의 州牧과 都護 그리고 武昌에 관한 업무 겸임은 이전과 같다.」

| 原文 |

先是, 二宮並闕, 中外職司, 多遣子弟給侍. 全琮報遜, 遜以爲子弟苟有才, 不憂不用, 不宜私出以要榮利, 若其不佳, 終爲取禍. 且聞二宮勢敵, 必有彼此, 此古人之厚忌也.

琮子寄, 果阿附魯王, 輕爲交構. 遜書與琮曰, 「卿不師日磾, 而宿留阿寄, 終爲足下門戶致禍矣.」

琮旣不納, 更以致隙. 及太子有不安之儀, 遜上疏陳,

「太子正統, 宜有磐石之固, 魯王藩臣, 當使寵秩有差, 彼此得所, 上下獲安. 謹叩頭流血以聞.」

書三四上, 及求詣都, 欲口論適庶之分, 以匡得失. 旣不聽許, 而遜外生顧譚, 顧承, 姚信, 並以親附太子, 枉見流徙. 太子太傅吾粲坐數與遜交書, 下獄死. 權累遣中使責讓遜, 遜憤恚致卒, 時年六十三. 家無餘財.

| 국역 |

　이보다 앞서, 二宮(太子宮 孫和와 魯王 孫霸)이 서로 다툴 때, 조정 내외의 관직에 다수의 환관 자제를 배치하였다. 이를 全琮(전종)[56]이 陸遜(육손)에게 보고하자, 육손은 환관 자제라도 재능만 있다면 임용해도 좋지만, 사적인 이득을 위한 것이라면 옳지 않으며 적임자가 아니라면 재앙을 불러올 것이라고 말했다. 그리고 두 皇子 간의 세력이 대결적이라면 틀림없이 편을 가르게 될 것이니, 이는 옛사람도 크게 꺼렸다고 말했다.

　전종의 아들 全寄(전기)는 魯王 孫霸(손패)에 아부하며 가벼이 처신하였다. 이에 육손이 전종에게 서신을 보냈다.

　「卿이 옛날(前漢) 金日磾(김일제)[57]를 본받지 아니하고, 작은아들 全寄(전기) 편에 선다면, 결국 귀하 가문에 재앙을 불러올 것입니다.」

　전종은 받아들이지 않았고 결국 육손과 틈이 벌어졌다. 太子의(孫和) 지위가 흔들리자 육손이 상소하여 의견을 진술했다.

　「太子는 正統이니 의당 磐石(반석)처럼 확고해야 하고, 魯王은(孫霸) 藩臣(번신, 諸侯)이니 총애나 서열이 차이가 있어야 하며, 피차가

----

56 全琮(전종, 198 - 247년, 249년? 字 子璜) - 吳郡 錢唐縣 출신. 孫權의 長女 孫魯班과 결혼하였으니 손권의 사위이다. 右大司馬와 左軍師 역임. 孫魯班은 全夫人이라 통칭. 전종의 族子 全尙 딸이 손권 다음 즉위하는 孫亮(손량)과 결혼한다. 《吳書》15권, 〈賀全呂周鍾離傳〉에 입전.

57 金日磾(김일제, 拼音 Jīn MìDī, 前 134년 - 86년, 字 翁叔) - 漢 武帝가 金氏 성을 하사. 磾는 검은 돌 제, 본래 흉노 休屠王(휴저왕, 부족장급)의 아들. 무제 元狩(원수) 연간(前 122년 - 117년)에 霍去病의 원정으로 휴저왕이 피살되고, 14세의 김일제는 포로로 잡혀와 말을 사육하는 宮奴가 되었다. 뒷날 무제의 인정을 받아 車騎將軍이 되었다. 무제가 붕어할 때 霍光(곽광)과 함께 무제의 유조를 받아 昭帝를 보필하였고 나중에 太子太傅에 올랐다. 사람이 무척 겸손했고 분수를 지켰다. 《漢書 霍光金日磾傳》에 입전.

제 자리에 있어야 상하가 안정될 것입니다. 삼가 머리를 찧어 피를 흘리며 말씀드립니다.」

상소의 글이 3, 4번 올라갔고, 황궁에 들어가 적자와 서자의 분별을 논하며 득실을 바로잡으려 했다. 그러나 받아들여지지 않았는데, 육손의 外生(외생, 출가한 여자 형제의 아들)인 顧譚(고담)과 顧承(고승), 姚信(요신) 등이 모두 太子의 편이었다고 죄도 없이 유배되었다. 太子太傅인 吾粲(오찬)도 육손과 여러 차례 서신을 왕래하였다 하여 하옥되었다가 죽었다. 孫權이 여러 번 사자를 보내 육손을 질책하자, 육손은 결국 울분으로 죽었는데 그때 63세였다. 집안에는 여분의 재물도 없었다.

| 原文 |

初, 暨艷造營府之論, 遜諫戒之, 以爲必禍. 又謂諸葛恪曰, "在我前者, 吾必奉之同升, 在我下者, 則扶持之. 今觀君氣陵其上, 意蔑乎下. 非安德之基也."

又廣陵楊竺少獲聲名, 而遜謂之終敗, 勸竺兄穆令與別族. 其先睹如此.

長子延早夭, 次子抗襲爵. 孫休時, 追謚遜曰昭侯.

| 국역 |

그전에, 暨艷(기염)이 탐관오리를 척결하려는 기구를 설치한다고

할 때, 陸遜(육손)은 기염을 제지하며 틀림없이 재앙을 불러올 것이라고 생각했다. 또 諸葛恪(제갈각)에게 말했다.

"나보다 앞섰던 선배라면 꼭 받들며 함께 승진해야 하고, 나보다 아랫사람이라면 도와주어야 한다. 지금 君의 기세는 윗사람을 능멸하고 아랫사람을 멸시하고 있다. 이는 안전한 德行이 아니다."

또 廣陵郡의 楊竺(양축)은 젊은 나이에 명성을 날렸는데, 육손은 결국 패망할 것이라고 예언하면서, 양축의 형 楊穆(양목)에게 分家하라고 권했다. 육손의 先見之明이 이와 같았다.

육손의 長子 陸延(육연)이 일찍 죽었기에, 次子인 陸抗(육항)이 작위를 계승하였다. 孫休(景帝) 재위 중에, 육손에게 昭侯(소후)라는 시호를 내렸다.

❷ 陸抗

| 原文 |

抗字幼節, 孫策外孫也. 遜卒時, 年二十, 拜建武校尉, 領遜衆五千人, 送葬東還, 詣都謝恩, 孫權以楊竺所白遜二十事問抗, 禁絶賓客, 中使臨詰, 抗無所顧問, 事事條答. 權意漸解.

赤烏九年, 遷立節中郎將, 與諸葛恪換屯柴桑. 抗臨去, 皆更繕完城圍, 葺其牆屋, 居廬桑果, 不得妄敗. 恪入屯, 儼然若新. 而恪柴桑故屯, 頗有毀壞, 深以爲慚.

太元元年, 就都治病. 病差當還. 權涕泣與別, 謂曰, "吾前
聽用讒言, 與汝父大義不篤, 以此負汝. 前後所問, 一焚滅之,
莫令人見也."

建興元年, 拜奮威將軍. 太平二年, 魏將諸葛誕舉壽春降,
拜抗爲柴桑督, 赴壽春, 破魏牙門將偏將軍, 遷征北將軍. 永
安二年, 拜鎭軍將軍, 都督西陵, 自關羽至白帝. 三年, 假節.

孫皓卽位, 加鎭軍大將軍, 領益州牧. 建衡二年, 大司馬施
績卒, 拜抗都督信陵, 西陵, 夷道, 樂鄕, 公安諸軍事, 治樂鄕.

| 국역 |

(육손의 아들) 陸抗(육항)[58]의 字는 幼節(유절)인데, 孫策의 外孫이
다.(陸遜이 손책의 딸과 결혼했었다.) 육손이 병사할 때 육항은 20
세였는데, 建武校尉를 제수 받았으며 육손의 군사 5천 명을 지휘하
였고, 육손의 운구를 모셔다가 吳郡에 장례했으며 사례하려고 도성
에 들어갔다. 孫權은 楊竺(양축)이 고발한 육손이 말했다는 20가지
일에 관하여 육항에게 따져 물으려 생각하면서, 육항이 머무르는
곳에 다른 사람의 출입을 금지시키고 궁중 사람을 보내 육항에게
물었는데, 육항은 질문에 대하여 막힘없이 조목마다 대답하였다.
이후 손권의 육손에 대한 의혹은 점차 해소되었다.

(孫權) 赤烏 9년(서기 246), 육항은 立節中郎將이 되어 諸葛恪(제

---

58 陸抗(육항, 226 - 274년, 字 幼節) - 陸遜의 次子. 孫策의 외손, 東吳의 명장. 大
司馬 역임. 274년 육항이 48세로 病死하자, 晉의 명장 羊祜(양호)는 정식으로
東吳 원정을 조정에 건의했다.

갈각)과 교대하여 柴桑(시상)[59]에 주둔하였다.

육항은 떠나기 전에, 근무하던 곳의 성곽을 완전히 정비하고 담장이나 건물도 보수하였으며, 거처하던 관사나 뽕나무나 과일나무도 마음대로 옮기지 않았다. 제갈각이 군영에 들어오자 모든 것이 새것과 같았다. 그러나 제갈각이 주둔했던 군영은 훼손된 부분이 많았는데 제갈각은 매우 부끄러웠다.

(손권) 太元 원년(서기 251), 육항은 建業에 가서 병을 치료했다. 육항의 병이 나아 원 부대로 돌아가려 하자, 孫權은 육항과 작별할 때 눈물을 흘리며 말했다.

"지난날에, 내가 참언을 믿고 卿 선친의 大義가 돈독하지 않다고 의심하였으니 내가 경에게 빚을 졌다. 그동안 경에게 힐문했던 사실은 모두 태워버려 다른 사람이 알지 못하게 하였다."

(孫亮의) 建興 원년(서기 252, 손권이 죽은 해), 육항은 奮威將軍(분위장군)이 되었다. 太平 2년(서기 257), 魏將인 諸葛誕(제갈탄)이 壽春城을 들어 투항했는데, 육항은 柴桑(시상)의 도독으로 壽春으로 진격하여 魏의 牙門將과 偏將軍을 격파하였고 征北將軍으로 승진하였다.

(孫休) 永安 2년, 鎭軍將軍이 되었고, 西陵(서릉) 일대의 군사를 총 지휘하였는데, 關羽瀨(관우뢰, 관우가 건너려 했던 여울)에서 白帝城에 이르는 지역이었다. (永安) 3년에, 부절을 받았다.

孫皓(손호, 末帝)가 즉위하며(서기 264), 鎭軍大將軍이 되어 益州

---

59 柴桑縣(시상현) - 豫章郡 나중에는 江夏郡 소속, 今 江西省 최북단 九江市 서남. 鄱陽湖와 長江의 합류 지점.

牧을 겸임하였다. (孫皓) 建衡(건형) 2년(서기 270), 大司馬인 施績
(시적)이 죽자, 육항은 信陵(신릉), 西陵(서릉), 夷道(이도), 樂鄕(낙향),[60]
公安(공안) 지역의 모든 군사를 지휘하였는데, 본부는 樂鄕(낙향)이
었다.

│原文│

抗聞都下政令多闕, 憂深慮遠. 乃上疏曰,

「臣聞德均則衆者勝寡, 力侔則安者制危, 蓋六國所以兼倂
於强秦, 西楚所以北面於漢高也. 今敵跨制九服, 非徒關右之
地. 割據九州, 豈但鴻溝以西而已. 國家外無連國之援, 內非
西楚之强, 庶政陵遲, 黎民未乂, 而議者所恃, 徒以長川峻山,
限帶封域, 此乃守國之末事, 非智者之所先也. 臣每遠惟戰國
存亡之符, 近覽劉氏傾覆之符, 考之典籍, 驗之行事, 中夜撫
枕, 臨餐忘食.

昔匈奴未滅, 去病辭館, 漢道未純, 賈生哀泣. 況臣王室之
出, 世荷光寵, 身名否泰, 與國同戚, 死生契闊, 義無苟且, 夙
夜憂怛, 念至情慘. 夫事君之義犯而勿欺, 人臣之節匪躬是
殉, 謹陳時宜十七條如左.」

十七條失本, 故不載.

----
60 樂鄕(낙향) – 南郡 江陵縣의 지명. 今 湖北省 중남부 荊州市 江陵縣. 長江 남쪽
연안.

| 국역 |

陸抗(육항)은 당시 政令에 모순이 많다는 것을 알고 깊이 우려했다. 이에 육항이 상소하였다.

「臣이 알기로, 德行이 비슷하다면 다수가 소수를 이기고, 武力이 비슷하다면 안정된 나라가 혼란한 나라를 제압하는데, 바로 이런 이유로 六國은 강력한 秦에 병합되었고, 西楚는 北面하여 漢 高祖를 섬겼습니다. 지금 적은 변방 지역까지(九服) 차지하였으니 關右(관우, 함곡관 서쪽)의 땅만이 아니며, 九州에 할거하니 어찌 鴻溝(홍구)[61]의 서쪽뿐이겠습니까? 우리나라는 밖으로 이웃 나라의 지원이 없고, 안으로 西楚처럼 무력이 강하지도 않으나, 庶政의 기강은 해이하고, 백성이 평안하지도 않은데도 논자들은 큰 강과 험산이 우리 강역을 지켜준다고 믿고 있으니, 이는 나라 방어의 가장 작은 부분이라 생각하여 智者가 먼저 내세우는 사항이 아닙니다. 臣은 멀리 전국시대 국가 존망의 원인이나 가깝게 漢 劉氏 왕조가 뒤집어진 이유를 여러 책에서 고찰하고 실제를 점검하면서, 밤에는 잠을 잘 수 없고 제때에 식사를 잊을 정도로 걱정하였습니다.

옛날 匈奴가 멸망하기 전에 霍去病(곽거병)은 관직을 사임했고, 漢의 治道에 모순이 드러나자 賈誼(가의)는 눈물을 흘렸습니다. 하물며 저는 황실 외손 출신으로 선대부터 영광과 은총을 입었으니

---

61 鴻溝(홍구)는 古運河 이름. 黃河와 淮河를 연결하는 운하로 전국시대에 개통된 것으로 알려졌다. 今 河南省 滎陽市 북쪽에서 황하 물을 끌어 東流하여 中牟縣(중모현)을 거쳐, 開封市의 북쪽에서 방향을 바꿔 南流하여 潁水(영수)에 합류한다. 楚漢이 相爭할 때, 漢 4년(前203년) 가을 項羽와 劉邦이 여기에서 東西로 분할하기로 약속하였다. 물론 漢은 약속을 먼저 깨고 항우를 공격하여 격파했다.

이 몸과 명성의 막힘과 영광이 나라의 운명과 같다고 생각하여 死生과 흥망에서 大義를 따르며, 구차하게 처신하지 않았고 밤낮으로 걱정 속에 마음이 참담하였습니다. 대체로 事君의 大義는 바른 말을 하되 거짓이 없어야 하고, 人臣의 지조는 몸을 돌보지 않고 순국하는 것이라 하였으니, 이에 時務에서 개선할 일 17가지를 삼가 아래와 같이 말씀드립니다.」

그 17개 조항의 원문은 散失되어 여기에 수록하지 못했다.

| 原文 |

時何定弄權, 閹官預政. 抗上疏曰,

「臣聞開國承家, 小人勿用, 靖譖庸回, 唐書攸戒, 是以雅人所以怨刺, 仲尼所以歎息也. 春秋已來, 爰及秦,漢, 傾覆之釁, 未有不由斯者也. 小人不明理道, 所見旣淺, 雖使竭情盡節, 猶不足任, 況其姦心素篤, 而憎愛移易哉? 苟患失之, 無所不至.

今委以聰明之任, 假以專制之威, 而冀雍熙之聲作, 肅淸之化立, 不可得也. 方今見吏, 殊才雖少, 然或冠冕之冑, 少漸道教孝, 或淸苦自立, 資能足用. 自可隨才授職, 抑黜群小, 然後俗化可淸, 庶政無穢也.」

| 국역 |

그때(孫皓 재위 중) 何定(하정)[62]이 권력을 농단하였고 환관들도
정사에 관여했다. 陸抗(육항)이 상소했다.

「臣이 알기로, 나라와 가문의 계승에서 小人을 등용하지 말라고
하였는데, (小人의) 참언을 믿고 간사한 자의 등용을 唐書(《尙書 堯
典》)에서도 경계하였고, 雅人(《詩經》의 詩人)들도 이를 풍자하였으
며, 仲尼(공자)도 탄식하였습니다.[63] 春秋 시대 이후 秦과 漢에 이르
기까지 나라 멸망의 단서는 모두 소인의 등용에서 시작되었습니다.
小人은 治理의 正道를 알지 못하고 견문이 천박하여 비록 그 나름
대로 진심을 다 바친다 하여도 대임을 담당할 수 없는데, 하물며 평
소에 간악한 마음이 많다면 증오와 愛敬을 바꿀 수 있겠습니까? 소
인은 자리를 잃을까 걱정하여 하지 못하는 일이 없습니다.[64]

지금 총명한 사람이 담당하는 중임을 소인에게 위임하고 專制할
수 있는 권위까지 부여하고서는 소인의 치적이 백성을 화합케 하고
엄숙 청정한 교화를 이룩하리라고 기대할 수 없습니다. 설령 현임
관리들의 특별한 재능이 부족하다라도 대대로 관리의 후손이라서

....

62 何定(하정, ?-272년) - 본래 손권의 給使였다가 관리가 되었다. 孫皓가 즉위한
뒤에 하정을 先帝의 舊人이라 하여, 하정을 樓下都尉에 임명하여 釀造(양조)
책임자로 임명했는데, 이후 총애를 빙자하여 방자하게 놀았다. 그 아들이 少
府 李勖(이욱)의 딸에게 청혼했지만 거절당하자 이욱을 모함했다. 鳳皇 元年
(서기 272) 죄상이 드러나 처형되었다.

63 小人勿用 - 孔子는 《論語》 곳곳에서 君子와 小人을 비교하여 설명하였다. 《論
語 子路》편의 子曰, "君子和而不同, 小人同而不和."가 그런 예이다.

64 원문의 苟患失之, 無所不至矣 - 《論語 陽貨》 子曰, "鄙夫可與事君也與哉? 其
未得之也, 患得之. 旣得之, 患失之. 苟患失之, 無所不至矣."

조금씩이라도 도덕과 교화에 물들었고, 또 청렴 속에 자립한 사람들이기에 그 바탕은 등용할 만합니다. 될 수 있으면 재능에 의거하여 직무를 부여하고, 많은 소인들을 억제하며 축출한다면 청렴한 교화를 성취하고 庶政이 깨끗해질 것입니다.」

| 原文 |

鳳皇元年, 西陵督步闡據城以叛, 遣使降晉. 抗聞之, 日部分諸軍, 令將軍左奕,吾彦,蔡貢等徑赴西陵. 敕軍營更築嚴圍, 自赤谿至故市, 內以圍闡, 外以禦寇, 晝夜催切, 如敵以至, 衆甚苦之. 諸將咸諫曰, "今及三軍之銳, 亟以攻闡, 比晉救至, 闡必可拔. 何事於圍, 而以弊士民之力乎?"

抗曰, "此城處勢旣固, 糧穀又足, 且所繕修備御之具, 皆抗所宿規. 今反身攻之, 旣非可卒克, 且北救必至, 至而無備, 表裡受難, 何以御之?"

諸將咸欲攻闡, 抗每不許. 宜都太守雷譚言至懇切, 抗欲服衆, 聽令一攻. 攻果無利, 圍備始合.

晉車騎將軍羊祜率師向江陵, 諸將咸以抗不宜上. 抗曰, "江陵城固兵足, 無所憂患. 假令敵沒江陵, 必不能守, 所損者小. 如使西陵槃結, 則南山群夷皆當擾動, 則所憂慮, 難可而竟也. 吾寧棄江陵而赴西陵, 況江陵牢固乎?"

初, 江陵平衍, 道路通利, 抗敕江陵督張咸作大堰遏水, 漸
漬平中, 以絶寇叛. 祜欲因所遏水, 浮船運糧, 揚聲將破堰以
通步軍. 抗聞, 使咸亟破之. 諸將皆惑, 屢諫不聽. 祜至當陽.
聞堰敗, 乃改船以車運, 大費損功力.

| 국역 |

(孫皓) 鳳皇 원년(서기 272), 西陵(서릉)의 도독인 步闡(보천)[65]이
서릉의 성을 들어 반역하며 사자를 보내 晉(진)에 투항하려고 했다.
陸抗(육항)은 소식을 듣고 그날로 부대를 재편하여 장군인 左奕(좌
혁), 吾彦(오언), 蔡貢(채공) 등을 지름길로 서릉을 공격하게 하였다.
육항은 각 군영을 단속하여 보위 장벽을 赤谿(적계)에서 故市(고시)
까지 빈틈없이 구축하여 보천을 포위하는 동시에 밤낮으로 적이 침
입이라도 한 듯 외적의 내침을 엄격하게 경계하자 군사들의 고생이
많았다. 이에 여러 장수들은 모두 육항에게 말했다.

"지금 우리 三軍의 예봉으로 빨리 보천을 공격하여 晉軍의 구원
병이 오기 전에 함락시켜야 합니다. 그런데 왜 포위만 하면서 군사
와 백성의 힘을 지치게 만드십니까?"

....

65 步闡(보천)은 步騭(보즐)의 작은아들. 조정에서는 (宜都郡) 西陵縣(서릉현, 수
湖北省 서남부 宜昌市 夷陵區)의 都督인 步闡(보천)을 불러 繞帳督(요장독)에 임
명하였다. 보천은 여러 해 동안 西陵에 주둔했었는데 조정의 소환 명령을 실
직으로 생각하였고, 또 참소의 화를 당할까 두려워 城을 들어 晉에 투항하였
다. 조정에서는 樂鄕都督인 陸抗(육항)을 보내 보천을 포위하여 생포하자 보
천의 군사들은 모두 항복하였다. 보천과 함께 모의한 수십 명의 삼족을 모두
죽여버렸다.

이에 육항이 말했다.

"이 성은 형세가 견고한데다가 군량도 풍족하며 방어기구를 잘 갖추고 있는데, 내가 이전에 준비했던 시설이다. 지금 우리가 보천을 공격한다면 빨리 점유할 수도 없을뿐더러 북쪽에서 晉의 구원병이 올 터이니, 그러면 우리는 별다른 대응도 없이 안과 밖에서 적을 맞게 되는데 어떻게 방어하겠는가?"

그래도 여러 장수들은 보천을 공격해야 한다고 하였지만 육항은 계속 불허하였다. 宜都 태수인 雷譚(뇌담)의 건의가 아주 간절하기에 육항은 여러 장수를 복종케 할 계산으로 공격을 일단 허용하였다. 그러나 공격이 아무런 성과가 없자 전과 같이 포위하였다.

晉의 車騎將軍인 羊祜(양호)[66]가 군사를 거느리고 江陵(강릉)으로 진격해 오자, 여러 장수들은 육항에게 상류로 이동하는 것은 좋지 않다고 건의했다. 이에 육항이 말했다.

"江陵城은 견고하고 군사도 많으니 아무 걱정이 없다. 가령 적이 강릉을 공략하더라도 지키기가 어려우며 우리의 손실은 많지 않을 것이다. 晉의 군사가 서릉의 군사와 연결된다면 남쪽 산악지대의 만이들이 소요를 일으킬 것이니, 우리는 그것을 견디기 어려울 것이다. 나는 차라리 강릉을 버리고 서릉을 공격할 수도 있는데, 강릉이 견고하니 어떻겠는가?"

사실 江陵은 평탄한 지역이라 도로가 잘 통했는데, 육항은 江陵의 都督인 張咸(장함)을 시켜 큰 둑을 쌓아 강물을 평지에 흘려보내

---

66 西晉의 名將인 羊祜(양호, 221 - 278, 字 叔子) - 泰山郡 南城縣(今 山東省 新泰市) 출신. 泰山 名門望族 羊氏로 장군이며, 정치가, 文學家였던 一代의 名將이었다.

적의 침입을 막으라고 지시하였다.

　晉의 장수 양호는 물의 흐름이 막혔으니 배로 군량을 운반케 하면서도 제방을 터트려 보병을 통행케 하겠다고 선전하였다. 육항은 이 소식을 듣자 장함에게 빨리 제방을 파괴하라고 지시하였다. 여러 장수들은 육항의 조치를 이해하지 못해 여러 번 제지하였으나 육항은 따르지 않았다. 양호는 當陽에 이르러 제방이 파괴되었다는 소식을 듣고 배가 아닌 수레로 군량을 운반하면서 인력을 많이 소모하였다.

| 原文 |

　晉巴東監軍徐胤率水軍詣建平, 荊州刺史楊肇至西陵. 抗令張咸固守其城, 公安督孫遵巡南岸御祜, 水軍督留慮, 鎭西將軍朱琬拒胤. 身率三軍, 憑圍對肇. 將軍朱喬, 營都督兪贊亡詣肇.

　抗曰, "贊軍中舊吏, 知吾虛實者, 吾常慮夷兵素不簡練, 若敵攻圍, 必先此處."

　卽夜易夷民, 皆以舊將充之. 明日, 肇果攻故夷兵處, 抗命旋軍擊之, 矢石雨下, 肇衆傷死者相屬.

　肇至經月, 計屈夜遁. 抗欲追之, 而慮闡畜力項領, 伺視間隙, 兵不足分, 於是但鳴鼓戒衆, 若將追者. 肇衆兇懼, 悉解甲挺走, 抗使輕兵躡之, 肇大破敗, 祜等皆引軍還.

抗遂陷西陵城, 誅夷闞族及其大將吏, 自此以下, 所請赦者
數萬口. 修治城圍, 東還樂鄉, 貌無矜色, 謙沖如常, 故得將士
歡心.

| 국역 |

晉나라의 巴東(파동) 監軍인 徐胤(서윤)은 水軍을 거느리고 建平
(건평)에 진격했고, 荊州(형주) 자사인 楊肇(양조)는 西陵에 들어가 보
천에 합세하였다.

육항은 (江陵의 都督인) 張咸(장함)에게 성을 굳게 방어하라 명령
했고, 公安(공안)의 도독인 孫遵(손준)은 江 南岸을 따라 양호를 방어
하게 했으며, 水軍督인 留慮(유려), 鎭西將軍인 朱琬(주완)은 (晉의)
서윤을 방어하게 하였다. 그리고 육항은 직접 삼군을 거느리고 양
조를 포위하였다. 그러나 장군인 朱喬(주교)와 군영의 都督이던 兪
贊(유찬)은 도망쳐 양조편이 되었다. 이에 육항이 말했다.

"유찬은 우리 군영에서 오래된 사람이라 우리의 허실을 알 것이
다. 나는 만이들이 방어하는 곳이 늘 엉망인 것을 알고 걱정하였는
데, 만약 적이 우리를 포위 공격한다면 틀림없이 그곳일 것이다."

육항은 바로 그날 밤에 만이들의 수비를 숙련된 군사로 교체하였
다. 다음 날 양조는 예상대로 만이들이 경계하던 곳을 공격했고, 화
살은 비 오듯 쏟아졌는데 양조의 晉軍 사상자가 속출하였다.

양조는 한 달에 걸쳐 공격하였지만 별다른 계책이 없어 한밤에
도주하였다. 육항은 양조를 추격하려고 했으나 보천이 전력을 비축
하면서 빈틈을 노리고 있어 병력을 양분할 수 없다고 생각하여, 다

만 북을 치며 추격병이 공격하는 척 꾸며대었다. 양조의 군사들은 크게 두려워 갑옷을 벗어던지며 도주했고, 육항이 경무장한 군사를 보내 추격케 하자, 양조의 군사는 대패했으며 羊祜(양호)도 군사를 철수하였다.[67]

육항은 마침내 西陵城을 함락하고 보천의 일족 및 그 부장과 관리들을 모두 죽여버린 뒤, 그 이하 사면을 요청한 자는 모두 풀어주었다. 육항은 서릉 성을 보수한 뒤에 동쪽 樂鄉으로 회군하였는데, 그 안색에 교만한 표정도 없이 겸허하기가 평소와 같았기에 장졸의 환심을 샀다.

| 原文 |

加拜都護. 聞武昌左部督薛瑩徵下獄, 抗上疏曰,

....

67 羊陸之交(양육지교) — 敵將과의 우호적인 교제. 羊祜(양호)가 荊州의 軍事와 政治의 실권자인 도독이 된 것은 269년이었다. 羊祜와 陸抗(육항)은 국경을 마주하였는데 사자들이 늘 왕래하였다. 육항이 양호에게 술을 보냈는데, 양호는 의심하지 않고 마시었으며, 육항의 병에 양호가 조제한 약을 보냈는데, 육항은 그 자리에서 복용하면서 "羊叔子(羊祜)가 어찌 사람을 독살하겠는가!"라고 말했다. 양호는 덕정을 펴기에 힘쓰면서 吳나라 병사들에게도 너그러웠으니 교전할 때마다 날짜를 정한 다음에야 전투를 했고 엄습하지 않았다. 육항 역시 변방의 병사들에게 각자의 경계선만 지키면 될 것이니 작은 이득을 탐하지 말라고 했다. 양호의 덕정에 감화를 받은 荊州 襄陽(양양)의 백성들이 양호가 병사한 뒤 그 덕정을 비석을 세워 기록하였는데, 그를 읽는 사람들이 모두 눈물을 흘렸다 하여 그 비석을 '墮淚碑(떨어질 타. 눈물 루.)'라 하였고 지금까지 양양에 남아 있다고 한다. 양호는 산수자연을 좋아하여 문학에도 상당한 조예가 있었다고 한다. 다만 지금 전해오는 양호의 글로는 〈雁賦〉, 〈讓開府表〉, 〈請伐吳表〉가 있는데, 양호의 〈請伐吳表〉는 제갈량의 〈出師表〉와 나란한 명성을 누리고 있다.

「夫俊乂者, 國家之良寶, 社稷之貴資. 庶政所以倫敘, 四門所以穆清也. 故大司農樓玄,散騎中常侍王蕃,少府李勗, 皆當世秀穎, 一時顯器, 旣蒙初寵, 從容列位, 而並旋受誅殛, 或圮族替祀, 或投棄荒裔.

蓋《周禮》有赦賢之辟,《春秋》有宥善之義.《書》曰, '與其殺不辜, 寧失不經.' 而蕃等罪名未定, 大辟以加, 心經忠義, 身被極刑, 豈不痛哉! 且已死之刑, 固無所識, 至乃焚爍流漂, 棄之水濱, 懼非先王之正典, 或甫侯之所戒也. 是以百姓哀聳, 士民同戚.

蕃,勗永已, 悔亦靡及, 誠望陛下赦召玄出, 而頃聞薛瑩卒見逮錄. 瑩父綜納言先帝, 傅弼文皇, 及瑩承基, 內屬名行, 今之所坐, 罪在可宥.

臣懼有司未詳其事, 如復誅戮, 益失民望, 乞垂天恩, 原赦瑩罪, 哀矜庶獄, 清澄刑網, 則天下幸甚!」

| 국역 |

陸抗(육항)은 가관으로 都護를 제수 받았다. 육항은 武昌(무창)의 左部 都督인 薛瑩(설영)[68]이 조정에 불려가 하옥된 소식을 듣고 상소

---

68 薛瑩(설영) - 薛綜(설종, ?-243년, 字 敬文)의 아들. 설종은 《吳書》8권,〈張嚴程闞薛傳〉에 입전했는데, 설영은〈薛綜傳〉에 附傳. 文才가 뛰어났다. 薛綜(설종)의 아들 薛瑩(설영, 瑩은 밝을 영)의 字는 道言(도언)인데, 처음에 秘府 中書郎이었는데, 孫休(손휴, 景帝)가 즉위하며(재위 258 - 264) 散騎中常侍가 되었다.

하였다.

「才德이 걸출한 자는 나라의 훌륭한 보배이며 사직을 지켜나갈 귀중한 자산이니, 이들에 의해 庶政은 질서 있게 운영되고 사방이 화목, 청정하게 됩니다. 옛날 大司農이던 樓玄(누현)[69]이나 散騎中常侍였던 王蕃(왕번),[70] 少府였던 李勖(이욱)은 모두 당세의 뛰어난 인재였고 한때 뛰어난 인물들로 주상의 총애와 신임을 받으며 조정의 반열에 있었지만 나중에 처형을 되었거나 멸족되어 제사도 끊겼으며 또 거친 변방에 버려졌습니다.

그러하기에 《周禮》에는 賢才를 사면한다고 하였고, 《春秋》에는 善人을 용서하는 대의가 있습니다. 《尙書》에서도 '무고한 사람을 죽이느니 차라리 법도를 잃고 패망하겠다.' 고[71] 하였습니다. 왕번 등은 죄명이 확정되지도 않았는데 처형되었으니, 마음에 忠義를 갖고 있었지만 몸은 극형을 받았으니 어찌 가슴이 아프지 않겠습니까! 또 이미 처형되었기에 본인이야 아무런 지각도 없었겠지만 시신을 태우거나 갈아서 버리거나 물가에 버려진다니, 이는 아마도

....

몇 년 뒤 질병으로 사직하였다. 孫皓(손호, 末帝)는 초기에 左執法이 되었다가 選曹尙書가 되었는데, 太子를 책립하면서 太子少傅를 겸직하였다. 建衡 3년 (서기 271), 손호는 설영의 부친의 遺文을 읽고 감탄하면서 설영에게 이어 지으라고 명했다. 설영은 交州로 유배가는 도중에 사면을 받아 돌아왔고 西晉에도 출사하였다.

69 樓玄(누현, 생졸년 미상, 字 承先) − 景帝 孫休 재위 시기에 監農御史가 되었다가 孫皓 즉위 후에 王蕃, 萬彧(만욱)과 함께 散騎中常侍가 되었다가 大司農이 되었다. 나중에 直言과 極諫으로 廣州에 유배되었다.

70 王蕃(왕번, 228 − 266년, 字 永元) − 博學多才한 학자, 손호에게 피살. 천문 역법에 능통. 〈乾象曆〉을 편찬. 《吳書》 20권, 〈王樓賀韋華傳〉에 입전.

71 《書》曰, '與其殺不辜, 寧失不經' −《尙書 虞書 大禹謨》의 구절.

先王의 正典이 아니며 또 甫侯(보후)⁷²의 훈계도 아닐 것입니다. 이 때문에 백성은 슬픔에 잠기고 士民들도 비통할 것입니다.

왕번과 이욱은 이미 죽고 없어 후회해도 어쩔 수가 없지만 폐하께서는 누현이 조정에서 일을 할 수 있게 사면해 주시기를 간청합니다. 요즈음 薛瑩(설영)이 갑자기 하옥되었다는 소식을 들었습니다. 설영의 부친 薛綜(설종)은 先帝 때 왕명 출납을 담당하던 納言(납언)으로 文皇(문황)⁷³을 보필했고, 설영은 그 가업을 이어받았으며 수양에 힘써 명실상부한 인재인만큼 이번의 죄는 용서받을만 하다고 생각합니다.

臣은 담당 관리가 설영에 대하여 잘 모르고 처리한 것이며, 만약 처형이 된다면 백성들의 실망이 클 것이니, 폐하께서 큰 은택을 베풀어 설영의 죄를 용서해 주시고 많은 죄인을 불쌍히 여기시며 형정을 청명하게 해주면 천하 백성에게 기쁨이 될 것입니다!」

| 原文 |

時師旅仍動, 百姓疲弊. 抗上疏曰,

「臣聞《易》貴隨時,《傳》美觀釁, 故有夏多罪而殷湯用師, 紂作淫虐而周武授鉞. 苟無其時, 玉臺有憂傷之慮, 孟津有反旆

72 甫侯(보후) - 周 穆王(목왕)이 呂侯(여후)에게 명하여 지은 글이《尙書 呂刑》편이다. 刑政에 관한 내용을 수록하였다.
73 文皇帝 - 태자였던 孫和(손화)는 폐출된 후에 賜死되었다. 孫和의 아들 孫皓(손호)는 吳程侯였다가 제위에 올랐다. 제위에 오르면서 손화를 문황제로 추존했다.

之軍. 今不務富國强兵, 力農畜穀, 使文武之才效展其用, 百
揆之署無曠厥職. 明黜陟以厲庶尹, 審刑賞以示勸沮, 訓諸司
以德. 而撫百姓以仁, 然後順天乘運, 席捲宇內, 而聽諸將徇
名, 窮兵黷武, 動費萬計, 士卒彫瘁, 寇不爲衰, 而我已大病矣!

今爭帝王之資, 而昧十百之利, 此人臣之姦便, 非國家之良
策也. 昔齊, 魯三戰, 魯人再克而亡不旋踵. 何則? 大小之勢
異也. 況今師所克獲, 不補所喪哉? 且阻兵無衆, 古之明鑒,
誠宜暫息進取小規, 以畜士民之力, 觀釁伺隙, 庶無悔吝.」

| 국역 |

　그때 군사의 빈번한 출동 때문에 백성은 몹시 피폐하고 곤궁하였
다. 이에 陸抗(육항)이 상소하였다.

「臣이 알기로, 《易》은 수시응변을 중히 여기고, 《左傳》에서는 시
기를 잘 살피는 것을 찬미하였는데, 그러하기에 夏(桀王, 걸왕)에
죄악이 많자 殷 湯王(탕왕)이 군사를 일으켰고, (殷) 紂王(주왕)이 음
탕과 잔학을 저지르자 周 武王은 군대를 동원하였습니다. 만약 그
러한 시대 상황이 아니었다면, 桀王(걸왕)의 玉臺에서 湯王은 나라
걱정만을 걱정했을 것이며, (周 武王은) 孟津(맹진)에서 정벌을 그만
두고 회군하였을 것입니다. 지금 富國强兵과 농사를 힘써 장려하지
못하고, 文武의 才士는 그 능력을 발휘하여 등용되거나, 여러 부서
에서 그 본연의 직무를 제대로 수행하지 못하고 있습니다. 또 직위
의 승진과 폐출을 분명히 하여 모든 관리를 직무에 힘쓰게 하거나,

형벌과 시상을 심사하여 권면이나 제약, 그리고 모든 관리를 덕행으로 백성을 교화하는 일도 못하고 있습니다. 백성을 仁義로 위무한 연후에 천명에 순응하고 나라 안을 평정하는 일도 실천하지 못하고 있습니다. 여러 장수들은 명분을 내세워 잦은 동원과 명분 없는 전투에 비용만 수만 단위로 계산하고, 백성은 지치고 피폐한데도 도적질은 줄어들지 않는 지금의 현상을 저는 큰 병폐라고 생각하고 있습니다.

지금 제왕의 자질을 다투면서도 열배 백배나 되는 이득(농업)을 모르는 것은 신하들의 간계이며 나라의 좋은 방책이라 할 수 없습니다. 옛날 齊와 魯나라가 3번 전쟁을 했는데, 魯人이 두 번을 이기고서도 다음에 곧 패망하였습니다. 왜 그러했겠습니까? 대국과 소국의 형세의 차이였습니다. 하물며 지금 우리 군사가 승리를 거두었지만 잃은 것을 왜 보충 못하겠습니까? 군대의 힘에만 의존하지(농사 지을) 백성이 없는 것은 옛사람들의 분명한 교훈이기에, 조그만 성이라도 탈취하겠다는 계획을 진심으로 잠시라도 멈추고 백성의 힘을 비축하게 한 뒤에 기회를 보아 움직여도 아마 후회는 없을 것입니다.」

| 原文 |

二年春, 就拜大司馬, 荊州牧. 三年夏, 疾病. 上疏曰,

「西陵, 建平, 國之蕃表, 旣處下流, 受敵二境. 若敵泛舟順流, 舳艫千里, 星奔電邁, 俄然行至, 非可恃援他部以救倒縣

也. 此乃社稷安危之機, 非徒封疆侵陵小害也.

臣父遜昔在西垂陳言, 以爲西陵國之西門, 雖云易守, 亦復易失. 若有不守, 非但失一郡, 則荊州非吳有也. 如其有虞, 當傾國爭之. 臣往在西陵, 得涉遜跡, 前乞精兵三萬, 而主者循常, 未肯差赴. 自步闡以後, 益更損耗.

今臣所統千里, 受敵四處, 外御强對, 內懷百蠻, 而上下見兵財有數萬, 羸弊日久, 難以待變. 臣愚以爲諸王幼沖, 未統國事, 可且立傅相, 輔導賢姿, 無用兵馬, 以妨要務. 又黃門豎宦, 開立占募, 兵民怨役, 逋逃入占. 乞特詔簡閱, 一切料出, 以補疆場受敵常處, 使臣所部足滿八萬, 省息衆務, 信其賞罰, 雖韓, 白復生, 無所展巧.

若兵不增, 此制不改, 而欲克諧大事, 此臣之所深戚也. 若臣死之後, 乞以西方爲屬. 願陛下思覽臣言, 則臣死且不朽.」

┃국역┃

(孫皓) 鳳凰 2년 봄(서기 273), 陸抗(육항)은 大司馬를 제수 받고 荊州牧을 겸했다. 3년 여름(서기 274), 육항은 병석에서 상소하였다.

「西陵(서릉)과 建平郡(건평군)[74]은 나라의 울타리로 長江의 하류에

----

74 建平(건평) – 宜都郡을 분할하여 建平郡을 설치. 郡의 初治는 巫縣(今 四川省 巫山縣)이었다가 (孫皓) 建衡 원년(서기 269年)에 秭歸縣(今 湖北省 秭歸縣) 으로 옮겼다.

속하는데 (서와 북) 양쪽에서 적과 대처하고 있습니다. 만약 적군이 배를 띄워 내려오면, 천리에 이어진 戰船이 별이나 번개처럼 빨라 오래 걸리지 않아 도착하기에 다른 부대의 도움을 기대할 시간도 없이 위기에 처하게 됩니다. 이는 社稷(사직)의 安危에 관계되는 중요한 관건으로 단순히 나라의 땅을 조금 빼앗기는 것이 아닙니다.

臣의 선친 遜(손)은 옛날에 이곳 서쪽 변방에서 의견을 진술하였는데, 西陵은 나라의 西門이며 비록 지키기 쉬운 곳이지만 역시 잃기도 쉽다고 하였습니다. 만약 이곳을 지키지 못한다면 단순히 一郡을 상실하는 것이 아니라 荊州가 吳의 땅이 아니라고 하였습니다. 만약 여기서 예측하지 못한 일이 일어난다면 응당 온 국력을 기울여 싸워야 합니다. 臣이 지난 날 서릉에 주둔하면서 선친의 사적을 훑어보고서 精兵 3만을 요청하였지만, 실무자는 늘 하던 대로 군사를 보내 주었지 특별한 배려도 없었습니다. 그리고 지난 번 步闡 (보천)의 반역 이후에 손실은 더 많아졌습니다.

지금 臣의 관할 지역이 1천 리로, 사방에서 적과 대처해야 하며 밖으로는 강국과, 그리고 안으로는 만이의 여러 부족을 회유해야 합니다만, 상하에 거느릴 수 있는 군사는 불과 수만 명이며, 이들도 오랜 세월에 늙고 지쳐서 급변에 대처하기도 어렵습니다.

臣의 우견입니다만, 여러 제후 왕은 어리고 국사를 총괄한 경험도 없으니, 태부나 관리를 임명하여 우수한 자질을 계발하되, 兵馬에 관한 일로 王者의 요긴한 업무를 방해할 필요는 없을 것입니다. 또 黃門의 환관들이 군사 모집 업무를 담당케 하면서 군사나 백성들은 병역에 뽑히기를 싫어하며 도망쳐 환관에게 의존하고 있습니다. 그러하오니 특별한 조서를 내려 지원 상황을 점검하고 일체를 새로 파악하고 안배하여 외적과 늘 대치하는 곳에 군사를 보강하되 臣의 관할 구역에 8만 병력을 채워주고 다른 잡무를 줄여주며 상벌을 분명히 시행해준다면 韓信(한신)이나 白起(백기)가 다시 살아난다 하여도 그들의 능력을 발휘할 필요가 없을 것입니다.

만약 병력이 증강되지 않거나 지금의 제도를 개선하지도 않으면서 나라의 큰 일이 잘 수행하기를 바란다면, 이는 臣이 가장 우려하는 바입니다. 만약 臣이 죽은 이후라도 서쪽 변경에 관심을 가져 주시기 바랍니다. 폐하께서 臣의 말을 생각해 주신다면 臣은 죽더라도 썩어 없어지지 않을 것입니다.」

| 原文 |

秋遂卒, 子晏嗣. 晏及弟景,玄,機,雲, 分領抗兵. 晏爲裨將軍,夷道監.

天紀四年, 晉軍伐吳, 龍驤將軍王浚順流東下. 所至輒克, 終如抗慮.

景字士仁, 以尙公主拜騎都尉, 封毗陵侯, 旣領抗兵, 拜偏將軍,中夏督, 澡身好學, 著書數十篇也.

二月壬戌, 晏爲王浚別軍所殺. 癸亥, 景亦遇害, 時年三十一. 景妻, 孫皓適妹, 與景俱張承外孫也.

鳳凰 3년 가을에(서기 274), 陸抗(육항)이 죽었는데, 아들 陸晏(육안)이 작위를 계승하였다. 육안과 동생인 陸景(육경), 陸玄(육현), 陸機(육기), 陸雲(육운)은 육항의 군사를 나눠 거느렸다. 육안은 裨將軍으로 夷道監(이도감)이었다.

(孫皓) 天紀 4년(서기 280), 晉軍이 吳를 원정하면서 龍驤將軍인 王浚(왕준)은 長江을 따라 동쪽으로 내려갔다. 가는 곳마다 싸워 이기니 결국 육항이 우려한 그대로였다.

陸景(육경)의 字는 士仁(사인)인데, 公主를 맞이하였고 기도위였으며 毗陵侯(비릉후)에 책봉되어 육항의 군사를 나눠 거느렸는데, 나중에 偏將軍으로 中夏督이 되었고, 행실이 얌전하고 好學했는데, 저서가 수십 편이었다.

(天紀 4년) 2월 壬戌日(임술일)에, 陸晏(육안)은 왕준의 別軍에게 살해되었다. 癸亥日(계해일)에 陸景(육경) 역시 살해되었는데 그때 31세였다. 육경의 妻는 (末帝) 孫皓의 친여동생이었으니 육경과 함께 張承(장승)의 외손이었다.[75]

----

75 張昭의 長男인 張承(장승)의 字는 仲嗣(중사)인데, 젊어 才學으로 이름이 알려졌고, 諸葛瑾(제갈근), 步騭(보즐), 嚴畯(엄준) 등과 벗으로 서로 친했다. 장승이 喪妻했을 때 장소는 제갈근의 딸을 물색하였는데, 장승은 제갈근과 평소 친구이기 때문에 꺼렸지만, 손권이 이를 알고서는 적극 권유하여 결국 제갈근의 사위가 되었다. 징승과 제갈근의 딸 사이에서 딸을 얻었는데, 손권은 아들 孫和의 처로 맞이했다. 손화의 아들이 吳의 마지막 황제인 孫皓(손호)이니, 손호는 장승의 외손이다. 장승은 《吳書》 7권, 〈張顧諸葛步傳〉의 張昭傳에 부전.

評曰, 劉備天下稱雄, 一世所憚, 陸遜春秋方壯, 威名未著, 摧而克之, 罔不如志. 予旣奇遜之謀略, 又歎權之識才, 所以濟大事也. 及遜忠誠懇至, 憂國亡身, 庶幾社稷之臣矣.

抗貞亮籌幹, 咸有父風, 奕世載美, 具體而微, 可謂克構者哉!

| 국역 |

陳壽의 評論 : 劉備는 천하 영웅이라며 당시 사람들이 두려워했는데, 陸遜(육손)은 한창 젊은 나이에 이름도 알려지지 않았지만 적을 공격하고 쟁취하며 뜻대로 성취 못한 것이 없었다. 나는(陳壽) 육손의 책모와 담략을 기이하다고 여겼고, 손권의 인재를 알아보는 능력을 찬탄하였는데, 두 사람은 이런 능력으로 큰일을 성취할 수 있었다. 육손은 충성과 지성으로 나라를 걱정하다가 죽었으니, 가히 사직을 지키는 신하라 할 수 있다.

육항은 곧고 지혜로우며 책략에 뛰어나서 부친의 유풍이 있다고 칭송을 들었는데, 실제 치적은 부친보다 못했지만 부친의 뜻을 이어 실천했다고 말할 수 있다.

59권 〈吳主五子傳〉(吳書 14)
(오주오자전)

❶ 孫登

|原文|

　孫登字子高, 權長子也. 魏黃初二年, 以權爲吳王, 拜登東中郎將, 封萬戶侯, 登辭侯不受. 是歲, 立登爲太子.

　選置師傅, 銓簡秀士, 以爲賓友. 於是諸葛恪,張休,顧譚,陳表等以選入. 侍講詩書, 出從騎射. 權欲登讀《漢書》, 習知近代之事, 以張昭有師法, 重煩勞之, 乃令休從昭受讀, 還以授登. 登待接寮屬, 略用布衣之禮, 與恪,休,譚等或同輿而載, 或共帳而寐. 太傅張溫言於權曰, "夫中庶子官最親密, 切問近對, 宜用雋德."

於是乃用表等爲中庶子. 後又以庶子禮拘, 復令整巾侍坐.

黃龍元年, 權稱尊號, 立爲皇太子, 以恪爲左輔, 休右弼, 譚爲輔正, 表爲翼正都尉, 是爲四友. 而謝景,范愼,刁玄,羊衜等皆爲賓客, 於是東宮號爲多士.

| 국역 |

孫登(손등)[76]의 字는 子高(자고)로, 孫權의 長子이다. 魏 (文帝, 曹丕) 黃初 2년(서기 221), 孫權을 吳王에 봉하고, 손등에게 東中郎將을 제수하고 1萬戶의 제후에 봉했다. 그러나 손등은 제후 책봉을 사양하며 받지 않았다. 이 해에 손등은 太子가 되었다.

태자의 師傅(사부)를 임명하고 뛰어난 士人을 골라 태자의 賓客 겸 朋友로 삼게 하였다. 이에 諸葛恪(제갈각, 203 – 253년, 字 元遜), 張休(장휴, 205 – 245년, 字 叔嗣, 張昭의 次男), 顧譚(고담),[77] 陳表(진표, 陳武의 庶子) 등이 뽑혔다. 그들은 태자와 함께 詩書를 侍講하고 사냥을 하며 騎射(기사)를 익혔다.

孫權은 손등에게 《漢書》를 교수하여 近代의 사적을 숙지케 하려고 師法이 있는 張昭(장소)를 시켜 가르치게 했으나, 장소가 너무 고생한다 하여 아들 장휴가 부친 장소로부터 수강한 뒤에, 장휴가 태

----

76 孫登(손등, 209 – 241년, 字 子高) – 孫權의 長子, 庶出. 東吳 皇太子, 33세 英年에 早逝(조서). 시호 宣太子(선태자).

77 顧譚(고담, 205 – 246년, 字 子默) – 吳郡 吳縣人. 승상 顧雍(고옹)의 손자, 顧邵(고소)의 아들, 陸遜의 外甥. 고담은 모함을 받아 交州로 강제 이주했고 유폐 생활 중에 발분하여 《新言》 20편을 저술하였다. 그중 〈知難篇〉은 자신의 처지를 비관하는 글이었다. 유배 2년만인 42세에 交阯郡(교지군)에서 죽었다.

자 손등에게 교수케 하였다.

손등은 자신의 屬僚(속료)를 접대하면서 대개 布衣의 禮를 갖추었고, 제갈각, 장휴, 고담 등과 수레를 함께 나고 같은 방에서 잠을 자기도 했다. 이에 太傅(태부)인 張溫(장온)[78]이 孫權에게 "中庶子의 관직은 태자와 가장 가까운 직분으로 切問하고 近對하는 자리이니 덕행이 뛰어난 사람으로 임명해야 합니다."라고 말했다.

이에 진표 등을 등용하여 태자 中庶子에 임명하였다. 나중에는 이들이 중서자라는 관직의 禮에 얽매이게 된다고 생각하여 평상복의 두건으로 태자를 侍坐(시좌)하게 하였다.

(孫權) 黃龍 원년(서기 229), 孫權이 칭제하면서 손등이 皇太子로 책립되자, 제갈각은 左輔, 장휴는 右弼(우필), 고담은 輔正(보정), 진표는 翼正都尉가 되었는데 이들을 태자의 四友라고 불렀다. 그리고 謝景(사경),[79] 范愼(범신, 字 孝敬), 刁玄(조현),[80] 羊衜(양도)[81] 등이 모두 太子賓客이 되었기에 東宮에는 인재가 많다는 칭송이 있었다.

---

78 張溫(장온, 193 – 230년, 字 惠恕) – 吳郡 吳縣(今 江蘇省 蘇州市) 사람. 蜀에 사신으로 가서 양국우호에 기여. 蜀에서 명성이 높았다.

79 謝景(사경) – 南陽 사람, 張承에 의해 발탁 등용. 뒷날 豫章 태수 역임.

80 刁玄(조현) – 人名. 謝景(사경) 范愼(범신), 刁玄(조현), 羊衜(양도) 등이 모두 손권 태자 孫登의 빈객이었다. 조현은 五官中郞將을 거쳐 孫亮 재위 중 侍中이 되었다. 刁는 조두 조, 軍用器, 낮에는 취사용 솥. 밤에는 이를 두들겨 소리를 내며 순찰을 돌았다. 성씨 조.

81 羊衜(양도, 211–?) – 羊이 성씨. 衜는 길 도(道 通). 재주가 많고 변론을 잘했고 인물평론에 뛰어난 사람이었다. 태자 孫登을 섬겼다.

權遷都建業, 徵上大將軍陸遜輔登鎮武昌, 領宮府留事. 登
或射獵, 當由徑道, 常遠避良田, 不踐苗稼, 至所頓息, 又擇空
間之地, 其不欲煩民如此.

嘗乘馬出, 有彈丸過, 左右求之. 有一人操彈佩丸, 咸以爲
是, 辭對不服, 從者欲捶之, 登不聽, 使求過丸, 比之非類, 乃
見釋. 又失盛水金馬盂, 覺得其主, 左右所爲, 不忍致罰, 呼
責數之, 長遣歸家, 敕親近勿言.

後弟慮卒, 權爲之降損, 登晝夜兼行, 到賴鄉, 自聞, 即時召
見. 見權悲泣, 因諫曰, "慮寢疾不起, 此乃命也. 方今朔土未
一, 四海喁喁, 天戴陛下, 而以下流之念, 減損太官殽饌, 過於
禮制, 臣竊憂惶."

權納其言, 爲之加膳. 住十餘日, 欲遣西還, 深自陳乞, 以久
離定省, 子道有闕, 又陳陸遜忠勤, 無所顧憂, 權遂留焉. 嘉
禾三年, 權征新城, 使登居守, 總知留事. 時年穀不豐, 頗有
盜賊, 乃表定科令, 所以防禦, 甚得止姦之要.

|국역|

손권은 建業(건업)으로 천도하면서, 上大將軍인 陸遜(육손)을 불
러 孫登(손등)을 보필하고 武昌(무창)을 진무하며 宮府의 모든 업무
를 겸임케 하였다.

손등은 가끔 사냥을 나갔는데 지름길로 갈 수 있어도 늘 백성의 경작지를 피하여 농작물을 밟지 않았고, 빈 땅을 골라 휴식했으니 백성을 힘들게 하지 않으려는 뜻이 이와 같았다.

한번은 말을 타고 출행할 때, 탄환이 날아 스쳐갔는데 측근이 범인을 수색하였다. 어떤 사람이 彈弓(탄궁)에 탄환을 갖고 있어 모두가 범인이라고 하였지만 그 사람이 불복하여 측근이 매질하려고 하자, 손등은 허락지 않으면서 탄환을 찾아 맞춰보니 같지 않아서 그 사람을 풀어주었다. 또 손등이 물을 담는 金馬盂(금마우, 황금 말을 상감한 사발)를 분실하였는데, 훔친 자를 잡고 보니 측근의 짓이라서 차마 형벌을 내리지는 못하고 잘못을 꾸짖은 다음에 아주 집으로 돌려보내면서 측근이 이를 발설하지 못하게 단속하였다.

뒷날 동생인 孫慮(손려)가 병사하자(嘉禾 元年, 서기 232년), 손권은 손려를 생각하여 음식을 줄이자, 손등은 밤낮으로 보통보다 두 배 빠른 일정으로 賴鄕(뇌향)에 이르러 入朝를 요청했고, 손권은 즉시 손등을 불렀다. 손등은 손권을 알현하며 슬피 울며 권유했다.

"손려가 병들어 일어나지 못한 것은 타고난 命입니다. 지금 북방의 땅을 합치지 못하고, 천하 백성은 폐하를 향해 고개를 들어 갈망하는데, 폐하께서 어린 정을 그리며 太官(황제 식사 담당자, 御膳官)이 올리는 음식을 줄이시는 것은 禮制에도 지나치기에 臣은 걱정 속에 두렵기기만 합니다."

孫權은 손등의 간언을 받아들여 전과 같이 식사를 올리게 했다. 10여 일을 머물다 서쪽으로 돌아갈 즈음에 손등은 오랫동안 황제 곁을 떠나 있어 昏定晨省(혼정신성)의 자식 도리를 다 하지 못한다는 것과 陸遜(육손)의 충성과 성실한 근무를 설명하고 우려할 일이 없다며 속마음을 진정으로 말하자, 손권은 손등을 건업에 머물게 하였다.

嘉禾(가화) 3년(서기 234), 손권은 (魏) 合肥(합비)의 新城(신성)을 원정하면서 손등을 건업에 남겨 업무를 총괄케 하였다. 그때 흉년이 들어 도적이 많았는데, 손등은 표문을 올려 새로운 법령을 제정 시행했는데 예방에 치중하여 간악한 행위를 금지시키는 효과를 거두었다.

| 原文 |

初, 登所生庶賤, 徐夫人少有母養之恩, 後徐氏以妒廢處吳, 而步夫人最寵. 步氏有賜, 登不敢辭, 拜受而已.

徐氏使至, 所賜衣服, 必沐浴服之. 登將拜太子, 辭曰, "本立而道生, 欲立太子, 宜先立后"

權曰, "卿母安在?" 對曰, "在吳." 權默然.

| 국역 |

이전에, 孫登(손등)은 庶出(서출)인데다 생모인 徐夫人(서부인)은 모친으로 양육의 은정도 없었으며, 질투 때문에 吳郡에 폐출되었고 步夫人(보부인)이 손권의 총애를 가장 많이 받았다. 보부인이 태자에게 내리는 물건을 손등은 사양할 수 없어 받기만 하였다.

(生母) 徐夫人이 보낸 사람이 의복을 보내오면 손등은 반드시 목욕을 한 다음에 입었다. 손등이 태자로 책립될 때 손등은 사양하며

말했다.

"근본이 확립되어야 正道가 나온다고[82] 하였으니, 태자를 책립 이전에 응당 태후를 먼저 책립해야 합니다."

孫權이 "네 모친은 어디에 있는가?"라고 묻자, 손등은 "吳郡에 있습니다."라고 말했다.

孫權은 말이 없었다.

| 原文 |

立凡二十一年, 年三十三卒, 臨終, 上疏曰,

「臣以無狀, 嬰抱篤疾, 自省微劣, 懼卒隕斃. 臣不自惜, 念 當委離供養, 埋骸后土, 長不復奉望宮省, 朝覲日月, 生無益 於國, 死貽陛下重戚, 以此爲哽結耳. 世聞死生有命, 長短自 天, 周晉,顏回有上智之才, 而尙夭折, 況臣愚陋, 年過其壽, 生爲國嗣, 沒享榮祚, 於臣已多, 亦何悲恨哉!

方今大事未定, 遺寇未討, 萬國喁喁, 繫命陛下, 危者望安, 亂者仰治. 願陛下棄忘臣身, 割下流之恩, 修黃老之術, 篤養 神光, 加羞珍膳, 廣開神明之慮, 以定無窮之業. 則率土幸賴, 臣死無恨也.

皇子和仁孝聰哲, 德行清茂, 宜早建置, 以繫民望. 諸葛恪

82 원문의 '本立而道生' ―《論語 學而》有子曰, "其爲人也孝弟, ～. 君子務本, 本 立而道生. 孝弟也者, 其爲仁之本與!"

才略博達, 器任佐時. <u>張休</u>,<u>顧譚</u>,<u>謝景</u>, 皆通敏有識斷, 入宜委腹心, 出可爲爪牙. <u>范愼</u>, <u>華融</u>矯矯壯節, 有國士之風. <u>羊衜</u>辯捷, 有專對之材. <u>刁玄</u>優弘, 志履道眞. <u>裴欽</u>博記, 翰采足用. <u>蔣脩</u>,<u>虞翻</u>, 志節分明.

凡此諸臣, 或宜廊廟, 或任將帥, 皆練時事, 明習法令, 守信固義, 有不可奪之志. 此皆陛下日月所照, 選置臣官, 得與從事, 備知情素, 敢以陳聞. 臣重惟當今方外多虞, 師旅未休, 當厲六軍, 以圖進取.

軍以人爲衆, 衆以財爲寶, 竊聞郡縣頗有荒殘, 民物凋弊, 奸亂萌生, 是以法令繁滋, 刑辟重切. 臣聞爲政聽民, 律令與時推移, 誠宜與將相大臣詳擇時宜, 博採衆議, 寬刑輕賦, 均息力役, 以順民望. <u>陸遜</u>忠勤於時, 出身憂國, 謇謇在公, 有匡躬之節. <u>諸葛瑾</u>,<u>步騭</u>,<u>朱然</u>,<u>全琮</u>,<u>朱據</u>,<u>呂岱</u>,<u>吾粲</u>,<u>闞澤</u>,<u>嚴畯</u>,<u>張承</u>,<u>孫怡</u>忠於爲國, 通達治體. 可令陳上便宜, 蠲除苛煩, 愛養士馬, 撫循百姓.

五年之外, 十年之內, 遠者歸復, 近者盡力, 兵不血刃, 而大事可定也. 臣聞'鳥之將死其鳴也哀, 人之將死其言也善.' 故子囊臨終, 遺言戒時, 君子以爲忠, 豈況臣<u>登</u>, 其能已乎? 願陛下留意聽采, 臣雖死之日, 猶生之年也.」

| 국역 |

손등은 책립된 지 21년인 나이 33세에 죽었는데, 임종에 앞서 상소하였다.

「臣은 선행도 없이 어려서부터 병이 많았으니 自省해보면 미약하고 열등하지만 갑자기 죽게 되니 두렵기만 합니다. 臣이 몸을 아끼지 않은 것은 아니나, 부모님을 공양하지도 못하고, 살점은 땅에 묻혀 다시는 궁성을 볼 수도, 또 日月에 맞춰 폐하를 뵙지 못할 것입니다. 살아서는 나라에 무익했고, 죽어서는 폐하께 큰 슬픔을 드린다 생각하니 목이 멜 뿐입니다.

세상 사람들 하는 말에 死生이 有命하고 長短(장단)이 하늘에 있다지만, 周晉(주진, ?)이나 顔回(안회)[83]는 上智의 재능을 타고났어도 오히려 夭折(요절)하였는데, 하물며 臣은 우매하고 비루한데도 그들보다 더 살았으며, 생전에 나라의 後嗣(후사)가 되어 죽을 때까지 영화를 누렸으니, 저에게는 이만큼도 과분하니 무슨 슬픔이나 한이 있겠습니까!

지금 천하 대사가 未定하고 도적을 다 토벌하지 못하여, 萬國의

---

83 顔回(前 521~481년) - 字 子淵, 顔子, 顔淵(안연)으로도 호칭. 春秋 시대 魯國人(今 山東省 南部 濟寧市 관할 縣級 曲阜市). 孔子 72 門徒의 첫째. 孔門十哲 德行으로도 첫째이다. 안회는 나이 29세에 머리가 하얗게 세었고 일찍 죽었다. 공자는 안회의 죽음에 통곡했다. 그러면서 "내 문하에 안회가 있어 제자들이 나와 더 가까워졌다."고 말했다. 魯 哀公이 "弟子 중에 누가 好學합니까?"라고 묻자, "顔回가 好學하였으니 안회는 분노를 다른 사람에게 내보이지 않고 과오를 거듭하지도 않았습니다만, 불행히 단명하여 죽었고 지금은 안회만큼 호학하는 제자가 없습니다."라고 말했다. 漢代 이후로 안연은 72제자의 첫째 인물로 공자 제향 시에 늘 配享되었다. 이후 여러 추증을 받았는데 明 世宗 嘉靖 9년(1530) 이후 「復聖」이라 존칭하였다.

백성은 폐하께 목숨을 걸고 우러러보며, 危者는 안정을 바라고 亂者는 治世를 갈망하고 있습니다. 원컨대, 폐하께서는 臣을 버려 잊으시고 백성에 은정을 베푸시며 黃老(황로, 黃帝와 老子)의 長生術로 보양하시어 神光을 배양하시고, 좋은 음식을 드시면서 神明하신 思慮(사려)를 널리 펴시어 무궁히 이어갈 대업을 성취하십시오. 그러면 만백성이 폐하의 크신 은덕을 입을 것이니 臣은 죽어도 여한이 없을 것입니다.

皇子인 和(화)는 인자 효도하고 총명하고 명철하며 그 德行도 깨끗하고 옳바르니 응당 빨리 태자로 책립하시어 백성의 여망에 부응해야 합니다. 諸葛恪(제갈각)은 才略(재략)이 풍부, 통달하니 시무를 맡길 인재입니다. 그리고 張休(장휴), 顧譚(고담), 謝景(사경)은 모두 사리에 통달하고 식견이 뛰어나니, 조정에서는 폐하의 심복이 될 수 있고 지방에 나가면 무장으로 나라를 지킬 수 있습니다. 范愼(범신)과 華融(화융)은 그 장렬한 지조가 원대하여 國土의 풍모가 있습니다. 羊衜(양도)는 언사가 민첩하여 외국에 사신을 나갈 재능이 있습니다. 刁玄(조현)은 식견이 우수하고 넓으며 그 志行이 진실합니다. 裴欽(배흠)은 博覽强記(박람강기)하여 文才가 뛰어나니 등용할 만합니다. 蔣脩(장수)와 虞翻(우번)은 그 志節이 분명한 인재입니다.

이상의 여러 신하들은 조정의 정론에 참여하거나 아니면 장수의 대임을 맡을 수 있으며, 모두 時務에 밝고 법령에도 해박하며 신의와 의리를 지키며 결코 빼앗을 수 없는 지조를 가지고 있습니다. 이들은 모두 폐하의 日月과도 같은 은택을 입었고, 폐하께서 선발하여 저에게 맡겼기에 함께 일을 하는 동안 평소의 성정을 臣이 알 수 있어서, 감히 의견을 말씀드렸습니다. 臣이 거듭 생각할 때 지금 나라의 內外에 일이 많고 전쟁이 그치지 않으니 응당 六軍을 독려하여 적극적 進取를 도모해야 합니다.

군사는 백성을 뽑아 충당해야 하고 백성은 재물을 중히 여기고 있는데, 臣이 알기로 지방의 郡縣이 흉년으로 피폐하여 백성은 조락하고 곤궁하며, 여러 不法이 싹트고 커졌으며 법령은 번잡해지고 형벌은 더욱 가혹해졌습니다. 臣이 알기로 爲政에 백성의 소리를 들어야 하며, 律令은 시대에 따라 추이를 같이 해야 한다고 하였으니, 진정으로 將相이나 大臣과 함께 선택하여 時宜(시의)에 따르며, 衆議를 널리 받아들이고 형벌을 완화시키며, 賦稅를 가벼이 하고 백성의 노역 징발을 균등이 하여 백성의 여망에 순응해야 합니다.

陸遜(육손)은 충직하고 시무에 근면하며 몸을 바쳐 나라를 걱정하고 공무에 열성이며, 자신을 돌보지 않는 지조를 가졌습니다. 諸葛瑾(제갈근), 步騭(보즐), 朱然(주연), 全琮(전종), 朱據(주거), 呂岱(여대), 吾粲(오찬), 闞澤(감택), 嚴畯(엄준), 張承(장승), 孫怡(손이) 등등은 나라에 충성하며 행정에도 통달하였습니다. 그들로 하여금 時務로 힘쓸 것과, 가혹 번잡한 폐단의 제거, 군사를 아끼고 배양하기, 또 백성을 진무할 방법 등을 진술하고 건의하도록 하십시오.

그렇게 하면 5년이나 10년 이내에 먼 곳 백성들이 찾아오고 가까운 백성들은 노력을 다 바칠 것이며 兵器에 피를 바르지 않고서도 천하통일의 대사를 이룰 수 있을 것입니다. 臣이 알기로 '새는 죽을 때 그 울음이 애달프고, 사람을 죽을 때 그 말이 善하다.'고 하였습니다. 그래서 (楚의) 子囊(자낭)[84]은 임종하며 시대를 바로잡을 유언을 남겼고, 君子들은 그를 충성이라고 칭송하였으니 臣 登(등)이 어찌 아니할 수 있겠습니까? 폐하께서 마음을 써서 들어주시길 바라오며, 그러면 臣의 죽는 날이라도 곧 살아있는 것과 같을 것입니다.」

| 原文 |

旣絶而後書聞, 權益以摧感, 言則隕涕. 是歲, 赤烏四年也. 謝景時爲豫章太守, 不勝哀情, 棄官奔赴, 拜表自劾. 權曰, "君與太子從事, 異於他吏." 使中使慰勞, 聽復本職, 發遣還郡. 諡登曰宣太子.

子璠,希, 皆早卒, 次子英, 封吳侯. 五鳳元年, 英以大將軍孫峻擅權, 謀誅峻, 事覺自殺, 國除. 謝景者字叔發. 南陽宛人. 在郡有治跡, 吏民稱之, 以爲前有顧邵, 其次卽景. 數年卒官.

| 국역 |

태자 孫登(손등)이 이미 죽은 뒤에 상소가 올라갔는데 孫權은 더욱 비통하였고 말할 때마다 눈물을 흘렸다. 이 해가 赤烏 4년이었다

---

84 子囊(자낭) ― 公子貞(공자정, ?―前 559년, 字 子囊) ― 春秋 시대 楚國의 令尹. 楚莊王의 아들, 楚 恭王의 兄弟.

(서기 241). 謝景(사경)은 그때 豫章 태수였는데 哀情을 참지 못하고 관직을 버리고 달려와 조문하고서 표문을 올려 스스로 탄핵하였다. 이에 손권은 "君은 太子의 從事였으니 다른 관리보다는 특별하다." 라고 말하며 환관을 보내 위로하고, 본래 직책으로 복귀를 허락하여 豫章郡으로 돌아가게 하였다.

손등의 시호는 宣太子(선태자)이다.

아들 孫璠(손번)과 孫希(손희)는 모두 일찍 죽었고, 次子인 孫英(손영)은 吳侯에 책봉되었다. (孫亮) 五鳳 원년(서기 254), 손영은 大將軍 孫峻(손준)이 권력을 휘두르자 손준을 죽이려 모의했지만, 발각되자 자살하였고 나라는 없어졌다.

謝景(사경)의 字는 叔發(숙발)로 南陽郡 宛縣(완현) 사람이다. 豫章郡의 태수로 치적이 훌륭했고 吏民의 칭송을 들었는데 '전임자로 顧劭(고소), 그 다음은 사경이라.' 하였는데 몇 년 뒤 재직 중에 죽었다.

❷ 孫慮

| 原文 |

孫慮字子智, 登弟也. 少敏惠有才藝, 權器愛之.

黃武七年, 封建昌侯. 後二年, 丞相雍等奏慮性聰體達, 所尚日新, 比方近漢, 宜進爵稱王, 權未許. 久之, 尚書僕射存上疏曰,

「帝王之興, 莫不襃崇至親, 以光群后, 故魯衛於周, 寵冠諸侯, 高帝五王, 封列於漢, 所以藩屛本朝, 爲國鎭衛. 建昌侯慮稟性聰敏, 才兼文武, 於古典制, 宜正名號. 陛下謙光, 未肯如舊, 群寮大小, 咸用於邑. 方今奸寇恣眼, 金鼓未弭, 腹心爪牙, 惟親與賢. 輒與丞相雍等議, 咸以慮宜爲鎭軍大將軍, 授任偏方, 以光大業.」

權乃許之, 於是假節開府, 治半州, 慮以皇子之尊, 富於春秋, 遠近嫌其不能留意. 及至臨事, 遵奉法度, 敬納師友, 過於衆望. 年二十, 嘉禾元年卒. 無子, 國除.

| 국역 |

孫慮(손려)[85]의 字는 子智(자지)로, 孫登(손등)의 동생이다. 어려서부터 총명하고 재주가 뛰어나 손권이 大器라 여겨 총애하였다.

黃武 7년에, 建昌侯(건창후)로 책봉되었다. 그 2년 뒤, 丞相인 顧雍(고옹) 등이 손려는 총명하고 사리에 통달하였으며 날로 새롭게 향상된다면서, 漢代의 예를 따라 작위를 올려 王으로 봉해야 한다고 상주하였으나, 손권은 허락하지 않았다. 얼마 뒤에 尚書僕射인 存(존)이 상소하였다.

「帝王이 흥기하면 至親을 포상하고 后妃의 가문을 빛내주지 않은 경우가 없었으니, 周에서는 魯와 衛(위) 나라가 여러 제후 중에서

----

85 孫慮(손려, 213 – 232년, 字 子智) – 孫權의 次子. 英明했다. (黃武) 7년 봄 정월(서기 228)에 建昌侯가 되었다. 嘉禾(가화) 원년 봄 정월(서기 232)에 병사했다. 無子.《吳書》14권,〈吳主五子傳〉에 입전.

도 으뜸이었으며, 漢 고조는 五王을 제후로 봉하여 本朝의 울타리로 삼으면서 漢을 지키게 하였습니다. 建昌侯 孫慮(손려)는 타고난 성품이 총명 민첩하고 문무를 두루 겸비한 재능을 갖고 있으니, 옛 제도에 의거 바른 名號를 수여해야 합니다. 지금 폐하께서는 겸허한 뜻으로 옛 제도를 따르지 않으시지만, 대소 신하들은 모두 이를 걱정하고 있습니다. 지금 간악한 도적이 멋대로 노려보고 있어, 전투의 북소리가 그치지 않기에, 심복 무장의 협력을 얻어야 하고 親姻(친인)과 賢才의 도움이 있어야 합니다. 승상인 고옹 등과 이를 의논할 때마다 모두가 慮(려)가 鎭軍大將軍이 되어 일방의 방위를 책임지며 대업을 빛내야 한다고 하였습니다.」

孫權은 수락하고, 부절을 하사하여 大將軍府를 설치하고 半州(반주)를 다스리게 했는데, 손려가 皇子라는 존엄한 지위에 나이도 어려, 政務에는 뜻이 없을 것이라고 원근의 많은 사람들은 걱정하였다. 그러나 손려가 업무를 처리하면서 법도를 준수하고 師友를 공경하며 교제하여 衆望보다 우수하였다. 그러나 나이 20세인 嘉禾 원년(서기 232)에 죽었다. 아들이 없어 나라를 없앴다.

❸ 孫和

| 原文 |

孫和字子孝, 慮弟也. 少以母王有寵見愛, 年十四, 爲置宮衛, 使中書令闞澤敎以書藝. 好學下士, 甚見稱述. 赤烏五年,

立爲太子, 時年十九. 闞澤爲太傅, 薛綜爲少傅, 而蔡穎,張
純,封甫,嚴維等皆從容侍從.

| 국역 |

孫和(손화)[86]의 字는 子孝(자효)로, 孫慮(손려)의 동생이다. 젊어 모
친 王夫人(왕부인)[87]이 손권의 총애를 받았는데, 손화가 14살에 궁궐
수위를 설치하였고, 中書令인 闞澤(감택)이 학문을 교육하게 하였
다. 손화는 好學하며 아래 士人을 잘 대우하여 큰 칭송을 들었다.
赤烏 5년(서기 242), 太子로 책립되었는데 나이는 19세였다.

闞澤(감택)은 太傅(태부), 薛綜(설종)은 少傅가 되었고, 蔡穎(채영)
과 張純(장순), 封甫(봉보), 嚴維(엄유) 등은 모두 태자를 모시는 侍從

----

86 孫和(손화, 224 – 53년, 字 子孝) – 손권의 3남. 생모는 王夫人, 東吳 최후 황제
孫皓(손호)의 生父. 손권의 장남 孫登(손등, 庶子)이 죽자 태자에 책립. 나중에
폐출 賜死되었다. 손화가 태자로 재위 중일 때 二宮之爭이 – 又稱 南魯黨爭
(남로당쟁) – 일어나는데 대략 赤烏 5년(서기 242)에 시작하여 赤烏 13년(서기
250)에 끝이 났다. 太子인 孫和(손화, 손권의 3子, 末帝 孫皓의 생부)와 魯王인
孫霸(손패, 손권의 4子)간에 태자 책봉을 둘러싼 내분으로 조정 대신도 양편으
로 갈라졌다 결국 孫和가 태자에서 폐위되고 孫霸(손패)는 賜死되었으며, 결국
제일 나이가 어린 손권의 아들 孫亮(손량)이 태자로 책봉된다.

87 吳主 孫權의 王夫人은 琅邪郡(낭야군) 사람이다(父名 盧九). 黃武 연간에(서기
222 – 229) 총애를 받아 孫和(손화)를 출산했는데, 步氏 夫人 다음으로 총애를
받았다. 孫和가 太子가 되자(赤烏 5년, 서기 242), 손권은 왕부인을 황후로 책
립하려 하였는데, 全公主〔손권의 큰 딸, 孫魯班(손노반)〕가 평소에 왕부인을
미워했고, 결국 손권이 화를 내며 크게 질책하자 걱정 끝에 죽었다. (뒷날) 孫
和의 아들 孫皓(손호, 재위 264 – 280)가 즉위하자, 王夫人을 大懿皇后(대의황
후)로 추존했고, 왕부인의 동생 3명은 모두 列侯가 되었다. 嘉禾(가화, 서기 232
– 237) 연간에, 손권의 총애를 받아 孫休(손휴, 景帝, 재위 258 – 265년)를 출산한
南陽郡 출신 王夫人은 다른 사람이다.

이었다.

是時有司頗以條書問事, 和以爲奸妄之人, 將因事錯意, 以
生禍心, 不可長也, 表宜絶之. 又都督劉寶白庶子丁晏, 晏亦
白寶.

和謂晏曰, "文武在事, 當能幾人, 因隙構薄, 圖相危害. 豈
有福哉?" 遂兩釋之, 使之從厚. 常言當世士人宜講修術學,
校習射御, 以周世務, 而但交遊博弈以妨事業, 非進取之謂.

後群寮侍宴, 言及博弈, 以爲妨事費日而無益於用, 勞精損
思而終無所成, 非所以進德修業, 積累功緖者也. 且志士愛日
惜力, 君子慕其大者, 高山景行, 恥非其次. 夫以天地長久,
而人居其間, 有白駒過隙之喩, 年齒一暮, 榮華不再.

凡所患者, 在於人情所不能絶, 誠能絶無益之欲以奉德義
之塗, 棄不急之務以修功業之基, 其於名行, 豈不善哉? 夫人
情猶不能無嬉娛, 嬉娛之好, 亦在於飮宴琴書射御之間, 何必
博弈, 然後爲歡.

乃命侍坐者八人, 各著論以矯之. 於是中庶子韋曜退而論奏.
和以示賓客. 時蔡穎好弈, 直事在署者頗敩焉, 故以此諷之.

| 국역 |

이때 각 부서의 많은 관리들은 조목별 요약한 내용으로 업무를 보고하거나 질문하였는데, 孫和(손화)는 사악하거나 교활한 자들이 문서와 관련하여 문제를 일으켜 다른 사람을 해칠 뜻으로 이런 문서를 꾸미며, 이런 일은 오래 계속되어서는 안 되기에 의당 근절해야 한다고 생각하였다.

그때 都督인 劉寶(유보)가 太子庶子인 丁晏(정안)을 고발하였고, 정안 역시 유보를 고발하였다. 이에 손화가 정안에게 말했다.

"文武 관원은 직무를 수행하면서 능숙한 사람이 몇이나 있으며, 서로 혐오하며 공격하여 상대방에게 危害를 가하려 한다면 무슨 福이 있겠는가?"

그러면서 두 사람을 모두 석방하며 앞으로 좋게 지내라고 하였다.

손화는 한 세상을 살아가야 하는 士人이라면 응당 학술을 연마하며 활쏘기와 말 타기를 익히며 담당 직무를 두루 익혀야 하는데, 사람과 사귀려 내기 바둑[88]을 둔다면 업무에 방해가 되며, 그런 놀이는 진취적이 아니라고 생각하였다.

나중에 여러 신료들이 태자를 모시고 연회를 하는데, 화제가 내기 바둑에 이르자, 이런 바둑은 업무에 지장이 있고 시간을 낭비하여 무익하며, 정신집중을 방해하여 끝내 성취하는 것이 없으며, 덕

---

88 원문의 博奕(박혁) – 博은 '넓을 박'의 뜻이 아니라 승부에 따른 내기이다. 賭博(도박). 우리나라 놀이 중 땅이나 종이에 그리고 시합하는 '곤이'나 장기가 博에 가까운 뜻이다. 奕은 바둑 혁. 奕棊(혁기). 공자는 아무것도 아니하고 멍청하게 앉아있는 것보다는 바둑이라도 두라고 했는데(《論語 陽貨》子曰, "飽食終日, 無所用心, 難矣哉! 不有博奕者乎? 爲之猶賢乎已.") 이는 공자가 無爲徒食(무위도식)의 해악을 지적한 말이라고 생각된다.

과 학업을 닦거나 업무를 성취케 하지 않는다 말했다. 또 志士라면 愛日하고 功力을 아껴야 하며,[89] 君子는 큰 뜻을 흠모하며 고상한 인품의 반열에 끼지 못하는 것을 부끄럽게 생각해야 한다고 말했다.

그리고 長久한 天地 사이에 인간이 잠간 머무르는데, 그것은 白駒過隙(백구과극)에 비유되며[90] 세월이 빨리 흘러 늙어가고 청춘의 영화는 다시 오지 않는다. 인간에 재앙을 불러오는 것은 살면서 정욕을 끊어버리지 못하기 때문이며, 무익한 욕망을 확실하게 단절하고 도덕과 仁義의 길을 봉행하고, 급박한 일을 버려두고 서둘지 않으면서 功業의 기초를 배양한다면, 이것이야 말로 名節과 품행에 매우 유용할 것이다. 그러나 인정상 놀이나 오락이 없을 수 없지만, 놀이란 것도 이러한 잔치나 대화, 琴의 연주, 독서, 활쏘기나 수레 몰기는 괜찮지만 하필 내기 바둑을 두며 즐겨야 하겠는가? 라고 말했다.

그러면서 그 연회에 동참한 8인에게 각자의 주장을 글로 써서 비교해 보자고 하였다. 이에 中庶子인 韋曜(위요)는 물러나와 글을 지어 아뢰었다. 손화는 이를 여러 빈객들에게 보여 주었다. 그때 蔡穎(채영)은 바둑 두기를 좋아하였는데, 같은 부서에 근무하는 사람들은 채영을 따라 바둑을 배웠기에 손화는 이러한 방식으로 채영을 깨우치려 했다.

----

89 志士愛日惜力 – 愛日은 시간을 아껴 효도와 봉양을 게을리하지 않는다는 뜻.

90 白駒過隙(백구과극)은 세월이 빨리 흘러감을 비유한 말로,《莊子 知北遊》를 비롯하여 여러 史書의 대화 속이 흔히 보인다.

是後王夫人與全公主有隙. 權嘗寢疾, 和祠祭於廟. 和妃叔父張休居近廟, 邀和過所居. 全公主使人覘視, 因言太子不在廟中, 專就妃家計議, 又言王夫人見上寢疾, 有喜色.

權由是發怒, 夫人憂死, 而和寵稍損, 懼於廢黜. 魯王霸覬覦滋甚, 陸遜,吾粲,顧譚等數陳適庶之義, 理不可奪, 全寄,楊竺爲魯王霸支黨, 譖訴日興. 粲遂下獄誅, 譚徙交州.

權沈吟者歷年, 後遂幽閉和. 於是驃騎將軍朱據,尚書僕射屈晃率諸將吏泥頭自縛, 連日詣闕請和. 權登白爵觀見, 甚惡之, 敕據,晃等無事忩忩. 權欲廢和立亮, 無難督陳正,五營督陳象上書, 稱引晉獻公殺申生, 立奚齊, 晉國擾亂. 又據,晃固諫不止.

權大怒, 族誅正,象, 據,晃牽入殿, 杖一百, 竟徙和於故鄣, 群司坐諫誅放者十數. 衆咸冤之.

이후로 (孫和의 생모) 王夫人(왕부인)과 全公主(전공주)[91]는 사이가 안 좋았다. 손권이 병석에 누웠을 때, 손화는 조상 묘당에 나아가 제사를 올렸다. 손화의 妃의 숙부인 張休(장휴)는 묘당 근처에 살고 있

---

91 全公主 – 孫權의 長女 孫魯班(손노반) – 吳郡 錢唐縣 출신 全琮(전종, 198 – 247년, 249년? 字 子璜)과 결혼했다. 남편의 성으로 공주를 호칭하였다. 전종은 右大司馬와 左軍師 역임.

었는데 손화를 자신의 집으로 모셨다.

이를 숲공주는 사람을 시켜 이를 엿보았고, 나중에 기회를 보아 전공주는 손화가 조상에 묘당에 가지 않고, 태자비 친정에 들려 무엇인가 일을 꾸몄으며, 왕부인은 황상이 병석에 눕자 얼굴에 희색을 띠었다고 손권에게 말했다.

孫權은 이 때문에 크게 화를 내었고, 王夫人은 근심 걱정으로 죽었으며, 손화에 대한 총애도 점차 식었고, 손화는 폐출을 두려워했다. 魯王인 孫霸(손패)는 점점 태자 자리를 엿보게 되었고, 陸遜(육손), 吾粲(오찬), 顧譚(고담) 등은 嫡庶(적서)의 大義로 빼앗을 수 없다는 도리를 자주 진술하였다. 그러나 全寄(전기)와 楊竺(양축) 등은 魯王 손패의 편이 되었고 참소는 날마다 심해졌다. 나중에 오찬은 하옥되었다고 죽었고, 고담은 交州(교주)로 유배되었다.

孫權은 몇 년을 말없이 있다가 결국 손화를 유폐하였다.

이에 驃騎將軍 朱據(주거)와 尙書僕射인 屈晃(굴황)은 여러 장수와 관리를 인솔하여 얼굴에 진흙을 바르고 자박한 뒤에 연일 궁궐 앞에서 손화를 복위해야 한다고 청원하였다. 손권은 白爵觀(백작관)에서 이를 바라본 뒤에 심하게 증오하면서 주거와 굴황 등을 서둘러 꾸짖었다. 손권은 손화를 폐위하고 孫亮(손량, 재위 252 − 258년)을 태자로 세우려 하자, 無難督인 陳正(진정)과 五營督인 陳象(진상) 등은 상서하여, 晉 獻公(헌공)이 (태자) 申生(신생)을 죽이고, 奚齊(해제)를 세웠기에 晉國이 혼란해졌다는 사실을 인용하였다. 또 주거와 굴황도 강하게 간쟁하였지만 손권은 따르지 않았다.

결국 손권은 대노하면서 진정과 진거 등의 일족을 죽였고, 주거와 굴황을 포박하여 궁궐에 끌어다가 丈(장)을 1백 대씩 때렸으며, 결국 손화를 (吳興郡) 故鄣縣(고장현)에 강제 이주시켰는데(赤烏 13년, 서기 250), 이를 간쟁하다가 처형되거나 방축된 자가 십여 명이었고 백성들은 모두 그들이 억울하다고 생각하였다.

| 原文 |

太元二年正月, 封和爲南陽王, 遣之長沙.

四月, 權薨, 諸葛恪秉政, 恪卽和妃張之舅也. 妃使黃門陳遷之建業上疏中宮, 並致問於恪. 臨去, 恪謂遷曰, "爲我達妃, 期當使勝他人."

此言頗洩. 又恪有徙都意, 使治武昌宮, 民間或言欲迎和. 及恪被誅, 孫峻因此奪和璽綬, 徙新都. 又遣使者賜死. 和與妃張辭別, 張曰, "吉凶當相隨, 終不獨生活也." 亦自殺, 擧邦傷焉.

| 국역 |

(孫權) 太元 2년 정월(서기 252), 孫和(손화)를 南陽王에 봉하여 長沙(장사)로 보냈다.

4월, 손권이 붕어하고 諸葛恪(제갈각)이 권력을 장악했는데, 제갈각은 손화의 妃 張氏의 외삼촌이었다. 손화의 妃인 장씨는 黃門인 陳遷(진천)을 建業(건업)에 보내 中宮에 상소하면서 제갈각에게 안부를 전했다. 진천이 떠나오려고 하자, 제갈각이 진천에게 "張왕비에게 틀림없이 다른 사람을 이길 수 있을 것이라고 전하라."고 말했다. 그러나 이 말은 곧 여러 사람에게 알려졌다.

또 제갈각은 천도할 계획을 갖고서 사람을 보내 武昌의 궁궐을 수리하게 하였는데 백성들 사이에서는 손화를 영입할 것이라는 소문이 돌았다. 그러나 제갈각이 피살[92]되면서 孫峻(손준)[93]은 이때 손화의 璽綬(쇄수)을 빼앗아 버렸고, 新都(신도)[94]로 이주시켰다. 그리고는 곧 사람을 보내 賜死(사사)하였다. 손화가 왕비인 張氏와 마지막 인사를 나누자 장씨가 말했다.

"(부부는) 吉兇(길흉)에 같이 따라간다는데, 저 혼자서 살지는 않을 것입니다."

그리고 따라 자살하니 온 나라 사람이 슬퍼하였다.

....

92 제갈근의 아들 諸葛恪(제갈각, 203 – 253년, 字 元遜)은 東吳의 太傅 및 丞相을 역임했다. 孫權이 臨終하며 輔政大臣에 임명하여 太子 孫亮(손량)을 보필하라고 유언했다. 손량이 즉위한 뒤 제갈각은 혼자 軍政 대권을 장악하고 초기에는 민심을 얻었으나 계속되는 魏 원정실패로 인심을 잃어, 결국 孫峻(손준)에게 살해당했고 삼족이 멸족되었는데, 죽을 때 51세였다. 제갈각은 《吳書》 19권, 〈諸葛滕二孫濮陽傳〉에 입전.

93 孫峻(손준, 219 – 256년, 字 子遠) – 東吳 吳郡 富春(今 浙江省 杭州市) 출신. 손견 동생의 曾孫. 손권의 從孫 항렬. 제갈각을 천거하였지만 나중에 제갈각을 죽이고 권력을 장악. 廢帝 孫亮(손량)의 권신. 《吳書》 19권, 〈諸葛滕二孫濮陽傳〉에 제갈각과 함께 입전.

94 新都郡(丹陽郡을 분할 신설) – 郡治는 始新縣(今 浙江省 서부 杭州市 관할 淳安縣), 나중에는 賀城(하성, 今 千島湖 부근)으로 옮겼다. 廣漢郡에는 新都縣(신도현)이 있었다.

孫休立, 封和子皓爲烏程侯, 自新都之本國. 休薨, 皓卽阼,
其年追諡父和曰文皇帝, 改葬明陵, 置園邑二百家, 令,丞奉守.

後年正月, 又分吳郡,丹楊九縣爲吳興郡, 治烏程, 置太守,
四時奉祠. 有司奏言, 直立廟京邑.

寶鼎二年七月, 使守大匠薛珝營立寢堂, 號曰淸廟. 十二月,
遣守丞相孟仁,太常姚信等備官僚中軍步騎二千人, 以靈輿法
駕, 東迎神於明陵. 皓引見仁, 親拜送於庭. 靈輿當至, 使丞相
陸凱奉三牲祭於近郊, 皓於金城外露宿. 明日, 望拜於東門之
外. 其翌日, 拜廟薦祭, 歔欷悲感. 比七日三祭, 倡技晝夜娛
樂. 有司奏言"祭不欲數, 數則黷, 宜以禮斷情." 然後止.

|국역|

孫休(손휴, 景帝)가 즉위하며(서기 258년), 孫和의 아들 孫皓(손호)
는 烏程侯(오정후)가 되었는데 직접 新都郡의 本國으로 옮겨갔다.

손휴가 죽고 孫皓(손호)가 제위에 오르자(서기 264), 그 해에 부친
손화에게 시호 文皇帝를 내리고 明陵(명릉)으로 개장하였으며, 園邑
2백 호를 두고, 책임자 令과 副職 丞을 두어 관리하게 하였다.

다음 해 정월, 吳郡과 丹楊郡의 9개 현을 나눠 吳興郡을 설치하
고, 郡治를 烏程縣에 두고, 太守를 임명하여 4계절에 맞춰 제사를
받들게 하였다. 담당 관리가 도읍(建業)에 묘당을 신축해야 한다고
건의하였다.

(孫皓) 寶鼎 2년 7월(서기 267), 將作大匠(장작대장) 대행인 薛珝
(설후)를 시켜 (明陵의) 寢殿을 건립하게 하여 淸廟(청묘)라고 불렀
다. 12월, 승상 대행인 孟仁(맹인), 太常인 姚信(요신) 등과 관료와 中
軍의 步騎 군사 2천 명을 보내 동쪽 明陵에 가서, 그 신령을 靈車와
法駕(법가)로 맞이하게 하였다. 손호는 직접 나가 맹인을 만나보고
뜰에 내려와 맹인을 전송하였다. (孫和의) 靈輿(영여)가 도착할 즈음
에 승상 陸凱(육개)가 三牲(삼생)의 제물을 받들어 近郊에 나가 제사
를 올렸고, 손호는 金城(建業) 밖에서 노숙했다. 다음 날 東門 밖에
서 望拜를 올렸다. 그 다음 날, 청묘에 신주를 옮겨 제사를 지내며
손호는 슬피 통곡했다.

그리고 7일 동안 연속 3번의 제사를 올리면서 광대를 시켜 주야
로 풍악을 울리게 하였다. 그러자 담당 관리가 "제사를 자주 올릴
수 없는데, 자주 제사를 지내면 엄숙하지 못하니 예법에 의거 추모
의 정을 적절히 제한해야 합니다."라고 건의하자 중지하였다.

❹ 孫霸

|原文|

孫霸字子威, 和弟也. 和爲太子, 霸爲魯王, 寵愛崇特, 與和
無殊. 頃之, 和,霸不穆之聲聞於權耳, 權禁斷往來, 假以精
學. 督軍使者羊衜上疏曰,

「臣聞古之有天下者, 皆先顯別適庶, 封建子弟, 所以尊重

祖宗, 爲國藩表也. 二宮拜授, 海內稱宜, 斯乃<u>大吳</u>興隆之基. 頃聞二宮並絶賓客, 遠近悚然, 大小失望.

竊從下風, 聽采衆論, 咸謂二宮智達英茂, 自正名建號, 於今三年, 德行內著, 美稱外昭, 西北二隅, 久所服聞. 謂陛下當副順遐邇所以歸德, 勤命二宮賓延四遠, 使異國聞聲, 恩爲臣妾.

今旣末垂意於此, 而發明詔, 省奪備衛, 抑絶賓客, 使四方禮敬, 不復得通, 雖實陛下敦尚古義, 欲令二宮專志於學, 不復顧慮觀聽小宜, 期於溫故博物而已, 然非臣下傾企喁喁之至願也. 或謂二宮不遵典式, 此臣所以寢息不寧. 就如所嫌, 猶宜補察, 密加斟酌, 不使遠近得容異言.

臣懼積疑成謗, 久將宣流, 而西北二隅, 去國不遠, 異同之語, 易以聞達. 聞達之日, 聲論當興, 將謂二宮有不順之愆, 不審陛下何以解之? 若無以解異國, 則亦無以釋境內. 境內守疑, 異國興謗, 非所以育巍巍, 鎭社稷也.

願陛下早發優詔, 使二宮周旋禮命如初, 則天淸地晏, 萬國幸甚矣.」

|구역|

孫霸(손패)[95]의 字는 子威(자위)로, 孫和의 동생이다. 손화가 태자

---

95 孫霸(손패, ?-250년, 字 子威) - 손권의 4남, 손권의 3남인 孫和(太子)와 한때 총애를 다뤘다. 나중에 賜死되었다.

일 때 손패는 魯王이었는데 총애가 특별하여 손화와 별 차이가 없었다. 나중에 손화와 손패가 불화한다는 말이 孫權의 귀에 들어가자, 손권은 두 사람에게 주변 빈객들과의 왕래를 금지시키고 오로지 학문에만 전념하라고 명령하였다. 이에 督軍使者인 羊衜(양도)가 상소하였다.

「臣이 알기로, 천하를 차지한 자는 모두 嫡子(적자)와 庶子(서자)를 분명하게 구별하고 子弟를 分封하여 祖宗을 받들게 하고 나라의 울타리로 삼았습니다. 지금 太子와 魯王이 分封을 천하 사람 모두가 잘된 일이라 생각하면서, 이는 大吳가 興隆(흥륭)할 기반이 될 것이라고 말하였습니다.

그러나 요즘 듣기로, 태자와 노왕의 그들 빈객과의 관계를 단절했다 하여 원근 많은 사람이 두려워하고 대소 관리들도 실망하고 있습니다. 臣이 아래 백성의 한 사람으로 衆論을 들은 바를 종합한다면 모두 다 二宮(太子宮과 魯王宮)이 지혜와 영명이 뛰어나고 바른 명분을 내세운 이후 3년 동안에 안으로는 덕행이 훌륭하고 아름다운 명성이 밖으로 널리 알려졌으며, 나라의 서쪽과 북쪽 일원에서 오래전부터 칭송이 높았습니다. 그리고 또 말하기를, 폐하께서도 멀고 가까운 곳의 백성이라도 덕행을 따라 귀부하게 해야 한다며, 二宮으로 하여금 빈객을 널리 모으게 했고, 이것이 異國에도 알려져 많은 사람들이 폐하의 백성이 되려고 찾아왔습니다.

지금 이를 마음에 생각하지 않고 조서를 내려 나라의 울타리가 되려는 뜻을 빼앗고, 빈객을 사절케 하여 사방에서 예를 갖춰 경애하는 일을 다시는 못하게 하였습니다. 비록 폐하께서 옛 대의를 크게 숭상하시고, 二宮으로 하여금 학문에만 뜻을 두고 미세한 세상사에 대한 관심을 갖지 못하게 하며, 溫故(온고)하고 博物(박물)에 뜻을 더 강조하였지만, 그러나 이는 신하들이 誠心으로 따르려는 心願은 아닐 것입니다. 或者는 二宮이 법을 준수하지 않았다고 하는데, 이 때문에 臣은 편히 잠을 잘 수가 없었습니다. 만약 의심되는 것이 있다면 자세히 조사를 하고 세밀하게 분석하여 원근의 모두가 헛소문에 내몰리지 않게 해야 할 것입니다.

臣이 걱정하는 것은 의심이 쌓이면 비방이 되고, 그것은 오래 널리 퍼지게 될 것이며, 서쪽과 북쪽은 도읍에서 멀지 않은데, 서로 다른 뜬소문이 여러 곳에 퍼지게 될 것입니다. 그렇게 퍼지게 되면 당연히 여러 가지 비판이 일어날 것이며, 그러면 二宮에 대해서는 서로 비판한다는 허물이 있을 것인데, 이를 살피지 않는다면 폐하께서는 어떻게 해결하실 수 있겠습니까? 만약 이를 다른 제후국에 해명할 수 없다면 백성들에게도 해명할 수 없을 것입니다. 백성들이 의심을 갖는다면 다른 제후들도 비방할 것이니, 이는 웅대한 뜻을 품거나 사직을 안정시킬 수도 없을 것입니다.

원컨대 폐하께서는 빨리 조서를 내리시어 태자와 魯王이 처음처럼 禮를 지켜 관계를 회복케 한다면 하늘과 땅이 모두 평온하여 온 나라 백성에게도 다행한 일이 될 것입니다.」

| 原文 |

時全寄,吳安,孫奇,楊竺等陰共附霸, 圖危太子. 譖毀旣行,

太子以敗, 霸亦賜死. 流竺屍於江, 兄穆以數諫戒竺, 得免大辟, 猶徙南州. 霸賜死後, 又誅寄,安,奇等, 咸以黨霸搆和故也.

霸二子, 基,壹, 五鳳中, 封基爲吳侯, 壹宛陵候. 基侍孫亮在內, 太平二年, 盜乘御馬, 收付獄. 亮問侍中刁玄曰, "盜乘御馬罪云何?"

玄對曰, "科應死. 然魯王早終, 惟陛下哀原之."

亮曰, "法者, 天下所共, 何得阿以親親故邪? 當思惟可以釋此者, 奈何以情相迫乎?"

玄曰, "舊赦有大小, 或天下, 亦有千里,五百里赦, 隨意所及."

亮曰, "解人不當爾邪!" 乃赦宮中, 基以得免. 孫皓卽位, 迫和,霸舊隙, 削基,壹爵土, 與祖母謝姬俱徙會稽烏傷縣.

| 국역 |

그때 全寄(전기), 吳安(오안), 孫奇(손기), 楊竺(양축) 등은 은밀히 孫霸(손패)에게 붙어 太子를 위기에 처하도록 일을 꾸몄다. 참소와 비방이 먹혀들었고 태자는 폐위되었는데, 결국 손패도 賜死되었다. 처형된 양축의 시신은 강물에 버려졌는데, 양축의 형 楊穆(양목)은 양축을 여러 번 타일렀다 하여 처형을 면하고 남쪽 지방에 유배되었다. 손패가 사사된 뒤에, 또 전기, 오안, 손기 등도 주살하였는데 모두가 손패의 패거리가 되어 태자 손화를 모함한 죄였다.

손패의 두 아들은 孫基(손기)와 孫壹(손일)인데, (孫亮) 五鳳 연간에(서기 254 - 255), 손기는 吳侯(오후)에, 손일은 宛陵候(완릉후)에 책봉되었다. 손기는 황제 孫亮(손량)을 조정에서 모셨는데, 太平 2년(서기 257)에 황제의 말을 무단히 타고 다녀 잡혀서 옥에 갇혔다.

이에 손량이 侍中인 刁玄(조현)에게 "御馬를 몰래 타면 어떤 형벌을 받아야 하는가?"라고 물었다. 이에 조현이 대답하였다.

"법 조항으로는 사형입니다. 그러나 魯王(孫霸)이 일찍 죽었기에 폐하께서 불쌍히 여겨 용서할 수도 있습니다."

"法이란 온 천하가 동일해야 하는데, 어떻게 가까운 친척이라 하여 적용을 바꿀 수 있는가? 만약 풀어줄 수 있다고 생각한다면 친척에게 법의 준수를 어떻게 바라겠는가?"

"옛날에도 사면에 大小가 있었으니, 온 나라 또는 1천 리나 5백 리 지역에 대한 사면이 황제의 뜻에 따라 이루어졌습니다."

"사면의 뜻이 그대의 말과 달라서는 안 될 것이다."

그러면서 궁중에 대한 사면을 내려 손기의 죄를 용서하였다. 그 뒤 孫皓(손호, 末帝)가 즉위하며(서기 264), 손화와 손패의 지나간 갈등을 조사하여 손기와 손일의 작위와 식읍을 삭탈하였고, 그 조모인 謝姬(사희)와 함께 會稽郡 烏傷縣(오상현)[96]으로 이주시켰다.

---

96 烏傷縣은, 今 浙江省 중부 金華市 관한 義烏市.

❺ 孫奮

孫奮字子揚, 霸弟也. 母曰仲姬. 太元二年, 立爲齊王, 居武昌. 權薨, 太傅諸葛恪不欲諸王處江濱兵馬之地, 徙奮於豫章. 奮怒, 不從命, 又數越法度. 恪上箋諫曰,

「帝王之尊, 與天同位, 是以家天下, 臣父兄, 四海之內, 皆爲臣妾. 仇讎有善, 不得不擧, 親戚有惡, 不得不誅. 所以承天理物, 先國後身, 蓋聖人立制, 百代不易之道也.

昔漢初興, 多王子弟, 至於太强, 輒爲不軌, 上則幾危社稷, 下則骨肉相殘, 其後懲戒, 以爲大諱. 自光武以來, 諸王有制, 惟得自娛於宮內, 不得臨民, 干與政事. 其與交通, 皆有重禁, 遂以全安, 各保福祚. 此則前世得失之驗也. 近袁紹,劉表各有國土, 土地非狹, 人衆非弱, 以適庶不分, 遂滅其宗祀. 此乃天下愚智所共嗟痛.

大行皇帝覽古戒今, 防芽遏萌, 慮於千載. 是以寢疾之日, 分遣諸王, 各早就國, 詔策殷勤, 科禁嚴峻, 其所戒敕, 無所不至. 誠欲上安宗廟, 下全諸王. 使百世相承, 無兇國害家之悔也. 大王宜上惟太伯順父之志, 中念河間獻王,東海王彊恭敬之節, 下當裁抑驕恣荒亂以爲警戒.

而聞頃至武昌以來, 多違詔敕, 不拘制度, 擅發諸將兵治護

宮室. 又左右常從有罪過者, 當以表聞, 公付有司, 而擅私殺, 事不明白.

大司馬呂岱親受先帝詔勅, 輔導大王, 旣不承用其言, 令懷憂怖. 華錡先帝近臣, 忠良正直, 其所陳道, 當納用之, 而聞怒錡, 有收縛之語. 又中書楊融, 親受詔勅, 所當恭肅, 云'正自不聽禁, 當如我何?' 聞此之日, 大小驚怪, 莫不寒心.

里語曰, '明鏡所以照形, 古事所以知今.' 大王宜深以魯王爲戒, 改易其行, 戰戰兢兢, 盡敬朝廷, 如此則無求不得. 若棄忘先帝法敎, 懷輕慢之心, 臣下寧負大王, 不敢負先帝遺詔, 寧爲大王所怨疾, 豈敢忘尊主之威, 而令詔勅不行於藩臣邪? 此古今正義, 大王所照知也.

夫福來有由, 禍來有漸, 漸生不憂, 將不可悔, 向使魯王早納忠直之言, 懷驚懼之慮, 享祚無窮, 豈有滅亡之禍哉? 夫良藥苦口, 惟疾者能甘之. 忠言逆耳, 惟達者能受之, 今者恪等慺慺欲爲大王除危殆於萌芽, 廣福慶之基原, 是以不自知言至, 願蒙三思.」

| 구역 |

孫奮(손분)[97]의 字는 子揚(자양)으로, 孫霸(손패)의 동생이다. 모친

....

97 孫奮(손분, ?-270년, 字 子揚) - 孫權(손권)의 第 五子. 生母는 仲姬(중희, 袁術의 아들인 袁耀의 딸. 그러니 원술의 손녀).

은 仲姬(중희)이다. (孫權) 太元 2년(서기 252), 齊王에 책립되어 武昌(무창)에 거처하였다. 손권이 붕어하자, 太傅(태부)인 諸葛恪(제갈각)은 제후왕들이 長江 주변의 군사 요충지에 머무는 것을 원치 않아 손분을 豫章郡으로 이주케 하였지만, 손분은 화를 내며 명령을 따르지 않았고 자주 법도를 어겼다. 이에 제갈각은 서신을 보내 충고하였다.

「帝王의 尊貴는 마치 하늘과 같기에 천하를 집으로 삼고(家) 백성을 신하로 거느리니 四海之內의 모두가 신하이고 일꾼이 되는 것입니다. 그래서 천자는 원수라도 선행을 하면 등용하지 않을 수 없고, 친척이라도 악행을 하면 처형하지 않을 수 없습니다. 그래서 천자는 천명을 받아 만물을 다스리면서 나라가 우선이고 자신은 뒤로 돌리는데, 이는 聖人께서 제도를 창제하신 이후 百代가 내려가도 바뀔 수 없는 정도가 되었습니다.

옛날 漢이 처음 건국되고서 많은 왕과 자제를 分封했는데, 아주 강한 제후가 반역을 할 경우 위로는 사직이 위태로웠고, 아래로는 骨肉相殘(골육상잔)의 싸움이 일어났기에, 그 후에는 이를 바로잡았고 제후국의 강성을 싫어하게 되었습니다. 光武帝의 건국 이래로 제후왕을 규제하여 왕궁 내에서만 즐거이 생활할 수 있으나 백성을 다스리거나 정사에 간여할 수 없었습니다.[98] 또 다른 빈객과 교제하

....

98 후한의 제후왕은 郡 단위의 봉지를 받았지만, 통치는 중앙정부가 임명한 相이 담당하였다. 제후왕은 사적인 일로 다른 제후왕을 만나거나 또는 군사를 동원할 수도 없었다. 또 함부로 入京하거나 조정의 관리와 교제할 수도 없었다. 그저 먹고 노는 일 외에 할 일이 아무것도 없었다. 물론 靈帝나 獻帝 시절의 혼란한 시대는 그렇지 아니했다.

는 것도 엄격하게 금지하여 안전하게 자기의 복만을 누릴 수 있었습니다. 이는 前代의 득실에서 얻은 경험 때문입니다. 가깝게는 袁紹(원소)나 劉表(유표) 등이 광대한 영역을 통치하면서 땅이 좁거나 백성이 적지도 않았지만 嫡庶를 구분하지 않았기에 결국은 宗祀(종사)를 잃었습니다. 이는 천하의 賢愚(현우)를 막론하고 모두에게 가슴 아픈 일이었습니다.

大行皇帝(孫權)[99]께서는 옛 사적을 보고 오늘의 제도를 만드시며 반역의 싹을 예방한 것은 천년 뒤를 걱정하신 것입니다. 그래서 병석에 계시는 동안 여러 왕들을 각지에 분봉하며 封國에 취임케 하였는데, 그 조서는 매우 殷勤(은근)하지만 법금은 준엄하였고 지켜야 할 훈계는 빠진 것이 없었습니다. 이는 진정 위로는 종묘를 안정시키고 아래로는 제후왕의 안전을 걱정하신 것이었습니다. 이를 百世에 이르도록 계승한다면, 나라에 위해가 되는 일은 일어나지 않을 것입니다. 대왕께서는(孫奮) 응당 太伯(태백)[100]이 부친의 뜻에 순종한 전례를 따르시고, 그 중간에 (前漢) 河間 獻王(헌왕)[101]과 (後漢) 東

---

99 大行皇帝 - 죽은 황제. 大行은 돌아오지 않는다는 뜻. 죽은 뒤 시호를 올리기 전의 황제. 梓宮(재궁)은 천자의 棺. 가래나무(梓)로 만들었다. 죽은 황제.

100 周나라 왕실의 선조인 古公亶父(고공단보, 太王이라 추존)는 狄人(적인, 북방의 이민족)이 침입하자 무리를 이끌고 岐山(기산)이란 곳에 정착하고 사람들을 다스렸다. 태왕이 자신의 지위를 三男 季歷(계력)의 아들 昌(창, 文王)에게 물려주려 한다는 뜻을 알게 된 고공단보의 장남인 泰伯(太伯)은 동생 虞仲(우중)과 함께 당시에는 야만의 땅이던 長江 하류로 이주한다. 文王 昌(창)의 아들 武王(姓 姬, 名 發)은 周를 건국하고 殷(은)을 멸망시킨 뒤, 宗法에 의거 각지에 제후를 두는 봉건제도로 중국을 통치한다. 따라서 태백은 周의 실질적 건국자 武王의 큰할아버지이다.

101 劉德(유덕, ?-前 129년) - 景帝의 아들. 河間國(今 河北 河間市 일대). 獻王은 시호.

海王 劉彊(유강)[102]의 恭敬의 지조를 본받으시고, 또 아래로는 교만 방자하고 황당하며 난잡한 생각을 스스로 억제하셔야 합니다.

들자하니, 근래에 武昌(무창)에 도착한 이래로 여러 번 조칙을 위반하고 나라의 법제를 따르지 않으시며, 멋대로 장졸을 동원하여 궁궐을 짓거나 꾸민다고 하였습니다. 또 죄를 짓고 도망한 자들을 측근으로 늘 거느리고 있다 하니, 이런 사실이 표문으로 올라오게 되면 공식적으로 有司(유사)[103]에게 넘겨질 것이며, 또 대왕께서 마음대로 처형한 사실도 그 사유가 명백하지 않다고 하였습니다.

대사마인 呂岱(여대)[104]는 先帝의 詔敕(조칙)을 직접 받아 大王을 輔導(보도)해야 하지만, 이미 대왕은 대사마 여대의 의견을 받아들이지 않아 여대가 지금 걱정을 하고 있습니다. 華錡(화기)는 先帝의 근신으로 忠良하고, 또 정직하여 그가 개진한 의견은 늘 받아들여야 하지만 대왕께서는 화기의 말에 분노하면서 그를 포박했다는 말도 들었습니다. 또 中書인 楊融(양융)은 친히 詔敕(조칙)을 받았고 그 업무는 공경하며 엄숙한데도, 대왕께서는 양융에게 '내가 법금을 따르지 않는데 나를 어찌 하겠나?' 라고 말씀했더니, 그 말을 듣는

....
102 劉彊(유강, 서기 25 - 58년) - 후한 광무제의 장자. 모친 郭聖通(곽성통)이 나중에 광무제의 총애를 잃고 황후에서 폐위되자 태자였던 유강은 불안하여 태자의 자리에서 물러나 제후왕이 되고자 간청한다. 광무제는 나중에 이를 수락하여 東海王에 책봉한다. 그래서 광무제의 뒤는 陰皇后 소생인 明帝가 즉위한다.

103 有司 - 設官하고 담당 職務를 구분하기에 事有專司의 뜻. 직분이나 성명을 명시하지 않은 官吏. 담당 관청이나 담당 부서의 뜻.

104 呂岱(여대, 161 - 256년, 字 定公) - 徐州 廣陵郡 출신. 郡縣吏 였다가 南渡한 뒤 손권의 인정을 받았다. 交州 자사 역임. 大將軍, 大司馬 역임. 東吳의 내부 반란이 있다면 늘 여대가 진압하였는데, 특히 交州의 안정에 크게 공헌하였다. 80세가 넘어도 말에 뛰어 올라탔으며 96세에 죽었다. 《吳書》 15권, 〈賀全呂周鍾離傳〉에 입전.

날 대소의 여러 관리가 모두 놀라며 한심하다고 생각하지 않는 사람이 없었습니다.[105]

속언에 '明鏡은 모습을 비추고, 古事는 지금 일을 알게 한다.'고 하였으니, 대왕께서는 응당 魯王(孫霸)의 행적을 거울삼아 행실을 바꾸셔야 하고, 전전긍긍 조심하며 조정을 공경해야 하나니, 그렇게만 한다면 얻고자 하는 무엇을 얻지 못하겠습니까? 만약 대왕께서 先帝의 법제와 교훈을 잊어버리시고 경솔하고 오만한 마음을 품는다면 신하들은 대왕을 버릴지언정 先帝의 유조를 따르지 않을 수 없을 것이며, 대왕의 원망과 질시를 받을지언정 어찌 존엄한 주군의 위세를 잊을 수 있겠습니까? 그리고 조정의 명령을 藩臣(孫奮)에게 시행 안할 수 있겠습니까? 이는 고금의 正義로 대왕께서도 확실하게 알고 계십니다.

대체로 복이 들어오는 그 까닭이 있고, 재앙이 찾아오는 시작이 있으며, 재앙이 나타나기 시작했는데도 걱정하지 않는다면 나중에 후회할 수도 없을 것입니다. 가령 앞서 魯王(孫霸)이 일찍부터 충직한 말을 받아들이고 두려움을 알았더라면 그 복을 무한히 누릴 수 있었지, 어찌 멸망의 재앙을 당했겠습니까? 본래 양약은 입에 쓰나 병이 있다면 약을 달게 받아야 합니다. 충언은 귀에 거슬리나 사리에 통달한 사람이라면 받아들입니다. 지금 저 제갈각 등은 누누이(懷는 정성스러울 누, 루) 대왕을 위하여 여러 가지 위험의 싹을 없애고 福慶의 원천을 키우려고 노력하고 있습니다만, 그 때문에 제 말이 너무 지나쳤는지 모르겠습니다만 거듭 생각해 주시길 바랍니다.」

---

105 사실 이 정도로 罪目을 하나하나 열거했으니 孫奮이 놀라 순종하지 않을 수가 없었을 것이다.

奮得箋懼, 遂移南昌, 遊獵彌甚, 官屬不堪命. 及恪誅, 奮下住蕪湖, 欲至建業觀變. 傅相謝慈等諫奮, 奮殺之. 坐廢爲庶人, 徙章安縣. 太平三年, 封爲章安侯.

建衡二年, 孫皓左夫人王氏卒. 皓哀念過甚, 朝夕哭臨, 數月不出, 由是民間或謂皓死, 訛言奮與上虞侯奉當有立者. 奮母仲姬墓在豫章, 豫章太守張俊疑其或然, 掃除墳塋. 皓聞之, 車裂俊, 夷三族, 誅奮及其五子, 國除.

|국역|

孫奮(손분)은 서신을 받고 두려웠으며 결국 (禮章郡) 南昌縣(남창현, 今 江西省 省會)으로 이주하였는데 사냥을 너무 심하게 즐겨 그 관속들이 명령을 따르지 못했다. 제갈각이 주살된 뒤에 손분은 (丹楊郡) 蕪湖縣(무호현, 今 安徽省 동남부 蕪湖市)에 이주했고, 도성인 建業(건업)에 들어가 변화를 노리려 했다. 傅相(부상)인 謝慈(사자) 등인 손분에게 간쟁하자 손분은 사자를 죽여버렸다. 손분은 이에 폐위되어 서인이 되어 (會稽郡) 章安縣에 옮겨갔다. 손분은 다시 (孫亮) 太平 3년에(서기 258), 章安侯에 봉해졌다.

(孫皓) 建衡 2년(서기 270), 孫皓의 左夫人인 王氏(張氏의 착오)가 죽었다.[106] 손호는 심히 애통해 하며 조석으로 통곡했으며 몇 달

---

106 張布(장포, ?-264년)는 東吳 大臣으로 破賊將軍, 征西將軍, 衛將軍 등을 역임했다. 景帝 孫休와 末帝인 폭군 孫皓(손호)를 섬겼는데, 손호에게 살해되었다. 장포의 작은딸이 대단한 미녀였는데, 손호가 총애하면서 "네 아버지는

동안 외출도 없었기에 백성들은 손호가 죽었다는 소문이 돌았는데, 이에 孫奮(손분)이나 上虞侯(상우후)인 孫奉(손봉) 중에 한 사람이 즉위해야 한다는 말이 있었다. 손분의 생모 仲姬(중희)의 묘는 豫章郡에 있었는데, 豫章 태수인 張俊(장준)의 그런 소문이 혹시 맞을 수 있다 생각하여 중희의 묘역을 소제하였다. 손호가 이를 듣고서는 장준을 車裂刑(거열형)에 처하고 그 삼족을 멸했으며, 손분 및 손분의 다섯 아들도 죽였으며 나라를 없앴다.

| 原文 |

評曰, 孫登居心所存, 足爲茂美之德. 慮,和並有好善之姿, 規自砥礪, 或短命早終, 或不得其死, 哀哉! 霸以庶干適, 奮不遵軌度, 固取危亡之道也. 然奮之誅夷, 橫遇飛禍矣.

| 국역 |

陳壽의 評論 : 孫登(손등)의 마음속 염원은 훌륭한 덕행을 이룩하기에 충분하였다. 孫慮(손려)와 孫和(손화) 역시 善을 좋아하는 자질

어디에 있는가?" 라고 묻자, 그 딸은 "도적놈이 아버지를 죽였다"고 말했다. 이에 손호는 화가 나서 그 딸을 때려 죽였다. 그런데도 그 딸의 미모가 너무 그리워서 나무로 그 모습을 만들어 놓고 그리워했다. 장포의 큰딸도 미인이라는 말을 듣고 출가한 여인을 강제로 뺏어다가 함께 데리고 놀면서 정사를 거의 돌보지 않았다. 그러다가 그 여인이 죽자, 궁 안에 호화 무덤을 만들고 治喪하면서 6개월 동안 조정에 모습을 보이지 않았다고 한다. 그래서 백성들은 손호가 죽었다고 말하거나 생각했다고 한다.

에 자신의 규범으로 덕성을 연마하였지만, 손려는 단명하여 일찍 죽었고 손화는 제 명대로 살지 못했으니 슬픈 일이다.

孫霸(손패)는 서자가 적자에게 대들었고, 孫奮(손분)은 법도를 지키지 않았으니 모두가 위기와 패망을 자초하였다. 손분이 멸족된 것은 생각지도 못한 날벼락 같은 재앙이었다.

60권 〈賀全呂周鍾離傳〉(吳書 15)
(하,전,여,주,종리전)

❶ 賀齊

|原文|

賀齊字公苗, 會稽山陰人也. 少爲郡吏, 守剡長. 縣吏斯從
輕俠爲姦, 齊欲治之. 主簿諫曰, "從, 縣大族, 山越所附, 今
日治之, 明日寇至." 齊聞大怒, 便立斬衆. 從族黨遂相糾合,
衆千餘人, 擧兵攻縣. 齊率吏民, 開城門突擊, 大破之, 威震
山越. 後太末,豐浦民反, 轉守太末長, 誅惡養善, 期月盡平.

|구역|

賀齊(하제)[107]의 字는 公苗(공묘)로, 會稽郡 山陰縣 사람이다. 젊어
....
107 賀齊(하제, ?-227년, 字 公苗) − 본성 慶(경). 漢末 會稽郡 山陰眩 사람, 孫吳의

郡吏가 되었다가 (會稽郡) 剡縣(담현)의 임시 현장이 되었다. 현리인 斯從(사종)이 경박한 任俠(임협)으로 간악한 짓을 하자 처벌하려 했다. 그러자 縣의 주부가 제지하며 말했다.

"사종은 縣內 大族이며, 山越人(산월인)과 밀착되어 있어 오늘 벌을 주면 내일 도적떼가 들이닥칠 것입니다."

이에 하제는 대노하면서 바로 사종을 잡아 여러 사람 앞에서 참수하였다. 이에 사종의 족당이 서로 규합하여 1천여 명이 縣城을 공격하였다. 하제는 관리와 백성을 거느리고 성문을 열고 돌격하여 적을 대파하며 산월인에게 위엄을 과시하였다. 뒤에 (會稽郡) 太末縣(태말현) 豐浦鄉(풍포향)의 백성이 반기를 들자, 하제는 임시 太末縣長이 되어 악당을 죽이고 선한 백성을 지켜주자, 1달 만에 모두 평정하였다.

| 原文 |

建安元年, 孫策臨郡, 察齊孝廉. 時王朗奔東冶, 候官長商升爲朗起兵. 策遣永寧長韓晏領南部都尉, 將兵討升, 以齊爲永寧長. 晏爲升所敗, 齊又代晏領都尉事. 升畏齊威名, 遣使乞盟.

齊因告喻, 爲陳禍福, 升遂送上印綬, 出舍求降. 賊帥張雅, 詹彊等不願升降, 反共殺升, 雅稱無上將軍, 彊稱會稽太守.

....
水軍 名將. 그의 戎馬 생애는 거의 山越人을 평정했기에 《三國演義》에는 등장하지 않는다.

賊盛兵少, 未足以討, 齊住軍息兵.

雅與女婿何雄爭勢兩乖, 齊令越人因事交構. 遂至疑隙, 阻兵相圖. 齊乃進討, 一戰大破雅, 彊黨震懼, 率衆出降.

| 국역 |

(獻帝) 建安 원년(서기 196), 孫策이 會稽郡에 들어와 賀齊(하제)를 효렴으로 천거하였다. 그때 (회계 태수) 王朗(왕랑)[108]은 (越人의 땅) 東冶(동야)[109]로 달아났고, (회계군) 候官縣(후관현)의 縣長인 商升(상승)은 왕랑에 호응하며 기병하였다. 孫策은 (會稽郡) 永寧(영령) 縣長인 韓晏(한안)을 보내 南部都尉의 군사를 거느리고 나가 상승을 토벌하게 시켰고, 하제를 永寧 현장에 임명하였다. 그러나 한안이 상승에게 패배하자, 하제는 또 한안을 대신하여 都尉의 직무를 겸임하였다. 상승은 하제의 명성을 두려워하며 사람을 하제에게 보내 동맹을 요청하였다.

하제가 상승에게 상황에 따른 화복을 설명해 주자, 상승은 자신의 인수를 바치고 막사를 나와 투항하였다. 반적의 우두머리이던 張雅(장아)와 詹彊(첨강) 등은 상승의 투항을 반대하며 둘이 함께 상

----

108 王朗(왕랑, ?-228년, 本名 嚴) - 《魏書》13권, 〈鍾繇華歆王朗傳〉에 立傳. 漢의 舊臣이었지만 華歆(화흠)과 함께 曹操의 출세를 적극 도왔고 헌제에게 曹조에게 禪讓(선양)할 것을 적극 권했다. 왕랑의 손녀가 司馬昭(사마소, 司馬懿의 아들)에게 출가하여 司馬炎(사마염) 형제를 낳으니, 왕랑은 곧 武帝 司馬炎(재위 265-290)의 외증조이다.

109 東冶(동야)는 서기 前 202년-前 110년까지 존재했던 閩越國(민월국)의 도성. 전한 武帝 때 멸망. 보통 冶城 또는 東冶라 호칭하는데 대략 福建省 동북 福州市 일대로 추정.

승을 죽이고, 장아는 無上將軍(무상장군)을, 첨강은 會稽 태수를 자칭하였다. 적의 세력은 강하고 官兵은 적어 반적 토벌이 어려워지자, 하제는 주둔지에서 군사를 쉬게 하였다.

이때 장아와 그 사위인 何雄(하웅)은 세력을 다투며 불화했는데, 하제는 越人들을 시켜 두 사람을 더욱 부추겼다. 결국 서로 의심하며 군사를 동원하여 서로 싸웠다. 그때 하제가 진격하여 단 한 번의 싸움으로 장아를 대파했는데, 첨강의 무리들도 두려워하자 첨강은 무리를 거느리고 투항하였다.

| 原文 |

候官旣平, 而建安,漢興,南平復亂, 齊進兵建安, 立都尉府, 是歲八年也. 郡發屬縣五千兵, 各使本縣長將之, 皆受齊節度. 賊洪明,洪進,苑御,吳免,華當等五人, 率各萬戶, 連屯漢興, 吳五六千戶別屯大潭. 鄒臨六千戶別屯蓋竹, 同出餘汗. 軍討漢興, 經餘汗.

齊以爲賊衆兵少, 深入無繼, 恐爲所斷, 令松陽長丁蕃留備餘汗. 蕃本與齊鄰城, 恥見部伍, 辭不肯留. 齊乃斬蕃, 於是軍中震慄, 無不用命. 遂分兵留備, 進討明等, 連大破之. 臨陳斬明, 其免,當,進,御皆降. 轉擊蓋竹, 軍向大潭, 二將又降.

凡討治斬首六千級, 名帥盡擒. 復立縣邑, 料出兵萬人, 拜爲平東校尉. 十年, 轉討上饒, 分以爲建平縣.

候官(후관)이 평정되었지만, 다시 (會稽郡의) 建安(건안), 漢興(한흥), 南平(남평)의 여러 현에서 다시 반란이 일어나자, 하제는 군사를 거느리고 건안현에 주둔하며 都尉府를 설치하였는데 이때가 建安 8년(서기 203)이었다. 회계군에서는 소속 현의 군사 5천 명을 동원하며 각 현장이 거느리게 하면서 모두 賀齊(하제)의 지휘에 따르게 하였다.

반적인 洪明(홍명), 洪進(홍진), 苑御(원어), 吳免(오면), 華當(화당) 등 5명은 각각 1만여 호를 거느리고 漢興縣 일대에 주둔하였고, 그외에 吳五(오오)는 6천 호를 거느리고 별도로 大潭(대담)에 주둔하였다. 鄒臨(추림)은 6천 호를 거느리고 蓋竹(개죽)에 주둔하였는데 두 사람은 함께 (鄱陽郡) 餘汗(여한)에 출병하였다. 하제의 군사는 漢興을 토벌한 뒤, 여한으로 진격했다.

하제는 반적이 다수이고 관병은 적은데, 후속 부대도 없이 깊숙히 진격하면 후방이 차단될 것을 두려워하여 松陽 縣長 丁蕃(정번)에게 餘汗(여한)에 주둔하며 대기하라고 지시하였다. 정번은 본래 하제의 이웃 현령이었는데 그 통제를 받는 것을 부끄럽게 생각하며 지시를 따르지 않았다. 이에 하제가 즉시 정번을 참수하자 군영이 두려워 떨며 명령을 따르지 않는 자가 없었다. 하제는 군사를 나눠 주둔하다가 홍명 및 다른 반군 부대를 연속 대파하였다. 군영에서 생포한 홍명을 참수하자 叛賊인 오면, 화당, 홍진, 원어 등도 모두 투항하였다. 하제의 군사가 蓋竹(개죽)을 격파한 뒤에 이어 大潭(대담)으로 향하자 다른 장수 2명도 투항하였다.

하제는 이번 토벌에 6천여 명을 참수하고 우두머리를 모두 사로 잡았다. 하제는 각 현을 다시 복원하고 1만 명 정도의 군사를 차출 지휘하며 平東校尉가 되었다. 건안 10년(서기 205)에, 다시 (鄱陽郡) 上饒縣(상요현)을 평정한 뒤에 상요현을 나눠 建平縣을 설치하였다.

原文

十三年, 遷威武中郎將, 討丹陽黟,歙. 時武彊,葉鄉,東陽,豐浦四鄉先降, 齊表言以葉鄉爲始新縣. 而歙賊帥金奇萬戶屯安勒山, 毛甘萬戶屯烏聊山, 黟帥陳僕,祖山等二萬戶屯林歷山. 林歷山四面壁立, 高數十丈, 逕路危狹, 不容刀楯, 賊臨高下石, 不可得攻. 軍住經日, 將吏患之.

齊身出周行, 觀視形便, 陰募輕捷士, 爲作鐵弋, 密於隱險賊所不備處, 以戈拓斬山爲緣道, 夜令潛上, 乃多縣布以援下人, 得上百數人, 四面流布, 俱鳴鼓角, 齊勒兵待之. 賊夜聞鼓聲四合, 謂大軍悉已得上, 驚懼惑亂, 不知所爲, 守路備險者, 皆走還依衆. 大軍因是得上, 大破僕等, 其餘皆降, 凡斬首七千.

齊復表分歙爲新定,黎陽,休陽. 並黟,歙凡六縣, 權遂割爲新都郡, 齊爲太守, 立府於始新, 加偏將軍.

| 국역 |

(建安) 13년(서기 208), 賀齊(하제)는 威武中郞將(위무중랑장)으로 승진하여 丹陽郡의 黟縣(이현)과 歙縣(흡현)을 평정하였다. 그때 武彊(무강), 葉鄕(섭향), 東陽(동양), 豐浦(풍포)의 4鄕이 먼저 투항하자, 하제는 표문을 올려 葉鄕(섭향)을 始新縣(시신현)으로 승격케 하였다. 歙縣(흡현) 반적의 우두머리인 金奇(금기)는 1만 호를 거느리고 安勒山(안륵산)을 점거하였고, 毛甘(모감)도 1만 호를 거느리고 烏聊山(오료산)에 주둔하였으며, 黟縣(이현)의 우두머리인 陳僕(진복)과 祖山(조산) 등도 2만 호를 거느리고 林歷山(임력산)을 차지하고 있었다. 임력산은 사방이 마치 벽처럼 직립하였고 그 암벽의 높이가 수십 길(丈)이나 되고 좁은 길도 매우 험하여 군사의 진입이 매우 어려웠으며, 적들은 큰 바위 아래를 내려다보고 있어, (아래에서 위로) 공격할 수도 없었다. 하제의 군사가 여러 날을 대기하면서, 장수들은 점차 초조하였다.

하제는 직접 주변을 돌면서 지형을 살핀 뒤에 은밀히 민첩한 군사들을 모았고, 쇠갈고리를 만들어 적이 경비하지 않는 험한 곳을 숨어 올라가 통로를 확보한 뒤에 한밤중에 올라가 긴 천을 내려주어 아래의 군사들을 잡아당겨 백여 명을 위로 끌어올려 사방으로 흩어 보낸 뒤에, 하제는 그 밤에 북을 치고 피리를 불어 적을 놀라게 하며 군사를 정비하고 대기하였다. 적도들은 사방에서 북소리를 듣자 대군이 이미 다 올라와 점거한 줄 알고 허둥대며 어찌할 줄을 몰랐고 험로를 수비하던 자들은 모두 도망쳐 무리에 섞였다. 하제의 대군은 그 틈을 이용하여 올라가서 진복 등을 대파하자 나머지는 모두 투항하였는데 그때 7천여 명을 참수하였다.

하제는 표문을 올려 흡현을 나눠 新定(신정), 黎陽(여양), 休陽(휴양)현을 신설하였다. 이에 손권은 이현과 흡현 등 총 6개 현으로 新都郡을 신설하고, 하제를 태수에 임명했으며, 신도군 치소를 始新縣(今 浙江省 서부 杭州市 관할 淳安縣)에 세우게 하였고, 하제에게 偏將軍을 제수하였다.

| 原文 |

十六年, 吳郡餘杭民郎稚合宗起賊, 復數千人, 齊出討之. 即復破稚, 表言分餘杭爲臨水縣. 被命詣所在, 及當還郡, 權出祖道, 作樂舞象. 賜齊軿車駿馬, 罷坐住駕, 使齊就車. 齊辭不敢, 權使左右扶齊上車, 令導吏卒兵騎, 如在郡儀. 權望之笑曰, "人當努力, 非積行累勤, 此不可得." 去百餘步乃旋.

十八年, 豫章東部民彭材,李玉,王海等起爲賊亂, 衆萬餘人. 齊討平之, 誅其首惡, 餘皆降服. 揀其精健爲兵, 次爲縣戶. 遷奮武將軍.

二十年, 從權征合肥. 時城中出戰, 徐盛被創失矛, 齊引兵拒擊, 得盛所失.

| 국역 |

(建安) 16년(서기 211), 吳郡 餘杭縣(여항현) 백성인 郎稚(낭치)가

일족을 규합하여 반기를 들자 수천 명으로 늘어났는데, 賀齊(하제)가 출병하여 토벌하였다. 이어 다시 진격하여 낭치를 격파한 뒤에, 表文을 올려 餘杭(여항)을 분할하여 臨水縣(임수현)을 신설하였다. 하제는 명을 받아 현장에서 신도군으로 돌아가는데, 孫權이 직접 나와 전별하면서 舞樂을 연주케 하였다. 孫權은 하제에게 軿車(병거)와 駿馬(준마)를 하사한 뒤, 전별연을 파한 뒤에, 하제가 직접 타고 가도록 수레에 오르게 하였다. 하제가 사양하며 차마 수레에 올라가지 못하자, 孫權은 측근에게 하제를 수레에 태우게 한 뒤에, 길 안내 병졸을 시켜 수레를 몰게 하여, 마치 郡에서 하는 대로 하였다. 손권을 하제를 보고 웃으며 말했다.

"사람이 노력해야 하나니, 적극적으로 부지런하지 않으면 이렇게 될 수 없다."

손권은 수레를 따라 1백여 보를 걸어갔다가 돌아왔다.

(建安) 18년(서기 213), 豫章郡 東部의 백성 彭材(팽재), 李玉(이옥), 王海(왕해) 등이 도적이 되어 반란을 일으켜 무리가 1만여 명이나 되었다. 하제가 토벌하고 그 수괴를 죽이자 나머지는 모두 투항하였다. 하제는 그중에서 건장한 자를 골라 軍兵으로 삼고 나머지는 농민으로 돌려보냈다. 하제는 奮武將軍(분무장군)이 되었다.

(建安) 20년(서기 215), 하제는 孫權을 따라 (魏) 合肥(합비)를 원정하였다. 그때 성 안에서 출전한 적군과 교전하던 徐盛(서성)은 상처를 입고 창을 놓쳤는데, 하제가 군사를 이끌고 방어하면서 서성의 창을 습득하였다.

二十一年, 鄱陽民尤突受曹公印綬, 化民爲賊, 陵陽,始安,
涇縣皆與突相應. 齊與陸遜討破突, 斬首數千, 餘黨震服, 丹
楊三縣皆降, 料得精兵八千人. 拜安東將軍, 封山陰侯, 出鎭
江上, 督扶州以上至皖.

黃武初, 魏使曹休來伐. 齊以道遠後至, 因住新市爲拒. 會
洞口諸軍遭風流溺, 所亡中分, 將士失色, 賴齊未濟, 偏軍獨
全, 諸將倚以爲勢.

齊性奢綺, 尤好軍事, 兵甲器械極爲精好, 所乘船雕刻丹
鏤, 青蓋絳襜, 干櫓戈矛, 葩爪文畫, 弓弩矢箭, 咸取上材, 蒙
衝鬪艦之屬, 望之若山. 休等憚之, 遂引軍還. 遷後將軍, 假
節領徐州牧.

初, 晉宗爲戲口將, 以衆叛如魏, 還爲蘄春太守, 圖襲安樂,
取其保質. 權以爲恥忿, 因軍初罷, 六月盛夏, 出其不意, 詔
齊督麋芳,鮮于丹等襲蘄春, 遂生虜宗.

後四年卒, 子達及弟景皆有令名, 爲佳將.

(建安) 21년(서기 216), 鄱陽(파양)의 백성 尤突(우돌)은 曹操의 印
綬(인수)를 받고 반적이 되었는데, (丹楊郡) 陵陽(능양), 始安(시안),
涇縣(경현) 등지에서 우돌에 호응하였다. 賀齊(하제)는 陸遜(육손)과 함께 우돌을 격파하고 수천 명을 참수하자, 나머지 무리들은 모두 두려워 복속했고, 丹楊郡(丹陽郡)의 3개 현이 모두 투항하자 거기에서 정병 8천 명을 선별하였다. 하제는 安東將軍이 되었고 山陰侯에 봉해졌으며, 長江을 따라 올라가 군영을 설치하고 扶州(부주)에서 皖城(환성)까지 군사를 감독하였다.

(孫權) 黃武 初에(서기 222), 魏는 曹休(조휴)를 보내 東吳를 원정했다. 하제는 길이 멀어 늦게야 도착해서 新市(신시)에 주둔하며 적을 방어하였다. 마침 (九江郡) 洞口(동구)에 주둔했던 군사들은 강풍을 만나 절반이 넘게 실종되거나 익사하여 장졸이 모두 失色했지만, 하제의 군사가 무사하여 적에 대한 방어를 전담했고, 여러 장수 또한 하제에 의지하였다.

하제는 천성적으로 사치스럽고 화려했는데 특히 군사에서 병기나 갑옷 여러 기계들이 아주 정교하였으며, 타고 다니는 戰船에도 여러 장식을 새겨 넣었으며, 푸른 덮개나 붉은 휘장을 두르고 방패나 창에도 여러 문양이나 그림을 그렸고, 활과 쇠뇌 화살도 모두 최고의 제품이었으며, 적선에 충돌하여 부수는 큰 함정은 마치 산처럼 거대하게 보였다. 그래서 조휴 등이 겁을 먹고 군사를 철수하였다. 하제는 後將軍으로 승진하여 부절을 받고 徐州牧을 겸임하였다.

그전에, 晉宗(진종)은 戲口(희구)의 장수였는데, 무리를 거느리고 배반하여 魏(위)에 투항했다가 전선으로 돌아와 (魏) 蘄春(기춘)[110] 태수가 되었는데, 진종은 安樂(안락)을 급습하여 인질로 잡혀 있는 일족을 빼내었다. 孫權이 극도로 분노하였는데, 마침 대군을 해산

---

110 蘄春郡(기춘군) - 郡治 蘄春縣, 今 湖北省 동부, 長江 북안, 黃岡市 관할 蘄春縣.

하였지만 6월 한여름에 출동하며, 하제에게 조서를 내려 麋芳(미방)
과 鮮于丹(선우단)을 지휘하여 蘄春(기춘)을 급습하게 했고, 하제는
마침내 진종을 생포하였다.

그 4년 뒤에 하제가 죽었는데, 아들인 賀達(하달) 및 동생인 賀景
(하경)은 좋은 평판과 함께 모두 훌륭한 장수였다.

❷ 全琮

| 原文 |

全琮字子璜, 吳郡錢唐人也. 父柔, 漢靈帝時擧孝廉, 補尙
書郎右丞, 董卓之亂, 棄官歸. 州辟別駕從事, 詔書就拜會稽
東部都尉. 孫策到吳, 柔擧兵先附, 策表柔爲丹楊都尉. 孫權
爲車騎將軍, 以柔爲長史, 徙桂陽太守.

柔嘗使琮齎米數千斛到吳, 有所市易. 琮至, 皆散用, 空船
而還. 柔大怒, 琮頓首曰, "愚以所市非急, 而士大夫方有倒縣
之患, 故便振贍, 不及啓報."

柔更以奇之. 是時中州士人避亂而南, 依琮居者以百數, 琮
傾家給濟, 與共有無, 遂顯名遠近. 後權以爲奮威校尉, 授兵
數千人, 使討山越. 因開募召, 得精兵萬餘人, 出屯牛渚, 稍
遷偏將軍.

| 국역 |

全琮(전종)[111]의 字는 子璜(자황)으로, 吳郡 錢唐縣 사람이다.

부친 全柔(전유)는 漢 靈帝 때 孝廉(효렴)으로 천거되어 尙書郎 右丞이 되었는데, 董卓(동탁, 138 – 192년)의 난에 관직을 사임하고 귀향하였다. 전유는 揚州 자사의 부름을 받아 別駕從事가 되었다가 詔書에 의거 會稽郡 東部都尉가 되었다.

孫策이 吳郡에 들어오자 전유는 군사를 거느리고 먼저 귀부하였고, 손책은 표문을 올려 전유를 丹楊都尉에 임명하였다. 孫權이 車騎將軍일 때, 전유는 長史가 되었다가 桂陽[112] 태수가 되었다.

언젠가, 전유가 전종을 시켜 쌀 수천 斛(곡)을 가지고 吳郡에 가서 팔아 물건을 사오게 하였다. 전종은 吳郡에 들어와서 그 쌀을 모두 나눠주고 빈 배로 돌아왔다. 전유가 대노하자, 전종이 머리를 조아리며 말했다.

"저는 물건 교역이 급하지 않다고 생각했고, 士大夫들이 정말 위기에 처했기에 쌀을 나눠 구제하였는데, 말씀드릴 틈이 없었습니다."

전유는 아들 전종을 특별하게 생각하였다. 그때 中原의 士人들이 병란을 피해 남하하였는데 전종에 의지하여 목숨을 이어간 사람이 수백 명이었고, 전종은 재산을 기우려 그들을 구제하며 가진 것을 공유하자 원근에 크게 소문이 났다.

....

111 全琮(전종, 198 – 247년, 249년? 字 子璜) – 吳郡 錢唐縣 출신. 孫權의 長女 孫魯班과 결혼하였으니, 손권의 사위이다. 右大司馬와 左軍師 역임. 孫魯班은 全夫人이라 통칭. 전종의 族子 全尙의 딸이 손권 다음 즉위하는 孫亮(손량)과 결혼한다. 《吳書》 15권, 〈賀全呂周鍾離傳〉에 입전.

112 桂陽郡 – 치소는 郴縣(침현), 今 湖南省 중동부 郴州市(침주시).

뒷날 孫權은 전종을 奮威校尉에 임명하고, 군사 수천 명을 내주며 山越人을 토벌케 하였다. 전종은 연이어 군사를 모집하여 정병 1만여 명을 얻어 그들을 거느리고 牛渚(우저)[113]에 주둔하였는데 차츰 승진하여 偏將軍이 되었다.

| 原文 |

建安二十四年, 劉備將關羽圍樊,襄陽, 琮上疏陳羽可討之計, 權時已與呂蒙陰議襲之, 恐事洩, 故寢琮表不答. 及禽羽, 權置酒公安. 顧謂琮曰, "君前陳此, 孤雖不相答, 今日之捷, 抑亦君之功也." 於是封陽華亭侯.

黃武元年, 魏以舟軍大出洞口, 權使呂範督諸將拒之, 軍營相望. 敵數以輕船抄擊, 琮常帶甲仗兵, 伺候不休. 頃之, 敵數千人出江中, 琮擊破之, 梟其將軍尹盧. 遷琮綏南將軍, 進封錢唐侯.

四年, 假節領九江太守. 七年, 權到皖, 使琮與輔國將軍陸遜擊曹休, 破之於石亭. 是時丹楊,吳,會山民復爲寇賊, 攻沒屬縣, 權分三郡險地爲東安郡, 琮領太守. 至, 明賞罰, 招誘降附, 數年中, 得萬餘人. 權召琮還牛渚, 罷東安郡.

黃龍元年, 遷衛將軍,左護軍,徐州牧, 尙公主.

---

113 牛渚(우저) – 산 이름. 今 安徽省 馬鞍山市 관할 當涂縣(당도현) 長江 연안. 長江 하류의 중요 포구이며 군사 요충지.

| 국역 |

(獻帝) 建安 24년(서기 219), 劉備가 關羽(관우)를 거느리고 樊城 (번성)과 襄陽(양양)을 포위 공격하자, 全琮(전종)은 관우를 토벌할 계획을 세워 상소하였는데, 손권은 그때 이미 呂蒙(여몽)과 함께 관우를 습격할 계획을 짜고 있으면서 비밀이 누설될까 걱정하여 전종의 상소를 묵살하고 답신하지 않았다. 관우를 사로잡은 뒤, 손권은 公安(공안)에서 주연을 베풀었다. 손권은 전종을 불러 말했다.

"君이 앞서 계획을 상주하였을 때 나는 일부러 답신을 보내지 않았지만, 이번의 승리는 어찌 보면 경의 공로이다."

그리고는 전종을 陽華亭侯(양화정후)에 봉했다.

(孫權) 黃武 원년(서기 222), 魏의 舟軍(수군)이 대거 洞口(동구)[114] 에 출동하자, 손권은 여범을 시켜 여러 장수를 지휘하여 막아내게 하였는데 군영이 거의 연결되었다. 적은 빠른 배를 이용하여 기습 공격을 하였는데, 전종은 늘 갑옷에 병기를 들고 적에 대한 감시를 늦추지 않았다. 나중에 적병 수천 명이 長江에 출현하자, 전종이 격파하면서 적장 尹盧(윤노)의 목을 효수하였다. 전종은 綏南將軍(수남장군)이 되었고 작위가 올라 錢唐侯(전당후)가 되었다.

(黃武) 4년(서기 225), 전종은 부절을 받고 九江 태수를 겸했다.[115] (黃武) 7년(서기 228), 손권이 皖城(환성)에 출정하여 전종과

----

114 九江郡 洞口(동구) – 포구 이름. 今 安徽省(안휘성) 동부, 長江 하류, 서북안, 馬鞍山市 관할의 和縣.

115 黃武 4년(서기 225) 全琮이 九江太守이었고, 나중에는 魏의 降將 馬茂(마무) 가 태수 직을 겸했지만 長江과 淮水의 사이는 두 나라의 분쟁 지역이라서 다른 행정조직이 없었다.

輔國將軍 陸遜(육손)과 함께 조휴를 공격하여 石亭(석정)에서 격파하였다.

그때 丹楊, 吳郡, 會稽郡의 山越民들이 다시 노략질을 하며 소속현을 공격, 함락시키자, 손권은 3郡의 험지를 분할하여 東安郡(동안군)을 신설하고 전종을 태수에 임명하였다. 전종은 東安郡에 부임하여 상벌을 분명히 하며 회유하여 귀부케 하였는데 몇 년 동안에 1만여 명을 받아들였다. 손권은 전종을 불러 牛渚(우저)로 돌려보냈고 東安郡은 폐지하였다.

黃龍 원년(서기 229), 전종은 衛將軍으로 승진하여 左護軍에 徐州牧을 겸하였고 公主(全公主, 孫權의 長女 孫魯班)와 결혼하였다.

| 原文 |

嘉禾二年, 督步騎五萬征六安, 六安民皆散走, 諸將欲分兵捕之. 琮曰,

"夫乘危儌倖, 擧不百全者, 非國家大體也. 今分兵捕民, 得失相半, 豈可謂全哉? 縱有所獲, 猶不足以弱敵而副國望也. 如或邂逅, 虧損非小, 與其獲罪, 琮寧以身受之. 不敢徼功以負國也."

| 국역 |

(孫權) 嘉禾(가화) 2년(서기 233), 全琮(전종)은 步騎 5만을 감독하

여 (廬江郡) 六安(육안)[116]을 공격하였는데, 六安의 백성이 모두 도주하자, 여러 장수들이 병졸을 풀어 체포하자고 건의하였다. 이에 전종이 말했다.

"남의 위급을 이용하여 요행히 뜻을 이루고서도 바른 행동을 하지 않는다면, 이는 나라에서 바라는 본뜻이 아닐 것이다. 지금 병졸을 보내 백성을 잡아들인다면 아마 득실이 반반일 것이니, 어찌 완전할 수 있겠는가? 포로를 잡았다지만, 도망간 백성을 잡아 나라의 기대에 부응하기에는 부족할 것이다. 우리가 나중에 강적을 만난다면 결손이 적지 않겠지만, 도망간 백성을 잡아들이지 않았다 하여 벌을 받아야 한다면, 내가 몸으로 받을지언정 공훈을 자랑하여 나라에 마음을 빚을 지고 싶지는 않다."

| 原文 |

赤烏九年, 遷右大司馬,左軍師. 爲人恭順, 善於承顔納規, 言辭未嘗切迕. 初, 權將圍珠崖及夷州, 皆先問琮.

琮曰, "以聖朝之威, 何向而不克? 然殊方異域, 隔絶障海, 水土氣毒, 自古有之, 兵入民出, 必生疾病, 轉相汚染, 往者懼不能反, 所獲何可多致? 猥虧江岸之兵, 以冀萬一之利, 愚臣猶所不安."

權不聽. 軍行經歲, 士衆疾疫死者十有八九, 權深悔之. 後

116 廬江郡(여강군)의 치소인 六安縣, 今 安徽省 중서부 六安市.

言次及之, 琮對曰, "當是時, 群臣有不諫者, 臣以爲不忠."

琮既親重, 宗族子弟並蒙寵貴, 賜累千金, 然猶謙虛接士, 貌無驕色.

十二年卒, 子懌嗣. 後襲業領兵, 救諸葛誕於壽春, 出城先降, 魏以爲平東將軍, 封臨湘侯. 懌兄子禕, 儀, 靜等亦降魏, 皆歷郡守列侯.

| 국역 |

(孫權) 赤烏 9년(서기 246), 全琮(전종)은 右大司馬 겸 左軍師로 승진하였다. 전종은 사람이 공경 온순하며 윗사람의 뜻을 받들며 간언을 자주 올렸는데, 그 언사가 과격하지만 뜻을 거스르지는 않았다.

그전에 손권이 珠崖郡(주애군)과 夷州(이주)를 원정하려고 이를 전종에게 먼저 물었다. 이에 전종이 말했다.

"폐하의 위엄으로 어디를 가든 이기지 못하겠습니까? 그렇지만 전혀 낯선 이역은 바다로 막힌 먼 곳이며 그 水土에는 예로부터 毒氣(독기)가 많았습니다. 군사나 백성이 출입하다 보니 필히 질병이 퍼지게 되고 서로 오염되어 옛날에도 돌아오지 못할까 걱정하였으니 거기서 많이 얻는다 하여 무엇을 하겠습니까? 장강 연안의 병졸을 동원하여 그 만분의 일의 이득을 기대할 수 있어도, 저 같은 어리석은 사람은 불안하게 생각합니다."

손권은 따르지 않았다. 원정군이 떠나 1년이 지나 많은 사람들이 질병으로 죽어 10명에 8, 9명이나 되었고, 손권은 크게 후회하였다. 뒷날 이를 언급하자 전종이 말했다.

"저는 그 당시에 원정에 간쟁을 올리지 않은 신하는 불충한 사람이라고 생각합니다."

전종은 종친을 소중히 여겼고 종족의 자제 중 전종의 덕분으로 총애를 받아 높이 올랐으며, 전종은 여러 번 많은 재물을 하사 받았지만 여전히 겸허하게 士人을 접대하면서 교만한 빛이 없었다.

전종은 赤烏 12년(서기 249)에 죽었고, 아들 全懌(전역)이 작위를 계승하였다. 전역은 父業을 계승하여 군사를 거느렸는데 (魏) 諸葛誕(제갈탄)이 반역하여 壽春에서 영입하려 할 때 전역은 성을 나가면서 먼저 魏에 투항하였는데, 魏에서는 전역을 平東將軍에 임명했고, 臨湘侯(임상후)에 봉했다. 전역의 형의 아들인 全禕(전의, 禕는 아름다울 의), 全儀(전의), 全靜(전정) 등도 함께 魏에 투항하였는데 모두 군수를 역임했고 제후가 되었다.

❸ 呂岱

|原文|

呂岱字定公, 廣陵海陵人也, 爲郡縣吏, 避亂南渡. 孫權統事, 岱詣幕府, 出守吳丞. 權親斷諸縣倉庫及囚繫, 長丞皆見, 岱處法應問, 甚稱權意, 召署錄事, 出補餘姚長, 召募精健, 得千餘人. 會稽東冶五縣賊呂合,秦狼等爲亂, 權以岱爲督軍校尉, 與將軍蔣欽等將兵討之, 遂擒合,狼, 五縣平定, 拜昭信中郎將.

| 국역 |

呂岱(여대)[117]의 字는 定公(정공)으로, 廣陵郡 海陵縣 사람인데 郡縣의 관리였다가 長江 남쪽으로 피난하였다. 孫權이 정권을 장악하자, 여대는 손권의 幕府로 찾아가 만났고, 임시 吳郡丞(吳郡 太守의 副職)이 되었다. 손권이 친히 각 군현의 재물 현황과 죄수를 파악하면서 군 태수와 郡丞을 만나볼 때, 여대는 법대로 업무를 처리했고 대답하여 손권의 마음에 들었기에, 손권이 중앙으로 불러 錄事를 맡겼다가 (會稽郡) 餘姚(여요) 縣長이 되었으며, 건장한 정예병을 1천여 명이나 모집하였다.

會稽郡 東冶(동야) 등 5개 현의 도적인 呂合(여합), 秦狼(진랑) 등이 반란을 일으키자, 손권은 여대를 督軍校尉에 임명했는데, 將軍인 蔣欽(장흠) 등을 거느리고 적도를 토벌하여 마침내 여합과 진랑을 생포하고 5개 현을 평정하여 여대는 昭信中郎將이 되었다.

| 原文 |

建安二十年, 督孫茂等十將從取長沙三郡. 又安成,攸,永新,茶陵四縣吏共入陰山城, 合衆拒岱, 岱攻圍, 即降, 三郡克定. 權留岱鎮長沙.

----

117 呂岱(여대, 161 – 256년, 字 定公) – 徐州 廣陵郡 출신. 郡縣吏였다가 南渡한 뒤 손권의 인정을 받았다. 交州 자사 역임. 大將軍, 大司馬 역임. 東吳의 내부 반란이 있다면 늘 여대가 진압하였는데, 특히 交州의 안정에 크게 공헌하였다. 80세가 넘어도 말에 뛰어 올라탔으며 96세에 죽었다.《吳書》15권,〈賀全呂周鍾離傳〉에 입전.

安成長吳碭及中郎將袁龍等首尾關羽, 復爲反亂. 碭據攸縣, 龍在醴陵. 權遣橫江將軍魯肅攻攸, 碭得突走. 岱攻醴陵, 遂禽斬龍. 遷廬陵太守.

| 국역 |

(獻帝) 建安 20년(서기 215), 손권을 따라 呂岱(여대)는 孫茂(손무) 등 10명의 장수를 지휘하여 長沙 3군[118]을 탈취하였다. 또 安成(안성), 攸(유), 永新(영신), 茶陵(다릉) 등 4개 현의 현리 등이 함께 陰山城(음산성)에 들어가서 무리를 지어 여대에 항거하였는데, 여대가 이들을 포위 공격하자 즉시 투항하였고 3군은 평정되었다. 손권은 여대를 장사군에 남겨 진무케 하였다.

(長沙郡) 安成 縣長인 吳碭(오탕) 및 中郎將 袁龍(원룡) 등이 關羽에 협조하며 다시 東吳에 반기를 들었다. 오탕은 攸縣(유현)을 점거하고, 원룡은 醴陵(예릉)에 주둔하였다. 손권이 橫江將軍인 魯肅(노숙)을 보내 攸縣(유현)을 공격하자 오탕은 포위를 뚫고 도주하였다. 여대는 예릉을 공격하여 원룡을 잡아 참수하였다. 여대는 廬陵(여릉) 태수가 되었다.

| 原文 |

延康元年, 代步騭爲交州刺史. 到州, 高涼賊帥錢博乞降,

---

118 三郡은 長沙, 零陵, 桂陽郡.

岱因承制, 以博爲高涼西部都尉. 又鬱林夷賊攻圍郡縣, 岱討
破之. 是時桂陽,湞陽賊王金合衆於南海界上, 首亂爲害, 權
又詔岱討之, 生縛金, 傳送詣都, 斬首獲生凡萬餘人. 遷安南
將軍, 假節, 封都鄕侯.

│국역│

(獻帝) 延康(연강)[119] 원년(서기 220), 呂岱(여대)는 步騭(보즐)의 후
임으로 交州刺史[120]가 되었다. 여대가 교주에 부임하자 高涼郡(고량
군)[121]의 賊帥인 錢博(전박)이 투항하였는데, 여대는 조정의 명을 받
아 전박을 高涼郡 西部都尉에 임명했다. 또 鬱林郡(울림군)의 夷賊
들이 郡縣을 포위 공격하자, 여대가 토벌 평정하였다. 이때 桂陽(계
양), 湞陽(정양)의 적도인 王金(왕금)이 南海郡 지역에서 무리를 모아
반란의 우두머리가 되어 해악을 끼치자, 손권은 조서를 내려 여대
에게 토벌케 하였는데, 여대는 왕금을 생포하여 도성에 보냈고, 참
수하거나 생포한 자가 1만여 명이나 되었다. 여대는 安南將軍으로
승진하였고 부절을 받았으며 都鄕侯에 봉해졌다.

....

119 延康(연강) – 獻帝의 마지막 연호. 건원 25년(서기 220) 1월에 魏王 曹操가
죽자, 曹丕는 漢의 승상 겸 魏王이 되었다. 조비는 建安 25년(서기 220)을 延
康(연강) 元年으로 改元하였다. 사용 기간은 서기 220년 2월~10월이다. 10
월에 조비가 헌제의 선양을 받아 黃初로 개원한다.
120 後漢 말기에 交州 刺史부는 交趾(교지), 日南, 九眞, 合浦, 蒼梧, 鬱林, 高涼,
南海, 寧浦 등 9郡을 관할하였다.
121 交州 高涼郡(고량군)은 建安 25년(서기 220年), 合浦郡 高涼縣을 군으로 개
편. 郡治는 安寧縣, 今 廣東省 서남 해안의 陽江市.

交阯太守士燮卒, 權以燮子徽爲安遠將軍, 領九眞太守, 以校尉陳時代燮. 岱表分海南三郡爲交州, 以將軍戴良爲刺史, 海東四郡爲廣州, 岱自爲刺史. 遣良與時南入, 而徽不承命, 擧兵戍海□以拒良等.

岱於是上疏請討徽罪, 督兵三千人晨夜浮海. 或謂岱曰, “徽藉累世之恩, 爲一州所附, 未易輕也.”

岱曰, “今徽雖懷逆計, 未虞吾之卒至, 若我潛軍輕擧, 掩其無備, 破之必也. 稽留不速, 使得生心, 嬰城固守, 七郡百蠻, 雲合響應, 雖有智者, 誰能圖之?”

遂行, 過合浦, 與良俱進. 徽聞岱至, 果大震怖, 不知所出, 卽率兄弟六人肉袒迎岱. 岱皆斬送其首, 徽大將甘醴, 桓治等率吏民攻岱, 岱奮擊大破之, 進封番禺侯. 於是除廣州, 復爲交州如故.

岱旣定交州, 復進討九眞, 斬獲以萬數. 又遣從事南宣國化, 曁徽外扶南, 林邑, 堂明諸王, 各遣使奉貢. 權嘉其功, 進拜鎭南將軍.

交阯(교지)[122] 太守인 士燮(사섭)[123]이 죽자(黃武 5년, 서기 226년),

---

122 交阯(교지, 交趾) – 郡名. 郡治는 龍編縣, 今 越南社會主義共和國 河内市(하노

孫權은 사섭의 아들 史徽(사휘)를 安遠將軍으로 삼아 九眞 태수를 겸임케 하고, 校尉인 陳時(진시)를 사섭의 후임으로 임명하였다. 呂 岱(여대)는 交州 중 海南의 三郡을 분할하여 交州로 하고, 將軍인 戴 良(대량)을 刺史에 임명하고, 海東의 四郡으로 廣州刺史部를 신설하여 여대 자신이 刺史가 되었다. 그러면서 대량과 진시를 함께 교지 군에 부임케 하였다.

그러나 사섭의 아들 사휘가 왕명을 거부하고 군사를 동원하여 海 □(해구)를 지키며 대량 등을 거부하였다. 이에 여대는 상소하여 사 휘의 죄를 토벌하겠다고 보고한 뒤, 군사 3천 명을 동원하여 새벽에 바다로 진입하였다. 어떤 사람이 여대에게 "사휘는 여러 대에 걸쳐 이곳 백성에게 은전을 베풀어 交州 백성이 그를 따르기에 가벼이 볼 수 없습니다."라고 말했다. 이에 여대가 말했다.

"지금 사휘가 반역하였지만 내가 졸지에 들어올 줄은 예상하지 못할 것이니, 내가 은밀히 움직여 그들이 방비하지 못할 때 습격하면 틀림없이 이길 수 있다. 그러나 머뭇거리며 속공하지 못하여 저들이 성을 에워싸고 고수한다면, 거기에 7개 군의 만이들이 가세하여 구름처럼 일어난다면, 아무지 지혜가 뛰어난 자라도 어떻게 도모할 수 있겠는가?"

여대는 결행하여 合浦(합포)에서 대량과 진시와 합세하여 진격하

이 시) 東天德江 북안.

123 士燮(사섭, 137 - 226년, 字 威彦) - 후한 말 三國 초기 交州에 할거한 軍閥(군 벌). 교지 태수 역임. 사섭의 형제 3인이 合浦, 九眞, 南海郡의 太守를 차지하 였으니 사실상 교주 일대에 할거하는 군벌이었다. 《吳書》 4권, 〈劉繇太史慈 士燮傳〉에 입전.

였다. 사휘는 여대가 진격한다는 소식을 듣고 크게 두려워 떨며 어찌할 줄을 모르다가, 바로 형제 6인과 함께 (죄인의 표시로) 웃옷을 벗어 어깨를 드러내고 여대를 영입하였다. 여대는 그 형제를 모두 죽여 수급을 도성으로 보냈는데, 사휘의 대장인 甘醴(감례)와 桓治(환치) 등이 관리와 백성을 거느리고 여대를 공격하자, 여대는 맹렬한 기세로 공격하여 대파하였다. 여대는 작위가 올라 番禺侯(반우후)가 되었다. 그리고 廣州를 폐하고 이전과 같이 交州라 하였다.

여대가 이미 交州를 평정한 뒤에 다시 진격하여 九眞郡[124]을 토벌하여 수만 명을 죽이거나 생포하였다. 또 從事를 남쪽으로 보내 국위를 선양하였는데, 국경 밖의 扶南(부남),[125] 林邑(임읍),[126] 堂明(당명)[127]의 여러 왕국에서 각각 사신을 보내고 공물을 보내왔다. 손권은 여대의 공적을 크게 칭찬하며 여대를 鎭南將軍으로 승진시켰다.

| 原文 |

黃龍三年, 以南土淸定, 召岱還屯長沙漚口. 會武陵蠻夷蠢動, 岱與太常潘濬共討定之. 嘉禾三年, 權令岱領潘璋士衆, 屯陸口, 後徙蒲圻.

....
124 交州 九眞郡 － 治所 胥浦縣(서포현). 今 越南國 중부 淸化省 서북 東山縣.
125 扶南(越南語, Phù Nam)은 인도차이나 반도(캄보디아, 버마 남부 일원)에 있었던 고왕국 이름.
126 林邑(Lâm Ăp) － 占族人(참파, Urang Campa)이 월남 남부와 캄보디아 일원에 건국한 고왕국 이름. 제1왕조에서 제4왕조까지 존속.
127 堂明(당명) － 내용 미상.

四年, 盧陵賊李桓,路合,會稽東冶賊隨春,南海賊羅厲等一時並起. 權復詔岱督劉纂,唐咨等分部討擊, 春卽時首降, 岱拜春偏將軍, 使領其衆, 遂爲列將, 桓,厲等皆見斬獲, 傳首詣都. 權詔岱曰,

「厲負險作亂, 自致梟首, 桓兇狡反覆, 已降復叛. 前後討伐, 歷年不禽, 非君規略, 誰能梟之? 忠武之節, 於是益著. 元惡旣除, 大小震懾, 其餘細類, 掃地族矣.

自今已去, 國家永無南顧之虞, 三郡晏然, 無怵惕之驚. 又得惡民以供賦役, 重用歎息. 賞不逾月, 國之常典, 制度所宜, 君其裁之.」

| 국역 |

(孫權) 黃龍 3년(서기 231), 南土(交州) 일대가 깨끗하게 평정되자, 孫權은 呂岱(여대)를 불러 長沙郡 漚口(구구)의 군영에 주둔케 하였다. 그 무렵 武陵郡의 만이들이 蠢動(준동)하여 여대와 太常인 潘濬(반준)이 함께 토벌 평정하였다.

嘉禾(가화) 3년(서기 234), 孫權은 여대에게 潘璋(반장)의 군사를 거느리고, 陸口(육구)에 주둔케 했다가 나중에 蒲圻(포기)로 옮겼다.

嘉禾 4년, 盧陵(여릉)의 반적인 李桓(이환), 路合(노합)과 회계군 東冶縣(동야현)의 반적 隨春(수춘), 南海의 도적인 羅厲(나려) 등이 일시에 함께 봉기하였다. 孫權은 다시 조서를 내려 여대에게 劉纂(유찬)과 唐咨(당좌) 등을 지휘하여 부대를 나눠 토벌하게 하였고, 수춘이 제일 먼저 투항하자, 여대는 수춘을 偏將軍에 임명하여 그 무리를 통솔하게 하였는데 나중에 장군의 반열에 올랐다. 이환과 나려 등을 사로잡아 죽인 다음 그 수급을 도성으로 보냈다. 이에 손권이 조서를 내렸다.

「羅厲(나려) 등이 험한 지형을 믿고 반란하다가 그 수급을 바쳤고, 李桓(이환)은 흉악한 짓을 반복하였으니 투항했다가도 다시 반역하였다. 그간 토벌하였지만 몇 년 동안 사로잡지 못했었는데, 장군(呂岱)의 지략이 아니라면 누가 그 목을 효수할 수 있겠는가? 忠武의 지조는 이에 더욱 뚜렷하도다. 최대의 惡이 이제 제거되자 대소의 무리가 모두 두려워 떨고 있으니 그 나머지 잔당들은 마당을 쓸 듯 쓸어버릴 것이다.

오늘 이후로 나라에는 남쪽을 되돌아 볼 염려가 없고, 長沙 3군도 안정되었으니 다시는 두렵거나 놀랄 일이 없을 것이로다. 그리고 이제 나라에 저항하던 자들도 부역을 바치니 크게 찬탄하고 놀랄 일이로다. 시상은 그 달을 넘기지 않는 것이 나라의 규칙이고, 규정에 의거 적절히 시행할 것이니 장군은 받아주기 바란다.」

| 原文 |

潘濬卒, 岱代浚領荊州文書, 與陸遜並在武昌, 故督蒲圻. 頃之, 廖式作亂, 攻圍城邑, 零陵,蒼梧,鬱林諸郡騷擾, 岱自表輒行, 星夜兼路. 權遣使追拜岱交州牧, 及遣諸將唐咨等駱驛相繼, 攻討一年破之, 斬式及遣諸所僞署臨賀太守費楊等, 並

其支黨, 郡縣悉平, 復還武昌.

| 국역 |

潘濬(반준)[128]이 죽자, 呂岱(여대)는 반준의 후임으로 荊州의 文書
업무까지 겸임하였고, 陸遜(육손)과 나란히 武昌(무창)에 주둔하면서
전과 같이 (長沙郡) 蒲圻縣(포기현)의 군사를 감독하였다. 얼마 뒤에
廖式(요식)이 반란을 일으켜 성읍을 포위 공격하자, 零陵(영릉), 蒼梧
(창오), 鬱林郡(울림군) 등 여러 군에서 소요가 일어났는데, 여대는 직
접 표문을 올리고 출동하여 밤낮으로 2배 속도로 행군했다. 손권은
사자를 급히 보내 여대에게 交州牧을 제수하고, 唐咨(당자) 등 여러
장수를 보내 계속 지원케 하여, 1년 만에 토벌 격파하였고, 주동자
요식과 거짓 관직에 임명된 臨賀太守 費楊(비양) 등을 참수하고 그
잔당을 제거하자, 군현이 모두 평온하여 여대는 武昌으로 돌아왔다.

| 原文 |

時年已八十, 然體素精勤, 躬親王事. 奮威將軍張承與岱書
曰,

「昔旦奭翼周, 〈二南〉作歌, 今則足下與陸子也. 忠勤相先,
勞謙相讓, 功以權成, 化與道合, 君子歎其德, 小人悅其美.

---

128 潘濬(반준, 170년대 중기 – 239년, 字 承明) – 武陵 漢壽人, 孫吳의 重臣, 荊州를
오랫동안 다스렸다. 太常 역임. 《吳書》 16권, 〈潘濬陸凱傳〉에 입전.

加以文書鞅掌, 賓客終日, 罷不舍事, 勞不言倦. 又知上馬輒
自超乘, 不由跨蹋, 如此足下過廉頗也, 何其事事決也. 《周
易》有之, 禮言恭, 德言盛, 足下何有盡此美耶!」

及陸遜卒, 諸葛恪代遜, 權乃分武昌爲兩部, 岱督右部, 自
武昌上至蒲圻. 遷上大將軍, 拜子凱副軍校尉, 監兵蒲圻, 孫
亮卽位, 拜大司馬. 岱淸身奉公, 所在可述.

初在交州, 歷年不餉家, 妻子饑乏. 權聞之歎息, 以讓群臣
曰, "呂岱出身萬里, 爲國勤事, 家門內困, 而孤不早知. 股肱
耳目, 其責安在?"

於是加賜錢米布絹, 歲有常限.

| 국역 |

그때, 呂岱(여대)의 나이는 80이 넘었지만 그 신체는 여전히 강건
하여 나랏일을 친히 수행하였다. 奮威將軍인 張承(장승)이 여대에게
서신을 보냈다.

「옛날 周公 旦(단)과 召公 奭(석)이 周室을 보필하자 〈二南〉의 詩[129]
가 지어졌는데, 오늘로 말하면 足下(귀하)와 陸子(陸遜)입니다. 나
라를 위한 忠勤에 서로 먼저 하려 하고, 공로와 겸애에 서로 양보하

---

129 〈二南〉은 《詩經》 國風 중 〈周南〉과 〈召南〉을 지칭. 周 武王은 아우 「周公 旦
(단)에게 내정을 맡기고, 召公 奭(석)에 제후에 관련한 정사를 맡겨 德化가 크
게 성공하였다. 주공이 周에서 수집한 詩에 그 남쪽 지방의 詩도 들어있기에
이를 통틀어 〈周南〉이라 하였고, 소공이 수집한 남쪽 여러 나라의 시는 〈召
南〉이라고 하였다.」 朱熹 《詩經集傳》.

시며 공적으로 권위를 세우셨고 正道로 교화를 이룩하셨기에 군자는 귀하의 덕에 찬탄하고 소인들은 미덕을 기뻐하고 있습니다. 거기다가 문서 업무까지 관장하시고, 종일 빈객을 접대하시며 업무에 쉴 겨를도 없고 힘들어도 나태하지 않으셨습니다. 또 말을 탈 때 받침을 밟지 않고 직접 뛰어 올라 타신다니, 이를 보면 (趙의 명장) 廉頗(염파)보다도 더 훌륭하시고, 하시는 모든 일이 어찌 그리 통쾌할 수 있습니까!《周易》에서도 禮를 말하자면 恭이고 德은 곧 훌륭한 치적이라 하였으니[130] 족하께서는 어찌 이처럼 훌륭하실 수 있습니까!」

육손이 죽자 제갈각이 육손의 후임이 되었는데, 孫權은 武昌 지역을 양분하여 여대는 오른쪽을 관장하여 武昌에서 북쪽으로(上) (長沙) 蒲圻(포기)까지의 군사를 지휘하였다.

여대는 上大將軍이 되었고, 아들 呂凱(여개)는 副軍校尉가 되어 蒲圻(포기)의 군사를 監兵했다. 여대는 (孫權 다음) 孫亮(손량)이 즉위하자 大司馬가 되었다. 여대는 청렴하게 공무를 수행하여 임지에서 칭송을 들었다.

여대가 처음 交州에 나가 근무할 때, 몇 년 동안 집을 돌보지 않아 처자가 굶주리고 궁핍하였다. 손권이 이를 알고 탄식하며 신하들을 질책하였다.

"여대가 만 리 밖에서 나라를 위해 애쓰는데 그 집안이 곤궁한 줄을 나는 여태껏 몰랐도다. 나의 수족과 이목이 될 여러분이 할 일은 무엇인가?"

---

130 원문의 '禮言恭, 德言盛' -《易 繫辭 上》〈謙〉卦(地山謙 ☷☶) 九三의 爻辭(효사)를 풀이한 구절이다.

그리고는 금전과 곡식, 옷감 등을 하사하였는데 매년 똑같이 지급케 하였다.

|原文|

始, 岱親近吳郡徐原, 慷慨有才志, 岱知其可成, 賜巾褠, 與共言論, 後遂薦拔, 官至侍御史.

原性忠壯, 好直言, 岱時有得失, 原輒諫諍, 又公論之, 人或以告岱, 岱歎曰, "是我所以貴德淵者也."

及原死, 岱哭之甚哀. 曰, "德淵, 呂岱之益友, 今不幸, 岱復於何聞過?"

談者美之. 太平元年, 年九十六卒, 子凱嗣. 遣令殯以素棺, 疏巾布褠, 葬送之制, 務從儉約, 凱皆奉行之.

|국역|

전부터 呂岱(여대)는 吳郡 출신 徐原(서원)과 친근하였는데, 서원은 慷慨(강개)하고 才志가 있어 여대는 그 성공을 믿었고, 두건이나 팔 토시 등을 나눠 주며 함께 의논도 하였고, 추천하고 발탁하였는데 서원은 侍御史(시어사)를 역임하였다.

서원의 성격은 충직 엄정하고 직언을 잘하였는데, 여대의 잘잘못에 대하여 자주 간언하거나 공개적으로 논의하였는데, 어떤 사람이 서원의 그런 행동을 지적하자 여대가 말했다.

"내가 높은 자리에 오른 것은 德淵(徐原)의 그런 충고 때문이다."

서원이 죽었을 때, 여대는 심히 애통했다. 그러면서 "德淵(덕연)은 呂岱의 益友인데 불행히 먼저 갔으니, 나는 누구한테 내 잘못을 지적받겠는가?"라고 말했다. 이를 이야기 하는 사람들은 두 사람을 칭찬했다.

(孫亮) 太平 원년(서기 256년), 여대는 96세에 죽었는데 아들 呂凱(여개)가 작위를 이었다. 여대는 유언으로 작은 관에 걸친 두건과 홑옷으로 염을 하고, 장례는 검소 절약하라고 유언했고, 여개는 선친의 뜻을 받들었다.

❹ 周魴

| 原文 |

周魴字子魚, 吳郡陽羨人也. 少好學, 擧孝廉, 爲寧國長, 轉在懷安. 錢唐大帥彭式等蟻聚爲寇, 以魴爲錢唐侯相, 旬月之間, 斬式首及其支黨, 遷丹楊西部都尉.

黃武中, 鄱陽大帥彭綺作亂, 攻沒屬城, 乃以魴爲鄱陽太守, 與胡綜戮力攻討, 遂生禽綺, 送詣武昌, 加昭義校尉. 被命密求山中舊族名帥爲北敵所聞知者, 令譎挑魏大司馬揚州牧曹休.

魴答, 恐民帥小醜不足仗任, 事或漏洩, 不能致休, 乞遣親人齎箋七條以誘<u>休</u>.

| 국역 |

　周魴(주방)[131]의 字는 子魚(자어)로, 吳郡 陽羨縣(양선현) 사람이다. 젊어 好學했고 孝廉으로 천거되었고, (丹楊郡) 寧國 縣長을 역임한 뒤에 (丹楊郡) 懷安(회안) 현령이 되었다. (吳郡) 錢唐縣(전당현) 무리의 우두머리인 彭式(팽식) 등이 개미떼처럼 모여 반란을 일으켰는데, 전방은 錢唐侯 相이 되어 한 달 사이에 팽식과 그 무리들을 죽였고, 이어 丹楊郡 西部都尉가 되었다.

　(孫權) 黃武 연간에, 鄱陽郡(파양군)의 우두머리인 彭綺(팽기) 등이 반란을 일으켜 관할 縣城(현성)을 함락시켰는데, 주방은 파양 태수가 되어 胡綜(호종)과 협력하여 토벌하였고, 마침내 팽기를 생포하여 武昌(무창)으로 압송했고, 주방은 昭義校尉로 승진하였다.

　주방은 山越人의 중에서 예로부터 북쪽 魏에 잘 알려진 자를 비밀리에 찾아내어 거짓으로 曹魏의 大司馬 겸 揚州牧인 曹休(조휴)[132]를

131 周魴(주방, 생졸년 미상, 字 子魚) - 魴은 방어 방. 陽羨縣 출신, 今 江蘇省 남부 無錫市 관할 宜興市. 문무겸전. 東吳 鄱陽(파양) 太守 역임, 지방관으로서 善政. 曹休을 속임수로 유인하여 큰 전과를 올리게 하였다.

132 曹休(조휴, ?-228, 字 文烈)는 조조의 일족 형제의 아들(族子)이다. 천하가 혼란할 때, 宗族이 각각 향리를 떠나 흩어졌다. 조휴는 나이 10여 세에 부친을 여의고 다른 문객 한 사람과 장례하러 가는 것처럼 꾸며 노모를 모시고 長江을 건너 吳郡으로 이주했다. 조조는 조휴를 '此吾家千里駒也!'라고 칭찬했다. 千里駒는 千里馬. 조휴가 주방의 거짓 술수에 걸려든 것은 明帝 太和 2년(서기 228)이었다. 조휴은 참패 후에 상서하여 사죄하였는데, 명제는 屯騎校尉인 楊暨(양기)를 보내 위무하면서 예물을 더욱 많이 하사하였다. 그러나 이 때문에 조휴는 등에 惡瘡(악창, 癰은 악창 옹)이 나서 죽었다. 《魏書》 9권, 〈諸夏侯曹傳〉에 입전.

속이라는 밀명을 받았다. 주방은 산월인의 우두머리라도 믿고 대임
을 맡겼다가 혹시 누설하면 오히려 조휴를 유인할 수가 없다고 주방
은 답변하였다. 그러면서 가까운 사람을 통해 자신의 서신을 조휴에
게 보내어 유인하겠다며 7차례에 걸쳐 서신을 조휴에게 보냈다.

| 原文 |

其一曰,「魴以千載饒幸, 得備州民, 遠隔江川, 敬悋未顯,
瞻望雲景, 天實爲之. 精誠微薄, 名位不昭, 雖懷焦渴, 曷緣
見明? 狐死首丘, 人情戀本, 而逼所制, 奉覿禮違. 每獨矯首
西顧, 未嘗不寤寐勞歎, 展轉反側也.

今因隙穴之際, 得陳宿昔之志, 非神啓之, 豈能致此! 不勝
翹企, 萬里託命. 謹遣親人董岑,邵南等托叛奉箋. 時事變故,
列於別紙, 惟明公君侯垂日月之光, 照遠民之趣, 永令歸命者
有所戴賴.」

| 국역 |

그 첫째 서신에서 말했다.

「周魴(주방)은 千載一遇(천재일우)의 요행수로 揚州의 백성이 되
었지만, 長江으로 멀리 막혀 저의 존경을 표현할 수가 없어 풍모를
그냥 바라보지만, 이 또한 하늘이 만든 것입니다. 저의 진정이 미미
하고 엷으며 명성과 지위도 높지 않지만 목이 타는 갈증과 같은 그

리움을 어떤 기회에 표현할 수 있겠습니까? 여우는 죽으며 살던 언덕으로 머리를 두고 人情은 근본을 연연하지만, 여러 제약으로 핍박당해 禮를 표할 수도 없는 현실입니다. 매번 홀로 고개를 들어 서쪽을 바라보며 오매불망 탄식하고 뒤척이지 않은 적이 없었습니다.

지금 모처럼 얻은 기회에 저의 옛날부터 품은 뜻을 말씀드리오니 이 또한 神의 도움이 아니라면 어찌 이룰 수 있겠습니까! 우러러 앙모하는 마음을 이기지 못하여, 만 리 먼 곳에 제 목숨을 맡기려 합니다. 삼가 제가 신임하는 董岑(동잠)과 邵南(소남) 등에게 제 모반의 뜻을 글로 보냅니다. 사태는 수시로 변하기에 별지에 따로 기록하오니, 明公께서는 日月之光을 베풀어 遠民의 뜻을 읽어주시고 영원히 귀부하려는 제가 의지할 수 있게 도와주시기 바랍니다.」

| 原文 |

其二曰,「魴遠在邊隅, 江汜分絶, 恩澤敎化, 未蒙撫及, 而於山谷之間, 遙陳所懷, 懼以大義, 未見信納. 夫物有感激, 計因變生, 古今同揆. 魴仕東典郡, 始願已獲, 銘心立報, 永矣無貳. 豈圖頃者中被橫譴, 禍在漏刻, 危於投卵. 進有離合去就之宜, 退有誣罔枉死之咎, 雖志行輕微, 存沒一節, 顧非其所, 能不悢然!

敢緣古人, 因知所歸, 拳拳輸情, 陳露肝膈. 乞降春天之潤, 哀拯其急, 不復猜疑, 絶其委命. 事之宣泄, 受罪不測, 一則

傷慈損計, 二則杜絶向化者心. 惟明使君遠覽前世, 矜而愍
之, 留神所質, 速賜秘報. <u>魴</u>當候望擧動, 俟須響應.」

| 국역 |

그 두 번째 서신.

「周魴(주방)은 멀리 변방에 재직하기에 하천으로 나뉘고 끊겨 은
택이나 교화를 입어본 적이 없으며, 산골짝에서 제 속마음을 표하
지만 대의상 받아들여질지 두렵기만 합니다. 상황에 따라 감격할
수도 또 이로 인한 변화는 아마 예나 지금이나 똑같을 것입니다. 이
주방이 東吳에서 郡을 맡아 첫 소원은 이뤘지만 마음에 새긴 보은
을 실천하려는 뜻은 영원히 변치 않을 것입니다. 얼마지 않아 견책
을 당하거나(다른 직책으로 이동), 금방이라도 화를 당할지, 계란이
깨지듯 당할 수 있는 환난을 어찌 헤아릴 수 있겠습니까? 승진한다
면 만나고 헤어지는 거취가 맞아야 하고, 물러날 경우 참소를 당해
억울한 죽음도 있을 것이니, 아무리 나의 志行이 경미하더라도 한
가닥 존망의 운명은 내가 원하는 바가 아닐 수도 있으니, 어찌 슬프
지 않겠습니까!

감히 옛사람의 자취를 따라 돌아갈 곳을 알았기에 가슴에 품은
뜻을 있는 대로 드러내었습니다. 봄날의 윤택한 뜻을 베풀어 이 급
한 마음을 구원해 주시기 바랍니다. 다시 의심할 수도 없이 제 목숨
을 걸었고 일이 누설된다면 무슨 형벌을 받을지 알 수도 없습니다.
그렇게 되면(나의 귀순이 실패하면, 당신은) 자비를 잃고 계획은 실
패하며, 曹魏로 향하는 다른 사람의 뜻도 막힐 것이오니, 현명하신

使君께서는 멀리 전 시대의 일을 살펴보시고 불쌍히 여기시어 제 뜻에 유념하시어 속히 비밀리에 답신을 주시기 바랍니다. 이 주방은 적절한 조치를 기대하며 말씀만을 기다리겠습니다.」

原文

其三曰,

「紡所代故太守廣陵王靖, 往者亦以郡民爲變, 以見譴責, 靖勤自陳釋, 而終不解, 因立密計, 欲北歸命, 不幸事露, 誅及嬰孩. 紡旣目見靖事, 且觀東主一所非薄, 嬬不復厚, 雖或暫舍, 終見窮除.

今又令紡領郡者, 是欲責後效, 必殺紡之趣也. 雖尙視息, 憂惕焦灼, 未知軀命, 竟在何時. 人居世間, 猶白駒過隙, 而常抱危怖, 其可言乎! 惟當陳愚, 重自披盡, 懼以卑賤, 未能採納. 願明使君少垂詳察, 忖度其言.

今此郡民, 雖外名降首, 而故在山草, 看伺空隙, 欲復爲亂. 爲亂之日, 紡命訖矣. 東主頃者潛部分諸將, 圖欲北進. 呂範, 孫韶等入淮, 全琮,朱桓趨合肥, 諸葛瑾,步騭,朱然到襄陽. 陸議,潘璋等討梅敷. 東主中營自掩石陽, 別遣從孫奐治安陸城, 修立邸閣, 輦貲運糧, 以爲軍儲.

又命諸葛亮進指關西, 江邊諸將無復在者, 才留三千所兵守武昌耳. 若明使君以萬兵從皖南首江渚, 魴便從此率屬吏民, 以爲內應. 此方諸郡, 前後擧事, 垂成而敗者, 由無外援使其然耳.

若北軍臨境, 傳檄屬城, 思詠之民, 誰不企踵? 願明使君上觀天時, 下察人事, 中參蓍龜, 則足昭往言之不虛也.」

| 국역 |

그 세 번째 서신.

「周魴(주방)의 선임자이던 전임 태수 廣陵 출신 王靖(왕정)은 옛날에 郡民의 변란 때문에 견책을 받아야 했는데, 왕정은 성실하게 자신을 변호하였지만 끝내 자신을 해명하지 못하자, 몰래 계획을 세워 북쪽 망명을 생각했는데 불행히도 계획이 발각되어 그 어린아이까지 모조리 죽었습니다. 주방은 이미 왕정의 전말을 다 보았고 또 東主(孫權)에게 한 번 잘못 보이면 다시는 신임 받지 못하며, 잠시라도 버려진다면 끝내 잘린다는 것도 알고 있습니다.

지금 또 주방이 파양군을 다스리지만, 이는 나의 뒤를 문책하여 틀림없이 나를 죽이려는 의도입니다. 지금까지는 아직 그 눈길 안에 살아있지만 근심과 불안 속에서 언제 이 목숨이 끝날지 알 수 없습니다. 인간의 이 한 세상을 사는 것이 마치 흰 망아지가 문틈을 달려가는 것 같거늘(白駒過隙, 백구과극), 늘 두려움을 안고 살아야 한다면 말이 되겠습니까! 저의 어리석은 뜻을 거듭 피력하였지만 제 지위가 낮다 하여 받아들여지지 않는 것 같아 두렵기만 합니다. 원컨대, 현명하신 使君(曹休)께서는 잠시 깊이 살피시어 제 말을 혜아려 주시기 바랍니다.

지금 여기 郡民들이 겉으로는 고개를 숙이고 복종하는 모습이지만, 옛 산천을 그리면서 빈틈을 노리다가 다시 반란을 일으키려는 형세입니다. 반란이 일어나는 날 나의 목숨은 끝날 것입니다. 東主(孫權)는 요즈음 각 군영의 여러 장수들을 은밀히 재편성하여 북진을 도모하고 있습니다. 그리하여 呂範(여범)과 孫韶(손소) 등은 淮水(회수) 지역으로 이동했고, 全琮(전종)이나 朱桓(주환)은 合肥(합비)로, 諸葛瑾(제갈근)과 步騭(보즐), 그리고 朱然(주연)은 襄陽(양양)으로 이동시켰습니다. 陸議(육의, 陸遜)와 潘璋(반장) 등은 梅敷(매부)를 토벌하고 있습니다. 東主는 中軍 軍營을 (廬陵郡) 石陽(석양)에 두고, 별도 부대를 孫奐(손환)을 보내 安陸城(안륙성)을 다스리게 하였는데, 그곳에 창고를 짓고 군량과 여러 군수물자를 비축하고 있습니다.

또 諸葛亮(제갈량)에게 關中의 서쪽으로 진출케 하였는데, 長江주변의 여러 장수들로 남아 있는 자들은 겨우 3천 명 정도가 武昌을지키고 있을 뿐입니다. 만약 명철하신 使君께서 1만 명의 병력으로皖城(환성)으로부터 남쪽으로 장강 주변으로 진출하신다면, 주방은이곳 관리와 백성을 거느리고 내응토록 하겠습니다. 이쪽 방면의여러 군은 그간 여러 번 거사하며 성공할 듯하다가 실패한 것은 외부 후원이 없었기에 그럴 수밖에 없었습니다.

만약 北軍(魏軍)이 우리 국경을 압박하며 여러 縣의 성에 격문을보낸다면, 그간 귀부를 그리던 백성들 그 누가 기다리지 않겠습니까? 바라옵나니 현명하신 使君께서는 위로는 天時를 보아 또 아래로는 人事를 살피시고, 중간에 점괘를 참고하신다면 아마 그간 제가 드린 말씀이 빈말이 아니라는 것을 아실 것입니다.」

| 原文 |

其四曰,

「所遣董岑,邵南少長家門, 親之信之, 有如兒子. 是以特令
齎箋, 托叛爲辭, 目語心計, 不宣唇齒, 骨肉至親, 無有知者.
又已敕之, 到州當言往降, 欲北叛來者得傳之也. 魴建此計,
任之於天, 若其濟也, 則有生全之福. 邂逅洩漏, 則受夷滅之
禍.

常中夜仰天, 告誓星辰. 精誠之微, 豈能上感, 然事急孤窮,
惟天是訴耳. 遣使之日, 載生載死, 形存氣亡, 魄爽恍惚. 私
恐使君未深保明, 岑,南二人可留其一, 以爲後信. 一齎敕還,
敕還故當言悔叛還首.

東主有常科, 悔叛還者, 皆自原罪. 如是彼此俱塞, 永無端
原. 縣命西望, 涕筆俱下.」

| 국역 |

그 네 번째 서신.

「제가 보내는 董岑(동잠)과 邵南(소남)은 어려서부터 집안에서 성
장하여 가까이 하고 믿을 만하며 자식과도 같습니다. 그래서 특별
히 제 私信을 보낼 수 있는데, 반역의 뜻을 말할 때도 눈짓을 하면
마음으로 헤아리며 입에 올리지 않으니 골육을 나눈 친족도 알지
못합니다. 또 이미 단단히 일렀으며 揚州에 가서 투항하러 온다고
말을 해야만 했고, 그러면 이를 이미 북쪽에 온 자들이 다른 사람에

게 알릴 것입니다. 내가 이런 계획을 세운 것은 하늘에 맡긴 것으로 만약 성공한다면 하늘의 모든 복을 다 받았다고 할 수 있을 것입니다. 나중에 누설되면 물론 멸족의 화를 당할 것입니다.

그래서 한밤에 하늘을 우러러 보며 星辰(성신)에 맹세를 하였습니다. 정성이 부족하다면 어찌 하늘을 감동시킬 수 있겠습니까? 그렇지만, 사태는 심각하고 저는 힘이 없기에 오직 하늘에 하소연 하는 것입니다. 이들 사람을 보내는 날에 내가 살았는지 아니면 죽었는지, 육신은 살아있고 정신은 나간 것과 같이 어지럽고 황홀하였습니다. 저는 使君께서 저에 대한 믿음이 확실하지 않은 것 같아 동잠이나 소남 둘 중에 하나를 남겨둔다면, 저는 그것이 저의 신표가 될 것입니다. 한 사람은 답신을 받아 돌아오고, 다른 한 사람은 배신을 후회하며 자수하였다고 말하게 시키면 될 것입니다.

東主(孫權)의 일정한 법규에 반역을 후회하고 돌아온 자는 본래의 반역죄를 사면해줍니다. 그러면 두 사람이 다 각자 일방에 머물게 되어 서로 누설할 수가 없을 것입니다. 목숨이 걸려 있는 서쪽을 바라보며 눈물로 붓을 놓습니다.」

| 原文 |

其五曰,

「鄱陽之民, 實多愚勁, 帥之赴役, 未卽應人, 倡之爲變, 聞聲響拊. 今雖降首, 盤節未解, 山棲草藏, 亂心猶存. 而今東主圖興大衆, 擧國悉出. 江邊空曠, 屯塢虛損, 惟有諸刺姦耳.

若因是際而騷動此民, 一旦可得更會, 然要恃外援, 表裏機互, 不爾以往, 無所成也.

今使君若從皖道進住江上, 魴當從南對岸歷□爲應. 若未徑到江岸, 可住百里上. 令此間民知北軍在彼, 卽自善也. 此間民非苦饑寒而甘兵寇, 苦於征討, 樂得北屬, 但窮困舉事, 不時見應, 尋受其禍耳.

如使石陽及潸,徐諸軍首尾相銜, 牽綴往兵, 使不得速退者, 則善之善也. 魴生在江,淮, 長於時事, 見其便利, 百舉百捷, 時不再來, 敢布腹心.」

| 국역 |

그 다섯 번째 서신,

「鄱陽郡의 백성은 사실 우매한데다가 고집이 있어서 그들을 거느리고 전투에 나선다 하여도 곧바로 호응하지도 않고, 또 선동하면 변심하고, 소리만 듣고도 그쪽으로 호응하는 사람들입니다. 이번에 비록 고개를 숙인다 하여도, 그 속셈은 따라오지 않고 산속 초야에 묻혀 살면서 반역의 마음만은 늘 남아 있습니다. 지금 東主가 대군을 징발하여 거국적으로 원정한다고 합니다. 그러면 長江 주변의 군사가 빠져나가고 주둔 군영도 텅 비게 되면 오직 간악한 사람들이 남아 있을 것입니다. 만약 이러한 기회에 이곳 백성을 선동한다면 일단은 먹혀들어갈 것이나 외부의 후원이 있어야 하고, 안과 밖에서 같이 호응이 되어야지 그렇지 않다면 성공하지 못할 것입니다.

지금 使君께서 만약 皖城(환성)에서부터 長江을 따라 진격한다면, 저 주방은 응당 남쪽 대안의 歷口(역구)에서 호응할 것입니다. 만약 (使君께서) 長江 북안까지 이르지 못하신다면 百里(백리)란 곳에 주둔할 수 있습니다. 그리하여 이곳 백성들이 北軍이 건너편에 있다는 사실을 알면 즉시 스스로 협조할 것입니다. 이곳 백성들은 추위와 굶주림에 오랫동안 고통을 받았기에 적의 내침을 오히려 달가워하며, 정벌에 강제 동원보다 차라리 북쪽에 예속되기를 기대하고 있지만, 다만 궁색한 상황에서 거사했다가 외부의 호응이 없으면 곧 환난이 닥쳐온다고 생각하고 있습니다.

　만약 石陽(석양)의 군사와 靑州와 徐州의 여러 北軍이 首尾(수미)가 하나처럼 움직여 東吳의 군사를 견제하여 신속하게 퇴군할 수 없게 된다면, 아마 가장 좋은 상황이 될 것입니다. 주방은 長江과 淮水 지역에서 살아서 지금 상황을 잘 이해하며 유리한 쪽을 파악할 수 있어 백 번 거동에 백 번 이길 수 있으며, 좋은 기회는 다시 오지 않기에 감히 제 복심을 말씀드립니다.」

| 原文 |

　其六曰,

「東主致恨前者不拔石陽, 今此後擧, 大合新兵, 並使潘濬發夷民, 人數甚多. 聞豫設科條, 當以新羸兵置前, 好兵在後. 攻城之日, 云欲以羸兵塡塹, 使卽時破, 雖未能然, 是事大趣也. 私恐石陽城小, 不能久留往兵, 明使君速垂救濟, 試宜疾密. 王靖之變, 其鑒不遠.

今魴歸命, 非復在天, 正在明使君耳. 若見救以往, 則功可必成, 如見救不時, 則與靖等同禍. 前彭綺時, 聞旗麾在逢龍, 此郡民大小歡喜, 並思立效, 若留一月日間, 事當大成, 恨去電速, 東得增衆專力討綺, 綺始敗耳. 願使君深察此言.」

| 국역 |

그 여섯 번째 서신.

「東主(孫權)는 이전 전투에서 石陽(석양)을 점거하지 못한 것을 크게 후회하며, 이번 원정에서 많은 신병을 가세시키고 또 潘濬(반준)으로 하여금 만이(夷)와 漢人(民)을 모두 동원케 하였으니, 우선 군사가 매우 많아졌습니다. 듣기로는 미리 규정을 반포하여 새로 보충한 신병을 전면에 배치하고 숙련된 군사를 후방에 배치한다고 하였습니다. 그리하여 攻城하는 날에 약한 군사는 참호를 파게 하여 빨리 성을 격파하려 하는데, 만약 그렇게 안 된다 하더라도 이는 전투를 서두르는 것입니다. 저는 石陽(석양)의 城이 작기에 군사를 오래 주둔 시킬 수 없으니 명철하신 使君께서는 속히 구원군을 보내시되 응당 신속, 비밀리에 시도하셔야 할 것입니다. 王靖(왕정) 변란의 교훈이 멀리에 있지 않습니다.

지금 제가 (魏에) 귀부하되 저의 생명이 하늘에 있지 않다면 바로 명철하신 使君에 달려 있습니다. 만약 제가 구원을 받을 수 있다면 틀림없이 성공할 수 있지만, 만약 구원을 받을 時運이 아니라면 왕정과 같은 화를 당할 것입니다. 앞서 彭綺(팽기)가 造反할 때에, 그

대장 깃발이 逢龍(봉룡)에 있다는 소식에 郡民의 大小가 모두 환희하면서 곧 좋은 결과가 있을 것이라 생각하였습니다. 만약 팽기가 한 달 간을 버틸 수 있었다면 일을 틀림없이 성공했겠지만, 애석하게도 그는 재빨리 퇴거하였고, 東吳에서는 군사를 늘려 팽기를 적극 토벌했기에 팽기는 패망하였습니다. 使君께서는 이 말을 깊이 생각해 주십시오.」

| 原文 |

其七曰,

「今擧大事, 自非爵號無以勸之. 乞請將軍,侯印各五十紐, 郎將印百紐, 校尉,都尉印各二百紐, 得以假授諸魁帥, 獎厲其志. 並乞請幢麾數十, 以爲表幟, 使山兵吏民, 目瞻見之, 知去就之分已決, 承引所救畫定. 又彼此降叛, 日月有人, 闊狹之間, 輒得聞知. 今之大事, 事宜神密, 若省魴箋, 乞加隱秘. 伏知智度有常, 防慮必深, 魴懷憂震灼, 啓事蒸仍, 乞未罪怪.」

| 국역 |

그 일곱 번째 서신.

「지금 큰일을 꾸미면서 어떤 작호를 수여하지 않는다면 많은 사람의 귀부를 권장할 수가 없습니다. 그래서 將軍과 제후의 인수 50

개(紐는 인끈 뉴), 郞將의 직인 1백 개, 校尉와 도위 직인 각 2백 개를 준비해 주시기 바라오며, 이를 여러 우두머리에게 수여하며 그 뜻의 결행을 장려해야 합니다. 아울러 수십 개의 깃발로 표시를 삼아 山越 사람이나 관리나 백성으로 하여금 눈으로 직접 보아, 거취가 벌써 결정되었다는 현실을 알게 한다면, 백성들 유인은 쉽게 끝날 것입니다. 또 피차 투항과 반역은 어느 달 어느 날에나 있을 것이니 많은 사람이든 소수이든 이를 듣거나 알 수 있어야 합니다. 이번의 큰일은 응당 귀신에게도 비밀이겠지만, 周魴(주방)의 서신을 읽으신 뒤에 절대 비밀로 부쳐주시길 바랍니다. 저는 使君의 지략에 常道가 있고 사태 대응이 매우 깊으신 것을 알고 있지만, 제 마음속의 걱정과 두려움으로 서신을 여러 번 보낸 것이오니 괴이하게 여기지 마시길 바랄 뿐입니다.」

| 原文 |

魴因別爲密表曰,

「方北有逋寇, 固阻河洛, 久稽王誅, 自擅朔土. 臣曾不能吐奇擧善, 上以光贊洪化, 下以輸展萬一, 憂心如擣, 假寐忘寢. 聖朝天覆, 含臣無效, 猥發優命. 敕臣以前誘致賊休, 恨不如計. 令於郡界求山谷魁帥爲北賊所聞知者, 令與北通.

臣伏思惟, 喜怖交集, 竊恐此人不可卒得, 假使得之, 懼不可信, 不如令臣譎休, 於計爲便. 此臣得以經年之冀願, 逢值千載之一會, 輒自督竭, 竭盡頑蔽, 撰立箋草以誑誘休者, 如別紙. 臣知無古人單復之術, 加卒奉大略, 佋矇狼狽, 懼以輕愚, 忝負特施, 豫懷憂灼.

臣聞唐堯先天而天弗違, 博詢芻蕘, 以成盛勳. 朝廷神謨, 欲必致休於步度之中, 靈贊聖規, 休必自送, 使六軍囊括, 虜無孑遺, 威風電邁, 天下幸甚. 謹拜表以聞, 並呈牋草, 懼於淺局, 追用悚息.」

被報施行. 休果信魴, 帥步騎十萬, 輜重滿道, 逕來入皖. 魴亦合衆, 隨陸遜橫截休, 休幅裂瓦解, 斬獲萬計.

| 국역 |

周魴(주방)은 이와 함께 비밀리에 (손권에게) 표문을 올렸다.

「지금 북쪽에는 우리가 잡아야 할 도적 무리가 있는데, 저들은 河水와 洛水를 굳게 막고서 王者의 정벌에 오랫동안 저항하며 북방을 멋대로 다스리고 있습니다. 臣은 일찍이 기이한 방책을 올리거나 유능한 자를 천거하지도 못했고, 위로는 洪大한 교화를 돕거나 아래로는 미미한 힘을 보태지도 못했기에, 걱정하는 마음으로 심장이 두근거리며 누워도 잠을 이루지 못했습니다. 聖上께서는 온 땅을 감싸고 있는 하늘과 같으시니, 臣의 無用을 포용하시고 은총으로 명령을 내려 주시길 바랍니다. 臣이 이번에 반적 曹休(조휴)의 유인이 혹시 계획대로 되지 않을까 걱정뿐입니다. 지금 郡內에서 산 계곡에 사는 우두머리로 北賊에게 알려진 자들이 북쪽과 왕래를 할 수 있도록 허용해 주시기 바랍니다.

臣이 생각할 때 기쁨과 두려움이 교차하지만, 아마 이들을 갑자기 잡아내기 어려울 것이며, 그들을 잡아낸다 하여도 아마 믿을 수가 없어서 臣이 조휴를 속이는 것이 어쩌면 더 쉬울 것입니다. 이는 臣이 여러 해에 걸쳐 성취하고 싶었던 일이었는데, 千載一遇(천재일우)의 기회를 얻었기에 저 혼자 결단을 내리고, 저의 우둔한 지혜를 다 짜내어 서신을 작성하여 미련한 조휴를 유인하였는데, 서신은 별지와 같습니다. 臣은 저에게 古人과 같은 한두 가지의 술책도 없는 것을 알고 있었는데, 갑자기 큰 책략을 꾸며보라 하셨기에 狼狽(낭패)할까 두려웠고 저의 경솔 우매함이 특별하신 배려에 욕이 될까 두려워 걱정뿐이었습니다.

臣이 알기로, 唐堯(당요, 堯帝)께서는 먼저 하늘에 알려 하늘의 뜻에 어긋나지 않으면 나무꾼한테도 널리 의견을 물었기에 큰 공적을 거둘 수 있었습니다. 朝廷의 神明한 대책은 반드시 조휴를 우리의 계획대로 잡을 수 있고, 신령의 도움으로 조휴 자신이 걸어 들어올 것이며, 저들 六軍이 주머니 속에 들어와 단 한 명도 빠져나가지 못할 것입니다. 이로써 폐하의 위풍이 널리 크게 떨칠 수 있다면 천하를 위해서도 다행한 일이 될 것입니다. 삼가 표문을 오려 보고하며 아울러 서신의 초안을 올리지만 미천한 설계라서 두려움으로 불안하기만 합니다.」

주방은 보고된 대로 시행하라고 회신을 받았다. 조휴는 주방을 믿었고 보병과 기병 10만 명과 치중 군수물자가 길을 메우며 皖城(환성)으로 진입하였다. 주방 역시 군사를 거느리고 육손을 따라 조휴를 차단하고 공격하였는데, 조휴는 비단이 찢어지듯 기왓장이 지봉에서 무너지듯 패망하였는데 죽거나 포로로 잡힌 자가 수만 명이었다.

|原文|

魴初建密計時, 頻有郎官奉詔詰問諸事, 魴乃詣部郡門下, 因下髮謝, 故休聞之, 不復疑慮. 事捷軍旋, 權大會諸將歡宴, 酒酣, 謂魴曰, "君下髮載義, 成孤大事, 君之功名, 當書之竹帛." 加裨將軍, 賜爵關內侯.

賊帥董嗣負阻劫鈔, 豫章,臨川並受其害. 吾粲,唐咨嘗以三千兵攻守, 連月不能拔. 魴表乞罷兵, 得以便宜從事. 魴遣間諜, 授以方策, 誘狙殺嗣. 嗣弟怖懼, 詣武昌降於陸遜, 乞出平地, 自改爲善, 由是數郡無復憂惕.

魴在郡十三年卒, 賞善罰惡, 威恩並行. 子處, 亦有文武材幹, 天紀中爲東觀令, 無難督.

|국역|

周魴(주방)이 처음에 비밀 계획을 세울 때, 조정의 郎官이 조서를 받고 내려와 주방의 업무에 대하여 자주 힐난했고, 주방은 荊州部로 들어가 머리를 삭발한 채 사과를 하여 일부러 曹休가 알게 하였기에 조휴가 의심하지 않았다.

조휴의 군사를 격파하고 회군한 뒤에 孫權은 여러 장수와 함께 큰 잔치를 하면서 술기운이 오르자 주방에게 말했다.

"君이 삭발하고 대의를 설파하면서 나의 일을 성공시켰으니 君의 功名은 역사에 꼭 기록되어야 한다."

그러면서 裨將軍의 직책을 내리고 관내후의 작위를 하사하였다.

賊徒(적도)의 우두머리 董嗣(동사)는 험지를 배경으로 노략질을 자행하여 豫章郡과 臨川(임천) 지역에 피해가 많았다. 吾粲(오찬)과 唐咨(당좌)가 3천의 군사로 공격하거나 수비하였지만 몇 달이 지나도 토벌하지 못했다. 주방은 표문을 올려 군사를 해산하고 상황에 따라 일을 처리하는 것이 좋겠다고 건의하였다. 주방은 間諜(간첩)을 불러 방책을 지시하여 동사를 유인하여 살해하였다. 동사의 동생은 두려워하며 武昌에 와서 육손에 투항하고 평지에 살기를 애걸하며 개과천선하였는데 이후 여러 군에서 걱정거리가 사라졌다.

주방은 파양 태수로 13년을 재직하다가 죽었는데, 선행을 장려하고 악인을 징벌하였으며 위엄과 은덕을 함께 베풀었다.

아들 周處(주처) 역시 문무의 재간이 있어, (孫皓) 天紀 연간(서기 277 − 280)에 (역사 편찬 담당) 東觀令에 無難督을 역임했다.

❺ 鍾離牧

|原文|

鍾離牧字子幹, 會稽山陰人, 漢魯相意七世孫也. 少爰居永興, 躬自墾田, 種稻二十餘畝. 臨熟, 縣民有識認之. 牧曰,

"本以田荒, 故墾之耳." 遂以稻與縣人.

縣長聞之, 召民繫獄, 欲繩以法, 牧爲之請. 長曰, "君慕承宮, 自行義事, 僕爲民主, 當以法率下, 何得寢公憲而從君邪?" 牧曰, "此是郡界, 緣君意顧, 故來暫住. 今以少稻而殺此民, 何心復留?"

遂出裝, 還山陰, 長自往止之, 爲釋繫民. 民慚懼, 率妻子春所取稻得六十斛米, 送還牧, 牧閉門不受. 民輸置道旁, 莫有取者. 牧由此發名.

| 국역 |

鍾離牧(종리목)[133]의 字는 子幹(자간)으로, 會稽郡 山陰縣 사람으로 漢의 魯國 相이던 鍾離意(종리의)의 7世 孫이었다. 종리목은 젊어 (會稽郡) 永興縣에 살면서 직접 농지를 개간하여 벼 20여 畝(무)를 심었다. 벼가 익을 무렵에 현의 어떤 사람이 자기 땅이라고 하였다. 종리목은 "본래 황무지라서 내가 개간했을 뿐이다."라고 말하고서 농사 지은 벼를 그 사람에게 넘겨주었다.

縣長이 이를 알고서는 그 농민을 잡아 옥에 가두고 법에 의거 처리하려고 했는데, 종리목이 그 농민을 위해 청원하였다. 현장이 말했다.

"君이 承宮(승궁)[134]을 흠모하여 의로운 일을 하려고 하지만, 나는

----

133 鍾離牧(종리목, 생몰년 미상, 字 子幹) – 鍾離는 복성. 東吳 장군. 후한 明帝 때 尙書僕射인 鍾離意의 후손.

134 承宮(승궁, ?-76년, 字 少子) – 돼지를 키우다가 남들이 하는 공부를 부러워했

백성의 주재자로 응당 법에 의거 백성을 다스려야 하는데, 어찌 법을 따르지 않고 당신 뜻을 따라야 하겠는가?"

"여기는 같은 회계군이고 현장의 호의를 따라 잠시 머물며 농사를 지었습니다. 지금 이 적은 곡식 때문에 백성 한 사람이 죽어야 한다면 어찌 여기서 더 살 수 있겠습니까?"

그리고서는 이삿짐을 꾸려 山陰縣으로 돌아가려 하자, 현장이 만류하면서, 잡아둔 농민을 풀어주었다 그 농민은 부끄럽고 두려워서, 처자를 거느리고 방아를 찧어(舂은 방아 찧을 용) 품삯으로 받은 쌀 60斛(곡)을 종리목에게 반환하였으나, 종리목은 폐문하고 받지 않았다. 그 농민은 길 가에 쌓아두었는데 아무가 가져가는 사람이 없었다. 종리목은 이 때문에 이름이 알려졌다.

| 原文 |

赤烏五年, 從郎中補太子輔義都尉, 遷南海太守. 還爲丞相長史, 轉司直, 遷中書令. 會建安,鄱陽,新都三郡山民作亂, 出牧爲監軍使者, 討平之. 賊帥黃亂,常俱等出其部伍, 以充兵役. 封秦亭侯, 拜越騎校尉.

………………
고, 그러다가 고생을 하며《春秋》를 전공하여 마을에서 강학했다. 피난지 漢中郡에서 열심히 농사를 지었는데, 토지 주인이 자기 땅이라 하자 군말 없이 수확을 앞둔 농사를 넘겨주고 떠났다. 後漢 侍中祭酒 역임.《後漢書》27권,〈宣張二王杜郭吳承鄭趙列傳〉에 입전.

(孫權) 赤烏 5년(서기 242), 鍾離牧(종리목)은 郎中에서 太子輔義 都尉가 되었다가 南海[135] 태수가 되었다. 다시 조정으로 돌아와 丞相府 長史가 되었고, 司直으로 진급했고 이어 中書令으로 승진하였다.

그때 建安, 鄱陽(파양), 新都 3郡의 山越人들이 반란을 일으키자, 조정에서는 종리목을 監軍使者에 임명하여 토벌케 하였다. 반적의 우두머리인 黃亂(황란)과 常俱(상구) 등은 그들 부대를 그대로 인솔하여 군사가 되었다. 종리목은 秦亭侯에 책봉되었고 越騎校尉를 제수 받았다.

永安六年, 蜀併於魏, 武陵五谿夷與蜀接界. 時論懼叛亂, 乃以牧爲平魏將軍, 領武陵太守, 往之郡. 魏遣漢葭縣長郭純試守武陵太守, 率涪陵民入蜀遷陵界, 屯於赤沙, 誘致諸夷邑君, 或起應純, 又進攻酉陽縣, 郡中震懼.

牧問朝吏曰, "西蜀傾覆, 邊境見侵, 何以禦之?" 皆對曰, "今二縣山險, 諸夷阻兵, 不可以軍驚擾, 驚擾則諸夷盤結. 宜以漸安, 可遣恩信吏宣教慰勞."

牧曰, "不然. 外境內侵, 誑誘人民, 當及其根柢未深而撲取

---

135 南海郡 본래 後漢의 舊郡, 郡治는 番禺縣(반우현), 今 廣東省 중부 廣州市.

之, 此救火貴速之勢也." 敕外趣嚴, 掾史沮議者便行軍法.
撫夷將軍高尚說牧曰, "昔潘太常督兵五萬, 然後以討五谿夷
耳. 是時劉氏連和, 諸夷率化, 今旣無往日之援, 而郭純已據
遷陵, 而明府以三千兵深入, 尙未見其利也."

牧曰, "非常之事, 何得循舊?" 卽率所領, 晨夜進道, 緣山
險行, 垂二千里, 從塞上, 斬惡民懷異心者魁帥百餘人及其支
黨凡千餘級, 純等散, 五谿平.

遷公安督, 揚武將軍, 封都鄕侯, 徙濡須督. 復以前將軍假
節, 領武陵太守. 卒官. 家無餘財, 士民思之. 子禕嗣, 代領兵.

|국역|

(孫休, 景帝) 永安 6년(서기 263), 蜀(촉)은 魏(위)에 병합되었는
데, 武陵郡 五谿(오계)의 蠻夷(만이)[136]와 촉한은 서로 접경하고 있었
다. 그때 무릉 오계 만이들의 반란이 걱정되자, 조정에서는 鍾離牧
(종리목)을 武陵 태수 겸임으로 부임하게 하였다.

曹魏에서도 漢葭(한가) 縣長인 郭純(곽순)을 武陵 태수 대행으로
첫 발령을 내었고, 곽순은 涪陵(부릉) 백성을 거느리고 蜀의 (武陵
郡) 遷陵縣(천릉현) 지역에 들어가 赤沙(적사)란 곳에 주둔하면서, 여
러 만이의 邑君을 유치하거나 봉기하여 호응토록 부추기면서, 한편

136 荊州 武陵郡의 治所는 臨沅縣. 今 湖南省 북부 常德市 서쪽. 五谿蠻(오계만)
   은 武陵蠻(무릉만)으로도 호칭. 谿는 溪와 同. 무릉군의 5개 하천 주변에 거주
   하는 만이.

으로는 (武陵郡) 酉陽縣(유양현)을 공격하자 무릉군 백성이 두려워하였다. 이에 종리목이 군의 관리들에게 물었다.

"西蜀이 멸망한 뒤 우리의 변경이 침략당하고 있는데, 어떻게 방어하여야 하는가?"

이에 모두가 말했다.

"지금 2 縣(遷陵과 酉陽) 지역의 산이 험악하고 만이가 군사 진입을 막고 있으니, 군사를 보내 그들을 놀라게 하면 오히려 만이들이 서로 협력하게 됩니다. 그러니 점차 안정되는 것을 보아가며 은애와 신의로 그들을 위무해야 합니다."

이에 종리목이 말했다.

"그렇지 않다. 지금 우리 국경 지역이 침략당하고 있으며, 그들을 거짓으로 유인하고 있으니, 그들의 뿌리가 깊이 박히기 전에 아예 통째로 뽑아버려야 한다. 이는 불을 끌 때 신속하게 진화하는 형세와 같다."

그러면서 외부를 엄하게 단속하면서 관리 중에서 의논을 방해하는 자를 군법으로 처리하였다. 撫夷將軍(무이장군)인 高尙(고상)이 종리목에게 말했다.

"옛날 太常이던 潘濬(반준)이 5만 군사를 감독하여 五谿의 만이들을 토벌하였습니다. 그때 蜀漢의 劉氏와는 강화한 상태였기에 만이들도 우리의 교화에 따라왔습니다. 지금은 옛날과 같은 외부의 지원도 없는데다가, (魏) 郭純(곽순)은 이미 遷陵(천릉)을 차지하고 있으니, 明府께서는 3천 군사를 거느리고 깊이 진격하여도 좋은 결과를 기대하기 어려울 것 같습니다."

이에 종리목은 "비상한 일에 어찌 옛일만 따를 수 있겠습니까?"
라고 말했다. 그리고는 즉각 군사를 거느리고 새벽에 출병하여 험
한 산길을 따라 거의 2천 리를 가서 다른 마음을 품고 있는 고약한
백성들 수괴 1백여 명과 그 추종자나 잔여 세력 1천여 명을 제거하
자, (魏) 곽순은 달아났고 무릉의 오계는 평정되었다.

종리목은 公安督에 揚武將軍으로 승진했고, 都鄕侯에 봉해졌으
며 다시 濡須督(유수독)이 되었다. 또 前將軍으로 부절을 받았고 武
陵 太守를 겸임하였다. 관직에 있으면서 죽었는데, 집안에 여분의
재산이 없었고 백성들은 종리목을 추모하였다.

아들인 鍾離褘(종리위)가 작위를 이었고 그 군사를 거느렸다.

| 原文 |

評曰, 山越好爲叛亂, 難安易動, 是以孫權不遑外御, 卑詞
魏氏. 凡此諸臣, 皆克寧內難, 綏靜邦域者也. 呂岱淸恪在公,
周魴譎略多奇, 鐘離牧踔長者之規. 全琮有當世之才, 貴重於
時, 然不檢姦子, 獲譏毀名云.

| 국역 |

陳壽의 評論 : 山越人(산월인)들은 자주 반란을 일으켜, 나라는 안
정되지 못하고 쉽게 혼란하였기에 孫權은 외적을 막을 겨를이 없어
魏에 몸을 낮춰야 했다. 이러한 때에 여기 입전한 여러 장수들은 내
부의 혼란을 극복하여 나라를 안정시켰다.

呂岱(여대)는 공직에서 청렴 성실하였고, 周魴(주방)은 속임수 전략과 기이한 계책이 많았으며, 鐘離牧(종리목)은 長者의 풍모가 있었다. 全琮(전종)은 당대의 걸출한 인재로 높은 자리에 영화를 누렸지만, 아들의 간악한 행실을 단속하지 못했기에 명예가 크게 훼손되었다.

61권 〈潘濬陸凱傳〉(吳書 16)
(반준,육개전)

❶ 潘濬

|原文|

潘濬字承明, 武陵漢壽人也. 弱冠從宋仲子受學. 年未三
十, 荊州牧劉表辟爲部江夏從事. 時沙羨長贓穢不脩, 濬按殺
之, 一郡震竦.

後爲湘鄉令, 治甚有名. 劉備領荊州, 以濬爲治中從事. 備
入蜀, 留典州事.

|국역|

潘濬(반준)[137]의 字는 承明(승명)으로, 武陵郡 漢壽縣(한수현)[138] 사

람이다. 弱冠에 宋仲子(송중자)[139]에게 受學하였다. 나이 30세 이전에, 荊州牧 劉表가 반준을 불러 형주부 江夏 從事에 임명하였다. 그때 (江夏郡) 沙羨(사선)[140] 縣長은 부정축재에 행실도 지저분하였는데, 반준이 법에 의거 처형하자 군내 모두가 두려워 떨었다.

뒷날 (長沙郡) 湘鄕(상향) 현령이 되었는데 치적이 좋아 유명하였다. 유비가 형주를 차지하자 반준은 治中從事가 되었다. 유비가 蜀郡에 들어갈 때, 반준을 남겨 형주의 업무를 담당케 하였다.

| 原文 |

孫權殺關羽, 並荊土, 拜濬輔軍中郞將, 授以兵. 遷奮威將軍, 封常遷亭侯. 權稱尊號, 拜爲少府, 進封劉陽侯, 遷太常. 五谿蠻夷叛亂盤結, 權假濬節, 督諸軍討之. 信賞必行, 法不可干, 斬首獲生, 蓋以萬數, 自是羣蠻衰弱, 一方寧靜.

....
137 潘濬(반준, ?-239년, 字 承明) - 濬은 칠 준. 물이 흐르도록 땅을 파내기. 潘浚으로도 표기. 武陵郡 漢壽人, 蜀漢 중신 蔣琬(장완)의 외사촌. 孫吳의 重臣, 형주에서 주로 활동. 太常 역임, 孫吳 후기 左丞相인 陸凱(육개)와 나란한 명성, 《吳書》16권, 〈潘濬陸凱傳〉에 입전.
138 전한에서는 索縣(색현), 후한에서는 漢壽縣(한수현), 東吳에서는 吳壽縣으로 개명했다가 다시 龍陽縣으로 고쳤다. 今 湖南省 北部 洞庭湖의 서쪽, 常德市 관할 漢壽縣.
139 宋仲子 - 宋忠(송충, ?-219년, 字 仲子). 南陽郡 章陵縣 출신. 後漢 말 儒學者, 형주자사 劉表 휘하에 근무.
140 江夏郡의 治所 沙羨縣(사선현), 今 湖北省 武漢市 武昌區.

| 국역 |

孫權이 關羽를 죽이고 형주 땅을 병합한 뒤에, 손권은 潘濬(반준)을 輔軍中郎將에 임명하고 군사를 내주었다. 반준은 奮威將軍으로 승진했고 常遷亭侯에 봉해졌다. 孫權이 제위에 오른 뒤 반준은 少府[141]가 되었고, 작위가 올라 劉陽侯에 봉해졌으며 太常으로 승진하였다. (武陵郡) 五谿(오계) 蠻夷(만이)들이 서로 얽혀 반란을 일으키자 孫權은 반준에게 부절을 내려 주고 각 군사를 동원하여 토벌케 하였다. 반준은 信賞을 분명히 시행하고 법을 준수하였는데, 죽이거나 포로로 잡은 자가 대략 1만 명이었는데 이후로 만이의 세력은 쇠약하여 그 지역이 안정되었다.

| 原文 |

先是, 濬與陸遜俱駐武昌, 共掌留事, 還復故. 時校事呂壹操弄威柄, 奏按丞相顧雍, 左將軍朱據等, 皆見禁止.

黃門侍郎謝厷語次問壹, "顧公事何如?" 壹答, "不能佳." 厷又問, "若此公免退, 誰當代之?" 壹未答厷, 厷曰, "得無潘

---

141 少府는 山海池澤의 조세를 징수하여 황실 비용과 공급을 담당하는 九卿의 한 사람. 질록 中二千石. 後漢의 경우, 屬官으로 尚書, 符節, 太醫, 太官, 湯官, 導官, 樂府, 若盧, 考工室, 左弋(좌익), 居室, 甘泉居室, 左右司空, 東織, 西織, 東園匠(능묘 내 기물이나 葬具를 만드는 부서) 등 16부서의 令과 丞을 두었다. 또 胞人, 都水, 均官의 長과 丞이 있었고, 中書謁者, 黃門, 鈎盾, 尚方, 御府, 永巷, 內者, 宦者의 8개 관서에 令과 丞이 있었다. 여러 僕射(복야)와 署長, 中黃門도 少府 소속이었다.

太常得之乎?" 壹良久曰, "君語近之也." 玄謂曰, "潘太常常
切齒於君, 但道遠無因耳. 今日代顧公, 恐明日便擊君矣."
壹大懼, 遂解散雍事.

濬求朝, 詣建業, 欲盡辭極諫. 至, 聞太子登已數言之而不
見從. 濬乃大請百寮, 欲因會手刃殺壹, 以身當之, 爲國除患.
壹密聞知, 稱疾不行. 濬每進見, 無不陳壹之姦險也. 由此壹
寵漸衰, 後遂誅戮. 權引咎責躬, 因誚讓大臣, 語在〈權傳〉.

赤烏二年, 濬卒, 子翥嗣. 濬女配建昌侯孫慮.

| 국역 |

이에 앞서, 潘濬(반준)과 陸遜(육손)은 함께 武昌(무창)[142]에 주둔하
면서 공동으로 행정업무도 처리하다가 각자 업무로 복귀하였다. 그
때 校事인 呂壹(여일)[143]이 권력을 주물렀는데, 승상인 顧雍(고옹)과
左將軍 朱據(주거) 등에 관한 내용을 상주하여 고옹과 주거는 연금
되었다. 黃門侍郎인 謝玄(사굉, 팔뚝 굉)이 이야기 중에 여일에게 물
었다.

"顧公(고공)의 일은 어찌 되었습니까?

그러자 여일은 "좋지 않습니다."라고 대답했다. 그러자 사굉은

----

142 武昌 – 본래 (江夏郡) 鄂縣(악현). 서기 221년, 東吳 孫權은 여기에 성을 쌓고
   '以武而昌'의 뜻으로, 鄂縣을 武昌으로 개명하고 도읍으로 정했다. 곧 행정
   단위로는 武昌縣, 그 외 몇 개 현을 묶어 武昌郡을 신설. (江夏郡)
143 呂壹(여일, ?–238년?) – 東吳 孫權의 心腹, 中書典校郎, 중앙과 지방 주군의
   문서 감찰, 일종의 특무 임무. 宰相인 顧雍과 左將軍 朱據(주거) 등도 여일의
   고발을 당했다. 나중에 불법이 드러나 참수되었다.

다시 "만약 고공이 사퇴한다면 후임으로 누가 좋을 것 같습니까?"
라고 물었다.

여일의 대답이 없자, 사굉은 "潘太常(潘濬)이 맡을 수 있지 않습
니까?"라고 말했다. 여일은 한참 있다가 "당신 말씀이 거의 맞는 것
같습니다."라고 했다. 이에 또 사굉이 말했다.

"潘太常은 늘 당신에게 이를 갈고 있다는데, 다만 먼 곳에 나가
있을 뿐이요. 만약 오늘 반태상이 고공의 후임이 된다면 아마 내일
은 君을 쳐낼 것입니다."

이에 여일은 크게 두려워하면서 고옹의 일을 해결하여 마무리 지
었다.

반준은 조정에 요청하여 建業(건업)에 들어가 孫權에게 극간하려
고 했다. 반준은 건업에 들어와 太子 孫登(손등)이 여러 번 (呂壹에 대
하여) 간언하였지만 손권이 받아들이지 않았다는 것을 알았다. 반준
은 이에 백관을 모두 모이게 한 뒤에 직접 여일을 죽여 자신이 책임
을 지고 나라의 환난을 제거하려고 했다. 여일은 비밀리에 이런 소식
을 듣고, 병을 핑계로 조정에 나가지 않았다. 반준은 孫權을 알현할
때마다 여일의 간악한 죄상을 말하지 않은 적이 없었다. 이 때문에
여일에 대한 총애는 점차 식었고 나중에 결국 주살되었다. 손권은 자
책하면서 대신들도 질책하였는데, 이는 〈權傳 / 吳主傳〉에 수록했다.

赤烏 2년(서기 239), 반준이 죽었고 아들 潘翥(반저, 翥는 날아오를
저, 字 文龍)가 작위를 이었다. 반준의 딸은 建昌侯 孫慮(손려, 孫權의
次子)[144]와 결혼했다.

<hr>

144 孫慮(손려, 213 - 232년, 字 子智) - 孫權의 次子. 英明했다. (黃武) 7년 봄 정월
(서기 228)에 建昌侯가 되었다. 嘉禾(가화) 원년 봄 정월(서기 232)에 병사했

❷ 陸凱

|原文|

陸凱字敬風, 吳郡吳人, 丞相遜族子也. 黃武爲永興, 諸暨
長, 所在有治跡, 拜建武都尉, 領兵. 雖統軍衆, 手不釋書. 好
《太玄》, 論演其意, 以筮輒驗.

赤烏中, 除儋耳太守, 討朱崖, 斬獲有功, 遷爲建武校尉. 五
鳳二年, 討山賊陳毖於零陵. 斬毖克捷, 拜巴丘督,偏將軍, 封
都鄉侯, 轉爲武昌右部督. 與諸將共赴壽春, 還, 累遷蕩魏,綏
遠將軍.

孫休卽位, 拜征北將軍, 假節領豫州牧. 孫皓立, 遷鎭西大
將軍, 都督巴丘, 領荊州牧, 進封嘉興侯. 孫皓與晉平, 使者
丁忠自北還, 說皓弋陽可襲, 凱諫止, 語在〈皓傳〉. 寶鼎元年,
遷左丞相.

|국역|

陸凱(육개)[145]의 字는 敬風(경풍)으로 吳郡 吳縣 사람이며, 丞相인
陸遜(육손)의 族子이다. (孫權) 黃武 연간에, (會稽郡) 永興(영흥)과
諸暨(제기)의 縣長이었는데 임지에서 치적이 훌륭하여 建武都尉에

다. 無子.《吳書》14권, 〈吳主五子傳〉에 입전.

145 陸凱(육개, 198 – 269년, 字 敬風) – 凱는 즐길 개. 吳郡 吳縣 출신, 陸遜(육손)의
族子. 三國 孫吳 후기의 重臣, 左丞相 역임. 손호의 미움을 많이 받아 나중에는
일족이 (會稽郡) 建安縣에 유배되었다.《吳書》16권, 〈潘濬陸凱傳〉에 입전.

임명되어 군사를 거느렸다. 육개는 군사를 지휘하면서도 손에서 책을 놓지 않았다. 특히 (前漢 揚雄의)《太玄經 / 玄經》을 좋아하여 그 뜻을 논술하였고, 점을 쳐서(筮) 증험하였다.

(孫權) 赤烏 연간에, (交州) 儋耳郡(담이군) 태수가 되어 朱崖郡(주애군, 今 海南省) 지역을 평정하며 전공을 세워 建武校尉로 승진하였다. (孫亮) 五鳳 2년(서기 255), 山越賊인 陳毖(진비)를 零陵郡(영릉군)에서 토벌하여 진비를 죽이며 승리하여 巴丘(파구) 都督에 偏將軍이 되었고, 都鄕侯에 책봉되었다가 武昌 右部 都督으로 전직하였다. 여러 장수와 함께 壽春(수춘) 공격에 참가했다가 돌아와 거듭 승진하여 蕩魏(탕위), 綏遠(수원) 將軍이 되었다.

孫休(손휴)가 즉위하자(서기 258년), 征北將軍이 되어 부절을 받았고 豫州牧을 겸임하였다. 孫皓(손호)가 즉위하자, 鎭西大將軍이 되었고 巴丘(파구)의 군사를 지휘했으며, 荊州牧을 겸임하였고 작위가 올라 嘉興侯(가흥후)가 되었다. (末帝) 孫皓가 晉과 화해했을 때, 使者인 丁忠(정충)이 북에서 돌아와 손호에게 弋陽(익양)을 기습 공격할 수 있다고 설득하자, 육개는 이에 간언을 올려 제지하였는데, 이는 〈皓傳 / 三嗣主傳〉에 수록하였다. 寶鼎(보정) 원년(서기 266), 左丞相으로 승진하였다.

| 原文 |

皓性不好人視己, 群臣侍見, 皆莫敢迕. 凱說皓曰, "夫君臣無不相識之道, 若率有不虞, 不知所赴." 皓聽凱自視. 皓時

徙都武昌, 揚土百姓泝流供給, 以爲患苦, 又政事多謬, 黎元窮匱. 凱上疏曰,

「臣聞有道之君, 以樂樂民. 無道之君, 以樂樂身. 樂民者, 其樂彌長, 樂身者, 不久而亡. 夫民者, 國之根也, 誠宜重其食, 愛其命. 民安則君安, 民樂則君樂.

自頃年以來, 君威傷於桀,紂, 君明暗於姦雄, 君惠閉於群孼. 無災而民命盡, 無爲而國財空, 辜無罪, 賞無功, 使君有謬誤之愆, 天爲作妖. 而諸公卿媚上以求愛, 因民以求饒, 導君於不義, 敗政於淫俗, 臣竊爲痛心.

今鄰國交好, 四邊無事, 當務息役養士, 實其廩庫, 以待天時. 而更傾動天心, 騷擾萬姓, 使民不安, 大小呼嗟, 此非保國養民之術也.」

| 국역 |

孫皓(손호)는 사람들이 자신을 바라보는 것을 좋아하지 않았기에, 신하들이 황제를 알현할 때, 감히 그 뜻을 거스르는 자가 없었다. 이에 육개가 손호에게 말했다.

"君臣은 상호 간에 상대방을 알아보지 않을 수가 없으니, 만약 의외의 사태가 발생할 경우 신하는 어디로 갈지 모를 것입니다."

손호는 육개에게 자신을 응시할 수 있도록 허락했다. 손호는 그때 도읍을 武昌(무창)으로 옮겼는데, 揚州 일대의 백성은 長江을 거슬러 물자를 공급하느라 고생이 많았으며 정사 또한 잘못이 많았고 백성의 살림은 궁핍하였다. 이에 육개가 상소하였다.

「臣이 알기로, 有道한 주군은 쾌락으로 백성을 즐겁게 하지만 無道한 人君은 쾌락으로 자신을 즐겁게 합니다. 백성을 즐겁게 하는 자의 즐거움은 더욱 커지지만, 자신의 육신을 즐겁게 하는 자는 곧 멸망합니다. 백성이란 나라의 근본이니 진정으로 양식을 소중히 하고 그 생명을 아껴주어야 합니다. 백성이 평안하면 主君도 평안하며, 백성이 즐겁다면 주군도 즐거운 것입니다.

최근 몇 년 동안에 주군의 권위가 桀王(걸왕)과 紂王(주왕)처럼 손상되었고, 주군의 명철한 식견은 姦雄에게 막혀버렸고, 仁君의 은혜는 소인들 때문에 막혀버렸습니다. 재해가 없어도 백성은 목숨을 잃고 특별한 작위도 없는데 國用은 고갈되었으며, 죄 없는 백성을 벌주고 無功한 자에게 상을 내리니, 주군이 오류의 허물을 저지르면 하늘은 재앙을 내릴 것입니다. 여러 공경은 주상에 아부하여 求愛하고, 백성을 이용하여 주유해지며, 주군을 不義에 빠트리고 음란한 습속으로 정사를 그르치고 있으니, 臣은 그저 마음이 아플 뿐입니다.

지금 鄰國과 交好하여 사방이 무사하니, 응당 부역을 쉬고 군사를 키워야 하며 나라의 창고를 채워 天時의 변화에 대처해야 합니다. 그러나 그 반대로 하늘의 뜻을 거스르고, 온 백성이 소요하고 불안해하며 상하 모두가 고통으로 탄식하니, 이는 保國하고 養民하는 방법이 아닙니다.」

「臣聞吉凶在天, 猶影之在形, 響之在聲也, 形動則影動, 形止則影止. 此分數乃有所繫, 非在口之所進退也.

昔秦所以亡天下者, 但坐賞輕而罰重, 政刑錯亂, 民力盡於奢侈, 目眩於美色, 志濁於財寶. 邪臣在位, 賢哲隱藏, 百姓業業, 天下苦之. 是以遂有覆巢破卵之憂.

漢所以强者, 躬行誠信, 聽諫納賢, 惠及負薪, 躬請巖穴, 廣采博察, 以成其謀. 此往事之明證也.

近者漢之衰末, 三家鼎立, 曹失綱紀, 晉有其政. 又益州危險, 兵多精强, 閉門固守, 可保萬世, 而劉氏以奪乖錯, 賞罰失所, 君恣意於奢侈, 民力竭於不急, 是以爲晉所伐, 君臣見虜, 此目前之明驗也.」

「臣이 알기로, 인간의 吉凶은 하늘에 달렸으니, 마치 본체에 그림자가 따르고 소리에 울림이 있는 것과 같으니, 본체가 움직이면 그림자도 움직이고 본체가 정지하면 그림자도 움직이지 않습니다. 이러한 정수는 일정한 규칙과 같아 사람의 말로 달라지는 것이 아닙니다.

옛날 秦이 천하를 상실한 이유는 상은 경미한데 벌은 과중하고 刑政이 난잡하였으며, 백성의 여력은 사치에 바닥이 났고 미색에 안목이 가려졌으며, 재물에 심지가 혼탁해졌기 때문이었습니다. 邪

臣(사신)이 재위하니 賢哲은 숨어버렸고, 백성이 불안에 떨며 천하는 고통을 겪어야만 했습니다. 이렇게 되자 둥지가 엎어지며 알이 깨지는 환난을 당했습니다.

漢이 强者가 된 것은 군주가 성의와 신의를 지키며 간언을 받아들이고 현사를 초빙하였으며, 농민에게 혜택을 베풀었고 암혈의 은자라도 초빙했으며 널리 인재를 모아 그 큰 뜻을 성취하게 하였습니다. 이는 지난날의 확실한 증거입니다.

近者에, 漢의 쇠약한 말기에 三國이 鼎立(정립)했지만, 曹魏가 기강을 잃자 晉이 정권을 잡았습니다. 또 益州의 험고한 지형에 군사도 충분하여 폐문하고 고수하였으면 蜀漢은 萬世를 이어갈 수 있었지만 劉氏는 백성 재물을 탈취하고 상벌은 정도를 벗어났으며, 우매한 군주는 사치에 빠져 멋대로 놀았고 불요불급한 일에 백성의 여력을 탕진하였기에 司馬氏(晉)의 정벌을 받아 君臣은 포로가 되었으니, 이는 눈으로 직접 보았던 證驗이었습니다.」

| 原文 |

「臣暗於大理, 文不及義, 智慧淺劣, 無復冀望, 竊爲陛下惜天下耳. 臣謹奏耳目所聞見, 百姓所爲煩苛, 刑政所爲錯亂, 願陛下息大功, 損百役, 務寬蕩, 忽苛政.

又武昌土地, 實危險而塉确, 非王都安國養民之處, 船泊則沈漂, 陵居則峻危, 旦童謠曰, '寧飮建業水, 不食武昌魚, 寧

還建業死, 不止武昌居.'

臣聞翼星爲變, 熒惑作妖, 童謠之言, 生於天心, 乃以安居
而比死, 足明天意, 如民所若也.」

| 국역 |

「臣은 大道의 이치를 잘 모르고, 저의 文章은 大義를 모두 서술하
지 못하며, 지혜는 천박하고 열등하며 기대할만한 능력도 없지만,
폐하를 생각하면 천하의 지금 현실이 안타깝기만 합니다. 臣은 삼
가 보고 들은 것을, 그리고 백성을 괴롭히는 刑政의 문란 등을 말씀
드려 폐하께서 큰일을 좀 멈추시고, 온갖 부역을 경감하며 관대한
정책에 힘쓰고 가혹한 정령이 폐지되기를 바랄 뿐입니다.

또 武昌 지역은 사실 위험하고 토질은 척박하여 결코 王都로 나
라를 편안케 하고 백성을 부양할만한 곳이 못되며, 선박은 표류하
거나 침몰하기 쉽고, 구릉도 험한 땅입니다. 그래서 '建業의 냉수를
마실지언정, 武昌의 물고기를 아니 먹고, 건업에 돌아가 죽을지언
정 무창에 머물지 않겠다.' 는 아이들 노래도 있습니다.

臣이 알기로, 翼星(익성)은 변란을, 熒惑星(형혹성)은 요상한 일을
지어낸다 하고, 아이들 노래의 뜻은 天心에서 나온다 하였으니, 이
는 곧 안거와 사망으로 비교할 수 있으며, 또 天意와 백성 고역의 표
출이라 할 수 있습니다.」

「臣聞國無三年之儲, 謂之非國, 而今無一年之畜, 此臣下之責也. 而諸公卿位處人上, 祿延子孫, 曾無致命之節, 匡救之術, 苟進小利於君, 以求容媚, 荼毒百姓, 不爲君計也.

自從孫弘造義兵以來, 耕種旣廢, 所在無復輸入, 而分一家父子異役, 廩食日張, 畜積日耗. 民有離散之怨, 國有露根之漸, 而莫之恤也. 民力因窮, 鬻賣兒子, 調賦相仍, 日以疲極. 所在長吏, 不加隱括, 加有監官, 旣不愛民, 務行威勢, 所在騷擾, 更爲煩苛. 民苦二端, 財力再耗, 此爲無益而有損也.

願陛下一息此輩. 矜哀孤弱, 以鎭撫百姓之心. 此猶魚鱉得免毒螫之淵, 烏獸得離羅網之綱, 四方之民襁負而至矣. 如此, 民可得保, 先王之國存焉.」

| 국역 |

「臣이 알기로는, 나라에 3년 치 비축분이 없다면 나라도 아니라고 하였는데, 지금 1년의 비축분도 없으니 이는 신하의 책임입니다. 여러 公卿은 백성에 위에 군림하고 국록을 자손에게 물려주면서도, 나라를 위해 목숨을 바치려는 지조나 나라를 바로잡을 수 있는 방책도 없이 國君에게 작은 도움을 주는 말로 아부하며 백성에게는 해악을 끼치니 이는 주군을 위한 방책이 아닙니다.

孫弘(손홍)[146]이 義兵이라 내세운 이후로 백성의 농사는 폐업이

---

146 孫弘(손홍, ?-252年) - 東吳 大臣, 中書令, 少傅, 역임. 中書令인 孫弘(손홍)은

되었고, 사는 곳에서 다른 수입이 없는데도 한 집안의 부자를 분가시켜 두 사람 몫의 부역을 부담하게 하고, 나라에서 지출하는 관리들 식량은 날로 늘어나니 비축분은 날로 줄어듭니다. 백성은 離散(이산)의 원한만 남았고, 나라는 그 뿌리가 점차 드러나는데도 아무런 구휼도 못하고 있습니다. 민력은 이에 따라 궁핍하여 자식을 팔아야 하는데도 조세와 부역은 그대로이니 날마다 피폐할 뿐입니다. 현지의 官長이나 관리는 이런 고통을 바로잡아주지 못하고, 거기다가 감독한다는 관리는 백성을 불쌍히 여기기보다는 위세를 부려 소재지에서 백성을 못살게 굴어 더 큰 고통만 안겨줍니다. 백성은 이런 2중의 고통으로 재물과 인력이 모두 소진되었으니, 이런 관리는 나라에 무익하고 손해만 끼칩니다.

폐하께서는 이러한 관리를 제거하고 백성을 불쌍히 여기시며, 백성의 마음을 진무해야 합니다. 이렇게 되면 물고기나 자라가 독사가 사는 연못을 벗어나고, 새나 짐승이 잡으려는 그물을 벗어나는 것과 같을 것이니, 사방에서 백성들이 아이를 등에 업고 모여들 것입니다. 이렇게 된다면 백성들을 지킬 수 있고 先王이 물려준 나라를 이어갈 수 있습니다.」

| 原文 |

「臣聞五音令人耳不聰, 五色令人目不明, 此無益於政, 有

사람이 간사하고 음험하여 (張昭의 차남) 張休가 평소에 싫어하였기에 손흥은 장휴를 참소했고, 장휴는 조서에 의거 賜死되었다.

損於事者也. 自昔先帝時, 後宮列女, 及諸織絡, 數不滿百, 米有畜積, 貨財有餘.

先帝崩後, 幼,景在位, 更改奢侈, 不蹈先跡. 伏聞織絡及諸徒坐, 乃有千數, 計其所長, 不足爲國財. 然坐食宮廩, 歲歲相承, 此爲無益. 願陛下料出賦嫁, 給與無妻者. 如此, 上應天心, 下合地意, 天下幸甚.」

| 국역 |

「臣이 알기로, 五音은 사람의 귀를 명확히 듣지 못하게 하고, 五色은 사람의 눈을 밝게 하지 못한다고 하였으니,[147] 오음과 오색은 政事에 도움이 되지 않고 손해만 있습니다. 예전 先帝 때 後宮이나 여러 여인들은 모두 길쌈을 했고, 또 1백 명이 안 되었기에 쌀이 남아돌고 재물도 여유가 있었습니다.

先帝(孫權)께서 붕어하신 이후 幼帝(유제, 10세에 즉위한 孫亮)와 景帝(孫休) 재위 기간에 점차 사치가 늘며 선례를 따르지 않았습니다. 제가 알기로, 길쌈을 하거나 다른 일 때문에 입궁한 사람이 1천 명이 넘는다 하니, 그들이 생산하는 것이 국가의 財富에 도움이 되지 않을 것입니다. 그렇지만 그들은 하는 일 없이 나라의 곡식을 축내고 또 해마다 계속되니, 이는 무익한 것입니다. 폐하께서는 그들의 出嫁(출가)를 허용하여 아내가 없는 사람들에게 보내야 합니다. 이

----

147 五音에 빠지면 바른 말을 못 듣고, 오색에 빠지게 되면 눈이 현혹되어 바르게 볼 수 없다는 뜻.

렇게 하는 것이 위로는 천심에 부응하고, 아래로 地德에 상응하여 천하 안정에 큰 도움이 될 것입니다.」

| 原文 |

「臣聞殷湯取士於商賈, 齊桓取士於車轅, 周武取士於負薪, 大漢取士於奴僕. 明王聖主取士以賢, 不拘卑賤. 故其功德洋溢, 名流竹素, 非求顔色而取好服,捷口,容悅者也.

臣伏見當今內寵之臣, 位非其人, 任非其量, 不能輔國匡時, 群黨相扶, 害忠隱賢. 願陛下簡文將之臣, 各勤其官, 州牧督將, 藩鎭方外, 公卿尙書, 務修仁化, 上助陛下, 下拯黎民, 各盡其忠, 拾遺萬一. 則康哉之歌作, 刑錯之理淸. 願陛下留神思臣愚言.」

| 국역 |

「臣이 알기로, 殷 湯王(탕왕)은 商人 중에서도 인재를 얻었고, 齊桓公(환공)은 수레를 모는 사람 중에서 등용하였고, 周 武王은 나무꾼에서도 인재를 찾았으며, 大漢에서는 奴僕(노복, 일꾼)[148] 중에서도

---

148 劉敬 - 본래는 婁敬(누경), 齊人이었다. 漢 5년에, 隴西郡에 防戍(방수)하러 가는 일꾼이었다. 雒陽(낙양)을 지나가는데 고조는 그때 낙양에 있었다. 누경은 수레 끄는 끌채를 벗어놓고 고조를 만나 낙양보다 장안에 도읍할 것을 건의하였고 유씨 성을 하사받았다. 흉노에 사신으로 다녀오기도 했다. 關中 지역으로 전국의 부호 10만 명을 이사 시켜 인구를 채우라는 건의를 했고 고조는 모두 채용하였다.

등용하였습니다. 明王과 聖主는 賢明 여부로 士人을 등하지 卑賤
(비천)에 구애받지 않습니다. 그래서 그 공덕은 넓고도 가득하며 아
름다운 이름은 青史(竹素)에 기록되니, 결코 외모나 좋은 의복, 빠
른 말대꾸(捷口, 첩구)나 아첨하는 사람을 등용하지 않습니다.

臣이 볼 때, 지금 총애를 받는 사람은 제자리에 맞는 사람이 아니
며, 능력에 따른 임용도 아니고, 나라를 바로잡아 보필할 줄도 모르
면서 다만 무리를 지어 서로 의지하며 은자처럼 지내는 현인들까지
해치는 자들입니다.

폐하께서는 文臣이나 將臣을 선발 임명하여 담당 직위에서 근면
하게 일하게 하고, 州牧의 督將이나 지방의 藩鎭(번진), 公卿이나 尙
書 모두가 자기 직무를 수행하고 백성을 인의로 교화토록 하여 위
로는 폐하를 돕고, 아래로는 백성을 도탄에서 구제하며, 각자 자기
충성을 다하면서 조정에서 만에 하나라도 부족한 것을 보완토록 해
야 합니다. 그렇게 되면 나라에 태평을 칭송하는 노래가 불러질 것
이며[149] 법률 집행도 사리에 맞고 청정해질 것입니다. 폐하께서는
臣의 어리석은 말을 꼭 유념하시기 바랍니다.」

| 原文 |

時殿上列將何定佞巧便辟, 貴幸任事. 凱面責定曰,
"卿見前後事主不忠, 傾亂國政, 寧有得以壽終者邪! 何以

----

149 康哉之歌 – 帝舜이 지었다는 太平을 찬양하는 노래. 康哉의 哉는 감탄사.
《尙書 虞書 益稷》에 실려 있다. 「乃歌曰, 股肱喜哉 怨讐起哉, 百工熙哉」~.

專爲佞邪, 穢塵天聽? 宜自改厲. 不然, 方見卿有不測之禍
矣."

定大恨凱, 思中傷之, 凱終不以爲意, 乃心公家, 義形於色,
表疏皆指事不飾, 忠懇內發.

建衡元年, 疾病. 皓遣中書令董朝問所欲言, 凱陳, "何定不
可任用, 宣授外任, 不宜委以國事. 奚熙小吏, 建起浦里田, 欲
復嚴密故跡, 亦不可聽. 姚信,樓玄,賀劭,張悌,郭逴,薛瑩,滕脩
及族弟喜, 抗, 或淸白忠勤, 或姿才卓茂, 皆社稷之楨幹, 國家
之良輔. 願陛下重留神思, 訪以時務, 各盡其忠, 拾遺萬一."

遂卒, 時年七十二.

| 국역 |

그 무렵 殿上列將인 何定(하정)은 간사하고 아첨하여 총애를 받아
높이 올라 직무를 맡고 있었다. 陸凱(육개)가 면전에서 하정을 꾸짖
었다.

"卿은 그동안 주군에게 충성을 다하지도 않고 국정을 혼란에 빠
트렸는데, 그런데도 제 명대로 다 살 수 있겠나! 어째서 아부만 하며
폐하의 귀를 더럽히는가? 응당 고쳐야 한다. 아니면 예상하지 못한
재앙을 곧 당할 것이다."

하정은 육개에게 큰 원한을 품고 중상모략만을 생각하였는데, 육
개는 끝내 마음 쓰지 않고 언제나 공정한 마음에 엄숙한 안색이었
으며, 표문이나 상소하는 글에 꾸밈이 없었고 내심으로부터 충성과

정성이 우러나왔다.

(孫皓) 建衡 원년(서기 269), 병이 들었다. 손호는 中書令 董朝(동조)를 보내 할 말을 묻게 하였다. 이에 육개가 말했다.

"何定(하정)을 임용해서는 안 되니 지방관으로 보내어 조정의 국사를 담당케 해서는 안 됩니다. 奚熙(해희)는 小吏로 浦里(포리)의 경작지를 개간하였는데, 嚴密(엄밀)의 선례를 밟으려 하지만 허용해서는 안 됩니다. 姚信(요신), 樓玄(누현), 賀劭(하소), 張悌(장제), 郭逴(곽탁), 薛瑩(설영), 滕脩(등수) 및 나의 族弟인 陸喜(육희)와 陸抗(육항)은 淸白吏로 충직하거나 아니면 그 자질이 뛰어나니, 모두가 社稷(사직)의 기둥이거나 훌륭한 신하가 될 것입니다. 바라옵나니 폐하께서는 정사에 신중하시면서 시무에 관해서는 이들에게 묻거나 임무를 주어 충성을 다하게 하면, 만에 하나라도 부족한 것을 보완할 것입니다."

그리고서 죽었는데, 그때 72세였다.

|原文|

子禕. 初爲黃門侍郞, 出領部曲, 拜偏將軍. 凱亡後, 入爲太子中庶子. 右國史華覈表薦禕曰,

「禕體質方剛, 器幹彊固, 董率之才, 魯肅不過. 及被召當下, 迊還赴都, 道由武昌, 曾不回顧, 器械軍資, 一無所取, 在戎果毅, 臨財有節. 夫夏口, 賊之衝要, 直選名將以鎭戍之, 臣竊思惟, 莫善於禕.」

(陸凱의) 아들 陸禕(육의, 禕는 아름다울 의)는 처음에 黃門侍郎이었다가 지방으로 나가 군사를 거느렸고 偏將軍이 되었다. 육개가 죽은 뒤(서기 269년), 조정에 들어와 太子 中庶子가 되었다. 右國史인 華覈(화핵)[150]이 표문을 올려 육의를 천거하였다.

「육의의 체질은 한창 剛烈(강렬)하고, 기량과 재능은 건강하고 뛰어나며, 통솔 능력은 魯肅(노숙)보다도 우수합니다. 그전에 그가 조정의 부름을 받아 서둘러 도성에 들어올 때, 도중에 武昌(무창)을 지나오면서 자신의 집에 들르지도 않았으며, 군사의 무기나 장비, 군수물자를 하나도 사적으로 사용하지 않았으니, 군사업무에 과감, 엄정하며 재물 앞에 지조가 확실합니다. 夏口(今 湖北省 武漢市)는 적과 대치하는 요충지라서 명장을 바로 뽑아 지켜야 하니, 臣이 생각할 때 육의보다 더 나은 사람이 없습니다.」

初, 晧常銜凱數犯顔忤旨, 加何定譖構非一, 旣以重臣, 難繩以法, 又陸抗時爲大將在疆場, 故以計容忍. 抗卒後, 竟徙凱家於建安.

----

150 華覈(화핵, 219 - 278년, 字 永先) - 吳郡 武進縣人. 孫吳의 史官, 建興 元年(서기 252년). 孫亮이 卽位하자 韋昭(위소) 薛瑩(설영) 등과 함께《吳書》55권을 편찬했다. 元興 元年(서기 264년), 孫晧가 卽位한 뒤에 徐陵亭侯로 책봉받았고, 天册 元年(서기 275), 사소한 일로 탄핵을 받아 면직되었다가 天紀 2년(서기 278년) 병사했다.《吳書》20권, 〈王樓賀韋華傳〉에 입전.

或曰寶鼎元年十二月, 凱與大司馬丁奉,御史大夫丁固謀,
因皓謁廟, 欲廢皓立孫休子. 時左將軍留平領兵先驅, 故密語
平, 平拒而不許, 誓以不洩, 是以所圖不果. 太史郎陳苗奏皓
久陰不雨, 風氣回逆, 將有陰謀, 皓深警懼云.

| 국역 |

그전에 (末帝) 孫皓(손호)는 陸凱(육개)가 자신의 뜻을 어기면서
자주 간언을 올리는데 대하여 원한을 품고 있었고, 거기다가 (간신
인) 何定(하정)의 모함이 한두 번이 아니었지만, 육개가 重臣이라서
법으로도 얽어맬 수 없었고, 또 陸抗(육항)[151]도 그때 大將으로 재직
중이라서 어쩔 수 없이 참고 있었다. 그러나 육개가 죽은 뒤에, 결국
육개의 집안을 (會稽郡의) 建安縣(건안현)으로 강제 이주시켰다.

또 어떤 사람의 말에 의하면, (孫皓) 寶鼎 원년 12월(서기 266),
육개와 大司馬인 丁奉(정봉),[152] 어사대부인 丁固(정고)가 함께 모의
하여 종묘에 행차할 때 손호를 폐위하고 孫休(손휴)의 아들을 옹립
하려고 했다. 그때 左將軍 留平(유평)이 군사를 거느리고 앞서 나갔
는데 육개가 이를 유평에게 은밀히 말했는데, 유평은 거절하였지만
누설하지 않겠다고 맹서하였기에 계획은 실행되지 않았다. 太史郎

---

151 陸抗(육항, 226 - 274년, 字 幼節) - 陸遜(육손) 次子, 吳郡 吳縣(今 江蘇省 蘇州
市) 출신. 東吳 후기의 名將, 大司馬 역임.《吳書》13권,〈陸遜傳〉에 附傳.

152 丁奉(정봉, ?-271, 字 承淵) - 孫權 휘하, 東吳 후기의 장수. 孫權, 孫亮, 孫休,
孫皓의 四朝 元老, 젊어서부터 여러 장수(甘寧, 陸遜, 潘璋 등)의 부장으로 활
약. 용감하며 지략이 풍부했다. 江表 虎臣의 한 사람.《吳書》10권,〈程黃韓
蔣周陳董甘淩徐潘丁傳〉에 입전.

인 陳苗(진묘)가 손호에게 오랫동안 구름은 끼지만 비가 오지 않고 風氣도 또한 자주 뒤바뀌니, 이는 음모가 있을 것 같다고 말하여 손호는 매우 두려워했다고 한다.

|原文|

予連從荊,揚來者得凱所諫皓二十事, 博問吳人, 多云不聞凱有此表. 又按其文殊甚切直, 恐非皓之所能容忍也. 或以爲凱藏之篋笥, 未敢宣行, 病困, 皓遣董朝省問欲言, 因以付之. 虛實難明, 故不著於篇, 然愛其指擿皓事, 足爲後戒, 故抄列於〈凱傳〉左云.

|국역|

내가(저자인 陳壽) 荊州나 揚州(양주) 쪽에서 온 사람으로부터 陸凱(육개)가 孫皓에게 20가지 사항을 간언으로 올렸다고 들었는데, 吳人 여러 사람에게 널리 물었지만 육개가 그런 글을 상주했었다고 듣지는 못했다. 또 그 문장이 아주 절실한 내용이지만 손호로서 결코 용인하기가 어려운 일이었다. 혹자는 육개가 이를 대나무 상자에 보관하며 올리지는 못하고 있었는데, 병이 위독할 때, 손호가 董朝(동조)를 보내 할 말을 묻자, 이를 넘겨주었다고 하였다. 어떤 말이 사실인지 분명하지 않기에 육개의 열전에 기록하지는 않았지만, 후인들에게 警戒(경계)가 되기에, 이를 〈陸凱傳〉의 아래에 간단히 요약 수록했다.

皓遣親近趙欽□詔報凱前表曰, "孤動必遵先帝, 有何不
平? 君所諫非也. 又建業宮不利, 故避之, 而西宮室宇摧朽,
須謀移都, 何以不可徙乎?"

凱上疏曰,「臣竊陛下執政以來, 陰陽不調, 五星失晷, 職司
不忠, 奸黨相扶, 是陛下不遵先帝之所致. 夫王者之興, 受之
於天, 修之由德, 豈在宮乎? 而陛下不咨之公輔, 便盛意驅馳,
六軍流離悲懼, 逆犯天地, 天地以災, 童歌其謠. 縱令陛下一
身得安, 百姓愁勞, 何以用治? 此不遵先帝一也.」

(末帝) 孫皓(손호)가 측근인 趙欽(조흠)을 보내, 육개가 앞서 올린
표문에 대하여 구두로 답변을 전달하며 말했다.

"나는 늘 先帝의 법도에 따랐거늘 무슨 잘못이 있는가? 君의 간
언은 사실이 아니다. 또 建業(건업)의 궁궐이 불길하여 잠시 피신하
려 했고, (武昌) 西宮도 많이 낡았지만 천도를 생각해본 것뿐인데,
천도하면 왜 안 되는가?"

이에 육개가 上疏하였다.

「臣이 생각할 때, 폐하께서 執政하신 이후로 陰陽(음양)이 고르지
못하고 五星이 정상 궤도를 벗어나며, 관리는 不忠하고 奸黨은 서
로 몰려다니니, 이는 폐하께서 先帝의 법도를 따르지 않았기 때문
입니다. 대체로 王者의 흥기는 천명을 받고 덕행을 닦는데 있지 어

찌 궁궐에 있겠습니까? 그리고 폐하께서는 三公의 자문에 대하여 화를 내며 거부하시고, 六軍이 동요하니 두렵기만 하고, 천지와 자연의 법도를 거역하니 하늘과 땅에 재해가 이어지고, 아이들도 이를 노래로 부르고 있습니다. 설령 폐하 혼자서 평안하시더라도 백성은 근심 속에 고생한다면 어떻게 통치하시겠습니까? 이것은 폐하께서 先帝를 따르지 않았다는 첫째 이유입니다.」

|原文|

「臣聞有國以賢爲本, 夏殺龍逢, 殷獲伊摯, 斯前世之明效, 今日之師表也. 中常侍王蕃黃中通理, 處朝忠謇, 斯社稷之重鎭, 大吳之龍逢也, 而陛下忿其苦辭, 惡其直對, 梟之殿堂, 屍骸暴棄. 邦內傷心, 有識悲悼, 咸以吳國夫差復存, 先帝親賢, 陛下反之, 是陛下不遵先帝二也.

臣聞宰相國之柱也, 不可不彊, 是故漢有蕭,曹之佐, 先帝有顧,步之相. 而萬彧瑣才凡庸之質, 昔從家隷, 超步紫闥, 於彧已豐, 於器已溢, 而陛下愛其細介, 不訪大趣, 榮以尊輔, 越尙舊臣. 賢良憤惋, 智士赫吒, 是不遵先帝三也.

先帝愛民過於嬰孩, 民無妻者以妾妻之, 見單衣者以帛給之, 枯骨不收而取埋之. 而陛下反之, 是不理先帝四也.

昔桀,紂滅由妖婦, 幽,厲亂在嬖妾, 先帝鑒之, 以爲身戒. 故左右不置淫邪之色, 後房無曠積之女. 今中宮萬數, 不備嬪

嬙, 外多鰥夫, 女吟於中. 風雨逆度, 正由此起, 是不遵帝先
五也.」

| 국역 |

「臣이 알기로, 나라 통치에는 賢者가 근본이니, 夏(하)에서는 龍
逢(용봉)[153]을 죽였고, 殷(은)에서는 伊摯(이지)를 잡아가두었는데, 이
는 前世에 있었던 분명한 증거이며 오늘의 師表입니다. 中常侍인
王蕃(왕번)[154]은 가슴에 미덕을 품고 업무에 밝으며 조정에서 충성
정직하여 사직의 重鎭(중진)이며 우리 吳나라의 龍逢(용봉)과 같은
사람이었습니다. 폐하께서는 그의 충성과 귀에 거슬리는 말이 싫고
정직한 대답을 증오하여 궁궐에서 죽여 목을 내걸고 시신을 방치하
자, 나라 안의 모두가 마음 아파했고 그를 아는 모두가 비통하면서
모두가 (春秋) 吳國의 (폭군) 夫差(부차)가 다시 살아났다고 하였습
니다. 先帝(孫權)께서는 親賢하였으나 폐하는 그 반대이니, 이는 폐
하가 先帝를 따르지 않는다는 두 번째 이유입니다.

臣이 알기로, 宰相(재상)은 나라의 기둥이기에 굳세고 당당하지
않을 수 없나니, 그래서 前漢에는 蕭何(소하)와 曹參(조참)[155]의 보필
이 있었고, 先帝에게는 顧雍(고옹)과 步騭(보즐) 같은 승상이 있었습

----

153 龍逢〔용봉, 關龍逢, 豢龍逢(환용봉)〕 – 夏朝 桀王(걸왕)의 大臣, 直言極諫으로
피살. 商朝 말년, 紂王(주왕)이 살해한 比干(비간)과 함께 忠臣의 대명사.

154 王蕃(왕번, 228－266년, 字 永元) – 博學多才한 학자, 孫皓가 살해. 천문 역법
에 능통. 〈乾象曆〉을 편찬. 《吳書》20권, 〈王樓賀韋華傳〉에 입전.

155 曹參(조참) – 蕭何(소하)의 뒤를 이어 漢 승상이 되어 無爲의 정치를 구현하였
다. '蕭規曹隨(소규조수)' 成語의 주인공. 《漢書》39권, 〈蕭何曹參傳〉에 立傳.

니다. 萬彧(만욱)[156]은 才智도 없는 庸才(용재)이니, 예전에 家奴였다가 출세하여 조정에 출입하게 되었는데, 이는 만욱에게 이미 최고에 도달한 것이며 그릇에 넘치는 자리인데, 폐하는 만욱의 잔재주를 아껴 큰 뜻은 살피지도 못하고 높은 자리에 올렸고 원로를 뛰어넘는 배려입니다. 이 때문에 賢良한 인재는 울분하고 智士는 놀라 치욕을 느끼니, 이는 폐하가 先帝를 따르지 않는 3번째 근거입니다.

先帝의 백성사랑은 마치 어린아이 사랑과 같고, 아내가 없는 백성에게 궁녀를 내주었고 홑옷을 입은 백성에게 비단옷을 하사하였으며, 들판에 버려진 마른 뼈들을 모아 매장하였지만 폐하는 그 반대이니, 이는 선제의 자취를 따르지 않는 4번째 근거입니다.

옛날 桀王(걸왕)과 紂王(주왕)은 妖婦(요부) 때문에 망했고, 幽王(유왕)과 厲王(여왕)은 그 嬖妾(폐첩, 媵妾) 때문에 정치가 어지러웠는데, 선제께서는 이를 거울삼고 직접 警戒(경계)하였습니다. 그래서 좌우에는 음란하거나 사악한 여색을 가까이 두지 않았고, 후궁에는 원망하는 여인이 없었습니다. 그러나 지금 후궁에는 1만 명이나 되는 여인이 있고 비빈의 줄에 끼지도 못하고 있지만, 궁 밖에는 홀아비가 많고 궁중에는 신음하는 여인이 있습니다. 풍우가 순조롭지 못한 이유가 여기에 있을 것이니, 이것이 폐하가 선제를 따르지 않는

156 萬彧(만욱, ?–272, 字 및 본적 미상) — 左典軍이었던 萬彧(만욱)은 이전에 (吳興郡) 烏程縣 현령이었고 손호와 서로 친했는데, 만욱은 손호의 식견과 결단력을 칭송하면서 長沙 桓王(환왕, 孫策)과 똑같으며 또 好學하며 법도를 잘 준수한다고 승상 濮陽興(복양흥)과 左將軍 張布(장포)에게 여러 번 말했다. 손호즉위에 큰 힘이 되기에 손호의 총애를 받았을 것이다. 손호의 寵臣, 右丞相 역임.《三國演義》에서는 손호에게 직간한다고 처형되는 충신으로 묘사되었다.

5번째 근거입니다.」

|原文|

「先帝憂勞萬機, 猶懼有失, 陛下臨阼以來, 遊戲後宮, 眩惑
婦女, 乃令庶事多曠, 下吏容姦, 是不遵先帝六也.

先帝篤尙樸素, 服不純麗, 宮無高臺, 物不雕飾, 故國富民
充, 姦盜不作. 而陛下徵調州郡, 竭民財力, 土被玄黃, 宮有
朱紫, 是不遵先帝七也.

先帝外仗顧,陸,朱,張, 內近胡綜,薛綜是以庶績雍熙, 邦內
情肅. 今者外非其任, 內非其人, 陳聲,曹輔, 斗筲小吏, 先帝
之所棄, 而陛下幸之, 是不遵先帝八也.

先帝每宴見群臣, 抑損醇醲, 臣下終日無失慢之尤, 百寮庶
尹, 並展所陳. 而陛下拘以視瞻之敬, 懼以不盡之酒. 夫酒以
成禮, 過則敗德, 此無異商辛長夜之飮也, 是不遵先帝九也.

昔漢之桓,靈, 親近宦豎, 大失民心. 今高通,詹廉,羊度, 黃
門小人, 而陛下賞以重爵, 權以戰兵. 若江渚有難, 烽燧互起,
則度等之武不能禦侮明也, 是不遵先帝十也.」

|국역|

「선제께서는 萬機를 親覽(친람)하시며 혹 놓치는 것이 있을까 걱

정하셨지만, 폐하께서는 즉위하신 이후에 후궁에서 유희하고 부녀자에게 현혹되었기에, 지금 모든 정무에 허점이 많고 下吏들은 불법을 자행하니, 이는 폐하가 선제를 따르지 않는 6번째 사실입니다.

先帝께서는 질박한 것을 숭상하시어 의복이 화려하지 않았고, 궁 안에 큰 누각을 짓지도 않았으며, 기물에 장식도 하지 않아 나라는 부유하고 백성은 넉넉하며 간악한 도적도 없었습니다. 그러나 폐하께서는 각 주군에서 징발하여 백성의 재력을 탕진하였기에 농토는 황폐해졌지만 궁궐은 화려하니 이것이 선제의 뒤를 따르지 않은 7번째입니다.

先帝께서는 外朝의 顧雍(고옹), 陸遜(육손), 朱然(주연), 張昭(장소)의 보필을 받았고, 內朝에서 胡綜(호종)과 薛綜(설종)을 측근으로 두어 庶政이 화합하고 순조롭게 운영되며 나라가 평온하였습니다. 지금 내외의 관리가 임무를 감당 못하고 적임자가 아니며, 陳聲(진성)이나 曹輔(조보) 같은 자는 先帝가 버렸지만 폐하는 총애하고 있으니, 이것이 선제를 따르지 않는 8번째 사실입니다.

先帝께서는 群臣과 연회를 할 때, 과음을 억제하여 신하들이 종일토록 결례하는 일이 없었고, 모든 관리들이 하고 싶은 말을 올릴 수 있었습니다. 그러나 폐하께서는 신하가 똑바로 바라보지도 못하게 공경을 강요하며, 술을 다 받지 못할까 걱정하고 있습니다. 음주는 이로써 예를 행할 수도 있지만 지나치면 덕행을 해치는데, 폐하의 음주[157]는 殷 폭군(商帝 辛, 紂王)의 밤샘 음주와 다름이 없으니,

---

157 孫皓는 群臣과 술을 마실 때마다 하루종일 마셔야 했고, 참석자들은 酒量에 상관없이 7升이 기준량이었고, 다 못마시면 억지로 부어서라도 마시게 했다.

이것이 선제와 다른 9번째입니다.

옛날 漢은 桓帝(환제)와 靈帝(영제)가 환관을 가까이 두고 신임하여 민심을 크게 잃었습니다. 지금 高通(고통), 詹廉(첨렴), 羊度(양도)와 같은 환관 소인에게 폐하는 상과 높은 작위를 하사하고 그들에게 임시 군사 통솔 권한도 부여하였습니다. 만약 長江에서 전투라도 하게 되면 봉화가 연이어 피어오를 터인데 양도 같은 환관이 적을 방어할 수 없음은 분명합니다. 이것이 선제를 따르지 않는 10번째 사실입니다.」

| 原文 |

「今宮女曠積, 而黃門復走州郡, 條牒民女, 有錢則舍, 無錢則取, 怨呼道路, 母子死訣, 是不遵先之十一也.

先帝在時, 亦養諸王太子, 若取乳母, 其夫復役, 賜與錢財, 給其資糧, 時遣歸來, 視其弱息. 今則不然, 夫婦生離, 夫故作役, 兒從後死, 家爲空戶, 是不遵先帝十二也.

先帝歎曰, '國以民爲本, 民以食爲天, 衣其次也, 三者, 孤存之於心.' 今則不然, 農桑並廢, 是不遵先帝十三也.

先帝簡士, 不拘卑賤, 任之鄕閭, 效之於事, 擧者不虛, 受者不妄. 今則不然, 浮華者登, 朋黨者進, 是不遵先帝十四也.

先帝戰士, 不給他役, 使春惟知農, 秋惟收稻, 江渚有事, 責其死效. 今之戰士, 供給衆役, 廩賜不贍, 是不遵先帝十五也.」

「지금 궁녀들은 쓸데없이 넘치지만, 그래도 환관들은 여전히 州郡을 돌아다니며, 백성의 딸을 장부에 기록하면서, 돈이 있는 집에서는 명단에서 빼고 돈이 없으면 입궁하게 되어 길에서 원통하게 울부짖으며 모녀가 생이별을 하는데, 이것은 폐하가 선제를 따르지 않는 11번째 사실입니다.

先帝 재위 중에도 제후 왕의 아들을 양육하면서 만약 유모를 불러들이면 그 남편의 부역을 면제하고, 금전이나 재물을 하사하고 양식을 지급했으며, 때가 되면 돌려보내 어린 자식을 돌보게 하였습니다. 지금은 그러하지 않으니 부부가 생이별을 하고 남편 부역은 이전과 동일하며 어린 자식은 죽어 집안이 텅 비게 되니, 이것이 선제의 뒤를 따르지 않는 12번째 사실입니다.

先帝께서는 탄식하시며 '백성은 나라의 근본이고, 백성은 먹는 것을 하늘로 삼고 의복은 그 다음이다. 나는 이 세 가지를 늘 생각하고 있다.'라고 하셨습니다. 지금은 그러하지 아니하여 농사와 길쌈이 모두 황폐하니, 이것도 선제를 따르지 않은 13번째 사실입니다.

先帝께서 인재를 가려 뽑을 때 비천한 신분에 구애받지 않으시고 향촌에서 일을 맡겨 검증하였기에 천거하는 자는 부실하지 않았고 임용된 자는 능력이 있었습니다. 지금은 그러하지 않으니 浮華한 자가 등용되고 朋黨이 있어야 승진하니, 이것이 선제를 따르지 않은 14번째입니다.

先帝 때의 戰士는 다른 부역이 없이 봄철에는 오직 농사에 전념하였고, 가을에는 추수를 하였으며 長江에서 전투가 벌어지면 목숨

을 바쳤습니다. 지금 여러 잡역에도 동원되고 지급되는 군량도 부족하니, 이것도 선제를 따르지 않은 15번째 사실입니다.」

|原文|

「夫賞以勸功, 罰以禁邪, 賞罰不中, 則士民散失. 今江邊將士, 死不見哀, 勞不見賞, 是不遵先帝十六也.

今在所監司, 民爲煩猥, 兼有內使, 擾亂其中, 一民十吏, 何以堪命? 昔景帝時, 交阯反亂, 實由茲起, 是爲遵景帝之闕, 不遵先帝十七也.

夫校事, 吏民之仇也. 先帝末年, 雖有呂壹, 錢欽, 尋皆誅夷, 以謝百姓. 今復張立校曹, 縱吏言事, 是不遵先帝之十八也.

先帝時, 居官者咸久於其位, 然後考績黜陟. 今州縣職司, 或蒞政無幾, 便徵召遷轉, 迎新送舊, 紛紜道路, 傷財害民, 於是爲甚, 是不遵先帝十九也.

先帝每察竟解之奏, 常留心推按, 是以獄無冤囚, 死者吞聲. 今則違之, 是不遵先帝二十也.

若臣言可錄, 藏之盟府. 如其虛妄, 治臣之罪. 願陛下留意.」

|국역|

「賞을 내려 공훈을 장려하고 징벌로 나쁜 짓을 금지하지만, 상벌

이 적절하지 않다면 土民은 흩어집니다. 지금 長江 주변의 將卒은 죽어도 슬퍼하는 사람이 없고 고생해도 상을 받지 못하니, 이것이 폐하께서 선제를 따르지 않는 16번째 사실입니다.

지금 지방관에 대한 監司(감사)는 백성에게 번거롭기만 한데, 거기에 황제의 특사까지 와서 크게 소란을 피우니, 백성 하나에 관리가 10명 꼴이니 어떻게 감당하겠습니까? 옛날 景帝(孫休, 재위, 서기 258 - 264년) 때, 交阯郡(교지군)의 반란은 이런 까닭에 발생했습니다. 지금 景帝의 실패를 따라가는 것도 先帝와 다른 17번째 사실입니다.

校事(특명 감찰관)는 관리나 백성의 원수입니다. 先帝 말년에, 呂壹(여일)이나 錢欽(전흠) 같은 자가 횡포를 부리다가, 얼마 후 처형한 뒤에 선제는 백성에게 사과하였습니다. 지금 校事를 설치 확장하여 관리들이 정무를 처리한다 하니, 이는 先帝를 따르지 않는 18번째 사실입니다.

先帝 때, 관리가 된 자는 직책에 장기간 근무하면서 실적을 평가받아 좌천되거나 승진하였습니다. 지금 지방 관아의 관리는 발령된 지 얼마 되지도 않아 조정의 부름을 받아 전직하는데, 신임관리를 맞이하고 구관을 전송한다고 수많은 사람들이 길에 모이고 흩어지며 재물을 낭비하고 백성에게 심하게 해악을 끼치니, 이것도 선제를 따르지 않는 19번째 사실입니다.

先帝께서는 재판에 관한 보고를 끝까지 살펴보시고 늘 유념하시며 추궁하였기에 옥에는 억울한 죄수가 없고 처형을 받아도 할 말이 없었습니다. 그러나 지금은 그렇지 않으니, 이것도 선제를 따르지 않은 20번째 사실입니다.

　만약 臣의 상주를 받아들이신다면 담당 부서에 보관케 하십시오.
만약 허망한 거짓이라면 臣의 죄를 징벌하십시오. 폐하께서 유념하
시길 바랍니다.」

| 原文 |

　胤字敬宗, 凱弟也. 始爲御史,尙書選曹郎, 太子和聞其名,
待以殊禮. 會全寄,楊竺等阿附魯王霸, 與和分爭, 陰相譖構,
胤坐收下獄, 楚毒備至, 終無他辭. 後爲衡陽督軍都尉.

　赤烏十一年, 交阯九眞夷賊攻沒城邑, 交部騷動. 以胤爲交
州刺史,安南校尉. 胤入南界, 喩以恩信, 務崇招納, 高涼渠帥
黃吳等支黨三千餘家皆出降. 引軍而南, 重宣至誠, 遺以財
幣. 賊帥百餘人, 民五萬餘家, 深幽不羈, 莫不稽顙, 交域淸
泰, 就加安南將軍. 復討蒼梧建陵賊, 破之, 前後出兵八千餘
人, 以充軍用.

| 국역 |

　陸胤(육윤)의 字는 敬宗(경종)으로, 陸凱(육개)의 동생이다. 처음에
御史(어사)였다가 尙書 選曹郎이 되었는데, 太子인 孫和(손화)가 육
윤의 명성을 듣고 예를 갖춰 대우하였다. 그 당시 全寄(전기)와 楊竺
(양축) 등은 魯王 孫霸(손패)에 아부하며 손화와 다투었는데 은밀히

상대를 비방하고 모함하였는데, 육윤 역시 연좌되어 하옥되어 매질과 여러 가지 고문을 받았지만 끝내 아무 말도 하지 않았다. 육윤은 뒷날 衡陽郡(형양군)[158]의 督軍都尉가 되었다.

(孫權) 赤烏 11년(서기 248), 交阯(교지)와 九眞郡의 夷賊(이적)이 성읍을 공격 함락하자 교주자사부 지역이 소란하였다. 육윤은 交州刺史 겸 安南校尉가 되었다. 육윤이 남쪽 근무지에 부임하여 은애와 신의로 백성을 깨우치고 회유하자, 高涼(고량) 지역의 우두머리인 黃吳(황오) 등 그 무리 3천여 호가 모두 나와 투항하였다. 육윤은 군사를 이끌고 남하하면서 계속 지성으로 회유하며 재물을 나눠주었다. 반적의 우두머리 1백여 명, 민호 5만여 호가 깊은 산속에서 통제를 거부했었지만 나중에 모두가 투항하여 交州 일대가 평온하였고, 육윤은 곧 安南將軍의 加官을 받았다. 육윤은 다시 蒼梧郡(창오군) 建陵縣(건릉현)의 적을 격파하였고 여러 차례에 걸쳐 군사 8천여 명을 모집하여 軍營에 보충하였다.

| 原文 |

永安元年, 徵爲西陵督, 封都亭侯, 後轉左虎林. 中書丞華覈表薦胤曰,

「胤天姿聰朗, 才通行潔, 昔歷選曹, 遺跡可紀. 還在交州, 奉宣朝恩, 流民歸附, 海隅肅清. 蒼梧,南海, 歲有暴風瘴氣之

．．．．．．．．．．．．．．．．
158 衡陽郡(형양군) - 치소는 湘南縣, 今 湖南省 중동부 湘潭市(상담시).

害, 風則折木, 飛砂轉石, 氣則霧鬱, 飛鳥不經. 自胤至州, 風氣絶息, 商旅平行, 民無疾疫, 田稼豐稔. 州治臨海, 海流秋鹹, 胤又畜水, 民得甘食. 惠風橫被, 化感人神, 遂憑天威, 招合遺散. 至被詔書當出, 民感其恩, 以忘戀土, 負老攜幼, 甘心景從, 衆無攜貳, 不煩兵衛.

自諸將合衆, 皆脅之以威, 未有如胤結以恩信者也. 銜命在州, 十有餘年, 賓帶殊俗, 寶玩所生, 而內無粉黛附珠之妾, 家無文甲犀象之珍, 方之今臣, 實難多得. 宜在輦轂, 股肱王室, 以贊唐虞康哉之頌. 江邊任輕, 不盡其才, 虎林選督, 堪之者衆. 若召還都, 寵以上司則天工畢修, 庶績咸熙矣.」

胤卒, 子式嗣. 爲柴桑督, 揚武將軍. 天策元年, 與從兄禕俱徙建安. 天紀二年, 召還建業, 復將軍, 侯.

| 국역 |

(孫休, 景帝) 永安 원년(서기 258), 陸胤(육윤)은 조정의 부름으로 西陵督이 되었고 都亭侯에 책봉되었으며, 나중에 左虎林(官職名)으로 전직되었다. 中書丞 華覈(화핵)이 표문을 올려 육윤을 천거하였다. 「육윤은 타고난 총명에 재능이 뛰어나고 행실이 모범적인데, 예전에 尙書 選曹郞으로서의 치적은 역사에 기록되어야 합니다. 交州 자사로 발령을 받아 조정의 은전을 백성에게 널리 베풀어 流民을 歸附케 하여 남해 바다 주변이 평온해졌습니다. 蒼梧郡과 南海郡 지역에는 해마다 폭풍(颱風)과 瘴氣(장기)의 해독이 극심한데, 폭풍

에 나무가 부러지고, 모래가 날리고 돌이 구르며, 장기가 발생하면 안개가 자욱하여 나는 새가 직선으로 날아가지 못한다고 합니다. 그런데 육윤이 교주에 부임한 이후 폭풍과 장기가 없어져서 상인은 평온하게 길을 가고, 백성은 병에 걸리지 않고 농민에게는 풍년이 들었습니다. 교주부 치소가 바닷가에 있어 바닷물에 들어오면 짠물이 되는데, 육윤은 물을 비축하게 하여 백성은 좋은 물을 마시게 되었습니다. 육윤의 은덕이 널리 알려지면서 백성과 신령이 감화되어 마침내 하늘의 도움을 받아 흩어진 백성들을 불러 모을 수 있었습니다. 육윤은 조서를 받아 전직해야 했지만 백성들이 육윤의 은덕에 감화되어 자신들의 고향 땅을 버리고 노인과 어린애를 부축하거나 안고서 기쁜 마음으로 그림자처럼 따라왔는데, 다른 마음을 품은 사람이 없어 위병들도 지키질 않았습니다.

장수들이 군중을 모으면 늘 위세로 위협을 가했지만 육윤처럼 은애와 신의로 뭉쳐진 백성들을 본 적이 없었습니다. 육윤은 조정의 명으로 십여 년을 交州에 재직하면서 습속이 다른 손님들을 접대하였으며, 玩賞(완상)할 만한 여러 가지 산물이 나오는 지역이었지만, 육윤의 집안에는 분을 바르거나 진주를 매달은 첩실이 없었으며, 물소 뿔로 장식한 문갑도 없었으니, 지금의 관리 중 사실상 찾아보기 어려운 신하입니다. 응당 황제의 측근으로 황실을 보좌하게 한다면 唐虞(舜)가 지었다는 태평을 칭송하는 노래가 불릴 것입니다. 長江 주변의 직임은 그에게는 너무 쉬운 자리라서 그 재능을 발휘하지 못할 것이고, 虎林으로 여러 장수에 대한 감독은 그런 자리를 감당할 사람은 많이 있습니다. 만약 육윤을 도성으로 초빙하여 고

급 직위를 맡기고 믿어준다면 천자께서 부여한 직무를 완수할 것이며 훌륭한 치적이 함께 빛날 것입니다.」

육윤이 죽자 아들 陸式(육식)이 계승하였는데, 육식은 柴桑督(시상독)과 揚武將軍을 역임하였다. (孫皓) 天策 원년(서기 275), 從兄인 陸禕(육의)와 함께 建安縣(건안현)에 강제 이주되었다. (孫皓) 天紀 二年(서기 278), 建業(건업)에 다시 돌아와 將軍과 제후의 작위를 회복하였다.

| 原文 |

評曰, 潘濬公淸割斷, 陸凱忠壯質直, 皆節槪梗梗, 有大丈夫格業. 胤身潔事濟, 著稱南土, 可謂良牧矣

| 국역 |

陳壽의 評論 : 潘濬(반준)은 공정 청렴하고 결단력이 있었고, 陸凱(육개)는 충성과 장렬한 기질에 질박, 정직하였으니, 두 사람 모두 굳은 지조와 절개가 분명하였고 대장부의 품격이 있었다. (육개의 아들) 陸胤(육윤)은 욕심 없는 결백으로 직무를 완수하여 交州에서 칭송이 높았으니 선량하고 유능한 지방관이었다.

62권 〈是儀胡綜傳〉(吳書 17)
(시의,호종전)

❶ 是儀

|原文|

是儀字子羽, 北海營陵人也. 本姓氏, 初爲縣吏, 後仕郡.
郡相孔融嘲儀, 言'氏'字'民'無上, 可改爲'是', 乃遂改焉.

後依劉繇, 避亂江東. 繇軍改, 儀徙會稽.

孫權承攝大業, 優文徵儀. 到見親任, 專典機密, 拜騎都尉.
呂蒙圖襲關羽, 權以問儀, 儀善其計, 勸權聽之. 從討羽, 拜
忠義校尉. 儀陳謝, 權令曰, "孤雖非趙簡子, 卿安得不自屈爲
周舍邪?"

既定荊州, 都武昌, 拜神將軍, 後封都亭侯, 守侍中. 欲復授

兵, 儀自以非材, 固辭不受. 黃武中, 遣儀之皖就將軍劉邵,
欲誘致曹休. 休到, 大破之, 遷偏將軍, 入關省尚書事, 外總
平諸官, 兼領辭訟, 又令都諸公於書學.

| 국역 |

是儀(시의)의 字는 子羽(자우)인데, 北海國 營陵縣(영릉현)[159] 사람
이다. 本姓이 氏(씨)氏였는데, 처음에 縣吏가 되었다가 나중에 郡에
출사하였다. 北海國 相이던 孔融(공융)이 시의를 보고 놀리며, 글자
'氏'는 '民' 字의 윗부분이 없는 것이니, '是'로 고쳐도 된다고 말
해서 是氏(시씨)로 姓을 고쳤다.

나중에 劉繇(유요)를 따라 江東으로 피난하였다. 유요의 군사가
옮겨가자, 시의는 會稽郡(회계군)으로 이사했다.

孫權이 大業을 이어받은 뒤, (손권은) 성의가 가득한 서신을 보내
시의를 초빙하였다. 시의가 찾아오자 孫權은 등용하고 신임하며, 군
국기무를 전담하는 騎都尉를 제수하였다. 呂蒙(여몽)이 關羽를 기습
공격하려고 할 때 孫權은 시의에게 물었고, 시의는 계획의 찬동하면
서 손권에게 여몽의 계획을 수락하라고 권유했다. 관우를 토벌한 뒤
에 시의는 忠義校尉가 되었다. 시의가 사례하자 孫權이 말했다.

"내가 趙簡子(조간자)[160]는 아니지만, 卿은 왜 자신을 낮춰 周舍(주

---

159 北海郡의 治所는 劇縣, 今 山東省 중부 濰坊市(유방시) 昌樂縣. 營陵縣(영릉
현)도 今 山東省 中部 濰坊市 관할 昌樂縣 부근.

160 趙簡子(조간자, ?-前 476년) – 春秋 시대 晉國 趙氏의 우두머리. 原名 趙鞅(조
앙). 亦稱 趙孟. 晉 昭公 때, 公族은 약하고 大夫의 세력은 강했는데 趙簡子는
大夫로 國事를 전담하여 국정을 개혁하였다. 이는 뒷날 魏 文侯(李悝) 變法

사)[161]가 될 수 없는가?"

荊州(형주)가 평정된 뒤에, 武昌(무창)에 도읍하면서 裨將軍(비장군)이 되었다가 뒤에 都亭侯(도정후)에 봉해졌고, 임시 侍中(시중)이 되었다. 손권이 시의에게 군사를 나눠주려 하자, 시의는 그럴만한 능력이 없다며 굳이 사양하며 받지 않았다. (孫權) 黃武(황무) 연간에(서기 229 - 231년), 시의를 皖城(환성)의 將軍 劉邵(유소)에게 보내 (魏) 曹休(조휴)를 거짓으로 유인케 하였다. 조휴가 군사를 이끌고 남하하자 조휴의 군사를 대파하였고, 시의는 偏將軍(편장군)으로 승진하였으며 조정에 들어와 尚書(상서)의 업무를 관장하였고, 지방관에 대한 평정업무도 담당하였으며, 爭訟(쟁송)에 대한 판결과 여러 公子의 독서와 학문에 관한 일도 담당하였다.

| 原文 |

大駕東遷, 太子登留鎭武昌, 使儀輔太子. 太子敬之, 事先咨詢, 然後施行. 進封都鄕侯. 後從太子還建業, 復拜侍中,中執法, 平諸官事,領辭訟如舊.

典校郞呂壹誣白故江夏太守刁嘉謗訕國政, 權怒, 收嘉繫

이나 秦 孝公의 商鞅(상앙) 變法의 先河가 되었다.

161 周舍 - 漢 文帝 때 환관 中行說(중항열, Zhōngháng Yuè)은 흉노에 사신으로 파견되었다가 배신하고 흉노의 선우(老上單于, 軍神單于)를 섬겼다. 그는 배신 후, 흉노선우에게 漢나라 침략을 부추겼고 漢에선 엄청난 피해를 당해야만 했다. 중항열의 病死(前 126년) 후에도 흉노 침입은 계속되었는데, 周舍(주사)는 漢의 武將으로 흉노 격퇴에 진력하였다. 孫權의 말은 무장으로서 능력도 충분한데, 왜 군사업무를 담당하지 않는가? 라는 뜻으로 해석할 수 있다.

獄, 悉驗問. 時同坐人皆怖畏壹, 並言聞之, 儀獨云無聞. 於
是見窮詰累日, 詔旨轉厲, 群臣爲之屛息. 儀對曰, "今刀鋸已
在臣頸, 臣何敢爲嘉隱諱, 自取夷滅, 爲不忠之鬼! 顧以聞知
當有本末."

據實答問, 辭不傾移. 權遂舍之, 嘉亦得免.

│국역│

大駕(대가, 黃帝, 孫權)가 동쪽(建業)으로 옮겨가자(서기 229년, 建
業 定都), 太子 孫登(손등)을 武昌(무창)에 남겨 진무케 하였는데, 是
儀(시의)는 太子를 보필하였다. 태자는 시의를 존경했고, 매사를 먼
저 상의한 뒤에 실천하였다 시의는 都鄕侯로 작위가 올랐다. 태자
를 따라 建業으로 돌아온 이후, 시의는 다시 侍中에 中執法이 되었
는데, 여러 官事에 대한 평정과 쟁송 업무는 이전과 같았다.

典校郎(校事)인 呂壹(여일)이 전임 江夏 태수인 刁嘉(조가)가 국정
을 비방한다고 무고하자, 손권은 조가를 잡아 하옥한 뒤에 여러 사
람을 조사하였다. 그때 조정에 근무하던 많은 사람들이 여일을 두
려워하며 조가가 국정 비방하는 말을 들었다고 말했지만, 시의 혼
자만은 들은 바가 없다고 말했다. 이에 시의는 여러 날을 조사받았
고, 손권의 문책은 날마다 더욱 심해졌으며 관리들은 모두 숨을 죽
였다. 손권의 질책에 시의가 말했다.

"지금 칼날이 저의 목 위에 얹혔는데, 臣이 무엇 때문에 조가를
위하여 거짓말을 하여 내 스스로 멸족당하고 또 不忠한 귀신이 되
겠습니까! 내가 들어 알고 있는 사실은 말한 그대로입니다."

시의는 사실만을 말하면서 말이 달라지지 않았다. 손권은 시의를 풀어주었고 조가 역시 방면되었다.

蜀相諸葛亮卒, 權垂心西州, 遣儀使蜀申固盟好. 奉使稱意, 後拜尙書僕射.

南,魯二宮初立, 儀以本職領魯王傅. 儀嫌二宮相近切, 乃上疏曰,

「臣竊以魯王天挺懿德, 兼資文武, 當今之宜, 宜鎭四方, 爲國藩輔. 宣揚德美, 廣耀威靈, 乃國家之良規, 海內所瞻望. 但臣言辭鄙野, 不能究盡其意, 愚以二宮宜有降殺, 正上下之序, 明敎化之本.」

書三四上. 爲傅盡忠, 動輒規諫, 事上勤, 與人恭.

蜀相 諸葛亮(제갈량)이 죽자(서기 234년), 孫權은 서부 州郡에 크게 관심을 가지면서 是儀(시의)를 蜀漢에 사신으로 보내 우호를 강화하였다. 시의의 임무 수행이 孫權의 뜻에 일치했고, 시의는 나중에 尙書僕射가 되었다.

그때 南陽王宮(太子宮, 孫和)과 魯王宮(孫霸)의 二宮이 신설되었는데, 시의는 본직을 가지고 魯王의 사부를 겸했다. 시의는 두 궁궐이(皇子) 너무 가깝게 위치했다고 상소하였다.

「臣이 생각할 때 魯王은 천부적인 美德에 文武를 겸비하였으니, 지금 상황에서는 사방을 鎭撫하는 나라의 울타리가 되어야 합니다. 미덕을 선양하고 위엄을 널리 빛내는 것은, 국가를 위해서도 훌륭한 일이며 海內의 여망에 부응하는 길입니다. 臣의 言辭가 천박하여 제 뜻을 다 말씀드리지 못합니다만, 臣은 二宮의 지위를 더 낮추어 상하의 서열을 바로잡고 교화의 근본을 확실히 해야 합니다.」

시의는 3, 4회 상서하였다. 시의는 사부로서 충성을 다하면서 魯王의 행실에 간언을 올렸으며 근면으로 섬겼고 다른 사람을 공경하였다.

| 原文 |

不治産業, 不受施惠, 爲屋舍財足自容. 鄰家有起大宅者, 權出望見, 問起大室者誰. 左右對曰, "似是儀家也." 權曰, "儀儉, 必非也." 問果他家. 其見知信如此.

服不精細, 食不重膳, 拯贍貧困, 家無儲畜. 權聞之, 幸儀舍, 求視蔬飯, 親嘗之, 對之歎息, 卽增俸賜, 益田宅. 儀累辭讓, 以恩爲戚.

| 국역 |

是儀(시의)는 家産을 늘리려 하지 않았으며, 특별한 시혜도 받지

않았고 그의 가옥은 식구에 알맞았다. 그 이웃에 큰 저택을 짓는 자가 있었는데, 孫權이 지나가다가 보고서 누구의 집인가 물었다. 측근이 "시의의 저택일 것입니다."라고 말했다.

손권은 "시의는 검소하니 틀림없이 아닐 것이다."라고 말했다. 다시 알아보니 예상대로 다른 사람의 집이었다. 시의는 이처럼 신임을 받았다.

시의는 좋은 옷을 입지 않았고 여러 가지 반찬을 먹지 않으면서 빈곤한 사람을 구제하여 집안에 여분의 재산이 없었다. 孫權이 이를 알고 시의의 집에 행차하여 나물 반찬을 달라하여 직접 먹어본 뒤에 감탄하면서 봉록과 田宅(전택)을 늘려 주었다. 시의는 여러 번 사양하면서 그런 은전을 걱정하였다.

| 原文 |

時時有所進達, 未嘗言人之短. 權常責儀以不言事, 無是所非, 儀對曰, "聖主在上, 臣下守職, 懼於不稱, 實不敢以愚管之畜, 上干天聽."

事國數十年, 未嘗有過. 呂壹歷白將相大臣, 或一人以罪聞者數四, 獨無以白儀. 權歎曰, "使人盡如是儀, 當安用科法爲?"

及寢疾, 遺令素棺, 斂以時服, 務從省約, 年八十一卒.

| 국역 |

　是儀(시의)는 수시로 여러 가지 건의를 하였지만, 남의 단점을 말한 적이 없었다. 孫權은 시의가 업무를 보고하면서도 是非(시비)를 말하지 않는다고 늘 책망하였는데, 이에 시의가 말했다.

　"위에 聖主가 계시니 저는 아래서 직분을 수행하면서 임무를 바르게 처리하도록 노력할 뿐이며, 사실 저의 우둔한 식견으로 폐하의 총명한 판단을 막을까 걱정할 뿐입니다."

　재직 수십 년에 아무런 과오도 없었다. 呂壹(여일)이 將相이나 대신의 과오를 보고하면서, 어떤 경우 한 사람이 3, 4가지 죄상을 언급할 때, 유독 시의에 관해서는 아무런 보고가 없었다. 이에 손권이 탄식하였다.

　"모두가 시의와 같다면 무슨 법이 필요하겠는가?"

　시의는 병이 들자 작은 관에 평상복으로 염을 하며 절약에 힘쓰라고 유언하였으며으로 81세에 죽었다.

❷ 胡綜

| 原文 |

　胡綜字偉則, 汝南固始人也. 少孤, 母將避難江東. 孫策領會稽太守, 綜年十四, 爲門下循行, 留吳與孫權共讀書. 策薨, 權爲討虜將軍, 以綜爲金曹從事, 從討黃祖, 拜鄂長.

權爲將軍, 都京, 召綜還, 爲書部. 與是儀,徐詳俱典軍國密
事. 劉備下白帝, 權以見兵少, 使綜料諸縣, 得六千人, 立解煩
兩部, 詳領左部, 綜領右部督. 吳將晉宗叛歸魏, 魏以宗爲蘄
春太守, 去江數百里, 數爲寇害. 權使綜與賀齊輕行掩襲, 生
虜得宗. 加建武中郞將. 魏拜權爲吳王, 封綜,儀,詳皆爲亭侯.

| 국역 |

胡綜(호종)[162]의 字는 偉則(위칙)으로, 汝南郡 固始縣 사람이다. 젊
어 부친을 여의었고 모친을 따라 江東에 피난하였다. 孫策이 會稽
太守를 겸할 때, 호종은 14살이었고, 손책의 문하에서 여러 심부름
을 했는데, 손책은 호종을 吳縣에 남겨 손권과 함께 독서하게 하였
다. 손책이 죽은 뒤 孫權은 討虜將軍이 되었는데, 호종은 손권의 金
曹從事가 되어 손권을 따라 黃祖(황조)를 토벌하였으며, 鄂縣(악
현)[163] 縣長이 되었다.

孫權이 장군이 되어 定都한 뒤에 호종을 불러와서 상서 관련 업
무를 담당케 했다. 호종은 是儀(시의), 徐詳(서상)과 함께 군국기무를
전담하였다. 劉備가 白帝城에 진출하자, 손권은 병력이 부족하다
생각하여 호종을 시켜 각 縣을 순행하며 군사 6천 명을 모으게 하였
고 解煩兵(해번병)을 두 개 부대로 편성하여 서상은 左部督을, 호종

162 胡綜(호종, 183-243년, 字 偉則)-汝南郡 固始縣(今 河南省 동남단, 省 직할
현, 安徽省 중부와 접경) 출신. 東吳의 관리, 辭賦 작가. 〈黃龍大牙賦〉가 유명.
163 江夏郡 鄂縣(악현)-뒷날 武昌(무창)으로 개명. 今 湖北省 동부 長江 남안 鄂
州市(악주시). 今 湖北省의 간칭 '鄂(악)'은 본래 鄂縣을 의미.

은 右部督에 임명하였다.

吳의 장군인 晉宗(진종)이 반역하여 魏에 투항하자, 魏에서는 진종을 蘄春(기춘) 태수에 임명했는데 長江에서 수백 리 떨어졌지만 자주 吳의 변경을 침략하였다. 손권은 호종과 賀齊(하제)를 시켜 경무장으로 진종을 습격케 하여 마침내 진종을 생포하였다. 호종은 加官으로 建武中郞將이 되었다. 魏에서 손권은 吳王에 책봉할 때 호종과 시의와 서상은 모두 亭侯가 되었다.

|原文|

黃武 八年 夏, 黃龍見夏口, 於是權稱尊號, 因瑞改元. 又作黃龍大牙, 常在中軍, 諸軍進退, 視其所向, 命綜作賦曰,

「乾坤肇立, 三才是生. 狼弧垂象, 實惟兵精.
聖人觀法, 是效是營, 始作器械, 爰求厥成.
黃,農創代, 拓定皇基, 上順天心, 下息民災.
高辛誅共, 舜征有苗, 啓有甘師, 湯有鳴條.
周之牧野, 漢之垓下, 靡不由兵, 克定厥緖.
明明大吳, 實天生德, 神武是經, 惟皇之極.
乃自在昔, 黃,虞是祖, 越歷五代, 繼世在下.
應期受命, 發跡南土, 將恢大緒, 革我區夏.
乃律天時, 制爲神軍, 取象太一, 五將三門,

疾則如電, 遲則如雲, 進止有度, 約而不煩.

四靈旣布, 黃龍處中, 周制日月, 實曰太常,

桀然特立, 六軍所望.

仙人在上, 鑒觀四方, 神實使之, 爲國休祥.

軍欲轉向, 黃龍先移, 金鼓不鳴, 寂然變施,

暗謨若神, 可謂秘奇.

在昔<u>周</u>室, 赤烏銜書, 今也<u>大吳</u>, 黃龍吐符.

合契<u>河洛</u>, 動與道俱, 天贊人和, 歙曰惟休.」

| 국역 |

(孫權) 黃武 8년 여름(서기 228), 黃龍이 夏口(하구)에 출현하였는데, 이에 손권은 제위에 오르면서 상서로운 일이라서 개원하였다.(黃龍) 또 黃龍大牙(황룡대아) 旗(기)를 만들어 軍中에 항상 세워 놓았으며 모든 군사의 進退에 황룡대아 기가 앞장섰으며, 胡綜(호종)에게 賦를 짓게 하였다.

※ 〈黃龍大牙賦〉 - 胡綜

「乾坤(건곤)이 비로소 열리고, 三才(天地人)가 처음 생겨났다.
　　天狼星(천랑성)이 징조를 보이나니, 실제로 武力의 精靈이로다.
　　聖人이 天象을 관찰하시고, 이를 본받아 경영하시며
　　처음에 병기를 만드시나니, 이에 구하는 바가 이뤄졌도다.

黃帝와 神農氏가 창업하여 제왕의 기초를 확정했나니,
위로는 하늘의 뜻에 순응하며 백성의 재앙을 구원하였다.
高辛氏가 共公을 주살하고, 舜은 有苗氏를 정복했으며,
夏朝 啓(계)¹⁶⁴는 甘(감)에서, (殷) 湯王은 鳴條에서 싸웠다.
周朝는 牧野(목야)에서, 漢 高祖는 垓下(해하)에서 이겼나니,
군사에 의지하지 않고 왕조를 개창한 일은 없었다.
혁혁한 우리 大吳에 하늘은 德을 베풀어 주었으니,
神異한 武德으로 이끌어 功業이 지극히 위대했다.
시작은 옛날이니 黃帝와 虞舜(우순)의 먼 조상으로,
五代를 이어내려 지금에 이르렀도다.
時運에 천명으로 감응해 南土에서 흥기하여,
正道로 대의를 회복하고 중원 땅을 혁신하였다.
이어서 天時에 의거하여, 神武의 大軍을 조직하니,
太一의 형상을 본받아서, 五將의 三軍門 설치하고,
번개처럼 빠르면서 구름처럼 천천히 나가고,
멈춤에 법도가 있으며 簡約하여 번잡이 없도다.
四靈이 사방에 자리 잡고 黃龍이 중앙에 위치하고,
日月이 四周에 운행하니 실제로 太常이라 부르고,
기치가 높높이 우뚝 서니 六軍의 모두가 우러본다.
仙人은 그 위에 자리 잡고 사방을 두루 살펴보나니,
神靈의 큰 뜻에 의거하니 나라의 아름다운 吉祥이다.

---

164 夏王 啓(계)는 夏朝 2代 君主. 治水英雄인 禹(우)의 아들. 啓가 재위 중 有扈氏(유호씨)가 不服하여 造反하자 甘(감)에서 싸워 이겼다. 啓는 在位 39년, 78세에 붕어했다.

대군이 나가는 방향으로 黃龍이 앞서서 나아가고,

金鼓를 울리지 아니해도 엄숙히 바꾸어 시행하며,

은밀한 大謨는 神靈과도 같으니 秘奇라 부르도다.

옛날에 周室에 赤烏가 天書를 물어왔더니,

오늘에 大吳도 黃龍이 符命을 알려왔도다.

河圖와 洛書는 조짐과 大道를 갖추었고,

하늘이 人和를 칭송해 모두가 吉祥이라 말한다.」

|原文 |

蜀聞權踐阼, 遣使重申前好. 綜爲盟文, 文義甚美, 語在〈權傳〉.

權下都建業, 詳, 綜並爲侍中, 進封鄕侯, 兼左, 右領軍. 時魏降人或云魏都督河北振威將軍吳質頗見猜疑, 綜乃僞爲質作降文三條, 其一曰,

「天綱弛絶, 四海分崩, 群生憔悴, 士人播越, 兵寇所加, 邑無居民, 風塵煙火, 往往而處. 自三代以來, 大亂之極, 未有若今時者也.

臣質志薄, 處時無方, 繫於土壤, 不能翻飛, 遂爲曹氏執事戎役. 遠處河朔, 天衢隔絶, 雖望風慕義, 思托大命, 愧無因緣, 得展其志. 每往來者, 竊聽風化, 伏知陛下齊德乾坤, 同明日月, 神武之姿, 受之自然. 敷演皇極, 流化萬里, 自江以南, 戶

受覆燾. 英雄俊傑, 上達之士, 莫不心歌腹詠, 樂在歸附者也.

今年六月末, 奉聞吉日, 龍興踐阼, 恢弘大繇, 整理天綱, 將使遺民, 覩見定主. 昔武王伐殷, 殷民倒戈, 高祖誅項, 四面楚歌. 方之今日, 未足以喩. 臣質不勝昊天至願, 謹遣所親同郡黃定恭行奉表, 及托降叛, 間關求達, 其欲所陳, 載列於左.」

|국역|

蜀漢에서는 손권의 제위 등극 소식을 듣고 사신을 보내 이전의 우호관계를 거듭 강조하였다. 胡綜(호종)이 그 맹서의 글을 지었는데, 그 文義가 아주 훌륭하여 〈權傳 / 吳主傳〉에 수록했다.

孫權은 建業으로 도성을 옮겼고, 徐詳(서상)과 호종은 나란히 侍中을 제수 받았고 작위가 올라 鄕侯에 봉해졌으며 左, 右領軍이 되었다. 그때 魏에서 투항한 어떤 자가 魏 都督인 河北振威將軍 吳質(오질)이 조정의 의심을 받고 있기에 투항하려는 뜻이 있다고 말했는데, 호종은 오질을 위하여 거짓 투항 문서 3편을 지었다. 그 첫째 글은 아래와 같다.

「나라의 기강이 해이하여 폐기되었고, 四海가 분할되고 무너져서 많은 백성이 피폐하고 士人들도 갈팡질팡하는데, 거기에 군사들의 노략질까지 보태져서 성읍에는 정주하는 백성이 없고 불에 타버려 각지로 흩어졌습니다. 三代 이래로 大亂의 폐해가 이처럼 심각한 적은 없었습니다.

臣 吳質(오질)은 박약한 의지에 처세하는 능력도 없고, 땅에 매여 날아갈 수도 없이 曹氏 아래 신하로 군사를 지휘하고 있습니다. 이

곳 河北의 먼 곳은 天朝에 통할 수 있는 길도 막혔지만, 소문으로만 듣고 大義를 흠모하여 大命에 의탁하고 싶으나 어떤 인연이 있어 뜻을 펼 수도 없습니다. 왕래하는 사람들을 볼 때마다 은밀히 정치와 교화에 관한 소식을 들으며, 乾坤(건곤)에 두루 미치는 폐하의 큰 德化가 일월과 같고, 神武의 雄姿(웅자)는 하늘이 내리셨으며, 하늘의 大道를 널리 베풀어 만 리에 걸쳐 교화를 이룩하시어 江南 먼 곳까지 은택을 입었음을 알고 흠모하였습니다. 英雄이나 俊傑(준걸) 그리고 뜻을 성취한 士人 모두가 마음속으로 폐하의 덕을 흠모하며 귀부를 꿈꾸지 않는 자가 없습니다.

금년 6월 말 吉日에, 天龍이 등극하여 광대한 대도를 펴시고 天綱을 고루 잘 다스려 모든 백성들로 하여금 하늘이 내리신 성군을 뵙게 했다는 소식을 들었습니다. 옛날 武王이 殷나라를 정벌하자 殷의 백성은 창을 거꾸로 잡았으며, 漢 高祖가 項羽를 정벌할 때 사방에서 楚歌가 들렸습니다. 그러나 이는 오늘에 비교하면 비슷하다고 할 수도 없을 것입니다.

臣 吳質(오질)은 昊天(호천)에 닿는 큰 소원을 품고 삼가 同郡의 黃定(황정)을 보내어 공경으로 표문을 올려 투항하고, 투항이 뜻대로 이뤄지길 바라오며 말씀드릴 내용은 아래에 기록하였습니다.」

|原文|

其二曰,

「昔伊尹去夏入商, 陳平委楚歸漢, 書功竹帛, 遺名後世, 世主不謂之背誕者, 以爲知天命也.

臣昔爲曹氏所見交接, 外托君臣, 內如骨肉, 恩義綢繆, 有合無離, 遂受偏方之任, 總河北之軍. 當此之時, 志望高大, 永與曹氏同死俱生. 惟恐功之不建, 事之不成耳.

及曹氏之亡, 後嗣繼位, 幼沖統政, 讒言彌興. 同儕者以勢相害, 異趣者得間其言, 而臣受性簡略, 素不下人, 視彼數子, 意實迫之, 此亦臣之過也. 遂爲邪議所見搆會, 招至猜疑, 誣臣欲叛. 雖識眞者保明其心, 世亂讒勝, 餘嫌猶在, 常懼一旦橫受無辜, 憂心孔疚, 如履冰炭.

昔樂毅爲燕昭王立功於齊, 惠王卽位, 疑奪其任, 遂去燕之趙, 休烈不虧. 彼豈欲二三其德, 蓋畏功名不建, 而懼禍之將及也. 昔遣魏郡周光以買販爲名, 托叛南詣, 宣達密計. 時以倉卒, 未敢便有章表, 使光口傳而已. 以爲天下大歸可見, 天意所在, 非吳復誰? 此方之民, 思爲臣妾, 延頸擧踵, 惟恐兵來之遲耳.

若使聖恩少加信納, 當以河北承望王師, 款心赤實, 天日是鑒. 而光去經年, 不聞咳唾, 未審此意竟得達不? 瞻望長歎, 日月以幾, 魯望高子, 何足以喩! 又臣今日見待稍薄, 蒼蠅之聲, 綿綿不絕, 必受此禍, 遲速事耳.

臣私度陛下未垂明慰者, 必以臣質貫穿仁義之道, 不行若此之事, 謂光所傳, 多虛少實, 或謂比中有他消息, 不知臣質搆譖見疑，恐受大害也．且臣質若有罪之日，自當奔赴鼎鑊，束身待罪，此蓋人臣之宜也．今日無罪，橫見譖毀，將有商鞅，白起之禍．尋惟事勢，去亦宜也．死而弗義，不去何為！樂毅之出，吳起之走，君子傷其不遇，未有非之者也．

願陛下推古況今，不疑怪於臣質也．又念人臣獲罪，當如伍員奉己自效，不當繞幸因事為利．然今與古，厥勢不同，南北悠遠．江湖隔絕，自不舉事，何得濟免！是以忘志士之節，而思立功之義也．

且臣質又以曹氏之嗣，非天命所在，政弱刑亂，柄奪於臣，諸將專威於外，各自為政，莫或同心，士卒衰耗，帑藏空虛，綱紀毀廢，上下並昏，想前後數得降叛，具聞此問．兼弱攻昧，宜應天時，此實陛下進取之秋，是以區區敢獻其計．

今若內兵淮，泗，據有下邳，荊，揚二州，聞聲響應，臣從河北席卷而南，形勢一連，根牙永固．關西之兵繫於所衛，青，徐二州不敢徹守，許，洛餘兵眾不滿萬，誰能來東與陛下爭者？此誠千載一會之期，可不深思而熟計乎！及臣所在，既自多馬，加以羌，胡常以三四月中美草時，驅馬來出，隱度今者，可得三千餘匹．陛下出軍，當投此時，多將騎士來就馬耳．

此皆先定所一二知．凡兩軍不能相究虛實，今此間實贏，易可克定，陛下舉動，應者必多．上定洪業，使普天一統，下令臣質建非常之功，此乃天也．若不見納，此亦天也．願陛下思之, 不復多陳.」

| 국역 |

그 두 번째 글,

「옛날 伊尹(이윤)은 夏(하)를 떠나 商(상, 殷)을 찾아갔고, 陳平(진평)은 楚(초)를 버리고 漢(한)에 귀부하여 그 공적을 역사에 남겨 이름을 후세에 전했습니다. 후세의 군주가 이들을 배반자라고 말하지 않는 것은 이들이 天命을 알았기 때문입니다.

臣은 이전에 曹氏(조조)에게 받아들여져서 외면상 君臣 관계였지만 가깝기로는 骨肉과도 같았으며, 은혜와 情誼(정의)가 깊고도 두터워 융합은 있어도 離散(이산)은 있을 수 없었으며, 일부 지방의 방위를 전담하여 河北의 군사를 총괄하였습니다. 이때까지만 해도 志向과 소망은 높고 커서 영원히 曹氏와 같이 살고 함께 죽을 줄 알았습니다. 그러면서 다만 공을 세우지 못할까 일은 제대로 해내지 못할까를 걱정하였습니다.

曹氏(조조)가 죽고 後嗣(후사, 曹丕)가 제위에 올라 젊은 나이에 정사를 총괄하니 참언이 곳곳에서 일어났습니다. 함께 일하던 자가 세력이 달라지며 서로를 해치게 되고, 취향이 다른 자는 말로 이간하였는데, 臣은 천성이 단순하고 평소에 남의 아래에 있을 수 없었기에 그런 자들과 여러 번 상대하다 보니 제 뜻과 충돌하게 되었는데, 이는 臣의 과실이었습니다. 결국 그릇된 의논에 의하여 얽혀 들어갔고 혐의를 받게 되자 아예 모반하려 한다는 참소를 당해야 했습니다. 비록 식견이 바른 자들은 저를 보증한다고 하였지만 세상이 어지러워지며 참소도 늘었고, 늘 여러 가지 혐의는 여전히 남아 있어서, 제가 어느 날 아침 무고를 당하게 될까하는 극도의 걱정은 마치 얇은 얼음과 뜨거운 숯불을 밟는 것과 같았습니다.

옛날 樂毅(악의)는 燕(연) 昭王(소왕)을 위하여 齊(제)와 싸워 공을 세웠지만, 그 다음 惠王(혜왕)이 즉위하면서 의심을 받아 지위를 빼앗기자, 燕나라를 떠나 趙(조)에 들어갔지만 악의의 그 공적은 결코 훼손될 수 없었습니다. 악의가 어찌 燕에 대한 스스로의 공적을 없애려 했겠습니까? 아마도 그것은 功名을 세울 수 없고 화가 닥칠 것이 두려웠기 때문이었습니다.

그전에 魏郡 사람 周光(주광)을 상인처럼 꾸미며, 이곳을 버리고 남쪽으로 가려고 저의 밀계를 전달했었습니다. 그때 창졸간이라서 곧장 올리는 글을 준비하지 못하고 주광의 말을 통하여 전달케 하였습니다. 저는 천하의 대략적인 추세를 볼 수 있었으니, 吳(오)가 아니라면 또 어디를 가겠습니까? 이곳 사람들은 폐하의 臣妾이 되고자 목을 빼고 발꿈치를 들고서 군사들이 늦게 진공해 올까 걱정하고 있습니다.

만약에 폐하께서 저에 대한 신뢰의 은덕을 베풀어 주신다면, 저는 河北의 땅을 들어 王師를 기다리며, 저의 성심과 충성의 마음을 하늘의 태양에 맞춰 빛을 받을 것입니다. 그러나 주광이 남쪽으로 간 지 1년이 지났지만 아무런 소식도 듣지 못하여, 저의 뜻이 받아들여졌는지 알 수가 없습니다. 다만 남쪽을 바라보며 장탄식을 하며, 날마다 또 달마다 기다렸는데, 魯에서 高子(고자)를 기다리는 심정이 이와 비교가 되겠습니까! 또 지금 저에 대한 대우는 날마다 각

박해지고 소인들의 참소는 줄줄이 이어지며 끊이지도 않으니, 이 때문에 화를 당하는 것이 빠르냐, 늦게 오느냐의 차이뿐입니다.

臣이 가만히 헤아려 보면, 폐하께서 아직 분명히 허락을 하지 않은 것은 아마도 틀림없이 臣 吳質이 仁義의 대도를 결단 실천할 수 있는지를 염려하시고, 이런 일을 실천하지 못할 경우에 아마 주광이 전달한 말이 허위가 많고 실질은 적다고 생각하셨기 때문이거나, 근래에 또 다른 소식이 전해져서 제가 얼마만큼 의심을 받고 큰 危害를 받고 있는 줄을 모르기 때문일 것입니다. 또 臣 吳質의 죄가 밝혀진다면 당연히 끓는 가마솥에 내발로 걸어 들어가 온몸으로 형벌을 받는 것이 人臣이 가야 할 길이라 생각합니다.

지금 저는 아무 죄가 없지만 비방과 참소를 갑자기 올라가서 마치 商鞅(상앙)이나 白起(백기)와 같은 화를 당할 것입니다. 지금 돌아가는 형세를 볼 때 (魏를) 떠나는 것은 당연합니다. 죽어서라도 대의를 따라야 하거늘, 떠나지 않고서 어찌하겠습니까? 樂毅(악의)가 燕을 떠나고 吳起가 고국을 떠난 것을 君子들은 그들의 때를 만나지 못한 不遇(불우)에 마음 아파하였지 비난하지는 않았습니다. 폐하께서는 옛일과 지금 상황을 생각하시어 저에 대한 의심이 없기를 바랍니다. 또 생각하건대 人臣이 없는 죄를 받았다면 응당 伍員(오원, 伍子胥)과 같이 자신의 뜻을 견지해야지, 요행수로 일이 풀리길 바랄 수는 없을 것입니다.

그렇지만 지금이나 옛날이나 그 형세는 같지 않고 남북은 더욱 멀어졌습니다. 江湖로 막혔으니 스스로 해결하지 않는다면 어찌 일이 해결되겠습니까! 이 때문에 志士의 지조를 생각하지 않고 공을 세우리라 생각하였습니다.

또 臣 質은 曹氏의 후사(曹操)가 천명을 받지 못했기에 정치는 약화되고 형벌은 문란하며, 권력은 신하에게 넘어갔고 여러 장수는 지방을 차지하고 위세를 부리며, 각자 백성을 다스리면서 한마음이 되지 못했고, 土卒은 지쳐 피폐하고 國庫는 텅 비었으며, 정치 기강도 문란하고 상하 모두가 혼미하기에, 앞으로도 많은 사람이 투항이나 반역이 있을 것이니, 폐하께서도 이를 확인할 수 있을 것입니다. 약자를 겸병하고 우매한 자를 공격하여 天時에 순응하는 것은 바로 폐하께서 進取할 수 있는 때이기에 저는 진심으로 감히 계책을 말씀드리고자 합니다.

지금 만약 국내의 군사로 淮水(회수)나 泗水(사수) 지역에 진출하여 下邳(하비)를 점거하고, 荊州와 揚州에서 소리에 맞춰 호응한다면, 臣은 河北의 군사로 석권하며 남하할 것이니 그렇게 되면 모든 형세가 하나로 귀결되면서 吳의 기반은 영원히 견고해질 것입니다. 지금 關中 서쪽의 군사는 촉한에 대한 방위에 매어 있고, 靑州와 徐州의 군사는 함부로 빼낼 수 없으며, 許都와 낙양에 남아 있는 군사는 1만 명이 채 안 되니, 누가 동쪽으로 나와 폐하와 다툴 수 있겠습니까? 이는 진실로 千載一遇(천재일우)의 기회이며 깊이 생각할 필요도 없는 계책이 아니겠습니까!

臣이 재직하고 있는 곳에는 본래 말(馬)이 많은데 거기다가 羌族(강족)이나 흉노는 3, 4월 중에 늘 새 풀이 돋아날 때 말을 몰아 이동하는데, 이런 상황을 종합해 본다면 3천여 필의 말을 얻을 수 있습니다. 폐하께서 원정 나오신다면, 이 기회에 많은 기사를 데리고 오면 말을 얻을 수 있을 것입니다. 이 모두가 미리 알고 있는 바에 의하여 한두 가지를 말씀드렸습니다.

무릇 兩軍 사이에 서로 그 허실을 정확하게 파악할 수 없지만, 지금 이곳의 虛實로는 쉽게 이길 수 있으니 폐하께서 원정하신다면 호응하는 세력도 틀림없이 많을 것입니다. 그렇게 되면 위로는 洪業을 확정지으면서 천하를 통일할 수 있고, 아래로는 臣 吳質도 非常한 대공을 세울 수 있으니, 이는 하늘의 뜻입니다. 만약 제 의견이 받아들여지지 않는다면 이 또한 하늘의 뜻이 아니겠습니까? 폐하께서는 이를 생각해주시기 바라오며 더 말씀드리지 않겠습니다.」

|原文|

其三曰,

「昔許子遠舍袁就曹, 規畫計較, 應見納受, 遂破袁軍, 以定曹業. 向使曹氏不信子遠, 懷疑猶豫, 不決於心, 則今天下袁氏有也. 願陛下思之.

間聞界上將閭浮, 趙楫欲歸大化, 唱和不速, 以取破亡. 今臣款款, 遠授其命, 若復懷疑, 不時舉動, 令臣孤絶, 受此厚禍, 卽恐天下雄夫烈士欲立功者, 不敢復託命陛下矣. 願陛下思之. 皇天后土, 實聞其言.」

此文旣流行, 而質已入爲侍中矣.

| 국역 |

그 세 번째 글,

「옛날에 許子遠(許攸, 허유)[165]가 袁紹를 버리고 曹操에게 귀부하여 책략을 건의했고, 또 그대로 받아들여져서 원소의 군사를 격파하고 曹操 대업의 기틀을 마련하였습니다. 만약 조조가 허유를 불신했거나, 아니면 회의하거나 유예하며 마음에 결단을 내리지 못했다면, 지금의 천하는 원씨 소유가 되었을 것입니다. 폐하께서는 이점을 생각해주십시오.

얼마 전에 우리 변방의 장수인 閻浮(염부)와 趙楫(조즙)이 폐하의 교화를 따라 귀부하려 했지만 화답이 빨리 진행되지 못해 결국 패망했다고 들었습니다. 지금 臣이 정성을 다하여 멀리서 목숨을 걸었는데, 만약 또다시 의심이 들어 제때에 움직일 수 없다면, 臣은 고립되어 큰 화를 당할 것이니, 그렇게 되면 아마 천하의 영웅이나 烈士로 공을 세우려 하는 자는 감히 다시는 폐하에게 목숨을 맡기지 못할 것입니다. 바라나니, 폐하께서는 이를 생각해 주십시오. 皇天과 后土는 사실 저의 말을 들었을 것입니다.」

이 글이 널리 알려졌을 때는, 吳質(오질)도 이미 귀부하여 조정에서 侍中으로 근무하였다.

---

165 許攸(허유, ?-204년, 字 子遠) - 袁紹(원소)에게 방략을 건의했으나 받아들이지 않자 나중에 曹操에 귀부하였다. 허유가 조조를 찾아오자, 조조는 맨발로 달려 나와 맞이했다. 원소 격파와 冀州城 함락에 공을 세웠지만 그 공을 믿고 조조를 무시하다가 잡혀 처형되었다.

二年, 靑州人隱蕃歸吳. 上書曰,

「臣聞紂爲無道, 微子先出. 高祖寬明, 陳平先入. 臣年二十二, 委棄封域, 歸命有道, 賴蒙天靈, 得自全致. 臣至止有日, 而主者同之降人, 未見精別, 使臣微言妙旨, 不得上達. 於邑三歎, 曷惟其已. 謹詣闕拜章, 乞蒙引見.」

權卽召入. 蕃謝答問, 及陳時務, 甚有辭觀. 綜時侍坐, 權問何如. 綜對曰, "蕃上書, 大語有似東方朔, 巧捷詭辯有似禰衡. 而才皆不及."

權又問可堪何官? 綜對曰, "未可以治民, 且試以都輦小職."

權以蕃盛論刑獄, 用爲廷尉監. 左將軍朱據, 廷尉郝普稱蕃有王佐之才, 普尤與之親善, 常怨歎其屈. 後蕃謀叛, 事覺伏誅, 普見責自殺. 據禁止, 歷時乃解.

拜綜偏將軍, 兼左執法, 領辭訟. 遼東之事, 輔吳將軍張昭以諫權言辭切至, 權亦大怒, 其和協彼此, 使之無隙, 綜有力焉.

(黃龍) 2년(서기 230), 靑州 사람 隱蕃(은번)이 吳에 귀순했다. 그리고 상소했다.

「臣이 알기로, 紂王(주왕)이 무도하자 微子(미자)[166]가 먼저 떠났습니다. 高祖가 관대 현명하자 陳平(진평)이 찾아왔습니다. 臣은 나이 22세로, 고향을 버려두고 大道를 지키는 주군을 찾아 귀순하여 폐하의 신령에 힘입어 평온하게 생활하고 있습니다. 臣이 이곳에 여러 날 머물렀지만 저를 상대하는 사람은 저를 투항한 포로처럼 생각하며, 저의 자세한 능력을 보지 못하기에 저의 미묘한 언사와 묘책을 윗분에 알릴 수가 없습니다. 이에 하루에 몇 번씩 탄식하고 있는데 어찌 제 뜻을 이루겠습니까? 삼가 입궐하여 글을 올려 폐하를 알현하고 싶습니다.」

孫權은 즉시 은번을 불러들였다. 은번은 사례하고 질문에 답변하였으며 時務를 논하는데 말을 매우 잘했다. 그때 胡綜(호종)이 侍坐(시좌)하였는데 손권이 어떻게 생각하느냐고 물었다. 이에 호종이 말했다.

"은번의 상서에 큰소리치는 것은 (前漢) 東方朔(동방삭)과 비슷하고, 민첩한 궤변은 禰衡(예형)[167]과 비슷하지만 재능은 두 사람에 모두 못 미칩니다."

손권은 어떤 관직을 맡길 수 있는가를 물었다. 이에 호종은 "治民은 할 수 없으니 일단 시험 삼아 도성 내에서 작은 자리가 괜찮을 것 같습니다."라고 대답하였다.

----

166 微子(미자)는 殷王(商王) 帝乙(제을)의 長子. 殷(은)의 마지막 왕이며 폭군인 紂王(주왕)의 庶兄인데, 주왕의 무도함이 지나치자 나라를 떠났다. 《論語》에서는 微子, 箕子, 比干(비간)을 '殷三仁'이라고 했다.

167 狂士 禰衡(예형, 173 - 198, 字 正平)은 《三國演義》中 23회 〈禰正平裸衣罵賊 吉太醫下毒操刑〉에서 옷을 벗고 북을 쳤다.

손권은 은번이 형옥에 관한 논의가 많았다 하여 廷尉監에 임명하였다. 左將軍인 朱據(주거), 廷尉인 郝普(학보)는 은번이 王佐之才가 있다고 칭송했는데, 학보는 은번과 가깝게 지내며 은번의 재능을 발휘할 수 없다고 늘 탄식하였다. 그러나 나중에 은번의 모반이 드러나 잡혀 처형되었는데, 학보는 견책을 당하자 자살하였다. 주거는 한때 하옥되었다가 시일이 지나 사면되었다.

호종은 偏將軍에 左執法을 겸하면서 송사를 담당하였다. 요동군 공손연에 대한 정벌 문제에 輔吳將軍인 張昭(장소)가 손권에게 간쟁하는 말이 너무 지나치자 孫權 역시 대노하였는데, 장소와 손권이 서로 참으며 틈이 벌어지지 않은 것은 호종의 힘이 컸다.

| 原文 |

性嗜酒, 酒後歡呼極意, 或推引杯觴, 搏擊左右. 權愛其才, 弗之責也.

凡自權統事, 諸文誥策命, 鄰國書符, 略皆綜之所造也. 初以內外多事, 特立科, 長吏遭喪, 皆不得去, 而數有犯者. 權患之, 使朝臣下議. 綜議以爲宜定科文, 示以大辟, 行之一人, 其後必絶. 遂用綜言, 由是奔喪乃斷.

赤烏六年卒, 子沖嗣. 沖平和有文幹, 天紀中爲中書令.

徐詳者字子明, 吳郡烏程人也, 先綜死.

胡綜(호종)은 술을 좋아하였는데, 술에 취하면 환호하거나 마음대로 행동했으며 술잔을 억지로 주고 뺏거나, 주변 사람을 때리기도 했다. 손권은 호종의 재주를 아껴 책망하지 않았다.

손권이 國事를 통솔하면서 여러 문장, 誥命(고명)이나 策命(책명), 외교 문서는 거의 호종이 지었다. 나라 초기 내외에 업무가 많았고 특별히 여러 규정을 정해야 했으며, 고관은 喪事에도 관직을 떠날 수 없게 했지만 따르지 않는 자가 많았다. 손권은 이를 걱정하여 조정에서 논의케 하였다. 호종은 적정한 규정을 정한 뒤, 사형에 해당하는 조항을 한 사람에게 시범적으로 적용하면, 그 뒤에는 근절될 것이라고 말했다. 손권은 호종의 의견을 채택하였고, 이후 관리들의 奔喪(분상)은 없어졌다.

호종은 (孫權) 赤烏 6년에(서기 243) 죽었는데, 아들 胡沖(호충)이 작위를 계승했다. 호충은 사람이 평정, 온화하고 글재주가 있었는데, (孫皓의) 天紀 연간(서기 277 - 280)에 中書令이 되었다.

徐詳(서상)이란 사람의 字는 子明(자명)으로 吳郡 烏程縣 사람인데, 호종보다 먼저 죽었다.

| 原文 |

評曰, 是儀,徐詳,胡綜, 皆孫權之時幹興事業者也. 儀淸恪貞素, 詳數通使命, 綜文采才用, 各見信任, 譬之廣夏, 其欀椽

之佐乎!

陳壽의 評論 : 是儀(시의), 徐詳(서상), 胡綜(호종)은 모두 손권 재위 중에 많은 일을 해낸 사람이었다. 시의는 청렴 성실하고 올곧고 소박하였으며, 서상은 자주 사신으로 나갔으며, 호종은 문채가 뛰어나고 재능이 많아 신임을 받았으니 큰 집(廣夏)에 비유하면 서까래(榱椽, 최연)와 같았다!

63권 〈吳範劉惇趙達傳〉(吳書 18)
(오범,유돈,조달전)

❶ 吳範

| 原文 |

吳範字文則, 會稽上虞人也. 以治歷數, 知風氣, 聞於郡中.
擧有道, 詣京都, 世亂不行. 會孫權起於東南, 範委身服事,
每有災祥, 輒推數言狀, 其術多效, 遂以顯名.

初, 權在吳, 欲討黃祖. 範曰, "今茲少利, 不如明年. 明年戊
子, 荊州劉表亦身死國亡." 權遂征祖, 卒不能克. 明年, 軍出,
行及尋陽, 範見風氣, 因詣船賀, 催兵急行, 至卽破祖, 祖得夜
亡. 權恐失之, 範曰, "未遠, 必生禽祖." 至五更中, 果得之.

劉表竟死, 荊州分割. 及壬辰歲, 範又白言, "歲在甲午, 劉

備當得益州." 後呂岱從蜀還, 遇之白帝, 說備部衆離落, 死亡
且半, 事必不克. 權以難範, 範曰, "臣所言者天道也, 而岱所
見者人事耳."

備卒得蜀.

| 국역 |

吳範(오범)[168]의 字는 文則(문칙)으로, 會稽郡 上虞縣(상우현)[169] 사
람이다. 歷數에 밝고, 風氣를 잘 본다고 郡內에 알려졌었다. 오범은
有道之才로 천거되어 洛陽에 가야 했지만, 세상이 혼란하다면서 가
지 않았다. 그때 孫權이 東南에서 흥기하자, 오범은 손권을 찾아가
섬기면서 재해나 吉祥(길상)의 징조가 있을 때마다 歷數를 계산하여
정황을 설명하였는데 그의 方術이 많이 들어맞아 이름이 알려졌다.

처음에 손권이 吳郡에 있으면서 黃祖(황조)[170]를 토벌하려 하자,
오범은 "이번은 이득이 없을 것이니, 명년에 원정하는 것이 좋을 것
입니다. 내년은 戊子年(무자년)인데, 荊州 劉表 역시 죽을 것이고 나
라가 망할 것입니다."

손권은 황조를 원정했지만 끝내 이길 수 없었다. 다음 해(서기

---

168 吳範(오범, ?-226년, 字 文則) - 東吳 官員, 術數에 밝았다. 劉惇(유돈), 趙達,
  嚴武, 曹不興(조불흥), 皇象(황상), 宋壽, 鄭嫗(정구)와 함께 '東吳八絶'로 알려
  졌다.《史記》
169 會稽郡 上虞縣(상우현) - 今 浙江省 紹興市 上虞區.
170 黃祖(황조, ?-서기 208) - 荊州牧 劉表의 宿將, 江夏 太守 역임. 황조의 부하
  에게 손견이 부상을 당한 뒤 죽었다. 손책과 손권에게는 아버지를 죽인 원수
  이다.

208년), 군사가 출동하여 尋陽(심양)에 이르렀을 때, 오범은 風氣를 보고, 손권의 배에 와서 하례하며 빨리 행군해야 한다고 말했고, 손권이 도착하여 황조를 격파하자, 황조는 밤에 도주했다. 손권이 놓칠까 걱정하자, 오범은 "멀리가지 못했으니 틀림없이 황조를 생포할 것입니다."라고 말했다. 오경이 되자 예상대로 황조를 생포했다.

劉表가 죽자 형주는 분할되었다. 壬辰年(서기 212)에, 오범이 또 말했다.

"甲午年(서기 214)이 되면, 劉備는 益州를 차지할 것입니다."

나중에 呂岱(여대)가 촉군에서 돌아오다가 白帝城에서 유비의 군사와 만났는데, 유비의 군사가 흩어졌고 사망자가 절반은 되니 유비는 곧 망할 것이라고 말했다. 이에 손권이 오범을 비난하자 오범이 말했다.

"臣이 말씀드린 것은 天道이고, 여대가 말한 것은 人事입니다."

유비는 결국 蜀郡을 차지하였다.

|原文|

權與呂蒙謀襲關羽, 議之近臣, 多曰不可. 權以問範曰, "得之." 後羽在麥城, 使使請降. 權問範曰, "竟當降否?" 範曰, "彼有走氣, 言降詐話耳." 權使潘璋邀其徑路, 覘候者還, 自羽已去. 範曰, "雖去不免." 問其期, 曰, "明日日中."

權立表下漏以待之. 及中不至, 權問其故, 範曰, "時尚未正

中也." 頃之, 有風動帷, 範拊手曰, "羽至矣." 須臾, 外稱萬
歲, 傳言得羽.

後權與魏爲好, 範曰, "以風氣言之, 彼以貌來, 其實有謀,
宜爲之備." 劉備盛兵西陵, 範曰, "後當和親." 終皆如言. 其
占驗明審如此.

權以範爲騎都尉, 領太史令, 數從訪問, 欲知其決. 範秘惜
其術, 不以至要語權. 權由是恨之.

| 국역 |

孫權과 呂蒙(여몽)이 關羽를 기습 공격하려고 近臣에게 의논하자
모두가 不可하다고 말했다. 孫權이 吳範(오범)에게 물어보니 "잡을
것입니다."라고 말했다.

뒷날 관우가 麥城(맥성)에 있으면서 사람을 보내 투항하겠다고 요
청하였다. 孫權이 오범에게 물었다.

"관우가 투항하겠나? 아니 하겠나?"

"그에게 달아날 氣가 있으니 투항은 거짓말입니다."

孫權은 潘璋(반장)을 시켜 샛길을 지키게 했는데, 망을 보던 군사
가 돌아와 관우가 이미 도망했다고 말했다. 그러자 오범은 "도망쳤
지만 빠져나가지는 못했습니다."라고 말했다.

孫權이 기한을 묻자, 오범은 "내일 한 낮입니다."라고 말했다.

孫權이 즉각 물시계에 표시를 해 놓고 기다렸다. 한낮이 되었지
만 소식이 없어 손권이 까닭을 묻자, 오범은 "아직 제시간(正中)이

안 되었습니다."라고 말했다.

얼마 뒤 바람에 휘장이 펄럭이자 오범이 손뼉을 치며 "관우가 왔습니다."라고 말했다. 곧 밖에서 만세소리가 들리면서, 관우를 잡아 왔다는 보고가 들어왔다.

뒷날 孫權이 魏와 강화하려 할 때 오범이 말했다.

"風氣가 가리키는 것은 저들이 오는 형상이지만 사실은 음모가 있으니 응당 대비해야 합니다."

유비가 西陵(서릉)에 크게 군사를 모았는데, 오범은 "나중에는 화친할 것입니다."라고 말했는데, 결국은 그 말대로 되었다. 오범의 점이 맞는 것이 대개 이와 같았다.

손권은 오범을 騎都尉에 임명했고 太史令을 겸임케 하였는데 자주 오범을 찾아가 그 비결을 알려고 했다. 그러나 오범은 그 비책을 비밀로 하면서 요체를 손권에게도 말해주지 않았다. 손권은 이 때문에 오범을 좋게 생각하지 않았다.

| 原文 |

初, 權爲將軍時, 範嘗白言 "江南有王氣, 亥子之間有大福慶." 權曰, "若終如言, 以君爲侯." 及立爲吳王, 範時侍宴. 曰, "昔在吳中, 嘗言此事, 大王識之邪?"

權曰, "有之." 因呼左右, 以侯綬帶範. 範知權欲以厭當前言, 輒手推不受. 及後論功行封, 以範爲都亭侯, 詔臨當出,

<u>權</u>恚其愛道於己也, 削除其名.

|국역|

그전에, 孫權이 將軍일 때 吳範(오범)은 "江南에 王氣가 있으니, 亥年(해년)이나 子年 사이에 큰 복에 경사가 있을 것입니다."라고 말했다.

손권은 "만약 말 그대로라면 君을 제후로 책봉할 것이다."라고 말했다. 손권이 吳王이 된 뒤에(서기 220), 오범은 그때 연회에 손권을 모시고 있으면서 "옛날 吳郡에 계실 때, 이 일을 말씀드린 적이 있었는데, 대왕께서는 알고 계십니까?"라고 물었다.

이에 손권은 "알고 있다."면서 측근을 불러 오범에게 제후의 인수를 수여케 하였다. 오범은 손권이 인수를 주는 것으로 앞서 한 말을 그냥 넘기려 한다고 생각하여 굳이 사양하며 받지 않았다. 그 뒤에 論功에 따라 작위를 책봉하면서 오범을 都亭侯로 정했지만, 조서가 실행되기 직전에 손권은 오범이 자신의 법술에 인색하게 노는 것에 화가 나서 오범의 이름을 지워버렸다.

|原文|

<u>範</u>爲人剛直, 頗好自稱, 然與親故交接有終始. 素與<u>魏滕</u>同邑相善. <u>滕</u>嘗有罪, <u>權</u>責怒甚嚴, 敢有諫者死, <u>範</u>謂<u>滕</u>曰, "與汝偕死." <u>滕</u>曰, "死而無益, 何用死爲?" <u>範</u>曰, "安能慮此坐

觀汝邪?" 乃髡頭自縛詣門下, 使鈴下以聞. 鈴下不敢, 曰, "必死, 不敢白." 範曰, "汝有子邪?" 曰, "有." 曰, "使汝爲吳範死, 子以屬我" 鈴下曰, "諾." 乃排閣入.

言未卒, 權大怒, 欲便投以戟. 逡巡走出, 範因突入, 叩頭流血, 言與涕並. 良久, 權釋, 乃免滕. 滕見範謝曰, "父母能生長我, 不能免我於死. 丈夫相知, 如汝足矣, 何用多爲!"

黃武五年, 範病卒. 長子先死, 少子尙幼, 於是業絕. 權追思之, 募三州有能擧知術數如吳範,趙達者, 封千戶侯, 卒無所得.

| 국역 |

吳範(오범)은 사람이 강직하고 자신을 과시하는 기질이 있으나 친구와 교제에 있어서는 처음처럼 한결같았다. 오범은 평소에 같은 고향 출신인 魏滕(위등)[171]과 서로 친했다. 일찍이 위등이 죄를 지었는데, 손권은 심하게 분노하며 감히 간언을 올리는 자는 죽이겠다고 하였는데, 오범은 위등에게 "자네와 함께 죽겠다."고 말했다. 위등이 말했다.

"죽어 무익한데 왜 죽으려 하는가?"

"어찌 그냥 앉아서 자네가 죽는 것을 보아야 하겠는가?"

오범은 삭발하고 자신을 결박한 뒤, 문 앞에 가서 수문장에게(鈴下) 보고해 달라고 말했다. 그러자 수문장이 말했다.

---

171 魏滕(위등, 字 周林) - 鄱陽(파양) 태수 역임.

"나도 틀림없이 죽을 것이니 아뢰지 못하겠습니다."

"당신 자식이 있는가?" "있습니다."

"당신이 오범 때문에 죽는다면, 당신 아들은 나 오범이 책임지겠다."

수문장은 "알겠습니다." 하고서는 들어갔다. 그러나 말도 끝나기 전에 孫權이 대노하며 창을 던지려 했다. 수문장이 뒤로 물러나오자, 그 틈에 오범이 들어가 머리를 찧어 피를 흘리며 주청하면서 눈물도 쏟았다. 한참 뒤에 손권은 화를 풀었고, 위등을 사면했다.

위등이 오범에게 사례하며 말했다.

"父母가 나를 낳고 키워주셨지만 죽음에서 나를 구할 수는 없었다. 사나이가 서로 알고 지내야 한다지만, 자네 한 사람이면 족한데 어찌 많아야 되겠는가!'

오범은 (孫權) 黃武 5년(서기 226석)에 병사했다. 큰 아들은 먼저 죽었고, 작은아들은 아직 어려 결국 본업이 이어지지 않았다. 손권은 오범을 생각하여 3개 주(揚州, 荊州, 交州)에서 1천 호의 제후 책봉을 내세우고 오범이나 趙達(조달) 같은 술수에 능한 자를 얻으려 했지만 구하지 못했다.

❷ 劉惇

| 原文 |

劉惇字子仁, 平原人也. 遭亂避地, 客游廬陵, 事孫輔. 以

明天官達占數顯於南土. 每有水旱寇賊, 皆先時處期, 無不中
者. 輔異焉, 以爲軍師, 軍中咸敬事之, 號曰神明.

建安中, 孫權在豫章, 時有星變, 以問惇. 惇曰, "災在丹
楊." 權曰, "何如?"曰, "客勝主人, 到某日當得問."

是時邊鴻作亂, 卒如惇言. 惇於諸術皆善, 尤明太乙, 皆能
推演其事, 窮盡要妙, 著書百餘篇, 名儒刁玄稱以爲奇. 惇亦
寶愛其術, 不以告人, 故世莫得而明也.

| 국역 |

劉惇(유돈)의 字는 子仁(자인)으로, 平原郡[172] 사람이다. 난리를 만
나 피난 가서 盧陵郡(여릉군)에서 타향살이를 하다가 孫輔(손보)[173]를
섬겼다. 유돈은 천문과 점술에 밝아 남쪽 지역에서 이름이 알려졌
다. 수해나 旱害(한해), 도적떼의 침입 등이 있을 때마다 미리 때를
알아맞혔는데 틀리는 경우가 없었다. 손보가 특별하게 여겨 유돈을
軍師로 삼았고, 軍中에서도 모두가 존경하면서 神明이라고 불렀다.

(獻帝) 建安 연간에, 孫權이 豫章郡에 있을 때 星變이 있어 유돈
에게 물었다. 유돈은 "丹楊郡에 재해가 있을 겁니다."라고 말했다.

----

172 平原郡 平原縣 - 今 山東省 서북부 德州市 관할 平原縣.

173 孫賁(손분, ?-210년, 字 伯陽)은 孫堅(손견)의 兄 孫羌(손강, 155-191년)의 아들
이다. 곧 孫權 큰아버지의 아들이니 손권의 4촌형이다. 손분은 일찍 양친을
여의었고, 동생 孫輔(손보)는 어린아이였기에 손분이 직접 양육하면서 우애가
아주 돈독하였다. 손보는 郡의 독우로 임시 縣長이었다. 손보는 손책의 3郡
평정을 도왔고 나중에 盧陵(여릉) 태수가 되었다. 여릉군 郡治는 高昌縣으로,
今 江西省 중서부 吉安市.《吳書》6권, 〈宗室傳〉에 입전.

손권이 어떻게 해야 하는가라고 묻자, 유돈은 "客이 主人을 이기니 며칠 있으면 알 수 있습니다."라고 말했다.

그때 邊鴻(변홍)의 반란[174]이 있었는데 결국 유돈의 말과 같았다. 유돈은 여러 法術에 두루 통했는데, 특히 太乙 占法에 밝아 많은 일을 알아맞혀 미묘한 경지에 이르렀고, 저서 1백여 편이 있었으며, 名儒인 刁玄(조현)[175]도 기재라고 칭찬하였다. 유돈 역시 자신의 술법에 대한 긍지가 강하여 다른 사람에게 알려주지 않았기에 술법을 전수받거나 아는 사람이 없었다.

❸ 趙達

| 原文 |

趙達, 河南人也. 少從漢侍中單甫受學, 用思精密. 謂東南有王者氣, 可以避難, 故脫身渡江. 治九宮一算之術, 究其微旨, 是以能應機立成. 對問若神, 至計飛蝗, 射隱伏, 無不中效.

---

174 邊鴻(변홍)의 반란 - 孫翊(손익)의 字는 叔弼(숙필)로 孫策과 孫權의 동생인데, 행동이 민첩하고 과감하며 격렬한 기질이 손책을 많이 닮았었다. 建安 8년(서기 203)에, 偏將軍으로 丹楊太守를 겸했는데 그때 20세였다. 뒷날 갑자기 부하인 邊鴻(변홍)에게 피살되었는데 변홍 역시 즉시 처형되었다.

175 刁玄(조현) - 人名. 謝景(사경) 范愼(범신), 刁玄(조현), 羊衜(양도) 등이 모두 손권 태자 孫登의 빈객이었다. 조현은 五官中郎將을 거쳐 孫亮 재위 중 侍中이 되었다. 刁는 조두 조, 軍用器, 낮에는 취사용 솥. 밤에는 이를 두들겨 소리를 내며 순찰을 돌았다. 성씨 조.

或難達曰, "飛者固不可校, 誰知其然, 此殆妄耳."

達使其人取小豆數斗, 播之席上, 立處其數, 驗覆果信.

嘗過知故, 知故爲之具食. 食畢, 謂曰, "倉卒乏酒, 又無佳肴, 無以敍意, 如何?" 達因取盤中只箸, 再三從橫之, 乃言, "卿東壁下有美酒一斛, 又有鹿肉三斤, 何以辭無?" 時坐有他賓, 內得主人情. 主有慚曰, "以卿善射有無, 欲相試耳, 竟效如此" 遂出酒酣飮.

又有書簡上作千萬數, 著空倉中封之, 令達算之. 達處如數, 云, "但有名無實." 其精微若是.

| 국역 |

趙達(조달)은 河南 사람이다. 젊었을 때 漢 侍中 單甫(선보)를 따라 수학했는데 사려가 깊고 정밀했다. 조달은 동남방에 王者의 氣가 있어 피난할 수 있다고 생각하여 고향을 떠나 長江을 건넜다. 조달은 九宮一算의 술법을 전공하고 그 심오한 뜻을 궁구하여 상황을 보아 적절히 대응할 줄을 알았다. 또 다른 사람의 질문에 귀신처럼 알아맞히고 날아가는 메뚜기를 세고 숨은 것을 알아맞혀 틀리는 법이 없었다.

어떤 사람이 조달을 비난하였다.

"날아다니는 것을 어떻게 셀 수가 있는가? 그것을 안다고 하더라도 그것은 거짓이다."

조달은 그 사람에게 콩 몇 되를 가져오게 하여 자리에 뿌려놓은 다음에 그 자리에서 숫자를 말했는데 실제로 세어보니 그대로였다.

한번은 아는 친우의 집에 들렀는데 친우와 함께 식사를 했다. 식사를 끝내며 친우가 말했다.

"갑자기 준비하다 보니 술도 없고 또 안주도 없어 회포를 나눌 수도 없으니 어찌하나?"

조달은 상위의 젓가락을 가지고 두세 번 가로세로로 움직인 뒤에 말했다.

"당신 동쪽 벽장에 좋은 술이 1斛(곡)이 있고 또 사슴고기가 3근이나 있는데 어찌 없다고 하십니까?"

그 자리에는 다른 손님도 있었는데 조달이 주인의 인정을 알아버렸다. 주인은 부끄러워하며 말했다.

"卿이 유무를 잘 점을 친다 하여 한 번 시험해보았는데 정말 잘 맞췄습니다."

그리고서는 술을 꺼내와 함께 마셨다. 또 어떤 사람이 종이 위에 '千萬'이라는 숫자를 쓰고 빈 창고 안에 봉해 둔 뒤에 조달을 시켜 세어보라고 하였다. 조달은 들어가서 세는 척하더니 "有名無實할 뿐이다."라고 말했다.

| 原文 |

達寶惜其術, 自闞澤,殷禮皆名儒善士, 親屈節就學, 達秘而不告. 太史丞公孫滕少師事達, 勤勞累年, 達許敎之者有年數矣, 臨當喩語而輒復止. 滕他日齎酒具, 候顏色, 拜跪而請.

達曰, "吾先人得此術, 欲圖爲帝王師, 至仕來三世, 不過太史郎, 誠不欲復傳之. 且此術微妙, 頭乘尾除, 一算之法, 父子不相語. 然以子篤好不倦, 今眞以相授矣."

飮酒數行, 達起取素書兩眷, 大如手指. 達曰, "當寫讀此, 由自解也. 吾久廢, 不復省之. 今欲思論一過, 數日當以相與."

滕如期往, 至乃陽求索書, 驚言失之, 云, "女婿昨來, 必是渠所竊." 遂從此絶.

| 국역 |

趙達(조달)은 자신의 法術을 아주 소중하게 아꼈는데, 闞澤(감택)이나 殷禮(은례) 같은 名儒와 학자가 직접 굽히고 찾아와 배우려 해도 조달은 비밀에 부쳐 말해주지 않았다. 太史丞(태사승, 太史令의 副職)인 公孫滕(공손등)이 젊어서 조달을 스승으로 섬기며 몇 년 동안 애를 썼지만 조달은 가르쳐 주겠다는 말만 몇 년 동안 거듭하였고, 가르쳐준다고 약속해도 또 그만두었다.

공손등은 어느 날 술과 안주를 준비하고서 그 안색을 살펴 무릎을 꿇고 가르침을 청했다. 이에 조달이 말했다.

"나의 선조는 이 술법을 배워 제왕의 스승이 되기를 원했지만 3世를 내리 섬겼어도 그 지위는 太史郎에 지나지 않았으니 정말로 다시 전수하고 싶지 않도다. 또 이 법술이 미묘한 것은 처음에는 乘算(곱셈), 끝에 가서는 除算(나눗셈)을 해야 하는데, 이 계산법에 대해서는 父子간에도 말해주지 않는다. 그러나 자네는 성실하고 게으르지 않으니 오늘 내가 정말로 전수해 주겠다."

그리고서는 술을 몇 잔 마시고서, 조달은 일어나 흰 비단의 책 두 권을 꺼내왔는데 두께가 손가락 굵기 정도였다. 그리고서는 조달이 말했다.

"이를 필사해서 읽으면 저절로 터득할 수 있다. 나는 오랫동안 버려두고 읽지 않았었다. 지금 다시 한 번 생각해 보아야 하니 며칠 뒤에 자네에게 넘겨주겠다."

공손 등이 약속한 날에 찾아갔는데, 조달은 책을 찾는 척 하더니 놀란 척 책이 없다면서 말했다.

"사위가 어제 왔었는데 틀림없이 그 자가 훔쳐갔다."

그리고서는 그때부터 공손등의 왕래를 끊어버렸다.

| 原文 |

初, 孫權行師征伐, 每令達有所推步, 皆如其言. 權問其法, 達終不語, 由此見薄, 祿位不至. 達常笑謂諸星氣風術者曰, "當回算帷幕, 不出戶牖以知天道, 而反晝夜暴露以望氣樣, 不亦難乎!"

閒居無爲, 引算自校, 乃歎曰, "吾算訖盡某年月日, 其終矣."

達妻數見達效, 聞而哭泣. 達欲弭妻意, 乃更步算, 言, "向者謬誤耳, 尚未也."

後如期死. 權聞達有書, 求之不得, 乃錄問其女, 及發棺無
所得, 法術絶焉.

| 국역 |

그전에 孫權은 군사를 거느리고 정벌하면서 매번 趙達(조달)에게
앞일을 추산하게 하였는데 모두 그 말과 같았다. 孫權이 그 비법을
물었지만, 조달은 끝내 말해주지 않았기에 조달은 푸대접을 받았고
작위를 받지도 못했다. 조달은 星氣와 風術을 보는 자를 비웃으며
말했다.

"응당 장막 안에서 헤아려 보고 창 밖에 나가지 않아도 천도를 알
아야 하거늘, 오히려 그 반대로 밤낮 없이 이슬을 맞으며 望氣를 해
야 한다면 너무 힘들지 않겠는가!"

조달은 한가하여 할 일이 없자 자신의 수명을 계산해 보고서 탄
식하며 말했다.

"내 계산으로는 某年 月日에 아마 죽을 것 같도다."

조달의 처는 조달의 점이 들어맞는 것을 여러 번 보았기에 조달의
말을 듣고 통곡하였다. 조달은 아내의 울음을 그치게 하려고 다시
계산을 해보더니 "먼저 계산이 틀렸네! 아직 멀었네!"라고 말했다.

그 뒤에 조달은 그 날짜에 죽었다. 孫權은 조달의 저서가 있다는
말을 듣고 찾게 하였으나 찾아내지 못했고, 또 딸을 데려다 물었고
관을 꺼내 확인도 하였지만 아무것도 없어 조달의 술법은 단절되었
다.

評曰, 三子各於其術精矣, 其用思妙矣, 然君子等役心神,
宜於大者遠者, 是以有識之士, 舍彼而取此也.

| 국역 |

陳壽의 評論 : 위의 세 사람은 각자 方術에 정통하였고 그 생각도
神妙하였지만, 君子가 마음을 깊이 쓰는 것은 원대한 일이어야 하
기에, 有識之士는 이런 方術을 버려두고 학문에 뜻을 두는 것이다.

64권 〈諸葛滕二孫濮陽傳〉(吳書 19)
(제갈,등,이손,복양전)

❶ 諸葛恪

| 原文 |

諸葛恪字元遜, 瑾長子也. 少知名. 弱冠拜騎都尉, 與顧譚, 張休等侍太子登講論道藝, 並爲賓友. 從中庶子轉爲左輔都尉.

恪父瑾面長似驢. 孫權大會群臣, 使人牽一驢入, 長檢其面, 題曰諸葛子瑜. 恪跪曰, "乞請筆益兩字." 因聽與筆. 恪續其下曰, '之驢.' 舉座歡笑, 乃以驢賜恪.

他日復見, 權問恪曰, "卿父與叔父孰賢?" 對曰, "臣父爲優." 權問其故. 對曰, "臣父知所事, 叔父不知, 以是爲優."

權又大噱.

命恪行酒, 至張昭前, 昭先有酒色, 不肯飲. 曰, "此非養老之禮也." 權曰, "卿其能令張公辭屈, 乃當飲之耳." 恪難昭曰, "昔師尙父九十, 秉旄仗鉞, 猶未告老也. 今軍旅之事, 將軍在後, 酒食之事, 將軍在先, 何謂不養老也?" 昭卒無辭, 遂爲盡爵.

後蜀好, 群臣並會, 權謂使曰, "此諸葛恪雅使至騎乘, 還告丞相, 爲致好馬." 恪因下謝, 權曰, "馬未至面謝何也?" 恪對曰, "夫蜀者陛下之外廐, 今有恩詔, 馬必至也, 安敢不謝?"

恪之才捷, 皆此類也. 權甚異之, 欲試以事, 令守節度. 節度掌軍糧穀, 文書繁猥, 非其好也.

| 국역 |

諸葛恪(제갈각)[176]의 字는 元遜(원손)으로, 諸葛瑾(제갈근)의 長子·이

----

176 諸葛恪(제갈각, 203 – 253년, 字 元遜, 恪은 삼갈 각) – 諸葛瑾(제갈근, 174 – 241년, 字 子瑜)의 아들. 諸葛亮(제갈량, 181 – 234년 10월)의 조카, 제갈량의 族弟인 諸葛誕(제갈탄)은 魏에 출사했다. 제갈각은 신장이 7尺6寸(약 177cm)의 큰 키에 수염은 많지 않았고 꺾인 콧날에 광대뼈가 넓고 大口에 목소리가 굵었다는 기록이 있다. 제갈근은 東吳의 太傅 및 大將軍을 역임했고, 제갈각은 東吳의 太傅 및 丞相을 역임했다. 孫權이 臨終하며 輔政大臣에 임명하여 太子 孫亮(손량)을 보필하라고 유언했다. 손량이 즉위한 뒤 제갈각은 혼자 軍政 대권을 장악하고 초기에는 민심을 얻었으나 계속되는 魏 원정실패로 인심을 잃어 결국 孫峻(손준)에게 살해당했고 삼족이 멸족되었는데, 죽을 때 51세였다. 제갈근은 《吳書》 7권, 〈張顧諸葛步傳〉에 입전. 諸葛恪은 《吳書》 19권, 〈諸葛滕二孫濮陽傳〉에 입전했다. 제갈량은 《蜀書》 5권, 〈諸葛亮傳〉에 입전했다.

다. 어려서부터 이름이 났었다. 弱冠에 騎都尉가 되어 顧譚(고담)과 張休(장휴) 등과 함께 太子 孫登(손등)을 모시고 학문을 강론하며 태자의 賓友(빈우)가 되었다. 제갈각은 (太子) 中庶子[177]에서 左輔都尉가 되었다.

제갈각의 부친 제갈근은 얼굴이 길어 나귀(驢, 나귀 려)와 비슷하였다. 孫權은 群臣이 모였을 때, 나귀 한 마리를 끌고 들어오게 하였는데, 나귀 머리에 '諸葛子瑜(제갈자유)'라고 쓴 긴 팻말을 달아 놓았다. 이에 제갈각이 무릎을 꿇고 "붓으로 글자 두 자를 쓰게 해주십시오."라고 말했다. 손권이 허락하며 붓을 주자, 제갈각은 그 아래에 '(諸葛子瑜) 之驢(~의 나귀)'라고 두 글자를 썼다. 이에 모든 사람들이 좋아하며 웃었고, 그 나귀를 제갈각에게 주었다.

다른 날, 제갈각을 만나본 孫權이 물었다.

"卿의 부친과 숙부는(諸葛亮) 누가 더 현명한가?"

이에 제갈각은 "臣의 부친이 더 낫습니다."라고 말했다. 손권이 이유를 묻자 제갈각이 말했다.

"臣의 부친은 섬길만한 주군을 알고 섬기지만, 숙부는 그것을 모르니 제 부친이 더 나은 것입니다."

孫權은 이에 크게 웃었다.[178] 孫權이 제갈각에게 돌아가며 술을 권하게 하였는데, 제갈각이 張昭(장소)[179] 앞에 오자, 장소는 이미 마

---

177 太子中庶子는 태자소부의 속관으로 태자를 수행, 後漢의 경우 질록 6백석. 정원 5人, 侍中의 역할 수행.

178 원문 大噱의 噱은 크게 웃을 갹. 껄껄 웃다. 大笑. 笑聲.

179 張昭(장소, 156 – 236, 字 子布) – 徐州 彭城郡(今 江蘇省 북부 徐州市) 出身. 江東으로 피난했다가 손책에게 발탁되었다. 박식한 학자였고, 손책의 신임을 받았으며, 서기 200년 손책이 죽자, 손권을 주군으로 옹립했다. 일찍부터

신 술기운이 있어 더 마시려고 하지 않았다. 그러면서 "이는 노인을 모시는 예가 아니다."라고 말했다. 그러자 孫權은 제갈각에게 "卿 이 張公을 말로 이기면 마시지 않을 수 없을 것이다."라고 하였다. 이에 제갈각이 장소에게 따지듯 말했다.

"옛날 師尙父(사상보, 太公望)[180]는 90세에도 깃발을 잡고 도끼를 휘두르면서 늙었다는 말을 안했습니다. 지금 군사 지휘라면 장군께 서 뒤에 계실 수 있지만, 잔치하는 자리에서 장군께 먼저 술을 올리 는 것인데 어찌 노인을 대우하지 않는다고 말씀하십니까?"

장소는 끝내 할 말이 없었고 술을 받아 다 마시었다.

뒷날 東吳와 蜀漢이 강화하면서 群臣이 모인 연회 자리에서 孫權 이 蜀漢의 사신에게 말했다.

"여기 제갈각은 평소에 말 타기를 좋아하는데, 돌아가거든 승상 (제갈량)에게 말해서 좋은 말을 좀 보내주라고 하시오."

그러자 제갈각은 곧바로 손권에게 사례하였다. 손권이 물었다.

"말이 오지도 않았는데 왜 고맙다고 하는가?"

이에 제갈각이 대답했다.

"蜀은 폐하의 밖에 있는 외양간이니, 이번 명령에 틀림없이 말이 들어올 것인데 어찌 사례하지 않겠습니까?"

....
直言으로 손권의 뜻을 거슬렀기에 승상의 자리에 오르지는 못했다. 張休는 張昭의 차남. 《吳書》7권, 〈張顧諸葛步傳〉에 입전.

180 師尙父(사상보) – 太公望(?−前 1015년)−周 文王, 周 武王의 軍師, 姜姓, 呂 氏, 名 尙, 史書에는 '姜尙', '姜望', '姜牙', '姜子牙', '呂尙', '呂望', '呂涓', '呂牙', '姜太公', '呂太公', '齊太公', '太公', '太公望', '尙父', '師尙父' 등으 로 불린다. '武成王', '昭烈武成王'에 追封. '姜太公釣魚−願者上鉤'라는 헐 후어가 있다.

제갈각의 민첩한 대응이 대개 이런 식이었다.[181] 손권은 제갈각은 특별하게 여기면서 업무 능력을 시험해보려고 임시로 군사를 지휘하게 하였다. 그리고 군량 공급을 담당케 하였는데, 문서 처리가 많아 제갈각은 좋아하지 않았다.

| 原文 |

恪以丹楊山險, 民多果勁, 雖前發兵, 徒得外縣平民而已. 其餘深遠, 莫能禽盡, 屢自求乞爲官出之, 三年可得甲士四萬.

衆議咸以丹楊地勢險阻, 與吳郡,會稽,新都,鄱陽四郡鄰接, 周旋數千里, 山谷萬重, 其幽邃民人, 未嘗入城邑, 對長吏, 皆仗兵野逸, 白首於林莽. 逋亡宿惡, 咸共逃竄. 山出銅鐵, 自鑄甲兵. 俗好武習戰, 高尚氣力, 其升山赴險, 抵突叢棘, 若魚之走淵, 獼猱之騰木也. 時觀間隙, 出爲寇盜, 每致兵征伐, 尋其窟藏. 其戰則蜂至, 敗則鳥竄, 自前世以來, 不能羈也. 皆以爲難.

恪父瑾聞之, 亦以事終不逮, 歎曰, "恪不大興吾家, 將大赤

············
181 언젠가 太子(孫登)가 제갈각에 농담을 하였다. "諸葛元遜(諸葛恪)은 말똥도 먹을 수 있을 것이요." 그러자 제갈각은 "태자께서는 계란을 많이 드시기 바랍니다."라고 응수했다. 이를 전해들은 孫權이 물었다. "다른 사람이 말똥을 먹으라고 할 때, 계란을 먹으라고 말한 까닭은 무엇인가?" 그러자 제갈각이 말했다. "어차피 나온 곳은 똑같습니다."

吾族也."

　恪盛陳其必捷. 權拜恪撫越將軍, 領丹楊太守, 授棨戟武騎
三百. 拜畢, 命恪備威儀, 作鼓吹, 導引歸家, 時年三十二.

| 국역 |

　諸葛恪(제갈각)은 丹楊郡(단양군)[182]이 험한 산악지대이고, 그 백성
은 많이 억세어 앞서 군사를 동원했어도 현 주변의 백성만 잡아왔
었다고 말했다. 그 나머지는 멀리 숨어버려 잡아낼 수도 없었는데,
제갈각은 자신이 그곳 태수가 되면 3년에 4만 명 정도의 精兵은 얻
을 수 있다고 여러 번 말하였다.

　그러나 많은 사람들은 丹楊郡은 지세가 험악하고 吳郡, 會稽郡,
新都郡, 鄱陽(파양) 등 4개 郡과 연접하여 그 둘레만 수천 리인 데다
가 계곡이 수만 겹 첩첩하였고, 그 깊은 산속 백성은 城邑에 와서 관
리를 만나본 일도 없거니와 군사가 출동하면 무기를 들고 들로 산
으로 도망친 뒤에 숲속에서 늙어 죽는다고 하였다. 도망자나 오래
도록 나쁜 짓을 한 자들은 모두 그런 곳으로 숨어들었다. 또 산속에
서는 구리와 쇠가 생산되어 무기를 만들 수도 있었다. 그들 습속은
무예를 숭상하고 전투에 익숙한데다가 氣力을 중히 여기는데, 산을
타고 험지를 다니거나 가시덤불을 뚫고 다니는 것이 마치 물속의
고기와 같았고 원숭이(猨狖, 원유)가 나무에 오르는 것과 같았다. 그
러면서 틈을 엿보다가 산을 내려와 노략질을 하는데 군사를 동원하

182　丹楊(丹陽) - 郡治는 宛陵縣, 今 安徽省 동남부 宣城市. 長江 남쪽. 관광지로
　유명한 黃山이 옛날 丹揚郡 지역이었다.

여 정벌하면 굴속으로 숨어버렸다. 그들은 싸우게 되면 마치 벌떼처럼 모여들다가 패전하게 되면 새처럼 흩어지니 오래 전 옛날부터 통제할 수가 없는 백성들이었다. 그래서 모두가 어렵다고 생각하였다.

제갈각의 부친 제갈근은 제갈각이 단양 태수 직을 자원한다는 말을 듣고 탄식하였다.

"제갈각은 우리 집안을 흥성케 하지 못하고 장차 집안을 망칠 것이다."

그러나 제갈각은 틀림없이 이길 수 있다고 장담하였다. 孫權은 제갈각을 撫越將軍에 임명하고 丹楊太守를 겸임케 하면서 창(戟)을 하사하고 기병 3백 명을 내려주었다. 관직을 받자 제갈각은 위엄을 갖추고 군악을 연주하며 시위를 앞세우고 단양군에 부임하였는데, 그때 32세였다.

| 原文 |

恪到府, 乃移書四郡屬城長吏, 令各保其疆界, 明立部伍, 其從化平民, 悉令屯居. 乃分內諸將, 羅兵幽阻, 但繕藩籬, 不與交鋒, 候其穀稼將熟, 輒縱兵芟刈, 使無遺種. 舊穀旣盡, 新田不收, 平民屯居, 略無所入, 於是山民饑窮, 漸出降首.

恪乃復敕下曰,「山民去惡從化, 皆當撫慰, 徙出外縣, 不得嫌疑, 有所執拘.」

曰陽長胡伉得降民周遺,遺舊惡民, 困迫暫出, 內圖叛逆, 伉縛送諸府. 恪以伉違教, 遂斬以徇, 以狀表上. 民聞伉坐執人被戮, 知官惟欲出之而已, 於是老幼相攜而出, 歲期, 人數皆如本規. 恪自領萬人, 餘分給諸將.

|국역|

諸葛恪(제갈각)은 태수부에 부임하면서, 4개 郡에 속한 縣城의 지방관에게 문서를 보내 각자 관할 지역을 지키며 부대를 정비하고 평민을 지시에 순응토록 교화하며 군사 주둔지에 거처하라고 지시하였다. 그리고 여러 장수를 각지에 나눠 보내 험한 지역에 군사를 배치케 한 뒤에 방어 울타리를 수선하고 교전을 못하게 했다. 농사 추수철을 기다려 군사를 풀어 모두 수확하되, 다음 해 종자도 남겨주지 말라고 하였다. 그렇게 하여 다음 해에 묵은 곡식이 떨어지고 새 작물은 거둬들일 수가 없을 때, 평민들은 모두 군부대 내에 살고 있기에 탈취할 곡식이 없어 산속 백성은 굶주리다가 조금씩 내려와 투항하였다.

제갈각은 이에 다시 지시를 내렸다.

「산악지대 백성으로 악행을 끊고 교화를 따르려 한다면, 모두 慰撫(위무)하여 받아들여서 현 근처에 이동시켜 생활하게 하되, 지난 죄를 문책하거나 잡아두지 말라.」

(丹楊郡) 曰陽(구양) 縣長인 胡伉(호항)은 투항한 백성 周遺(주유)를 체포하였는데, 주유는 옛날 죄를 지은 자로 생활에 쫓겨 잠시 하산하였지만 내심으로는 반역을 계획한다며 호항은 주유를 태수부

로 압송하였다. 그러나 제갈각은 호항이 지시를 어겼다며 바로잡아 죽여 각 현에 돌려보게 하며 표문을 올렸다. 백성들은 縣長 호항이 백성을 체포했다 하여 처형되었다는 소식을 듣고 나라에서는 백성을 산에서 내려오게 할 뿐이라며 노인이나 아이를 데리고 산에서 내려왔다. 그리하여 1년이 지나자 백성은 본래 생각했던 만큼 돌아왔다. 제갈각은 1만 명을 군사로 거느렸고 나머지는 각 장수들에게 분할해 주었다.

|原文|

權嘉其功, 遺尙書僕射薛綜勞軍. 綜先移恪等曰,

「山越恃阻, 不賓歷世, 緩則首鼠, 急則狼顧. 皇帝赫然, 命將西征, 神策內授, 武師外震. 兵不染鍔, 甲不沾汗. 元惡旣梟, 種黨歸義, 蕩滌山藪, 獻戎十萬. 野無遺寇, 邑罔殘姦. 旣掃兇慝, 又充軍用. 藜筱稂莠, 化爲善草. 魑魅魍魎, 更成虎士. 雖實國家威靈之所加, 亦信元帥臨履之所致也.

雖《詩》美執訊, 《易》嘉折首, 周之方, 召, 漢之衛, 霍, 豈足以談? 功軼古人, 勳超前世. 主上歡然, 遙用歎息. 感〈四牡〉之遺典, 思飲至之舊章. 故遺中臺近官, 迎致犒賜, 以旌茂功, 以慰劬勞」

拜恪威北將軍, 封都鄉侯. 恪乞率衆佃廬江皖口, 因輕兵襲舒, 掩得其民而還. 復遠遣斥候, 觀相徑要, 欲圖壽春, 權以

爲不可.

┃국역┃

孫權은 제갈각의 공적을 치하하며 尙書僕射(상서복야)인 薛綜(설
종)[183]을 보내 군사를 크게 위로케 하였다. 설종은 먼저 제갈각 등에
게 문서를 보냈다.

「山越(산월) 족속은 험한 지형에 의지하여 오랫동안 복종하지 않
았으니 공격을 늦춰주면 형세를 관망하였고, 공격하면 이리(狼)가
뒤돌아보듯 도망쳤습니다. 황제께서는 혁혁한 무공으로 여러 장수
를 거느리고 서쪽을 원정하셨으니, 황제의 神策은 內郡을 안정시켰
고 武師는 국경 밖을 진동케 하였습니다. (장군의, 諸葛恪) 병기는
피로 물들이지 않았고 갑옷은 땀에 젖지 않았습니다. 元惡은 이미
梟首(효수)되었고, 잔여 무리들은 大義에 귀부하였으며, 산천을 빨
래하듯 깨끗하게 씻었으며 군사 10만 명을 보충하였습니다. 原野에
는 도적의 씨가 말랐고 성읍에는 간악한 자들이 사라졌습니다. 이
미 흉악한 자를 쓸어버렸고 또 군수물자도 충당되었습니다. 명아주
나 강아지풀 같은 악초가 먹을 수 있는 풀로 바뀌었습니다. 도깨비
같은 잡된 무리가 용맹한 군사로 변신하였습니다. 비록 여기에 나
라의 위엄과 신령한 도움이 있었다고 말하지만, 그래도 신의를 지
킨 元帥(諸葛恪)께서 직접 위험한 현장에서 이뤄낸 결과였습니다.

••••••••••••••••
183 薛綜(설종, ?-243년, 字 敬文) - 東吳의 문장가. 설종은 학식이 純正하였고 東
吳의 良臣이었다. 아들 薛瑩(설영)이 父業을 계승하였는데, 선대의 유풍이 있
었기에 暴虐(포학)한 조정에서도 고위직에 오를 수 있었다. 《吳書》 8권, 〈張
嚴程闞薛傳〉에 입전.

비록 《詩》에서 포로 잡은 戰果를 찬미하고 《易》에서는 목을 벤 전과를 가상히 여겼더라도, 또 周의 方叔(방숙)과 召公(소공), 漢의 衛靑(위청)과 霍去病(곽거병) 같은 명장일지라도 어찌 장군과 함께 담론할 수 있겠습니까? 장군의 공적은 古人을 넘어섰고, 그 공훈은 前世의 누구보다도 뛰어납니다. 主上은 기뻐하시며 먼데서 감탄하고 계십니다. 그리고 《詩 小雅 四牡(사모)》의 詩처럼 연회를 베푸는 옛 제도를 생각하셨습니다. 그래서 中臺(中書省)의 近臣을 보내 군사를 맞아 하사품을 내려 큰 공적을 표창하며 그 노고를 위로하라 하셨습니다.」

이에 제갈각에게 威北將軍을 제수하고, 都鄕侯에 봉했다. 제갈각은 군사를 거느리고 廬江郡 皖口(환구)[184]에 둔전하였으며, 경무장군사로 舒縣(서현)[185]을 공략하여 그 백성들을 모두 데리고 돌아왔다. 제갈각은 멀리까지 척후병을 내보내 지형과 교통로를 관찰케 하면서 (魏의) 壽春(수춘)을 공략하려고 했으나 손권은 불가하다고 생각하였다.

| 原文 |

赤烏中, 魏司馬宣王謀欲攻恪. 權方發兵應之, 望氣者以爲不利, 於是徒恪屯於柴桑. 與丞相陸遜書曰,

---

184 皖縣(환현)은 廬江郡의 현명. 今 安徽省 서남부 皖河(환하) 상류 安慶市 관할 潛山縣(잠산현).

185 廬江郡의 치소인 舒縣, 今 安徽省 중서부 六安市 관할 舒城縣.

「楊敬叔傳述清論, 以爲方今人物凋盡, 守德業者不能復幾, 宜相左右, 更爲輔車, 上熙國事, 下相珍惜. 又疾世俗好相謗毀, 使已成之器, 中有損累, 將進之徒, 意不歡笑. 聞此喟然, 誠獨擊節.

愚以爲君子不求備於一人, 自孔氏門徒大數三千, 其見者七十二人. 至於子張,子路,子貢等七十之徒, 亞聖之德, 然猶各有所短, 師辟由喭, 賜不受命, 豈況下此而無所闕? 且仲尼不以數子之不備而引以爲友, 不以人所短棄其所長也. 加以當今取士, 宜寬於往古, 何者? 時務從橫, 而善人單少, 國家職司, 常苦不充. 苟令性不邪惡, 志在陳力, 便可獎就, 騁其所任.

若於小小宜適, 私行不足, 皆宜闊略, 不足縷責. 且士誠不可纖論苛克, 苛克則彼賢聖猶將不全, 況其出入者邪? 故曰以道望人則難, 以人望人則易, 賢愚可知.

自漢末以來, 中國士大夫如許子將輩, 所以更相謗訕, 或至爲禍, 原其本起, 非爲大仇, 惟坐克己不能盡如禮, 而責人專以正義. 夫己不如禮, 則人不服. 責人以正義, 則人不堪. 內不服其行, 外不堪其責, 則不得不相怨. 相怨一生, 則小人得容其間. 得容其間, 則三至之言, 浸潤之譖, 紛錯交至, 雖使至明至親者處之, 猶難以自定. 況已爲隙, 且未能明者乎?

是故張,陳至於血刃, 蕭,朱不終其好, 本由於此而已. 夫不

舍小過, 纖微相責, 久乃至於家戶爲怨, 一國無復全行之士
也.」

恪知遜以此嫌己, 故遂廣其理而贊其旨也. 會遜卒, 恪遷大
將軍, 假節, 駐武昌, 代遜領荊州事.

| 구역 |

(孫權) 赤烏 연간에(서기 238 – 251년), 魏 司馬懿(사마의)[186]는 제
갈각을 공략할 계획을 세우고 있었다. 孫權은 즉시 군사를 동원하
여 대응하려 했지만 望氣者(占術家)가 불리하다고 하자, 제갈각을
柴桑縣(시상현)[187]으로 옮겨 주둔케 하였다. 이에 제갈각은 승상인
陸遜에게 서신을 보냈다.

「楊敬叔(양경숙, ?)이 淸明한 논리를 傳述(전술)한 이후로 지금의
인물은 거의 다 사라지고, 그래도 덕업을 지킬만한 자가 얼마쯤은
남았으니, 그들이라도 서로를 도와 마치 수레의 덧방나무(輔車)와
같이 위로는 國事를 빛내고, 아래로는 백성을 아껴 보살펴야 할 것
입니다. 또 세속이 서로 훼방하기를 좋아하여 이미 성공한 인물까

---

186 司馬懿(사마의, 179 – 251년, 字 仲達) – 魏의 장수로 曹操, 曹丕, 曹叡, 曹芳의
四代君主를 섬겼고 나중에 '高平陵의 變'으로 曹魏의 정권을 장악했다. 曹
操는 사마의를 싫어했고 '狼顧之相'이라면서 뒷날 조씨 일가를 휘두를 것을
염려했고, 이를 아들 曹丕에게 알려줬으나 조비는 사마의와 관계가 좋았고
또 지켜주었다. 조비가 재위 중 사마의의 작위는 安國鄕侯에 그쳤다. 司馬炎
이 晉을 건국한 뒤 宣文侯로 추존했다가 宣皇帝라는 시호를 받았다. 陳壽가
晉에 출사했기에, 司馬懿를 처음부터 끝까지 '司馬宣王', 司馬師를 '司馬景
王', 司馬昭를 '司馬文王'이라 표기했다.
187 柴桑縣(시상현) – 豫章郡 나중에는 江夏郡 소속, 今 江西省 최북단 九江市 서
남. 鄱陽湖와 長江의 합류 지점.

지도 폄훼한다면 앞으로 커나가는 인재에게도 좋은 일이 아닐 것입니다. 저는 이런 말을 듣고서 무릎을 치며 홀로 탄식하였습니다.

저의 우매한 생각이지만, 君子는 한 사람에게 모든 것을 다 잘하기를 바라지 않는다 하였으니[188] 孔子의 문도가 대략 3천 명이었고 그 중에 뛰어난 자가 72인이었습니다.[189] 그러나 子張(자장),[190] 子路

---

188 原文의 君子不求備於一人 – 이는《論語》를 인용한 말이다. 周 武王은 周公을 魯公에 봉했는데, 周公은 국사가 많았고 武王이 붕어하고 어린 成王이 즉위했기에 성왕을 보좌하느라고 魯에 부임하지 못하고 대신 아들 伯禽(백금)을 보내 다스리게 하였다. 이에 周公이 아들 伯禽에게 말했다. 「君子는 친척을 疎遠(소원)하게 대하지 않고, 大臣으로 하여금 신임을 받지 못한다 하여 원한을 갖게 하지 않는다. 그래서 옛사람이나 友人은 죄를 짓지 않았기에 내쫓는 일도 없었다. 어떤 한 사람에게만 모든 것을 다 잘하기를 요구하지 않았다.」 관직을 가진 모두가 다 유능하거나 선량하지는 않을 것이다. 관리라도 모두 개성이 다르고 담당하는 업무의 난이나 내용이 같을 수도 없다. 군자는 그런 현실을 잘 알아 적당히 명령하고 기대하면서 업무를 잘 수행할 수 있도록 독려해야 한다. 책망이나 처벌만이 능사는 아닐 것이다.《論語 微子》周公謂魯公曰, "君子不施其親, 不使大臣怨乎不以. 故舊無大故, 則不棄也. 無求備於一人!"

189 공자의 제자는 얼마나 많았는가?《史記 孔子世家》에는 「제자가 대략 3천 명인데, 그중에 六藝에 통달한 자가 72인이었다.(弟子蓋三千焉, 身通六藝者七十有二人.)」라고 하였다. 여기서 '三千弟子 七十二賢'이라는 말이 나왔다. 30세부터 계산하여 공자의 40여 년 敎學 일생에 해마다 70여 명의 제자가 새로 증가했다고 단순하게 말할 수 있다. 당시 각지에서 모여든 제자들은 주거에 숙식하며 수학했다면 적어도 1년에 1, 2백 명이 머물렀다는 의미가 된다. 그러나 당시의 교통과 경제 상황으로 볼 때 3천 제자는 사실상 불가능했다. 漢代에 博士 1인이 곧 교육기관이었다. 박사는 학생을 직접 가르쳤고 수업을 받은 제자는 관리에 임용되었다. 학자의 연구에 의하면, 漢代의 제자는 3종류로 구분할 수 있었다. 곧 제1부류는 박사로부터 직접 受講한 제자이니 '受業', '及門', '入室' 등으로 표현할 수 있는 제자들이다. 漢代의 사례로 孔子 시대로 추정한다면,《論語》에 등장하는 제자들은 대개 공자로부터 직접 수강한 제자들이다. 〈仲尼弟子列傳〉에 이름이 오른 제자가 30여 명 정도이니, 공자에게 직접 수강했으나 이름이 남지 않은 제자들을 충분히 계산하여도 1백 명을 넘지 못할 것이다.

190 子張(자장) – 본명은 顓孫師(전손사), 사(師)라고 이름만 기록되기도 함. 공자

(자로),[191] 子貢(자공)[192] 등 70제자는 聖人에 버금가는[193] 덕행을 실천하였지만, 각각 그 단점이 있었으니, 顓孫師(전손사, 子張)는 편벽되고, 仲由(子路)는 거칠고(喭 거칠 안, 상말 언), 端木賜(단목사, 子貢)는 능력은 뛰어났어도 천명을 받지 못했으니, 하물며 그보다 못한 제자들은 어찌 단점이 없었겠습니까? 또 仲尼(중니, 공자)는 그런 제자들의 결점이 있어도 친근하게 가르쳤으며 그 단점 때문에 장점을 버리지 않았습니다. 그리고 지금은 인재의 등용에 있어 옛날보다 더 관대해야(단점이 있어도 버리지 않고) 하는데 왜 그래야 하겠습니까? 지금의 상황(時務)은 훨씬 복잡하지만, 善人은 옛날보다

···············

보다 48세나 어렸음. 성격이 활달하고 외향적이었으며 修己보다는 명성을 따르는 편이었다. 또 공자에게 당시 인물에 대한 인물평이나 정치 현실, 벼슬을 얻는 방법 등 매우 실질적인 질문을 많이 했다. 子張은 《論語》의 19번째 편명.

191 子路(자로) − 본명은 仲由(중유), 季路(계로)로 표기. 공자보다 9세 연하. 과감하고 용기 있었기에 《論語》에는 여러 기록이 많음. 솔직하고 직선적인 사람으로 공자를 잘 섬기며 공자와 많은 대화를 나누었다. 孔門十哲 중 政事에 뛰어났다. 공자보다 1년 먼저 죽었는데 공자가 매우 비통해 하였다. 《論語》의 13번째 편명.

192 子貢(자공) − 본명은 端木賜(단목사). 賜(사)로도 표기. 子貢(子贛)은 그의 자(字), 孔門十哲 중 言語에 뛰어났다. 공자의 제자로서 다방면에 유능했는데, 특히 구변이 뛰어나 외교 분야에도 활약하였다. 공자는 顔回와 子貢을 자주 비교하였는데 안회는 극도로 가난했으나, 자공은 처음에 가난했으나 나중에는 큰 부자가 되었고 공자의 재정적 후원자 역할을 다했다. 공자를 지성으로 섬기었고, 공자 사후에 6년간이나 복상했다. 자공의 스승에 대한 존경은 끝까지 변함이 없었다.

193 亞聖之德 − 여기서 亞聖은 聖人(공자)의 다음, 성인에 버금간다는 뜻이지 아성인 孟子를 지칭하지 않는다. 공자의 聖人化 과정이 진행된 이후 宋代부터 顔回(顔淵)는 復聖(복성), 曾子(曾參)는 宗聖(종성), 공자의 손자 子思(孔伋)는 述聖(술성), 孟子는 亞聖(아성)으로 불린다. 이들은 成均館 大成殿에 공자의 配位에 모셔져 있어 四配라 하는데, 말하자면 聖人은 공자 한 사람이고, 四配는 성인에 준하는 경지에 이르렀다는 평가이다.

적고, 나라의 관리들 중 적임자는 늘 부족하다는 時弊(시폐)가 있기 때문입니다.

만약 그 사람의 천성이 사악하지도 않고 최선을 다하려는 뜻이 있다면 그 뜻을 장려하며 등용해야 합니다. 만약 소소한 문제에 있어서 적합한 부분이 있으나 사적인 언행이 좀 부족하다 하더라도 응당 큰마음을 열어 수용해야지, 하나하나 책망할 수는 없을 것입니다. 또 성실한 士人이라면 작은 결점을 들어 가혹하게 따질 수 없으며, 그렇게 따져야 한다면 현인이나 성인도 완전하지 못할 것이거늘, 좀 넘치거나 부족한 보통 사람이라면 또 어떠하겠습니까? 그래서 道만을 기준으로 사람을 보면 등용이 어렵지만 사람을 기준으로 사람을 보면 쉽다고 하였고, 그 賢愚(현우)를 알 수 있을 것입니다.

漢末 이후로, 中原의 士大夫로 許劭(許劭, 허소)[194] 같은 사람은 상대방을 비난했기에 어떤 때는 화를 자초하기도 했지만, 그 본질을 따져본다면 큰 원한이 있기 때문이 아니라 克己(극기)하여 예를 다 갖추지 못했기 때문이며, (관대하게 보지 않고) 바른 대의만을 기준으로 남을 책망했기 때문이었습니다. 정말로 내가 예를 다하지 않는다면 남도 나에게 불복할 것입니다. 정도의 대의만으로 남을 책망한다면 누구도 견뎌내지 못할 것입니다. 내심으로는 그 행위에

---

194 許劭(허소) - 曹操를 보고 난세의 영웅이라고 평한 사람. 허소의 字는 子將인데 汝南郡 平輿縣 사람이다. 젊어서도 높은 명망과 지조가 있었고 人物評을 좋아했다. 조조가 미천할 때 늘 겸손한 말씨와 후한 예물로 자신의 미래를 점쳐달라고 했으나 허소는 조조의 인물됨을 낮게 평가하여 대답하지 않았는데, 조조가 어느 날 틈을 보아 허소를 협박하자, 허소는 할 수 없이 말했다. "君淸平之姦賊, 亂世之英雄(君은 淸平한 시대에는 姦賊이나, 亂世에는 영웅이다)." 이에 조조는 크게 좋아하며 돌아갔다. 《後漢書》 68권, 〈郭符許列傳〉 참고.

불복하고 외적으로도 그 문책을 감당할 수 없다면, 서로 간에 원망하지 않을 수 없을 것입니다. 그리고 서로 간에 원한이 한번 형성되면 소인의 경우 잠깐도 참을 수가 없을 것입니다. 잠시 참았다 하더라도 같은 말이 3번씩이나 반복된다면 참소하는 말이 되고, 어긋난 일이 자꾸 일어나게 된다면 아무리 명철하고 아무리 가까운 사람일지라도 스스로 안정할 수 없을 것입니다. 그런데 이미 틈이 벌어진 사이에서 또 현명하게 사려 할 수 없다면 어떻겠습니까?

결국 이 때문에 (前漢 초기) 張耳(장이)와 陳餘(진여)[195]는 서로 칼에 피를 묻혀야 했고, 蕭育(소육)과 朱博(주박)이 끝까지 우호적일 수 없었던 이유도 아마 이 때문이었을 것입니다. 소소한 과오를 용인하지 못하고 미세한 일로 서로를 책망한다면 나중에는 가문끼리 원수가 될 것이고, 그러면 나라 안에 완전한 인격을 가진 사람은 다시 없게 될 것입니다.」

제갈각은 이를 통하여(인사 이동) 陸遜이 자신을 싫어한다는 것을 알았기에 여러 가지로 사정을 말하고 그 뜻을 받들려 했다. 그러나 마침 육손이 죽었기에(서기 245년), 제갈각은 大將軍으로 승진하였고, 부절을 받고 武昌에 주둔하면서, 육손의 후임으로 荊州를 완전히 통치하였다.

....

195 張耳(장이, ?-前 202)는 西楚霸王 項羽에 常山王에 봉해졌다가 뒤에 高祖에 의해 趙王으로 봉해졌다. 陳餘(진여, ?-前 205)도 大梁 사람인데 儒學을 좋아했다. 진여는 나이가 어려 張耳(장이)를 아버지처럼 섬겼고 두 사람은 刎頸之交(문경지교)를 맺었다. 漢 高祖가 포의였을 때 자주 장이를 따라다니기도 했다. 두 사람은 陳勝(진승)을 섬겼다 나중에 틈이 났고, 장이는 진여를 죽였고, 장이는 한고조를 섬겼다. 《漢書》 32권, 〈張耳陳餘傳〉에 입전. 《史記》에도 〈張耳陳餘列傳〉이 있다.

| 原文 |

久之, 權不豫, 而太子少, 乃徵恪以大將軍領太子太傅, 中書令孫弘領少傅. 權疾困, 召恪,弘及太常滕胤,將軍呂據,侍中孫峻, 屬以後事.

翌日, 權薨. 弘素與恪不平, 懼爲恪所治, 秘權死問, 欲矯詔除恪. 峻以告恪, 恪請弘咨事, 於坐中誅之, 乃發喪制服. 與弟公安督融書曰,

「今月十六日乙未, 大行皇帝委棄萬國, 群下大小, 莫不傷悼. 至吾父子兄弟, 並受殊恩, 非徒凡庸之隸, 是以悲慟, 肝心圮裂. 皇太子以丁酉踐尊號, 哀喜交幷, 不知所措. 吾身受顧命, 輔相幼主, 竊自揆度, 才非博陸而受姬公負圖之託, 懼忝丞相輔漢之效, 恐損先帝委付之明, 是以憂慚惶惶, 所慮萬端.

且民惡其上, 動見瞻觀, 何時易哉? 今以頑鈍之姿, 處保傅之位, 艱多智寡, 任重謀淺, 誰爲脣齒? 近漢之世, 燕,蓋交遘, 有上官之變, 以身値此, 何敢怡豫邪?

又弟所在, 與賊犬牙相錯, 當於今時整頓軍具, 率屬將士, 警備過常, 念出萬死, 無顧一生, 以報朝廷, 無忝爾先.

又諸將備守各有境界, 猶恐賊虜聞諱, 恣睢寇竊. 邊邑諸曹, 已別下約敕, 所部督將, 不得妄委所戍, 迸來奔赴. 雖懷悁悒不忍之心, 公義奪私, 伯禽服戎, 若苟違戾, 非徒小故. 以親正疏, 古人明戒也.」

恪更拜太傅. 於是罷視聽, 息校官, 原逋責, 除關稅, 事崇恩
澤, 衆莫不悅. 恪每出入, 百姓延頸思見其狀.

| 국역 |

오랜 뒤에(서기 252년), 孫權이 병석에 눕자, 太子(孫亮, 손량)는
어리기에, 바로 제갈각을 조정으로 불러 대장군으로서 太子太傅를
겸하게 하였고, 中書令 孫弘(손홍)[196]은 少傅(소부)를 겸임케 하였다.
손권의 병이 위독하자, 제갈각, 손홍, 그리고 太常인 滕胤(등윤)과
將軍 呂據(여거), 侍中인 孫峻(손준)에게 後事를 위촉하였다.

다음 날 손권이 죽었다.(서기 252년 4월). 손홍은 평소에 제갈각
과 불화하였는데, 제갈각의 지시를 받게 된 것이 두려워 손권의 죽
음을 비밀에 부치면서 조서를 위조하여 제갈각을 제거하려고 했다.
그러나 손준이 이를 제갈각에게 알려주자, 제갈각은 업무를 상의한
다고 손홍을 불러들여 그 자리에서 죽여버리고 국상을 발표하며 복
상하였다. 제갈각은 公安督인 동생 諸葛融(제갈융)[197]에게 서신을 보
냈다.

----

196 孫弘(손홍, ?-252年) - 東吳 大臣, 中書令, 少傅 역임. 中書令인 孫弘(손홍)은
사람이 간사하고 음험하여 (張昭의 차남) 張休가 평소에 싫어하였기에 손홍
은 장휴를 참소했고, 장휴는 조서에 의거 賜死되었다. 또 주거를 참소했는데,
손권은 병석에 있었지만, 손홍은 조서를 받아내서 주거를 賜死하였다.

197 諸葛融(제갈융, 字 叔長) - 諸葛瑾의 아들, 諸葛恪(제갈각)의 동생. 제갈근은
赤烏 4년에(서기 241) 68세에 죽었는데, 제갈각은 이미 제후에 책봉되었기
에 동생인 諸葛融(제갈융, 字 叔長)이 작위를 계승하였다. 제갈융은 군사를 거
느리고 公安에 주둔하였는데, 부대 내의 장졸은 제갈융에게 친밀하게 귀부
하였다. 孫峻(손준)이 諸葛恪(제갈각)을 죽일 때(서기 253) 公安(공안)의 도독
인 諸葛融(제갈융)을 공격하자, 제갈융은 자살했다.

「이번 달 16일, 乙未日, 大行皇帝(孫權)께서 나라를 버리셨기에 아래의 모든 신하가 슬퍼하지 않는 자가 없다. 우리 父子兄弟는 先帝의 특별한 은덕을 입었고, 결코 평범한 관리가 아니었기에 더욱 비통하고 간담과 심장이 찢어지는 듯하다. 皇太子께서는 丁酉日에 제위에 오르셨으나, 희비가 교차하며 어찌할 바를 모르고 계시다. 나는 직접 遺命(유명)을 받았으니 幼主를 보필해야 하나니, 내가 헤아려 볼 때, 나의 능력은 博陸侯〔박륙후, 전한 선제를 옹립한 霍光(곽광)〕에 미치지 못하는데 姬公(희공, 周公)이 成王을 보좌할 책임을 진 것과 같으며, 丞相이 漢의 황제를 보필하는 역할을 다해야 하는데, 혹시 나에게 후사를 부탁한 先帝의 명철하신 은덕을 손상시킬까 두렵기만 하다.

그리고 백성이 권력자를 싫어하여, 움직이면 곧 주목을 받으니 언제인들 가벼이 행동할 수 있겠는가? 지금 완고하고 우매한 모습으로, 태부의 자리에서 난제는 수두룩한데 지혜는 부족하며, 임무는 막중하고 지모도 모자란다면 어느 누가 입술과 치아처럼(脣齒) 긴밀하게 나를 돕겠는가? 가까운 漢나라에서 (昭帝 때) 燕王 劉旦(유단)과 蓋長公主(개장공주)가 한데 얽혀서,[198] 上官桀(상관걸)과 함

---

198 鄂邑蓋主(악읍개주, ?-前 80)는 무제의 長公主. 蓋候에게 출가했기에 蓋長公主로도 호칭한다. 燕王 劉旦(前 117 - 80년 在任)은 武帝와 李夫人 소생으로 昭帝의 異腹兄이었다. 燕王 劉旦은 자신이 소제의 형이었지만 늘 불만을 품고 있었다. 그리고 어사대부 桑弘羊(상홍양)은 술과 염철의 전매로 나라를 이롭게 한 공적을 자랑하며 아들의 관직을 얻으려 하면서 늘 곽광을 원망하였다. 이에 개주와 上官桀과 그 아들 上官安 및 상홍양 등이 모두 연왕 劉旦과 모의하여 곽광을 제거하고 昭帝 대신 연왕 유단을 즉위시키려는 모의를 꾸몄으나 음모가 실패하자 자살하거나 처형되었다. 《漢書》 68권, 〈霍光金日磾傳〉 참고.

께 역모를 꾀하는 上官氏 변란이 있었던 것처럼, 내가 그런 일을 겪을 수도 있는데, 내가 어찌 마음이 편할 수 있겠느냐?

또 지금 동생이 재직하고 있는 곳은 賊國(曹魏)과 땅이 서로 엇물린 곳이니(犬牙相錯), 지금 이렇듯 막중한 시기에는 늘 군수물자를 정비 보완하고 장졸을 격려하며 평소보다 훨씬 강하게 경비를 강화하고, 1만 번을 죽다가 1번을 살아나더라도 조정의 대은에 보답하면서 선친을 욕보이는 일이 없어야 한다. 또 여러 장졸과 함께 국경의 수비를 강화하여 혹시라도 적의 무리가 國喪 소식을 듣고 멋대로 침략하거나 넘겨다보지 못하도록 대비토록 하라.

다른 변방 城邑의 여러 부서에는 별도로 주의를 촉구하는 문서를 보내 관할 督軍이나 장수가 멋대로 관할 지역을 떠나 奔喪(분상)하지 못하게 하였다. 비록 참담하기 그지없는 슬픔 속에서 公的 大義로 私情을 이겨내야 하나니, 그래서 伯禽(백금, 周公의 아들, 魯公)은 복상 중에도 출정해야 했던 것이지, 만약 대의가 아니었다면 결코 사소한 잘못이 아니었다. 가까운 혈친으로 소원한 관계의 사람을 바로잡는 일은 고인의 분명한 계율이었다.」

제갈각은 정식으로 太傅(태부)를 제수 받았다. 제갈각은 관리에 대한 감시와 校官(校事, 특임 감찰)을 폐지하였고, 그동안 도망자를 사면하였으며, 관문 통행세를 면제시키고 은택을 베푸는 일에 힘썼기에 누구나 제갈각을 좋아하였으며, 제갈각이 출입할 때마다 백성들은 목을 빼 제갈각의 모습을 보고 싶어했다.

初, 權黃龍元年遷都建業. 二年築東興堤遏湖水. 後征淮南, 敗, 以內船, 由是廢不復修. 恪以建興元年十月會衆於東興, 更作大堤, 左右結山俠築兩城, 各留千人, 使全端, 留略守之, 引軍而還.

魏以吳軍入其疆土, 恥於受侮, 命大將胡遵, 諸葛誕等率衆七萬, 欲攻圍兩塢, 圖壞堤遏. 恪興軍四萬, 晨夜赴救. 遵等敕其諸軍作浮橋度, 陳於堤上, 分兵攻兩城. 城在高峻, 不可卒拔. 恪遣將軍留贊, 呂據, 唐咨, 丁奉爲前部. 時天寒雪, 魏諸將會飮, 見贊等兵少, 而解置鎧甲, 不持矛戟. 但兜鍪刀楯, 倮身緣遏, 大笑之, 不卽嚴兵. 兵得上, 便鼓譟亂斫. 魏軍驚擾散走, 爭渡浮橋, 橋壞絶, 自投於水, 更相蹈藉. 樂安太守桓嘉等同時並沒, 死者數萬. 故叛將韓綜爲魏前軍督, 亦斬之. 獲車乘牛馬驢騾各數千, 資器山積, 振旅而歸.

進封恪陽都侯, 加荊揚州牧, 督中外諸軍事, 賜金一百斤, 馬二百匹, 繒布各萬匹. 恪遂有輕敵之心, 以十二月戰克, 明年春, 復欲出軍. 諸大臣以爲數出罷勞, 同辭諫恪, 恪不聽. 中散大夫蔣延或以固爭, 扶出.

그전에 孫權 黃龍 원년(서기 229)에 (武昌에서) 建業(건업)으로 천도했었다. 黃龍 2년 東興(동흥)[199]에 제방을 축조하여 호수(巢湖, 소호)를 만들었다. 그 뒤에 淮南을 원정했으나 패전하였고, 제방 안에 戰船을 정박시켰지만 패전 후 폐기하여 다시 수리하지도 않았었다.

諸葛恪(제갈각)은 (孫亮) 建興 원년(서기 252) 10월, 군사를 東興(동흥)에 집결시켜 다시 큰 제방을 만들고, 좌우 양쪽으로 山에 의지하여 두 개의 성을 축조한 뒤에 각각 1천 명의 군사를 주둔시켰으며, 全端(전단)과 留略(유략)으로 수비하게 한 뒤에 건업으로 돌아왔다.

魏에서는 吳軍이 자신의 영역에 들어와 축성한 것을 모욕이라 생각하여 대장인 胡遵(호준)과 諸葛誕(제갈탄) 등에게 7만 군사를 인솔 공격케 하면서 양쪽 방어물(塢, 성채 오)을 포위한 뒤에 제방을 파괴하려 하였다. 보고를 받은 제갈각은 4만 군사를 동원하여 밤낮으로 달려가 구원하였다. 호준 등은 각 군사를 동원하여 부교를 만들어 저수지를 건너 제방에 진을 치게 한 뒤에 군사를 나눠 양쪽을 공격하였다. 그러나 성채가 높고 수직에 가까워서 금방 함락시킬 수가 없었다.

제갈각은 將軍인 留贊(유찬)과 呂據(여거), 唐咨(당자), 丁奉(정봉) 등을 前部로 삼아 공격케 하였다. 그때는 한겨울이라서 魏의 여러 장수들은 모여 술을 마셨는데, 유찬 등의 군사가 적은 것을 보고 갑옷을 벗어놓고 창(矛戟)도 준비하지 않았다. 魏 장수들은 다만 투구에 칼과 방패만을 준비하고 웃통을 벗은 채 빙 둘러 앉아 큰소리로 웃으면서 경비를 엄히 세우지도 않았다.

---

199 東興(동흥) - 今 安徽省 중부 巢湖 근처의 지명. 長江 남쪽 臨川郡의 東興縣〔今 江西省 중부 撫州市 관할 黎川縣(여천현)〕은 아님.

東吳의 군사가 들이닥치면서 북을 치며 마구 공격하였다. 魏軍은 놀라 흩어지며 서로 부교를 다투어 건너려 하자 부교가 끊어지면서 물에 빠지거나 서로 밟혀 넘어갔다. 樂安 태수 桓嘉(환가) 등이 거기서 죽었고 수만 명이 죽었다. 그전에 東吳를 배반했던 장수 韓綜(한종)은 魏의 前軍督이었는데 역시 잡혀 참수 당했다. 東吳의 군사는 수레와 우마, 나귀 등 각각 수천을 노획하였는데 여러 군수 물자가 산처럼 많았고 기세를 올리면서 귀환하였다.

제갈각은 작위가 올라 陽都侯(양도후)가 되었고 加官으로 荊州와 揚州의 모든 군사를 총괄하였으며, 황금 1백 근, 말 2백 필, 비단과 무명 각 1만 필을 상으로 받았다. 제갈각은 결국 적을 경시하게 되었고, 12월에 이긴 다음 해 봄에 또 다시 원정을 계획하였다. 이에 많은 대신들이 자주 출병하여 군대가 피폐해졌다며 한목소리로 억제하려고 하였지만 제갈각은 따르지 않았다. 中散大夫인 蔣延(장연) 등이 완강하게 간쟁하다가 끌려나가기도 했다.

| 原文 |

恪乃著論諭衆意曰,

「夫天無二日, 土無二王, 王者不務兼併天下而欲垂祚後世, 古今未之有也. 昔戰國之時, 諸候自恃兵强地廣, 互有救援, 謂此足以傳世, 人莫能危. 恣情從懷, 憚於勞苦, 使秦漸得自大, 遂以並之, 此旣然矣.

近者劉景升在荊州, 有衆十萬, 財穀如山. 不及曹操尙微,與之力競, 坐觀其彊大, 吞滅諸袁, 北方都定之後, 操率三十萬衆來向荊州, 當時雖有吞智者, 不能復爲畫計, 於是景升兒子, 交臂請降, 遂爲囚虜. 凡敵國欲相吞, 卽仇讎欲相除也, 有仇而長之, 禍不在己, 則在後人, 不可不爲遠慮也.

昔伍子胥曰, '越十年生聚, 十年敎訓, 二十年之外, 吳其爲沼乎!' 夫差自恃强大, 聞此邈然, 是以誅子胥而無備越之心, 至於臨敗悔之, 豈有及乎? 越小於吳, 尚爲吳禍, 況其强大者邪?

昔秦但得關西耳, 尚以倂吞六國, 今賊皆得秦,趙,韓,魏,燕,齊九州之地, 地悉戎馬之鄉, 士林之藪. 今以魏比古之秦, 土地數倍, 以吳與蜀比古六國, 不能半之. 然所以能敵之, 但以操時兵衆於今適盡, 而後生者未悉長大, 正是賊衰少未盛之時. 加司馬懿先誅王淩, 續自隕斃, 其子幼弱, 而專彼大任, 雖有智計之士, 未得施用. 當今伐之, 是其厄會.

聖人急於趨時, 誠謂今日. 若順衆人之情, 懷偸安之計, 以爲長江之險可以傳世, 不論魏之終始, 而以今日遂輕其後. 此吾所以長歎息者也. 自古以來, 務在産育, 今者賊民歲月繁滋, 但以尚小, 未可得用耳.

若復十數年後, 其衆必倍於今, 而國家勁兵之地, 皆已空盡, 唯有此見衆可以定事. 若不早用之, 端坐使老, 復十數年, 略當損半, 而見子弟數不足言. 若賊衆一倍, 而我兵損半, 雖復使伊, 管圖之, 未可如何. 今不達遠慮者, 必以此言爲迂. 夫禍難未至而豫憂慮, 此固衆人之所迂也. 及於難至, 然後頓顙, 雖有智者, 又不能圖. 此乃古今所病, 非獨一時.

昔吳始以伍員爲迂, 故難至而不可救. 劉景升不能慮十年之後, 故無以治其子孫. 今恪無具臣之才, 而受大吳蕭, 霍之任, 智與衆同思不經遠, 若不及今日爲國斥境, 俯仰年老, 而仇敵更強. 欲刎頸謝責, 寧有補邪? 今聞衆人或以百姓尙貧, 欲務閒息, 此不知慮其大危而其小勤者也.

昔漢祖幸已自有三秦之地, 何不閉關守險以自娛樂, 空出攻楚, 身被創痍, 介胄生蟣虱, 將士厭困苦, 豈甘鋒刃而忘安寧哉? 慮於長久不得兩存者耳! 每覽荊邯說公孫述以進取之圖, 近見家叔父表陳與賊爭競之計, 未嘗不喟然歎息也. 夙夜反側, 所慮如此, 故聊疏愚言, 以達二三君子之末. 若一朝隕歿志畫不立, 貴令來世知我所憂, 可思於後.」

衆皆以恪此論欲必爲之辭, 然莫敢復難.

| 국역 |

諸葛恪(제갈각)은 여러 사람들을 깨우치려는 뜻으로 글을 지었다.

「하늘에 두 개의 태양이 없고 땅에 두 명의 왕이 있을 수 없으니,[200] 천하를 겸병하여 나라를 후손에 물려주려고 애쓰지 않은 王

---

200 원문 天無二日, 土無二王 –《禮記 曾子問》의 구절.

은 예로부터 지금까지 있지 않았다. 옛날 戰國시대에 제후들은 강한 군사와 광대한 영역을 근거로 서로 구원하려 했기에 후세에 나라를 전할 수 있었고, 나라를 위험에서 건질 수 있었다. 그러나 제후들이 제멋대로 생각하고 힘쓰지 않았기에 결국은 점점 강대해진 秦(진)에게 모두 병합된 것은 필연이었다.

근자에 劉景升(劉表)은 형주를 차지하고, 10만 군사에 산처럼 많은 재물과 곡식을 보유했었다. 그 무렵 미약한 조조는 유표와 경쟁할 수 없었으나, 유표는 조조의 힘이 강대해져서 袁紹(원소)와 袁術(원술)을 다 합치고 북방을 안정시키는 것을 보고만 있었는데, 조조가 30만 대군을 거느리고 형주로 향했을 때는 형주에 천하를 차지할 지모가 있는 자라도 유표를 위해 아무 책략도 세울 수가 없었기에, 유표의 아들은 어깨를 움츠리고 투항하여 포로가 되었다. 무릇 경쟁 상대국을 병탄하려는 의지는 원수가 상대방을 제거하려는 뜻과 같으니, 원한이 있어 국력을 키운다면 재앙은 자신에 있지 않고 후손이 겪어야 하기에 먼 훗날을 생각하지 않을 수가 없다.

옛날 伍子胥(오자서)[201]는 '越(월, 越王 句踐)이 10년간 백성을 모으고, 10년 동안 백성을 가르친다면 20년 뒤에 吳는 아마도 늪지대가 될 것이다!'라고 말했는데, 吳王 夫差(부차)는 자신의 강대한 힘을

....

201 伍子胥(前6世紀−前484년) − 名은 員, 子胥(자서)는 字. 본래 楚國 사람. 伍子胥의 부친 吳奢(오사)와 형이 楚王에게 살해되자, 오자서는 吳로 피난하여 吳王 闔廬(합려, 闔閭)에 등용되었다. 오자서는 吳의 군대로 楚를 공격하여 수도를 함락시킨 뒤, 楚 平王의 墓를 파내 시신에 3백 대 매질을 하여 부친과 형의 죽음에 대한 원한을 분풀이했다. 오자서는 吳의 相國公이 되었다. 吳王 夫差가 繼位한 뒤에 오자서의 외교정책에 대한 불만과 참언을 믿어 오자서는 賜死되었다.

믿으면서, 20년 뒤의 이야기가 너무 막연한 일이라 생각하였기에 오자서를 죽였으며 越나라에 대한 대비도 없었으니, 오왕 부차는 패망하는 순간 후회했지만 무엇을 어찌할 수 있었겠는가? 越나라는 吳나라보다 작았지만 吳의 재앙이 되었는데, 하물며 강한 나라라면 더 말할 것도 없지 않겠는가?

옛날 秦(진)은 다만 關西(關中) 땅만 차지하고서도 6국을 차례로 병탄하였는데, 지금 우리의 賊國(曹魏)은 옛날의 秦, 趙, 韓, 魏, 燕, 齊의 9州의 땅을 차지하고 있으며, 그 땅은 모두 戎馬(융마, 戰爭)의 옛터였고 士林(人材)의 본거지이다. 지금 魏를 옛날의 秦(진)과 비교한다면 그 토지는 몇 배나 되지만, 吳와 蜀漢은 옛날의 六國의 절반도 되지 않는다.

그래도 우리가 능히 맞상대할 수 있는 것은 조조 시대의 경험 많은 (魏) 군사들은 이제는 없어졌고 그 뒤에 태어난 자는 아직 성장하지 않았기 때문이니, 이는 곧 曹魏가 쇠약해지고 全盛하기 이전과 같다고 할 수 있다. 거기다가 司馬懿(사마의)가 앞서 王淩(왕릉)[202]을 죽였고 사마의 자신도 죽었지만, 그 아들은 아직 유약한데 어린 아들이 대권을 장악한다면, 비록 유능한 智謀之士가 있어도 지모를 펼 수가 없을 것이다. 그래서 지금 우리가 북쪽을 정벌한다면 그들은 액운의 기회가 될 것이다.

聖人은 시대의 추이를 잘 따르는 사람이니 바로 오늘과 같은 경

----

202 王淩(왕릉, 172－251년, 字 彦雲) － 曹魏의 장수, 董卓을 죽인 司徒 王允(왕윤)의 조카. 王淩은 《魏書》 28권, 〈王毌丘諸葛鄧鍾傳〉에 立傳. 嘉平 3년(서기 251) 太尉 王淩(왕릉)이 廢帝(폐제)하고 楚王 曹彪(조표)를 옹립하려고 모의했다하여 太傅 司馬懿가 동쪽으로 왕릉을 토벌하였다. 5월에 왕릉은 자살하였다.

우일 것이다. 만약 지금 우리가 여러 사람의 정서대로 그저 편안하게 지낼 수 있는 길만 생각하고, 長江의 험준한 지형이 우리를 지켜주니, 이 땅을 후손에 물려줄 수 있을 것이라 하면서, 魏나라의 시작과 끝을 논하지 않는다면, 그것은 바로 오늘 때문에 뒷날을 경시하는 것이다. 이는 바로 내가 장탄식하는 요점이다. 예로부터 지금까지 인구의 출산과 양육에 노력해왔지만 오늘날에 우리 상대국도 세월을 거치면서 번성할 것이다. 다만 지금은 아직 어린 세대라서 활용하지 못한다는 점을 알아두어야 한다.

만약 다시 십수 년이 지난다면, 적의 인구 또한 지금의 두 배가 될 것이며, 우리의 강군이 주둔한 지역은 그때 가서는 텅 비게 될 것이니, 이를 본다면 인구가 천하의 일을 결정할 것이다. 만약 우리가 조기에 대응하지 않고 얌전하게 앉아서 다시 십수 년이 지난다면 그 절반은 줄어들 것이며 자제의 부족은 말할 것도 없을 것이다. 만약 적의 군사가 두 배로 늘어나고, 우리의 군사가 절반으로 줄어든다면, 비록 伊尹(이윤)이나 管仲(관중) 같은 인물이 나오더라도 어찌할 방도가 없을 것이다. 지금 먼 뒷날을 생각하지 않는 자는 나의 이 말을 틀림없이 허황되다고 말할 것이다. 대체로 환난이 닥치기 전에 걱정하는 것을 보통 사람들은 모두 황당하다고 생각한다. 그러나 재난이 닥친 뒤에 아무리 고개를 숙인다 하여도 또 지략이 있다 하여도 어떻게 할 수가 없을 것이다. 이는 고금 모두의 일반적인 병폐이지 일시적 상황이 아니었다.

옛날 (春秋시대) 吳에서는 伍員(伍子胥)을 우활하다고 생각했지만 환난이 닥치고 나니 상황을 타개할 수가 없었다. 劉景升(劉表)은

10년 뒤를 생각하지 못했기에 아들을 강하게 단련하지 못했다. 지금 이 제갈각이 신하로서의 재능이 없지만 그래도 우리 大吳에서 蕭何(소하)와 霍光(곽광)의 임무를 받았는데, 지략으로는 여러 사람과 같고 먼 뒷날을 생각하지 못한다면, 또 만약 오늘의 이 현실에서 나라를 위해 국경을 확대하지 못한다면, 우리가 늙은 먼 뒷날에 우리의 원수는 더욱 강대해질 것이다. 그때 가서 목을 찔러 사죄한다 하여도 어찌 보상할 수 있겠는가? 지금 많은 사람들은 백성이 너무 가난하기에 휴식에 힘써야 한다고 말하지만, 이는 큰 위기를 생각할 줄 모르고 작은 일에 부지런한 것이라 할 수 있다.

옛날 漢 高祖(劉邦)는 다행히 먼저 三秦(삼진, 關中)의 땅을 차지한 뒤에, 관문을 폐쇄하고 험한 곳을 지켜 편히 즐기려 하지 않고서, 왜 관중 땅을 나와 楚와 충돌하면서 온몸에 상처를 입고, 갑옷에 서캐와 이(蟣虱, 기슬)가 생길 정도로 갑옷을 벗지도 못하며 장졸과 함께 고생을 했는데, 한고조가 전투를 좋아하고 편안한 생활을 몰랐기 때문이겠는가? 그것은 오랫동안 생각하여 자신과 項羽(항우)가 함께 존속할 수 없기 때문이었다!

(後漢 초에) 荊邯(형한)이 公孫述(공손술)[203]에게 적극적으로 나아가 차지해야 한다고 설득하는 글이나, 또 가까이는 집안 叔父께서 (諸葛亮) 올린 적과 경쟁해야 한다는 表文(出師表)을 읽을 때마다 탄식하지 않은 적이 없었다. 나는 밤에 잠을 못 이루고 뒤척이며 이렇게 생각하여 나의 생각을 기록하여 여러 군자들에게 보여주기로

---

203 公孫述(공손술, ?-36년, 字 子陽) - 公孫은 복성. 益州(巴蜀) 일원을 차지하고 天子라 자칭, 國號는 成家. 建武 12년, 광무제의 장수 吳漢(오한)의 공격을 받아 멸망. 《後漢書》 13권, 〈隗囂公孫述列傳〉에 입전.

하였다. 만약 어느 날 갑자기 죽어 없어진다면 이런 글도 쓸모가 없겠지만 뒤에 사람들은 이를 생각할 것이다.」

많은 사람들은 제갈각이 이런 논의로 자신의 의지를 관철하려 한다고 생각했지만, 아무도 감히 비난하는 자가 없었다.

| 原文 |

丹楊太守聶友素與恪善. 書諫恪曰,

「大行皇帝本有遏東關之計, 計未施行. 今公輔贊大業, 成先帝之志, 寇遠自送, 將士憑賴威德, 出身用命, 一旦有非常之功. 豈非宗廟神靈社稷之福邪! 宜且案兵養銳, 觀釁而動. 今乘此勢欲復大出, 天時未可. 而苟任盛意, 私心以爲不安.」

恪題論後, 爲書答友曰,「足下雖有自然之理, 然未見大數. 熟省此論, 可以開悟矣.」

於是違衆出軍, 大發州郡二十萬衆, 百姓騷動, 始失人心.

| 국역 |

丹楊 太守인 聶友(섭우)는 평소에 諸葛恪(제갈각)과 친했는데 서신을 보내 (원정을) 제지하였다.

「大行皇帝(孫權)께서는 본래 (魏와 왕래하는) 東關(동관)[204]을 봉

----

204 東關(동관) - 관문 이름, 今 安徽省 巢縣 남쪽. 濡須山 소재. 巢湖의 물 배출구에 해당.

쇄할 뜻이 있었지만 시행하지 못했습니다. 지금 公은 帝業을 보좌하여 大功業을 이루어 先帝의 유지를 실현하고, 적도는 먼 곳에서도 전사한 자를 보내오며, 장사들은 威德에 의지하여 헌신하고 목숨을 바치려 하니, 언젠가는 非常之功을 성취할 수 있을 것입니다. 이 모두가 어찌 宗廟의 神靈과 社稷의 복이라 아니할 수 있겠습니까! 응당 군사를 안배하여 銳氣(예기)를 배양하였다가 적의 빈틈을 보아 출동해야 할 것입니다. 지금 이러한 승세를 타고 대군을 출동시키려 하나 천시가 아닌 것 같습니다. 귀하는 큰 뜻이라 따르기는 하지만 개인적으로 불안할 뿐입니다.」

제갈각은 앞의 글과 함께 우인에게 서신을 보내 말했다.

「지금 足下께서 自然의 道理를 말씀하지만, 존망에 관한 大局을 이해 못할 것입니다. 나의 글을 숙독한다면 아마 깨닫는 것이 있을 것입니다.」

제갈각은 衆議를 따르지 않고 원정하며 각 州와 郡에서 20만 대군을 동원하였는데, 백성들 사이에서 소동이 일어났고, 제갈각은 이때부터 민심을 잃었다.

| 原文 |

恪意欲曜威淮南, 驅略民人. 而諸將或難之曰, "今引軍深入, 疆埸之民, 必相率遠遁, 恐兵勞而功少, 不如止圍新城. 新城困, 救必至, 至而圖之, 乃可大獲."

恪從其計, 回軍還圍新城. 攻守連月, 城不拔. 士卒疲勞,

因暑飲水, 泄下流腫, 病者大半, 死傷塗地. 諸營吏曰白病者
多, 恪以爲作, 欲斬之, 自是莫敢言.

恪內惟失計, 而恥城不下, 忿形於色. 將軍朱異有所是非,
恪怒, 立奪其兵. 都尉蔡林數陳軍計, 恪不能用, 策馬奔魏.

魏知戰士罷病, 乃進救兵. 恪引軍而去. 士卒傷病, 流曳道
路, 或頓僕坑壑, 或見略獲, 存亡忿痛, 大小呼嗟. 而恪宴然
自若. 出住江渚一月, 圖起田於潯陽, 詔召相銜, 徐乃旋師.
由此衆庶失望, 而怨黷興矣.

秋八月軍還, 陳兵導從, 歸入府館. 卽召中書令孫嘿, 厲聲謂
曰, "卿等何敢妄數作詔?" 嘿惶懼辭出, 因病還家. 恪征行之
後, 曹所奏署令長職司, 一罷更選, 愈治威嚴, 多所罪責, 當進
見者無不竦息. 又改易宿衛, 用其親近. 復勅兵嚴, 欲向靑,徐.

| 국역 |

諸葛恪(제갈각)은 淮南(회남) 지역을 정벌하여 권위를 만회하려고
그곳 백성을 몰아 吳로 보내려고 했다. 그러나 여러 장수는 그 전략
을 비판하며 말했다.

"지금 군사를 이끌고 깊이 들어간다면 戰場의 백성들은 가족을
챙겨 멀리 숨어버릴 것이며, 군사들은 고생만 하고 전과를 올릴 수
도 없으니 한곳에 머물러 (합비의) 新城(신성)을 포위해야 합니다.
신성이 위기에 처하면 구원병이 올 것이니 그때 작전을 벌리면 큰
전과를 거둘 수 있습니다."

제갈각은 그 전략을 택하고 돌아와 新城을 포위하였다. 그러나 攻守의 작전이 한 달을 넘겨도 성을 함락시키지 못했다. 사졸은 극도로 피로했고 더위에 마시는 물이 설사와 종기를 유행케 하여, 병자가 太半이었으며 죽고 다친 자가 길에 널려 있었다. 각 군영의 관리들이 날마다 환자가 많이 늘어난다고 보고하면, 제갈각은 조작이라면서 참수하려 하자 이후로 감히 말을 하는 자가 없었다.

제갈각은 전략의 실패와 성을 함락시키지 못한 것을 치욕이라 생각하여 분노가 표정에 역력했다. 장군 朱異(주이)가 시비를 따지자 제갈각은 분노하며 즉각 그 부대를 빼앗아버렸다. 都尉인 蔡林(채림)은 여러 번 계책을 진술했지만 제갈각이 받아들이지 않자, 채림은 말을 달려 魏로 망명하였다.

魏에서는 (東吳의) 戰士들이 지치고 병든 것을 알고 구원병을 보내 공격케 하였다. 이에 제갈각은 군사를 철수하였다. 士卒은 부상당하고 병들어서 길에 낙오자가 되거나, 구렁텅이에 굴러 떨어지거나 포로로 잡혔기에, 산 자나 없어진 자 모두 분노하였고, 높고 낮은 직위를 막론하고 모두가 울부짖었다. 그런데도 제갈각은 태연자약하였다. 제갈각의 군사는 長江 가운데 섬에서 1달을 머무르면서 潯陽(심양)에서 개간과 둔전을 계획하였지만 회군하라는 조서가 연이어 들어오자 천천히 회군하였다. 이렇게 되자 많은 백성은 크게 실망하였고 제갈각에 대한 원한이 깊어졌다.

가을인 8월에, 부대가 회군하며 의장 부대의 안내를 받으며 대장군부에 들어갔다. 제갈각은 즉시 中書令인 孫嘿(손묵, 嘿은 고요할 묵)을 불러 큰 소리로 질책했다.

"卿 등은 왜 함부로 아무 때나 조서를 지었는가?"

손묵은 황망하고 두려워 사직한 뒤 병이라며 본향으로 돌아갔다. 제갈각의 원정 이후 각 부서에서 임명된 현령이나 縣長은 모두 파면한 뒤에 새로 선발하였으며, 통치에 더욱 위세를 부리면서 문책하는 일이 많아지자 제갈각을 알현하자는 모두가 두려워 떨었다. 또 宿衛(숙위) 병력도 모두 교체하여 친근한 자로 충원하였다. 제갈각은 군사를 개편 정비하여 靑州나 徐州 지역 원정을 계획하였다.

|原文|

孫峻因民之多怨, 衆之所嫌, 搆恪欲爲變, 與亮謀, 置酒請恪.

恪將見之夜, 精爽擾動, 通夕不寐. 明將盥漱, 聞水腥臭, 侍者授衣, 衣服亦臭. 恪怪其故, 易衣易水, 其臭如初, 意惆悵不悅. 嚴畢趨出, 犬銜引其衣, 恪曰, "犬不欲我行乎?" 還坐, 頃刻乃復起, 犬又銜其衣, 恪令從者逐犬, 遂升車.

初, 恪將征淮南, 有孝子著縗衣入其閤中, 從者白之, 令外詰問, 孝子曰, "不自覺入."

時中外守備, 亦悉不見, 衆皆異之. 出行之後, 所坐廳事屋棟中折. 自新城出住東興, 有白虹見其船, 還拜蔣陵, 白虹復繞其車.

孫峻(손준)은 백성의 원한이 많고 군사들도 싫어하기에 제갈각이
변란을 일으키려 한다고 얽어 버리고자, (황제) 孫亮(손량)과 함께
모의한 뒤에 술자리를 마련하고 제갈각을 초청했다.

제갈각이 만나기로 한 전날 밤에, 정신이 혼란하여 밤새 한잠도
자질 못했다. 날이 밝아 세수를 하려는데 물에서 비린내가 났고, 시
종이 옷을 건네주었는데 옷에서도 비린내가 진동했다. 제갈각이 괴
이하게 생각하며 옷을 바꿔보고 물을 바꿔도 냄새는 처음과 같아서
마음이 서글프고 좋지 않았다. 외출 준비를 마치고 걸어 나올 때, 개
가 그 옷을 물고 당기자, 제갈각은 "개도 내가 나가는 것을 싫어하
는가?" 그리고서는 돌아와 앉아 있었다. 일각이 지난 뒤에 다시 일
어나자, 개가 또 옷을 물고 늘어져서 제갈각은 종자에게 개를 데려
가라 하고서 수레에 올랐다.

그전에 제갈각이 淮南(회남)을 원정하려 할 때, 상복을 입은 어떤
喪主가 그의 전각 안에 들어와 있어 從者가 아린 다음 어떻게 들어
왔는가를 따지자, 상주는 "나도 모르게 들어왔다."고 말했다. 그때
내외를 수비하는 사람들은 아무도 본 사람이 없어 모두 이상하게
생각하였다. 그가 나간 뒤에 그가 들어와 앉았던 건물의 대들보 가
운데가 부러졌다.

제갈각이 新城에서 돌아와 東興(동흥)에 머무는 동안, 白虹(백홍,
흰 무지개?)이 그 배에 나타났는데 제갈각이 돌아와 蔣陵(장릉)²⁰⁵을

---

205 蔣陵(장릉) – 東吳 大帝 孫權의 능침. 南京市 東郊 紫金山(자금산) 남쪽의 梅
花山(原名 孫陵崗)에 위치.

참배할 때도 흰 무지개가 제갈각의 수레를 감싸고 있었다.

|原文|

及將見, 駐車宮門, 峻已伏兵於帷中, 恐恪不時入, 事洩, 自
出見恪曰, "使君若尊體不安, 自可須後, 峻當具白主上."

欲以嘗知恪. 恪答曰, "當自力入." 散騎常侍張約, 朱恩等
密書與恪曰, "今日張設非常, 疑有他故." 恪省書而去. 未出
路門, 逢太常滕胤, 恪曰, "卒腹痛, 不任入."

胤不知峻陰計, 謂恪曰, "君自行旋未見, 今上酒請君, 君已
至門, 宜當力進."

恪躊躇而還, 劍履上殿. 謝亮, 還坐. 設酒, 恪疑未飲, 峻因
曰, "使君病未善平, 當有常服藥酒, 自可取之."

恪意乃安, 別飲所齎酒. 酒數行, 亮還內, 峻起如廁, 解長
衣, 著短服, 出曰, "有詔收諸葛恪!"

恪驚起, 拔劍未得, 而峻刀交下. 張約從旁斫峻, 裁傷左手,
峻應手所約斷右臂. 武衛之士皆趨上殿, 峻云, "所取者恪也,
今已死." 悉令復刃, 乃除地更飲.

|국역|

제갈각이 황제를 알현하려고 궁문 앞에 수레를 멈췄을 때, 손준

은 이미 휘장 안쪽에 군사를 숨겨두었는데, 혹 제갈각이 불시에 들어와 일이 새어나갈 수도 있다 생각하여, 손준이 직접 나와 제갈각을 보고 말했다.

"만약 使君께서 尊體가 不安하시면 뒷날 다른 날을 잡도록 주상께 아뢰겠습니다."

손준은 이렇게 제갈각을 떠보았다. 이에 제갈각이 말했다.

"응당 들어가야 하지요."

그때 散騎常侍인 張約(장약)과 朱恩 등이 密書를 제갈각에게 주면서 말했다.

"오늘 이런 자리는 평상시와 다르니 무슨 연고가 있는 것 같습니다."

제갈각은 문서를 읽어보고 돌아나갔다. 제갈각이 아직 궁문을 나가지 않았을 때 太常인 滕胤(등윤)을 만나자 제갈각이 말했다.

"갑자기 복통이 있어 입궁하지 못합니다."

등윤은 손준의 음계를 알지 못하기에 제갈각에게 말했다.

"君께서 回軍하신 이후 만나보질 못하여, 이번에 주상께서 청하신 자리이고, 君께서 이미 입궁하셨으니 억지로라도 들어가야 합니다."

제갈각은 주저하다가 돌아와 칼을 차고 신발을 신은 채, 전각에 올라왔다. 그리고 孫亮(손량)에게 사례하고 자리에 앉았다. 술이 차려지자 손준은 제갈각이 마시지 않을까 걱정하며 말했다.

"使君의 병이 다 낫지 않으셨으니 늘 복용하던 약주가 있으면 갖다가 마셔도 됩니다."

이에 제갈각은 마음이 풀리면서 준비한 술을 따로 마셨다. 술이 몇 차례 돌아가자 손량은 내전으로 돌아갔고, 손준은 일어나 변소에 가서 긴 옷을 벗고 짧은 옷으로 갈아입고 나오면서 말했다.

"조서가 있으니 제갈각을 체포하라!"

제갈각이 놀라 일어나 칼을 뽑으려 하자 손준이 연이어 칼로 내려쳤다. 장약이 옆에서 손준을 내리쳐 손준의 왼팔에 상처를 입히자 손준도 응수하며 장약의 오른쪽 어깨를 내리쳤다. 호위무사들이 모두 전각으로 달려오자 손준이 말했다.

"오늘 체포해야 할 제갈각은 벌써 죽었다."

그리고는 모두 칼을 집어넣게 한 뒤에 자리를 정리하고 다시 술을 마셨다.

| 原文 |

先是, 童謠曰, '諸葛恪, 蘆葦單衣篾鉤落, 於何相求成子閣.'

成子閣者, 反語石子岡也. 建業南有長陵, 名曰石子岡, 葬者依焉. 鉤落者, 校飾革帶, 世謂之鉤絡帶. 恪果以葦席裹其身而篾束其腰, 投之於此岡.

恪長子綽, 騎都尉, 以交關魯王事, 權遣付恪, 令更教誨, 恪鴆殺之. 中子竦, 長水校尉. 少子建, 步兵校尉. 聞恪誅, 車載其母而走. 峻遣騎督承追斬竦於白都. 建得渡江, 欲北走魏,

行數千里, 爲追兵所逮. 恪外甥都鄕侯張震及常侍朱恩等, 皆
夷三族.

| 국역 |

이보다 앞서, 아이들이 노래를 불렀다.

'諸葛恪은 갈옷 적삼에 대나무 허리띠를 매고서

成子閣(성자합)에서 무엇을 찾고 있는가?'

成子閣(성자합)이란 石子岡(석자강)을 지칭한다. 建業(건업)의 남쪽
에 있는 산의 긴 능선을 석자강이라고 하였는데 사람들이 묘지를
쓰는 곳이었다. 鉤落(구락)이란 가죽 허리띠의 갈고리 장식(혁대를
매는 쇠)인데, 사람들이 보통 鉤絡帶(구락대, 허리띠)라고 불렀다. 제
갈갈은 갈대 거적에 둘둘 말려 허리를 한 번 묶어서 석자강에 버려
졌다.(당시 제갈각은 51세였다.)

제갈각의 長子인 諸葛綽(제갈작)은 기도위로 재직하며, 魯王 孫霸
(손패)의 일에 관련이 되었는데, 孫權이 제갈각에게 보내 다시 가르
치라고 하자, 제갈각이 짐독으로 죽여버렸다. 中子인 諸葛竦(제갈
송)은 長水校尉였다. 少子인 諸葛建(제갈건)은 步兵校尉였다. 제갈
각이 주살되었다는 소식을 듣고 제갈송은 모친을 수레에 태우고 달
아났다. 손준은 騎督承을 보내 제갈송을 白都(백도)란 곳에서 잡아
죽여버렸다. 제갈건은 長江을 건너 북쪽 魏(위)로 도망가려고 수천
리를 갔지만 추격병에게 잡혔다. 제갈각의 생질인 都鄕侯인 張震
(장진)과 常侍인 朱恩(주은) 등도 모두 그 삼족을 멸했다.

初, 竦數諫恪, 恪不從, 常憂懼禍. 及亡, 臨淮臧均表乞收葬恪曰,

「臣聞震雷電激, 不崇一朝, 大風衝發, 希有極日. 然猶繼以雲雨, 因以潤物, 是則天地之威, 不可經日浹辰, 帝王之怒, 不宜訖情盡意.

臣以狂愚, 不知忌諱, 敢冒破滅之罪, 以邀風雨之會. 伏念故太傅諸葛恪得承祖考風流之烈, 伯叔諸父遭漢祚盡, 九州鼎立, 分托三方, 並履忠勤, 熙隆世業. 爰及於恪, 生長王國, 陶育聖化, 致名英偉, 服事累紀, 禍心未萌, 先帝委以伊‚周之任, 屬以萬機之事.

恪素性剛履, 矜己陵人, 不能敬守神器, 穆靜邦內, 興功暴師, 未期三出, 虛耗士民, 空竭府藏, 專擅國憲, 廢易由意, 假刑劫眾, 大小屏息. 侍中武衛將軍都鄉侯俱受先帝囑寄之詔, 見其奸虐, 日月滋甚, 將恐蕩搖宇宙, 傾危社稷, 奮其威怒, 精貫昊天, 計慮先於神明, 智勇百於荊‚聶, 躬持白刃, 梟恪殿堂, 勳超朱虛, 功越東牟.

國之元害, 一朝大除, 馳首徇示, 六軍喜踴, 日月增光, 風塵不動, 斯實宗廟之神靈, 天人之同驗也. 今恪父子三首, 懸市積日, 觀者數萬, 詈聲成風. 國之大刑, 無所不震, 長老孩幼, 無不畢見. 人情之於品物, 樂極則哀生, 見恪貴盛, 世莫與貳,

身處台輔, 中間歷年, 今之誅夷, 無異禽獸, 觀訖情反, 能不憯然!

且已死之人, 與土壤同域, 鑿掘斫刺, 無所復加. 願聖朝稽則乾坤, 怒不極旬, 使其鄉邑若故吏民, 收以士伍之服, 惠以三寸之棺. 昔項籍受殯葬之施, 韓信獲收斂之恩, 斯則漢高發神明之譽也. 惟陛下敦三皇之仁, 垂哀矜之心, 使國澤加於辜戮之骸, 復受不已之恩, 於以揚聲遐方, 沮勸天下, 豈不弘哉!

昔欒布矯命彭越, 臣竊恨之, 不先請主上, 而專名以肆情, 其得不誅, 實爲幸耳. 今臣不敢章宣愚情以露天恩, 謹伏手書, 冒昧陳聞, 乞聖朝哀察.」

於是亮,峻聽恪故吏斂葬, 遂求之於石子岡.

始恪退軍還, 聶友知其將敗. 書與滕胤曰,「當人强盛, 河山可拔, 一朝羸縮, 人情萬端, 言之悲歎.」

恪誅後, 孫峻忌友. 欲以爲鬱林太守, 友發病憂死. 友字文悌, 豫章人也.

| 국역 |

그전에, 諸葛竦(제갈송)은 여러 번 부친 諸葛恪(제갈각)에게 간언을 올렸지만 제갈각이 받아들이지 않았기에 늘 화를 당할 것을 걱정했었다. 제갈각 일족이 망한 뒤, 臨淮郡(임회군) 출신 臧均(장균)이 제갈각을 매장하겠다는 표문을 올렸다.

「臣이 알기로, 천둥에 벼락과 번개도 아침 내내 치지 않고, 큰 바람도 종일 불지 않습니다. 그러면서도 비가 이어져 만물을 윤택하게 하니, 이것이 바로 天地의 위엄이지만 몇 날을 계속하지 않는 것처럼 帝王의 분노도 감정에 따르는 것은 적합지 않을 것입니다.

臣은 망녕되고 어리석어 피해야 할 것도 알지 못하고 파멸 당할 징벌을 무릅쓰고 비바람과 같은 은덕을 요청합니다. 臣이 생각건대, 太傅(태부)인 제갈각은 그 선조의 훌륭한 공적을 이어 받았으니 그의 伯叔父나 諸父들은 漢祚(한조)의 멸망과 9州 3國의 정립에 따라 3국에 나뉘어 살면서, 모두가 충성으로 근로하며 제왕의 홍업을 도왔습니다. 제갈각은 본 王國에서 낳고 聖王의 교화를 받고 자랐으며, 영명한 이름을 얻고 몇십 년을 근무하였는데, 변란의 마음을 품기 전, 先帝께서는 제갈각에게 伊尹(이윤)과 周公(주공)의 역할처럼 국사 처리를 맡기셨습니다.

제갈각은 평소 성격이 강직했고 자긍심으로 남을 이기려 했으며, 국가를 공경으로 섬기거나 나라를 평안케 하질 못하고 공명을 얻으려고 1년도 안 되는 기간에 3번이나 대군을 출동케 하여, 백성과 나라의 재물을 탕진하여 피폐케 하였고 나라 법도를 멋대로 휘둘렀으며, 관리를 임명하고 파면하며 형벌로 백성을 겁주어 모두가 숨을 죽이게 하였습니다. 侍中인 武衛將軍 都鄕侯(孫峻)는 함께 후사를 당부하는 先帝의 조서를 받았지만 제갈각의 횡포가 날마다 심해지자, 장차 나라가 크게 동요하고 사직이 기울어질 것을 걱정하여 분노하고 위세를 가하여 그 정성이 하늘에 통했으며, 천지신명보다 먼저 깊이 생각하였으니 그 지혜와 용기는 荊軻(형가)나 聶政(섭

정)[206]보다 1백 배나 되며, 직접 칼을 들고 大殿에서 제갈각을 죽였
으니, 그 공로는 (前漢의) 朱虛侯(劉章)[207]보다 크며 공적 또한 東牟
侯(동모후, 劉興居)를 뛰어 넘을 것입니다.

나라의 가장 큰 해악이 하루아침에 모두 제거되었고 그 머리를
매달고 말을 달려와 두루 보게 하자, 六軍이 기뻐 날뛰었고 해와 달
도 더 밝아졌으며 흙먼지도 일어나지 않았으니, 이는 실제로 종묘
의 신령과 하늘과 백성 모두가 똑같이 느꼈습니다. 이번에 제갈각
父子의 首級 3개가 며칠 동안 거리에 매달리자 수만 명이 보았으며
그 욕하는 소리가 마치 바람을 일으킬 정도였습니다. 나라의 큰 형
벌을 무서워하지 않는 이 없고 어른이나 어린아이 모두가 다 보았
습니다. 어떤 일에 대한 人情이란 마치 환락이 극에 달하면 슬픔이
일어나듯, 제갈각의 높은 자리와 극성은 세상에 둘도 없었고 그 자
신이 최고 지위를 오래 누렸지만 이번에 주살당한 것을 보면 죽은
짐승과 다름이 없었으니, 이런 꼴을 보고 나면 정서가 그 반대가 되
어 눈물을 흘리지 않을 수 없습니다.

게다가 이미 죽은 사람은 흙덩이와 똑같으니 땅속에서 파내어 쪼
개고 지른다 하여 더 가해할 것이 없는 것입니다. 원컨대, 聖朝께서
는 하늘과 땅의 이치를 살피시어 아무리 큰 분노라도 열흘을 계속

----

206 荊軻(형가, ?-前 227년)는 戰國末 衛國 사람. 저명한 刺客(자객). 燕太子 丹의
부탁으로 秦王 嬴政(영정, 뒷날 진시황제)을 죽이려 했으나(圖窮匕見) 실패했
다. 聶政(섭정, ?-前 397년)은 戰國 軹邑(지읍) 사람. 戰國 시대의 저명 자객.
두 사람 다 司馬遷《史記 刺客列傳》에 입전.
207 朱虛侯(劉章, 前 200-176년)-漢 高祖의 손자, 齊 悼惠王 劉肥(유비)의 아
들. 呂后 때 朱虛侯에 봉해졌다. 呂氏一族인 呂祿(여록)의 딸과 결혼, 呂后가
죽은 뒤, 여씨 세력 제거에 입공. 文帝 즉위 뒤에 城陽王에 책봉. 劉興居는 유
장의 동생.

할 수 없는 것처럼 그 고향 사람이나 옛날 그의 부하들로 하여금 군복을 입혀 3치 두께의 작은 관에 시신을 수습할 수 있게 허용해야 합니다.

옛날 項籍(항적, 項羽)도 장례를 치르게 하였고, 韓信도 시신을 수렴하는 은덕을 입었기에, 漢 高祖의 神明을 사람들이 칭송하였습니다. 생각해보면, 폐하께서도 三皇의 仁德을 돈독히 실천하시고, 불쌍히 여기는 심정을 베푸시어, 죄를 지어 도륙된 그 시신이지만 나라에서 내리는 무궁한 은덕을 받게 해주신다면 폐하의 인자한 명성이 먼 곳까지 알려져 천하 백성에게 주의를 주고 또 권면케 할 수 있으니 어찌 큰 덕을 베푸는 일이 아니겠습니까!

옛날 (前漢의) 欒布(난포)[208]가 高祖의 명을 어기고 彭越(팽월)을 제사한 것을 臣은 매우 유감으로 생각하였는데, 주상께 먼저 청원하지도 않고 자신의 명분만으로 멋대로 행동하였으니 처형되지 않은 것이 참으로 다행이었습니다. 지금 臣은 저의 어리석은 생각이

----

208 欒布(난포, ?-前 145) - 欒은 나무 이름 난(란). 수레 이름 난(鑾과 通). 梁人 欒布(난포)는 彭越(팽월)이 평민이었을 때부터 친우였는데, 난포는 남에게 잡혀 팔려가 燕 땅에서 노비가 되었다. 난포의 주인이 장군으로 漢王에 대항하다가 포로가 되었는데, 漢 高祖의 공신 梁王 팽월이 이런 사실을 알고, 고조에게 난포를 속죄시켜 梁國의 대부로 삼겠다고 주청하였다. 난포를 속죄시키려고 사람이 齊에 갔지만 돌아오기 전에 팽월은 모반의 죄로 낙양에 효수되었는데, 고조는 '팽월의 시신을 수습하거나 돌보는 자는 즉시 체포하겠다.'고 하였다. 난포는 낙양에 와서 팽월의 머리 아래에서 그간의 일을 아뢰고 제사를 지내며 곡을 하였다. 관리가 난포를 체포하여 고조에게 보고하였는데, 나중에 고조의 용서를 받아 都尉가 되었다. 난포는 孝文帝 때 燕의 王相이 되었다가 장군으로 승진하였다. 난포는 "곤궁한 처지에서 친한 일을 못한다면 사람이 아니다. 그리고 남에게 신세를 졌다면 후하게 보답해야 하며, 원한이 있다면 반드시 적법하게 원한을 갚아 주어야 한다."고 말했다. 《漢書》37권, 〈季布欒布田叔傳〉에 입전.

지만 감히 天恩이 드러날 수 있도록 삼가 글을 올리고 죽음을 무릅
쓰며 폐하께서 불쌍히 여겨 살펴주시기를 빌지 않을 수 없습니다.」

이에 孫亮과 손준은 제갈각의 옛 관리가 그 시신을 수렴하여 장
례하고 石子岡(석자강)에 묻힐 수 있게 허락하였다.

그전에 제갈각이 퇴군하여 돌아올 때 聶友(섭우)는 제갈각의 패망
을 예상하였다. 섭우는 滕胤(등윤)에게 편지를 보내 말했다.

「사람이 한창 강성할 때 山河라도 뽑을 것 같지만 하루아침에 몰
락한다면, 人情의 무한한 변화에 슬프다고 말할 것입니다.」

제갈각이 죽은 뒤, 손준도 섭우를 기피하며 섭우를 鬱林(울림)[209]
태수로 발령내려 하자 섭우는 근심으로 병이 나서 죽었다. 섭우의
字는 文悌(문제)인데, 豫章郡 사람이었다.

❷ 滕胤

| 原文 |

滕胤字承嗣, 北海劇人也. 伯父耽, 父冑, 與劉繇州里通家.
以世擾亂, 渡江依繇. 孫權爲車騎將軍, 拜耽右司馬, 以寬厚
稱, 早卒, 無嗣. 冑善屬文, 權待以賓禮, 軍國書疏, 常令損益
潤色之, 亦不幸短命.

....

209 鬱林郡(울림군) – 후한 시대부터 郡. 郡治는 陰平縣, 今 廣西壯族自治區 남부
貴港市. 당시로 최악의 변방으로 좌천시키려 했다는 뜻이다.

權爲吳王, 迫錄舊恩, 封胤都亭侯. 少有節操, 美容儀. 弱冠
尙公主. 年三十, 起家爲丹楊太守, 徙吳郡,會稽, 所在見稱.

太元元年, 權寢疾, 詣都, 留爲太常, 與諸葛恪等俱受遺詔
輔政. 孫亮卽位, 加衛將軍.

| 국역 |

滕胤(등윤)[210]의 字는 承嗣(승사)로, 北海國 劇縣[211] 사람이다. 伯父
인 滕耽(등탐), 부친인 滕胄(등주)는 (揚州刺史) 劉繇(유요)와 고향에
서 서로 왕래하는 집안이었다. 세상이 혼란하자 長江을 건너 유요
를 찾아가 의지하였다.

孫權이 車騎將軍일 때, 등탐을 불러 右司馬에 임명하였고, 등탐
은 관대 온후하다는 칭송을 들었지만 일찍 죽었고 후사가 없었다.
등주는 글을 잘 지었는데, 손권이 늘 賓禮를 갖춰 대우하였고, 軍國
에 문서가 소략하여 늘 문장을 정정하고 다듬게 하였으나, 역시 불
행하여 단명하였다.

孫權이 吳王이 되면서 옛 공적을 평가하여 등윤을 都亭侯에 봉했
다. 등윤은 나이가 젊었지만 지조를 지켰고 용모와 容儀가 훌륭하

210 滕胤(등윤, ?-256년, 字 承嗣) - 滕 물 솟을 등. 나라 이름, 성씨. 胤은 이을 윤.
孫權의 사위, 東吳의 重臣. 太元 원년(서기 251), 겨울에 손권은 병석에 눕자,
大將軍 諸葛恪(제갈각)을 불러들여 太子太傅로 삼았고, 會稽 태수인 滕胤(등
윤)을 太常에 임명하며 함께 조서에 의거 태자를 보필케 하였다. 吳 末帝 孫
皓의 妻인 滕皇后의 族父. 뒷날 손침의 공격을 받아 패전하며 멸족되었다.
《吳書》19권, 〈諸葛滕二孫濮陽傳〉에 입전.
211 北海國의 治所는 平壽縣, 今 山東省 중동부 濰坊市 남쪽. 劇縣은 今 山東省
濰坊市 관할 壽光市.

였다. 弱冠에 公主(성명 미상, 손권의 4女?)와 결혼하였다. 나이 30
에 집을 떠나 丹楊 태수가 되었고, 吳郡과 會稽郡의 태수로 임지에
서 칭송을 들었다.

太元 원년(서기 251), 손권이 병석에 눕자 도성으로 들어와 太常
이 되었고, 제갈각 등과 함께 遺詔를 받아 정사를 보필하였다. 孫亮
(손량)이 즉위하자(252년), 加官을 받아 衛將軍이 되었다.

| 原文 |

恪將悉衆伐魏. 胤諫恪曰,

"君以喪代之際, 受伊,霍之託, 入安本朝, 出摧强敵, 名聲
振於海內, 天下莫不震動, 萬姓之心, 冀得蒙君而息. 今猥以
勞役之後, 興師出征, 民疲力屈, 遠主有備. 若攻城不克, 野
略無獲, 是喪前勞而招後責也. 不如案甲息師, 觀隙而動. 且
兵者大事, 事以衆濟, 衆苟不悅, 君獨安之?"

恪曰, "諸云不可者, 皆不見計算, 懷居苟安者也, 而子復以
爲然, 吾何望焉? 夫以曹芳暗劣, 而政在私門, 彼之臣民, 固
有離心. 今吾因國家之資, 借戰勝之威, 則何往而不克哉!"

以胤爲都下督, 掌統留事. 胤白日接賓客, 夜省文書, 或通
曉不寐.

| 국역 |

諸葛恪(제갈각)이 전군을 동원하여 魏를 정벌할 때, 滕胤(등윤)이 제갈각에게 간언했다.

"君은 지금 황제 교체 시기에 伊尹과 霍光(곽광)과 같은 임무를 받았으니, 안에서는 조정을 안정시키고 밖에서는 강적을 토벌하여 명성을 海內에 떨치고 있으니 천하에 두려워 떨지 않는 자가 없으며, 만 백성은 君을 믿고 의지하며 휴식을 바라고 있습니다. 그러나 지금 승리한 이후에도 군사를 동원하여 원정하려 하니 백성은 지치고 힘도 다했으며, 이웃나라(魏) 군주도 역시 대비하고 있을 것입니다. 만약 攻城하여 이기지 못하거나 야전에서 노획이 없으면, 예전의 공로도 잃고 또 그 뒤에 문책도 따르게 됩니다. 그러니 갑옷을 입고서라도 군사를 쉬게 하다가 틈을 보아 동원해야 합니다. 사실 전쟁은 큰일이고, 큰일은 여럿이 해야 하는데, 백성이 기뻐하지 않는다면 君은 홀로 마음이 편하겠습니까?"

이에 제갈각이 말했다.

"이번 원정이 不可하다고 말하는 사람들은 계산을 해보지도 않고 그저 편안한 것만 따르려는 사람입니다. 당신 역시 그렇게 생각한다면 나는 또 누구를 기대할 수 있겠습니까? 지금 曹魏의 曹芳(조방, 재위 240 ‒ 254년)은 우매 열등한 군주라서 정사가 私門(司馬氏 일가)에 달려 있어 저쪽 臣民의 마음이 離反(이반)하였습니다. 지금 나는 국력을 바탕으로 승전의 위세를 이용하나니 출정한다면 왜 승리하지 못하겠습니까!"

제갈각은 등윤은 都下督에 임명하여 建業에 남아 후방의 일을 관

장케 하였다. 등윤은 낮에는 빈객을 접대하고, 밤에는 문서를 검토
하면서, 가끔은 날이 밝을 무렵까지 잠을 못 이뤘다.

❸ 孫峻

| 原文 |

孫峻字子遠, 孫堅弟靜之曾孫也. 靜生暠, 暠生恭, 爲散騎
侍郞. 恭生峻. 少便弓馬, 精果膽決. 孫權末, 徙武衛都尉, 爲
侍中. 權臨薨, 受遺輔政, 領武衛將軍, 故典宿衛, 封都鄕侯.
旣誅諸葛恪, 遷丞相大將軍, 督中外諸軍事, 假節, 進封富春
侯.

滕胤以恪子竦妻父辭位. 峻曰, "鯀, 禹罪不相及, 滕侯何
爲?" 峻, 胤雖內不沾洽, 而外相包容, 進胤爵高密侯, 共事如
前. 峻素無重名, 驕矜險害, 多所刑殺, 百姓囂然. 又姦亂宮
入, 與公主魯班私通. 五鳳元年, 吳侯英謀殺峻, 英事洩死.

| 국역 |

孫峻(손준)의 字는 子遠(자원)으로, 孫堅의 아우인 孫靜(손정)의 曾
孫(증손)이다. 손정은 孫暠(손호)를 낳았고, 손호는 孫恭(손공)을 낳았
는데, 散騎侍郞이었다. 손공이 손준을 낳았다. 손준은 젊어서도 활
쏘기와 말 타기에 능했고 정확하고 과감하며 담력이 있었다. 孫權

말년에 武衛都尉와 侍中을 겸하였는데, 손권이 붕어할 때 유조를 받아 정사를 보필하였고, 武衛將軍을 겸임하였기에 宿衛兵을 지휘하였으며 都鄕侯가 되었다. 제갈각을 죽인 뒤 丞相 겸 大將軍이 되어 수도와 지방의 모든 군사를 지휘했고 부절을 받았으며 富春侯에 봉해졌다.

滕胤(등윤)은 제갈각 아들 제갈송 아내의 부친이라서 (제갈각이 죽은 뒤) 사직하였다. 이에 손준이 말했다.

"鯀(곤, 禹의 부친)과 禹(우)의 죄는 서로 연좌되지 않았는데 등후께서는 왜 그러십니까?"

손준과 등윤은 마음으로 완전히 맞지는 않았지만 겉으로는 서로 포용하였기에 등윤의 작위를 고밀후로 올려 주었고 전처럼 업무를 함께 처리하였다.

손준은 평소에 중후하다는 명성은 없었으며, 교만한 자부심에 음해를 잘 해서 많은 사람을 죽게 하였기에 백성들 사이에 비난이 높았다. 또 궁궐에 함부로 출입하면서 公主(孫權 長女) 孫魯班(손노반)과도 私通했다. (孫亮) 五鳳 원년(서기 254), 吳侯 孫英(손영)이 손준을 암살하려 했지만 일이 발각되어 손영은 처형되었다.

| 原文 |

二年, 魏毌丘儉,文欽以衆叛, 與魏人戰於樂嘉, 峻帥驃騎將軍呂據,左將軍留贊襲壽春, 會欽敗降, 軍還. 是歲, 蜀使來聘, 將軍孫儀,張怡,林恂等欲因會殺峻. 事洩, 儀等自殺, 死

者數十入, 並及公主魯育.

| 국역 |

(孫亮, 五鳳) 2년(서기 255), 魏 장수 毌丘儉(관구검)[212]과 文欽(문흠)[213]이 군사를 거느리고 반역하여, 魏의 군사와 樂嘉(낙가)에서 싸웠다. 孫峻(손준)은 驃騎將軍 呂據(여거), 左將軍 留贊(유찬) 등과 함께 壽春城을 공격했는데, 마침 문흠이 패전, 투항하자 손준은 군사를 거느리고 돌아왔다.

이 해에, 蜀使가 우호 방문하자, 將軍인 孫儀(손의)와 張怡(장이), 林恂(임순) 등이 기회를 틈타 손준을 암살하려 했다. 그러나 일이 누설되어 손의 등은 자살했고, 죽은 자가 수십 명이었는데, 여기에는 손권의 (작은) 딸 孫魯育(손노육)도 연관되었다.

| 原文 |

峻欲城廣陵, 朝臣知其不可城, 而畏之莫敢言. 唯滕胤諫止,

---

212 毌丘儉(관구검, ?-255) - 毌丘(관구)는 복성[毌은 貫의 本字, 毋(말 무, 금지사)]가 아님. 正始 7년(서기 246) 玄菟郡(현도군)에서 출발하여 고구려 도읍 丸都城을 점령, 東川王은 옥저로 피난. (曹髦) 正元 2년(서기 255) 봄, 鎭東將軍으로서 揚州刺史 文欽(문흠)과 함께 반역했고, 大將軍 司馬景王(司馬師)이 토벌하였다. 패전하고 도주한 관구검을 安風縣의 都尉가 관구검을 죽이고 그 수급을 낙양에 보냈다. 《魏書》 28권, 〈王毌丘諸葛鄧鍾傳〉에 立傳.

213 文欽(문흠, ?-258년, 字 仲若) - 豫州 譙郡 출신, 曹魏의 前將軍, 揚州刺史, 역임. 建安 24년(서기 219)에 魏諷謀의 모반에 연좌되어 치죄하여 사형 판결이 났으나 조조는 자신의 부장 文稷(문직)의 아들이라 하여 특별히 사면하였다. 관구검과 함께 모반한 뒤 東吳로 도주하여 譙侯(초후)로 책봉되었다.

不從, 而功竟不就. 其明年, 文欽說峻征魏, 峻使欽與呂據,車
騎劉纂,鎭南朱異,前將軍唐咨自江都入淮,泗, 以圖靑,徐.

峻與胤至石頭, 因餞之, 領從者百許人入據營. 據御軍齊
整, 峻惡之, 稱心痛去. 遂夢爲諸葛恪所擊, 恐懼發病死, 時
年三十八, 以後事付綝.

| 국역 |

孫峻(손준)[214]은 廣陵郡에 築城(축성)하려고 했는데, 朝臣들은 거
기에 성을 쌓을 수 없다는 것을 알지만 감히 말하는 자가 없었다. 다
만 滕胤(등윤)이 중지해야 한다고 간언했어도 받아들이지는 않았으
나, 결국 축성하지 못했다.

그 다음 해(太平 원년, 서기 256), 문흠은 손준에게 魏나라 정벌을
건의했는데, 손준은 문흠과 呂據(여거), 車騎將軍 劉纂(유찬), 鎭南將
軍 朱異(주이), 前將軍 唐咨(당자) 등과 함께 江都(강도)에서 출발하여
淮水와 泗水(사수)로 북진하여 靑州와 徐州를 공략하려고 했다.

손준은 등윤과 함께 石頭(석두)란 곳에 와서 전별하였는데 從者
1백 명 정도를 거느리고 여거의 군영에 들어갔다. 여거의 군영은
깔끔하게 정돈되어 있었는데, 손준은 마음으로 미워하고 가슴이
아프다며 떠나갔다. 그날 밤, 손준은 제갈각한테 얻어맞는 꿈을 꾸
고 병이 나서 죽었는데 38세였으며, 뒷일은 孫綝(손침)에게 부탁하
였다.

....
214 廣陵郡 - 治所는 廣陵縣, 今 江蘇省 서남부 揚州市.

❹ 孫綝

|原文|

孫綝字子通, 與峻同祖. 綝父綽爲安民都尉. 綝始爲偏將軍, 及峻死, 爲待中武衛將軍, 領中外諸軍事, 代知朝政. 呂據聞之大恐, 與諸督將連名, 共表薦滕胤爲丞相, 綝以胤爲大司馬, 代呂岱駐武昌.

據引兵還, 使人報胤, 欲共廢綝. 綝聞之, 遣從兄慮將兵逆據於江都, 使中使敕文欽,劉纂,唐咨等合衆擊據, 遣侍中左將軍華融,中書丞丁晏告胤取據, 並喻胤宜速去意.

胤自以禍及, 因留融,晏, 勒兵自衛, 召典軍揚崇,將軍孫咨, 告以綝爲亂, 迫融等使有書難綝. 綝不聽, 表言胤反, 許將軍劉丞以封爵, 使率兵騎急攻圍胤. 胤又劫融等使詐詔發兵. 融等不從, 胤皆殺之.

胤顏色不變, 談笑若常. 或勸胤引兵至蒼龍門, "將士見公出, 必皆委綝就公." 時夜已半, 胤恃與據期. 又難舉兵向宮, 乃約令部曲, 說呂侯以在近道, 故皆爲胤盡死, 無離散者. 時大風, 比曉, 據不至. 綝兵大會, 遂殺及將士數十人, 夷胤三族.

孫綝(손침)[215]의 字는 子通(자통)으로, 孫峻(손준)과 同祖(사촌)이
다. 손침의 부친 孫綽(손작)은 安民都尉였다. 손침은 처음에 偏將軍
이었는데 손준이 죽자, 侍中이며 武衛將軍으로 中外의 모든 軍事
업무를 총괄하였고, 손준의 후임으로 朝政도 담당하였다.

呂據(여거)는 이런 사실을 알고 크게 두려워하며 軍의 여러 督將
과 함께 連名으로 滕胤(등윤)을 승상으로 천거하였지만, 손침은 등
윤을 大司馬로 삼아 呂岱(여대)의 후임으로 武昌에 주둔케 하였다.

여거는 군사를 거느리고 돌아오면서 사람을 등윤에게 보내 알리
면서 함께 손침을 폐출하려고 했다. 손침은 이를 알고서 사촌 형인
孫慮(손려)에게 군사를 거느리고 여거의 군사를 江都(강도)에서 공격
케 하였고, 황제의 사자를 文欽(문흠), 劉纂(유찬), 唐咨(당자) 등 여러
사람에게 보내 함께 여거를 공격하라고 지시하였으며, 侍中인 左將
軍 華融(화융, 字 德蕤 덕유, 廣陵 江都人), 中書丞 丁晏(정안)을 보내 등
윤에게 여거를 체포케 하면서 등윤에게는 빨리 임지에 부임하라고
설득하였다.

이에 등윤은 자신에게 화가 미칠 것이라 생각하여, 화융과 정안
을 억류하며 군사를 지휘하여 자체 방위를 하면서, 典軍인 揚崇(양
숭)과 將軍인 孫咨(손자)를 불러 손침이 반란을 일으켰다고 설명하

---

215 孫綝(손침, 232 – 258년, 字 子通) – 綝(chēn)은 잡아맬 침. 말리다(금지). 성할
림. 東吳의 皇族, 權臣. 孫堅의 동생 孫靜(손정)의 증손, 孫峻(손준)의 사촌동
생. 승상 역임. 孫休(손권의 6남, 景帝)를 옹립하고 한때 발호하다가 永安 원
년 12월(서기 258)에 손휴에게 주살 당했다.《吳書》19권,〈諸葛滕二孫濮陽
傳〉에 입전.

며, 화융 등을 겁박하여 손침을 비난하는 서신을 사람을 시켜 보내게 하였다. 그러나 손침은 서신에 따르지 않고 등윤이 반역한다는 표문을 올리며, 將軍인 劉丞(유승)의 작위를 올려줄 것과 (유승이) 기병을 거느리고 서둘러 등윤을 포위하여 공격케 하였다. 이에 등윤은 다시 화융 등을 겁박하여 군사를 동원하라는 거짓 조서를 짓게 하였다. 그러나 화융 등이 따르지 않자, 등윤은 화융 등을 모두 살해했다.

이런 상황에서 등윤은 안색이 변하지 않고 평소와 같이 담소하였다. 어떤 사람이 등윤에게 군사를 인솔하여 蒼龍門(창룡문)에 가서 "將卒들에게 등윤의 모습을 보여주면 장졸이 모두 손침을 버리고 등윤을 따를 것이라."고 말했다. 그러나 그때는 이미 밤이었고, 등윤은 여거가 군사를 거느리고 온다는 약속을 믿고 있었다. 또 군사를 거느리고 궁궐로 이동하기도 쉽지 않다고 생각하여 군사들에게 경계를 강화하라는 지시를 내리고, 여거가 가까운 거리에 도착했다고 설득하자, 장졸들은 모두 등윤을 위하여 죽기로 다짐하면서 흩어지려는 자도 없었다. 그러나 큰 바람이 불었고 날이 밝을 때까지 여거는 도착하지 않았다. 이러는 동안에 손침의 군사가 대거 집결했고, 결국 손침은 등윤과 그 장졸 수십 명을 살해하고 이어 등윤의 삼족을 멸했다.

| 原文 |

綝遷大將軍, 假節, 封永寧侯, 負貴倨傲, 多行無禮. 初, 峻從弟慮與誅諸葛恪之謀, 峻厚之, 至右將軍,無難督, 授節蓋,

平九官事. 綝遇慮薄於峻時, 慮怒, 與將軍王惇謀殺綝. 綝殺惇, 慮服藥死.

魏大將軍諸葛誕舉壽春叛, 保城請降. 吳遣文欽,唐咨,全端,全懌等三萬人救之. 魏鎭南將軍王基圍誕. 欽等突圍入城. 魏悉中外軍二十餘萬增誕之圍. 朱異帥三萬人屯安豐城, 爲文欽勢. 魏兗州刺史州泰拒異於陽淵, 異敗退, 爲泰所追, 死傷二千人.

綝於是大發卒出屯鑊里, 復遣異率將軍丁奉,黎斐等五萬人攻魏, 留輜重於都陸. 異屯黎漿, 遣將軍任度,張震等慕勇敢六千人, 於屯西六里爲浮橋夜渡, 築偃月壘. 爲魏監軍石苞及州泰所破, 軍卻退就高. 異復作車箱圍趣五木城.

苞,泰攻異, 異敗歸, 而魏太山太守胡烈以奇兵五千詭道襲都陸, 盡焚異資糧. 綝授兵三萬人使異死戰, 異不從, 綝斬之於鑊里, 而遣弟恩救. 會誕敗引還. 綝旣不能拔出誕, 而喪敗士衆, 自戮名將, 莫不怨之.

| 국역 |

孫綝(손침)은 大將軍으로 승진했고 부절을 받았으며, 永寧侯(영령후)에 봉해졌는데 높은 관직을 믿고 오만하였으며 무례한 짓이 많았다. 그전에 孫峻(손준)은 사촌동생인 孫慮(손려)와 함께 제갈각을 제거하려는 모의를 하면서 손려를 후하게 대우하여 右將軍에 無難督으로 임명하여 부절을 내려 주었고 황제의 수레 덮개 등을 하사하

며 九官의 업무를 평정 감독케 했었다. 손침이 손려를 손준 때보다 각박하게 대우하자, 손려는 화가 나서 將軍인 王惇(왕돈)과 함께 손침을 살해하려고 모의했다. 그러나 손침은 왕돈을 죽였고, 손려는 약을 마시고 죽었다.

魏의 大將軍인 諸葛誕(제갈탄)[216]이 壽春城에서 반기를 들고 웅거하며 東吳에 투항을 요청하였다. 吳에서는 文欽(문흠), 唐咨(당자), 全端(전단), 全懌(전역) 등에게 3만의 군사를 주어 제갈탄을 구원케 하였다. 魏 鎭南將軍인 王基(왕기)는 제갈탄의 수춘성을 포위하였다. 이에 문흠 등은 왕기의 포위를 뚫고 수춘성에 들어갔다.

이에 魏에서는 중앙과 지방의 군사 20여만 명을 동원하여 제갈탄의 포위를 강화하였다. 그때 朱異(주이)는 3만 군사를 거느리고 安豐城(안풍성)에 주둔하면서 문흠을 외부에서 성원하였다. 兗州(연주) 刺史인 州泰(주태)[217]가 陽淵(양연)이란 곳에서 주이를 막자, 주이는 패퇴하였는데 주태의 추격을 받아 사상자가 2천여 명이나 되었다.

....

216 諸葛誕(제갈탄, ?-258년, 字 公休) — 漢 諸葛豐의 후손, 諸葛亮(제갈량)과 諸葛瑾(제갈근)의 堂弟. (高貴鄕公 曹髦의) 甘露 2년(서기 257) 4월 征東大將軍인 諸葛誕(제갈탄)을 司空에 임명했다. 諸葛誕(제갈탄)은 중앙의 徵召(징소)에 응하지 아니하며, 군사를 일으켜 반기를 들고(서기 257년 5월) 揚州刺史인 樂綝(악침)을 죽였다. (甘露) 3년(서기 258) 봄 2월, 대장군 司馬文王(司馬昭)은 壽春城을 함락하고 諸葛誕(제갈탄)을 죽였다. 壽春에서는 曹魏 후기에 연속 반란이 일어났다. 이를 '壽春三叛(수춘삼반)', 또는 '淮南三叛'이라 칭한다. 이는 司馬氏의 專政에 따른 반발이지만 《魏書》에는 그런 내용이 모두 생략되었다. 三叛은 王淩의 반란(서기 251年 4월), 毌丘儉(관구검)과 文欽(문흠)의 반란(255年 1월), 諸葛誕의 반란(서기 257年 5月 - 258年 2월)인데 모두 司馬氏에게 평정되었다.

217 州泰(주태, ?-261년) — 表字 미상. 南陽郡 출신. 王基(왕기), 王昶(왕창) 등과 함께 伐吳戰事에 참여. 東吳의 용장 周泰(주태, ?-서기 225)와 다른 사람.

손침은 이에 대규모 병력을 동원하여 鑊里(확리)에 주둔케 한 뒤에, 다시 주이를 보내 장군 丁奉(정봉)과 黎斐(여비)와 5만 병력을 거느리고 魏를 공격하였는데, 輜重(치중) 물자를 都陸(도륙)이란 곳에 비축케 하였다. 주이는 黎漿(여장)에 주둔하면서, 將軍 任度(임도)와 張震(장진) 등을 보내 용감한 병사 6천 명을 모집한 뒤에 서쪽으로 6리 정도 떨어진 곳에 주둔하며 부교를 만들어 밤에 강을 건너가 반달 모양의 보루를 축조하였다. 그렇지만 魏의 監軍인 石苞(석포)와 州泰(주태)에 의해 격파되었고, 군사는 후퇴한 뒤에 고지대로 옮겨갔다. 주이는 다시 나무 상자를 덮은 수레를 이용하여 五木城(오목성)을 공격케 하였다.

(魏) 석포와 주태는 주이를 공격했고, 주이는 패퇴하였으며, 魏太山 태수인 胡烈(호열)은 5천 매복병으로 은밀히 都陸(도륙)을 습격하여 주이의 군량을 불태웠다. 손침은 다시 3만 군사를 내주며 주이에게 결사적으로 싸울 것을 지시하였으나 주이가 따르지 않자, 손침은 주이를 확리에서 참수하고, 동생인 孫恩(손은)을 보내 구원케 하였다. 그러나 그 무렵 제갈탄이 패전하자, 손은은 남은 군사를 데리고 돌아왔다.

손침은 출병하여 제갈탄을 구출하지도 못했고 군사만 잃었으며, 자신의 명장을 죽였기에 손침을 원망하지 않는 사람이 없었다.

| 原文 |

綝以孫亮始親政事, 多所難問, 甚懼. 還建業, 稱疾不朝.

築室于朱雀橋南, 使弟威遠將軍據入蒼龍宿衛, 弟武衛將軍恩,偏將軍幹,長水校尉闓分屯諸營, 欲以專朝自固.

亮內嫌綝, 乃推魯育見殺本末, 責怒虎林督朱熊,熊弟外部督朱損不匡正孫峻, 乃令丁奉殺熊於虎林, 殺損於建業.

綝入諫不從, 亮遂與公主魯班,太常全尙,將軍劉承議誅綝. 亮妃, 綝從姊女也, 以其謀告綝. 綝率衆夜襲全尙, 遣弟恩殺劉承於蒼龍門外, 遂圍宮.

使光祿勳孟宗告廟廢亮, 召群司議曰, "少帝荒病昏亂, 不可以處大位, 承宗廟, 以告先帝廢之. 諸君若有不同者, 下異議." 皆震怖. 曰,"唯將軍令."

綝遣中書郎李崇奪亮璽綬, 以亮罪狀班告遠近. 尙書桓彝不肯署名,綝怒殺之.

| 국역 |

孫綝(손침)은 황제 孫亮(손량)이 親政을 시작하면서 어려운 질문을 많이 하자 몹시 걱정이 되었다. 손침은 建業으로 돌아온 뒤에, 병을 핑계로 입조하지 않았다. 朱雀橋(주작교) 남쪽에 새 집을 짓고 거처하면서, 동생인 威遠將軍인 孫據(손거)를 蒼龍門에서 宿衛(숙위)하게 했고, 동생 武衛將軍 孫恩(손은), 偏將軍 孫幹(손간), 長水校尉 孫闓(손개) 등을 여러 군영에 나눠 주둔케 하면서 조정 정사를 확실하게 장악하려 했다.

(황제) 孫亮은 내심으로 손침을 혐오했고, 孫魯育(손노육, 손권의

딸)이 피살된 본말을 조사하면서 虎林督인 朱熊(주웅)를 질책하였으며, 주웅의 동생인 外部督 朱損(주손)이 孫峻(손준)의 악행을 바로잡지 못한 것을 질책하면서 이어 丁奉(정봉)을 시켜 虎林에서 주웅을, 建業에서 주손을 죽이게 하였다.

이에 손침이 입조하여 간언을 올렸지만 손량은 따르지 않았고, 손량은 공주인 孫魯班(손노반), 太常인 全尙(전상), 將軍인 劉承(유승) 등과 함께 손침을 주살할 논의를 하였다.

그런데 황제 孫亮의 妃는 손침의 사촌 누이였는데 그런 모의를 손침에게 알려주었다. 손침은 밤에 군사를 거느리고 全尙을 습격하여 죽이고, 동생 손은을 보내 유승을 蒼龍門 밖에서 죽여버린 뒤에 궁궐을 포위하였다.

손침은 光祿勳인 孟宗(맹종)을 종묘에 보내 손량의 폐위를 告한 뒤에 모든 관원을 불러 논의하면서 말했다.

"少帝(孫亮)는 정신이 혼미한 병으로 帝位에 있을 수가 없어 종묘 先帝(孫權)에게 폐위한다고 告諭(고유)하였습니다. 여러분 중에 이에 찬동하지 않는 분은 이의를 제기하십시오."

그러자 모두가 두려워 떨며 "將軍의 슈에 다르겠습니다."라고 말했다.

손침은 中書郎 李崇(이숭)을 보내 손량의 국새와 인수를 빼앗아버리고 손량의 죄상을 원근에 널리 알리게 하였다. 尙書인 桓彝(환이)가 서명하려 하지 않자 손침은 화를 내며 환이를 죽여버렸다.

| 原文 |

典軍施正勸綝徵立琅邪王休, 綝從之. 遣宗正楷奉書於休
曰,

「綝以薄才, 見授大任, 不能輔導陛下. 頃月以來, 多所造
立. 親近劉承, 悅於美色, 發吏民婦女, 料其好者, 留於宮內,
取兵子弟十八已下三千餘人, 習之苑中, 連日續夜, 大小呼
嗟, 敗壞藏中矛戟五千餘枚, 以作戲具. 朱據先帝舊臣, 子男
熊,損皆承父之基, 以忠議自立, 昔殺小主.

自是大主所創, 帝不復精其本末, 便殺熊,損, 諫不見用, 諸
下莫不側息. 帝於宮中作小船三百餘艘, 成以金銀, 師工晝夜
不息. 太常全尙, 累世受恩, 不能督諸宗親, 而全端等委城就
魏. 尙位過重, 曾無一言以諫陛下, 而與敵往來, 使傳國消息,
懼必傾危社稷.

推案舊典, 運集大王, 輒以今月二十七日擒尙斬承. 以帝爲
會稽王, 遣楷牽迎. 百寮喁喁, 立任道側.」

| 국역 |

典軍인 施正(시정)이 孫綝(손침)에게 琅邪王(낭야왕) 孫休(손휴)[218]

----

218 孫休(손휴, 235 - 264, 字 子烈) - 孫權의 第六子, 재위 서기 258 - 264년. 묘호
景帝. 太元 2년 정월(서기 252), 琅邪王(낭야왕)이 되어 虎林(호림, 今 安徽省
서남부 池州市. 長江 南岸)에 머물렀다. 4월에, 손권이 붕어하고 동생인 孫亮
(손량)이 제위를 계승했다. 諸葛恪(제갈각)이 권력을 장악하고서는 諸王이 長

를 영입해야 한다고 권유하자 손침이 따랐다. 손침은 宗正인 孫楷(손해)를 보내 문서를 바쳤다.

「손침은 薄才(박재)라서 大任을 받고도 폐하(孫亮)를 잘 輔導(보도)하지 못했습니다. 지난 몇 달 동안에 많은 일이 있었습니다. 親近한 劉承(유승)은 미색을 좋아하여, 관리와 백성의 부녀자를 징발한 뒤에 미모를 헤아려 궁궐 내에 머물게 하였습니다. 병사의 자제로 18세 이하 3천여 명을 선발하여 궁중 정원에서 여러 날 밤낮으로 활쏘기를 연습케 하면서 크고 작은 소리를 지르게 하였고, 낡아서 창고에 보관 중인 5천여 자루의 창을 놀이 도구로 만들었습니다. 朱據(주거)는 先帝의 옛 신하인데, 그 아들 朱熊(주웅)과 朱損(주손)은 부친의 유업을 물려받아 忠議로 자립하였는데 옛날에 둘째 공주를 살해했다고 하였습니다.

이는 맏 공주께서 저지른 일이었지만 황제는 이 사건의 본말을 상세히 조사하지 않고 바로 주웅과 주손을 죽였는데, 간언도 받아들여지지 않았기에 모든 신하들은 눈치를 보며 숨을 죽이지 않는 자가 없었습니다. 황제는 궁 안에서 작은 배 3백여 척을 만들고서 금은으로 장식하였고, 그림을 그려 넣는 화공들은 밤에도 쉬지 못했습니다. 太常인 全尚(전상)은 여러 대에 걸쳐 대은을 받았지만 여러 종친을 제대로 감독하지도 못했고 全端(전단) 등은 성을 버리고 魏로 도주하였습니다. 전상의 지위는 높았지만 폐하에게 단 한마디의 간언도 올리지 못하면서도 적국과 왕래하며 우리의 소식을 전해

江 주변 군사 주둔 지역을 다스리는 것이 좋지 않다 생각하여 손휴의 봉지를 丹楊郡으로 옮겼다. 단양 太守인 李衡(이형)이 업무 관계로 손휴를 여러 번 괴롭히자, 손휴는 타군으로 옮겨달라고 상서하여 명에 의거 會稽王이 되었다.

주니 틀림없이 사직을 뒤엎을 것 같아 두렵기만 합니다.

　옛 典章을 살펴보면, 천운이 지금 大王에게 모였습니다. 이번 달 27일에 전상을 생포하고 유승을 참수하였습니다. 會稽王을 제위에 모시려고 孫楷(손해)를 보내 맞이하고자 합니다. 모든 백료들이 간절히 바라오며 길가에서 기다리고 있습니다.」

　綝遣將軍孫耽送亮之國, 徙尙於零陵, 遷公主於豫章. 綝意彌溢, 侮慢民神, 遂燒大橋頭伍子胥廟, 又壞浮屠祠, 斬道人. 休旣卽位, 稱草莽臣. 詣闕上書曰,

　「臣伏自省, 才非幹國, 因緣肺腑, 位極人臣, 傷錦敗駕, 罪負彰露, 尋愆惟闕, 夙夜憂懼. 臣聞天命棐諶, 必就有德, 是以幽,厲失度, 周宣中興, 陛下聖德, 纂承大統, 宜得良輔, 以協雍熙, 雖堯之盛, 猶求稷,契之佐, 以協明聖之德. 古人有言, ‘陳力就列, 不能者止.’ 臣雖自展竭, 無益庶政, 謹上印綬節鉞, 退還田里, 以避賢路.」

　休引見慰喩. 又下詔曰,

　「朕以不德, 守藩於外, 値茲際會, 群公卿士, 暨于朕躬, 以奉宗廟. 朕用撫然, 若涉淵冰. 大將軍忠計內發, 扶危定傾, 安康社稷, 功勳赫然. 昔漢孝宣踐祚, 霍光尊顯, 褒德賞功, 古今之通義也. 其以大將軍爲丞相,荊州牧,食五縣.」

恩爲御史大夫,衛將軍, 據右將軍, 皆縣侯. 幹雜號將軍,亭侯, 闓亦封亭侯. 綝一門五侯, 皆典禁兵, 權傾人主, 自吳國朝臣未嘗有也.

| 국역 |

孫綝(손침)은 將軍 孫耽(손탐)을 시켜 孫亮(손량)을 封國으로 보냈고, 全尙(전상)을 零陵郡(영릉군)으로, 全公主(전공주)를 豫章郡으로 강제 이주시켰다. 손침의 意氣는 더욱 차고 넘쳐, 백성이 받드는 신앙을 무시하고, 大橋 근처의 伍子胥(오자서)의 묘당을 불태웠으며, 또 浮屠祠(부도사, 불교 사찰)[219]를 헐어버리고 道人을 죽였다. 孫休(景帝)가 즉위한 뒤에(서기 258년, 24살) 손침은 草莽之臣(초망지신)[220]을 자칭하였다. 손침은 궁궐에 나아가 상서하였다.

「臣이 가만히 自省하니, 재능은 국사를 담당할 수 없는데도 황실의 먼 친척(肺腑, 폐부)이라는 인연으로 人臣으로서 최고 자리에 올라 나라의 위신을 깎아내리고 황제 명예를 손상케 하였으니, 저의 큰 죄가 이미 드러났기에, 臣의 과오와 부족을 생각하면 두려워 밤에 잠을 잘 수도 없습니다. 臣이 알기로, 天命을 보필해야 할 사람은 반드시 유덕자이어야 하는데, 이 때문에 周 幽王(유왕)과 周 厲王(여왕)은 법도를 잃었고, 周 宣王(선왕)은 中興을 이룩하였습니다. 폐하

---

219 浮屠祠 − 불교 사원, 절. 浮屠는 梵文 Buddha(已經覺醒, 깨우친 자)의 음역. 佛陀, 浮陀, 浮圖, 佛로 표기. 후한 明帝 永平 10년(서기 67)에 명제가 서역에 사람을 보내 佛僧을 초빙했고, 이들이 불경과 불상을 싣고 와서 白馬寺에 안치하였다. 단,《後漢書 明帝本紀》에는 기록이 없다.

220 草莽之臣(초망지신) − 벼슬에 뜻을 두지 않은 野人. 草茅之臣(초모지신).

께서는 聖德으로 大統을 계승하였으니 응당 현량한 인재가 보필하여 나라의 흥성과 번영을 도와서 堯(요)의 태평성세를 이룩하고 또 (周) 后稷(후직)과 (殷) 契(설)과 같은 賢臣으로 하여금 폐하의 성명하신 德을 協和해야 합니다. 그래서 古人도 '온 힘을 다하는 자를 公卿의 반열에 세우고, 不能者를 辭職시킨다.'고 말했습니다. 그간 臣이 온 힘을 다 바쳤다지만 庶政에 무익했기에 삼가 (大將軍의) 인수와 符節(부절)과 黃鉞(황월)을 반환하고 향리로 돌아가 현인이 나아갈 수 있도록 길을 비켜주겠습니다.」

이에 孫休(景帝)는 손침을 불러 위로했다. 그리고 조서를 내렸다.

「朕은 不德하여, 그간 지방에서 제후로 재직하였는데 이번 기회에 여러 公卿과 사대부가 짐을 이끌어 종묘를 받들게 되었다. 朕은 그저 茫然(망연)하여 마치 深淵(심연)을 건너가는 것 같다. 大將軍은 내심으로 충성을 다하여 기울어지는 나라를 바로 부축하고 사직을 안정시켰으니 그 공로는 매우 혁혁하도다. 옛날 (前漢의) 孝宣帝가 제위에 오른 뒤(재위 前 74 – 33년), 霍光(곽광)을 높이 승진시키고 그 공덕을 포상하였으니, 이는 고금의 通義이다. 大將軍을 丞相에 荊州牧을 겸하며 5개 현을 식읍으로 지급하겠다.」

(손침의 동생) 孫恩(손은)은 어사대부에 衛將軍이 되었고, 孫據(손거)는 右將軍으로 모두 縣侯가 되었다. 孫幹(손간)은 雜號將軍에 亭侯였고 孫闓(손개) 역시 亭侯에 봉해졌다. 손침 一門에 五侯가 모두 禁兵을 장악하였으니 그 권력은 人主보다 강하였는데, 吳國의 朝臣 중 이런 전례가 없었다.

綝奉牛酒詣休, 休不受, 齎詣左將軍張布. 酒酣, 出怨言曰,
"徹廢少主時, 多勸吾自爲之者. 吾以陛下賢明, 故迎之. 帝
非我不立, 今上禮見拒, 是與凡臣無異, 當復改圖耳."

布以言聞休, 休銜之. 鞏其有變, 數加賞賜, 又復加恩侍中,
與綝分省文書. 或有告綝懷怨侮上欲圖反者, 休執以付綝, 綝
殺之, 由是愈懼.

因孟宗求出屯武昌, 休許焉, 盡敕所督中營精兵萬餘人, 皆
令裝載, 所取武庫兵器, 咸令給與. 將軍魏邈說休曰 "綝居外
必有變." 武衛士施朔又告 "綝欲反有徵." 休密問張布, 布與
丁奉謀於會殺綝.

| 국역 |

孫綝(손침)이 소고기와 술을 孫休에게 헌상하였지만, 손휴가 받지
않자 손침은 그것을 가지고 左將軍 張布(장포)를 찾아갔다. 술에 취
하자 손침은 원망을 쏟아내었다.

"少主를 폐위시킬 때 많은 사람들이 나보고 제위에 오르라고 말
했었다. 나는 폐하를 현명한 사람이라 생각하여 영입했다. 내가 아
니라면 즉위할 수도 없었지만, 지금은 나의 예물마저 거절하는데,
이는 나를 다른 사람과 똑같이 본 것이니, 응당 다시 생각해 보아야
한다."

장포는 이를 손휴에게 말했고, 손휴는 마음속에 담아두었다. 손

휴는 손침의 변란을 생각하여 여러 번 상을 내렸고, 다시 孫恩(손은)에게 시중을 겸직하게 하여 손침과 함께 각 부서의 문서 업무도 감독케 하였다. 어떤 자가 손침이 원한을 품고 주상을 무시하며 모반을 도모한다고 말하자, 손휴는 그를 잡아 손침에게 넘겼고, 손침이 죽여버리자, 이후 더욱 손침을 두려워하였다.

孟宗(맹종)이 지방으로 나가 武昌에 주둔하겠다고 하자, 손휴는 이를 허락하면서 맹종이 감독하던 군영의 장졸 1만여 명을 모두 데려가게 하고, 취급하던 武庫의 병기도 모두 맹종에게 주었다. 將軍인 魏邈(위막)이 손휴에게 "손침이 지방에 주둔하면 틀림없이 변란을 일으킬 것입니다."라고 설득하였다.

武衛士인 施朔(시삭)도 "손침이 반역의 징후가 있습니다."라고 말했다. 이에 손휴는 비밀리에 장포에게 물었고, 張布(장포)와 丁奉(정봉)은 손침을 살해할 모의를 했다.

原文

永安元年十二月丁卯, 建業中謠言明會有變. 綝聞之, 不悅. 夜大風發木揚沙, 綝益恐. 戊辰臘會, 綝稱疾. 休强起之, 使者十餘輩. 綝不得已, 將入, 衆止焉.

綝曰, "國家屢有命, 不可辭. 可豫整兵, 令府內起火, 因是可得速還." 遂入, 尋而火起, 綝求出, 休曰, "外兵自多, 不足煩丞相也."

綝起離席, 奉,布目左右縛之. 綝叩首曰, "願徙交州." 休曰, "卿何以不徙滕胤,呂據?" 綝復曰, "願沒爲官奴." 休曰, "何不以胤,據爲奴乎!" 遂斬之.

以綝首令其衆曰, "諸與綝同謀皆赦." 放仗者五千人. 閎乘船欲北降, 追殺之, 夷三族. 發孫峻棺, 取其印綬, 綝其木而埋之, 以殺魯育等故也.

綝死時年二十八. 休恥與峻,綝同族, 特除其屬籍, 稱之曰故峻,故綝云. 休又下詔曰,

「諸葛恪,滕胤,呂據蓋以無罪爲峻,綝兄弟所見殘害, 可爲痛心, 促皆改葬, 各爲祭奠. 其罹恪等事見遠徙者, 一切召還.」

| 국역 |

(孫休, 景帝) 永安 원년 12월 丁卯日(서기 258년), 도성 建業(건업)에는 다음 날 臘祭(납제) 모임에 변고가 있을 것이라는 소문이 돌았다. 손침은 소문을 듣고 기분이 좋지 않았다. 밤중에 큰 바람에 나무가 뽑히고 모래가 날리자 손침은 더욱 두려웠다.

戊辰日(무진일) 臘會(납회)에 손침은 병을 핑계 대었다. 손휴는 억지로라도 데려오려고 사람을 10여 차례나 보냈다. 그러자 손침이 부득이 입궐하려 하자 여러 사람이 제지하였다.

손침이 말했다. "나라에서 여러 번 부르니 사양할 수가 없다. 미리 군사를 준비해 두고, 집안에서 失火한 듯 불길을 올리면, 나는 핑계 대고 바로 돌아올 것이다."

손침은 입궐하였다. 그리고 얼마 안 있어 손침의 저택에서 불길이 솟았다. 손침이 나가려 하자 손휴가 말했다.

"거기에 군사가 많을 것이니 승상께서 걱정하지 않아도 될 일이요."

그래도 손침이 자리에서 일어나려 했는데, 丁奉(정봉)과 장포가 눈짓을 하자, 좌우에서 달려들어 손침을 포박하였다. 그러자 손침이 머리를 조아리며 말했다.

"交州로 옮겨 살게 해주십시오."

이에 손휴가 말했다.

"경은 왜 滕胤(등윤)과 呂據(여거)를 交州로 보내지 않았는가?"

손침은 다시 "官奴로 살고 싶습니다."라고 말했다.

손휴는 "등윤과 여거를 왜 관노로 살려주지 않았는가!"라고 말하고서 손침을 주살했다.

그리고 손침의 수급을 그 군사들에게 보여주며 말했다.

"그간 손침과 모의했던 자들을 모두 용서하겠다."

이에 5천여 명이 무기를 버렸다. (손침의 동생) 손개는 배를 타고 북쪽으로 도망가서 투항하려고 했지만 추격하여 살해했고 그 삼족을 멸했다. 그리고 孫峻(손준)의 관을 파내어 그 인수를 회수한 뒤에 그 나무로 손침을 묻었는데, 손침이 (公主) 孫魯育(손노육)에게 한 그대로였다.

손침이 죽을 때 28세였다. 손휴는 손준, 손침과 同族인 것을 부끄럽게 생각하여 특별히 두 사람을 屬籍에서 삭제하고 '죽은 손준', '죽은 손침'이라고 불렀다. 그리고 손휴가 조서를 내렸다.

「諸葛恪(제갈각)과 滕胤(등윤), 呂據(여거) 등은 아무런 죄도 없이 손준과 손침 형제에게 잔인하게 살해되었으니 가히 마음이 아프다. 모두 서둘러 改葬(개장)토록 하고 제물을 올려 제사토록 하라. 피해를 입어 먼 변방에 강제 이주시킨 제갈각의 일족 등 모두를 소환토록 하라.」

❺ 濮陽興

| 原文 |

濮陽興字子元, 陳留人也. 父逸, 漢末避亂江東, 官至長沙太守. 興少有士名, 孫權時除上虞令, 稍遷至尙書左曹, 以五官中郞將使蜀, 還爲會稽太守. 時琅邪王休居會稽, 興深與相結. 及休卽位, 徵興爲太常衛將軍, 平軍國事, 封外黃侯.

| 국역 |

濮陽興(복양흥)[221]의 字는 子元(자원)으로, 陳留郡 사람이다. 부친 濮陽逸(복양일)은 漢末에 江東으로 피란했는데, 長沙太守를 역임하였다.

복양흥은 젊어서 이름이 알려졌는데, 孫權 때 (會稽郡) 上虞(상우,

221 濮陽興(복양흥, ?-264년, 字 子元) - 濮陽은 複姓, 兗州 陳留郡 外黃縣 출신(今 河南省 商丘市 관할 民權縣). 《吳書》19권, 〈諸葛滕二孫濮陽傳〉에 입전.

今 浙江省 紹興市 上虞區) 縣令이 되었다가 차츰 승진하여 尙書左曹가
되었고, 五官中郞將으로 蜀에 사신으로 갔다가 돌아와 會稽太守가
되었다. 그때 琅邪王(낭야왕) 孫休(손휴)는 會稽郡(회계군)에 살고 있
었는데, 복양흥은 손휴와 아주 가깝게 지냈다. 손휴가 즉위하자 복
양흥을 조정으로 불러 太常, 衛將軍을 제수 받아 軍國에 관한 일을
담당하였고 外黃侯에 봉해졌다.

|原文|

永安三年, 都尉嚴密建丹楊湖田, 作浦里塘. 詔百官會議,
咸以爲用功多而田不保成, 唯興以爲可成. 遂會諸兵民就作,
功傭之費不可勝數, 士卒死亡, 或自賊殺, 百姓大怨之. 興遷
爲丞相, 與休寵臣左將軍張布共相表裏, 邦內失望.

七年七月, 休薨. 左典軍萬彧素與烏程侯孫皓善, 乃勸興,
布, 於是興,布廢休適子而迎立皓. 皓旣踐阼, 加興侍中, 領靑
州牧. 俄彧譖興,布追悔前事.

十一月朔入朝, 皓因收興,布, 徙廣州, 道追殺之, 夷三族.

|국역|

(孫休) 永安 3년(서기 260), 都尉인 嚴密(엄밀)이 丹楊郡에 호수를
메워 경지를 만들려고 浦里塘(포리당, 저수지 이름)을 축조하였다. 조
서를 내려 百官이 이에 관하여 논의를 하는데, 모두가 비용만 많이

들고 저수지를 만들 수 없다고 하였지만 복양흥만은 가능하다고 주장하였다. 결국 군사와 백성을 동원하여 공사를 시작하였지만 품삯과 다른 비용을 이루 다 계산할 수가 없고, 사망 사고도 많고 스스로 자살자도 많아 백성의 원망이 아주 많았다. 복양흥은 나중에 丞相이 되었고, 손휴의 寵臣인 左將軍 張布(장포)와 함께 表裏一體(표리일체)가 되자, 나라 안 백성의 실망이 컸다.

永安 7년 7월(서기 264), 孫休(景帝)가 죽었다. 左 典軍인 萬彧(만욱)[222]은 평소에 烏程侯인 孫皓(손호)[223]와 친했는데, 복양흥과 장포에게 적극 권유하자, 복양흥과 장포는 孫休의 嫡子를 제쳐놓고 孫皓를 옹립하였다.

(末帝) 孫皓가 제위에 오르자 복양흥은 加官으로 侍中이 되었고, 靑州牧을 겸임하였다. 얼마 뒤에 만욱이 복양흥과 장포를 참소하자, 두 사람은 손호의 옹립을 후회하였다.

....

222 萬彧(만욱, ?-272년) - 彧은 문채 욱. 吳 末帝 孫皓의 寵臣, 右丞相 역임. 만욱은 (吳興郡) 烏程縣 현령이었고 손호와 서로 친했는데, 만욱은 손호의 식견과 결단력을 칭송하면서 長沙 桓王(환왕, 孫策)과 똑같으며, 또 好學하며 법도를 잘 준수한다고 승상 濮陽興(복양흥)과 左將軍 張布(장포)에게 여러 번 말했다.

223 孫皓[손호, 243 - 284년, 字 元宗, 幼名 彭祖(팽조), 又 字皓宗] - 吳 末帝. 孫皓의 原名은 孫晧(晧는 밝을 호). 廢太子 孫和(손화, 孫權의 三男)의 아들이니, 大帝 孫權의 손자. 재위 17년 서기 264 - 280). 東吳의 4번째 황제, 최후 황제, 삼국시대 제1의 폭군. 吳 景帝 孫休(손휴)가 붕어할 때, 태자 손만은 너무 어렸고 당시 東吳의 사정은 내외적으로 어려움이 많았기에 대신의 합의와 朱황후의 승낙으로 손호를 황제로 영입했다. 손호는 즉위 뒤에 英明하게 施政을 추진했고 善政도 있었지만, 西陵之戰을 겪은 다음 폭정으로 이어져 결국 서기 280年 西晉에 멸망하였고 삼국시대도 終焉(종언)을 고했다. 손호는 망국의 군주로 廟號와 諡號가 없지만 후세 사학자들은 吳 後主 또는 吳 末帝, 아니면 즉위 이전의 작위인 烏程侯, 歸晉 이후 작위인 歸命侯(귀명후)로도 지칭한다.

(孫皓, 元興 元年, 서기 264) 11월 초하루에 복양흥이 입조하자, 손호는 복양흥과 장포를 체포했고 廣州로 강제 이주시켰는데, 가는 도중에 사람을 보내 살해하고 그 삼족을 없애버렸다.

| 原文 |

評曰, 諸葛恪才氣幹略, 邦人所稱, 然驕且吝, 周公無觀, 況在於恪! 矜己陵人, 能無敗乎! 若躬行所與陸遜及弟融之書, 則悔吝不至, 何尤禍之有哉?

滕胤厲修士操, 遵蹈規矩, 而孫峻之時猶保其貴, 必危之理也. 峻, 綝兇豎盈溢, 固無足論者. 濮陽興身居宰輔, 慮不經國, 協張布之邪, 納萬彧之說, 誅夷其宜矣.

| 국역 |

陳壽의 評論 : 諸葛恪(제갈각)은 才氣와 능력과 책략으로 나라 사람의 칭송을 받았지만 교만하고 또 인색하였으니, (그런 사람이라면) 周公(주공)일지라도 볼 것이 없거늘, 하물며 제갈각 같은 사람이야! 자신을 뽐내며 남을 무시한다면 패망하지 않을 수 있겠는가! 만약 제갈각이 陸遜(육손)이나 동생 諸葛融(제갈융)에게 보낸 편지와 같이 실천했다면 무슨 허물이 있었겠는가?

滕胤(등윤)은 士人으로서의 지조를 갈고 닦으며 법도를 준수하였지만, 孫峻(손준) 아래에서 자신의 자리나 지키려 했으니 危難(위난)

에 처하지 않을 수 없었다. 孫峻(손준)과 孫綝(손침)은 흉악이 넘쳐났으니 논할 가치도 없는 자였다. 濮陽興(복양흥)은 재상의 반열에 올라 나라를 제대로 운영할 생각을 못하고, 張布(장포)의 사악을 방조하고 萬彧(만욱)의 甘言을 따랐으니 그의 죽음은 마땅했다.

65권 〈王樓賀韋華傳〉(吳書 20)
(왕,누,하,위,화전)

❶ 王蕃

|原文|

王蕃字永元, 廬江人也. 博覽多聞, 兼通術藝. 始爲尙書郎,
去官. 孫休卽位, 與賀邵,薛瑩,虞汜俱爲散騎中常侍, 皆加駙
馬都尉. 時論淸之. 遣使至蜀, 蜀人稱焉, 還爲夏口監軍.

孫皓初, 復入爲常侍, 與萬彧同官. 彧與皓有舊, 俗士挾侵,
謂蕃自輕. 又中書丞陳聲, 皓之嬖臣, 數譖毀蕃. 蕃體氣高亮,
不能承顔順指, 時或迕意, 積以見責.

甘露二年, 丁忠使晉還, 皓大會群臣, 蕃沉醉頓伏. 皓疑而
不悅, 舁蕃出外. 頃之請還, 酒亦不解. 蕃性有威嚴, 行止自

若, 皓大怒, 呵左右於殿下斬之. 衛將軍滕牧,征西將軍留平請, 不能得.

| 국역 |

王蕃(왕번)[224]의 字는 永元(영원)으로, 廬江郡(여강군) 사람이다. 널리 많이 보고 들었으며 여러 재능도 많았다. 처음에는 尙書郎이었다가 사직했다. 孫休가 즉위하자 賀邵(하소), 薛瑩(설영), 虞汜(우사) 등과 함께 散騎中常侍가 되었는데, 가관으로 駙馬都尉(부마도위)[225]가 되었다. 당시 여론으로 청렴하다고 평가되었다. 蜀에 사신으로 갔었고 蜀人의 칭송을 들었다. 돌아와 夏口의 監軍이 되었다.

孫皓 즉위 초에, 다시 조정에 들어가 常侍가 되었는데 萬彧(만욱)과 同官이었다. 만욱은 손호와 孫皓 즉위 이전부터 알고 지냈는데, 공명을 추구하는 세속적인 성격에 천성이 좁고 시기심도 많아 왕번이 자신을 경시한다고 생각하였다. 또 中書丞인 陳聲(진성)도 손호의 총애를 받는 신하인데, 왕번을 자주 참소하였다. 왕번은 성격과 품행이 고결 청명하여 안색을 살펴 순종하지 못했기에 가끔 황제의 뜻을 거슬렀고 그래서 여러 번 견책을 당했다.

(孫皓) 甘露 2년(서기 266, 寶鼎 元年), 丁忠(정충)이 晉에 사신으

---

224 王蕃(왕번, 228 – 266년, 字 永元) – 博學多才한 학자, 손호가 살해. 천문 역법에 능통. 〈乾象曆〉을 편찬. 《吳書》20권, 〈王樓賀韋華傳〉에 입전.

225 駙馬都尉 – 무관 직명으로 奉車都尉, 騎都尉와 함께 三都尉라 불렀다. 光祿勳의 속관. 황제 출행할 때, 말과 수레 관리를 담당했다. 질록은 비 2천석. 無定員. 황실, 제후, 외척 자제들이 주로 담당했다. 공주의 남편이 이 직책을 받는 경우가 많아 제왕의 사위를 지칭한다.

로 갔다가 돌아오자, 손호는 群臣을 모두 모아 잔치를 하였는데, 왕
번은 술에 취해 엎드려 있었다. 손호는 일부러 그런다는 의심으로
기분 나빠하면서 왕번을 밖에 나가 있으라고 하였다. 왕번이 나중
에 다시 들어오겠다고 했는데 아직 술이 덜 깨었다. 그러나 왕번은
위엄을 지키고 바르게 행동했는데, 손호는 대노하면서 측근에게 왕
번을 끌어다가 참수하라고 질책하였다. 衛將軍인 滕牧(등목)과 征西
將軍인 留平(유평)이 용서해야 한다고 간청했지만 소용없었다.

| 原文 |

丞相陸凱上疏曰,

「常侍王蕃黃中通理, 知天知物, 處朝忠蹇, 斯社稷之重鎭,
大吳之龍逢也. 昔事景皇, 納言左右, 景皇欽嘉, 歎爲異倫.
而陛下忿其苦辭, 惡其直對, 梟之殿堂, 屍骸暴棄, 郡內傷心,
有識悲悼.」

其痛蕃如此. 蕃死時年三十九, 皓徙蕃家屬廣州. 二弟著,
延皆作佳器, 郭馬起事, 不爲馬用, 見害.

| 국역 |

丞相인 陸凱(육개)[226]가 상소하였다.

....

226 陸凱(육개, 198 ~ 269년, 字 敬風) ─ 凱는 즐길 개. 吳郡 吳縣 출신, 陸遜(육손)의
族子. 三國 孫吳 후기의 重臣, 左丞相 역임. 손호의 미움을 많이 받아 나중에는
일족이 (會稽郡) 建安縣에 유배되었다. 《吳書》16권, 〈潘濬陸凱傳〉에 입전.

「常侍인 王蕃(왕번)은 그 심성이 사리에 통달하고 천도와 만물의 이치에 밝으며, 충성스럽고 정직한 사직의 重鎮으로 우리나라(大吳)의 龍逢(용봉)[227]이라 할 수 있습니다. 왕번은 앞서 景皇帝(孫休)를 섬기며 측근에서 忠言을 올려 景皇께서도 칭찬하며 특별하게 대우하였습니다. 폐하께서 왕번의 충언에 화를 내시며 그의 直對를 증오하시어 殿堂에서 처형하여 시신을 버린다면 백성들이 상심하고 有識人은 몹시 슬퍼할 것입니다.」

육개도 왕번의 처형을 이처럼 가슴 아파했다. 왕번은 39세에 죽었는데, 손호는 왕번의 가족을 廣州로 강제 이주케 하였다. 왕번의 두 동생인 王著(왕저)와 王延(왕연) 역시 바른 품성을 가진 인재였는데, 郭馬(곽마)[228]가 반란을 일으켰을 때 곽마의 편에 서지 않아 살해되었다.

---

227 關龍逢(관용봉) − 夏朝 시기의 人物, 夏 桀王의 大臣, 直言과 極諫으로 피살. 商朝 말년 紂王에 의해 죽음을 당한 比干과 함께 충신의 대명사로 통한다. 桀王(걸왕)이 瑤臺에서 炮烙(포락)의 형벌로 관용봉을 죽였다고 한다.

228 郭馬 − 孫皓 天紀 3년 여름(서기 279)에 郭馬(곽마)가 交州에서 반란을 일으켰다. 곽마는 본래 合浦 태수 脩允(수윤)의 부대 督軍이었다. 수윤은 桂林(계림) 태수로 전출되었는데, 병에 걸려 廣州(광주)에서 요양하고 있었다. 수윤은 먼저 곽마에게 군사 5백 명을 주어 계림군에 보내서 여러 이민족을 진무하게 시켰다. 그러나 수윤이 죽자, 그 군사는 당연히 돌려보내야 했지만, 그들이 오랫동안 같이 복무했기에 서로 헤어지길 원하지 않았다. 곽마는 이에 반란을 일으켰다.

❷ 樓玄

|原文|

樓玄字承先, 沛郡蘄人也. 孫休時爲監農御史. 孫皓卽位,
與王蕃, 郭逴, 萬彧俱爲散騎中常侍, 出爲會稽太守, 入爲大司
農. 舊禁中主者自用親近人作之, 或陳親密近職, 宜用好人,
皓因敕有司, 求忠淸之士, 以應其選, 遂用玄爲宮下鎭禁中
候, 主殿中事, 玄從九卿持刀侍衛, 正身率衆, 奉法而行, 應對
切直, 數迕皓意, 漸見責怒.

後人誣白玄與賀邵相逢, 駐共耳語大笑, 謗訕政事, 遂被詔
詰責, 送付廣州.

|국역|

樓玄(누현)²²⁹의 字는 承先(승선)으로, 沛郡(패군) 蘄縣(기현) 사람이
다. 孫休(景帝) 재위 중 監農御史였다. 孫皓가 즉위하며, 王蕃(왕번),
郭逴(곽탁, 逴은 멀 탁), 萬彧(만욱)과 함께 散騎中常侍가 되었다가 지
방의 會稽太守를 지내고 조정에 들어와 大司農²³⁰이 되었다.

---

229 樓玄(누현, 생졸년 미상, 字 承先) – 沛郡 蘄縣(今 安徽省 북부 宿州市) 출신.

230 大司農 – 卿 1인, 후한의 경우, 질록 中二千石. 나라의 錢穀 및 金帛, 幣貨 등 국
가 재정을 관리. 郡國에서는 四時 上月 초하루에 錢穀簿를 보고하고 邊郡의 諸
官에서는 재정 수용에 따른 지원을 요청했다. 丞 1인(질록 比千石), 部丞 1인
(질록 6백석). 대사농 소속으로 太倉令 1인(질록 6백석), 平準令(1인, 질록 6백
석, 물가 조절), 導官令(1인, 질록 6백석. 황실용 御米)를 搗精(도정, 방아 찧기)과
각종 乾糧 준비, 廩犧令(늠희령, 질록 6백석, 제사용 犧牲物을 구입)을 두었다.

그전에 禁中(宮闕)에서 업무를 주관하는 자는 친근하고 가까운 사람을 등용하여 실무를 담당케 하였는데, 만욱은 친밀하면서도 직무를 잘 아는 착한 사람을 등용해야 한다고 말했고, 손호는 각 담당 부서에서 충성하면서도 청렴한 인재를 선임하라고 명령하였다.

손호는 누현을 뽑아서 宮下鎭의 禁中候(금중후)로 임명하였는데, 누현은 九卿의 신분이지만 칼을 차고 황제를 시위하면서 바른 행실로 솔선하여 무리를 이끌며 법대로 담당 업무를 수행했는데, 그 응대는 진실하면서도 솔직하여 자주 손호의 뜻을 거슬렸기에 가끔 분노한 손호의 책망을 들었다.

그 뒤에 어떤 자가 참소하기를 누현이 賀邵(하소)와 만나 귓속말을 나누고 크게 웃으며 정사를 비방하였다고 참소하자, 누현은 조서에 의거 문책을 당하고 廣州로 유배되었다.

| 原文 |

東觀令華覈上疏曰,

「臣竊以治國之體, 其猶治家. 主田野者, 皆宜良信. 又宜得一人總其條目, 爲作維綱, 衆事乃理.《論語》曰, ‘無爲而治者其舜也與! 恭己正南面而已.’ 言所任得其人, 放優遊而自逸也. 今海內未定, 天下多事, 事無大小, 皆當關聞, 動經御坐, 勞損聖慮. 陛下旣垂意博古, 綜極藝文, 加勤心好道, 隨節致氣, 宜得閑靜以展神思, 呼翕淸淳, 與天同極.

臣夙夜思惟, 諸吏之中, 任幹之事, 足委丈者, 無勝於樓玄.
玄淸忠奉公, 冠冕當世, 衆服其操, 無與爭先. 夫淸者則心平
而意直, 忠者惟正道而履之, 如玄之性, 終始可保, 乞陛下赦
玄前愆, 使得自新, 擢之宰司, 責其後效. 使爲官擇人, 隨才
授任, 則舜之恭己, 近亦可得.」

皓疾玄名聲, 復徙玄及子據, 付交阯將張奕, 使以戰自效,
陰別敕奕令殺之. 據到交阯, 病死. 玄一身隨奕討賊, 持刀步
涉, 見奕輒拜, 奕未忍殺. 會奕暴卒, 玄殯斂奕, 於器中見敕
書, 還便自殺.

| 국역 |

(역사 편찬 담당관) 東觀令인 華覈(화핵)이 上疏하였다.

「臣은 治國의 大體도 治家와 같다고 생각합니다. 농장을 경영하
는 사람이라면 응당 현량하고 성실해야 합니다. 또 적임자 한 사람
을 얻어 연관된 모든 일을 총괄하고 일의 기강을 세우면 여러 가지
일이 잘 다스려집니다.

또 《論語》에서는 '無爲로 잘 다스린 사람은 아마 舜(순)일 것이
다! 공손하고 바른 몸가짐으로 남면하였을 뿐이다.' 라고[231] 하였는

----

231 원문의 '無爲而治者其舜也與! 恭己正南面而己.' -《論語 衛靈公》子曰, "無
爲而治者其舜也與? 夫何爲哉? 恭己正南面而已矣." 공자는 舜(순)을 無爲而
治로 성공한 대표적 인물로 꼽았다. 자신의 儀表(의표)를 단정히 하고 그냥
南面만 했어도 잘 다스렸다고 칭송하였다. 善政의 요체는 인재 획득에 있다.
舜은 禹(우)와 皋陶(고요)에게 정사를 맡기고 의자에서 내려오지도 않았지만

데, 이는 적임자에게 일을 맡겼기에 한가하고 여유가 있었다는 뜻입니다. 지금 천하가 안정되지 않은 상태에서 일도 많거니와 크고 작은 일이 모두 위로 보고되고, 폐하께서 결정하시는데 많은 심려를 끼치고 있습니다. 폐하께서는 수많은 典禮에도 마음을 써야 하고, 여러 경전을 두루 읽고 부지런히 도덕을 실천하시며 계절에 따라 氣를 순화하면서 한가한 시간을 얻어 깊은 사려를 추구하고 淸淳한 기운으로 天道와 함께 하셔야 합니다.

臣이 밤낮으로 생각하는 것은 여러 관리 중에서도 자신의 담당 업무를 충분히 해낼 수 있는 사람은 樓玄(누현)보다 더 뛰어난 자가 없습니다. 누현은 청렴하고 충성으로 공무를 수행하는데 이 시대 재직 중인 자들은 누현의 지조에 감복하면서 그와 앞을 다투려 하지 않습니다. 청렴한 자는 마음이 평온하며 그 心意가 곧으며(直), 충성을 다하는 자는 오직 正道만을 실천하는데, 누현의 성품은 시작과 끝이 확실하오니, 폐하께서는 누현의 이전 잘못을 사면하시어 누현이 스스로 改過自新케 하여 다시 각 부서에서 일을 하며 실적을 올릴 기회를 주시기 바랍니다. 누현처럼 관직을 택한 인재에게 재능에 따라 임무를 부여한다면 舜처럼 단정한 자세로 천하의 대치를 성취할 것입니다.」

그러나 손호는 누현의 명성을 질시하여, 누현과 그 아들 樓據(누

<hr />

천하는 잘 다스려졌다. 최고의 위정자는 求人에 힘쓰고 賢者에 일임한 뒤 공손하게 자리만 지켰다. 즉 공자는 지도자가 유능한 인재를 골라 일임하고, 주군이 行善하며 그 아래서 자발적으로 본받아 따라오는(上行下效) 것이 無爲의 治라고 생각했다. 그러나 老子가 말한 無爲는 자연에 순응하는 無爲로 통치자가 아무런 作爲도 하지 않아 백성으로 하여금 無知無欲하고, 智者 역시도 아무런 작위를 하지 않으면 천하에 다스려지지 않는 것이 없다고 하였다.

거)를 交阯郡의 장군인 張奕(장혁)에게 보내 참전시켜 속죄케 하였지만, 뒤로는 장혁에게 죽이라고 명령했다.

아들 누거는 교지군에 도착하면서 병사했다. 누현은 직접 장혁을 수행하여 반적을 토벌하였는데, 칼을 차고 걷거나 물을 건너면서도 장혁을 보면 인사를 올리기에, 장혁이 차마 죽일 수가 없었다. 그러던 중 장혁이 갑자기 죽자, 누현은 장혁의 시신을 수습하면서 기물 중에서 황제의 칙서를 보고서는 곧 자살하였다.

❸ 賀邵

| 原文 |

賀邵字興伯, 會稽山陰人也, 孫休卽位, 從中郎爲散騎中常侍, 出爲吳郡太守. 孫皓時, 入爲左典軍, 遷中書令, 領太子太傅. 皓兇暴驕矜, 政事日弊.

邵上疏諫曰,

「古之聖王, 所以潛處重闈之內而知萬里之情, 垂拱衽席之上, 明照八極之際者, 任賢之功也. 陛下以至德淑姿, 統承皇業, 宜率身履道, 恭奉神器, 旌賢表善, 以康庶政. 自頃年以來, 朝列紛錯, 眞僞相貿, 上下空任, 文武曠位, 外無山嶽之鎭, 內無拾遺之臣. 佞諛之徒拊冀天飛, 干弄朝威, 盜竊榮利, 而忠良排墜, 信臣被害.

是以正士摧方, 而庸臣苟媚, 先意承旨, 各希時趣. 人執反理之評, 士吐詭道之論, 遂使淸流變濁, 忠臣結舌. 陛下處九天之上, 隱百重之室, 言出風靡, 令行景從, 親洽寵媚之臣, 日聞順意之辭, 將謂此輩實賢, 而天下已平也. 臣心所不安, 敢不以聞.」

| 국역 |

賀邵(하소)[232]의 字는 興伯(흥백)으로, 會稽郡 山陰縣 사람이다. 孫休가 즉위하자, 하소는 中郞에서 散騎中常侍가 되었다가 吳郡 태수를 역임했다. 孫皓(손호) 재위 중에 조정의 左典軍이었다가 中書令으로 승진하여 太子太傅를 겸임했다. 손호는 포악, 교만, 방자하여 정사는 날로 피폐하였다. 이에 하소가 간언을 상소하였다.

「고대의 聖王은 겹겹의 문 안에 조용히 거처하면서도 만리 밖의 사정을 알고, 자리에 팔짱을 끼고 앉아서도 八方의 끝을 분명하게 볼 수 있는 것은 현인에게 정사를 맡겼기 때문입니다. 폐하께서는 至德에 뛰어난 용모로 皇統을 이어받으셨고, 솔선하여 正道를 실천하시며, 帝位를 지키시고, 현명하거나 선한 자를 표창하시며 서정을 이끌고 계십니다. 그러나 최근 몇 년 사이에 조정의 반열이 뒤섞이고 眞僞(진위)가 뒤바뀌었으며, 상하 관료가 제 임무를 수행하지

----

232 賀邵(하소, 227 – 275년, 字 興伯) – 會稽 山陰縣(今 浙江省 북부 紹興市) 출신. 名將 賀齊(하제)의 손자. 중서령 역임. 賀齊(하제, ?–227년, 字 公苗)는 孫吳의 水軍 名將, 山越 평정에 전력.《三國演義》에 등장하지 않음.《吳書》15권,〈賀全呂周鍾離傳〉에 입전.

못하고 문무의 대신 자리에 적임자가 없으며, 밖으로는 큰 산이라도 누를 수 있는 장군이 없고 안으로는 부족한 것을 보충할 수 있는 신하가 없습니다. 아부하는 무리들은 날개를 달고 하늘은 나는 듯 설쳐대며 조정의 권위를 농간하고 영리를 도적질하며 성실한 신하를 해치고 있습니다.

이 때문에 정직한 신하가 바른 일을 할 수 없고, 용렬한 신하들은 아부하며 안색을 살펴 뜻을 맞추며 시류에 편승하고 있습니다. 백성들은 사리에 어긋나는 평판을 따르고, 士人은 궤변을 늘어놓으니 결국 淸流가 濁水로 변하며 충신들은 입을 다물게 됩니다. 폐하께서는 九天의 맨 꼭대기나 1백 개의 문이 있는 방에 계시지만 폐하의 말씀은 천하에 풍미하게 되고 명령을 내면 그림자처럼 즉각 시행해야 하기에, 총애하는 신하들을 가까이 두게 되고 날마다 폐하의 마음에 드는 말만 듣게 되는데, 이러한 사람들이 만약 실적적인 賢人이라면 천하는 벌써 평온해졌을 것입니다. 이에 臣이 마음에 불안한 바를 말씀드립니다.」

|原文|

「臣聞興國之君樂聞其過, 荒亂之主樂聞其譽. 聞其過者過日消而福臻, 聞其譽者譽日損而禍至. 是以古之人君, 揖讓以進賢, 虛己以求過, 譬天位於乘犇, 以虎尾爲警戒. 至於陛下, 嚴刑法以禁直辭, 黜善士以逆諫臣, 眩耀毀譽之實, 沉淪近習之言.

昔高宗思佐, 夢寐得賢, 而陛下求之如忘, 忽之如遺. 故常侍王蕃忠恪在公, 才任輔弼, 以醉酒之間加之大戮. 近鴻臚葛奚, 先帝舊臣, 偶有逆迕, 昏醉之言耳, 三爵之後, 禮所不諱, 陛下猥發雷霆, 謂之輕慢, 飲之醇酒, 中毒隕命.

自是之後, 海內悼心, 朝臣失圖, 仕者以退爲幸, 居者以出爲福, 誠非所以保光洪緖, 熙隆道化也.」

국역

「臣이 알기로, 興國하는 주군은 자신의 과오에 대한 충고를 좋아하지만, 荒亂한 군주는 칭송하는 말을 즐거워한다고 하였습니다. 과오를 지적당하면 과오는 날마다 줄어들고 복이 들어오지만, 칭송하는 말은 날마다 줄어들며 禍亂(화란)이 들어옵니다. 이에 고대의 人君은 예를 갖춰 현인을 맞이하고 자신을 비워 과오에 대한 충고를 듣게 되는데, 비유하자면 天位는 날뛰는 소에 올라탄 것과 같고, 호랑이 꼬리만을 보고도 조심하는 것과 같습니다. 지금 폐하께서는 형벌을 엄격히 적용하여 直言을 금지하고 善士를 내쫓으며, 諫臣을 영입하고 칭송하는 말에 눈이 어두웠으며 근신들의 아첨에 익숙해졌습니다.

옛날 殷(은) 高宗(고종)은 보좌할 신하만을 생각하여 꿈에서도 현인을 구했는데, 지금 폐하께서는 구하기보다는 잊어버리려 하고 현인을 내버리듯 홀대하십니다. 그전에 常侍였던 王蕃(왕번)은 공무에 충성하고 성실하며 보필하는 임무를 다했지만 술에 취한 순간에 처

형되었습니다. 근래에 大鴻臚(대홍려)[233]인 葛奚(갈해)는 先帝의 舊臣
이였지만 우연히 폐하의 뜻을 거스르는 말을 했는데, 이는 술 3잔을
마신 뒤에 예를 챙기지 못한 것이나, 폐하께서 벼락치듯 화를 내시
고 폐하를 무시한다고 말씀하여 독약을 마시고 죽었습니다.

　이후로 온 천하의 민심을 잃었고 朝臣들은 뜻을 버렸으며, 出仕
者는 퇴직을 다행으로 생각하고, 조정에 근무하는 자는 지방관으로
나가는 것을 복이라 생각하고 있으니, 이는 제위를 이어가고 영광
을 보전하며 도덕적 교화를 융성하게 하는 일이 정말 아닙니다.」

|原文|

「又何定本趨走小人, 僕隸之下, 身無錙銖之行, 能無鷹犬
之用, 而陛下愛其佞媚, 假其威柄, 使定恃寵放恣, 自擅威福,
口正國議, 手弄天機, 上虧日月之明, 下塞君子之路.

　夫小人求人, 必進姦利, 定閒妄興事役, 發江邊戍兵以驅麋
鹿, 結置山陵, 芟夷林莽, 殫其九野之獸, 聚於重圍之內, 上無
益時之分, 下有損耗之費. 而兵士罷於運送, 人力竭於驅逐,
老弱饑凍, 大小怨歎.

---

233 大鴻臚(대홍려) - 後漢의 경우, 卿 1인, 질록 中二千石. 秦과 전한 초에는 典
屬國, 대홍려로 개칭. 諸侯 및 四方에서 歸義하는 蠻夷에 관한 업무 담당. 제
후 왕의 접대와 의례 담당. 각 군국에서 올라오는 上計(치적) 보고를 접수, 皇
子를 王에 봉할 때 인수를 제작 수여, 제후에 봉해지는 자는 모두 대홍려에서
관련 업무를 관장. 丞 1인(질록 比千石). 大行令(1인, 질록 6백석), 治禮郎(47
人)을 속관으로 거느렸다.

臣竊觀天變, 自比年以來陰陽錯謬, 四時逆節, 日食地震, 中夏隕霜, 參之典籍, 皆陰氣陵陽, 小人弄勢之所致也. 臣嘗覽書傳, 驗諸行事, 災祥之應, 所爲寒慄. 昔<u>高宗</u>修己以消鼎雉之異, <u>宋景</u>崇德以退熒惑之變.

願陛下上懼皇天譴告之誚, 下追二君攘災之道, 遠覽前代任賢之功, 近寤今日謬授之失, 清澄朝位, 旌敘俊乂, 放退佞邪, 抑奪姦勢. 如是之輩, 一勿復用, 廣延淹滯, 容受直辭, 祗承乾指, 敬奉先業, 則大化光敷, 天人望塞也.」

| 국역 |

「그리고 何定(하정)은 본래 심부름하는 小人으로 노비 같은 하류였고 한 푼어치 바른 행실도 없으며 사냥매나 개처럼 쓸만한 능력도 없지만, 폐하께서는 그 자의 아첨을 좋아하시어 그에게 권력을 쥐어주니 폐하의 은총을 믿고 방자하며 위세를 마음대로 휘두르고, 입으로 국정에 대한 논의를 결정하며 국가 대사를 주물러 위로는 폐하의 총명을 훼방하고, 아래로는 군자의 앞길을 가로막고 있습니다.

대체로 소인으로 들어온 자는 틀림없이 간악한 이득을 얻으려 하는데, 하정은 함부로 백성을 사역에 동원하였으니, 長江 주변의 경비 군사를 동원하여 山 짐승을 사냥할 그물을 설치하고 산림의 나무를 베어내며, 산 짐승을 모조리 잡아다가 튼튼한 울타리 안에 가둬두니, 위로는 時政에 아무런 도움도 없고 많은 비용만 지출하게 됩니다. 군사들은 각종 운송에 지쳤고 백성은 짐승몰이에 탈진하였으며, 노인이나 어린아이는 굶주리고 추위에 떨며 어른이나 아이 모두가 원망하고 있습니다.

臣이 삼가 天氣의 변화를 살펴보니 최근 몇 년 동안에 陰陽(음양)이 서로 뒤섞이고, 사계절 절기가 어긋나며 일식과 지진에다가 한여름에도 서리가 내렸으니, 이는 옛 전적을 참고할 때 음기가 양기를 이긴 것으로 소인이 권력을 농간한 소치입니다. 臣이 일찍이 경전을 보아 이런 현상을 따져보니 재앙의 징조와도 같아 두렵기만 합니다. 옛날 (殷) 高宗은 자신의 수양으로 제사 지내는 솥(鼎)의 귀(耳)에 꿩이 내려앉는 이변의 前兆(전조)를 극복하였으며, 宋의 景公(경공, 재위 前 516 - 469년)은 崇德으로 熒惑星(형혹성)의 변고를 극복하였습니다.

원컨대, 폐하께서는 위로는 재앙을 예고하는 皇天의 견책을 두려워하시고, 아래로는 위 두 군주의 재난을 물리친 정도를 본받으시고, 멀리로는 前代의 현인을 등용한 효과를 살펴보시며, 가깝게는 오늘 권력을 잘못 넘겨준 실수를 깨달아 조정의 위계를 깨끗하게 정리하고 뛰어난 인재를 뽑아 임명하시어 간사한 아첨배를 방출하고 간악한 세력을 억압해야 합니다. 그러한 자들을 다시는 등용하지 마시고 인재 등용을 막힌 길을 뚫으며 바른 말을 수용하시고, 하늘의 뜻과 선제의 대업을 삼가 받들어 실행하면 大化가 널리 퍼질 것이며 하늘과 백성의 소망을 채워줄 것입니다.」

| 原文 |

「《傳》曰, '國之興也, 視民如赤子, 其亡也, 以民爲草芥.'

陛下昔韜神光, 潛德東夏, 以聖哲茂姿, 龍飛應天, 四海延頸, 八方拭目, 以成康之化必隆於旦夕也. 自登位以來, 法禁轉苛, 賦調益繁. 中宮內豎, 分佈州郡, 橫興事役, 競造姦利. 百姓罹杼軸之困, 黎民罷無已之求, 老幼饑寒, 家戶菜色, 而所在長吏, 迫畏罪負, 嚴法峻刑, 苦民求辦.

是以人力不堪, 家戶離散, 呼嗟之聲, 感傷和氣. 又江邊戍兵, 遠當以拓土廣境, 近當以守界備難, 宜特優育, 以待有事, 而徵發賦調, 煙至雲集, 衣不全裋褐, 食不瞻朝夕, 出當鋒鏑之難, 入抱無聊之慼. 是以父子相棄, 叛者成行.

願陛下寬賦除煩, 振恤窮乏, 省諸不急, 盪禁約法, 則海內樂業, 大化普洽. 夫民者國之本, 食者民之命也. 今國無一年之儲, 家無經月之畜, 而後宮之中坐食者萬有餘人. 內有離曠之怨, 外有損耗之費. 使庫廩空於無用, 士民饑於糟糠.」

| 국역 |

「경전에서 말하기를, '나라가 흥성하면 백성을 아기처럼 돌보지만, 망하려면 백성을 지푸라기처럼 생각한다.'고 하였습니다. 폐하께서는 이전에 동방에서 神光을 감추고 대덕을 숨기셨다가 聖哲하신 훌륭한 모습으로 용처럼 하늘을 날아오르시니, 사방팔방의 온 백성은 목을 빼고 눈을 비비며 (周) 成王과 康王(강왕) 같은 선정과 나라의 융성을 아침저녁으로 기다렸습니다. 폐하의 즉위 이래로, 법금은 더욱 가혹해졌고 징세와 부역은 날로 늘었습니다. 궁중의

환관들은 각 주군에 나가 공사와 부역을 시작하고 간악하게 이득을 거두었습니다. 백성들은 베틀의 북(杼, 북 저)처럼 피곤하고 끝없는 요구에 지쳤으며, 늙은이나 아이들은 굶주리고 추위에 떨면서 모두가 누렇게 되었는데도 지방의 관장들은 중앙의 협박에 문책이 무서워 엄격하고 잔혹한 형벌로 백성에게 고통을 주며 요망을 채우고 있습니다.

이 때문에 백성은 견딜 수 없어 집집마다 흩어지면서, 울부짖고 탄식하는 소리는 和氣를 해치고 있습니다. 또 長江의 수비병들은 멀리로는 국경을 넓혀야 하고, 가깝게는 반란에 대응하기 위하여 특별 우대하며 유사시에 대비하여야 하지만 징세와 부역을 징발하는 일에 구름처럼 동원되어야 하고, 짧은 바지 하나 입을 것이 없고 아침이면 저녁 먹을거리를 걱정해야 하며, 출정하면 창과 칼에 맞서야 하고 들어오면 무료한 걱정에 묻히게 됩니다. 이 때문에 父子가 서로를 버려야 하고, 반역이 줄을 짓게 됩니다.

폐하께서는 부역을 줄이고 번잡한 동원을 없애며 궁핍한 백성을 구휼하고 급하지 않은 일을 없애며, 約法을 시행한다면 海內 백성은 생업을 즐기고 교화가 널리 크게 성취될 것입니다. 백성은 나라의 근본이며 식량은 백성의 생명입니다. 지금 나라에 1년 치 비축이 없고 家戶에는 한 달 식량이 없지만, 後宮에는 놀면서 먹는 자가 1만여 명이나 됩니다. 안으로는 짝이 없는 (宮人의) 원망이 가득하고 밖으로는 비용의 손실만 있습니다. 쓸모없는 지출에 창고는 텅 비었고 백성은 겨와 지게미도(糟糠) 못 먹고 있습니다.」

「又北敵注目, 伺國盛衰, 陛下不恃己之威德, 而怙敵之不來, 忽四海之困窮, 而輕虜之不爲難, 誠非長策廟勝之要也.

昔大皇帝勤身苦體, 創基南夏, 割據江山, 拓士萬里, 雖承天贊, 實由人力也. 餘慶遺祚, 至於陛下, 陛下宜勉崇德器, 以光前烈. 愛民養士, 保全先軌, 何可忽顯祖之功勤, 輕難得之大業, 忘天下之不振, 替興衰之巨變哉? 臣聞否泰無常, 吉兇由人, 長江限不可久恃, 苟我不守, 一葦可航也.

昔秦建皇帝之號, 據殽函之阻, 德化不修, 法政苛酷, 毒流生民, 忠臣杜口, 是以一夫大呼, 社稷傾覆. 近劉氏據三關之險, 守重山之固, 可謂金城石室, 萬世之業, 任授失賢, 一朝喪沒, 君臣係頸, 共爲羈僕.

此當世之明鑒, 目前之炯戒也. 願陛下遠考前事, 近覽世變, 豐基強本, 割情從道, 則成康之治興, 而聖祖之祚隆矣.」

書奏, 皓深恨之. 邵奉公貞正, 親近所憚. 乃共譖邵與樓玄謗毀國事, 俱被詰責. 玄見送南州, 邵原復職. 後邵中惡風, 口不能言, 去職數月, 皓疑其託疾, 收付酒藏, 掠考千所, 邵卒無一語, 竟見殺害, 家屬徙臨海. 幷下詔誅玄子孫, 是歲天冊元年也, 邵年四十九.

「또 北敵(魏)은 주의 깊게 우리나라의 盛衰(성쇠)를 감시하고 있으니, 폐하께서는 폐하의 위세를 믿거나 적이 침입하지 못한다고 생각해서는 안될 것이며, 지금 천하 백성의 곤궁을 경시하거나 적의 침입이 어렵다고 생각하시는데, 이는 나라를 오래 보전할 수 있는 안전한 방책이 아닙니다.

옛날 大皇帝(孫權)께서는 온몸으로 부지런히 힘들여 南 중국에 나라의 기틀을 마련하시고 이 지역에 할거하여 만 리의 영토를 차지하셨는데, 이는 하늘의 도움도 받았지만 사실 人力에 의한 것이었습니다. 대황제로부터 물려받은 복이 폐하에 이른 것인 만큼 폐하께서는 크게 덕을 숭상하시고 선조의 공적을 이어받아 빛내야 합니다. 愛民하고 養士하시어 선조의 업적을 보전해야 하거늘, 어찌 선조의 공적을 소홀하게 생각하거나 나라를 세운 대업을 경시하거나 아니면 혼란한 천하의 형세를 잊거나 흥망성쇠의 거대한 변화를 무시할 수 있겠습니까? 臣이 알기로, 불안과(否, 막힐 비) 태평(泰)은 無常하며, 吉兇(길흉)은 사람에 달렸으며, 長江의 방어막은 영원하다고 믿을 수도 없는 것이니, 우리가 지키지 않는다면 조그만 배 하나로도 건너올 수가 있습니다.

옛날 秦이 皇帝(황제)라는 칭호를 처음 사용하면서 殽山(효산)과 函谷關(함곡관)의 천연 장애물을 믿으면서 德化를 펴지 않고 가혹한 法家的 통치로 백성을 괴롭히고 충신의 입을 막았지만, 一夫(陳勝)의 고함소리에 사직이 뒤집혔습니다. 가깝게는 劉氏의 漢은 三關의 땅을(關中) 차지하고 험고한 지형으로 수비하며, 金城이며 石室의 안전한 땅이라서 萬世의 대업을 이어갈 것이라 생각하였지만, 인재 등용에 賢人을 등용하지 못했기에 하루아침에 망했으며 君臣이 함께 목에 밧줄을 맨 포로가 되었습니다.

이는 지금 당대의 분명한 귀감이며 눈앞에 보이는 확실한 경계입니다. 폐하께서는 멀리는 前代의 사실을 고려하시고, 가깝게는 세상의 변화를 살펴보시어 나라의 근본을 강화하시고 성정을 억제하시며 정도를 따라주신다면 成王이나 康王의 태평성세를 이룰 수 있고, 聖祖의 福祚(복조)를 융성케 할 수 있을 것입니다.」

상소가 상주되자 孫皓는 賀邵(하소)를 매우 싫어하였다. 하소는 公務에 정직하였지만 孫皓(손호) 측근들의 미움을 받았다. 그래서 이들은 하소와 樓玄(누현)이 국정을 비방한다고 비난하며 질책하였다. 누현은 남쪽 교주로 유배되었고, 하소는 복직되었다. 뒷날 하소는 중풍에 걸려 말을 못하게 되었는데 직무를 떠난 지 몇 달에, 孫皓는 하소가 꾀병을 부린다고 하소를 잡아다가 술 담당 부서(酒藏)에 보내 가둬두고 매질을 1천여 번이나 하였는데, 하소는 끝내 아무 말도 못하고 그냥 맞아 죽었으며, 그 가속들은 臨海郡(임해군)[234]으로 강제 이주되었다. 손호는 아울러 누현의 자손들도 죽이라고 명령했는데, 이때가 天冊 원년(서기 275)이었고 하소는 49세였다.

---

234 臨海郡 - 郡治는 章安縣, 今 浙江省(절강성) 중동부 台州市 椒江區.(해안 지방).

❹ 韋曜

| 原文 |

韋曜字弘嗣, 吳郡雲陽人也. 少好學, 能屬文, 從丞相掾除西安令, 還爲尙書郞, 遷太子中庶子. 時蔡穎亦在東宮, 性好博奕. 太子和以爲無益, 命曜論之. 其辭曰,

「蓋聞君子恥當年而功不立, 疾沒世而名不稱. 故曰 '學如不及, 猶恐失之.' 是以古之志士, 悼年齒之流邁而懼名稱之不立也, 故逸精厲操, 晨興夜寐, 不遑寧息, 經之以歲月, 累之以日力.

若甯越之勤, 董生之篤, 漸漬德義之淵, 棲遲道藝之域. 且以西伯之聖, 姬公之才, 猶有日昃待旦之勞, 故能隆興周道, 垂名億載, 況在臣庶, 而可以已乎? 歷觀古今功名之士, 皆有累積殊異之跡, 勞身苦體, 契闊勤思, 平居不墮其業, 窮困不易其素.

是以卜式立志於耕牧, 而黃霸受道於圄圉, 終有榮顯之福, 以成不朽之名. 故山甫勤於夙夜, 而吳漢不離公門, 豈有遊惰哉?」

| 국역 |

韋曜(위요)[235]의 字는 弘嗣(홍사)로, 吳郡 雲陽縣(운양현) 사람이다. 젊

---

235 韋曜(위요, 201 – 273년, 字 弘嗣) – 吳郡 雲陽縣(今 江蘇省 남부, 장강 남쪽 鎭

어 好學했고 글을 잘 지었는데, 丞相掾(승상연)을 거쳐 西安 縣令을 역임했고, 조정에 들어와 尙書郞이 되었고 太子中庶子로 승진하였다.

그때 蔡穎(채영) 등도 같이 東宮에 재직했는데, 그는 바둑(博奕)을 좋아하였다. 太子 孫和는 바둑이 무익하다고 생각하여 위요에게 명하여 이를 논술하게 하였다. 그 글 〈博奕論(박혁론)〉[236]은 아래와 같다.

※ 〈博奕論〉 - 韋曜

「일반적으로 君子는 당세에 공을 세우지 못하는 것을 부끄럽게 생각하고, 죽을 때까지 명성이 없는 것을 싫어한다.[237] 그래서 '배움을 따라가지 못할까 걱정하고, (배운 것을) 잃을까 두려워한다.'고[238] 하

....
　　江市 관할 丹陽市) 사람. 東吳의 史學者, 經學家. 本名은 韋昭. 西晉의 陳壽
　　가 司馬昭를 피휘하여 韋曜로 기록. 〈博奕論(박혁론)〉이 유명.
236 〈博奕論(박혁론)〉은 昭明太子의 《文選》 52卷에도 수록되었다.
237 《論語 衛靈公》 子曰, "君子疾沒世而名不稱焉." 이는 '군자가 正道를 행하면 남이 저절로 알아주고 또 자연스레 명성이 날 것이다. 그런데 죽을 나이가 되었는데도 칭송을 듣지 못한다면, 그리하여 이름이 남지 않는다면, 이는 자신의 능력 부족이나 수양 부족이니 군자로서는 부끄러운 일이다.' 라는 뜻이다. 그러나 군자라 하여 꼭 명성이 나고 칭송을 들어야 하는가? '사람의 이름(명예)은 나무의 그림자와 같다(人的名兒 樹的影兒).' 고 하였으니, 나무가 곧으면 그림자도 곧은 것처럼, 사람의 행적 그대로 명성이 날 것이다. 그리고 '좋은 절 안에 있지만 소리는 밖에 들리고(鐘在寺院聲在外)', '꽃이 담 안에서 피었어도 담 밖까지 향기가 퍼지는 것(墻裏開花墻外香)' 처럼 명성은 저절로 멀리 퍼져나간다. 그렇다면 억지로 얻으려 해서는 안될 것이다. 명성이 없다고 걱정할 일은 아니다.
238 원문의 '學如不及, 猶恐失之' - 《論語 泰伯》에 있는 공자의 말씀이다. 공자는 "내가 종일 먹지도 않고, 밤새 자지도 않고 사색해 보았지만 아무 실익도

였다. 그래서 고대의 志士들은 나이가 드는 것을 슬퍼하고 명성이
나지 않는 것을 두려워하였기에 게을러지려는 마음을 애써 바로 잡
으며 새벽에 일찍 일어나고 밤늦게까지 잠을 못자며 편히 쉴 겨를
도 없이 세월을 보내며 날마다 힘써 노력하였다.

그래서 (趙國의 농민) 甯越(영월)[239]의 근면이나, 董生(董仲舒)[240]
의 성실한 마음은 德義의 深淵(심연)에 접근할 수 있고 道藝의 本 영
역에 이를 수 있는 길이었다. 또 西伯(周 文王)의 聖德이나 姬公(周
公 旦)의 才能도 해가 기울고 날이 밝을 때까지 수고롭게 애썼기에
周道의 흥륭을 이루었고 이름을 천년 뒤에 까지 전했던 것이니, 하
물며 보통 신하들이야 더 말할 것이 있겠는가? 古今의 공명을 이룬
志士들은 모두 오랜 세월에 걸쳐 특별한 자취를 남겼으니, 육체적
으로 힘들게 노력했고 아주 부지런히 사색에 전념하였으며, 평소에
그 본업에 나태하지 않았고 곤궁하다 하여 평소의 뜻을 바꾸지 않

없었으니 배우는 것만 못하다."고 하였다. (《論語 衛靈公》 子曰, "吾嘗終日不
食, 終夜不寢, 以思無益, 不如學也.") 위 원문은 배움에서 사부의 가르침을
이해 못하고 따라가지 못할 것처럼 걱정하라. 그리고 배운 것을 잃을까 걱정
하라는 뜻이다. 본래 남을 스승으로 삼는다면 진보할 수 있다(以人爲師能進
步) 하였으니, 우선은 따라가야 한다. 따라가지 못하면 뒤처지는 것이고, 처
지면 중단하고, 중단하면 아무것도 이룰 수 없다. 그래서 荀子(순자)도 그의
《荀子 勸學》 첫머리를 「학문은 그만둘 수 없다(學不可以已).」로 시작하면서
先王의 遺言을 배우지 못하면(不聞先王之遺言), 학문의 深大(심대)함을 알지
못한다고 하였다(不知學問之大也).

239 甯越(영월) - 戰國 시대 趙國의 농민. 힘든 농사일을 하면서 20년 동안 독서
에 힘써 西周 威公(위공)의 사부가 되었다. 《漢書 藝文志》 儒家類에 《甯越》 1
篇이 있으나 실전되었다.

240 董生(董仲舒, 동중서, 前 179 - 104년) - 前漢 思想家, 儒生으로 《春秋公羊傳》
을 전공今文經의 大師, 古文 孔安國과 齊名, 司馬遷의 經學을 지도. 독서할
때 '三年不窺園'(3년간 뜰을 쳐다보지도 않다)으로 유명.

았다.

이 때문에 卜式(복식)[241]은 농사와 목축으로 뜻을 이루었으며, 黃霸(황패)[242]는 옥에 갇혀서도 학문을 전수받아 끝내 높은 자리에 오르고 불후의 명성을 남겼다. 또 山甫(산보)[243]는 주야로 근면했고, (後漢光武帝의 개국 공신) 吳漢(오한)도 관직을 떠난 적이 없었으니, 그런 사람들이 언제 한가히 놀고 게으름을 피울 수 있었겠는가?」

| 原文 |

「今世之人多不務經術, 好玩博奕, 廢事棄業, 忘寢與食, 窮日盡明, 繼以脂燭. 當其臨局交爭, 雌雄未決, 專精銳意, 心勞體倦, 人事曠而不修, 賓旅闕而不接, 雖有太牢之饌, 〈韶〉, 〈夏〉之樂, 不暇存也. 至或賭及衣物, 徙棋易行, 廉恥之意弛, 而忿戾之色發, 然其所志不出一枰之上, 所務不過方罫之間, 勝敵無封爵之賞, 獲地無兼土之實, 技非六藝, 用非經國.

....

241 卜式(복식)은 목축으로 거부를 이룬 뒤 前漢 武帝 때 나라에 많은 戰費를 기부했다. 나중에 무제의 인정을 받아 元鼎(前 116 – 111년)에 御史大夫가 되었다. 《漢書》58권, 〈公孫弘卜式兒寬傳〉에 입전.

242 黃霸(황패, 前 130 – 51년, 字 次公) – 漢 宣帝 때 御史大夫, 丞相 역임. 夏侯勝과 황패는 오랫동안 갇혀 있었는데, 황패는 하후승에게 경전을 배우려 했으나 하후승은 죽을 죄인이라며 거절하였다. 그러자 황패가 말했다. "아침에 道를 깨우쳤다면 저녁에 죽어도 좋다고 하였습니다.(朝聞道, 夕死可矣.)" 하후승은 옳은 말이라 생각하고 경전을 교수하였다. 그 다음 해 겨울이 지나도록 강론을 게을리하지 않았다. 《漢書》75권, 〈眭兩夏侯京翼李傳〉 참고.

243 山甫(산보) – 후한 말 孔宙(공주, 孔融의 부친)의 제자인 呂升(여승, 字 山甫)으로 추정.

立身者不階其術, 徵選者不由其道. 求之於戰陳, 則非孫, 吳之倫也. 考之於道藝, 則非孔氏之門也, 以變詐爲務, 則非忠信之士也, 以劫殺爲名, 則非仁者之意也, 而空妨日廢業, 終無補益. 是何異設木而擊之, 置石而投之哉!

且君子之居室也勤身以致養, 其在朝也竭命以納忠, 臨事且猶旰食, 而何博奕之足耽? 夫然, 故孝友之行立, 貞純之名彰也.」

| 국역 |

「지금 사람들은 經術(經學)에 힘쓰지 않고, 바둑의 즐거움에 빠져 본업을 버려둔 채 침식도 잊고 종일 또는 밤을 새우며 촛불을 밝히기도 한다. 그러나 바둑의 싸움은 雌雄(자웅, 勝敗)을 가리지 못할 경우 온 정신을 더 집중하게 되니 육체적으로 지치고, 人事를 제쳐두거나 손님 접대에 소홀하거나 아예 하지 않으며, 비록 아무리 좋은 음식이 있다 해도 또 (雅樂인) 〈韶(소)〉나 〈夏〉에도 마음을 쓸 겨를이 없다. 때로는 의복이나 재물내기로 바둑을 즐기는 목적을 바꿔서 염치도 생각하지 않고 (승패에 따라) 분노로 화를 내기도 한다. 그렇더라도 그 뜻은 바둑판에서 떠나지 못하고, 애쓰는 집념은 사각형의 칸을 벗어나지 못하며, 상대를 이겼다 하여 작위를 상으로 받거나, 땅을 차지했다 하여 땅에서 얻는 이득도 없다. 바둑의 기술은 六藝(六經)의 학문이 아니며 그를 적용하여 나라를 다스릴 수도 없다.

立身한다 하여 바둑의 기술로 올라가지 않으며 조정의 부름을 받아도 바둑의 도(棋道) 때문이 아니다. 바둑의 기술을 군사의 진법(戰陳)에서 차용한다지만 결코 孫子(손자)나 吳起(오기)와 같은 부류가 아니다. 바둑을 道藝라고도 하지만 결코 孔子의 학문이 아니며, 변화나 속임수에 능하다 하니 忠信을 바탕으로 하는 士人이 아니다. 또 상대를 죽이는 명분을 내세우니 바둑은 仁者의 마음이 아니며, 공연히 종일 본업을 돌보지 않으니 끝내 아무 이득도 없는 일이다. 그러니 바둑이 나무 막대를 세워놓고 후려치거나 돌을 세우고 돌을 던지는 것과 무엇이 다르겠는가!

또 君子는 그 거처에서 근신하며 養性에 힘써야 하고, 조정에서는 직분을 수행하며 충성을 다해야 하고, 일을 당하여 밥을 먹을 시간도 내기 힘든 경우도 있는데 언제 바둑에 몰입할 겨를이 있겠는가? 그러하다면 (바둑이 아닌) 효행과 우애로 입신하고 정직과 순수로 이름을 날려야 한다.」

| 原文 |

「方今大吳受命, 海內未平, 聖朝乾乾, 務在得人, 勇略之士則受熊虎之任, 儒雅之徒則處龍鳳之署, 百行兼苞, 文武並鶩, 博選良才, 旌簡髦俊. 設程式之科, 垂金爵之賞, 誠千載之嘉會, 百世之良遇也, 當世之士, 宜勉思至道, 愛功惜力, 以佐明時, 使名書史籍, 勳在盟府, 乃君子之上務, 當今之先急也.

夫一木之枰孰與方國之封? 枯棋三百孰與萬人之將? 袞龍之服, 金石之樂, 足以兼棋局而貿博弈矣. 假令世士移博弈之力而用之於詩書, 是有顏,閔之志也. 用之於智計, 是有良,平之思也. 用之於資貨, 是有猗頓之富也, 用之於射御, 是有將帥之備也. 如此則功名立而鄙賤遠矣.」

| 국역 |

「지금 大吳가 천명을 받은 이후, 海內가 未平하고 聖朝에서는 誠心으로 인재를 찾고 있으니, 용기와 책략이 뛰어난 인재는 熊虎(웅호, 武臣)가 되어야 하고, 儒學을 배워 高雅한 무리는 龍鳳(용봉, 文臣)의 부서에서 일해야 하는데, 百行이 하나가 되어 나타나고, 文武가 함께 나아가야 하며, 우수한 인재를 널리 또 엄정하게 뽑아 등용해야 한다. 그러기 위해서 일정한 격식을 마련하여 평정하고 재물이나 작위를 상으로 내려주는 것은 千載一遇(천재일우)의 기회이며 백년을 기다려 얻을 수 있는 호기이니, 이 시대의 사인이라면 응당 정도를 생각하고 정력을 아껴 성명한 시대를 보좌하여 史籍(사적, 史書)에 이름을 올리고 공훈을 기록하는 盟府(맹부)에 이름을 올리는 것이 군자의 최상 책무이며 이 시대에 제일 먼저 해야 할 일이다.

나무로 만든 바둑판과 제후의 封地(食邑) 중 어디가 더 좋겠는가? 나무 바둑판의 3백 개 方眼의 돌[244]과 1만 명 대군의 장수는 누가 더 나은가? 袞龍(곤룡)의 복장과 金石의 雅樂은 바둑과 바둑의

---

244 지금 바둑판의 규격은 18×18로 324칸이다.

기쁨을 충분히 대체할 수 있다. 가령 지금 세상 士人들이 바둑에 쏟는 정력을《詩》,《書》와 같은 경학에 기울인다면 顔回(안연)나 閔子騫(민자건)[245]의 지향을 성취할 수 있을 것이다. 이를 智計에 쏟는다면 아마 張良(장량)이나 陳平(진평)의 생각과 같을 것이다. 또 그 정력을 돈 버는 일에 기울인다면 아마도 猗頓(의돈)[246]과 같은 富를 축적할 것이며, 그만한 정력을 弓射나 수레 몰기에 집중한다면 장수의 자질을 갖출 것이다. 이렇게 된다면 功名을 세워 鄙賤(비천)한 지위에서 멀리 떠날 것이다.」

|原文|

和廢後, 爲黃門侍郎. 孫亮卽位, 諸葛恪輔政, 表曜爲太史令, 撰《吳書》, 華覈, 薛瑩等皆與參同. 孫休踐阼, 爲中書郎, 博士祭酒. 命曜依劉向故事, 校定衆書. 又欲延曜侍講, 而左將

---

245 閔子騫(민자건) − 閔損(민손, 前 536년~487년). 字 子騫(자건), 魯國人. 孔門十哲 중 德行으로 유명. 閔子騫은 큰 효자였다. 어려서 모친을 여의고 계모 밑에서 생활하였다. 어느 해 겨울에 계모는 두 아들에게만 솜옷을 입히고 민자건에게는 갈대솜(蘆花, 蘆絮)을 넣은 홑옷(單衣)을 입게 했다. 민자건은 아버지를 태우고 수레를 몰았는데, 너무 추워 실수를 하여 수레가 구덩이에 처박혔다. 아버지가 크게 나무라며 매질을 하자, 홑옷이 터지면서 갈대 솜이 날렸다. 부친이 사실을 알고 계모를 내쫓으려 하자, 민자건이 울면서 말했다. "어머니가 계시면 저만 추위에 떨지만, 어머니가 안 계시면 자식 셋이 고생하게 됩니다." 부친은 계모를 용서했고, 계모는 잘못을 뉘우쳤다. 이를 〈二十四孝〉 중 '單衣順母'라고 한다.

246 猗頓(의돈) − 戰國 시대 大商人. 河東의 鹽池(염지)를 경영하여 巨富가 되었다.《史記 貨殖列傳》참고.

軍張布近習寵幸, 事行多玷, 憚曜侍講儒士, 又性精确, 懼以
古今警戒休意, 固爭不可. 休深恨布, 語在〈休傳〉. 然曜竟止
不入.

| 국역 |

孫和가 (태자에서) 폐위된 뒤에 韋曜(위요)는 黃門侍郞이 되었다.
孫亮(손량)이 제위에 오른 뒤(서기 252년), 諸葛恪(제갈각)이 輔政하
면서 표문을 올려 위요는 太史令이 되어 《吳書》를 편찬하였는데,
華覈(화핵), 薛瑩(설영) 등이 모두 동참하였다.

孫休(손휴)가 제위에 오른 뒤(서기 258), 위요는 中書郞과 博士祭
酒(박사제주)가 되었다. 손휴는 위요에게 명하여 劉向(유향)[247]의 고
사에 의거 衆書를 교정케 하였다. 손휴는 위요를 데려다가 侍講을
담당하게 하려고 했지만, 左將軍 張布(장포)는 손휴의 총애를 받으
면서, 하는 일에 오점이 많아 위요가 儒生에게 베풀 시강을 극도로
꺼려 하였고, 위요의 성격이 정확하며, 또 시강을 통해 고금의 여러
가지 경계로 손휴를 깨우칠까 걱정하여 강력히 반대하였다. 손휴는
장포를 원망하였는데, 이는 〈孫休傳 / 三嗣主傳〉에 수록했다. 위요
는 결국 시강을 하지 못했다.

247 劉向(유향, 前 77 - 前 6년, 字 子政) - 원명 更生, 漢朝 宗室. 《七略》, 《別錄, 父
子 共著》, 《新序》, 《說苑》, 《列女傳》 등을 저술. 《戰國策》, 《楚辭》 등을 교정.
아들이 劉歆(유흠).

| 原文 |

孫皓卽位, 封高陵亭候, 遷中書僕射, 職省, 爲侍中, 常領左
國史. 時所在承指數言瑞應, 皓以問曜, 曜答曰, "此人家筐篋
中物耳."

又皓欲爲父和作紀, 曜執以和不登帝位, 宜名爲傳. 如是者
非一, 漸見責怒. 曜益憂懼, 自陳衰老, 求去侍, 史二官, 乞欲
成所造書, 以從業別有所付, 皓終不聽. 時有疾病, 醫藥監護,
持之愈急.

皓每饗宴, 無不竟日, 坐席無能否率以七升爲限, 雖不悉入
口, 皆澆灌取盡. 曜素飲酒不過二升, 初見禮異時, 常爲裁減,
或密賜茶荈以當酒, 至於寵衰, 更見逼强, 輒以爲罪.

又於酒後使侍臣難折公卿, 以嘲弄侵克發摘私短以爲歡.
時有衍過, 或誤犯皓諱, 輒見收縛, 至於誅戮. 曜以爲外相毀
傷, 內長尤恨, 使不濟濟, 非佳事也, 故但示難問經義言論而
已. 皓以爲不承用詔命, 意不忠盡, 遂積前後嫌忿, 收曜付獄,
是歲鳳皇二年也.

| 국역 |

孫皓(손호)가 즉위하자(서기 264년), 韋曜(위요)는 高陵亭候가 되
었다가 中書僕射(중서복야)가 되었고, 나중에 관직이 축소되어 侍中
이 되었지만 左國史를 늘 겸임하였다. 그때 지방관들은 손호의 비

위를 맞춰 상서로운 조짐이 있었다는 보고를 자주 올렸는데, 손호가 이를 위요에게 묻자, 위요는 "이런 일은 남의 집 상자 속에 있는 물건과 같습니다."라고 대답하였다.

또 손호가 자신의 부친 孫和를 本紀로 편찬해야 한다고 하였지만, 위요는 제위에 오르지 못했기에 응당 列傳이어야 한다고 대답하였다. 이런 일이 결코 한두 번이 아니었고, 그러다 보니 점차 화를 내며 책망하였다. 위요는 더욱 두려워 자신이 늙었기에 시중과 좌국사의 일을 사직하고, 史書를 엮어 편찬하는 일을 담당하거나 다른 일을 하고 싶다고 주청하였으나 손호는 끝내 허락하지 않았다. 그때 위요가 병에 걸려 약을 복용하게 되자, 손호는 더욱 다급하게 재촉하였다.

孫皓는 잔치를 할 때마다 하루 종일 계속하였고 잔치에 참석한 사람은 능력에 상관없이 술 7되를 마셔야 했는데, 7되를 전부 마시지 못하면 술을 몸에 부어서라도 없애야만 했다. 위요는 평소에 2되 이상을 마실 수 없었는데, 처음에 위요가 손호에게 예우를 받을 때는 늘 주량을 줄여주거나 아니면 찻물(茶荈, 荈는 늦차 전)로 술을 대신케 하였지만, 총애가 시들해지면서 다시 강요를 당하거나 때로는 문책을 받았다.

또 술을 마시면 侍臣들로 하여금 공경을 힐난하게 하거나 아니면 개인의 단점을 캐내어 조롱하면서 즐기었다. 때로는 어떤 허물이나 잘못이 있으면, 또는 손호의 성질을 건드리게 되면 바로 포박을 당하거나 심지어 죽이기도 하였다. 위요는 다른 사람을 헐뜯거나 비난하여 내심으로 걱정을 만들어주거나 감정을 품게 하는 일은 해서도 안 되거니와 좋은 일이 아니라고 생각하였기에, 다만 경전의 뜻에 관한 어려운 문제를 화제로 삼기도 하였다.

그렇지만 손호는 위요가 자신의 명령을 따르지도 않고 충성을 다하지 않는다고 생각하여 그동안의 여러 원한을 이유로 위요를 잡아 하옥시켰는데, 그때가 鳳皇 2년(서기 273)이었다.

| 原文 |

曜因獄吏上辭曰,

「囚荷恩見哀, 無與爲比, 曾無芒芒, 有以上報, 孤辱恩寵, 自陷極罪. 念當灰滅, 長棄黃泉, 愚情慺慺, 竊有所懷, 貪令上聞.

囚昔見世間有古歷注, 其所記載旣多虛無, 在書籍者亦復錯謬. 囚尋按傳記, 考合異同, 采摭耳目所及. 以作《洞紀》, 紀自庖犧, 至於秦‧漢, 凡爲三卷, 當起黃武以來, 別作一卷, 事尙未成.

又見劉熙所作《釋名》, 信多佳者, 然物類衆多, 難得詳究. 故時有得失, 而爵位之事, 又有非是. 愚以官爵, 今之所急, 不宜乘誤. 囚自忘至微, 又作《官職訓》及《辯釋名》各一卷, 欲表上之. 新寫始畢, 會以無狀, 幽囚特命, 泯沒之日, 恨不上聞.

謹以先死列狀, 乞上言秘府, 於外料取, 呈內以聞. 迫懼淺蔽, 不合天聽, 抱怖雀息, 乞垂哀省.」

韋曜(위요)는 하옥된 뒤에, 옥리를 통해서 상서하였다.

「죄인이 은혜를 입거나 哀憐(애련)을 받기가 다른 사람보다 특별하였지만, 그동안 조금도 보답을 하지 못했으며, 은총을 입으면서도 제 스스로 죄를 지었습니다. 생각해보면 응당 죽어 마땅하고 黃泉(황천)에 오랫동안 버려져야 하지만, 우매한 정은 슬프고 처량하나 그간 생각한 바를 말씀드려야 한다고 생각했습니다.

죄수인 저는 옛날 세간에 돌아다니던 고대 曆法의 주석을 읽은 적이 있었는데, 그 내용에 허무맹랑한 내용도 많았고, 또 경전에 기록된 내용도 역시 오류가 있었습니다. 저는 그동안 여러 경전의 기록을 참고하여, 그 내용의 同異를 고찰하고 저의 이목이 미치는 한 여러 자료를 수집하였습니다. 그리하여 《洞紀》를 저술하였는데, 庖犧(포희, 伏羲氏)에서 시작하여 秦(진)과 漢(한)에 이르기까지 총 3권이고, (孫權의) 黃武 이후의(서기 222) 자료는 별도 1권으로 저술하였지만 집필이 완전히 끝나지는 않았습니다.

또 劉熙(유희)[248]가 저술한 《釋名(석명)》을 읽었는데, 바른 서술이 많았지만 物類가 너무 많기에 상세한 연구에는 어려움이 많았습니다. 또 시대에 따라 서술이 달라져야 하고, 특히 작위에 관한 기록은 옳고 그른 것이 있었습니다. 저의 우견으로는, 관작에 관한 기록은 지금도 급한 일이긴 하지만 잘못된 것을 따를 수는 없습니다. 죄수

---

248 劉熙(유희, 또는 劉熹, 字 成國) - 후한 말 靑州 北海國人. 한 헌제 초부터 交州에 거주. 《五經》에 두루 박통. 劉熙의 저서로 《諡法注》 3권과 《釋名》 8권이 있다고 하였다. 劉珍의 《釋名》 30편과 동일한 책인가는 불분명하다는 주장이 있다.

인 저는 자신의 미약한 점을 생각하지 않고《官職訓》과《辯釋名》
각 1권을 저술하여 표문과 함께 올리려 하였습니다. 처음 저술이 완
성된 무렵에 마침 저의 죄로 하옥되는 명을 받았습니다만, 이 책이
그냥 사라질까 걱정이 되어 말씀드리지 않는다면 한이 될 것이라
생각하였습니다.

삼가 죽기 전이라도 내용을 말씀드리고 저의 저술이 궁중 도서로
보관되기를 바라오며 외부의 자료이지만 궁내에서 보고되기를 희
망합니다. 저의 견식이 천박하여 폐하의 뜻에 부합할지 모르지만
두려움 속에 숨을 죽이며 불쌍히 여겨 거둬주시길 애걸합니다.」

| 原文 |

曜冀以此求免, 而皓更怪其書之垢故, 又以詰曜. 曜對曰,
「囚撰此書, 實欲表上, 懼有誤謬, 數數省讀, 不覺點汙. 被
問寒戰, 形氣呐吃, 謹追辭叩頭五百下, 兩手自搏.」

而華覈連上疏救曜曰,

「曜運値千載, 特蒙哀識, 以其儒學, 得與史官, 貂蟬內侍,
承答天問, 聖朝仁篤, 愼終追遠, 迎神之際, 垂涕救曜. 曜愚
惑不達, 不能敷宣陛下大舜之美, 而拘繫史官, 使聖趣不敘,
至行不彰, 實曜愚蔽當死之罪. 然臣懷懷, 見曜自少勤學, 雖
老不倦, 探綜墳典, 溫故知新, 及意所經識古今行事, 外吏之
中少過曜者.

昔李陵爲漢將, 軍敗不還而降匈奴, 司馬遷不加疾惡, 爲陵遊說, 漢武帝以遷有良史之才, 欲使畢成所撰, 忍不加誅, 書卒成立, 垂之無窮. 今曜在吳, 亦漢之史遷也.

伏見前後符瑞彰著. 神指天應, 繼出累見, 一統之期, 庶不復久. 事乎之後, 當觀時設制, 三王不相因禮, 五帝不相沿樂, 質文殊塗, 損益異體, 宜得輩依準古義, 有所改立. 漢氏承秦, 則有叔孫通定一代之儀, 曜之才學亦漢通之次也. 又《吳書》雖已有頭角, 敘贊未述.

昔班固作《漢書》, 文辭典雅, 後劉珍, 劉毅等作《漢記》, 遠不及固, 敘傳尤劣. 今年《吳書》當垂千載, 編次諸史, 後之才士論次善惡, 非得良才如曜者, 實不可使闕不朽之書. 如臣頑蔽, 誠非其人. 曜年已七十, 餘數無幾, 乞赦其一等之罪, 爲終身徒, 使成書業, 永足傳示, 垂之百世. 謹通進表, 叩頭百下.」

皓不許, 遂誅曜, 徙其家零陵. 子隆, 亦有文學也.

| 국역 |

韋曜(위요)는 이를 통해 사면을 받기를 기대하였지만, 孫皓는 다시 그 책에 대한 오류를 트집 잡아 위요를 힐난하자, 위요가 대답하였다.

「죄인이 이 책을 편찬하고서 표문과 함께 올리려 하였으나, 혹 오류가 있을까 걱정하여 여러 번을 읽었습니다만 오류를 찾지 못했습니다. 폐하의 문책에 떨리고 두려워 숨도 쉴 수가 없고 삼가 사죄하오며 제 머리를 5백 번이나 땅에 찧었고 양손을 묶고 죄를 자복합니다.」

그리고 華覈(화핵)도 연이어 위요를 구원하고자 상소하였다.

「韋曜(위요)는 천재일우의 천운을 만나 특별한 아낌과 인정을 받았으니 儒學을 바탕으로 史官이 되었고, 貂蟬冠(초선관)을 쓴 궐내 시중으로 천자의 물음에 답변하며 聖朝의 인자하시고 돈독한 은덕을 입었는데, (폐하께서) 愼終追遠(신종추원)하며 先祖의 신령을 맞이할 때, 눈물을 흘리시며 위요에게 성심으로 당부하셨습니다. 그러나 위요는 어리석어 깨닫지 못하였고 폐하에게 大舜(대순)과 같은 훌륭한 모습을 알지 못하고 사관의 좁은 안목에 얽매어 聖祖의 뜻을 서둘러 서술하지 못하고, 크신 덕행을 드러내지 못하였으니, 사실 위요의 어리석음은 죽어 마땅한 죄에 해당합니다.

그러나 臣이 삼가 여러 번 생각해보면, 위요가 어렸을 때부터 勤學하여 늙어서도 게을리하지 않고 산처럼 많은 책을 탐구하거나 溫故知新(온고지신)의 정신으로 경전을 통해 고금의 행사에 관한 지식은 內朝 외의 관리들 중에 위요보다 나은 사람이 없습니다.

옛날 李陵(이릉)[249]이 漢의 장군으로, 군사가 패하여 돌아오지 못하고 흉노에 투항하였을 때, 司馬遷(사마천)은 이릉의 단점을 보태지 않고 이릉을 위하여 변호하였는데, 漢 武帝는 사마천이 良史의 재능이 있다고 생각하여 편찬하던 작업을 다 마치게 하였고, 차마 죽이질 않았기에 마침내 책이 (《史記》) 완성되어 지금까지 전해오고 있습니다. 지금 위요는 우리 吳에서 漢의 史官 사마천과 같습니다.

臣이 볼 때 그간 전후에 걸쳐 여러 상서의 징조가 분명히 드러났

----

249 李陵(이릉, 前 2世紀?-前 74年, 字 少卿) - 隴西 成紀人. 李廣(이광)의 손자.《漢書 李廣蘇建傳》에 附傳.《漢書 司馬遷傳》의 〈報任少輕書〉 참고.

고 神의 뜻에 하늘이 응하여 여러 번 출현하였으며 천하 통일의 시기는 아마 이후에 다시 나타나기는 힘들 것입니다. 통일이 된 이후 여러 가지 제도의 설정이나 三王이 禮를 서로 답습하지 않았고, 五帝가 그 예악을 이어받지 않는 등 모두 본질과(質) 문채를(文) 달리하고, 損益(加減)이 다른 것처럼 모두 古義에 따라 표준을 달리하며 개정해야 할 과업입니다.

漢이 秦을 계승했다지만 叔孫通(숙손통)²⁵⁰이 漢代의 의례를 제정한 것처럼 위요의 才學은 漢의 숙손통에 버금갑니다. 또《吳書》가 이미 그 윤곽을 잡혔지만 여러 서술이 아직 끝나지 않았습니다.

옛날 (후한의) 班固(반고)가《漢書》²⁵¹를 지었는데 文辭가 매우 典雅(전아)하였고, 그 뒤에 劉珍(유진)²⁵²과 劉毅(유의) 등이《漢記 / 東觀漢記》²⁵³를 저술하였습니다만, 반고에 한참 뒤떨어지는데 傳의 서술에서 많이 부족하다고 하였습니다. 금년에《吳書》가 나와 천

---

250 叔孫通(숙손통) - 생졸년 미상, 秦始皇에서 漢 文帝까지 섬겼다. 叔孫은 복성. 叔孫何라고도 쓴다. 漢王이 천하를 차지하자 모든 제후들은 정도현에서 漢王을 황제로 높였는데 숙손통은 그 의례와 호칭을 제정하였다. 혜제는 숙손통을 奉常에 임명하여 종묘의 의례를 제정케 하였다. 그래서 漢朝의 여러 의례가 점차 제정이 되었는데 모두가 숙손통의 지론대로 정해졌다.

251 참고로《史記》는 12本紀, 10表, 8書, 30世家, 70列傳으로 총 130권이다. 班固의《漢書》는 12紀(13권으로 분권), 8表(10권), 10志(18권), 70傳(79권)으로 총 100권(분권은 120)이다.

252 劉珍(유진, ?-126?)은 一名 劉寶, 字 秋孫. 安帝 永初年間(107 - 113)에 五經博士로 東觀校書로 근무했다.《建武以來名臣傳》과《東觀漢記》22편을 편찬하였고, 侍中, 越騎校尉 및 延光 4년(125)에 宗正을 역임했다. 그의《釋名》30편은 文字學의 중요 저술로 알려졌는데, 현존하는《釋名》은 아닌 것으로 알려졌다. 劉珍은《후한서》80권, 〈文苑列傳〉(上)의 입전,

253 漢代에《東觀記 / 東觀漢記 / 漢記》로도 불렸는데 모두 143권이다. 기전체로 후한 光武帝에서 靈帝까지 역사를 서술한 官撰(관찬)의 當代史이다. 이는 후

년을 내려가면서 다른 史書와 함께 편찬되어 후대의 才士들이 史書의 우열을 논할 것인데, 위요와 같은 뛰어난 才士를 얻지 못한다면 《吳書》는 不朽(불후)의 史書로 경쟁이 안될 것입니다. 臣은 완고하고 막혔기에 (위요를 대신할 만한) 그런 사람이 못됩니다. 위요는 이미 70이 넘었기에 살날도 얼마 남지 않았습니다만 그 죄를 1등급을 낮춰 終身의 노역으로 《吳書》를 완성케 하여, 《吳書》가 영원히 전해지고 百世에 이어져야 합니다. 삼가 이 글을 올리며 머리를 1백 번 조아립니다.」

손호는 허락하지 않았고 결국 위요를 처형했으며, 그 가속을 零陵郡(영릉군)으로 이주시켰다. 아들인 韋隆(위륭)도 역시 文才가 있었다.

❺ 華覈

|原文|

華覈字永先, 吳郡武進人也. 始爲上虞尉, 典農都尉, 以文

....
한 明帝 때 처음 편찬된 이후 章帝, 安帝, 桓帝, 靈帝, 獻帝까지 계속되었는데 (내용상 靈帝로 끝), 本紀, 列傳, 表, 載記 등으로 구분 편찬하였고, 각각의 기전에 서문이 있다. 이는 각 황제대의 起居注(황제의 언행에 관한 기록), 국가 문서나 檔案(당안, 이민족과 왕래한 문서), 공신의 업적, 前人의 舊聞舊事, 私人의 저작물 등을 망라한 후한 사료의 총집이라 할 수 있다. 이는 劉珍(유진) 등이 東觀에 설치한 修史館에서 편찬했다 하여 《東觀記》라는 이름이 붙었다. 三國 이후 《史記》, 《漢書》와 함께 三史라 합칭하였으나 唐代 이후 范曄의 《後漢書》가 《東觀漢記》를 대신하게 된다.

學入爲秘府郎, 遷中書丞. 蜀爲魏所幷, 覈詣宮門發表曰,

「間聞賊衆蟻聚向西境, 西境艱險, 謂當無虞. 定聞陸抗表至, 成都不守, 臣主播越, 社稷傾覆. 昔衛爲翟所滅而桓公存之, 今道里長遠, 不可救振, 失委附之土, 棄貢獻之國, 臣以草芥, 竊懷不寧. 陛下聖仁, 恩澤遠撫, 卒聞如此, 必垂哀悼. 臣不勝忡悵之情, 謹拜表以聞.」

| 국역 |

華覈(화핵)²⁵⁴의 字는 永先(영선)으로, 吳郡 武進縣 사람이다. 처음에 上虞(상우)의 縣尉(현위)였다가 典農都尉가 되었고, 文學으로 조정에 들어가 秘府郎이었다가 中書丞으로 승진하였다. 蜀이 魏에게 병합되자(서기 263년), 화핵은 궁문에 나아가 자신의 뜻을 발표하였다.

「최근에 적도들이 개미처럼 서쪽 국경에 모였다 했고, 서쪽 국경이 험난하지만 걱정할 것이 없다고 하였다. 그런데 막 陸抗(육항)의 표문이 들어오면서, (蜀都) 成都(성도)를 지키지 못하고 君臣이 함께 달아나고 사직이 멸망하였다고 하였다.

옛날 衛(위)나라가 翟(적)에게 멸망되었지만 (齊) 桓公(환공)은 衛

---

254 華覈(화핵, 219 – 278년, 字 永先) – 吳郡 武進縣(今 江蘇省 남부 常州市 武進區)人. 孫吳의 史官, 建興 원년(서기 252년). 孫亮이 즉위하자 韋昭(위소) 薛瑩(설영) 등과 함께《吳書》55권을 편찬했다. 元興 원년(서기 264년) 孫晧가 즉위한 뒤에 徐陵亭侯로 책봉 받았고, 天册 元年(서기 275), 사소한 일로 탄핵을 받아 면직되었다가 天紀 2년(서기 278년) 병사했다.

(위)를 존속시켰는데, 지금 거리가 멀기에 蜀을 구원할 수는 없지만, 우리에게 의지하던 땅을(蜀) 잃었고, 우리에게 도움을 주던 나라를 버린 것이니, 臣이 비록 미천한 지위에 있지만 마음이 편할 수 없습니다. 폐하게서는 聖仁하시어, 은택을 내려 먼 곳까지 진무하여야 하시니, 갑자기 이런 소식을 접하였으니 우선은 애도의 뜻을 표해야 합니다. 臣은 슬픈 마음을 이기지 못하여 삼가 제 마음을 표명하는 바입니다.」

| 原文 |

孫皓卽位, 封除陵亭侯. 實鼎二年, 皓更營新宮, 制度弘廣, 飾以珠玉, 所費甚多. 是時盛夏興工, 農守並廢, 覈上疏諫曰,

「臣聞漢文之世, 九州晏然, 秦民喜去慘毒之苛政, 歸劉氏之寬仁, 省役約法, 與之更始, 分王子弟以藩漢室. 當此之時, 皆以爲泰山之安, 無窮之基之也. 至於賈誼, 獨以爲可痛哭及流涕者三, 可爲長歎息者六, 乃曰當今之勢何異抱火積薪之下而寢其上, 火未及然而謂之安. 其後變亂, 皆如其言. 臣雖下愚, 不識大倫, 竊以曩時之事, 揆今之勢.」

| 국역 |

孫皓(손호)가 즉위하며(서기 264), 華覈(화핵)은 除陵亭侯에 봉해졌다. 實鼎(보정) 2년(서기 267), 孫皓가 새로운 궁궐을 짓는데 그 규모가 매우 컸고, 주옥으로 장식했으며 비용 지출이 매우 많았다. 그때는 한여름인데도 공사를 일으켜 농사와 방위가 함께 피폐하자 화핵이 상소하였다.

「臣이 알기로, 漢 文帝 시대는(前 178 - 157) 九州가 평온하였고, 秦(진)의 백성들은 참혹하고 악독한 학정이 제거된 것을 기뻐하며 劉氏의 寬仁한 정치에 귀부하였는데, 漢에서는 부역을 줄이고 約法을 시행하며 온 백성과 함께 새롭게 시작하면서 왕족 자제를 분봉하여 漢室의 울타리로 삼았습니다. 이 시기에 모든 사람들이 나라가 마치 泰山처럼 안전하고 무궁한 기틀을 마련했다고 생각하였습니다. 그러나 賈誼(가의)만은 가히 통곡하며 눈물을 흘려야 할 일이 3가지이며, 장탄식을 할 일이 6가지나 있다 하면서, 지금의 형세는 쌓아둔 장작더미 아래 불을 안고 있지만, 장작더미 위에 누워서 아직 불길이 올라오지 않는다고 안전하다고 말하는 것과 무엇이 다르냐고 하였습니다. 그 뒤의 변란은(景帝 때 吳楚 7국의 난) 가의의 말과 같았습니다. 臣이 비록 下愚(하우)로 정치의 큰 틀은 모르지만 지난날의 형세를 가지고 지금의 상황을 비교하고자 합니다.」

| 原文 |

「誼曰復數年間, 諸王方剛, 漢之傅相稱疾罷歸, 欲以此爲治, 雖堯,舜不能安. 今大敵據九州之地, 有大半之衆, 習攻戰之餘術, 乘戎馬之舊勢, 欲與中國爭相呑之計, 其猶楚漢勢不兩立, 非徒漢之諸王淮南, 濟北而已. 誼之所欲痛哭, 比今爲

緩,抱火臥薪之喻,於今而急.

大皇帝覽前代之如彼,察今勢之如此,故廣開農桑之業,積不訾之儲,恤民重役,務養戰士,是以大小感恩,各思竭命.斯運未至,早棄萬國.自是之後,彊臣專政,上詭天時,下違從議,忘安存之本,邀一時之利,數興軍旅,傾竭府藏,兵勞民困,無時獲安.今之存者乃創夷之遺衆,哀苦之餘及耳.遂使軍資空匱,倉廩不實,布帛之賜,寒暑不周,重以失業,家戶不瞻.而北積穀養民,專心向東,無復他警.

蜀為西藩,土地險固,加承先主統御之術,謂其守禦足以長久,不圖一朝,奄至傾覆.唇亡齒寒,古人所懼.交州諸郡,國之南土,交阯,九眞二郡已沒,日南孤危,存亡難保,合浦以北,民皆搖動.因連避役,多有離叛,而備戍減少,威鎭轉輕,常恐呼吸復有變故.

昔海虜窺窬東縣,多得離民,地習海行,狃於往年,鈔盜無日,今胸背有嫌,首尾多難,乃國朝之厄會也.誠宜住建立之役,先備豫之計,勉墾殖之業,為饑乏之救.惟恐農時將過,東作向晚,有事之日,整嚴未辦.

若舍此急,盡力功作,卒有風塵不虞之變.當委版築之役,應烽燧之急,驅怨苦之衆,赴自刃之難,此乃大敵所因為資也.如但固守,曠日持久,則軍糧必乏,不待接刃,而戰士已困矣.」

| 국역 |

「(옛날에) 賈誼(가의)도 말했습니다.

'요즈음 몇 년 동안 여러 侯王들은 한창 강성한데, 漢의 太傅와 國相들은[255] 병을 핑계로 長安으로 돌아왔는데 이렇게 하면서 나라가 다스려지기를 바란다면, 비록 堯나 舜 같은 聖君이라도 안정될 수 없습니다.'

지금 大敵(司馬炎 晉)은 九州의 땅에 웅거하며 인구의 절반 이상을 차지하였고, 공격이나 다른 전술에도 익숙하며, 전쟁의 여세를 몰아 중국을 倂呑(병탄)하려 하고 있습니다.

이는 楚와 漢의 세력이 양립할 수 없었던 형세와 같으며,[256] 前漢 초기 제후왕 중 淮南王이나 濟北王과 같을 뿐입니다.[257] 賈誼(가의)

----

255 前漢 건국 후 중앙 정부의 郡 이외 지역에 제후국을 분봉했는데(郡國制), 제후국은 중앙정부와 똑같은 정치 구조로 운영되었다. 다만 侯王의 太傅와 相을 보내 왕을 감시하거나 정치를 보좌케 하였다. 그런데 제후 중에는 중앙정부에서 보낸 相을 내쫓는 일도 있었고, 相은 왕의 위세에 눌려 감독을 제대로 할 수 없었다.

256 이는 漢王 劉邦과 楚王 項羽의 대립과 항쟁을 말함.

257 景帝 3년, 서기 前 154년의 吳楚七國之亂(오초칠국의 난)은 곧 진압되었지만, 이후 漢의 정치에 큰 영향을 끼쳤다. 전체적으로 제후국의 세력은 위축되고 황제의 중앙집권은 상대적으로 크게 강화되었다. 오초칠국난의 원인에 대해서는《漢書》39권, 〈爰盎鼂錯傳〉의 鼂錯傳(조조전) 참고. 난의 경과에 대해서는《漢書》35권, 〈荊燕吳傳〉의 吳王 劉濞(유비)의 기록 참고. ※ 吳楚 7國의 난에 참여한 七國 - 吳王(劉濞), 楚王(劉戊, 유무), 趙王(劉遂, 유수), 膠西王(劉卬, 유앙), 膠東王(劉雄渠, 유웅거), 菑川王(치천왕 劉賢), 濟南王(劉辟光). ※ 반란에 가담하지 않은 왕 - 淮南王(劉安), 濟北王(劉志), 城陽共王(劉喜), 齊孝王(劉將閭), 燕康王(劉嘉), 廬江王(劉賜), 衡山王(劉勃), 梁孝王(劉武), 代共王(劉登). ※ 淮南王 劉安(유안, 前 179 - 122) - 淮南 厲王(여왕) 劉長의 아들. 고조의 손자. 문재가 뛰어났고 문객과 함께《淮南子(原名, 鴻烈)》를 저술. 吳楚 七國의 난에는 가담하지 않았다. 武帝도 학문을 좋아했기에 유안을 諸父(숙

가 통곡하려 했던 그때 현실은 지금 우리보다 다급하지 않았고, 불을 끄고서 장작더미 위에 누워있는 비유는 지금이 더 다급합니다.

大皇帝께서는 前代의 그러한 형세를 아시고, 또 당시의 여러 형세를 살피시어 농사와 길쌈을 적극 장려하여 헤아릴 수 없을 정도로 많은 군량을 비축하였으며, 백성의 무거운 부역 동원을 경감하면서 戰士의 양성에 힘썼기에, 어른 아이 모두가 感恩하며 각자 목숨을 바치려 했습니다. 그러나 통일의 大運이 오지 않았기에 (북쪽의) 대다수 백성을 일찌감치 포기해야만 했습니다.

그런 이후로 (우리 東吳에서는) 강력한 신하가 정치를 마음대로 하면서, 위로는 天時를 속이고 아래로는 조정의 논의를 따르지 않았으며, 나라를 안정케 할 근본 정책을 잊고 일시적인 이득만을 추구하여 자주 정벌을 일으켜 국고를 탕진하였고, 군사는 힘들고 백성은 곤궁하여 나라가 안정된 때가 없었습니다. 그리하여 지금 남아있는 백성은 부상당한 백성뿐이고 그들의 애처로운 소리가 귀에 맴돌고 있습니다. 결국 군수물자도 바닥이 났고 군량창고도 비었으며, 布帛을 모두 하사하여 추위와 더위를 막을 수가 없고, 거듭되는 흉년에 백성들은 먹고 살 길이 없습니다. 그러나 북쪽에서는 군량

부)로 받들었고, 언변에 박식하고 文辭가 뛰어난 유안을 매우 존중하였다. 元狩 元年(前 122) 반란 계획이 드러나자 아들과 함께 자살했다. 그러나 민간에서는 得道하여 신선이 되었다고 믿었다. ('一人得道, 鷄犬升天'의 주인공). 두부를 최초로 만들었기에 지금도 두부 집에서는 신으로 모신다. 《漢書》 44권, 〈淮南衡山濟北王傳〉에 立傳. ※ 濟北 貞王 劉勃(유발, ?-前 152)은 淮南王 劉長의 子. 文帝 16년에 형산왕으로 옮겼는데, 景帝 때 吳楚七國 亂이 일어나자 吳王 濞에 호응하지 않고 나라를 지켜 景帝가 濟北王으로 옮겨주었다.

을 비축하고 백성을 늘려가며 온 힘을 다하여 동쪽을 노리고 있으니, 더 이상 다른 경고가 필요치 않습니다.

蜀國은 우리의 서쪽 울타리였고, 그 산천이 험고하여 先主의(劉備) 통치력을 바탕으로 적당히 지키기만 하면 오랫동안 존속할 수 있었지만, 뜻밖에도 하루아침에 나라가 뒤집어졌습니다. 이는 脣亡齒寒(순망치한)과 같으니 옛사람도 이를 걱정하였습니다.

交州의 여러 郡은 우리의 남쪽 땅인데, 交阯郡(교지군)과 九眞郡의 2군은 이미 없어졌고 日南郡은 고립되어 그 存亡을 보장할 수가 없으며, 合浦郡 이북도 백성들이 동요하고 있습니다. 백성들이 부역을 회피하고 배반하는 자가 많아 방어병력도 줄고 진압능력도 약해져서, 어느 한순간에 또 어떤 변고가 일어날지 두려워하고 있습니다.

옛날부터 해적들이 우리 동쪽의 여러 현을 노략질하여 유랑민들을 많이 약탈하였는데, 그들은 육지와 바다의 운행에 익숙한데다가 예전에 비해 더욱 잔인하여 노략을 하지 않는 날이 없으니, 이는 앞뒤로 적을 맞이하는 것이며, 머리와 발끝을 공격당하는 것과 같아 나라는 지금 큰 위기에 봉착하였습니다. 그러니 응당 궁궐을 건축하는 부역을 중지하고 빨리 방위력을 강화하는 방책을 마련하며, 농토의 확장에 힘쓰고 굶주린 백성을 구원해야 합니다. 지금 농사철을 다 허송할까 걱정이며, 이미 파종 시기는 늦었는데 만약 전쟁이라도 발생한다면 싸울 준비를 할 겨를도 없을 것입니다.

만약 지금 같은 위급을 그대로 방치하고 궁궐 공사에만 힘쓴다면 갑자기 예상치 못한 변란이 발생할 수 있습니다. 응당 궁궐 공사의 부역을 중지하고 봉화의 위급 상황에 대처해야 하며, 원한에 사무친 백성을 칼날이 번쩍이는 전쟁터로 몰아간다면, 이는 오히려 적국에게 도움을 주는 것입니다. 그렇다고 수비만을 강화하여 오랜 세월을 버티려 한다면 틀림없이 군량이 결핍되어 맞서 싸우기도 전에 전사들은 지쳐버릴 것입니다.」

|原文|

「昔太戊之時, 桑穀生庭, 懼而修德, 怪消殷興. 熒惑守心, 宋以爲災, 景公下從瞽史之言, 而熒惑退舍, 景公延年. 夫修德於身而感異類, 言發於口通神明.

臣以愚蔽, 誤忝近署, 不能冀宣仁澤以感靈祗, 仰慚俯愧, 無所投處. 退伏思惟, 熒惑桑穀之異, 天示二主, 至如他餘錙介之妖, 近是門庭小神所爲, 驗之天地, 無有他變. 而徵樣符瑞前後屢臻, 明珠既觀, 白雀繼見, 萬億之祚, 實靈所挺. 以九域爲宅, 天下爲家, 不與編戶之民轉徙同也.

又今之宮室, 先帝所營, 卜土立基, 非爲不祥. 又楊市土地與宮連接, 若大功畢竟, 興駕遷住, 門行之神, 皆當轉移, 猶恐長, 久未必勝舊. 屢遷不可, 留則有嫌, 此乃愚臣所以夙夜爲憂灼也.

臣省《月令》, 季夏之月, 不可以興土功, 不可以會諸侯, 不可以起兵動衆, 擧大事必有大殃. 今雖諸侯不會, 諸侯之軍與會無異. 六月戊己, 土行正王, 旣不可犯, 加又農月, 時不可失.

　昔魯隱公夏城<u>中丘</u>,《春秋》書之, 垂爲後戒. 今築宮爲長世
之洪基, 而犯天地之大禁, 襲《春秋》之所書, 廢敬授之上務,
臣以愚管, 竊所未安.」

| 국역 |

「옛날 (殷) 太戊(태무)[258] 시절에 뽕나무와 곡식이 王廷에서 자라
나자, 태무왕은 두려워 修德하자 이변은 사라지고 殷(은)나라는 번
영하였습니다. 熒惑星(형혹성)이 心星(심성) 구역을 침입하자, 宋나
라에서는 재앙이라 생각하여 景公(경공)은 瞽史(고사, 점술가)의 말에
따라 자신의 죄라고 인정하자 형혹성이 사라졌고 景公은 장수하였
습니다. 대체로 자신이 修德하면 異物까지 감동케 하고 말을 하게
되면 그 말이 신명과도 통하게 됩니다.

　臣은 어리석으며 황제의 측근으로 자리를 더럽히고 있지만, 그래
도 폐하의 인의와 은택으로 천지 신령을 감동케 하도록 돕지 못하
여 늘 하늘과 땅을 우러러 부끄럽고, 어디에 있어야 할지 잘 모르겠
습니다. 臣이 물러나 생각할 때 형혹성의 출현이나 뽕나무와 곡식
의 생장은 하늘이 두 군주에게 암시한 것이며, 기타 미세한 이상한
일들은 가깝게는 집안의 小神에 의한 것이기에 天地에는 아무런 변
화를 주지 못할 것입니다. 그러나 그런 미세한 작은 징조들이 여러
번 계속 나타난다면 마치 明珠의 출현과 같은 것이며, 하얀 참새가

---

258 太戊(태무, 大戊) － 殷朝 君王, 子 姓, 名 密. 生卒年 미상.《史記 殷本紀》에는
　　재위 75년(前 1535 － 1460년). 묘호 中宗. 태평성대를 이룩했다.

(白雀) 계속해서 나타난다면 이는 아주 대길한 징조로 이는 신령이 내린 계시입니다. 천자는 九州가 모두 천자의 집이니 그저 백성의 한 집이 옮겨가는 것과는 다를 것입니다.

또 지금의 궁궐은 先帝께서 지으신 것으로, 擇地하여 기초를 마련하고 지은 것이니 祥瑞(상서)롭지 않을 수가 없습니다. 또 楊市(양시?)의 땅은 (새로 짓는) 궁궐과 연접하였기에 공사를 마치고, 어가가 출입 왕래하려면 그곳의 門神을 모두 옮겨야 하는데, 시간도 오래 걸리고, 옮긴다 하여도 옛날보다 좋지 못할 것입니다. 또 자주 옮길 수도 없고, 옮기지 않는다면 께름칙할 것이니, 이는 臣의 어리석은 생각으로도 밤낮으로 걱정할 일입니다.

臣이 《月令》[259]을 보니, 여름철에는 토목공사를 일으킬 수 없으며 제후를 불러 모을 수 없고 전쟁을 일으켜 군사를 동원할 수 없는데, 큰일을 시작한다면 큰 재앙이 있을 것이라 했습니다. 지금 제후를 불러 모으지는 않았지만 제후의 군사를 모은 것과 다름없습니다.

6월 戊己日(무기일)은, 土德이 가장 왕성한 날이라 건드릴 수가 없으며, 특히 농사철을 놓치게 해서는 안 됩니다.

옛날 魯 隱公(은공)은 여름에 中丘(중구)란 곳에 성을 축조하였는데, 《春秋》에서는 이를 기록하여 후세에 경계로 삼게 하였습니다. 지금 궁궐 축조는 천추만대의 큰 기반이 되어야 하는데, 天地의 대금기를 저촉하고 《春秋》에 하지 말라고 기록된 일을 답습하며 백성

---

259 月令은 1년 12개월에 월별로 시행할 나라의 제사의례, 할 일(職務), 시행하거나 적용할 法令이나 禁令 등 모든 행사를 기록한 문장. 《禮記 月令》이 있다. 《禮記 月令》은 戰國 시대의 저작으로 알려졌고 전국시대 雜家의 학설을 널리 받아들였다고 한다.

을 위하는 큰일을 폐기한다면, 이는 臣의 어리석은 소견이지만 매우 불안하기만 합니다.」

| 原文 |

「又恐所召離民, 或有不至, 討之則廢役興事, 不討則日月滋慢. 若悉並到, 大衆聚會, 希無疾病. 且人心安則念善, 苦則怨叛.

江南精兵, 北土所難, 欲以十卒當東一人. 天下未定, 深可憂惜之. 如此宮成, 死叛五千, 則北軍之衆更增五萬, 若到萬人, 則倍益十萬. 病者有死亡之損, 叛者傳不善之語, 此乃大敵所以歡喜也. 今當角力中原, 以定彊弱, 正於際會. 彼益我損, 加以勞困, 此乃雄夫智士所以深憂.」

| 국역 |

「또 걱정되는 것은 농토를 떠난 백성을 불러도 돌아오지 않을 수 있고, 그런 자들을 토벌하려면 노역을 그만두고 군사를 동원해야 하며, 토벌하지 않는다면 세월 따라 더욱 만연하게 됩니다. 그런 무리들을 모두 다 불러 모아도 질병이 없는 자가 거의 없습니다. 또 사람 심리가 안정되면 선행을 생각하지만, 고생만 한다면 반역을 생각하게 됩니다.

본래 江南의 精兵을 북쪽에서는 이길 수 없었으니, 북쪽의 군사

10명이 강남 군사 1명을 상대하였습니다. 지금 천하가 안정되지 않았지만 이는 매우 애석한 일입니다. 만약 궁궐을 완성할 때까지 죽거나 도망자가 5천 명이라면, 이는 北軍 5만 명 증원과 같으며, 만약 우리 1만 명이 죽거나 도망한다면 북군에게 그 배가 되는 10만의 이익과 같습니다. 또 病者나 도망자의 손실만큼 도망자들이 퍼트리는 나쁜 소문은 북방의 적들에게는 기쁜 소식일 것입니다. 지금 우리는 中原에서 힘을 겨뤄 강약을 결판내야 할 때입니다. 저들의 이익은 우리의 손실이고 우리를 지치게 하니, 이야말로 우리의 대장부나 전략가가 심히 우려하는 바입니다.」

| 原文 |

「臣聞先王治國無三年之儲, 曰國非其國, 安寧之世戒備如此, 況敵彊大而忽農忘畜. 今雖頗種殖, 間者大水沉沒, 其餘存者當須耘獲. 而長吏怖期, 上方諸郡, 身涉山林, 盡力伐材, 廢農棄務, 士民妻孥羸小, 墾殖又薄, 若有水旱則永無所獲.

州郡見米, 當待有事, 冗食之衆, 仰官供濟. 若上下空乏, 運漕不供, 而北敵犯疆, 使周,召更生, 良,平復出, 不能爲陛下計明矣. 臣聞君明者臣忠, 主聖者臣直, 是以慺慺, 昧犯天威, 乞垂哀省.」

「臣이 알기로, 先王은 治國하며 3년의 비축분이 없다면 나라가
아니라고 하였으니, 평온한 때도 이렇게 대비하였는데, 하물며 강
대한 적이 있고, 농사를 경시하여 비축이 없겠다면 어떠하겠습니
까. 지금 비록 파종을 끝냈다지만, 최근 홍수로 물에 잠겼으니 그 남
은 것이라도 가꿔 거두어야 합니다. 그러나 지방관들은 동원 날짜
를 어길까 걱정하고, 동북쪽 여러 군에서는 산속에 직접 들어가 (궁
궐 축조용) 벌목에 힘쓰며, 농사와 행정업무를 포기하였고, 백성의
처자식은 농사지을 힘도 없으며, 개간지 역시 척박하니, 만약 수해
나 가뭄이 들면 아예 수확도 없을 것입니다.

州郡에서 쌀이 있다면 유사시에 대비해야 하지만, 일하지 않고 먹
는 사람들에게 우선 공급해야 합니다. 그러다 보니 상하가 모두 궁
핍하고, 거기에 漕運(조운)이 되지 않거나 북쪽의 적이 강역을 침범
한다면, 설령 周公이나 召公(소공)이 다시 살아나도, 또 張良(장량)이
나 陳平(진평) 같은 사람이 또 나타나더라도 폐하를 위해서 분명히
아무 일도 할 수 없을 것입니다. 臣이 알기로, 君主가 현명하면 臣이
충성을 다하고 聖主의 신하는 정직하다 하였으니, 저는 진정으로 天
威(천위)를 저촉하니, 애달피 여겨 살펴주시길 바랄 뿐입니다.」

書奏, 皓不納. 後遷東觀令, 領右國史, 曅上疏辭讓. 皓答曰,
「得表, 以東觀儒林之府, 當講校文藝, 處定疑難, 漢時皆名

學碩儒乃任其職, 乞更選英賢. 聞之, 以卿研精墳典, 博覽多
聞, 可謂悅禮樂敦詩書者也. 當飛翰騁藻, 光贊時事, 以越揚,
班,張,蔡之疇, 怪乃謙光, 厚自菲薄, 宜勉備所職, 以邁先賢,
勿復紛紛.」

| 국역 |

상서가 들어갔지만 孫皓는 받아들이지 않았다. 그 뒤에 華覈(화
핵)은 (역사 편찬 담당) 東觀令이 되어 右國史를 겸하게 되자, 화핵
은 상소하여 사직코자 했다. 이에 孫皓가 회답하였다.

「表文을 받았나니, 東觀은 유림의 근무처로 문예를 강론하고 교
정하며 의문을 논의 확정하는 곳으로, 漢代에도 名儒碩學만이 그
일을 담당했으니, 영명한 인재를 더 선발하기 바라노라. 듣자하니
卿은 많은 전적을 깊이 研學하였고 博覽하여 多聞하니, 可히 禮樂
에 기뻐하고 詩書를 돈독히 연구할 사람이다. 응당 문재를 발휘하
고 才學을 더욱 가다듬어 시정에 협찬하며, 揚雄(양웅)이나 班固(반
고), 張衡(장형)[260]과 蔡邕(채옹)[261] 같은 재사를 뛰어넘어야 하고, 卿

---

260 後漢 張衡(장형, 78 – 139) – 天文學者, 數學者, 科學者이며 發明家, 그리고 文
學者로 太史令, 侍中, 尙書 역임. 그의 일생과 성취는 정말 특별하여 水力으
로 움직이는 渾天儀를 발명했고, 地動儀(지진계)와 指南車(나침반)을 만들었
으며, 〈二京賦〉로 문명을 떨쳐 '漢賦四大家'의 한 사람이다. 《後漢書》59권,
〈張衡列傳〉에 立傳.

261 蔡邕(채옹, 133 – 192년, 字 伯喈) – 邕은 화할 옹. 喈는 새소리 개. 음률에 정
통, 박학했음. 名筆로 飛白書의 창시자. 後漢의 유명한 才女 蔡琰(채염, 文姬,
177? – 249?, 음악가이며 여류 시인)의 父. 뒷날 王允에 의해 옥사. 《後漢書》60
권(下), 〈馬融蔡邕列傳〉에 입전. 蔡琰(채염)은 84권, 〈列女傳〉에 입전. 그녀
의 〈悲憤〉詩가 전한다.

이 겸양으로 사퇴하려 한다면 말이 안 되나니 스스로 재주가 없다 말하지 말고 직무에 더욱 힘쓰며 선현처럼 매진하기 바라며, 다시 이런저런 말을 하지 말라.」

|原文|

時倉廩無儲, 世俗滋侈, 覈上疏曰,

「今寇虜充斥, 征伐未已, 居無積年之儲, 出無敵之畜, 此乃有國者所宣深憂也. 夫財穀所生, 皆出於民, 趨時務農, 國之上急. 而都下諸官, 所掌別異, 各自下調, 不計民力, 輒與近期. 長吏畏罪, 晝夜催民, 委捨佃事, 遑赴會日, 定送到都, 或蘊積不用, 而徒使百姓消力失時. 到秋收月, 督其限入, 奪其播殖之時, 而責定送其今年之稅, 如有逋懸, 則籍沒財物, 故家戶貧困, 衣食不足. 宜暫息衆役, 專心農桑.

古人稱一夫不耕, 或受其饑, 一女不織, 或受其寒. 是以先王治國, 惟農是務. 軍興以來, 已向百載, 農人廢南畝之務, 女工停機杼之業. 推此揆之, 則蔬食而長饑, 薄衣而履冰者, 固不少矣.

臣聞主之所求於民者二, 民之所望於主者三. 二謂求其爲己勞也, 求其爲己死也. 三謂飢者能食之, 勞者能息之, 有功者能賞之. 民以致其二事而主失其三望者, 則怨心生而功不建．今帑藏不實，民勞役猥，主之二求已備，民之三望未報．且饑者不待美饌而後飽，寒者不俟狐貉而後溫，爲味者口之奇，文繡者身之飾也．

今事多而役繁，民貧而俗奢，百工作無用之器，婦人爲綺靡之飾，不勤麻枲，並繡文黼黻，轉相倣傚，恥獨無有．兵民之家，猶復逐俗，內無儋石之儲，而出有綾綺之服，至於富賈商販之家，重以金銀，奢恣尤甚．

天下未平，百姓不贍，宜一生民之原，豐穀帛之業．而棄功於浮華之巧，妨日於侈靡之事，上無尊卑等級之差，下有耗財物力之損．今吏士之家，少無子女，多者三四，少者一二．通令戶有一女，十萬家則十萬人，人織績一歲一束，則十萬束矣．

使四疆之內同心戮力，數年之間，布帛必積．恣民五色，惟所服用，但禁綺繡無益之飾．且美貌者不待華采以崇好，艷姿者不待文綺以致愛，五采之飾，足以麗矣．若極粉黛，窮盛服，未必無醜婦．廢華采，去文繡，未必無美人也．若實如論，有之無益廢之無損者，何愛而不暫禁以充府藏之急乎？

此救乏之上務，富國之本業也，使管，晏復生，無以易此．漢之文，景，承平繼統，天下已定，四方無虞，猶以雕文之妨農事，錦繡之害女紅，開富國之利，杜饑寒之本．況今六合分乖，豺狼充路，兵不離疆，甲不解帶．而可以不廣生財之原，充府藏之積哉？」

| 국역 |

그 무렵 나라의 창고에 비축 곡식이 없는데도 세속의 사치는 점차 심해졌다. 이에 華覈(화핵)이 상소했다.

「지금 외적은 곳곳에 버티고, 정벌이 끝나지도 않았는데, 평상시인데도 몇 년을 버틸 곡식이 없고, 출전할 경우 적과 싸울 비축이 없다 하니, 이는 治國者가 응당 크게 걱정할 일입니다. 재물과 곡물은 모두 백성으로부터 나오고, 때맞춰 농사에 힘쓰는 것은 나라에서 우선할 일입니다. 그러나 도성의 여러 관청은 장악하는 업무가 서로 달라 제각각 밑에서 징발하는데 民力을 고려하지 않고 가까운 기일을 정하여 징발합니다. 관리들은 형벌이 두려워 주야로 백성을 재촉하여 농사일을 제쳐두고 서둘러 기일에 맞춰 도성에 보내야 하며, 때로는 강요를 하지 않았다지만 백성으로 하여금 힘을 탕진하고 농사철을 놓치게 합니다.

추수철이 되면 기일을 정하여 납부를 독려하다 보니 가을 파종 시기를 놓칠 수도 있고, 책정된 그 해 세금을 보내야 하는데, 만약 이전 미납액이라도 있다면 재산을 통째로 몰수하게 되어 백성은 빈곤 속에서 衣食을 해결할 수도 없습니다. 그러니 잠시라도 부역 동원을 중지하고 농사에 전념케 해야 합니다.

한 사람이 농사를 짓지 않으면 누군가는 굶주려야 하고, 한 여인이 길쌈을 하지 않으면 누군가는 추위에 떨어야 한다고 옛사람은 말했습니다. 이러하기에 先王은 治國에서 농사를 중시하였습니다. 지금 (중국에) 전쟁이 시작된 이후 백년이 가까워지면서, 농부는 농사일을 포기했고, 女工은 길쌈을 하지 않았습니다. 이를 근거로 추정하면 거친 음식에 오랫동안 굶주리고 얇은 옷에 얇은 얼음을 밟 듯 힘들게 사는 사람이 정말로 적지 않을 것입니다.

臣이 알기로, 君主가 백성들한테 요구하는 것은 2가지이고, 백성 이 주군에게 바라는 것은 3가지라고 하였습니다. 군주가 원하는 2 가지는 군주를 위해 일을 하고, 군주를 위해 싸우다 죽는 것입니다. 백성이 원하는 3가지는 굶는 자가 먹을 수 있고, 힘들게 일한 자가 쉴 수 있어야 하며, 공을 세운 자가 상을 받는 것입니다.

백성은 두 가지로 주군을 섬겼지만, 군주는 백성의 소망 3가지를 채워주지 못하기에 원망하는 마음이 생기며 공을 세우지도 않습니 다. 지금 나라 창고는 채워지지 않았고, 백성은 노역을 두려워 하니, 군주가 원하는 것은 갖춰졌지만 백성의 3가지 소망은 이뤄지지 않 았습니다. 그리고 굶주린 자는 좋은 음식을 먹은 다음에야 배가 부 르고 추위에 떠는 자는 여우 갖옷을 입어야만 따뜻한 것이 아니며, 좋은 맛이란 입이 좋아하는 것이고 아름답게 수놓은 옷은 신체의 장식일 뿐입니다.

지금 나라에 일이 많아 노역은 번잡하고 백성은 가난한데 세속은 사치하며, 百工은 쓸모없는 물건을 만들고 여인들은 장식하는 수놓 기에 애쓰며 삼베나 모시를 짜는 일을 하지 않고, 수놓는 무늬와 黼 黻(보불)을 서로 모방하며 그런 장식의 옷이 없으면 부끄럽다고 생 각합니다. 병사와 백성의 집에서도 이런 습속을 따라가니, 집안에 한 섬의 식량 비축이 없어도 외출할 때는 비단 옷을 입는데, 부자 상 인의 집에서는 금은을 쌓아두고 사치는 더욱 심합니다.

천하가 안정되지 않고 백성 살림은 넉넉하지 않으니, 백성의 근본을 곡식과 옷감을 넉넉하게 하는 방향으로 통일시켜야 합니다. 그리하여 浮華(부화)한 장식에 들이는 노력을 막아야 하고, 날마다 사치를 더하는 시대 풍조를 막아야 하고, 위에서는 존비의 등급에 따른 차이를 확실하게 구분해야 하고, 아래서는 재물의 낭비를 예방할 수 있을 것입니다. 지금 관리나 士人의 집에서는 자녀가 적거나 아예 없는데, 있다 하여도 많아야 3명, 적으면 1명입니다. 각 家戶에 1명의 여인이 있다면, 10만 호에 10만 여인이 1년에 1束(속)의 길쌈을 한다면 10만 束이 생산될 것입니다.

이렇게 온 나라 전체가 한마음으로 협력한다면 몇 년 안에 옷감이 비축될 것입니다. 그리고 백성이 좋아하는 대로 5색의 옷감으로 착용케 하고 수를 놓는다든지 쓸모없는 장식을 금지해야 합니다. 용모가 아름다운 사람은 화려한 꾸밈이 있다 하여 좋아하는 것이 아니며, 요염한 자태는 비단 옷을 입지 않아도 사랑을 받을 것이니 5가지 생각의 옷감만으로도 충분히 아름다울 수 있습니다. 만약 분을 바르고 눈썹을 그려 넣고, 또 옷을 아주 잘 차려 입는다 하여도 세상에는 못생긴 여인이 존재합니다. 또 화려한 채색이나 아름다운 수를 없앤다 하여 미인이 없어지는 것은 아닙니다. 만약 실제로 이와 같이 실행할 수 있다면 무익한 것을 버려도 손해는 없을 것이니, 그런 사치를 잠시 금하는 일을 못해서 나라의 창고를 우선 채우는 급한 일을 어찌 아니할 수 있겠습니까?

이상의 여러 가지는 나라의 궁핍을 해결할 수 있는 우선 과제이며 富國의 本業일 것이니 管子(관자, 管仲)나 晏子(안자)[262]가 다시 살

---

262 晏子(晏嬰, 안영, 前 578 – 500년, 字 仲, 諡 平) – 습관상 晏平仲 또는 晏子로 호

아나더라도 이를 바꾸지는 않을 것입니다.

漢의 文帝와 景帝의 承平(승평)시대[263]에 왕위가 승계되면서 천하가 안정되고 사방에 걱정거리가 없었는데, 그때 무늬를 새기는 일은 농사를 방해하고, 비단에 수를 놓는 것은 女紅(여공, 길쌈)[264]을 방해한다고 인식하였으니, 농사와 길쌈만이 富國의 이득을 가져오고 굶주림과 추위를 막는 근본일 것입니다. 하물며 지금 천하가 분열되고 승냥이(豺狼) 같은 악인이 길에 가득하며, 군사가 전쟁터를 떠나지 못하고 갑옷을 벗을 수 없다면 더 말할 것도 없을 것입니다. 그러하오니 生財의 기본인 농업을 널리 권장하여 창고를 가득 채우지 않을 수 있겠습니까?」

| 原文 |

皓以覈年老, 敕令草表, 覈不敢. 又敕作草文, 停立待之. 覈爲文曰,

「咨覈小臣, 草芥凡庸. 遭眷値聖, 受恩特隆.

越從朽壤, 蟬蛻朝中. 熙光紫闥, 靑瑣是憑.

⋯⋯⋯⋯⋯⋯⋯

청. 齊國人. 작은 체구에 기민한 두뇌의 소유자. 能言善辯. 齊의 靈公, 莊公, 景公을 총 52년간 섬겼다고 한다. 생활은 근검했고 謙恭下士하여 평판이 좋았다.

263 唐 太宗의 모범적인 군주정인 '貞觀之治' 이전에 漢의 승평시대를 '文景之治'라고 한다.

264 女紅(여공) – 紅, 讀音 功, 工과 통용. 女紅(여공)은 여자가 하는 길쌈이나 바느질.

毖挵清露, 沐浴凱風. 效無絲氂, 負闕山崇.

滋潤含垢, 恩貸累重. 穢質被榮, 局命得融.

欲報罔極, 委之皇穹. 聖恩雨注, 哀棄其尤.

猥命草對, 潤被下愚. 不敢違敕, 懼速罪誅.

冒承詔命, 魂逝形留.」

| 국역 |

(末帝) 孫皓(손호)는 華覈(화핵)이 늙었다 하여, 정서하지 않은 表文을 올려도 된다고 명령했지만 화핵은 감히 그럴 수가 없었다. 또 孫皓는 화핵에게 표문의 초안을 짓게 하고 잠시 기다리자, 화핵은 바로 글을 지어 올렸다.

「아! 小臣 화핵은 평범하여 보잘 것도 없습니다.

　聖君의 인정을 받았고 특히 융성한 은총을 입었습니다.

　초야의 미천한 신분에서 조정에 뽑혀 들어왔습니다.

　궁궐의 광명이 사방으로 빛나고 靑殿 계단을 오릅니다.

　청명한 玉露를 받아보고 훈훈한 남풍 온몸에 받습니다.

　미세한 공적도 못 세우고 요행히 높은 자리에 있습니다.

　聖君의 은택에 부끄럽고 거듭된 은덕 쌓여만 갑니다.

　미천한 자질에 영광만을 받았고 命을 받아 일합니다.

　망극한 은덕을 보답할 수 없으니 황궁 창공을 봅니다.

　聖君의 은택은 비가 오듯 나의 허물을 덮어주셨습니다.

　應對의 초안을 잡게 하여 어리석음을 감싸주셨습니다.

　어명을 감히 어길 수 없지만 죽을죄에 황공할 뿐!

삼가 명을 따르나 혼백이 놀라 날아간 듯합니다.」

覈前後陳便宜, 及貢薦良能, 解釋罪過, 書百餘上, 皆有補
益, 文多不悉載. 天册元年以微譴免, 數歲卒. 曜,覈所論事章
疏, 咸傳於世也.

|국역|

華覈(화핵)은 전후 여러 번 政事의 개선을 상소했고 우수한 능력
의 인재를 천거하였으며, 다른 관리의 죄과를 변호하는 등 여러 상
서를 1백여 차례나 올렸는데, 모두 국정에 유익한 것이었는데 문장
이 많아 수록하지 못했다.

(孫皓) 天册 원년(서기 275), 사소한 잘못을 견책 받아 사직하고,
몇 년 뒤에 죽었다. 韋曜(위요)와 화핵의 政事를 논한 글들은 모두
후세에 전해졌다.

|原文|

評曰, 薛瑩稱王蕃器量綽異, 弘博多通. 樓玄淸白節操, 才
理條暢, 賀邵厲志高潔, 機理淸要. 韋曜篤學好古, 博見群籍,
有記述之才.

胡沖以爲玄,邵,蕃一時清妙, 略無優劣, 必不得已, 玄宜在先, 邵當次之. 華覈文賦之才, 有過於曜, 而典誥不及也. 予觀覈數獻良規, 期於自盡, 庶幾忠臣矣. 然此數子, 處無妄之世而有名位, 强死其理, 得免爲幸耳.

| 국역 |

陳壽의 評論 : 薛瑩(설영)은 王蕃(왕번)의 기량이 탁월하며 학식이 넓어 두루 박통하다고 칭송했다. 樓玄(누현)은 淸白한 성품에 節操(절조)가 탁월하고 문재가 우수했으며, 賀邵(하소)는 굳건한 의지에 고결한 성품으로 업무처리가 확실하며 조리가 있다. 韋曜(위요)는 학문이 독실하고 옛 전고에 밝으며, 많은 책을 두루 읽어 記述에 재능이 뛰어났었다.

胡沖(호충)[265]은 누현, 하소, 왕번 등은 그 시대 뛰어난 인재로 그 우열을 구분하기 힘들지만 부득이하게 꼭 구분해야 한다면, 누현이 제일 뛰어나고, 하소가 그 다음이어야 한다고 말했다.

華覈(화핵)은 문장과 辭賦의 재능이 있어 위요보다 우수하나, 典章과 誥命(고명)의 작성에는 미치질 못했다. 내가(陳壽) 볼 때 화핵은 유익한 상소를 많이 올리면서 자신의 책무를 다하려 했으니 충신에 가까웠다. 그러나 화핵은 여기 다른 사람들에 비하여 나라가 멸망하는 시기에 명망있는 자리에 있었고 자신이 도리를 끝까지 견지할 수 있었지만 죽음을 면한 것만으로도 다행이었다.

----

265 胡沖(호충, 생졸년 미상) - 三國 東吳 관리, 胡綜의 아들. 뒷날 晉에 투항하여 吳郡 太守 역임.

[부록]

三國帝系表

1. 曹魏(서기 220-265년)

- 曹騰(조등) ——— ・曹嵩(조숭) ——— ・曹操(조조)
　　　　　　　　　魏武王〔추증〕　　　155-220년
　　　　　　　　　　　　　　　　　　　193년 魏王
　　　　　　　　　　　　　　　　　　　추존 武帝

- ・文帝 ——— ・明帝 ——— ・廢帝 齊王
　曹丕(조비)　　曹叡(조예)　　曹芳(조방)
　187-226년　　206-239년　　232-274년
　재위 220-226년　재위 226-239년　재위 240-254년

- ・曹彰(조창)
- ・曹植(조식)　　・東海定王 ——— ・廢帝 高貴鄕公
　　　　　　　　曹霖(조림)　　曹髦(조모)
- ・曹熊(조웅)　　　　　　　　241-260년
　　　　　　　　　　　　　　재위 254-260년

- ・燕王 ——— ・常道鄕公
　曹宇(조우)　　曹奐(조환)
　　　　　　　246-302년
　　　　　　　재위 260-265년

2. 蜀漢(서기 221 - 263년)

- 昭烈皇帝〔先主〕 ─────── • 安樂公〔후주〕
  劉備(유비)　　　　　　　劉禪(유선)
  161 - 223년　　　　　　207 - 271년
  재위 221 - 223년　　　재위 223 - 263년

3. 東吳(서기 229 - 280년)

三國 年號 一覽

1. 나라별

國名	帝位	年號		비고
曹魏	文帝 曹丕	黃初	220 – 226년	
	明帝 曹叡(조예)	太和	227 – 233년	
		青龍	233 – 237년	
		景初	237 – 239년	
	齊王 曹芳(조방)	正始	240 – 249년	
		嘉平	249 – 254년	
	高貴鄕公 曹髦(조모)	正元	254 – 256년	
		甘露	256 – 260년	
	常道鄕公 曹奐(조환)	景元	260 – 264년	
		咸熙	264 – 265년	
蜀漢	昭烈帝 劉備	章武	221 – 223년	
	後主 劉禪(유선)	建興	223 – 237년	
		延熙	238 – 257년	
		景耀	258 – 263년	
		炎興	263년	
	吳王 孫權	黃武	222 – 229년	
		黃龍	229 – 231년	

東吳	大帝 孫權	嘉禾 232－238년	
		赤烏 238－251년	
		太元 251－252년	
		神鳳 252년	
	廢帝 孫亮(손량)	建興 252－253년	
		五鳳 254－256년	
		太平 256－258년	
	景帝 孫休(손휴)	永安 258－264년	
	末帝 孫皓(손호)	元興 264년	
		甘露 265년	
		寶鼎 266－268년	
		建衡 269－271년	
		鳳凰 272－274년	
		天册 275－276년	
		天璽 276년	
		天紀 277－280년	

2. 가나다 순

嘉平 249 – 254년 曹魏 曹芳 ②

嘉禾 232 – 238년 東吳 孫權 ②

甘露 256 – 260년 曹魏 曹髦 ②

甘露 265 – 266년 東吳 孫皓 ②

建衡 269 – 271년 東吳 孫皓 ④

建興 223 – 237년 蜀漢 後主 ①

建興 252 – 253년 東吳 孫亮 ①

景耀 258 – 263년 蜀漢 後主 ③

景元 260 – 264년 曹魏 曹奐 ①

景初 237 – 239년 曹魏 明帝 ③

寶鼎 266 – 269년 東吳 孫皓 ③

鳳凰 272 – 274년 東吳 孫皓 ⑤

神鳳 252   東吳 孫權 ⑤

延熙 238 – 257년 蜀漢 後主 ②

炎興 263   蜀漢 後主 ④

永安 258 – 264년 東吳 孫休 ①

五鳳 254 – 256년 東吳 孫亮 ②

元興 264   東吳 孫皓 ①

章武 221 – 223년 蜀漢 先主 ①

赤烏 238 – 251년 東吳 孫權 ③

正始 240 – 249년 曹魏 曹芳 ①

正元 254 – 256년 曹魏 曹髦 ①

天紀 277 － 280년 東吳 孫皓 ⑧

天璽 276　　　　東吳 孫皓 ⑦

天冊 275 － 276년 東吳 孫皓 ⑥

靑龍 233 － 237년 曹魏 明帝 ②

太元 251 － 252년 東吳 孫權 ④

太平 256 － 258년 東吳 孫亮 ③

太和 227 － 233년 曹魏 明帝 ①

咸熙 264 － 265년 曹魏 曹奐 ②

黃龍 229 － 231년 東吳 孫權 ①

黃武 222 － 229년 東吳 吳王 孫權 ①

黃初 220 － 226년 曹魏 文帝 ①

三國 大事 年表

※ 後漢 末期

西紀	干支	帝位	年號	年數	年號	비고
153	癸巳	桓帝	永興	元	袁紹 출생(~202년) 冀州 등 자연재해 극심.	
155	乙未		永壽	元	曹操 출생(~220년) 孫堅 출생(~191년)	
161	辛丑		延熹	4	劉備 출생(~223년) 전염병 크게 유행. 諸 羌族 入寇.	
166	丙午			9	司隷, 豫州 災害에 기근. 黨錮의 禍 야기. 名士 다수 투옥.	
167	丁未		永康	元	黨錮 名士 出獄, 歸家, 終身 禁錮. 桓帝 崩, 靈帝옹립, 竇太后 臨朝청정.	
168	戊申	靈帝	建寧	元	竇武 대장군, 陳蕃 太傅. 환관 曹節 등 政變, 환관 實權 장악.	
169	己酉			2	曹節, 2차 黨錮의 獄 유발.	
170	庚戌			3	大鴻臚 橋玄(교현), 司空이 되다.	
174	甲寅		熹平	3	曹操 – 洛陽 北部都尉가 됨.	
175	乙卯			4	孫策, 周瑜(쥬유) 출생.	
181	辛酉		光和	4	諸葛亮 출생(~234년)	
182	壬戌			5	孫權 출생(~252년) 五經石刻을 太學에 세움(熹平石經).	
183	癸亥			6	張角 黃巾 謀議 – '蒼天已死, 黃天當立, 歲在甲子, 天下大吉'이라 선동.	
184	甲子			元	황건 봉기 폭발, 7州 28郡 同時 봉기. 曹操 – 騎都尉, 穎川郡 황건적 토벌, 濟南國 相으로 승진. 劉備 – 起兵	

西紀	干支	帝位	年號	年數	年號	비고
185	乙丑			2	황건 잔당 黑山賊의 노략질 계속.	
186	丙寅			3	黃巾 主力 진압, 靑州, 徐州 잔당 준동.	
187	丁卯		中平	4	韓遂, 馬騰이 三輔 지역 공략. 長沙태수 孫堅, 長沙 농민봉기 진압. 曹丕 출생.	
188	戊辰			5	靑, 徐州 황건적 재봉기.	
189	己巳	少帝 獻帝	光熹 昭寧 永漢 中平	6	曹操 - 典軍校尉. 靈帝 崩, 少帝(劉辨) 즉위. 何太后 청정.中常侍 張讓이 何進 을 살해. 袁紹는 환관 2천 명 살해. 董卓 - 낙양 진입. 少帝 폐위. 劉協(獻 帝) 옹립. 自任相國.	
190	庚午			元	關東에서 袁紹 중심 董卓 토벌군 성립. 동탁 - 獻帝 협박 長安 천도.	
191	辛未			2	孫堅 동탁군 격파하고 낙양 입성. 曹操 - 東郡에서 黑山部 격파. 東郡太守. 袁紹 - 冀州 차지, 劉備 平原相.	
192	壬申		初平	3	孫堅 - 荊州劉表 공격, 黃祖 부하에 피살. 王允 呂布 - 동탁 살해. 동탁 部將 李傕 (이각), 郭汜(곽사) 등 장안 도륙. 曹操 - 兗州 차지, 靑州兵을 조직 통솔. 劉表 - 荊州牧.	
193	癸酉	獻帝		4	袁術 - 淮南 점유. 曹操 - 徐州 陶謙 공격, 백성 수만 살해. 孫策 - 江東으로 脫身, 강동 점유.	
194	甲戌			元	呂布 - 연주 공격, 조조 패퇴. 曹操 - 呂布, 濮陽에서 전투. 劉備 - 陶謙 사망, 유비가 徐州牧이 됨.	
195	乙亥		興平	2	曹操 - 定陶에서 여포 격파. 呂布 - 유비에게 의탁. 이각, 곽사가 獻 帝 위협, 헌제는 安邑縣 피신. 曹操 - 兗州牧(연주목)이 되다.	
196	丙子			元	呂布 - 徐州 차지, 獻帝 낙양 도착. 曹操 - 헌제를 許都로 영입. 권력 독점. 費亭侯에 봉해짐. 司空, 車騎將軍을 겸임 劉備 - 예주 자사, 徐州 상실한 뒤에 조 조에 의탁. 孫策 - 會稽郡 차지. 呂布 - 유비 공격.	

西紀	干支	帝位	年號	年數	年號	비고
197	丁丑			2	袁術-淮南 壽春에서 稱帝. 袁紹-冀, 靑, 幷州 장악. 曹操-원술 격파.	
198	戊寅			3	曹操-여포 격파 처형, 徐州 차지. 동탁 잔당 완전 몰락. 諸葛亮-南陽 隆中에 은거. 劉表-荊州 8郡 차지.	
199	己卯			4	袁紹-公孫瓚 공격 살해, 幽州 차지. 袁術-병사. 曹操-袁紹와 黎陽 격전. 劉備-徐州 점령, 자립.	
200	庚辰			5	동승의 조조 살해 계획 누설 피살. 曹操-서주공격. 官渡大戰에서 원소 대파. 劉備-패전 후 원소에 의탁. 關羽-조조에 일시 투항. 顏良을 죽임. 劉備에게 되돌아가다. 孫策-피살, 弟 孫權 繼位 자립. 孫權-討虜將軍을 제수 받음.	
201	辛巳	獻帝	建安	6	劉備-劉表에 의탁. (南陽) 新野에 주둔.	
202	壬午			7	袁紹-病死. 子 袁譚, 袁尙 爭權. 曹操-원담, 원상 격파. 흉노 격파. 孫權-모친 吳夫人 別世.	
203	癸未			8	원소 아들 내분, 袁尙이 袁譚을 격파. 孫權-黃祖의 水軍을 격파.	
204	甲申			9	曹操-邯鄲. 袁尙 격파, 冀州牧 겸임.	
205	乙酉			10	曹操-원담 주살. 원상은 烏桓 도주.	
206	丙戌			11	曹操-冀, 靑, 幽, 幷州 차지, 북방통일.	
207	丁亥			12	曹操-白狼山에서 烏桓을 대파. 劉備-三顧草廬(206 겨울~207 봄), 諸葛亮-三分天下의 隆中對策 건의, 유 비의 軍師가 됨. 公孫康-요동태수, 원상을 죽임. 孫權-黃祖 공격. 백성을 포로로 잡다.	
208	戊子			13	曹操-自任 丞相. 형주 劉表 사망, 형주 유종을 격파. 赤壁戰 패배. 劉備-東吳 孫權과 結好. 東吳-周瑜, 魯肅의 항전 주장. 赤壁大 戰에서 승리.	

西紀	干支	帝位	年號	年數	年號	비고
209	己丑			14	曹操－屯田 실시. 劉備－荊州牧. 孫權－周瑜가 曹操의 江陵兵을 대파.	
210	庚寅			15	曹操－인재 모음. 銅雀臺 건립. 孫權－周瑜가 巴口에서 병사.	
211	辛卯			16	曹操－曹丕 副丞相. 韓遂, 馬超 격파. 劉備－益州牧 劉璋의 영입, 益州 주둔. 孫權－劉備의 孫夫人을 데려가다.	
212	壬辰			17	曹操－夏候淵을 시켜 馬超 격파. 孫權－秣陵, 石頭城(今 南京市) 축조, 建業으로 改稱하고 移居.	
213	癸巳			18	曹操－魏公에 被封. 孫權 공격. '生子當如孫仲謀(孫權)'라 탄식하고 철군.	
214	甲午	獻帝	建安	19	劉備－益州 劉璋이 투항. 益州牧이 되다. 馬超는 蜀에 투항. 龐統(방통) 戰死. 曹操－손권을 공격, 無益而撤軍. － 헌제 伏皇后를 시해. 孫權－魏 皖城(환성) 공격, 승리	
215	乙未			20	曹操－漢中郡 張魯 공격, 장로 투항.	
216	丙申			21	曹操－魏王이 됨. 居巢 주둔, 吳의 濡須(유수)를 공격.	
217	丁酉			22	曹操－손권 濡須口에서 격전. 曹丕(조비)－魏 太子에 책봉 孫權－呂蒙, 曹軍을 대파, 魯肅 病死. － 曹操에 請降.	
218	戊戌			23	劉備－漢中 진출, 諸葛亮은 成都 수비. 夏候淵과 漢中에서 대치. 孫權－吳郡에서 猛虎 격살.	
219	己亥			24	劉備－漢中郡 차지(黃忠). 夏侯淵 전사. 漢中王을 자칭. 關羽가 曹仁 대파. 曹操七軍을 水葬. 孫權－呂蒙, 陸遜이 荊州급습, 關羽 敗死.	
220	庚子		延康黃初	元	曹操－사망(1월). 66세. 曹丕가 승계. 獻帝 禪讓. 漢 멸망. 孫權－關羽 수급, 魏에 보냄. 于禁 송환. 劉備－黃忠 사망.	

曹魏 年表 (1)

西紀	干支	帝位	年號	年數	年號	비고
220	庚子	文帝曹丕	黃初	元年	曹丕-稱帝(10월, 34세). 洛陽 천도.	
221	辛丑			2	五銖錢 주조. 曹仁-大司馬에 임명.	
222	壬寅			3	孫權-劉備를 夷陵에서 격파. 郭氏(곽씨)를 황후에 책봉. 서역에 戊己校尉(무기교위) 설치.	
223	癸卯			4	大司馬 曹仁 병사.	
224	甲辰			5	太學을 설립.	
225	乙巳			6	長江에 나아가 觀兵(관병).	
226	丙午			7	5월, 曹叡(조예)를 황태자로 책봉. 文帝 붕어(時年 40). 조예 즉위(7월). 吳 諸葛瑾(제갈근) 침입, 司馬懿가 격퇴.	
227	丁未	明帝曹叡	太和	元年	籍田을 親耕. 五銖錢 발행.	
228	戊申			2	諸葛亮 침입.	
229	己酉			3	洛陽의 宗廟가 완성.	
230	庚戌			4	司馬懿가 大將軍 승진. 太皇太后(조조의 부인 卞氏(변씨)) 붕어.	
231	辛亥			5	籍田(적전)을 親耕. 諸葛亮(제갈량)이 天水郡에 침입.	
232	壬子			6	許昌의 宮闕 수리, 景福殿, 承光殿 준공. 陳思王 曹植 죽음.	
233	癸丑		青龍	元年	畢軌(필궤)가 선비족 원정.	
234	甲寅			2	山陽公(後漢 獻帝) 병사. 황제가 애도. 司馬懿와 諸葛亮 대치. 제갈량 병사.	
235	乙卯			3	司馬懿 太尉로 승진. 洛陽 궁궐 대공사.	
236	丙辰			4	崇文觀 설치.	
237	丁巳		景初	元年	曆法개정, 改元. 公孫淵 반란. 燕王 자칭.	
238	戊午			2	燒當羌族(소당강족) 반란. 공손연 토벌.	
239	己未			2	明帝 정월초하루 붕어. 時年 36세. 高平陵에 장례. 齊王 曹芳 즉위.	
240	庚申	齊王曹芳(少帝)	正始	元年	曹爽, 司馬懿 輔政. 正朔(정삭) 개정.	
241	辛酉			2	吳將 朱然, 樊城(번성) 포위 공격.	
242	壬戌			3	魏郡에서 지진.	
243	癸亥			4	倭國 여왕 俾彌呼(비미호) 遣使 入貢.	
244	甲子			5	鮮卑 內附, 遼東屬國 설치.	
245	乙丑			6	佐命功臣 21인의 祫祭(협제)를 지냄.	

曹魏 年表 (2)

西紀	干支	帝位	年號	年數	年號	비고
246	丙寅	齊王曹芳	正始	7	毌丘儉(관구검) 高句麗 원정. 濊貊(예맥) 격파.	
247	丁卯			8	河東郡 이북에 平陽郡 신설.	
248	戊辰			9	王淩(왕릉)이 司空이 되다.	
249	己巳		嘉平	元年	정월 高平陵의 변. 司馬懿－曹爽 제거. 실권 장악.	
250	庚午			2	征南將軍 王昶－吳를 급습 격파.	
251	辛未			3	王淩 모반 발각, 자살, 楚王 曹彪 賜死. 司馬懿－病死. 司馬師 집권.	
252	壬申			4	東吳 孫權 붕어, 동오 원정 실패, 東吳 諸葛恪이 선방.	
253	癸酉			5	동오 諸葛恪의 북침, 新城을 포위.	
254	甲戌	高貴鄉公曹髦	正元	6	司馬師가 소제 曹芳을 폐위, 유폐.	
				元年	高貴鄉公 曹髦(조모) 즉위. 改元. 司馬師에게 黃鉞(황월) 하사.	
255	乙亥			2	鎭東將軍 毌丘儉(관구검)과 揚州刺史 文欽(문흠) 반역－司馬師가 토벌, 주살. 사마사 죽음.	
256	丙子		甘露	元年	大將軍 司馬昭에게 곤룡포, 면류관 하사. 太學에서 황제와 박사들 經學 토론. 등애가 북침한 강유 대파.	
257	丁丑			2	諸葛誕(제갈탄)의 반란.	
258	戊寅			3	司馬昭－제갈탄 반란 진압 주살. 지위 相國, 작위 晉公, 食邑 8郡을 굳이 사양.	
259	己卯			4	新城郡을 분할, 上庸郡(상용군) 설치.	
260	庚辰	常道鄉公曹奐	景元	5	황제 曹髦가 司馬昭 제거 실패, 피살.	
				元年	常道鄉公 曹奐 즉위.	
261	辛巳			2	三韓과 濊貊(예맥)에서 入貢.	
262	壬午			3	肅愼國(숙신국) 入貢.	
263	癸未			4	鄧艾(등애)와 鍾會의 蜀漢 원정. 후주 劉禪 투항. 촉한 멸망.	
264	甲申		咸熙	元年	등애는 난군에 피살. 종회의 반역.	
265	乙酉			2	晉王(司馬昭) 죽음(8월). 司馬炎이 晉王에 즉위, 上天은 曹魏 天祿을 종결. 조환은 사마염에게 선양.	

蜀漢 年表 (1)

西紀	干支	帝位	年號	年數	年號	비고
220	庚子	獻帝 漢中王	建安	25	獻帝 - 禪讓, 曹丕 등극(曹魏 건국)	
221	辛丑	昭烈帝	章武	元年	劉備 - 제위 등극(61세), 蜀漢 성립. 諸葛亮 승상. 張飛 피살.	
222	壬寅			2	先主 - 東吳 陸遜에 대패. 白帝城 요양.	
223	癸卯			3	昭烈帝 붕어(時年 63세).	
				元年	後主 劉禪(유선) 즉위(17세). 吳와 講和. 立 皇后 張氏.	
224	甲辰		建興	2	제갈량 - 政務 주관, 務農, 息民.	
225	乙巳			3	제갈량 - 南征 4郡 - 七擒 孟獲.	
226	丙午			4	曹魏 文帝(曹丕) 붕어. 都護 李嚴 - 江州에 大城 축조.	
227	丁未			5	제갈량 - 出師表 올림. 漢中郡에 출병.	
228	戊申			6	제갈량 1차北伐(봄), 馬謖 - 失 街亭. 제갈량 2차 북벌(겨울) 〈後出師表〉	
229	己酉	後主 劉禪		7	제갈량 3차 북벌 - 武都, 陰平郡 평정. 孫權 칭제(48세) - 촉한과 맹약 체결.	
230	庚戌			8	曹魏 司馬懿 漢中郡 공격 실패 철수.	
231	辛亥			9	제갈량 - 4차 북벌.	
232	壬子			10	제갈량 - 木牛流馬 군량 수송. 教兵講武.	
233	癸丑			11	南夷의 반란을 馬忠이 평정.	
234	甲寅			12	제갈량 5차 북벌 - 諸葛亮 죽음(五丈原).	
235	乙卯			13	蔣琬(장완)이 대장군으로 국정 총괄.	
236	丙辰			14	武都郡 氐族을 成都로 이주시키다.	
237	丁巳			15	황후 張氏(張飛 女) 죽음.	
238	戊午		延熙	元年	劉璿(유예)를 太子로 책립.	
239	己未			2	蔣琬(장완)이 大司馬.	
240	庚申			3	越嶲郡(월수군) 반란 진압.	
241	辛酉			4	費禕(비의)가 尙書令이 되다.	
242	壬戌			5	姜維(강유) - 涪縣(부현)에 주둔.	
243	癸亥			6	상서령 費禕(비의)가 대장군이 되다.	
244	甲子			7	曹魏 曹爽 내침, 스스로 물러나다.	
245	乙丑			8	皇太后 崩(붕).	

蜀漢 年表 (2)

西紀	干支	帝位	年號	年數	年號	비고
246	丙寅			9	蔣琬(장완) 卒, 後主 親政.	
247	丁卯			10	涼州胡人 白虎文, 治無戴 等 率衆 歸降.	
248	戊辰			11	費禕(비의) - 漢中郡 出兵.	
249	己巳			12	曹魏 - 曹爽 실권, 처형, 하후패 來降.	
250	庚午			13	姜維 - 西平에 재 出兵.	
251	辛未		延熙	14	費禕(비의) - 北駐 漢壽.	
252	壬申			15	東吳 孫權 붕어.	
253	癸酉			16	費禕(비의) 피살. 姜維 출병 - 성과 무.	
254	甲戌	後主 劉禪		17	姜維 - 隴西에 출병.	
255	乙亥			18	姜維 - 狄道 출병, 魏軍 대파.	
256	丙子			19	姜維 - 曹魏 鄧艾(등애)에게 대패.	
257	丁丑			20	姜維 - 曹魏 제갈탄 반란을 이용, 출병.	
258	戊寅			元年	환관 黃皓(황호)가 대권 장악.	
259	己卯			2	劉諶(유침) - 北地王.	
260	庚辰		景耀	3	故 將軍 關羽(관우) 등에게 追諡(추시).	
261	辛巳			4	故 장군 趙雲(조운)에게 시호 추가.	
262	壬午			5	姜維 - 侯和(후화)에서 등애에 대패.	
263	癸未			6	鄧艾, 鍾會 등 曹魏 군사 대거 침입.	
			炎興	元年	後主, 鄧艾에 투항. 蜀漢 滅亡. 후주 유선 - 낙양 이주. 劉禪 - 西晉 武帝 泰始 7년(서기 271)에 洛陽에서 사망.	

東吳 年表(1)

西紀	干支	帝位	年號	年數	年號	비고
220	庚子		黃初	元年	曹丕 – 개국, 칭제.	
221	辛丑		建武	元年	劉備 – 개국 칭제(4월), 東吳 공격. 孫權 – 武昌 定都, 曹丕에 藩臣을 自請. 吳王에 被封, 九錫을 받음.	
222	壬寅			元年	曹魏와 우호단절. 자체 연호 사용. 夷陵大戰 – 陸遜, 劉備 軍 대파. 12월 – 劉備, 永安宮서 요양. 修好 강구.	
223	癸卯	孫權 吳王	黃武	2	劉備 – 白帝城에서 붕어(4월). 11월 蜀漢 鄧芝(등지)가 교빙차 入朝.	
224	甲辰			3	張溫(장온)을 교빙 차 西蜀에 파견.	
225	乙巳			4	顧雍(고옹)이 승상이 되다.	
226	丙午			5	魏 文帝 붕어(7월) – 曹魏 石陽縣 공격.	
227	丁未			6	鄱陽郡 山越 두목 彭綺(팽기) 생포. 大司馬 呂範(여범) 죽음.	
228	戊申			7	周魴(주방) – 魏將 曹休 유인 실패.	
229	己酉		黃龍	元年	손권 칭제, 蜀漢과 천하 양분, 평화협정 체결. 建業(건업) 천도.	
230	庚戌			2	水軍 파견 – 亶洲, 夷洲 정벌, 실패.	
231	辛亥			3	潘濬(반준) – 武陵郡 蠻夷(만이) 토벌.	
232	壬子			元年	遼東 公孫淵, 使者, 藩臣 자청 入貢.	
233	癸丑			2	公孫淵에 답례, 특사파견 실패. 曹魏 원 정 실패.	
234	甲寅	孫權 大帝	嘉禾	3	諸葛亮 북벌에 동조 대규모 曹魏 원정 실패. 諸葛亮 卒.	
235	乙卯			4	曹魏와 교역(戰馬 ↔ 珠玉) 허용.	
236	丙辰			5	大錢(當五百) 주조. 合肥 新城 공격.	
237	丁巳			6	諸葛恪(제갈각) 山越을 평정.	
238	戊午			元年	大錢(當一千) 주조. 步夫人 卒, 追增皇后	
239	己未		赤烏	2	요동 공격, 交州 반란 진압.	
240	庚申			3	民饑 – 빈민 구제.	
241	辛酉			4	曹魏 공격. 태자 孫登 卒. 諸葛瑾 卒.	
242	壬戌			5	孫和 立 太子. 전염병 유행.	

東吳 年表 (2)

西紀	干支	帝位	年號	年數	年號	비고
243	癸亥	孫權 大帝	赤烏	6	승상 顧雍 卒. 扶南王－樂人方物 헌상.	
244	甲子			7	陸遜(육손)이 승상이 됨.	
245	乙丑			8	陸遜 卒.	
246	丙寅			9	步騭(보즐)이 승상. 朱然－曹魏 공격.	
247	丁卯			10	승상 보즐 卒. 太初宮을 증축.	
248	戊辰			11	朱然－江陵에 築城.	
249	己巳			12	大司馬 朱然 卒, 朱據(주거)가 승상겸임.	
250	庚午			13	태자 孫和 폐립. 孫亮(손량) 태자 책립.	
251	辛未		太元	元年	潘皇后 책립, 孫權 臥病(와병). 諸葛恪(제갈각)이 太子太傅가 됨.	
252	壬申			2	손권 아들(王)을 모두 지방에 보냄. 潘皇后 卒(2월). 神鳳으로 改元. 孫權 붕어(4월), 時年 71세, 시호 大帝.	
		廢帝 孫亮	建興	元年	孫亮(손량) 즉위, 諸葛恪(제갈각) 권력 장악	
253	癸酉			2	曹魏의 남침 격퇴, 孫峻(손준)이 제갈각 살해.	
254	甲戌		五鳳	元年	孫英－孫峻(손준) 제거 실패.	
255	乙亥			2	魏將 毌丘儉(관구검) 반란 실패, 文欽(문 흠) 투항.	
256	丙子		太平	元年	孫峻(손준) 병사. 孫綝(손침)이 권력장 악, 지도층 내분.	
257	丁丑			2	曹魏 諸葛誕의 壽春城 반란을 적극 지 원.	
258	戊寅	景帝 孫休	永安	3	손침은 황제 孫亮을 會稽王으로 방축.	
				元年	손침은 孫權 6男 孫休(손휴, 景帝)를 옹 립. 경제가 손침을 주살.	
259	己卯			2	九卿 官制 정비. 농업장려 조서 발표.	
260	庚辰			3	廢帝 孫亮(손량) 자살.	

東吳 年表(3)

西紀	干支	帝位	年號	年數	年號	비고
261	辛巳	景帝 孫休	永安	4	관리 파견하여 지방관 감독, 黜陟(출척).	
262	壬午			5	朱황후, 太子 책립, 濮陽興(복양흥) 승상이 됨.	
263	癸未			6	蜀漢 멸망, 구원군 출발했다가 철수.	
264	甲申			7	7월 孫休(손휴)붕어, 時年 30세, 景皇帝.	
			元興	元年	烏程侯 孫皓(손호) 영입, 즉위. 得志하자 포악, 승상 복양흥, 장포 처형.	
265	乙酉		甘露	元年	景后 朱氏 핍박 살해. 景帝 두 아들 살해 曹魏 멸망, 晉 武帝 受禪.	
266	丙戌	末帝 孫皓	寶鼎	元年	武昌에서 大鼎 출토, 개원. 陸凱(육개) 左丞相.	
267	丁亥			2	호화궁궐 顯明宮(현명궁) 건축.	
268	戊子			3	丁固(정고)가 司徒, 孟仁(맹인)이 司空.	
269	己丑		建衡	元年	孫瑾(손근)을 태자로 책립.	
270	庚寅			2	낙뢰 화재로 민가 1만여 호 소실.	
271	辛卯			3	交趾郡의 晉 세력을 축출.	
272	壬辰		鳳凰	元年	西陵都督인 步闡(보천)의 반란.	
273	癸巳			2	陸抗(육항) - 대사마가 되다.	
274	甲午			3	州郡에 使者 파견, 도망자, 반역자 색출.	
275	乙未		天册	元年	吳郡에서 銀 簡册을 캐냈다 하여 改元.	
276	丙申		天璽	元年	算緡錢(산민전)을 미납한 太守를 처형.	
277	丁酉		天紀	元年	夏口都督 孫慎 - 江夏, 汝南 일대 노략질.	
278	戊戌			2	成紀王(성기왕) 등 11王 책립. 군사 3천 보유를 허용.	
279	己亥			3	桂林郡의 郭馬(곽마)가 반란을 일으킴. 晉의 大軍 각 방면에서 총 공격 개시.	
280	庚子			4	末帝 孫皓 투항, 洛陽城 이주. 歸命侯.	

《三國志》立傳 人物 紹介

-譯者의 自序-

西晉 陳壽의 《三國志》의 서술 범위는 서기 184년 黃巾賊(황건적)의 亂
부터 서기 280년 東吳의 멸망까지 약 1백 년이니, 後漢 末부터 삼국의 성
립과 소멸의 역사를 서술하고 정리하였다. 본서에 입전된 인물 중, 예를
들면, 董卓(동탁, ?-서기 192년), 袁紹(원소, ?-202년)와 袁術(원술, 155-199
년), 劉表(유표, 142-208년)는 靈帝와 獻帝 시기의 주요한 정치적 인물이지
만, 모두 曹魏의 稱帝(칭제, 서기 220년) 이전에 사라진 사람이나 《魏書》 6
권, 〈董二袁劉傳〉에 입전되었다. 곧 後漢의 역사를 상당 부분 포함하고
있는데, 이는 후한에서 삼국으로의 자연스러운 발전이라는 의미가 있다.

《三國志》는 《魏書》와 《蜀書》 그리고 《吳書》의 合本으로 서술 형식으로
는 紀傳體(기전체)의 斷代史이다. 陳壽는 曹魏를 정통으로 생각하였기에
魏王 曹操(조조, 155-220년)와 曹丕(조비, 文帝) 등 曹魏의 황제는 本紀에 기
록하였고, 劉備나 孫權은 모두 列傳에 입전하였다. 《삼국지》에 입전된 인
물로 본서에서 제목 차례를 붙인 인물이 330여 명이나 되지만 이들에 대
한 간략한 소개가 없다. 어떤 인물을 알고 싶다면 색인에서 人名을 확인
하고 해당 열전을 찾아 읽으면 된다.

《史記》에는 〈太史公自序〉에서, 班固의 《漢書》에서는 上, 下의 〈序傳〉
이 있어 史書 저술 동기와 의도, 立傳 인물의 선정 이유와 간단한 소개 자

료가 있지만, 范曄(범엽)의 《後漢書》에는 그런 부분이 없다. 그래서 필자는 《後漢書》의 紀傳 부분의 원문을 완역하면서 필자 나름대로 입전 인물의 소개 자료를 권말에 첨부했었다.

필자는 이번에 《三國志》 원문을 완역하면서 권말에 각 권에 입전된 인물의 소개 자료를 여기에 첨부한다. 이는 독자의 이해를 돕는 하나의 방편이며 또 필자의 주관에 의한 서술이지만, 독자도 나름대로 人物評을 할 수 있고, 그런 人物評 역시 의미가 있다고 생각한다.

1. 魏書

▌1권, 〈武帝紀〉 – 曹操.

曹操는 본래 漢室의 신하였기에 魏王으로 만족했다. 橋玄(교현)의 말대로 일단 천하를 안정시켰다. 또 '淸平 시절의 奸賊(간적)이나 亂世의 英雄'이라는 許劭(허소)의 예언적 평가는 정확했다. 陳壽(진수)의 논평 그대로 '申不害(신불해)와 商鞅(상앙)의 法術에, 韓信(한신)과 白起(백기)의 戰術을 현실에 맞춰 적용하였으며, 적임자를 골라 직책을 수여하고 능력에 맞게 등용'하는 유능한 최고 경영자(CEO)였다. 羅貫中(나관중)은 '雄哉라 魏太祖여! 천하의 혼란을 걷어내었도다. 動靜은 언제나 지혜로웠고, (능력의) 高低(고저)에 따라 인재를 잘 골라 썼다. 백만 대군을 지휘하였고 병법에도 통했었다. 그 시절 호걸 중에 누가 감히 채찍을 들겠는가?' 라고 평했다.

그러나 그의 인품에 대해서는 부정적인 평가가 많은 것도 사실이다.

'魏 武帝는 詭詐(궤사)가 많은 사람이고, 그 爲人을 매우 비루하다고 생각했다.'는 말은 唐 太宗의 말이다(貞觀政要). 조조의 國政과 軍事 능력, 그리고 뛰어난 시인이었던 그의 문학적 자질에 대하여 의문을 제기하는 사람은 많지 않다.

毛澤東(모택동)도 '후한 말의 정치 경제 상황을 개혁하고 둔전제를 채택하여 국가의 생산능력을 제고하였으며, 法治를 실천하면서도 節儉(절검)을 강조하여 나라를 안정과 발전을 가져온' 조조의 능력을 충분히 칭찬하였다.

■ 2권, 〈文帝紀〉 – 曹丕(조비).

曹魏의 文帝 曹丕(조비, 187 – 226년, 재위 220 – 226)는 천부적인 文才를 바탕으로, 下筆하면 成章하였고 博聞强記(박문강기)하였으며, 才藝를 겸비한 사람이었다. 부친의 유업을 바탕으로 개국 稱帝(칭제)할 수 있었고 그만한 능력이 있었다.

諸葛亮(제갈량)이 볼 때 조비의 등극은 土龍(지렁이)과 같고 芻狗(추구, 허수아비)에 붙인 이름이라 했지만, 뒷날 王勃(왕발, 唐 詩人)이 보았을 때는 '산더미 같은 책을 읽어(博覽墳典) 문채와 바탕이 아름다운(文質彬彬), 君子에 가까운 사람이었다(庶幾君子者矣).'

曹丕의 才華(재화)가 뛰어났다고 하지만 정치적 역량은 아버지에 비해 평범했고, 문학적 재능은 동생 曹植(조식)만 못했다. 그러나 그들 三父子의 그만한 재능은 역사에서 결코 쉽게 찾아볼 수 없다. 이는 毛澤東의 평가이다.

■ 3권, 〈明帝紀〉 – 曹叡.

조위의 明帝 曹叡(조예, 재위 226-239년)는 曹魏의 수명 45년 중에서 그래도 황제권이 유지되었던 시기였다. 그런데 그의 치적 전체를 평가한다면 결코 明帝라는 시호에 많이 부족하다는 느낌이 든다.

우선 인재가 없어서 그러 했겠지만 司馬懿(사마의)에게 너무 의존했다. 曹魏의 국가 장래를 생각한다면 그만한 세력은 일찌감치 제거했어야 했다. 그런 정치적 식견에 어두웠으니 明帝 사후가 어떻게 되었겠는가? 명제가 황제로서 한 일은 죽은 생모〔甄氏(견씨)〕의 친정 사람들 보살피는데 집중했고 또 궁궐을 크게 짓는 등 사치에 일찍 눈을 떴으니, 明帝 사후에 司馬氏의 권력 장악은 당연한 결과였다.

■ 4권, 〈三少帝紀〉 – 曹芳, 曹髦, 曹奐.

明帝는 아들을 두지 못했다. 명제의 양자로 뒤를 이은 曹芳(조방, 재위 239-254년)은 어린 황제로 즉위했는데, 조방을 지켜야 할 大將軍 曹爽(조상)은 司馬懿의 적수가 못되었다. 결국 高平陵의 정변으로(서기 249) 정치적 실권은 사마의에게 완전히 넘어갔다.

사마의가 죽은 뒤 그 아들 司馬師에 의하여 少帝 曹芳은 폐위되었다. 조방의 뒤를 계승한 高貴鄉公 曹髦(조모)는 학문과 식견이 있었다. 황제가 영특하고 학문을 좋아한다면, 이는 참으로 다행한 일이었다. 그러나 이미 때가 늦었다. '司馬昭(사마소)의 속셈은 길을 가는 사람도 다 알고 있다.' 며 도저히 참을 수 없어 궁 안의 시종 무리를 거느리고 사마소 진영을 공격할 정도로 무모했기에 황제가 아닌 개죽음으로 끝났다.

曹魏의 마지막 황제는 曹奐(조환)이었다. 조환의 재위 중에 蜀漢이 붕괴되었지만 황제에게는 아무런 변화도 일어나지 않았다. 조환은 아무 할 일도 없이 가만히 拱手(공수)하고 있다가, 265년에 司馬炎(사마염)에게 나라를 禪讓(선양)하였다. 禪讓은 알아서 주고, 미안한 척 겸양을 꾸민 뒤에, 나라를 넘겨받는 절차이다. 평화적 왕권 교체라는 이름의 포장지이다.

▌5권, 〈后妃傳〉 – 武宣卞皇后, 文昭甄皇后, 文德郭皇后, 明悼毛皇后, 明元郭皇后.

《漢書》의 〈外戚傳〉, 《後漢書》의 〈皇后紀(上, 下)〉처럼 陳壽는 〈后妃傳〉을 지었다. 曹魏에서 后妃의 공통점은 모두 하층민 출신이다. 曹操의 武宣卞皇后는 唱家(창가) 출신이었지만 지혜롭고 특히나 검소하였다. 曹丕와 曹植의 생모로 바른 인품을 견지했다. 文昭甄皇后(문소견황후)는 본래 袁紹의 아들 袁熙(원희)의 아내였으나 미모가 출중했기에 曹丕의 황후가 되었고, 明帝(曹叡)를 출산하여 사후에 그 일족이 복을 누렸다.

明悼毛皇后(명도모황후)는 수레바퀴를 만드는 匠人의 딸이었지만 미모로 명제의 총애를 받았다. 명제의 두 번째 황후인 明元郭皇后(명원곽황후)는 명제가 거의 죽기 직전에 황후가 되었지만, 司馬懿, 司馬昭, 司馬炎이 권력을 장악하는 과정에서 허수아비 황태후로서 역할을 다했을 뿐이었다.

▌6권, 〈董二袁劉傳〉 – 董卓, 李催, 郭汜, 袁紹, 袁術, 劉表.

흉폭하고 잔악한 만행, 가혹하고 잔인한 정치를 했던 董卓(동탁), 그 부하였던 李催(이각)과 郭汜(곽사)의 폭정은 아마 근본이 갖추어지지 않은 인간이 권력을 잡았기 때문에 나타나는 현상의 하나일 것이다. 이점에서 袁術(원술)의 사치와 荒淫(황음)과 放縱(방종)도 역시 마찬가지이다. 그들의 갑작스런 멸망은 自業自得의 惡果이다.

袁紹(원소)와 劉表(유표) 두 사람은 모두 위엄 있는 용모에 그럴싸한 허우대가(外貌) 있어 유명했고, 권력을 쥐었을 것이다. 여자의 미모는 자산이지만, 사내로서 외모는 그럴 듯하나 내실이 없으며, 또 옹졸한 성격에 앞날을 생각하지 못하고 현실에 안주하며, 적극적인 개혁을 자신의 安危와 利得을 기준으로 판단한 인물이라면 小人이라 아니할 수 있겠는가?

옛날에 項羽(항우)는 范增(범증)의 책모를 받아들이지 않아 망했지만, 항우는 그런대로 전투능력이 있고 솔직했었다. 원소와 유표한테서는 그런 솔직한 일면을 찾아보기도 어려웠다.

▍7권, 〈呂布臧洪傳〉 - 呂布, 張邈, 陳登, 臧洪.

呂布(여포)는 잘 생긴 미남자에 용맹하고 무예가 뛰어났지만, 지략이나 책략이 부족했다. 이는 일종의 능력 결핍이었다. 그러한 그가 다른 사람들의 지지를 얻어내지 못한 것은 物慾 때문이었다. 욕심이 많고 의리는 하나도 없는 사람으로서 제 잘난 멋에 설쳐대다가 죽은 어리석은 사람이었다.

張邈(장막)은 한때 조조가 자신의 가족의 뒷일을 부탁했던 사람이었지만 결국 조조와 갈라섰다. 여기에는 조조의 인격적 결함도 작용했지만 두 사람 다 서로를 잘못 보았다.

陳登(진등)은 여포와 조조 사이에서 결국 조조를 지원했지만 명줄이 짧아 일찍 죽었다. 臧洪(장홍)은 한때 원소의 신임을 받았지만, 원소의 배신으로 원소를 떠나갔고, 원소의 대군에게 성이 함락되면서 백성의 신뢰 속에 절의를 지켜 목숨을 버렸다.

■ 8권, 〈二公孫陶四張傳〉 – 公孫瓚, 陶謙, 張楊, 公孫度, 公孫淵, 張燕, 張繡, 張魯.

公孫瓚(공손찬)은 젊었던 날에 동북쪽의 강자로 잘 나갔지만 무모하고, 또 그릇이(器) 정말 작았기에 비슷한 그릇의 원소와의 경쟁에서 밀렸다. 나중에 겹겹의 해자로 둘러싸인 보루 안에 人工 언덕을 쌓고(易京) 거기서 원소가 물러나기를 기다렸던 어리석은 사람이었다.

陶謙(도겸)은《三國演義》를 통해 친숙한 이름이지만 실상은 그렇지 못했고 역시나 무능했다. 曹操가 피살된 부친의 원수를 갚는다고 도겸 관내의 여러 현의 무고한 백성을 殲滅(섬멸)했는데, 잔악한 조조의 행위에 분노하면서 그런 결과를 초래한 근본은 역시 도겸의 무능이었다.

張楊(장양)은 위기에 처한 獻帝를 도우며 자신의 본분을 지키려 했지만 부하에게 피살되었다. 公孫度와 公孫淵(공손연)은 포악했기에 멸망을 자초한 사람이었다.

張燕(장연), 張繡(장수), 張魯(장로)는 群盜의 무리에서 正道를 찾아 지켰기에 그래도 제 一族은 지킬 수 있었다.

■ 9권, 〈諸夏侯曹傳〉 – 夏侯惇, 夏侯淵, 曹仁, 曹洪, 曹休, 曹眞, 曹爽, 夏侯尙, 夏侯玄.

夏侯惇(하후돈), 夏侯淵(하후연), 曹仁(조인), 曹洪(조홍), 曹休(조휴), 夏侯

尙(하후상), 曹眞(조진) 등은 모두 조조의 친척 관계이거나 살붙이로 그 시절에 고귀한 지위에 막중한 권력을 행사했고 측근으로 공을 세웠으며, 또 開國의 대업을 성취하였다. 이들이 조조와 함께 개국하는 과정에서 전장을 누비며 고생을 했고, 그래서 서기 220년 이후 황족으로 부귀영화를 누렸다. 전체적으로 이들 文, 武臣 중 뛰어난 능력을 가진 자는 눈에 뛰지 않는다. 약간 보통 이상의 능력자라면 그 정도의 배경과 여건에서는 그만한 성취를 이루기가 어려운 것은 아니다.

曹眞(조진)은 그렇다 치더라도, 그 아들 曹爽(조상)은 司馬懿(사마의)에게 一國의 모든 권력을 다 빼앗기는 순간에, 그래도 '富家翁(부가옹)'으로 살 수 있을 것이라 기대하면서 사마의에 대한 저항이나 決勝을 포기하였으니, 정말로 돼지(豚)는 돼지였다.

▌10권, 〈荀彧荀攸賈詡傳〉 - 荀彧, 荀攸, 賈詡.

조조의 策士로 잘 알려진 荀彧(순욱), 荀攸(순유), 賈詡(가후)의 책모는 主君의 성향과 잘 맞았다. 이들은 漢 고조의 張良과 陳平의 亞流(아류)라고 평가받는다. 장량이 漢 高祖에게 정정당당한 방책을 권유하였다면, 진평의 책모는 거의 음성적이고 기만에 가까워 장량의 정당한 책모를 따를 수 없었다. 그러나 漢 고조를 도운 策士(책사)라는 공통점이 있어 《漢書》에 같이 입전하였다.

위 3인의 策謀에도 개성에 따른 차이가 있었을 것이다. 순유가 죽은 뒤, 조조는 순유를 이야기할 때면 늘 눈물을 흘렸다는 단 한 구절이 있는데, 이는 순유가 성심과 정도로 주군을 보필했기 때문일 것이다. 아부나 잔머리로는 주군의 신임을 받을 수 없다.

■ 11권, 〈袁張涼國田王邴管傳〉 - 袁渙, 張範, 涼茂, 國淵, 田疇, 王脩, 邴原, 管寧, 張臶, 胡昭.

본권에는 의리와 지조를 지킨 文臣들을 입전했다. 사실 漢末에 삼국의 분열이 확실하고 황제가 권위를 잃고 계속되는 전쟁 속에서 생명을 부지하는 것 자체가 힘들 때였지만, 그런 혼란 속에서 절조와 정도를 지키는 일이 결코 쉽지 않았다. 여러 사람을 입전했는데, 입전 내용을 읽어보면 그 지조도 높고 낮으며 그 처신에도 고저가 다름을 알 수 있다.

젊은 날 같이 공부했던 華歆(화흠)은 魏國에 적극적으로 출사했지만 魏의 초빙을 끝까지 마다하고 출사하지 않은 管寧(관녕)과 여러모로 비교가 된다.

■ 12권, 〈崔毛徐何邢鮑司馬傳〉 - 崔琰, 毛玠, 徐奕, 何夔, 邢顒, 鮑勛, 司馬芝.

崔琰(최염)은 외모가 출중했고 사람을 보는 눈이 탁월했으며, 의리를 지켰지만 曹操의 좁은 度量에 희생당하였다. 毛玠(모개)는 최염만큼 강직한 사람이었고 選擧를 (인재 등용) 담당하면서 曹操의 청탁까지도 거절했지만, 朝政을 비방했다는 누명을 쓰고 파직되었다.

徐奕(서혁)은 원칙을 지키는 깐깐한 司直之臣이었고, 何夔(하기)와 邢顒(형옹) 역시 원칙주의자로 본분을 다하면서 순탄하게 관직 생활을 마쳤다. 鮑勛(포훈)의 父 鮑信은 조조를 살리고 자신이 죽었다. 포훈은 원칙을 고수하여 文帝의 미움을 받아서 文帝가 죽기 20일 전에 처형당했다. 司馬芝(사마지)도 유능한 인재로 河南尹으로 또 공정한 판결로 이름을 남겼다.

■ 13권, 〈**鍾繇華歆王朗傳**〉 - 鍾繇, 子 種毓, 華歆, 王朗, 子 王肅.

鍾繇(종요)는 조조의 참모로 유능한 정치가였고 명필로 이름을 날렸다. 아들 種毓(종육)도 성실하였다. 華歆(화흠)은 《三國演義》의 묘사로 지저분한 인물이 되었지만, 인품과 학식이 바르고, 管寧(관녕)과 좋은 관계를 유지했다. 다만 서로 전혀 다른 길을 걸었을 뿐이다. 王朗(왕랑)은 고관을 두루 역임하며 부지런히 상소하였지만 그 효과는 크지 않았다. 子 王肅(왕숙)은 晉王 司馬昭(사마소)의 장인이고, 晉 武帝 司馬炎의 외조부였다. 儒家 《六經》에 대한 王肅의 注釋은, 三國에서 南北朝에 이르는 시기에 官學의 敎材로 사용되었고, 唐代 유학자 孔穎達(공영달)에게 큰 영향을 끼쳤다.

■ 14권, 〈**程郭董劉蔣劉傳**〉 - 程昱, 程曉, 郭嘉, 董昭, 劉曄, 蔣濟, 劉放 孫資.

본권은 魏國 謀主에 관한 立傳이다. 程昱(정욱)은 曹操에게 성실하면서도 배짱이 있는 참모이며 장수였다. 화려한 성공은 없지만 변함없는 충성을 바쳤다. 郭嘉(곽가), 董昭(동소) 역시 才智와 策略으로 당세의 걸출한 인물이었고, 淸淨한 치적과 德行으로 이룬 공적은 荀攸(순유)와 달랐다. 다만 그 책모를 헤아려 국정에 기여했다는 점에서는 순유와 비슷하였다. 劉曄(유엽)은 文士 출신이지만 당시 삼국의 경쟁 과정에서 가장 정확하게 정세를 분석했다. 蔣濟(장제)는 문무를 겸비한 유능한 臣僚로 조조와 文帝와 明帝를 섬기고, 曹芳 재위 중에 있었던 高平陵의 變 이후 병사했다.

劉放(유방)은 광채 나는 문장으로, 孫資(손자)는 勤愼(근신)하며 군국기무를 처리하면서 그 권세가 강했지만, 고상한 雅趣가 별로 없었기에 아부

에 능하다는 평가를 들어야 했지만 가끔은 비난이 실제보다 지나쳤다고
할 수 있다.

■ 15권, 〈劉司馬梁張溫賈傳〉 – 劉馥, 司馬朗, 梁習, 張旣, 溫恢, 賈逵.

劉馥(유복)과 아들 劉靖(유정) 父子는 유능하고 성실한 지방관과 관료로
백성을 위한 훌륭한 치적을 남겼다. 司馬朗(사마랑)은 司馬懿의 친형이었
는데, 사마의와 같은 야심이 없는 성실하고 모범적인 지방관이었고 장군
이었다. 梁習(양습)은 幷州 자사로 오래 근무하면서 국경 백성의 생활 안
정에 기여하였다. 張旣(장기)는 雍州와 涼州의 자사로 曹魏의 서방(長安의
서쪽) 안정에 노력을 경주했다. 溫恢(온회)는 사실 뚜렷한 치적이 없다. 漢
賈誼(가의)의 후손인 賈逵(가규)는 행정과 군사 양면에서 뛰어난 능력을 발
휘했다.

■ 16권, 〈任蘇杜鄭倉傳〉 – 任峻, 蘇則, 杜畿, (子) 杜恕, 鄭渾, 倉慈.

16권은, 백성의 살림을 안정시킨 유능한 지방관에 대한 列傳이다. 任峻
(임준)은 曹魏에서 屯田制를 정착시킨 인물이다. 먹지 않고 어찌 싸우겠는
가? 軍糧(군량) 조달은 지휘자의 제1과제이다. 이를 둔전제로 해결할 수
있었기에 曹魏가 華北을 통일할 수 있었다.

蘇則(소칙)은 涼州 일대의 치안 확보에 공을 세웠고 文帝에게 직언을 서
슴지 않았는데 지방으로 좌천당하여 부임 도중에 병사하였다. 杜畿(두기)
는 河東郡 태수로 16년이나 재직하였으니, 그가 얼마나 백성의 신뢰를 받

았는지 짐작할 수 있다. 두기의 아들 杜恕(두서)는 그릇과 뜻은 컸지만 교제가 부족했고 時運을 타지 못했다. 두서의 아들이 바로 東吳를 격파, 멸망시킨 杜預(두예)이다. 鄭渾(정혼)은 여러 군현의 지방관을 역임하며 민생안정에 기여하였다. 倉慈(창자)는 敦煌(돈황) 태수로 훌륭한 치적을 남겨 胡人의 존경을 받았다.

▌17권, 〈張樂于張徐傳〉 ─ 張遼, 樂進, 于禁, 張郃, 徐晃.

17권은, 曹操와 함께 戰場을 누볐던 '五子良將'에 관한 열전이다. 이들 중 첫째인 張遼(장료)는 武藝와 신의, 덕행으로 존경받을 만한 良將이었다. 체구가 작았던 樂進(악진)은 처음부터 한결 같이 조조를 수행하며 전공을 세웠다. 于禁(우금)은 曹魏 五子良將 중 조조가 절대적으로 신임했지만, 樊城(번성)의 싸움에서 關羽의 水攻에 투항하여 晩節을 지키지 못했으니 '英雄成敗皆偶然'이라 아니할 수 없다. 우금의 乞降(걸항)은 투항을 거부한 龐德(방덕)을 더욱 돋보이게 하였으니, 曹操는 우금의 항복을 벽화로 그리게 했고, 이를 본 우금은 수치를 감당하지 못해 病死했다.

張郃(장합)은 曹魏의 五子良將 중 제갈량과 조금 비슷한 장수로 무예와 함께 文德이 있었지만 제갈량과의 싸움에서 전사했다. 徐晃(서황)은 蜀軍의 북진을 잘 막아냈고, 철저한 계산으로 승리를 노리면서 성실한 실력을 바탕으로 공을 세우려고 노력했던 장군이었다. 曹魏의 '五子良將'과 같은 예로 《三國志 蜀書》에서는 趙雲, 關羽, 張飛, 馬超, 黃忠을 함께 입전하였고, 《三國演義》는 이들을 '五虎上將'이라 불렀다.

■ 18권, 〈二李臧文呂許典二龐閻傳〉 - 李典, 李通, 臧霸, 文聘, 呂虔, 許褚, 典韋, 龐德, 龐淯, 閻溫.

李典(이전)은 평소에 學問을 좋아하고 유학을 숭상하였으며 다른 장수와 공을 다투지 않았다. 賢士를 공경하고, 공손 근신하며 예를 갖추었기에 軍中에서도 長者로 통했다. 李通(이통)은 대의를 견지하며 名利에 동요하지 않았으며, 두 마음을 가진 자들을 설득하고 복속케 하였고 충성을 다했다. 臧霸(장패)는 대의와 충성의 정도를 견지하며 東吳와의 싸움에서 많은 공을 세웠다. 文聘(문빙)은 유표의 부장이었다가 조조에 투항한 뒤, 東吳를 막으며 지방관으로 선정을 베풀었다.

呂虔(여건)은 泰山郡 주변을 안정시켰고, 典韋(전위)는 조조를 호위하며 오직 충성을 다 바쳤으며, 許褚(허저)는 조조와 曹丕를 섬기며 盡忠하였으니 경호실장 그 이상으로 忠臣의 본보기였다. 龐德(방덕)은 관우의 水攻에 포로가 되었지만 뜻을 굽히지 않고 순국했다. 龐淯(방육)과 閻溫(염온)의 涼州 변방의 小吏였지만 의리를 지켜 순국했다.

■ 19권, 〈任城陳蕭王傳〉 - 曹彰, 曹植, 曹熊.

조조의 아들로 위 3인은 특별했다. 任城王 曹彰(조창)은 무예가 뛰어났고 용감하여 曹操가 자랑할만한 黃鬚兒(황수아)였다. 陳思王 曹植(조식)은 타고난 천재였다. 南朝 宋의 문인 謝靈運(사령운)은 "천하의 재주가 1석이라면 曹子建(조식)이 혼자 8斗를 차지했고, 내가 1斗, 그리고 나머지 1斗를 세상 사람들이 나눠가졌다."라고 말했다. 그래서 曹植을 '八斗之才'라고 하였다.

본권에 실린 조식의 글에는 현실에 좌절당한 天才의 슬픔이 가득 넘치게 담겨있다. 曹植이 황제인 형에게 용서와 관용을 빌고, 능력을 발휘할 수 있는 기회를 달라고 애걸하는 그 비통한 모습은 그 글을 읽는 후인에게도 슬픔으로 전해진다. 하여튼 曹操 – 曹조 – 曹植 三父子의 재능은 정말 대단하였다.

▌20권, 〈武文世王公傳〉

무제의 후궁 소생 曹昂(조앙) 외 20명, 文帝의 후궁 소생 曹協(조협) 외 7명, 합계 29명을 입전했다.

이들 중 뚜렷한 치적이나 모범적인 생애를 마친 사람은 불과 몇 명이다. 鄧 哀王(등 애왕) 曹沖(조충)은 吳에서 보낸 코끼리 무게를 측정할 방법을 알았던 거의 神童에 가깝고 인자했지만 13살 어린 나이에 죽었다. 조조의 아들 中山 恭王(중산 공왕) 曹袞(조곤)은 호학했고 바른 행실로 성실하게 살았던 모범적 제후 왕이었다.

▌21권, 〈王衛二劉傳傳〉 – 王粲, 衛覬, 劉廙, 劉劭, 傅嘏.

본권은 文臣들의 열전이다. 王粲(왕찬)은 후한 말기 시인 '建安七子'의 대표라 할 수 있는데, 〈왕찬전〉에는 왕찬 외 建安七子와 그 밖의 시인에 관한 일화를 수록했다.

衛覬(위기)는 문신으로 漢과 魏에 걸쳐 출사하면서 여러 제도의 정착에 기여하였다. 劉廙(유이)는 고명한 식견으로 칭송을 들었고, 劉劭(유소)는 많은 典籍를 널리 배우고 깨우쳐 문재와 인품을 두루 겸비하였다. 傅嘏(부하)는 재능이 특출하여 혁혁한 명성과 지위를 누렸다.

22권, 〈桓二陳徐衛盧傳〉 – 桓階, 陳羣, 陳泰, 陳矯, 徐宣, 衛臻, 盧毓.

桓階(환계)는 먼 안목으로 조조를 섬겼다. 陳羣(진군)은 司空을 역임했는데 바른 인품에 매우 유능한 문신이었다. 그러나 陳群의 아들 陳泰(진태)는 蜀의 침공을 막아내는 武臣으로서 큰 공을 세웠다. 陳矯(진교)는 큰 일을 당하여 총명과 담략이 남들보다 뛰어난 一世의 俊傑이었다.

徐宣(서선)은 굳세고 과감하며 강직하였고, 衛臻(위진)과 盧毓(노육)은 바른 간언을 올리고 사리에 통달하였으며 자신의 직임에 부끄러움이 없었다.

23권, 〈和常楊杜趙裴傳〉 – 和洽, 常林, 楊俊, 杜襲, 趙儼, 裴潛.

三公에 지위에 오르지는 못했지만 유능한 文臣에 대한 列傳이다. 和洽(화흡)은 中庸에 바탕을 둔 검소 절약을 강조하였다. 常林(상림)은 당시 권신 司馬懿의 고향 어른으로 지조가 청정하며 고결하여 사마의의 존경을 받았다.

楊俊(양준)은 인재를 알아보는 능력이 있었고, 인물을 골라 키워주는 大義를 실천했다. 王象(왕상)이란 사람은 어린 나이에 고아가 되어 남의 집 노비가 되었는데, 나이 17, 8세에 羊을 키우면서 몰래 책을 읽었다고 회초리를 맞았다. 양준은 그 재주와 바탕을 가상히 여겨 왕상의 주인집에 속전을 내어 양민으로 풀어준 뒤에 결혼을 시켜주고 出仕토록 주선하였다.

그렇지만 양준은 曹植을 두둔했다 하여 文帝의 미움을 받아 결국 자살하였다.

杜襲(두습)은 溫柔純美하면서도 事理의 大綱을 꿰뚫어보는 유능한 문신이었고, 趙儼(조엄)은 文士이지만 軍師로 활약이 뛰어났었다. 裴潛(배잠)은 尙書令을 역임하며 여러 제도를 개선한 유능한 문신이었다.

■ **24권, 〈韓崔高孫王傳〉** - 韓暨, 崔林, 高柔, 孫禮, 王觀.

韓暨(한기)는 製鐵(제철)에 水力 送風機를 이용케 하였고, 採金(채금)을 주관하는 기술직이었는데, 나라의 제사를 주관하는 太常으로 8년을 재직하였다. 崔林(최림)은 지방관으로 치적이 훌륭하면서도 원칙을 잘 지켰고 司空을 역임하였다.

高柔(고유)는 법리에 밝았고, 90세까지 장수하며 후한 말기와 曹魏 5명의 황제를 섬겼으니, 曹魏의 건국과 멸망의 전 과정이 그의 생애였다. 孫禮(손례)는 강건 결단하고 엄숙하였으며, 王觀(왕관)은 청렴, 剛毅(강의)하고 올곧아서 모두 三公의 반열에 오를 수 있었다.

■ **25권, 〈辛毗楊阜高堂隆傳〉** - 辛毗, 楊阜, 高堂隆.

본권은 강직하게 간언을 많이 상소한 諫臣(간신)의 열전이다. 辛毗(신비)는 본래 원소의 부하였다가 曹操에 귀부하였고, 신비를 발탁한 조조가 죽었어도 文帝와 명제에게 소신대로 간언을 올렸다. 楊阜(양부)는 서쪽 涼州 출신으로 무장에서 지방관으로 立身했고, 조정에서는 특히 明帝의 폐정을 바로잡으려는 상소를 많이 올렸다.

明帝는 曹魏에서 그래도 좀 영명한 황제였다고 하지만 승리가 확실치도 않은 원정군을 보내고, 蜀과 吳와 분명한 교전 중이었지만 대규모 궁궐 건축에 열을 올려 가장 많은 비판과 간언을 받은 황제였다. 어찌 보면 曹魏의 몰락은 明帝에서 시작되어 명제 때 이미 결론이 났다고 볼 수 있다. 그런 명제에게 高堂隆(고당륭)의 상서는 그야말로 牛耳讀經(우이독경)이었다. 본권에 실린 고당륭의 상서를 명제가 읽어보고서 中書監과 中書令에게 "고당륭의 이 상주문은 나를 두렵게 한다!"라고 말 한마디로 끝이었다. 고당륭이 죽기 전에 사직을 잘 보전하여 길이 후손에 물려줘야 한다는 정말 간절하고 폐부를 찌르는 상소를 올렸을 때, 명제는 '억지로라도 식사하며 스스로 몸을 보양하기 바라노라.'는 답장이 끝이었다. 역자가 볼 때, 이런 상소문의 정치적 효과는 아무것도 아니었다. 상소문을 지은 文臣은 자신의 학문을 자랑했을 뿐, 그 이상도, 그 이하도 아니었다.

■ 26권, 〈萬田牽郭傳〉 - 滿寵, 田豫, 牽招, 郭淮.

滿寵(만총)은 젊은 날에 칼 같은 결단력이 있었다. 처신이 신중했고 전략적 사고가 다른 장수보다 우수했다. 曹操부터 4대를 섬긴 원로 부장이었다. 田豫는 특히 烏丸族(오환족)과 鮮卑族(선비족)의 평정에 공을 세웠고, 그들의 존경을 받았으며, 청렴한 무신이었다.

牽招(견초)는 12년간 雁門郡을 다스렸는데 威風을 떨쳤고 백성들은 견초를 추모하였다. 郭淮(곽회)는 지략이 뛰어나 蜀漢 姜維(강유)와 맞대결에서 밀리지 않았다.

▌27권, 〈徐胡二王傳〉 - 徐邈, 胡質, 王昶, 王基.

徐邈(서막)은 淸白, 高尙, 寬弘, 通達하였고, 胡質(호질)은 그 행실이 청렴하면서도 순수 강직하였으며, 王昶(왕창)은 일의 시작과 마무리에 견식과 넓은 도량이 돋보였고, 王基(왕기)는 학문과 품행이 견고하고 깨끗하였는데 4인 모두가 지방관으로 책무를 다하고 공을 세웠다. 가히 나라의 충량한 신하였고 당시 유명한 학자였었다.

▌28권, 〈王毌丘諸葛鄧鍾傳〉 - 王淩, 毌丘儉, 諸葛誕, 文欽, 唐咨, 鄧艾, 鍾會.

王淩, 毌丘儉, 諸葛誕, 文欽은 모두 曹魏 말기에 淮南郡 壽春을 중심으로 반역한 중심인물이다. 이들 반란을 '壽春三叛', 또는 '淮南三叛'이라고 칭한다. 이는 司馬氏의 專政에 따른 반발이지만 본 《魏書》에는 그런 내용이 모두 생략되었다. 三叛은 王淩의 반란(서기 251年 4월), 毌丘儉(관구검)과 文欽(문흠)의 반란(255年 1월) 諸葛誕의 반란(서기 257年 5月 - 258년 2월)인데 모두 司馬氏에게 평정되었다.

唐咨(당자)는 曹魏에서 반란 실패 후 東吳로, 東吳에서 다시 曹魏로 귀부했었다. 鄧艾(등애)는 蜀漢 劉禪의 투항을 받은 명장으로 신념과 의지의 맹장이었으나 종회 등의 모함에 자신을 방어할 줄 몰라 억울하게 죽었다.

鍾會(종회)는 조숙한 천재였지만, 자신이 우수하고, 그래서 옳다고 과신하였기에 신중한 사려 없이 반란을 획책하다가 亂兵의 손에 姜維(강유)와 함께 죽었다. 허무한 결말이었다.

■ 29권, 〈方技傳〉 - 華佗, 杜夔, 朱建平, 周宣, 管輅.

華佗(화타)는 의술과 치료의 제1인자였다. 그러나 인간의 생명을 다룬다는 의사로서 자부심은 없었다. 화타를 죽인 조조는 醫生을 단순한 기술자 마치 이발사와 같은 부류로 생각했기에 인정과 대우를 하지 않았고, 그런 소인은 세상에 많이 있을 것이라고 여겼다. 물론 죽인 다음의 후회는 별개의 문제이다.

杜夔(두기)의 聲樂, 朱建平(주건평)의 관상 보기, 周宣(주선)의 相夢(解夢), 管輅(관로)의 術筮(술서, 占卜)는 진정 모두 玄妙하고 특별히 정교하고 보통 사람의 능력을 초월하는 絶技(절기)이다. 하여튼 어느 시대건 천재는 분명히 존재했다.

■ 30권, 〈烏丸鮮卑東夷傳〉 - 烏丸, 鮮卑, 夫餘, 高句麗, 東沃沮, 挹婁, 濊, 韓, 倭.

曹魏 代에 匈奴는 쇠약했고, 이어 烏丸(오환)과 鮮卑(선비)가 曹魏와 관계가 있었지만 曹魏에 큰 위협이 되지는 않았다. 四史의 東夷列傳으로 《史記》에 〈朝鮮列傳〉이 있고, 《漢書》의 〈西南夷兩越朝鮮傳〉이 있다. 〈烏丸鮮卑東夷傳〉은 《三國志》의 유일한 外國傳인데, 魚豢(어환)의 《魏略》의 내용을 요약 정리하는 방식으로 편찬했다고 알려졌다. 《後漢書》의 〈東夷列傳〉은 먼저 이루어진 陳壽의 《三國志 魏志 烏丸鮮卑東夷傳》의 내용을 바탕으로 하였다.

2. 蜀書

■1권, 〈劉二牧傳〉 - 劉焉, 劉璋.

劉焉(유언)은 漢의 종실로 "益州 쪽에는 天子의 기운이 있다."는 말을 믿고 기회를 잡아 益州牧이 되었다. 유언은 야심을 품고 황제용 수레와 필요한 장비를 1천여 대나 제조하였고 중앙과 연락을 끊고 독립하려 했지만 악성 피부병으로 병사했다.

그 직위를 아들 劉璋(유장)이 계승했는데, 한마디로 유약하고 무능하여 그 속관들은 劉備를 불러들여 익주를 지켜야 한다고 건의하여 맨손의 유비를 익주로 불러들였으나 어설프게 유비에게 맞서다가 패배하여 익주를 넘겨주었다. 익주는 유비 재기의 터전이 되었다.

■2권, 〈先主傳〉 - 劉備.

漢室의 계승을 자처하였지만 曹魏와 東吳에 비하여 처음부터 세력기반이 없었다. 다행히 益州의 劉璋(유장)이 무능하여 익주와 형주 일부를 차지하고 蜀漢을 건국하였다(서기 221년). 개국했다지만 안정된 토대를 구축하지 못한 상태에서 關羽에 대한 복수의 일념으로 성급한 대규모 東吳 원정은 결국 자신의 패망을 불러왔다. 서기 221년에 봄에 건국, 여름에 원정, 다음 해 패전하고 와병, 그 다음 해 4월에(서기 223) 죽었으니 개국 군주로 아무 실적도 남기지 못했다.

■ 3권, 〈後主傳〉 – 劉禪.

유비의 아들로 제위에 올랐지만 사람이 너무 무능하고 유약했다. 우둔하고 못난 아들의 대명사로 통하는 後主 劉禪(유선)은 諸葛亮 및 다른 賢臣의 보좌로 40년을 재위했다. 제갈량이 賢相이었지만 무리한 북벌을 누구도 견제하질 못했다. 이후 蔣琬(장완)이 어느 정도 국력을 회복하고 안정시켰지만 그 이후 姜維(강유)의 잦은 북벌은 열세의 촉한에게 무리였었다. 거기에 환관 黃皓(황호)가 전횡하였으니 무너질 수밖에 없었다.

■ 4권, 〈二主妃子傳〉 – 先主 甘皇后, 先主 穆皇后, 後主 敬哀皇后, 後主 張皇后, 先主子 永, 先主子 理, 後主太子 璿.

후한의 비빈과 皇子에 대한 기록은 너무 빈약하여 특별히 언급할 사람이 없다. 先主는 女福이 타고난 사람이라고 말할 수도 있다. 後主 劉禪은 張飛의 장녀를 황후로 맞이했다가 황후가 죽자, 張황후의 여동생을 또 황후로 맞이했다.

■ 5권, 〈諸葛亮傳〉 – 諸葛亮.

諸葛亮(제갈량)의 知名은 正史보다는 《三國演義》에 의해 형성된 이미지라고 할 수 있다. 하여튼 제갈량의 재능과 인격은 후세의 존경을 받았으니, 그의 일생은 '鞠躬盡瘁(국궁진췌)하여 死而後已(사이후이)라.'고 한마디로 요약할 수 있다. 중국인들에게 忠臣과 智慧의 대표적 인물로 각인되었는데, 아마 앞으로도 이런 이미지는 바뀌지 않을 것이다.

■ 6권, 〈關張馬黃趙傳〉 - 關羽, 張飛, 馬超, 黃忠, 趙雲.

蜀漢의 '五虎上將'의 열전이다. 關羽의 출중한 무예는 누구나 인정하고, 지휘관으로서 실적도 뛰어났고 武功도 확실했다. 그렇지만 정말로 막중한 시기에 상황에 대한 단 한 번의 착오로 결국 어이없는 죽음을 당했다. 그렇지만 사후의 관우는 후세 중국인에게, 어쩌면 孔子만큼이나 武聖으로 존경을 받고, 공자가 따라올 수 없는 고귀한 신앙의 대상이 되었다. 물론 正史에서는 이런 기록이 있을 수 없다. 張飛는 의리와 형제애로, 馬超의 용기, 黃忠의 무예와 老益壯(노익장), 趙雲의 변함없는 충성과 사나이의 의리와 담력은 正史에서는 무장으로, 《三國演義》에서는 助演(조연)으로 빛나는 역할을 다하였다.

■ 7권, 〈龐統法正傳〉 - 龐統, 法正.

亂世(난세)에는 어느 나라, 어느 세력에서든 謀士가 필요했고, 대우하였다. 《魏書》에는 荀彧(순욱), 荀攸(순유), 賈詡(가후)가 한 권에, 또 다른 권에서는 程昱(정욱)과 郭嘉(곽가) 등을 입전하였다. 龐統(방통)과 法正(법정)의 蜀漢의 謀士였지만 蜀漢의 국세가 열세였기에 눈에 띄는 활약이나 치적이 많지 않았다. 魏의 인물에 비교한다면, 龐統은 아마 荀彧(순욱)의 위 또는 아래였고, 法正은 程昱(정욱)이나 郭嘉(곽가)의 짝이 될 만했다.

■ 8권, 〈許麋孫簡伊秦傳〉 - 許靖, 麋竺, 孫乾, 簡雍, 伊籍, 秦宓.

許靖(허정)은 한때 益州 일대의 명사였다. 麋竺(미축)은 富商으로 劉備

의 재정적 후원자였고, 처남이었다. 孫乾(손건), 簡雍(간옹), 伊籍(이적)은 고아한 풍모를 바탕으로 손님 접대를 담당했고, 유비의 벗과 같은 원로였다. 秦宓(진복)은 蜀의 뛰어난 才士였다.

■ 9권, 〈董劉馬陳董呂傳〉 - 董和, 劉巴, 馬良, 陳震, 董允, 呂乂.

董和(동화)는 관리의 미덕을 실천했고, 劉巴(유파)는 청렴하며 고상한 저조를 지켰으며, 白眉(백미) 馬良(마량)은 곧고 내실이 있어 賢才라는 칭송을 들었고, 陳震(진진)은 나이가 들어서도 더욱 충직하고 성실하였으며, 董允(동윤)은 後主를 바르게 보필하며 대의를 지켰으니 모두가 蜀漢의 賢良한 신하였다. 呂乂(여예)는 지방관으로 칭송을 들었다.

■ 10권, 〈劉彭廖李劉魏楊傳〉 - 劉封, 彭羕, 廖立, 李嚴, 劉琰, 魏延, 楊儀.

10권은 재주가 있다고 과신하거나 언행이 바르지 못해 실패하거나 반역한 인물의 열전이다. 劉封(유봉)은 유비의 養子로 한때 잘나갔지만 관우의 위급에 군사를 보내지 않는 결정적 판단 착오로 유비의 미움을 받아 자살했다. 彭羕(팽양)은 龐統(방통)과 法正을 통해 유비의 인정을 받았지만 뜻이 지나치게 원대했고 오만한데다가 말을 함부로 하여 결국 37세에 처형되었다. 廖立(요립)은 재주를 믿고 오만했으며, 말을 함부로 지껄여 결국 서인이 되어 汶山郡에서 농사를 짓고 살다 죽었다. 李嚴(이엄, 李平으로 改名)은 선주의 遺囑(유촉)을 받은 重臣으로 爲國은 커녕 사익을 추구했을 뿐만 아니라 제갈량을 북벌을 좌절케 한 소인이었다. 劉琰(유염)은 아무런 재능도 없는 술꾼이었는데, 아내와 후주가 사통했을 것이라 생각하여 부하 군사를 시켜 신발 바닥으로 아내 얼굴을 때리게 했고 그 때문에 棄市(기시)형에 처해졌다. 魏延(위연)은 장수로서의 기본 책략을 갖춰 여러 번 전공을 세워, 유비와 제갈량의 신임을 받았다. 사졸을 잘 대우했고 뛰어난 용맹으로 제갈량 북벌에 최전선을 담당했던 장수였다. 위연이 타고난 '反骨'이라는 주장은 《三國演義》에서 지어낸 형상이다. 楊儀(양의)는 관리로서 유능했고 제갈량을 수행해 공적을 세웠다 하여 제갈량의 후임자가 되어야 한다고 생각했다. 그러나 蔣琬(장완)에게 밀리자 불평불만으로 화를 자초하였다.

▌11권, 〈霍王向張楊費傳〉 - 霍峻, 王連, 向朗, 張裔, 楊洪, 費詩.

霍峻(곽준)은 劉表의 부하였는데, 지방관으로 善政을 베풀어 유비의 인정을 받았다. 아들 곽익은 후주를 잘 섬겼다. 王連(왕련)은 소금 전매를 담당하는 司鹽校尉(사염교위) 직무를 잘 수행하여 국가 재정에 도움을 주었다. 向朗(상랑)은 제갈량의 막료였지만 마속의 패전에 연관되어 면직된 이후 죽을 때까지 학문 연구에 전념하였다.

張裔(장예)는 제갈량의 인정을 받고 제갈량의 막료로 일했다. 楊恭(양공)의 벗이었는데, 양공이 일찍 죽자 남겨진 노모와 어린 자식을 친부모와 친자식처럼 돌봐주었다. 楊洪(양홍)은 학문이 깊지는 않았지만 공평했고, 친우 사이의 진정한 우의를 지켰기에 石交라는 말이 있다. 費詩(비시)의 언행은 합리적이고 솔직한 면이 있지만, 황제 등극에 찬동하지 않았으니 이는 時變을 모르는 원칙론이었고 결국 그 때문에 좌천되었다.

12권, 〈杜周杜許孟來尹李譙郤傳〉 - 杜微, 周群, 杜瓊, 許慈, 孟光, 來敏, 尹默, 李譔, 譙周, 郤正.

본권은 촉한의 여러 학자들에 관한 열전이다. 杜微(두미)와 周群(주군) 등은 점술이나 예언으로 이름이 남았을 뿐이고, 杜瓊(두경)과 許慈(허자)는 평범한 학자였으며, 孟光(맹광)은 三史를 즐겨 읽었고 직언을 서슴지 않았다. 來敏(내민)은 언어가 정제되지 않은 학자였고, 尹默(윤묵)은 《左氏傳》을 後主에게 가르쳤으며, 李譔(이선)은 학식은 다방면에 걸쳐 매우 풍부했지만 행실이 경박하여 세인의 존경을 받지 못하였다. 譙周(초주)는 陳壽의 師傅였는데, 後主에게 투항할 수밖에 없는 현실을 잘 설득했다.

郤正(극정)은 文士로 뛰어났으며, 亡國의 군주를 (後主) 끝까지 성실하게 모시며 체통을 지켜주었다. 나라 잃은 어리석은 主君에 충성한들 무슨 소득이 있겠는가? 그런데도 충성을 다하고 道理를 지켰으니, 蜀漢의 마지막 충신이며, 이런 충성이 진정한 의리가 아니겠는가?

13권, 〈黃李呂馬王張傳〉 - 黃權, 李恢, 呂凱, 馬忠, 王平, 張嶷.

黃權(황권)은 先主의 東吳 원정 패전 때 퇴로가 차단되어 할 수 없어 魏에 투항했지만 정도를 지켰기에 魏에서도 대우를 받았다. 李恢(이회)는 선주와 제갈량을 도와 남방 지역 평정에 크게 기여하였다. 呂凱(여개)는 雍闓(옹개) 토벌에 공을 세웠지만 나중에 만이들의 반란에 희생되었다. 馬忠(마충)은 서남이의 통치와 치안에 공을 세웠고 관용과 원만한 인품으로 존경을 받았다.

王平(왕평)은 제갈량 사후에 촉한을 지킨 장군이었다. 왕평은 평생 軍門

에서 생활했기에 글을 쓸 줄 몰랐지만 사람을 시켜 《史記》나 《漢書》의 여러 紀傳 부분을 읽게 하여 그 대의를 다 알았고 평론하면 본서의 취지와 다르지 않았다. 張嶷(장억)은 무장으로 蜀漢의 서남이 지역의 통치와 교화에 크게 기여했다. 제갈량 사후에 그래도 촉한의 정권이 안정된 것인 이런 무장들이 제 역할을 다했기 때문이었다.

■ 14권, 〈蔣琬費禕姜維傳〉 - 蔣琬, 費禕, 姜維.

제갈량 사후 촉한을 이끌었던 賢臣들의 열전이다. 蔣琬(장완)은 제갈량이 죽은 뒤 촉한의 내치와 군사 방면에 안정을 이룩했다. 費禕(비의)는 관용으로 모두를 널리 친애하였으며 장완처럼 제갈량의 풍모를 흠모했고 그 법제를 따르며 고치지 않았기에 변방에 걱정이 없었고 나라와 왕실이 하나처럼 화합하였다. 姜維(강유)는 제갈량의 인정을 받을 만큼 능력이 있었지만, 혼자만의 힘으로는 역부족이었고, 너무 자주 정벌에 나서서 국력의 피폐를 가져왔다.

■ 15권, 〈鄧張宗楊傳〉 - 鄧芝, 張翼, 宗預, 廖化, 楊戲.

鄧芝(등지)는 용렬한 後主, 투항한 後主를 수행하며 끝까지 보필한 마지막 신하였다. 張翼(장익)은 姜維가 마구 군사를 동원할 때, 강유에 맞서 이를 제지하려 했지만 막을 수가 없었다. 宗預(종예)는 吳에 사신으로 나가 손권에게 당당했기에 손권의 공감을 이끌어낼 수 있었다. 廖化(요화)는 관우의 부장으로 패전 뒤 吳에서 촉으로 돌아왔고 장군으로서 소임을 다하였다. 楊戲(양희)는 촉한의 주군과 신하의 훌륭한 덕행을 기록한 〈季漢輔

臣贊)을 지었지만 형식적이고 내용도 빈약하다. 이는 촉한이 開國도 일천하고 문화적 변방의 소국으로 인재가 큰 인물이 많지 않았기 때문이다.

3. 吳書

1권, 〈孫破虜討逆傳〉 - 孫堅, 孫策.

破虜(파로) 장군 孫堅(손견)과 討逆(토역) 장군 손책의 사나이다운 용모와 기상과 용맹은 父傳子傳이었다. 손견은 동탁과 맞섰고, 손책은 원술의 휘하에 있었지만 당당했다. 20대 초반의 젊은 손책의 江東 평정은 당시 시국 상황의 도움도 있었지만 개인의 특성에 의한 평정이라 할 수 있다. 강동 지역 평정이, 곧 東吳 건국의 기반이 되었다. 그러나 그들 부자는 너무 아까운, 특히 손책이 26세에 죽은 것은 운명이라고 말할 수밖에 없다. 손책은 동생 손권에게 자신이 이룩한 모든 것을 물려주었지만, 손권은 형한테 받은 만큼 조카들을 대우해주지 않았다.

2권, 〈吳主傳〉 - 孫權.

孫權은 몸을 낮추고 치욕을 참을 줄 알았다. 바탕 실력이 없다면, 이는 불가능한 일이다. 인재를 임용하고 智謀之士를 우대하였으니, 부친과(孫堅) 형(孫策) 못지않은 英傑(영걸)임에는 틀림없다. 그러했기에 혼자 江東을 차지하고 三國이 對峙(대치)하는 형세를 定立하였다. 그러나 손권의 性情은 의심이 많고 살육에 너무 과감하였는데, 말년에 더욱 심해졌다. 자신의 아들을 믿지 못했는데, 이는 권력자의 속성이라 할 수도 있지만 천성의 문제가 아니겠는가? 그렇기에 그 후손이 번창하질 못했을 것이다.

■ 3권, 〈三嗣主傳〉 - 孫亮, 孫休, 孫皓.

孫亮(손량)은 孫權의 막내아들이었고, 너무 어린 나이라서 아무 일도 할 수 없었고 자신의 목숨조차 지키질 못했다. 손권이 손량을 보필하라고 지명한 諸葛恪(제갈각)은 그럴만한 그릇이 아니었다. 결국 손권은 아랫사람을 잘못 보았다.

孫休(손휴, 景帝)는 착한 心性에 好學하였다. 그 정도라면 지방 한구석을 차지한 제후왕으로 적임자였지만 큰 나라의 통치자 그릇은 아니었다. 거기에 건강이 나빠 재위 만 6년을 못 채우고 죽으니 엉뚱한 孫皓(손호) 같은 폭군을 불러들였다.

東吳의 末帝 孫皓(손호)는 폭군이었다. 그의 英明은 그냥 꾸밈이었다. 손호 같은 폭군의 출현은 왜 가능했을까? 역사의 순환에서 우연과 필연의 교묘한 결합이 아니겠는가? 거기에 孫吳의 胎生 자체가 학문이나 도덕과는 거리가 멀었기에 그러했을 것이다. 그래도 三國 중에서 東吳가 가장 오래 존속했다고 말하겠지만, 그것은 지역적 특성 때문이었지 통치자 덕분은 아니었다.

■ 4권, 〈劉繇太史慈士燮傳〉 - 劉繇, 太史慈, 士燮.

劉繇(유요)는 싸우는 전투마다 패전한 사람으로 알려졌다. 유요가 뜻대로 성공한 것이 무엇이었는가? 단지 太史子慈와의 인연 때문에 입전했고,

실제로 손책에 도움을 준 것도 없었다. 太史慈(태사자)는 그 信義가 돈독하고 뜨거웠다. 사나이의 표본이라 말할 수 있다. 40세에 뜻을 이루지 못하고 죽을 때 아쉬움이 사무쳤을 것이다. 士燮(사섭)은 학문으로도 성공했지만 남방 먼 오지, 한 지방의 盟主로 위세를 떨쳤지만 當代로 끝이었다. 그 후손은 용렬한 재질을 타고났는데도 富貴를 탐하였고 험한 지형을 믿고 방자했기에 그렇게 될 수밖에 없었다.

■ **5권, 〈妃嬪傳〉** – 吳夫人, 謝夫人, 徐夫人, 步夫人(皇后步練師), 王夫人(大懿王皇后), 王夫人(敬懷王皇后), 潘夫人(潘皇后), 全夫人(全皇后), 朱夫人(朱皇后), 何姬(昭獻何皇后), 滕夫人(滕皇后).

본권은 손권의 모친 吳夫人부터 末帝(亡國之主) 孫皓의 滕皇后(등황후)까지를 입전했는데, 황후로서 모범적이거나 백성의 존경을 받을만한 인품이나 행실에 관한 내용이 하나도 없다. 陳壽가 황후가 아닌 부인이란 칭호로 격하시킨 서술이지만, 그저 미모로 뽑히고, 뽑혔기에 호의호식했을 뿐이었다. 도대체 손권은 황후를 수시로 갈아치우고 태자를 2번이나 폐출하고 결국 70넘어 죽으면서 10살짜리를 후계로 세웠으니, 그러고도 그 나라가 오래갈 수가 있겠는가? 孫皓 같은 폭군의 출현은 손권이 뿌린 씨앗이었다.

■ **6권, 〈宗室傳〉** – 孫靜, (子) 孫皎, 孫奐. 孫賁, 孫輔, 孫翊, 孫匡, 孫韶, 孫桓.

孫堅은 3형제였고, 손견의 아들은 5형제였으니 아들이 번창한 가문이었다. 東吳의 기반을 다지고, 건국, 그리고 그 이후의 과정에서 손씨 일족은 잘 협조하며 제 몫을 다했다. 물론 魏와 晉으로 망명한 자도 있었지만 대체적으로 소임을 다하면서 황실의 영예를 더럽히지 않았다.

▋7권, 〈張顧諸葛步傳〉 – 張昭, 顧雍, 諸葛瑾, 步騭.

東吳의 고관 중에는 북쪽에서 江東에 피난 나왔다가 손책과 손권에 등용된 사람들이 많았다. 張昭(장소)는 吳太后의 遺命(유명)을 받아 孫權을 지성으로 보좌하면서 엄격하고 淸高하였는데, 결국 손권은 장소를 존중하면서도 꺼렸다. 요동의 공손연에게 사신을 보내는 문제로 충돌했는데 장소가 입조하지 않자 손권이 달랬다. 그래도 입조하지 않자 흙을 날라 장소의 집 대문을 막게 했다. 손권이나 장소 두 사람의 고집도 참 어지간했다.

顧雍(고옹)은 평소의 학문을 바탕으로 지모와 재능을 발휘하여 승상 자리를 20년 가까이 지켰다. 諸葛瑾은 손권의 절대적 신임과 존경을 받았다. 제갈근은 똑똑한 아들 제갈각이 결국 가문을 파멸로 이끌 것을 어렴풋이 알고 걱정하였다. 步騭(보즐)은 자신의 뜻을 낮추어 치욕을 참을 줄 아는 사람이었고, 무장으로 일선에서 소임을 다했다.

▋8권, 〈張嚴程闞薛傳〉 – 張紘, 嚴畯, 程秉, 闞澤, 薛綜.

張紘(장굉)은 젊은 기개가 넘치는 손권에게 바른 건의를 많이 올렸다. 嚴畯(엄준)과 程秉(정병), 闞澤(감택)은 당대에 유명한 유림이었다. 엄준은 자신의 고관 직책을 사양하고 벗을 구제하였으니 어찌 長者가 아니겠는가! 薛綜(설종)은 그 학식이 純正하였고 東吳의 良臣이었다. 아들 薛瑩(설영)은 父業을 계승하며 선대의 유풍이 있었기에 暴虐(포학)한 조정에서도 고위직에 오를 수 있었으나 군자로서 정말 위태로웠다. 孫吳가 망할 때 孫皓의 降書를 작성한 사람이 설영이었다. 그때의 심경이 어떠했을까?

■9권,〈周瑜魯肅呂蒙傳〉 – 周瑜, 魯肅, 呂蒙.

周瑜(주유)는 역시나 잘생긴 대장부였고 장수로서의 훌륭한 자질을 갖추었기에 조조와 대결에서 승리하여 三國의 역사에 분명하게 큰 획을 그었다. 그러나 단명하였기에 아쉬움이 클 뿐이다.

魯肅(字 子敬)은 사람이 엄정하면서도 검소했고, 군진에서도 책을 손에서 놓지 않았으며, 글을 잘 지었고 생각이 깊었으며 事理에 명철했다. 孫權을 위한 외교방책을 수립 운용하며 유비와 연합하여 조조와 대결했다.

呂蒙(여몽)은 처음에 학문적 바탕이 없었지만 스스로 노력하여 刮目相對(괄목상대)할 만한 인물이 되었다. 여몽은 장수의 기본 자질인 용기와 지모를 다 갖추었으니, 충분히 주목받을 만한 인물이었다. 이런 걸출한 인물이 많기로는 東吳가 蜀漢보다 몇 수 위였다.

■10권,〈程黃韓蔣周陳董甘淩徐潘丁傳〉 – 程普, 黃蓋, 韓當, 蔣欽, 周泰, 陳武, 董襲, 甘寧, 淩統, 徐盛, 潘璋, 丁奉.

여기 수록한 東吳의 12명 무장을 특별히 '江表의 虎臣'이라고 칭한다. 江表는 長江의 밖이니, 魏의 낙양에서 보면 東吳는 長江 밖의 땅이고, 虎臣은 武臣이다.

孫權은 養士하며 신하들을 진심으로 대해주었고 신하의 죽음을 슬퍼하였다. 때문에 여기 무장들은 자기 목숨을 버려 손권을 지키려 했다. 周泰의 몸에 난 상처 하나하나의 사연을 물어가며 상처 하나에 술을 한 잔씩 권하며 칭찬하였으니, 어느 신하가 감동하지 않겠는가? 淩統(능통)이 전사하고 남은 서너 살짜리 두 아들을 손권은 궁중에 데려다가 자신의 아들과 똑같이 키우며 자랑했다. 이런 점에서는 劉備, 또는 蜀漢의 무장 누구도 손권이나 東吳의 江表虎臣만 못했다. 손권이 50년 동안 東吳를 다스릴 수 있었던 것은 이러한 진심과 信義 때문이었다.

▌11권, 〈朱治朱然呂範朱桓傳〉 − 朱治, 朱然, 呂範, 朱桓.

朱治(주치)와 呂範(여범)은 손책의 옛 신하로 임용되었고, 朱然(주연, 朱治의 子)과 朱桓(주환)은 용맹으로 알려졌으며, 呂據(여거, 呂範의 子)와 朱異(주이, 朱桓의 子), 施績(시적, 朱然의 子, 朱績)은 모두 장수로서의 재능이 뛰어나 부친을 이어 나라의 대들보가 되었다.

이들은 모두 장수로서 모범이었다. 그러나 그들의 종결은 서로 달랐으니 그것은 본인의 성품에 따른 결과라기보다는 어떤 상황에서 누구를 만나느냐에 따라 달랐다. 이 또한 타고나는 時運일 것이다.

▌12권, 〈虞陸張駱陸吾朱傳〉 − 虞翻, 陸績, 張溫, 駱統, 陸瑁, 吾粲, 朱據.

虞翻(우번)은 손권도 고개를 가로 저어 흔들 만큼 바른말을 해대었다. 남쪽 交州 유배지에서 생을 마쳤다. 陸績(육적)은 어릴 적 귤을 갖다가 어머니에게 드리겠다는 효자였고 장군 체질이 아닌 학자였는데, 32살이라는 한창 나이에 죽었다.

張溫(장온)은 才華가 뛰어나고 우수했지만 政爭의 소용돌이에 휘말려 뜻을 펴지 못했다. 駱統(낙통)은 大義에 밝았으며 상소하는 언사가 간절하고 이치에 두루 통달하였지만, 손권의 막힌 고정관념을 깨치지는 못했다. 陸瑁(육모)는 돈독한 대의로 바르게 간쟁하였으니 군자의 칭송을 들을만했다. 吾粲(오찬)과 朱據(주거)는 좌절 속에, 정도를 지키다가 사형을 당했다.

▌13권, 〈陸遜傳〉 - 陸遜, (子) 陸抗.

父子가 모두 名將의 명성을 누렸다. 명장은 文武兼全(문무겸전)해야 하고 바른 인품을 갖춰야 한다. 陸遜 父子가 그러했다. 육손은 出將入相의 본보기이다. 육손의 책모와 담략에 손권의 인물을 알아보는 재능이 만났기에 육손 같은 명장이 나왔다고 보아야 한다.

陸遜(육손)이 관우에게 보낸, 자신을 낮춘 아주 겸손한 서신은 그 의도가 너무 분명한데도 관우가 육손의 속셈을 알지 못했다니 오히려 이상할 정도이다. 육손의 아들 陸抗(육항)은 곧고 지혜로우며 책략에 뛰어나서, 부친의 유풍을 이었다. 실제 치적은 부친보다 못했지만 부친의 뜻을 이어 실현했으니 충분히 칭찬받을만했다.

▌14권, 〈吳主五子傳〉 - 孫登, 孫慮, 孫和, 孫霸, 孫奮.

손권의 아들 5명에 대한 立傳이다. 손권의 형제 항렬은 6권, 〈宗室傳〉에 입전하였다. 孫登(손등)은 태자로서 훌륭한 자질을 타고 났으며 본인도

그렇게 노력했지만 庶出이라는 단점이 있었고 불행히도 단명하였다. 孫
慮(손려)는 뛰어난 재능의 소유자였으나 20세에 후사도 없이 병사했다. 이
어 태자가 된 孫和(손화)는 善을 좋아하는 자질에 자신의 규범으로 덕성을
연마하였지만 궁중의 암투와 동생 孫霸(손패)의 참소와 거기에 늙은 손권
의 집착 때문에 결국 폐위되었다가 나중에 賜死되었다. 孫霸(손패)는 서자
가 嫡子에게 대들었고, 孫奮(손분)은 법도를 지키지 않았으니 모두가 위기
와 패망을 자초하였다.

■ 15권, 〈賀全呂周鍾離傳〉 - 賀齊, 全琮, 呂岱, 周魴, 鍾離牧.

賀齊(하제)는 東吳의 내부 山越人들의 진압에 전심전력했다. 全琮(전종)
은 손권의 사위였는데, 그는 점잖은 장군이었지만 손권의 큰딸은 그렇지
못했다. 呂岱(여대)는 南渡한 뒤 손권의 인정을 받았다. 東吳의 내부 반란
이 있다면 늘 여대가 진압하였는데, 특히 交州의 안정에 크게 공헌하였
다. 80세가 넘어도 말에 뛰어 올라탔으며 96세에 죽었다.

周魴(주방)은 曹休에게 거짓 항복하는 치밀한 유인술책을 성공시켜 대
승을 거두었다. 또 정규 군사로 도적을 격파하지 않고 간첩으로 도적 수
괴를 암살하였다. 鍾離牧(종리목)은 蜀의 멸망 전후 무릉군 일대의 만이 진
압에 공을 세웠다.

■ 16권, 〈潘濬陸凱傳〉 - 潘濬, 陸凱, 陸胤.

潘濬(반준)은 공정 청렴하면서도 결단력이 강했다. 陸凱(육개)는 충성과
장렬한 기질에 질박, 정직하였으니 모두가 지조와 절개가 분명하며 대장

부의 품격이 있었다. (육개의 아들) 陸胤(육윤)은 交州에서 칭송이 높았으니 선량하고 유능한 지방관이었다.

▊ 17권, 〈是儀胡綜傳〉 - 是儀, 胡綜.

是儀(시의)와 胡綜(호종)은 손권 재위 중에 많은 일을 해낸 사람이었다. 시의는 청렴 성실하고 올곧고 소박하였으며, 호종은 문채가 뛰어나고 재능이 많아 신임을 받았다. 본전에 실려 있는 호종의 글은 실제 투항에 활용된 글이 아니라, 그런 글을 지을 수 있다는 그 재능을 드러내려는 목적이었다. 좋은 글은 文士에게 活用이나 모방이 아닌 감상과 찬탄의 대상이었다.

▊ 18권, 〈吳範劉惇趙達傳〉 - 吳範, 劉惇, 趙達.

吳範(오범), 劉惇(유돈), 趙達(조달) 등 3인은 각자 方術에 정통하였고, 또 神妙하게 맞췄다. 합리적으로 설명할 수는 없고 우연의 일치라고 할 수도 있지만 이런 사람들은 자신의 학식과 방법을 교류하지 않았고, 후배에게 가르치지 않았기에 학문으로 성립하거나 하나의 안정된 직업으로 발전하지 못했을 것이다.

이런 잡기에도 필시 볼만하고 놀랄만한 기예가 있겠지만, 본래 군자가 전념하는 영역은 되지 못했다.

▊ 19권, 〈諸葛滕二孫濮陽傳〉 - 諸葛恪, 滕胤, 孫峻, 孫綝, 濮陽興.

19권은 실패한 자들의 열전이다. 諸葛恪(제갈각)은 才氣와 능력과 책략은 분명 뛰어났었으니 그 가문의 핏줄로 물려받았을 것이다. 그러나 才勝薄德(재승박덕)이라 하지 않았는가! 자신을 뽐내며 남을 무시하는 그런 사람이 어찌 오래 누릴 수 있겠는가?

滕胤(등윤)은 자기 지조를 지켜 적당한 선에서 물러났어야 했다. 孫峻(손준)과 孫綝(손침) 같은 젊고 흉악한 악인의 등장은 어쩌면 나라의 운명이었는지도 모른다. 그런 사람 밑에는 꼭 악행의 보조자가 있었으니 濮陽興(복양흥)이나 張布(장포), 그리고 萬彧(만욱) 같은 자였다. 그런 소인 때문에 일어난 결과는 어느 시대에나 마찬가지이다.

▌20권, 〈王樓賀韋華傳〉 - 王蕃, 樓玄, 賀邵, 韋昭, 華覈.

본권은 폭군 孫皓에게 핍박받은 인물들의 열전이다. 王蕃(왕번)은 폭군 손호에게 직언 때문에 미움을 받았고 회식자리에서 술에 취해 엎드렸다가 나중에 손호의 분노로 처형당했다.

樓玄(누현)은 정직하게 孫休와 孫皓를 섬겼지만 그 명성을 미워한 손호가 남쪽 교지군으로 유배시켰다. 賀邵(하소) 역시 손호의 학정을 비판하는 상소를 올렸다고 고문으로 죽었는데, 군건한 의지에 고결한 성품으로 업무처리가 확실하며 조리가 있었다.

韋昭(위소)는 史官으로서 훌륭했다. 폭군의 모습이 여기서 절절히 드러나는데, 폭군 앞에 힘없는 지식인의 처량한 모습에 가슴이 아프다. 70이 넘은 史官을 아무것도 아닌 죄로 처형하는 손호는 폭군 중의 폭군이었다.

華覈(화핵)은 사관이었다. 사관은 많은 책을 읽어 그 식견이 뚜렷하였고, 문장과 辭賦의 재능이 있어 유익한 상소를 많이 올리면서 자신의 책무를 다하려 했으니 충신에 가까웠다. 손호 아래서 죽음을 면한 것만으로도 다행이었다.

〈陳壽傳〉

-《晉書》[1] 82권, 列傳 52권-

| 原文 |

陳壽, 字承祚, 巴西安漢人也. 少好學, 師事同郡譙周, 仕蜀
爲觀閣令史. 宦人黃皓專弄威權, 大臣皆曲意附之, 壽獨不爲
之屈, 由是屢被譴黜. 遭父喪, 有疾, 使婢丸藥, 客往見之, 鄕
黨以爲貶議.

| 국역 |

陳壽(진수)의 字는 承祚(승조)로, 巴西郡[2] 安漢縣 사람이다. 젊어
好學했고, 同郡의 譙周(초주)[3]에게 師事하였으며, 蜀漢의 觀閣令史

----

1 《晉書》 - 中國 二十四史의 하나, 唐 房玄齡(방현령) 등 21명의 合著이다. 司馬懿
   (사마의)에서부터 東晉 恭帝 元熙 2년(서기 420년)에 劉裕(유유)가 自立하여 宋
   을 건국할 때까지의 역사 기록이다. 敍例, 目錄 각 1卷, 帝紀 10권, 志 20卷, 列
   傳 70권, 載記 30卷(5호16국의 역사 기록), 총 132권이었는데 敍例, 目錄은 失
   傳되어 지금은 130권만 전한다.
2 益州 巴西郡의 治所는 閬中縣(낭중현), 今 四川省 동북부, 嘉陵江 중류, 南充市
   관할 閬中市. 安漢縣, 今 四川省 동북부 南充市.
3 譙周(초주)는 六經과 天文에 밝은 蜀地의 大儒로 그 문하에 陳壽(진수), 李密(이
   밀), 杜軫(두진) 등의 제자가 있었다. 諸葛亮(제갈량)이 益州牧으로 있으면서 초

(관각영사)로 출사하였다. 당시 환관인 黃皓(황호)[4]가 권력을 멋대로 휘두를 때, 大臣들은 모두 뜻을 굽혀가며 황호를 따랐지만, 진수는 혼자 황호에게 굽히지 않았는데, 이 때문에 여러 번 견책에 파직되었다. 부친상을 당했고, 병에 걸려 계집종에게 丸藥(환약)을 만들게 하여 복용했는데,[5] 어떤 객인이 이를 목격했으며, 이 때문에 鄕黨(향당)에서 평판이 좋지 않았다.

|原文|

及蜀平, 坐是沈滯者累年. 司空張華愛其才, 以壽雖不遠嫌, 原情不至貶廢, 擧爲孝廉, 除佐著作郞, 出補陽平令. 撰

주를 勸學從事로 등용했다. 諸葛亮 사후에 後主 劉禪(유선)은 태자 劉璿(유선)을 책립한 뒤 초주로 하여금 輔導케 하였다. 이후 여러 관직을 역임했다. 초주는 《三國演義》에서도 주요 인물인데, 第65回에서는 劉璋을 따라 劉備에 투항하고, 80회에서는 제갈량과 함께 劉備를 황제로 옹립할 것을 논의한다. 91회에서는 諸葛亮의 북벌 준비에 천문의 뜻으로 북벌에 반대하나 제갈량은 받아들이지 않는다. 역시 102회에서도 제갈량에게 북벌 중지를 권유한다. 105회에서 초주는 천문을 보아 제갈량의 죽음을 알고 後主에게 보고한다. 112회에서는 《仇國論》을 지어 姜維의 북벌 준비를 반대하였고, 118회에서는 魏軍이 닥치자 後主에게 투항을 권유하고, 119회에서 劉禪을 따라 曹魏에 투항한다. 《蜀書》12권, 〈杜周杜許孟來尹李譙郤傳〉에 입전. 초주의 글인 〈仇國論〉도 수록했다.

4 黃皓(황호, 생졸 연도 미상) - 劉禪이 총애한 환관. 董允(동윤, ? - 246년, 字 休昭)은 재직 중에는 후주에게 자주 간언을 올리고 황호를 억제했었다. 동윤이 去世 후에 황호는 발호했고, 姜維(강유)도 후주에게 황호를 죽여야 한다고 말했지만, 후주는 따르지 않았다. 오히려 강유가 沓中(답중)에 머물며 황호를 피했다. 魏將 등애가 유선의 투항을 받고 황호를 죽이려 했지만, 황호는 금은으로 등애를 매수하여 화를 면했다. 후주를 따라 낙양까지 갔고, 司馬昭의 명에 의해 황호는 처형되었다.

5 복상 중에 자신의 몸보신을 하는 것을 효의 참뜻에 어긋난다 하여 세인의 비난을 받았다.

《蜀相諸葛亮集》, 奏之. 除著作郞, 領本郡中正.

撰魏, 吳, 蜀《三國志》, 凡六十五篇. 時人稱其善敍事, 有良史之才. 夏侯湛時著《魏書》, 見壽所作, 便壞己書而罷. 張華深善之, 謂壽曰, "當以《晉書》相付耳." 其爲時所重如此. 或云丁儀, 丁廙有盛名於魏, 壽謂其子曰, "可覓千斛米見與, 當爲尊公作佳傳." 丁不與之, 竟不爲立傳.

壽父爲馬謖參軍, 謖爲諸葛亮所誅, 壽父亦坐被髡, 諸葛瞻又輕壽. 壽爲亮立傳, 謂亮將略非長, 無應敵之才, 言瞻惟工書, 名過其實. 議者以此少之.

| 국역 |

蜀이 멸망한 뒤(서기 263년), 진수는 (晉朝에서) 여러 해 동안 승진하지 못했다. 그때 司空인 張華(장화)[6]가 그 재능을 아깝게 여겼고, 진수가 여러 혐의에서 완전히 벗어나지는 못했더라도 폄직이나 파직될 상황은 아니라 생각하여 孝廉으로 천거하여 佐著作郞에 임용했으며, (나중에) 지방관으로 陽平 현령이 되었다.

진수는 《蜀相諸葛亮集》을 편찬하여 상주하였다.[7] 이어 진수는 著作郞이 되었고, 本郡 中正官을 겸임하였다. 진수는 魏, 吳, 蜀의 《三國志》를 편찬하였는데, 총 65권이었다. 時人들이 사실 서술에 뛰어나 良史의 재능이 있다고 칭송하였다.

---

6 張華(장화, 232-300年, 字 茂先) - 范陽 方城縣 출신. 西晉 文學家, 詩人, 政治家. 그의 시 30여 편이 전하고 있으며, 저서 《博物誌》가 널리 알려졌다.

7 《蜀相諸葛亮集》의 내용 목록은 〈제갈량전〉에 말미에 수록했다.

그때 夏侯湛(하후담)이 《魏書》를 저술했는데, 진수의 저술을 보고
서는 자신의 저서를 폐기하였다고 한다. 張華(장화)는 진수를 크게
칭찬하면서 진수에게 "마땅히 《晉書》의 편찬도 맡겨야 될 것 같다."
고 말했다. 진수가 그때 사람들의 인정을 받은 것이 이와 같았다.

어떤 사람이 丁儀(정의)[8]와 丁廙(정호)[9]가 魏에서 명성이 자자하다
고 말했는데, 진수는 그 아들들에게 "1천 斛(곡)의 쌀을 준다면 그대
부친의 훌륭한 전기를 저술해 주겠다."고 제안했지만 정씨 형제는
응하지 않았기에 丁氏의 傳記는 쓰여지지 않았다.

진수의 부친은 馬謖(마속)[10]의 參軍이었는데, 마속이 諸葛亮(제갈
량)에서 주살될 때 진수의 부친 역시 머리를 깎이는 형벌(髠, 머리깎
을 곤)을 받았고, (제갈량의) 아들 諸葛瞻(제갈첨) 또한 진수를 경시
하였다. 진수는 제갈량 傳記를 쓰면서 제갈량이 장수로서 책략이
뛰어나거나 적에 제대로 대처할 재능도 없다 하였고, 제갈첨은 단
지 글씨를 잘 썼지만 실질보다 명성만 높다고 하였다. 이에 사람들

....

8 丁儀(정의, ?-220, 字 正禮) - 三國 시 魏國의 文人. 曹操가 愛女 淸河公主를 丁
儀에게 시집보내려 했는데, 曹操는 정의가 눈병이 있고 생김새가 마음에 안든
다고 극력 반대하여 淸河公主는 夏侯楙(하후무)와 결혼했다. 이에 정의는 조비
를 중오했다. 정의는 이후 曹植 편에 섰고, 한때 조조의 총애도 받았다. 徐奕(서
혁)이 관직을 잃고 崔琰이 주살된 것도 정의의 짓이었다. 정의는 뒷날 참수형을
받았다.

9 《魏書》19권, 〈任城陳蕭王傳〉의 陳思王 〈曹植傳〉에 이름이 보인다. 曹植(조식)
은 재능으로 曹操의 총애를 받으면서 丁儀(정의), 丁廙(정이), 楊修(양수) 등을 羽
翼(우익)으로 삼았다. 《魏書》21권, 〈王衛二劉傳傳〉의 〈王粲傳〉에서 文士로 이
름이 보인다.

10 馬謖(마속, 190-228년, 字 幼常) - 謖 일어날 속. 높이 빼어나다. 荊州 襄陽 宜城
(今 湖北省 宜城). 蜀漢의 參軍, 侍中 馬良의 아우. '馬氏五常'의 한 사람. 劉
備가 臨終 전에 '聰明才氣하나 爲人이 言過其實하니 중임을 맡길 수 없다.'고
하였다.

은 진수를 대수롭지 않게 여겼다.

|原文|

張華將擧壽爲中書郎, 荀勗忌華而疾壽, 遂諷吏部遷壽爲
長廣太守. 辭母老不就. 杜預將之鎭, 復薦之於帝, 宜補黃散.
由是授御史治書, 以母憂去職. 母遺言令葬洛陽, 壽遵其志.
又坐不以母歸葬, 竟被貶議.

初, 譙周嘗謂壽曰, "卿必以才學成名, 當被損折, 亦非不幸
也. 宜深愼之." 壽至此, 再致廢辱, 皆如周言. 後數歲, 起爲
太子中庶子, 未拜.

|국역|

張華(장화)가 陳壽를 中書郞으로 천거하려 했는데, 荀勗(순욱)은
장화를 꺼리면서(忌) 진수까지 질시했기에 吏部에 암시하여 진수를
長廣(장광) 태수로 발령을 냈다. 그러나 진수는 母老이 연로하다는
이유로 사직하고 부임하지 않았다.

杜預(두예)[11]가 軍鎭으로 부임하면서 황제에게 진수가 (門下省의)

---

11 杜預(두예, 222 - 285년) - 뒷날 吳를 멸망시킨 西晉의 장수. 羊祜(양호)는 晉 武
帝(司馬炎)에게 吳나라 정벌을 건의했으나 다른 신하들의 반대로 실행하지 못
하자 양호는 병을 핑계로 사임한다. 양호가 위독하다는 소식을 들은 무제가
양호를 찾아 문병하자, 양호는 杜預(두예)를 천거한 뒤 죽는다. 두예는 평소 학
문을 좋아해 左丘明(좌구명)의 《春秋左傳》을 틈만 나면 읽었고, 행군 중에도
사람을 시켜 말 앞에서 《좌전》을 읽게 하였다. 이에 사람들은 두예를 '좌전에
푹 빠졌다.'는 뜻으로, '左傳癖(좌전벽)'이라고 불렀다.

黃散 職¹²에 적임자라고 다시 천거하였다. 이에 진수는 御史治書가 되었는데 나중에 모친상을 당하여 사직하였다. 모친의 유언이 洛陽 (낙양)에 묻어달라 하였기에 진수는 유언을 따랐다. 그러나 모친을 고향에 안장하지 않았다는 비난을 받았고, 결국 파직되었다.

그전에 (스승인) 譙周(초주)가 진수에게 말했다.

"자네는 才學으로 명성을 얻겠지만 틀림없이 좌절을 겪을 것이나 그렇다고 불행은 아닐 것이다. 응당 많이 조심하여야 한다."

진수는 이번에도 파직되자, 모든 것이 초주의 말과 같았다. 그 몇 년 뒤 진수는 다시 (在家 중에) 등용되어 太子中庶子가 되었으나 부임하지는 않았다.

|原文|

元康七年, 病卒, 時年六十五. 梁州大中正, 尙書郞范頵等上表曰,

「昔漢武帝詔曰, '司馬相如病甚, 可遣悉取其書.' 使者得其遺書, 言封禪事, 天子異焉. 臣等案, 故治書侍御史陳壽作《三國志》, 辭多勸誡, 明乎得失, 有益風化, 雖文艶不若相如, 而質直過之, 願垂採錄.」

於是詔下河南尹, 洛陽令, 就家寫其書. 壽又撰《古國志》五十篇,《益都耆舊傳》十篇, 餘文章傳於世.

---

12 黃散 – 門下省의 黃門侍郎과 散騎常侍의 합칭. 晉代 이루에 尙書의 奏事를 함께 관장하였다.

元康(원강)¹³ 7년(서기 297), 진수는 병으로 죽었는데, 당시 65세였다. 梁州의 大中正인 尙書郞 范頵(범군) 등이 표문을 올렸다.

「옛날 漢 武帝가 조서를 내려 '司馬相如(사마상여)의 병이 위독하다는데 그 집에 있는 저술을 모두 가져와야 한다.'고 하였습니다. 그래서 使者를 보내 남아있는 글을 가져오게 했는데 封禪(봉선)에 관한 글이라서 무제도 특이하게 생각하였습니다. 臣등이 생각할 때, 전임 治書侍御史인 陳壽가 《三國志》를 저술하였는데, 警戒(경계)로 삼을 내용이 많고 得失에도 명확하여 교화에 유익할 것이며, 그 문장이 사마상여만큼 아름답지는 못하더라도 質朴한 직언은 사마상여보다 더 나을 것이니, 그 저술을 나라에서 보관해야 합니다.」

이에 河南尹과 洛陽令에게 명령하여 진수의 집에 가서 《三國志》를 필사하게 하였다. 진수는 또 《古國志》 50편과, 《益都耆舊傳》 10편을 저술하였고 다른 문장도 후세에 전해졌다.

---

13 元康 - 西晉 惠帝 司馬衷(사마충)의 세 번째 연호, 291년 3월 - 299년.

부록6

《三國志》立傳 人物 索引

管輅(관로) - 《魏書》29권,〈方技傳〉 三권 590

關羽(관우) - 《蜀書》6권,〈關張馬黃趙傳〉 四권 180

國淵(국연) - 《魏書》11권,〈袁張涼國田王邴管傳〉 二권 89

郤正(극정) - 《蜀書》12권,〈杜周杜許孟來尹李譙郤傳〉 四권 455

駱統(낙통) - 《吳書》12권,〈虞陸張駱陸吾朱傳〉 六권 43

來敏(내민) - 《蜀書》12권,〈杜周杜許孟來尹李譙郤傳〉 四권 426

魯肅(노숙) - 《吳書》9권,〈周瑜魯肅呂蒙傳〉 五권 397

盧毓(노육) - 《魏書》22권,〈桓二陳徐衛盧傳〉 三권 161

樓玄(누현) - 《吳書》20권,〈王樓賀韋華傳〉 六권 389

淩統(능통) - 《吳書》10권,〈程黃韓蔣周陳董甘淩徐潘丁傳〉 五권 480

唐咨(당자) - 《魏書》28권,〈王毌丘諸葛鄧鍾傳〉 三권 494

陶謙(도겸) - 《魏書》8권,〈二公孫陶四張傳〉 一권 524

董昭(동소) - 《魏書》14권,〈程郭董劉蔣劉傳〉 二권 316

董襲(동습) - 《吳書》10권,〈程黃韓蔣周陳董甘淩徐潘丁傳〉 五권 467

東濊(동예) - 《魏書》30권,〈烏丸鮮卑東夷傳〉 三권 661

東沃沮(동옥저) - 《魏書》30권,〈烏丸鮮卑東夷傳〉 三권 654

董允(동윤) - 《蜀書》9권,〈董劉馬陳董呂傳〉 四권 318

董卓(동탁) - 《魏書》6권,〈董二袁劉傳〉 一권 393

董和(동화) - 《蜀書》9권,〈董劉馬陳董呂傳〉 四권 303

○

任峻(임준) －《魏書》16권,〈任蘇杜鄭倉傳〉　二권 445

曹勤(조근) - 《魏書》20권, 〈武文世王公傳〉 三권 37

趙達(조달) - 《吳書》18권, 〈吳範劉惇趙達傳〉 六권 303

曹禮(조례) - 《魏書》20권, 〈武文世王公傳〉 三권 45

曹林(조림) - 《魏書》20권, 〈武文世王公傳〉 三권 21

曹霖(조림) - 《魏書》20권, 〈武文世王公傳〉 三권 44

曹髦(조모) - 《魏書》4권, 〈三少帝紀〉에 記述 一권 287

曹茂(조무) - 《魏書》20권, 〈武文世王公傳〉 三권 40

曹芳(조방) - 《魏書》4권, 〈三少帝紀〉에 記述 一권 254

曹丕(조비) - 《魏書》2권, 〈文帝紀〉에 記述 一권 169

曹鑠(조삭) - 《魏書》20권, 〈武文世王公傳〉 三권 15

曹上(조상) - 《魏書》20권, 〈武文世王公傳〉 三권 35

曹爽(조상) - 《魏書》9권, 〈諸夏侯曹傳〉 一권 602

曹乘(조승) - 《魏書》20권, 〈武文世王公傳〉 三권 37

曹植(조식) - 《魏書》16권, 〈任城陳蕭王傳〉 二권 621

曹昂(조앙) - 《魏書》20권, 〈武文世王公傳〉 三권 14

曹儼(조엄) - 《魏書》20권, 〈武文世王公傳〉 三권 46

趙儼(조엄) - 《魏書》23권, 〈和常楊杜趙裴傳〉 三권 202

曹叡(조예) - 《魏書》3권, 〈明帝紀〉 一권 208

曹邕(조옹) - 《魏書》20권, 〈武文世王公傳〉 三권 46

曹宇(조우) - 《魏書》20권, 〈武文世王公傳〉 三권 20

趙雲(조운) - 《蜀書》6권, 〈關張馬黃趙傳〉 四권 226

曹熊(조웅) - 《魏書》19권, 〈任城陳蕭王傳〉 二권 666

曹蕤(조유) - 《魏書》20권, 〈武文世王公傳〉 三권 44

曹仁(조인) - 《魏書》9권, 〈諸夏侯曹傳〉 一권 573

原文譯註

正史 三國志(六) [吳書 2]
정 사 삼 국 지

초판 인쇄 2019년 9월 23일
초판 발행 2019년 9월 30일

역   주 | 진기환
발행자 | 김동구
디자인 | 이명숙·양철민
발행처 | 명문당(1923. 10. 1 창립)
주   소 | 서울시 종로구 윤보선길 61(안국동)
　　　　우체국 010579-01-000682
전   화 | 02)733-3039, 734-4798(영), 733-4748(편)
팩   스 | 02)734-9209
Homepage | www.myungmundang.net
E-mail | mmdbook1@hanmail.net
등   록 | 1977. 11. 19. 제1~148호

ISBN 979-11-90155-15-1 (04900)
ISBN 979-11-90155-09-0 (세트)
30,000원

＊낙장 및 파본은 교환해 드립니다.
＊불허복제